野呂邦暢

文遊社

野呂邦暢 小説集成 7

水

瓶座の少女

目次

水瓶座の少女 9
文彦のたたかい 187
うらぎり 271
真夜中の声 297
弘之のトランペット 321
公園から帰る 347
島にて 373
顔 401
飛ぶ男 421
水のほとり 429
ドライヴインにて 447
赤毛 465
神様の家 481
黒板 493
公園の少女 505
水の町の女 533
幼な友達 555
ホクロのある女 579
水の中の絵馬 597
エッセイ「野呂邦暢はなぜ生き急いだのか」 坪内祐三 621
解説 中野章子 631

野呂邦暢 小説集成 7

監修

豊田健次

水瓶座の少女

ハムレット

1

　宮本孝志は、いつものように裏口からわが家にはいった。

　足音をしのばせて母親のいる茶の間の前を通り、階段を二階へあがった。

　自分の部屋にたどりついてポケットに手をつっこんだ。鍵がない。鞄をおろして、上衣とズボンのポケットを全部しらべた。どこかに置き忘れたということはありえない。学校をひけてからは鳴海和太留《なるみわたる》と公園に寄っただけだ。公園の片すみにあるベンチにかけて鳴海と半時間あまりしゃべった。そして……。孝志は思い出した。

　足早に階段をおりた。ベンチの前に砂場があり鉄棒があって、その鉄棒で孝志はさかあがりを試みたのだ。大回転の真似もした。

「孝志、帰ってたの」

　母の声がして、茶の間の障子があいた。

「うん、ただいま」

「二階からおりて来て、ただいまだなんて、どこへ行くの」

「ちょっと出て来る」

「孝志……」

　鍵のスペアは母に預けている。もう一本のスペアは鳴海和太留が持っている。孝志自身の鍵は砂に埋もれているはずだ。自転車で公園へ急いだ。

四月の風が孝志を包んだ。空気は甘く、いい匂いがした。孝志はわれ知らずペダルを強く踏んだ。腕に脚に力がみなぎる感じだ。学校ではついぞ味わったことのない気分である。孝志は上体を折って腰を持ちあげ、いっそう激しくペダルを動かした。ついに前をゆく軽トラックを追いこした。

公園の入口で自転車をおりた。まっすぐに鉄棒のある砂場へ向かった。さっき、二人が腰をおろしていたベンチに、白いセーターの少女がかけている。ちらとその背中へ目をやってベンチの横を通りすぎようとした。少女は読んでいた本から顔をあげた。孝志と視線が合った。青柳布由子《あおやぎふゆこ》の唇が動いた。何かいったようだ。

孝志はにわかに五体の関節が錆びついてしまったような気がした。鉄棒の下にしゃがんで砂を探った。布由子の目が自分にそそがれているのを意識し、肌がひりひりした。折れ釘、煙草の吸い殻、小石、ボタン、コーラの蓋、ガラスの破片などが指先に触れるだけだ。

「そこで誰かを待ってるの」

砂をかきまわしながら孝志はきいた。

「誰も。ただ本を読んでるだけ」

木漏れ日が砂場の上にさしている。黒い砂の中にきらりと光る物が孝志の目を射た。彼はそれをつまみあげた。やっと見つけた。

「それ、なあに」

とたずねた布由子に、

「鍵だよ、ぼくの部屋の」

と孝志は答えた。

「お部屋に鍵をかけてるの」

「もちろんかけるとも。鍵のないドアだなんて意味がない」

孝志は気がついてみるとベンチに腰をおろしていた。青柳布由子と孝志の間には二人分くらいの余地があったけれども、同じベンチであることにはちがいなかった。

「宮本さんのお部屋ってどんなお部屋かしら」

「散らかしっぱなしでね、いつも。今年おやじにかけあって二階に建て増してもらったんだ。二年に進級したお祝いということで」

「鍵のかかる部屋があるなんて羨ましいわ」

「きみは」

「わたしのは洋間じゃないの、障子で仕切られているだけ。はいろうと思えば誰だっていつでもはいれる所なの」

2

「ふうん」

といって鳴海和太留は天井を見あげた。孝志が青柳布由子と公園で出くわした日の夜である。和太留を電話で呼びつけたのは孝志であった。二人は孝志の部屋にいる。

「それだけか」

と和太留は再び念を押した。

「それだけだ。おれが公園を出るとき、まだあいつベンチで本を読んでたな」

「つまらない」

和太留は煙草の煙を孝志に吹きつけた。

「つまらないって何が？　ごく友好的に会話をしたんだぞ。あいつに話しかけるきっかけを一年間ねらってて、ついにきょうかなえられたってわけなんだ」

孝志は顔の前にたちこめた煙を手で払いのけながら、むきになっていい返した。

「おまえはしようのないとんまだよ。あいつがどんなお部屋ってきいたとき、どうして誘わなかったんだ」

「なるほど」

「で、あいつどんな本を読んでた」

「そこまでは気がつかなかった」

「おれならちゃんと見届けるね。同じ著者が書いた別の本を持って、あいつの家へ遊びに行く。おまえは鈍感だし間抜けでもあるよ」

「ああ、なんとでもいうさ」

「公園にほったらかして帰るなんていうのも気が利かないね。喫茶店に誘ってみるとよかったんだ。断られてももとじゃないか」

「おまえならそうしたかもな」

孝志は和太留の煙草を一本抜き出して火を点けようとした。

「おい、よせ」

和太留はすばやく手をのばして煙草をとりあげた。

「おまえも吸ってるくせに」

と孝志がいうと、

「おれは構わないんだ、煙草の毒をわきまえてるからな。だが、おまえは別だ」

「毒をわきまえてたら吸っても構わないのか。おかしな理屈だ」

「もののはずみで吸うのはいけない。いいかね、おれは医者の息子だ。ニコチンの害なんか吸う前から知り抜いてる。つまり覚悟を決めて吸ってる。おまえはおれにバカにされて、いわば頭に来たので煙草を吸おうとした。軽い気持ちでやるのはいけない」

「おまえのいうことはときどき、おれにはわからなくなるときがあるよ」

孝志は窓を大きくあけた。煙が部屋にこもらないようにカーテンをゆさぶった。時計を見るともう十時を過ぎている。そろそろ母が夜食を運んで来る時刻だ。和太留は畳の上に上半身をもたげた。

「そうだろう、おまえは精神年齢が未熟だからな。もうすぐ十七になろうというのに、幼稚園児ていどの頭じゃあ、おれのいうことがわからないのも無理はない」

「ひどいことをいうなあ、おれはそんなに……」

「ひどいことといってるもんか。本当のことをいってるのさ。おれはおまえを見てるとハラハラして気が揉めてしょうがないよ。おれがついてなきゃあおまえはダメだ、やってゆけないという気がする」

ある意味で和太留のいうことは当たっている、と孝志は思った。中学はそれぞれ別だったが、県立北高校に入学した年、急速に二人は親しくなった。中学以来の友人よりもである。孝志が心の中でぼんやりと考えていることを、和太留は正確に言葉にした。そのときは彼のいうことが的はずれのように思えるのだが、しばらくすると納得がゆくのだった。同じ年のくせに和太留は自分よりも二、三歳いや四、五歳年長のように思われるときさえあった。

(未来というものは)

とある日、和太留はいった。

(けっして自分が思ったようにはならない、つまり将来こうでありたいとかだな、こうなってもらいたいという自分のもくろみは実現しないということだ)

(じゃあ、受験勉強はやっても無駄だということになる)

と孝志はいった。二年に進級した日、桜の木の下で二人は話していた。花びらが二人の黒い制服にこぼれた。

（バカだな、おまえはすぐに受験に結びつけるんだから。おれがいってるのは人間の運命のことだよ）

（人間の運命……）

孝志は胸の金ボタンにふわりと散って来た花びらをつまみあげ、ぼんやりとつぶやいた。

（そうとも、人間の運命だよ。人間には男と女しかない。だからおれは男と女のありかたについて、いささか考察を加えたのさ）

和太留は孝志の指につままれた花びらをふっと吹きとばした。男と女といわれて孝志の脳裡に浮かんだのは、新学年の学級編成で一緒になった青柳布由子のことだった。さきほど、校門を出てゆく後ろ姿を見送ったばかりである。ふいに息苦しくなって孝志は上衣のボタンを上から三つはずした。

（青柳に狂ってる連中は一人や二人じゃないんでね）

孝志はぎくりとしてボタンにかけた指の動きを止めた。和太留は話し続けた。

（去年、自殺未遂をやらかした三年生がいたのは覚えてるだろ。バイクごと海へとびこんだやつ。彼は青柳のこと思いつめてヤケになってたんだ）

（ただの事故だろ。どうして思いつめたってわかる）

（おれのおやじは町医者だけど警察の嘱託医でもありましてね。事件の一部始終に詳しいんだ。おまえ、青柳が好きだろう）

（…………）

（黙っててもわかるよ、可哀想に）

（ひやかすなって。そういうおまえはどうなんだ）

（おれか、おれは恋愛なんか興味がないのさ。とっくにあんなもの卒業しちまったんだよ。だがな、おまえについては何もいわないよ。学生の本分は勉強にありなんて先生がよくいうようなことをいうつもりはない。おまえがくよくよと悩んでいるのを見ると、そぞろに哀れを催すだけだ。おれにも昔はおまえみたいにガールフレンドのことを思いつめたことがあったっけなあなんてね）
（へえ、おまえがね。それはいつの話だ）
（小学校にあがった頃ですよ）
和太留はそれまで手のひらに拾い集めていた桜の花びらを、いきなり口に入れた。驚いている孝志にうなずいてみせて、食べられない味でもないといった。

3

「宮本、ちょっと来い」

放課後、帰り支度をしていると、担任の影山先生に呼ばれた。孝志は胸騒ぎを覚えた。心当たりはないけれども、どうせろくなことではないのだ。重い足を引きずって廊下を歩いていると、向こうからやって来る鳴海和太留と出会った。図書室のラベルがついている分厚い本を二冊、わきにかかえており、孝志とすれちがうとき、小声で「今夜な」と耳打ちした。

影山先生は図書室の横にあるカウンセリング・ルームにはいった。開かれた窓から外をのぞいてみて、何と思ったか窓枠を引きおろした。先生は孝志に顎で椅子を示し、自分はデスクに浅く腰をかけた。孝志は影山先生が苦手だ。一年のとき、数学を習った。二年になって、やれやれこれで影山先生のしんねりむっつりとした厭味を聞かないですむと思い、ほっとしていたら、また習うことになった。しかも学級担任である。大学を出た年にこの北高校に赴任したという。まだ三十歳にはなっていない。授業ちゅう指名して答えられない生徒を、つりあがった目でじっと睨みつける癖が有名だ。度の強い眼鏡ごしに先生からみつめられると、孝志はわかっている答でも口から出なくなるのだった。

「宮本、ここに呼ばれたわけはわかっているだろうな」

「さあ、なんのことでしょうか」

「しらばっくれてもぼくには見通しなんだぞ」

風が入りこまない部屋はむし暑かった。埃とかびの臭いがした。先生は風紀係の担当でもあることを孝志は思い出した。

（そうすると、あのことなのか？）

「誘われて好奇心につられて行くのと、友達を誘って行くのと同じにするつもりはない、宮本は誘われたほうだろ」

「いいえ」

「誘ったんじゃないというんだな」

「ぼくは、ただ……」

「わかった、きみは誘われた組だ。そして誘ったのは飯田ともう一人は」

罠だ、と孝志は思った。その手は食わない。

「本当にぼくは何も知らないんです。先生のいわれることがわかりません」

「しかし、誘ったほうではないとたったいま否定したじゃないか」

孝志は椅子から立ちあがって大声で叫んだ。

「ぼくは関係ないんです。あそこに行ったことは一度も……」

といいかけ慌てて口をつぐんだ。影山先生はにんまりと笑った。

「ほう、あそことというのはどこなんだ。ぼくがきいてることが何か、ちゃんとわかってたらしいな」

「そんなことぐらい大体は見当がつきます。行ったことがない者でも〝アラビア〟の噂は聞いてますから」

答えながら孝志はどうしようもなく腹が立って来た。まんまと罠にはまる自分も間抜けなら、たくみに誘導尋問をした教師も卑怯だと思った。怒りのあまり膝がふるえ、顔に血がさして赤くなるのが感じられた。

「噂ね、聞こうじゃないか。行ったことがない者でも知ってる噂というのは何だい」

「忘れました。かりに聞いたとしてもほんの一言二言ですから覚えていません」

「忘れているはずはない。その一言か二言でいいんだ」

影山先生の目がつりあがった。そのとき不意に孝志はまだ先生が独身であることを思い出し、同時に自分がなぜそんなことを考えるのか奇妙に思った。

「そうか、あくまで知らないといい張るつもりだな。ぼくにも考えがある。帰ってよし」

そうそうにドアの外へ出ようとした孝志に先生が声をかけた。数Ⅰの問題集八十五ページを全問明日までに解いてノートを提出するように、とその声は命じた。廊下で孝志は問題集を出して八十五ページをめくった。Cランクの練習問題がぎっしりと並んでいる。Cランクは難問ばかりなのだ。数えてみると七題あった。孝志が一番にがてなのは数学なのだった。

4

その夜、孝志はあらかじめ電話をしておいて鳴海和太留の家へ出かけた。予告せずに和太留が孝志の家へやって来るのは珍しいことではなかったが、和太留は前もって告げられずに訪問されることを厭がった。

「七問のうち自力で二問解いたのか。よしおれがあと二問解いてやる。全部答を出したらかえって怪しまれるからな」

と和太留はいい、手早く孝志のノートに計算式を書き始めた。

「いいな、先生にあと三問はどうしても解けなかったというんだぞ。そのほうがリアリティーがある」

「二問しか解けないってほうが、もっとリアリティーあるかもな」

孝志は和太留の本棚からピカソ画集を引き出してページをめくった。青い亡霊のような人間が片目をむいて孝志を睨んだ。痩せこけた男女がクリーニングをしていた。気味の悪さと入りまじった魅力を孝志は絵に感じた。

「カウンセリング・ルームで先生は何といった」

孝志はありのままをしゃべった。ふん、ふんと相槌を打ちながら和太留は計算を続けた。

「してみると飯田も木村のやつもシラを切ったらしいな。おまえが呼ばれる前にあいつらが尋問されたんだ」

「でも向こうはかなりいい線まで調べがついてる口ぶりだったよ」

「そう思いこませたんだ、おまえに。でも見直したよ」

「おれ、何も白状しなかったからな」

「おまえを見直したとはいってないよ。どだい何もおまえはしでかしちゃいないじゃないか。知らぬ存ぜぬを通した飯田のことだよ」

孝志は和太留が解いた問題を自分の手で書き写した。その間に部屋の主はパーコレーターでコーヒーを淹れた。

〝アラビア〟は町の場末にあるスナックで、高校生の出入りは禁じられている。しかし、隣接したドライブイン〝ポパイ〟には認められていた。バイパスの分岐点から遠くない所である。〝ポパイ〟の客は多かった。長距離トラック運転手たちが常連らしかった。〝アラビア〟に行けば、マスターが覚醒剤を売ってくれる、という噂を孝志が耳にしたのは去年の秋ごろだ。覚醒剤を欲しいとは思わなかったので、その噂を同級生から聞いても孝志は何とも思わなかった。〝ポパイ〟のウエイトレスと話をつけて、こっそり〝アラビア〟から覚醒剤を買っている北高生がいるらしいという噂が流れた。もともとはトラックの運転手がねむけ醒ましに買っていたのだともいわれた。

それが事実なら、と孝志は考えた。〝アラビア〟はとっくに警察の手入れを受けて閉店しているはずだ。相変わらず営業しているところを見ると、根も葉もない噂であるにちがいない。きょうの放課後、影山先生から呼ばれたとき、孝志が気にしたのは覚醒剤の密売ではなかった。〝アラビア〟にまつわるもう一つの噂を孝志は聞いていた。飯田はある晩、制服を皮ジャンパーに着がえてそこへ行ったという。

飯田のいうことが本当なら、〝アラビア〟のマスターは金さえ払えば女を世話するということになる。孝志は飯田の話を半ば信じ、半ば疑った。疑いはしたものの飯田の話をたやすく忘れることができなかった。飯田は身長が百八十センチ、胸囲も大きい。知りあいのトラック運転手と連れだって〝アラビア〟へ行ったという。向こうに運転手の助手と思いこませたのだ。

(で、どうだった)

と孝志は飯田にきいた。

(どうだったって何が)

飯田はとぼけた。

(ちえっ、もったいぶるなよ。しゃべりたくてうずうずしてるくせに)

(あのことか。実はな、おれにもなんのことかわからないみたいな感じなんだ。本当だよ、気がついてみたらもう終わってた。なんだ、こんなものかと思ったぜ。これが大人のしてることか、つまんない。正直いってそんな程度のことだった)

(おまえ、また行きたいと思わないか)

(あっけないもんだった。本当のところがっかりした)

飯田は、もう一度行きたいとも行きたくないともいわなかった。

本人にしたところで、はっきりわかっていなかったのだろう。

「江戸時代までは、侍の子供は十二歳で元服してたんだ。おれたちの年齢で子供を持ってるのはざらにいた。文明というのは不自由なもんだな。正常な人間的欲望を抑えなくちゃならんからな」

と和太留がいった。孝志はきいた。

「おまえ、〝アラビア〟に行ったことがあるんじゃないか。飯田と同じことをしたんじゃないか」

和太留はゆっくりとコーヒーをすすって、コーヒーはブルーマウンテンに限る、とつぶやいた。

「どうなんだ、おい。本当のことをいってくれ」

「ノーコメントだ。おまえの好きなように考えていいよ」

「かりに〝アラビア〟へ行っていないとしても、おまえはもう何でも知ってるような気がする」

「どうだかな、女を知ったらすべてを知ることになるというのなら苦労はないよ。ホレイショーよ、この広大な宇宙にはおまえの思い及ばぬことが存在するのだ」

「なんだね、それは」

「ハムレットのせりふですよ、あなた。もうそろそろ帰ってくれないか、子供はおやすみの時間だ」

5

孝志は図書室にいる。

窓はみな開放してあり、したたるばかりの緑が目にまばゆい。孝志は机に世界文学大系の『シェイクスピア編』をひろげて、ぼんやりと窓の外に目をやっていた。『シェイクスピア編』の『ハムレット』をいま読んだところだ。放課後に日参して読みあげるのに三日かかった。借り出してもよかったのだが、そうすれば本にだけ夢中になり、予習復習にまでは手がまわらなくなる。

孝志のいる席から一列おいて斜め前の壁ぎわに、青柳布由子の背中が見えた。

『ハムレット』を読みふけっているとき、ある気配を感じて何気なく顔をあげたら、布由子が前を通り過ぎようとしていた。孝志と目が合った。布由子は軽く会釈したように見えた。書庫の方には行かずに、窓ぎわの席をとると、鞄の中から白い表紙の小型本をとり出した。いつか公園のベンチで読んでいた本だ。見覚えがあった。

孝志は立ちあがってぶらぶらと窓の方へ歩み寄った。図書室は二階のはずれがあてられている。校庭とバレーボールコートが見える。バレーボールの練習をしている女生徒たちを眺めるふりをしながら、布由子が読んでいる本をぬすみ見た。ページには活字がほんのひと塊しか組まれていない。詩集らしいが書名はわからない。うなだれた布由子のしなやかそうな髪がページを半ば隠していた。

布由子の両わきにある席は二人の女生徒がふさいでいる。かりに席が空いていたとしても、孝志には布由子の隣に腰をおろして、何を読んでいるのか、とたずねる勇気はなかっただろう。孝志は自分の席へ戻ろうとして、そこに座っている酒井先生を認めた。英語の担当である。興味深げに『シェイクスピア編』をあちこちめくっている。

「これは宮本が読んでたのか」

酒井先生は孝志の隣に体を移しながらきいた。そうだ、と孝志は答えた。

「シェイクスピアは面白いか」

「よくわかりませんが、面白いような気がします」

「たよりない返事だな。ぜんぶ読んでしまったの」

ハムレットの所だけ、と孝志は答えた。英語で読めばもっと面白い、と酒井先生はいった。そうでしょうね、と孝志は当たりさわりのない相槌を打った。

「宮本、シェイクスピアを英語で読みたいと思わないか。きみは割合、英語が好きだろう」

「数学にくらべたらの話です」

数学にくらべたら英語だって化学だって好きなのだ。得意というわけではなかった。先生はまわりの生徒に聞こえないように声を低くした。

「きみは自分に何ができるかということがまだわかってはいない。隠された力というものが誰にもあるものだ。本人も気づいていない能力というのがね」

「さあ、ぼくには信じられませんね」

「能力があるかないか調べてみても、損はないとわたしは思うんだが」

「ぼくはどうすればいいんです」

「ハムレットを学生向きにやさしくリライトしたテキストがある。それを読むんだ」

「すると教室で使っているあのサブリーダーは、ぼくに限って免除されるわけですね」

「誰が免除するといった。サブリーダーもやり、ハムレットもやるのだ。毎日一ページずつきみが和訳してわたしに提出する」

「無理ですよ、そんな。眠る時間がなくなってしまう」

「少々の無理ができる年齢なんだよ、十七歳という今は。今夜いや明日の晩がいい。うちに来なさい」

酒井先生は席を立って図書室を出て行った。孝志は目の前が暗くなった。正課の予習復習だけでも手一杯の現状なのに、『ハムレット』の訳読まで押しつけられようとしている。なんとか断る口実はないものかと考えたけれども、先生を納得させるのに適当ないいわけがさし当たり思い浮かばない。

しかし、孝志は酒井先生が嫌いではなかった。いつもよれよれのネクタイを締め、ズボンときたら、膝がまるくなっていて折り目は消えている。背広なんか二十年ほど前に買ったようなしろもので、二つ目のボタンがとれかけたままだ。糸を引いてぶら下がったそれがいつとれるかを、孝志は和太留と賭けたことがあった。先生の渾名はルンペンである。年の頃は四十代の半ばだろうか。

孝志の教室における席は最前列から二列目であった。授業ちゅう先生はしばしば口から唾液をとばした。孝志にもかかるときがあった。先生はチョークを叩きつけるようにして黒板に文字を書いた。腕をふりまわし、こぶしで教卓を叩くこともあった。ひからびた魚のように小柄な五体のどこにそんなエネルギーがひそんでいるのだろう、と孝志はいぶかしく思いもしたのだ。先生が唾をとばすのは英語の授業に熱心なあまりである。孝志は唾をかけられても全然、不快だとは思わなかった。生徒によっては、あからさまに厭な顔をして、ハンケチでこれ見よがしに顔を拭くのもいた。

酒井先生が自宅へ来いという。

孝志は高校へ入るまで先生の家へ招かれたことは一度もなかったし、招かれたいとも思わなかった。中学時代に友人と四、五人連れ立って担任の家へ遊びに行ったことはある。しかし、表面では歓迎するふりをしても、内心では迷惑がっているのがすぐにわかった。とくに奥さんがいい顔をしないように見えた。

孝志は『シェイクスピア編』を閉じて立ちあがった。

そのとき、青柳布由子の後ろに立っている飯田に気づいた。彼は布由子にかがみこむようにして何かをささやいている。その手は布由子の右肩に置かれていた。

占星術

野呂邦暢

1

「ハムレットが初めて上演されたのは、一六〇一年か二年ということになっている。……宮本、ねむくなったのか」

酒井先生の声で孝志は我に帰った。

「今夜はきみ、どうかしてるぞ」

「いいえ、なんでもないんです」

孝志は酒井先生が赤インクで添削した自分の訳文に目を通すふりをした。『ハムレット』の第一幕第一場、エルシノア城の歩廊の場面である。ホレイショーがハムレットの父の亡霊を見る所を、やっとのことで和訳したのだ。思ったより時間がかかった。文庫本の『ハムレット』を傍に置いて首っ引きで訳しても、たっぷり二時間を費やした。昨晩はあまり眠っていない。

それより、きのうの午後、図書館で見かけた情景が頭につきまとって離れなかった。

飯田が青柳布由子の肩に手をかけて、何かささやきかけている。布由子は黙ってうなずいていたようだ。飯田はさっさと図書館を出て行った。孝志は自分の五体が石に変わったように思われた。あの飯田が……。彼はラグビー部の副部長である。二年生のとき、女生徒と問題をおこし、あわや退学寸前までいったものの、父親が親しい教育委員のとりなしで謹慎処分ですみ、結局は単位がとれずに二年にとどまっている。当の女生徒は私立校に転校していった。それも受け入れを渋る私立校を説得したのは例の教育委員であったという。飯田の父親は不動産会社の社長で、県会議員をかねていた。

飯田が青柳布由子と親しそうに口をきく仲だとは、孝志は思ってもみなかった。

布由子は飯田が去ってからしばらく本に目を落としていた。しかし、本を読んでいないのは確かだった。五分あまりたっても一回もページをめくらなかったのだから。やがて布由子は立ちあがった。孝志はあわてて自分の本に顔を伏せた。心臓がふくれあがって喉のあたりに何か詰まった気がする。席を離れて布由子の後を追いたかった。

飯田と青柳布由子はどこで落ちあうのだろう。どこで？　そして何を話すのか？　しかし、後を尾けるのは男らしくないことだった。孝志はかろうじて自分を抑えることができた。二人のことが終始、念頭から去らないので、先生の声も実は上の空だったのだ。

「じゃあ今夜はこれで。初めはくたびれるかもしれないが、そのうち面白くなる。やって良かったと思うだろう」

「そうでしょうか」

「ぼくがハムレットを読んだのは大学の一回生のときだった。どうしてもっと早くに読まなかったかとくやんだものだよ。古典というものは感受性が柔らかいうち読まなければ意味がない」

「そんなに面白いものですかねえ」

「第一幕のとばくちを訳したぐらいで、ハムレットの良さがわかるものかね。エリザベス朝のイギリス人は、今のきみたちがビートルズに熱狂するようにシェイクスピアの劇を愉しんだのだよ」

「ビートルズに……」

孝志はおうむ返しにつぶやいた。

「あるいはベイ・シティ・ローラーズに。さて一服しようとするか。きみ、お茶を入れてくれないか」

孝志は台所に立った。流し台には飯粒のこびりついたどんぶりや汚れた皿小鉢が、山のように積まれてある。魚の骨と野菜の屑がいっしょくたになって台所の隅で匂っていた。急須はフライパンの下にあった。やかんに水を入れてガスこんろにかけてから、茶の葉を探した。

「目の前の棚にある。そう、そこだ。緑色の罐がのっかってるだろう」

酒井先生が居間から指さして教えた。先生はもっか独り暮らしである。奥さんは半年ほど前に出て行ったのだという。生徒の噂では離婚したのだそうだが、詳しいことを先生にたずねるのははばかられた。孝志は一度だけ先生の奥さんを町の時計店で見かけたことがあった。修理に出した腕時計を受け取りに行ったときのことだ。鳴海和太留と一緒だった。

毛皮のコートを着た三十代の女が、宝石の陳列ケースをはさんで店員としゃべっていた。ダイヤモンドの品定めをしているらしい。流行のカットがどうの、保証書がどうのとかいう話だった。十二月のボーナスという言葉も耳に入った。結局、女は店員がすすめるダイヤモンドを買うことを決めたようだった。鳴海和太留は目を光らせてじっとその女を見ていた。酒井先生の奥さんだということを彼が告げたのは、女が時計店を出て行ってからだった。

2

孝志が酒井先生の家を出たのは九時半ごろだった。和太留の家へ寄ろうかと思ったのだが、何となく億劫でまっすぐ帰った。五月の闇に身を沈め、灯の消えた街路をゆっくりと歩くのは気持ちが良かった。先生との会話で孝志の顔は火照っていた。(やるぞ)孝志は胸の奥でつぶやいた。

何を(やる)のか、自分でもはっきりわかってはいないのにそう思うのだ。自分の前に立ちはだかっている何かしら巨大なもの、未知の人生に対して、しゃにむに挑戦したくなった。

これから先おれはどうなるのだろう、どんな生活が未来にはおれを待ちうけているのだろう、などと考えると孝志の胸は不安と歓びで一杯になるのだった。

「宮本じゃないか」

だしぬけに呼びとめられた。街燈の下にたたずんでいるのは影山先生である。

「今時分どこへ行くんだ」

酒井先生の家から帰るところだ、と孝志は説明した。規則では夜八時以後の単独外出は禁じられている。

「酒井先生は塾でもやっているのか」

影山先生は孝志が手にしているノートにちらりと目をやってたずねた。自分だけだと孝志は答えた。

「あとで酒井先生に確かめてみるからな。外出時はちゃんと制服をつけなければ駄目じゃないか。行って良し」

生活指導の係である影山先生が、夜な夜な盛り場をうろついているという噂は孝志も聞いてはいたが、出くわしたのは初めてだ。〝アラビア〟か〝ポパイ〟の近くにでも張りこむつもりなのだろう、と孝志は考えた。街燈に真上から照らされた影山先生の顔は、ふだんは見られない異様なかげりを帯びていた。細められた目だけが鋭い光を放って孝志を見すえた。

孝志は酒井先生とすごした二時間あまりの間に覚えた快い興奮が、みるみる醒めるのを感じた。濃紺の背広に黒ズボン、シャツも濃いグレイという身なりである。目立たないように心がけているのだろう。

非行生徒を摘発してそれがどうだというのだ。孝志は足ばやに帰路を急ぎながら肚が立つのを覚えた。同時に自分が〝アラビア〟へ惹かれるのを意識した。影山先生の目の前を通り過ぎて、堂々と〝アラビア〟へはいりたいと思った。それができたらどんなに痛快なことだろう。

3

孝志はうなされて目ざめた。

ぐっしょりと寝汗をかいている。

戸外がざわめいており人声が聞こえる。サイレンを鳴らして消防自動車が遠くを走る気配だ。時計を見た。針は午前四時をまわったところである。眠りに落ちてから二時間と少ししかたっていない。

窓をあけて外をのぞいた。

西の方、城山の森の向こう側がうっすらと赤い。北高のあたりである。

(学校が燃えていたらいいが……)

寝不足の頭でぼんやりと考えた。

「宮本、まだ起きてたのか」

路上から声をかけられて孝志は目を凝らした。木村啓之の声である。火事はどこだ、と孝志はきいた。木村は同じ町内に住んでいる。

「あの方角じゃてっきりうちの学校だと思って家をとび出したんだがな、学校ではないらしいや」

「まだ火の粉が見えるぞ」

「学校じゃないとするとあれはバイパスの見当だなあ。おい、そこへ行っても構わないか」

「いいとも、裏口をあけてやるから」

孝志は階下へおりていって木村のために裏口の錠をはずし、二人して部屋へもどった。

「見える見える。派手に燃えてやがんな。消防署に電話できいてみるか」

「やめろよ、どうせ通じやしない」

孝志はとめた。消防自動車は何台も火元へ駆けつけているらしく、サイレンの音が遠くからひっきりなしに聞こえて来た。

「あなたたち、こんなに遅く何をしているの、もういい加減にしてやすんだら」

母がドアを半開きにしてのぞきこみながらいった。

「いいんだ。朝まで起きて勉強するから。しなけりゃならない宿題があったのさ」

孝志は乱暴にドアを閉じて鍵をかけた。木村を呼びこんだのは、これを機会に飯田のことをきき出すつもりだった。空手初段が自慢の木村はかつて飯田に挑戦し、こっぴどくいためつけられてから妙に飯田と親しくつきあっている。孝志はいった。

「バイパスの方角だとすれば〝ポパイ〟かもしれないな」

「それはわからない。あの辺には何軒もドライヴインがあるから」

「もしも〝ポパイ〟が焼けちまえば、困る連中が出てくるだろう」

「なあに、焼けたってすぐに前よりでかいドライヴインをぶっ建てるに決まってるさ。あそこはしこたま儲かってるはずだからな」

「他の店より客の入りが多いのかい」

「駐車場のスペースが広いだけだ」

「このあいだサイクリング帰りに〝ポパイ〟でジュースを飲んでたら飯田と会ったぜ」

「やつは一人だったか」

「ああ、話しかけはしなかったけどな。彼は電話をかけていて、おれには気づかないようだった」

「このあいだって、せんの日曜日か」

「そう、飯田のやつ赤いジャンパーなんか着ちゃって。おおかた青柳にでもかけていたのかもな」

「青柳は〝ポパイ〟に来たのか」

「いや、おれ、ジュースを飲んだらすぐに出たから、やつが青柳とデイトするところまでは見ちゃいない」

孝志は喉がからからに干あがる思いだった。〝ポパイ〟の内部で飯田が電話をかけていたのを見たというのは嘘である。飯田は孝志が自転車で〝ポパイ〟の前にすべりこんだとき、入れちがいにモーターバイクで出て行ったのだ。後ろには見覚えのある〝ポパイ〟のウエイトレスが飯田の腹に両腕をまわしてしっかりとつかまっていた。非番の子を連れ出すところらしかった。

「最初に電話をかけて来たのは、青柳のほうなんだ。おれが飯田のうちに遊びに行ったときのことだった。春休みの終わりごろだったな」

「青柳のほうが最初に……」

「どうしておまえびっくりするんだい」

「飯田のやつが青柳にのぼせあがってるって噂を聞いてたもんだから」

「逆だよ。飯田が聞いたら頭に来るぞ。あいついつも青柳のことで困った困ったってぼやいているんだから」

「ぼやいてる？　何のことで飯田は困ってるんだ」

「おいおい、おれが知るわけないだろ」

火事は下火になったようだ。火災を反映して赤く染まった雲も夜の色をとりもどした。鎮火をしらせるサイレンが長々と唸り始めた。

4

翌朝、孝志は早めに家を出て、火事の現場を見に行った。

やはり火元はドライヴイン〝ポパイ〟だという。ろくに眠っていないのに、気がたかぶっているのか、少しもねむけは感じなかった。孝志は裏通りから裏通りへと自転車を走らせた。焼け跡を見たからといってどういうことはないけれども、見なければ気持ちがおさまらなかった。

夜空を焦がした赤い火を見たあとで、木村の話を聞いた。青柳布由子と飯田との間に不吉なものを感じた。布由子のほうから飯田へ近づいたとは信じられないのだ。ひとけのない公園で、詩集を読むような女の子が、口を開けば女のことしか話さない男に、進んで接近するということが孝志の腑に落ちない。

何かがある……。ペダルを踏みながら孝志は思った。

自転車をバイパスに乗り入れた。渋滞している車のわきをすいすいと通り抜けて、国道との分岐点にたどりついた。警察の車がとまっている。消防署の車も見える。燃えたのは〝ポパイ〟だけである。焼け跡からはまだうっすらと煙が立ちのぼっていた。びしょ濡れになったテーブルや椅子が、駐車場にほうり出してある。〝ポパイ〟は完全に燃え落ちて、炭と灰に変わっていた。焼け跡には縄が張られ、その中で男たちが灰を掘りおこしたり、写真をとったりしている。朝日が彼らを照らした。

孝志はそれとなく、〝アラビア〟の方をうかがった。

五十メートルほど離れたあたりの、ちっぽけな建物である。人だかりがしているのは〝ポパイ〟の焼け跡だけだ。孝志は信号が変わるのを待って自転車の向きを変えた。十分もあれば学校へ行ける。そのとき名前を呼ばれた。孝志は周囲を見まわした。

砂色に塗ったフォルクスワーゲンの窓から蒼白い顔がのぞいた。

「宮本、ここで何をしている」

影山先生である。焼け跡を見に来ただけだ、と孝志は答えた。

「見に来ただけ？　小学生ではあるまいし、ドライヴインが燃えたのがそんなに気になるのか」

「べつに」

「おまえたちには一つの事件らしいな。ここで見てるといろんな連中がやって来る」

「遅刻するといけませんから」

といい残して孝志はその場を去った。影山先生が張りこんでいるのに気がつかなかったのは、うかつだった。あの男ならやりそうなことだ、と孝志は思った。〃アラビア〃と〃ポパイ〃の関係について、もしかしたら何かを嗅ぎ当てているのかも知れない。

「やけに飛ばすじゃないか」

後ろから声をかけられて、孝志がふりむくと鳴海和太留が自転車で追いついて来た。

「おまえも来てたのか」

「ああ、おまえ影山に見つかったようだな」

和太留の目は赤く充血している。

「おまえもひっかかったくちだろう。張りこんでるとは思わなかった」

「おれがそんなドジを踏むかよ。〃ポパイ〃の近くに丘があるだろ、あそこで焼け跡を見物してたさ。飯田の野郎も影山に何かきかれてたな」

「飯田も来たのかい」

「木村と二人でのこのこやって来やがった。影山が張りこんでるぐらいわかりそうなもんだ」

「出火の原因は何だ」

「そこまではどうもな。あとでおやじにきくつもりだ。警察の情報はつつ抜けだからな。今の所、調理場から火が出たことになってるらしいや」

「火事は消防署の管轄だろう」

「もちろん。しかし、放火となれば話がちがってくる」

「放火の疑いがあるのか」

「あるからこそ警察が来てるのさ」

「おい……」

孝志はペダルに力を入れて和太留に追いつき、肩を並べた。

「本当のことを教えてくれ。〝アラビア〟と〝ポパイ〟の噂は事実なのか。飯田はホラを吹いたんじゃないのか」

「朝のサイクリングっていい気持ちだな。これからせいぜい早起きを心がけてみるか」

「もったいぶらなくてもいいだろう。おれ、まじめにきいてるんだ」

「それをきいておまえ、どうするつもりだ。マリファナを吸って女を買うつもりなのかね。くだらない」

和太留も今朝は眠れなかったのだ、と孝志は思った。目が血走っているのがその証拠である。

5

その夜、孝志は夕食もそこそこにすませて自分の部屋にとじこもった。

パジャマに着替えてベッドに横たわった。ところが、どうしたことか目が冴えて寝つかれない。教科書を開く気にはなれなかった。『ハムレット』を訳す気もなくしていた。天井板をみつめながら、とりとめのないもの思いにふけった。

きょう、英語の時間に孝志は酒井先生からあてられた。隣の生徒に肘で小突かれるまでは気がつかなかった。

(〝彼は高貴な家柄の出なので〟これを分詞構文を用いて英訳する。宮本、やってみなさい)

孝志はそれまでぼんやりと布由子に見とれていた。とっさのことなので適当な英文が浮かんで来ない。斜め前にいる布由子がちらりと孝志の方を見た。その視線を意識してますます逆上してしまった。

(As he was born……As he was ……)

(宮本、分詞構文だといったろ、すわり給え。青柳)

布由子は立ちあがった。

(Being of noble birth, he……)

(よろしい。では、〝卑しい生まれなので〟というのは、鳴海)

和太留はきれいな発音で、

(Being of humble birth) と答えた。酒井先生はいった。

(宮本、いつまで突っ立ってるんだ)

孝志は顔をあからめて席についた。

授業の終わりにさしかかって、先生は時と場所を示す副詞句を、生徒たちがまだ十分に使いこなしていないといった。

(この程度の文法は中学でマスターしといたはずだ。宮本、きみの生年月日を英語でいってみ給え)

(I was born of the 20th of September in 1961)

次は和太留が、そしてその次は布由子があてられた。

「一月三十日……」

孝志は布由子の答を胸に刻みこんだ。休み時間に隣の女生徒が、

(宮本君、乙女座だわね) といったのが心に残っている。占星術というしろものにはまったく興味はなかったのだが、布由子の誕生日を知ってからは気になった。ベッドからのそっと起きあがって、床に積んである週刊誌をひっかきまわした。どの号かで占星術の特集をしていたことを思い出した。

一月二十日から二月十八日までの生まれは水瓶座ということになっている。孝志はベッドにあおむきになって読み始めた。

守護星は天王星、個性豊かで誰からでも愛される。気むずかしい性格ではあるが、爽やかな印象を人に与え、友人としては申し分がない。電波、光、機械などに関する仕事が合う。女性なら映画や放送関係で働くのが適している。

鋭い頭脳の持ち主が多い。

「ふん、ばかばかしい」

孝志は週刊誌を床に叩きつけた。占星術なんて娯楽の少なかった大昔の暇人が考え出した遊びの一種だ、と孝志は思った。水素爆弾と人工衛星の時代に、こんなものを信じる連中の気が知れない、とも考えた。しかし、五分後に孝志はまた週刊誌をとり上げていた。水瓶座の〈愛情生活〉という項目を食い入るようにむさぼり読んだ。

蟹座、乙女座との愛が幸せ。獅子座は大恋愛の相手になるが、苦しみも多い。情熱に走りすぎるところがないので、スマートな現代ふう恋愛を経験することになる……。

孝志は舌打ちした。飯田の星座を知りたくなった自分に肚が立った。獅子座のような気がした。そして占星術を半ば信じかけている自分を認めてうんざりした。孝志は和太留に電話をかけて、今からおしかけてもいいかとたずねた。

「そろそろおまえから電話がかかってくるころだと思ってたよ」

「どうしてわかる」

孝志は驚いた。

「待ってるよ。しかしおれねむいから長居はご免だ。いいな」

6

「占星術にしろ手相にしろ、占いというものの一番いかがわしい点は、他人の運命ならいくらでも好き勝手いえるのに、占う本人の運命はわからないということだ。こんな話ってあるかよ。生まれながらに当人の生涯がある種の星に支配されているという考えは、一見もっともらしいが、同じ場所で同じ日に生まれた人間が同じ運命をたどったというのは聞いたことがないね」

と和太留はいって煙草の煙を天井に吹き上げた。

「じゃあおまえ、占星術を信じないのだな」

「超能力と同じ問題で、検証の仕様がないじゃないか。信じる信じない以前の問題だよ。データがないのにどうして信じられる。そりゃあおれだって自分の運命は気になるよ。面白半分に占星術の本を買って読んだこともありますよ。書いてあることはみんな当たっているような気がした。そこがマユツバものであってね」

「当たってたらなぜマユツバなんだ」

「昭和二十年八月に、広島と長崎に原子爆弾が投下された。あのとき死んだ数十万人はそれぞれ生年月日がちがってたはずだ。広島、長崎とはいわない。飛行機の墜落事故でもいい。乗客の星座は九割以上ちがってるはずだよ」

「それは特殊な例じゃないかな」

「おや、おまえは占星術を信じてるのか」

「そうじゃないけれども」

「宮本、おれは人類の未来に絶望しちまうよ。石斧で野獣を殺していた人類が、今や原子からエネルギーを取り出すことが出来るほどの文明を達成した。大きな進歩だよ。ところが人類の大部分は占星術がどうのこうのといってる。中世の暗黒時代はまだ続いてると思わないわけにはいかんのだ。アホらしい」

「本当にアホらしければ、なぜ人類の大部分が信じるんだよ」

「バカだからだ。戦争をしでかす愚行と同じだ」

和太留は大声でどなった。

「おれは別だなんていうつもりはないよ。おれも札つきの阿呆だと思ってる。青柳が生年月日をいったとき、ははあ水瓶座だな、と思ったくらいだから」

「おれ、わかんなかった」

「もしかしたら占星術についてはおれのほうが詳しいかもな。おれは八月二十五日の生まれだ。乙女座ですよ。おまえと同じ。けどおれとおまえと似た所ってあるかい。笑わせないでもらいたい」

「何をそんなに怒ってるんだ。いつものおまえらしくないよ」

「教えてやろう、ついでだ。飯田のやつは八月五日生まれの獅子座だよ。ショックをうけたかね」

「おれ、占星術なんてあまり信じてないから」

「嘘をつけ。信じていないならうちに来るわけがあるまい。青柳の生まれを知って星座が気になったんだろう。どいつもこいつも救われないよ」

孝志はまじまじと和太留を見つめた。青柳布由子の顔が目先にちらついて、勉強も手につかない状態になっている自分と和太留とを、急に比較してみる気になった。この男は自分と同じ気持ちを味わったことはないのだろうか。先日は女のことなんかとうに卒業したとかキザなことをいったけれども、あれは本心なのだろうか。

和太留は開放した窓の枠に腰をおろして戸外に目をやっている。孝志はいった。

「木村の話では、青柳のことで困ってると飯田がぼやいてるんだそうだ。青柳のほうが飯田に近づいて来たというのがどうもわからない。女というものは体がでかい男に興味を持つものなのだろうか」

孝志は身長が百七十センチである。どちらかといえばクラスでは低いほうだ。聞こえたのか聞こえないのか、和太留は黙りこくって外の闇を見つめている。

「飯田の噂は青柳だって聞いてるはずだ。やくざ相手に喧嘩はする。屋台で酒を飲む。女の子と問題を起こす。おやじの威光をカサに着て、どんなモメ事を起こしても平気な男だ。青柳のおやじは大学教授だろう。おふくろは歌人とかいうじゃないか。いわば良家の子女だよ。そんな女が……」

「良家の子女ね、おまえなかなか学があるじゃないか。いい言葉を知ってる」

「茶化すんじゃないぜ」

「大学教授は去年ガンで死んだよ。それにおふくろは歌人でもあり茶道の先生でもある。明石町にある五階建てのビルの最上階に住んでて、残りの階は事務所として貸してる。まず生活には困らない。一人娘だ。これで満足したかい」

「……おまえも、そのう……おまえ……」

「おれは青柳に気はないよ。安心するがいい。もう一つ教えてやろう。今夜おまえがぐっすり眠れるように。青柳は飯田が好きなわけじゃない。飯田に電話をかける前におれにかけたんだよ。あることで頼みたいといって」

家出

1

孝志は自分の部屋にはいった。

扉に鍵をかけ、鞄をどさりとベッドの上にほうり投げた。

制服をジーパンと半袖シャツに着替える。

カーテンを開いた。

六月のなま暖かい風が吹きこんでくる。夕食までにすませなければならない教科の復習があるけれども、鞄をあける気持ちになれない。

戸外はまだ充分に明るい。

孝志は机に頬杖をついて、ぼんやりと窓の外に目をやっているが、実は何も見ていない。

(孝志、どうしたの)

というのは母の口癖だ。食事の折り、からになった茶碗に気づかず、うつろな目で箸を動かしてご飯を口へ入れようとしている彼に声をかけたことがあった。テレビを見ているときもそうだ。ブラームスのヴァイオリン協奏曲が演奏されている番組だった。孝志はブラームスが好きなので、この時間は一週間も前から楽しみにしていたのだ。カレンダーにもしるしをつけていた。

ところが、いざ演奏が始まってみると、心にとりとめのないことが浮かんできて、音楽はさっぱり耳にはいらない。

(孝志、このごろのあなたは、どこか変よ)

テレビを見ている彼の横顔にじっと視線を注いでいた母がいった。

（何か心配事でもあるんじゃない。お父さんにいえない事があれば、お母さんに打ちあけてごらんなさい）

（黙っててくれよ。音楽が聞こえやしないじゃないか）

（音楽なんて聞いてやしないじゃないの。母親というものはね、子供のことは何でもわかるものなの）

（わかるもんか）

（あなたのことで、お母さんがどんなに心配しているか、孝志……）

（うるさいな、しばらく黙っててくれったら）

（何をガタガタいってるんだ）

そのとき父が茶の間にはいって来た。母は孝志のことをくどくどと父に訴えた。食事がすすまない。夜おそくまで眠らない。中間試験の席次が五十番も下がったという連絡を学校から受けた。影山先生の話では、この分では国立大学はおろか二流の私立大学も合格はむずかしいということだ。授業ちゅう放心状態で、教師の講義も頭に入ってないように見受けられる。

（そういえば孝志、お父さんの目にも具合が変だぞ。この際、洗いざらい悩み事をぶちまけたらどうだ）

父はそういってテレビのスイッチをひねった。ヴァイオリン協奏曲の二楽章の半ばで、孝志のいちばん好きな所だった。

（おまえは学校から帰ったらさっさと二階の部屋に上がってしまう。夕食のときに降りて来て一言も口をきかずに食事をすませて、また自分の部屋にこもる。いいかね孝志、ここは下宿屋じゃないんだよ。ときにはお父さんだって、おまえと話をしてみたいと思うのは当然じゃないか）

孝志は暗くなったブラウン管をむっつりと眺めていた。

（そうよ、お父さんのおっしゃる通りだわ）

（おまえ、去年は学校や友達のことで何でもお父さんに話したろう。将来の計画とか希望とか。二年に進級したとたんにカキのように口をつぐんでしまった。その上、このごろは食事ちゅう溜め息はつく、弁当は残す、行く先もいわずに外出しておそくまで帰らない、女の子から電話がかかってくる、成績の順位は下がる。親として心配するのはおまえにもわかるだろう）

（すみません……）

（すみませんだなんて、お父さんはおまえに謝れとはいっていない。胸の悩みを聞きたいのだ。力になれるかもしれない。……どうだ、飲むか）

父はビールのコップを孝志にさし出した。孝志は家が寝しずまってから、こっそり台所へ降りて来て冷蔵庫のビールを飲むことがある。母もうすうす気づいているらしい。孝志はコップを受けとって口をつけた。水のようで、水よりもまずい味がした。ビールとはこんな場合に飲むものではない、と孝志は思った。

（お父さんがもの心ついたときは日中戦争が激化しておってな、それから太平洋戦争だろう。旧制中学の三年生で敗戦を迎えたわけだよ。毎日、海軍の飛行機工場へ出かけて戦闘機の機体造りさ……）

また始まった、と孝志は肚の中で舌打ちした。小学生のときから何べん聞かされたかわからない。耳にタコが出来ている。しかし、今のところは聞いているふりをするしかない。

（弁当はふかしたサツマイモだ。晩飯はカボチャと大豆粕。肉や魚などまずめったにありつけなかった。ご馳走といえば麦飯にダイコンやジャガイモを炊きこんだしろものでね。それでも孝志、お父さんは空きっ腹をかかえて勉強だけはちゃんとしたな）

父の話はえんえんと続いた。母は初めて聞くもののように、（まあ）とか（そうでしたの）とか相槌を打ちながら聞き入っている。

孝志は父がいつになったら昔話をやめるかと、腕時計の針にときどき目を走らせて聞いているふりを装った。半月ほど前のことだった。

2

孝志は階下へ降りてシャワーを浴びた。

体に何かねばついたものがまつわりついているような気がする。冷たい水で全身を洗うと、先ほどのけだるさがいくらかは薄れたようだ。六月に入って彼は毎日のように冷水のシャワーを浴びる。時刻は決まっていない。きょうのように夕方のときもあれば、真夜中につかうこともある。

朝、登校する前に大急ぎで浴びる日もある。

しかし、一時間もたてばまた皮膚にねばねばしたものがこびりついているような気になる。孝志は新しい下着をつけて外へ出ようとした。母が呼びとめた。

「出かけるの、もうすぐお夕飯よ」

「それまでには帰って来るよ」

どこへ行くかは決めていなかった。ただ、家にじっとしていたくなかっただけだ。

六月の宵はいつまでも明るい。

川沿いの道を歩き、商店街の本屋で雑誌を立ち読みし、楽器店でレコードを見た。街をぶらつきながら目がともすれば公衆電話にひきつけられた。五一—〇六七四という番号を孝志は呪文のように唱えている。青柳布由子の電話番号である。

十円玉が一個あれば布由子の声を聞くことが出来る。そして孝志はさっきからズボンのポケットに手を入れてみては、十円玉の感触を確かめていたのだった。何度もさわっているので、硬貨はすっかり汗ばんでいる。簡単なことだ、と孝志は思った。硬貨の投入孔に十円をすべりこませて、ダイヤルを回す。それだけのことで布由子と話をすることが可能なはずだ。もし、布由子が孝志を相手に口をきいてくれるとすれば。

孝志は五月のある日、鳴海和太留から布由子のことを聞いた。和太留を電話で呼び出したそうである。折り入って頼みたいことがあるといって。

そのとき孝志は和太留の部屋にいた。

(ど、どうしたんだ)

(セザール・フランクのヴァイオリンソナタをおれはいい気持ちで聴いてた。水割なんか飲んじゃってさ。気分こわしたよ、まったく。頼みごとというやつにロクなものはないからな。しかし、あんなふうにせっぱつまった声で呼び出しをかけられたら、明日にしてくれなんていえたもんじゃない。一応どんな用件かたずねてみた)

(それで?)

(あいつ、用件は会った上で話すというんだ。〃パリセ〃で待ってるとさ)

(頼みというのは何だったんだ)

(なあ宮本、医者には患者の秘密を守るという義務があるのは知ってるだろう)

(おまえは医者じゃあるまい。教えてくれないか、そんなにもったいぶらずに)

(おれのおやじは医者なんだ)

(青柳の頼みとおやじさんの職業とは関係があるのか)

鳴海和太留は笑い出した。

(何がおかしい、おれ、そんなに変なことといったかい)

孝志は食ってかかった。

(かんべんしろな。ついおかしくなっちまって。恋をする男はある意味で賢くなるというけれど、今のおまえがそ

うだよ。日頃、頭の回転がにぶいおまえの察しが早かったものだから感心したんだ。ずばり、その通り）

（その通りというと？）

（青柳の頼みはおれが医者の伜だったからさ）

和太留はもう笑っていなかった。

（それだけでは何のことかさっぱりわからない）

孝志はもっと詳しい説明を和太留に頼んだ。

（おまえが安心するように教えてやったんだぞ。おれが青柳の頼みを断ったから、あいつは飯田に接近した。何も青柳が飯田に気があるわけじゃない。これで充分だろう）

（おれをじらさないでくれ）

（じらしているわけじゃない。おれは患者に対する守秘義務の一部を、おまえのために果たさなかったということで、いささか良心に呵責を覚えてる。これ以上は何もきかないでくれ。きいたってしゃべるつもりはないからな）

（飯田のおやじは医者じゃない。どうして青柳はおまえの次に飯田を選んだのだ）

（さあ、どうしてですかね。飯田ってやつは噂ほどに悪い男ではないみたいだよ）

（そうすると、やつは青柳の頼みを聞き入れたってわけかね）

（それはどうかな）

（少なくとも青柳のために何かをやろうとしている。そうだな鳴海）

（おいおい、ノーコメントだといったろ）

（飯田に会ったら教えてくれるだろうか。どう思う）

（会いたければ会うがいい）

（おまえが何も話してくれないから）

（だからおまえはガキみたいだといってるんだよ。おれはヒントになることを教えてやったつもりだぞ。それでもわからないのか。まったくつきあいきれない）

3

孝志は気がついてみると公園に来ていた。

新学期が始まって間もなく、偶然に青柳布由子と出会った場所である。あのとき、二人で腰をおろしたベンチに孝志は体をあずけた。先日、彼はここで青柳布由子と会った。飯田に聞くよりも、じかに布由子と会って話をするほうが手っとり早いと考えたのだ。さすがに電話をかける折りは緊張して、声が上ずった。

呼び出すのは、思ったよりたやすかった。

話したいことがあるので公園へ来てもらいたい、と日曜日の午後に電話したのである。約束の時刻、午後二時きっかりに布由子は現れた。孝志は半時間も前にベンチで待っていた。半時間が三時間にも感じられた。電話口で布由子は孝志に、どんな用件なのか、とたずねなかった。（いいわ）とあっさり答えただけだ。

軽やかな足どりで布由子は現れた。白いブラウスに淡青色のスカートという身なりだった。制服をつけない場合、布由子はよく白いものを身にまとっている。初めて公園で会ったときも、そのセーターは白だったことを孝志は思い出した。

（宮本さん、待った?）

（いや、たった今、来たばかりなんだ）

孝志はいざ布由子と向かいあうと、案外に自分がおちついているのを知って驚いた。きょうは他にすることがあったのではないか、ときいてみた。

（日曜ですもの何かすることがあって？　本を読んだり、ラジオを聞いたりしてただけなの）

（どんな本を）

（まあきれい）

布由子はベンチのわきにそびえているクスノキを仰いだ。頭上に繁ったクスの枝葉に日が当たり、風にゆさぶられるつど、葉と葉の間から五月の光が射るように目をさす。クスの甘く鋭い芳香も二人の上に降って来た。孝志は顔をのけぞらせてクスの梢を見つめている布由子の白い喉をぬすみ見た。

布由子は溜め息まじりに、（いい匂い）とつぶやき、深く息を吸って吐いた。ブラウスの胸もとが大きくふくらんだ。孝志はあわてて目をそらした。孝志はいった。

（クスノキからは樟脳がとれるんだって）

（そうなの。知らなかったわ）

（結晶は水に溶けないで、アルコールやエーテルにしか溶けないんだそうだよ。セルロイドやフィルムの製造に使われるって聞いたけれども、台湾の特産物らしいな）

（台湾のね、宮本さん物知りなのねえ。フィルムに使われるなんて知らなかったわ）

（一度、昇華させなければフィルムの原料にはならない）

まったく何てことをおまえはしゃべってんだ、と孝志はわれながら自分が肚立たしくなった。樟脳の用途なんかペラペラしゃべり出そうとは、夢にも思わなかったのだ。

（フィルムといえば宮本さん、カメラおやりになるの）

（カメラなら持ってる。安物だけれど）

（あたし、父から譲ってもらったカメラ持ってるの。二百ミリの望遠レンズ付き。それでね、望遠レンズを取りつけて撮影する場合、絞りと露出はどうなるのかしら）

（おれ、望遠は使ったことないんだ）

何のために布由子を呼び出したのだ、と孝志は自分を叱りつけた。カメラのことなんかどうでもいいはずだ。問題は……

（ユージン・スミスという写真家のこと、あなた知ってる？）

知らない、と孝志は答えた。

（ロバート・キャパは？　ハンガリー生まれの写真家なの。ヴェトナムで地雷を踏んで死んだ人）

（聞いたことがあるような気もする）

孝志は顔がひとりでに赧くなるのを覚えた。鳴海和太留なら知っているだろう。自分は外国の写真家について何も知らない。

（キャパというカメラマンが有名になったのは、スペイン市民戦争のとき、弾丸に当たって倒れかかった兵隊を撮った写真がきっかけなの。あなたもどこかで見たはずだわ。そして最後の写真が、ヴェトナムの戦場を兵隊たちが歩いている光景なの。見たところどうということはない写真だけれど、それを撮影して間もなくキャパは死んだわけだから、何となく気味が悪いようないたましいような。つまり、もうすぐ死ぬことになる人間が最後にファインダーでのぞいた世界を、あたしは見ているってわけ）

（なるほど……）

こういうとき、和太留ならどんなふうに受け答えをするだろうか、と孝志は思った。わかっていることはただ一つ（なるほど）という間の抜けた相槌でないことだけは確かだ。

（考えてみれば写真というものは恐ろしいような気がするわ）

（恐ろしい？　なぜ）

（だってそうでしょう。さっき、あたしが話したキャパの出世作、スペインの兵隊が死にかけた映像ね、当の人間はもう骨になるか水になるかして、この世に存在しないのに、映像だけはいつまでも残ってる。丘の中腹で、小銃を持って体を傾けたままの姿勢で……）

（うん、そういえばそうだな）

（あれから四十年ほど経ってるのよ）

（あれから、というと？）

（スペイン市民戦争が始まったのは一九三六年でしょう）

（う、うん、そうだったな。……鳴海のやつ、写真に詳しいんだけれど）

（鳴海さん読書家でもあるわね。学校図書館が新刊書を購入して掲示に出すでしょう。借りに行ってみると、たいてい鳴海さんが先に借りてるの。また、あたしが別の本を借り出して裏表紙の貸出しカードに記入しようとしたら、必ず前に鳴海さんの名前がのってるわ）

（あいつ、本ばかり読んでるみたいだ）

（スポーツマンでもあるでしょう。テニスにかけては北高であの人の右に出る者はいないって、飯田さんがそういってたわ）

孝志は消しゴムが喉につかえたような気になった。とうとう飯田の名前を布由子は口にした。孝志は息苦しくなった。

（飯田のことを悪くいう連中は多いんだけれど、そうでもないらしいよ）

（まあ、飯田さんって評判わるいの。知らなかったわ）

（人からものを頼まれたら厭だといえない性分らしいな。もっとも頼む相手によりけりだそうだが）

（宮本さんが飯田さんと親しいなんて聞くのは意外だったわ）

（親しいというほどでは……）

（あら、友達ではなかったの）

（鳴海がそういってた）

布由子はまたクスノキの梢を見上げた。さっきのように、うっとりとした目つきではなかった。

（友達でもないのに、いいやつとか悪いやつとか、どうしていえるのかしら）と布由子はひとりごとをいうようにつぶやいた。沈んだ声音である。孝志はとり返しのつかないことをいってしまったと思った。

布由子の表情にはつい今しがたまで浮かんでいた和やかなものが消え、硬く冷たい色がとって代わっている。

（宮本さん、誘ってくれてありがとう。ひとりで家にいて退屈してたの。おしゃべり出来て楽しかったわ）

（いつかカメラを持って二人で海へでも行きたいんだけれど）

（いいわね。そのときまでに望遠レンズの使い方をマスターしておくわ。じゃあ……）

そういい残して布由子は公園から出て行った。長い時間をすごしたように孝志には感じられたのだが、腕時計をのぞいてみると、布由子が現れてからたった一時間しか経っていなかった。

4

「バカ者！」

父の怒声がとんだ。

孝志は一瞬、目が見えなくなった。畳の上にあお向けに倒れた。

「あなた、あなた」とおろおろ声で父に取りすがる母の姿が目の端にあった。顔がしびれ、その次に灼いた鉄でも押し当てられたように熱くなった。孝志は頬に手をやって身を起こした。そのとたん、また父のこぶしが孝志の顔を打った。

「お父さんっ、やめて……」

母が金切り声を張り上げた。ほとんど悲鳴に近かった。

「いや許さん。きょうというきょうは性根を叩き直してやる。お母さん、どきなさい」

父は取りすがった母をむぞうさに突きとばした。卓袱台の上に、孝志が書いた布由子あての手紙がのっている。公園で物思いにふけったあと、帰宅してみたら父と母がその手紙をはさんでいい争っていたのだ。孝志が出かけてから、おそらく合鍵を使って母が部屋にはいり、机の抽出しを調べて発見したのだろう。

孝志はものもいわずにその手紙をつかんで破り捨てようとした。

書きはしたものの投函するつもりは最初からなかった。だからこそ自分の思いをありのままに述べることが出来たのだ。かなり大胆な表現をしている。（あなたを抱きしめたい）という文章もある。どうせ布由子に読まれることはないのだ。孝志は毎晩、手紙を書き、翌朝それを粉々に千切って登校するのだった。怒りとはずかしさで、孝志が父たちの前に置かれた手紙をつかみとったせつな、父のこぶしが頰にとんだ。今朝にかぎって、手紙を破るのを忘れていたのである。

「学生の分際で女の子なんかにうつつを抜かして勉強を忘れるとは何事だ。いいか孝志、お父さんがおまえを殴ったことが今までにあったか。成績が下がったからといって殴るんじゃない。女の子とつきあうからといって叱るのでもない。しかし、この手紙は一体なんの真似だ。はじ知らずめ、一人前の大人でもこんな手紙を書きはしないぞ」

「あんた達だって卑怯だよ。人が居ないうちに鍵をあけてしのびこむなんて」

孝志も大声でやり返した。

「卑怯だと？　今さら何をいう。この家は私の家だ。それに子供のためを思えばこそ、お母さんが心配しておまえの悩み事の正体を知りたいと思って……」

「それが余計なお世話だといってるんだよ。誰に手紙を書こうとぼくの勝手じゃないか」

「余計なお世話だといったな」

父は再び手を上げた。

「殴りたいなら殴りなよ。ぼくのプライヴァシーを侵したくせに、あんたこそはずかしくないのかよ」

「プ、プライヴァシーだって」

父はますますいきりたった。

「そうだよ。ぼくにも知られたくない秘密の一つや二つあったっていいじゃない」

孝志は手紙を細かく破って父に投げつけた。

「お父さんがどうしてこんなに怒ってるのかわかってないらしいな。いいかね孝志、お父さんはおまえの将来のことを考えていってるんだ。いい大学に合格し、ちゃんとした勤め人になるためには、女の子とのつきあいはほどほどにしてだ、勉強に……」

「ちゃんとした勤め人だって？　笑わせないでよ。お父さんの生活をぼくは見てるんだから、ちゃんとした勤め人というものがどんなに惨めでくだらないか、よくわかってるつもりだ」

「孝志、ことばをつつしみなさい。お父さんに向かって」

「お母さん、黙ってなさい。孝志、お父さんは聞いてるよ」

父はビールの残りを口にあけて孝志の目を見つめた。

「もういいよ、ぼくは……」

「よくはない。いいかけたことは終わりまでいうものだ。さあ」

「昼間は銀行で上役の部長とか支店長にぺコぺコしてさ。ゴマをすったりなんかしてるくせに、夜は愚痴ばっかり。そんなに勤めが厭ならさっさとやめちゃえよ。二十五年も勤めたのは銀行が好きだからだろう。母さん相手に愚痴るのは男らしくないよ」

「おまえに大人の世界がわかるものか。誰のおかげで高校に通ってると思う」

「お父さんのおかげだといえばいいんでしょう」

「そのいい方はなんだ。親に対して」

「高校に通ってやってるんだ。ありがたいなんてちっとも思っちゃいない」

「孝志……」

「高校なんかいつでもやめてやる。こんな家にいるもんか」

孝志は茶の間をとび出して階段を駆け上がった。扉をけとばしてあけ、ベッドの下から寝袋を引きずり出した。手早くタオルと歯ブラシ、靴下とシャツ類をその中に詰めこんだ。

「何をしてるの孝志、今のうちにお父さんに謝りなさい」

「うるさいな、ぼくはここを出て行くんだから」

「出て行くって、どこへ」

「留守ちゅうに人の部屋をかき回したりする家に居てやるものか」

「あなたのことを心配して……」

「誰がぼくのことを心配してくれと頼んだのだい。ぼくだってもう子供じゃないんだぜ。そこをどいてくれよ」

孝志はあらあらしく階段を踏み鳴らして階下へ降りた。

5

「なんだよ、ものものしい恰好をして、山登りでもするつもりかね」

鳴海和太留は孝志を部屋に入れると笑いながら彼の身なりをひやかした。そういわれてもおかしくない服装である。ナップザックには教科書と文庫本を入れている。

「まるで今から家出しますとでもいうような身仕度だな。まあ、突っ立ってないでそこに座れよ」

「ゆっくりしている暇はないんだ。おれ本当に家出するんだから。おやじがここと見当をつけて押しかけてくるに違いない」

孝志は手短かにわけを話した。

「座れといったのが聞こえないのかい。おれ、おまえがそこに立ってるのが厭なんだよ。家出だのなんだのと血相を変えてとびこんで来られる身にもなってもらいたいな」

和太留はうんざりしたように顎で部屋の片隅を指した。

孝志はしぶしぶ寝袋を畳に横たえた。その横に腰をおろした。

「出来そこないのホームドラマというところだな。ラブレターを親に読まれて家出する息子というわけか。おやじさんが感心するほどの名文を書いたんだろうな」

「おれ、まじめなんだ」

「そうだろうとも、バカな高校生がまじめにラブレターを書いた。さぞおやじさんは唸っただろうぜ。とうせつの若い者はポルノまがいの恋文を書くのかって、国語教育に肚を立てたり政治が悪いとかいってぼやいたり、おれ同情するよ」

和太留は煙草の煙を輪にして口から吐き出した。そして孝志にいった。

「青柳布由子がおれに何を頼んだかを教えてやったら、おまえ、家に帰るかい」

自殺未遂

野呂邦暢

1

あけがた、孝志は寝袋の中で目をさました。

城山の中腹である。

昨夜、孝志は鳴海和太留の家を出て、まっすぐこの山へ来た。北高の裏手に城山はそびえている。シイ、カシ、クスなどの樹木で覆われた山肌は、昼でも暗い。和太留に家へ帰ると約束したものの、父や母の顔を見る気にはなれなかった。和太留が語ってくれた青柳布由子のことが頭から去らなかった。

（青柳がおれに頼んだことを誰にもばらさないと誓うかい）と和太留はいった。孝志は誓った。

（おやじが外科医だということはおまえも知ってるだろう。患者のために使う薬の中に劇薬がある。麻薬もある。医院だから当然だろう。青柳は劇薬でも麻薬でもいい、のんだらすぐに死ねる薬を、おれに分けてくれないかといった）

（青柳がなぜ死ななくちゃいけないんだ）

（モルヒネもヘロインも患者の命を救けるためにしか使えない。それにあれは管理が厳重だしさ。胃の薬なんかと違って鍵のかかった戸棚にしまってある。年に何回か警察が定期的に保管状況を検査にやって来る。どれだけ使って残量はいくらかまでチェックする。おれがかりにおやじの鍵を盗んで麻薬をかすめでもしたら、たちどころに露見することになる）

（そういっておまえ断ったのか）

（ああ、はいかしこまりましたといって麻薬を盗めるものか。クラス一の美少女の頼みでもな）

（断ったら青柳はなんていった）

（いいわ、といったよ。自分の頼みを忘れてくれとつけ加えた。妙な女だ）

孝志は頭をかかえこんだ。青柳布由子の成績は学年で十五番めである。病身ではない。父親をなくしているとはいえ、母親が五階建てのビルを所有しているからには、生活だって苦しいはずはない。国立大へ行ける力があり、私立大へ進むゆとりもある。そんな女生徒がなぜ死ななければならないのか。

（おまえ、まだ何か青柳のことで隠していることがあるだろう。みんな教えてくれよ）

（おれに断られたんで、青柳は次に飯田の所へ行った。やつは〝アラビア〟に出入りして麻薬をためしたこともあるという噂を聞いてたんだろうな）

（飯田は手に入れてやったのか）

（知らないね。確かなことは青柳がまだ生きてぴんぴんしてるってことだけさ。約束だ、子供は早くおふくろさんの膝もとへ帰ることだ。おれはもう寝るからな。さあ、帰った帰った）

追い立てられるようにして孝志は鳴海医院を後にした。

2

孝志を目ざめさせたのは頭上にかぶさるカシノキの葉末からしたたる朝露だった。

鳥がうるさく鳴きかわしている。

木の間がくれに淡青色の朝空が見える。孝志は寝袋からぬけ出して体をそらした。落葉の上でも地面の上であることに変わりはない。体の節々がこわばって痛みを覚えた。太陽はのぼったばかりである。鋭い朝の光線が森の中へいくつもの筋になって射しこんだ。

孝志は山腹の途中まで降りた。小さな谷に水が流れている。露にぬれた落葉の上はすべりやすかった。孝志は水のほとりにしゃがんで顔を洗った。手に異様な感触を覚えた。頬と顎にひげがのびている。今初めて気づいたわけではないが、今朝にかぎってひげが妙に硬く思われた。冷たい水でうがいをしたあと、しばらく孝志は手のひらで顔をなでた。にわかに腹がへった。

昨夜、城山のふもとにある八百屋で買ったパンとチョコレートをとり出して食べた。谷川の水をすくって飲み干した。父と口論したのがきのうではなくて、ずっと遠い昔のことであるような気がした。彼の手紙をぬすみ読みした行為は依然として許せないが、かといって家をとび出した彼自身の軽率さも、バカバカしいと考えないわけにはゆかない。

——子供じゃあるまいし、

と孝志はつぶやいた。

父がわが子の幸せを願うのは当たり前だ。母が子供の心身を気づかうのももっともだ。とやかく反抗するのも大人げない、と孝志は考えた。そうすると急に自分が一人前の大人になったような気がした。愚かしい母を憐れむことができた。家庭のためにひたすら働く父が彼のことを心配するのも理解できた。

(おまえの幸福を願えばこそだ)と父はいった。いかにもそうだろう。ただ何が幸福であるかという考え方において、父と孝志は異なるのだった。いい大学を出て安定した企業の一員に採用され、平和な家庭を営むことが父のいう幸福である。

(それはまさしくおやじが手に入れた人生じゃないか。そういうのが幸福だなんて笑わせられる)

というのが孝志の考えである。男は「幸福」だの何だの考えるには及ばない。この世にはささやかな幸福よりもっと大事ななにかがある、と孝志は信じている。

（ほう、じゃあそれは何だい。幸福よりもっと大事なものというのは。おれ聞いてやるから）と和太留がいった。

酒井先生の家でハムレットを読んだ帰りに、孝志はふと和太留の顔を見たくなり家へ寄った日のことだった。

（おいおい、からかうんじゃないよ。わかってるくせに）

孝志は照れた。

（わかってやしないぜ。大いに興味があるな。幸福より大事なものがあるとおまえいってるんだ。それ一体なんだい）

（なんだといわれても、そのう、急にはおれ答えられないんだよ。そんな気がするだけさ。だってそうじゃないか。大学を出て就職して誰かと結婚して団地か建売り住宅に住んで子供を育てる、それが人間の幸福かよ）

（それが人間の幸福ということになってる。大昔から人類は……）

（おまえだって本気でそう思っていないくせに。おれのいうことに同感してるくせに。わかってくれよ、おれ、はっきりとは口に出して幸福より大事な何かってやつを説明できないんだ。おまえはなんでも知ってるだろ、おれの代わりに説明してくれ）

（だがな宮本、ささやかな幸福を手に入れるのも楽なことじゃないんだぜ。一生あくせく働いて、不幸なままで死んでゆくのが大半だよ）

（他人のことなんかどうでもいいんだ。問題はおれの生活さ。おやじのような人生をおれにくり返せというのかい）

（なるほど、どういう風の吹きまわしか知らないが、おまえの精神年齢は〇・五歳ほど成長したことを認めてやろう）

（おまえにかかると、おれ小学校の生徒にでもなったような気がするよ）

（幼稚園ですよ）

孝志は大声で笑った。和太留もふき出した。その晩おそくまで和太留は父親の書棚から持ち出して来たという『人体解剖図譜』を拡げて、孝志のために女性の体が男性とはどのように異なっているかを詳しく説明した。

3

孝志は寝袋をたたみ、一夜の宿をあとにした。きょうが日曜日であることをすっかり忘れていた。急いで帰宅する必要はないが、山にとどまっていても仕方がない。山腹をゆっくりと足を踏みしめて登った。家へ帰るにはいったん山頂へたどり着き、そこから町へ続く道を下らなければならない。

樹木から樹木を伝って急勾配をなした山腹を登る孝志の目にちらりと白いものが映った。そこは一箇所だけ山腹に窪みが出来ていて、シダの葉で暗いかげになっている。シイの大木がそびえる根方である。下かげに植物とはちがった白さを持つ何かが横たわっているようだ。

孝志は窪みの方へ近づいて、シダの葉をかきわけた。あお向きになって女が眠っている。白いブラウス、白いスカート、ソックスも白、靴も白である。孝志は石にでもなったかのようにしばらくそのままの姿勢で、ぽかんと口をあけて女を見おろしていた。

青柳布由子が死んでいる……。

いや、死んでいるかどうかまだわからない。孝志は呼び出したいような衝動をけんめいにこらえた。窪みにとび降りて布由子の手首にさわった。ぞっとするほど冷たく感じられた。脈を搏っているかいないかは、逆上している孝志には確認できなかった。

孝志は窪地を這いあがってうろうろと周囲を歩きまわった。山はひっそりとしている。聞こえるのは鳥のさえずりと風にそよぐ枝葉のざわめきだけである。孝志はまた布由子のそばへ引き返した。ひざまずいてこわごわと布由子の首筋に手でさわった。

かすかなぬくもりがあった。搏動が孝志の手に伝わって来た。注意してみると布由子の胸がゆっくりと上下している。

生きてる……。

孝志はへたへたと尻もちをついた。安心したあまり全身から力が脱けて、立ちあがることが出来なくなった。しばらく布由子の顔をみつめながら、これからどうしたら良いか考えた。一刻も早く医者の手当てを受けさせなければならない。山を降りて救急車を呼んで来るというのは？　救急車は山道を登れない。その間にもし布由子の体に異常が生じたらどうなる？

孝志は決心した。布由子は顔色が蒼ざめ、唇は血の気を失っている。吐く息も弱々しく不規則だ。孝志は左腕を布由子の肩の下に、右腕を膝の下にさしこんだ。全身の力をこめて体を持ち上げた。それほど大柄でもないのに予想したより重たくて、孝志は布由子を抱きかかえたまま二、三歩よろめいた。

十メートルと進まないうちに、そうやって運んで行くのが不可能だとわかった。孝志はいったん布由子を地面におろし、その体を二つに折って背中で支えた。だらりと垂れさがった腕を左手でおさえ、右手で下半身をおさえた。西部劇でジョン・ウェインが、そうやって傷ついたガンマンを運ぶシーンがあったのを彼は覚えていた。

しかし孝志はジョン・ウェインではなかった。背中にかかる女の体重はますます大きくなる一方だ。孝志は幾度も足がふらついて、そのつどかたわらの木の幹に額をぶつけた。布由子は何かいった。何かいったのではなかった。呻いたのだ。なま暖かいものが孝志の肩を濡らした。

孝志は布由子を下におろし上半身だけ起こさせて、

「吐けよ、おい。のみこんだ薬をみんな吐いちまえ」と大声でいった。

布由子は苦しそうに白いものを吐いた。孝志は背中をさすってやった。女の子のわきの下に両手を入れて立たせようとしたが、濡れ雑巾のようにぐったりと彼の胸へもたれかかるだけだ。手を放すとたわいなく地面にくずれそうだった。布由子は口をあけ、目を半ば見開いてせわしなく呼吸している。

孝志はさっきのように再び女の子をかついで歩き出した。

まだ自分が布由子と一緒にいることが信じられなかった。夢の続きを見ているようでもあった。昨夜、かたい地面の上でなんべんも寝返りをうちながら切れ切れに見た夢。布由子が現れた夢の世界に自分はいるのではないだろうか。

しかし、背中にかかるどっしりとした重み、これは現実のものだ。肩を濡らしている冷たいもの、これもそうだ。夢ではない、夢なんかではないんだ、と孝志は布由子をかついで山道を降りながら自分にいいきかせた。早朝なので誰にも会わないのが良かった。救急車を呼べば必ず警察に知られる。学校にも通知が行く。布由子は何も山の中で着のみ着のまま一夜を明かすつもりではなかっただろう。自殺するつもりだったのだ。

なぜ?

それはわからない。のんだのは毒薬か睡眠薬か。毒薬だったらたすかりはしないだろう。たぶん睡眠薬のはずだ。あれは量が多すぎても少なすぎても死にきれないということを、いつか和太留から聞いたことがある。孝志は息を切らし汗みどろになり、一歩一歩、山を降りた。折りよく通りかかったタクシーをとめた。

タクシーの運転手は孝志の肩にもたれたままでいる布由子を見て、けげんそうな表情になった。

「鳴海医院へ」と孝志はいった。「急いでください。この人が重態なんだ」とつけ加えた。タクシーは猛烈なスピードで、人通りの少ない朝の街路を走り始めた。

4

カウンセリング・ルームの窓を背にして影山先生は立ったまま口を開いた。

「もう一度きくが、おとといの朝、城山の森の中で青柳を発見したのは宮本、おまえだな」

「はい」

孝志は、なんべん同じことをきけばわかるのだと内心いらいらしながら答えた。

「前もって青柳から連絡があったのか」

「連絡というと？」

「城山で会うとかまあそういった打ち合わせだ」

「偶然です。打ち合わせだなんてとんでもない。あの朝、城山を歩いているとき青柳さんが倒れているのを見つけたまでです」

「何時だった」

「六時半ごろだったと思います。もっと早い時刻のような気もしますが、正確に覚えていません」

「そんな時刻になんで城山のそれも遊歩道のある側とは反対の森の中を歩いていたんだ」

「いけませんか」

父たちと喧嘩して家をとび出したとは告げていない。野宿したのを知っているのは鳴海和太留と孝志の両親だけだ。警察の訊問にもそう答えておいた。

「宮本は朝早く森の中を散歩する趣味でもあるのか」

「ええ、毎朝ではありませんが」

「青柳とはどういう関係だ」

「関係？　なんのことですか。ぼくたちはただのクラスメイトです」

「偶然にしては出来すぎている。おまえたちはときどきあの森の中で会ってたんだろう。ありのままを答えるんだ」

「ありのままを答えています」

「先生をなめてかかるんじゃない。悪いことをしていないのなら包み隠さず話すことだ。先生は宮本を責めているとでも思ってるのかね。事実を知りたいだけだ」

影山先生は眼鏡をはずしてハンケチでていねいにレンズをみがいた。くるりと窓に向かってレンズに曇りがないかどうかを確かめて顔にかけた。事実をありのままに語っていると孝志はくり返した。

「青柳のお母さんの話では、おまえ青柳の自宅になんべんも電話をかけてたそうだな」

「一度だけです」

「学校の外で会っていた」

「それも一度だけです」

「ところが朝の六時半ごろ、城山の中腹で青柳を見つけた。誰が聞いても偶然とは信じられない」

「………」

「宮本は〝アラビア〟に行ったことがあるだろう」

「………」

「黙っているところを見れば、行ったと受けとっていいんだな。先生にはちゃんとわかってるんだ。〝アラビア〟のウエイトレスが、私服を着た北高生がなんべんも来たと証言している。おまえのことをいってるんだ」

「ばかばかしくって黙ってるんです。ぼくは〝アラビア〟に行ったことはありません」

「ウエイトレスに顔を見られてるぞ。嘘はすぐばれる」

「私服を着た北高生ならいくらでもいます。どうしてそれがぼくなんです。ウエイトレスに会えば、そいつのいう学生がぼくではないとわかるでしょう」

「たいした自信だな」

「そのウエイトレスにいつ会わせてもらえますか」

「会いたいか」

「会わなければぼくのいうことが本当じゃないと思われるでしょう。ぼくは〝アラビア〟へ行ったことはないし、ましてウエイトレスの顔を見たこともありません。カマをかけるのはよしてください」

「ウエイトレスは確かに北高生だと証言したぞ。じゃあきくが、宮本は〝アラビア〟へ行った北高生に心当たりがあるだろう」

（そうか、それをききたかったのだ）と孝志は考えた。その手にはのらない。しかし、あっさり知らないというのも業腹だ。自分はまだ疑われているのだから。孝志はしばらく考えるふりをした。影山先生は目を細めてじっと孝志を見つめている。

「さあ、どんな学生ですかねえ。噂ならぼくも聞いたような気がするけれど」

「噂では、か」

「本当に北高生ですか、南高生ではなくて。北高生とはどうしてわかったんですか」

「その学生が雑談ちゅうに私の名前を出したというんだ。南高の生徒なら私の名前を知ってるわけがない」

「〝アラビア〟へそいつは何しに行ったんですか。あそこは高校生の立入り禁止になってるスナックでしょう。コーヒーを飲みたければ他にいくらでも喫茶店はあるのに」

「とぼけるのもいい加減にしないか宮本、シャブを買いに行ったんだ」

「へえ、売ってくれるんですか」

「何をだ」

「…………」

「とうとうしっぽを出したな。シャブというのは何のことか宮本にはわかってるんだ。さあ、洗いざらい知ってることを白状しちまえ。誰と誰が〝アラビア〟へ行ったんだ。それを教えてくれたら宮本のことは内密にしておいてやる。おまえが〝アラビア〟へ行かなかったということにしてやろう」

影山先生はにんまりと薄笑いをうかべた。覚醒剤の隠語くらいは誰でも知ってる。シャブという言葉を知っているからといって、〝アラビア〟へ行った証拠にはならない、と孝志は抗弁した。警察の少年課で、きのう事情聴取をうけたときは、もっと紳士的だったと孝志は思った。五十がらみのふとった小男が、低い声で孝志に布由子を発見した前後の模様をたずね、最後になってあの場合は救急車を呼ぶべきだったとさとしただけだ。いずれこうしたことは警察にもわかることだからね、とつけ加え、訊問は半時間以内ですんだ。

それにくらべて影山先生のねちねちとしたしつこさはどうだ。孝志は（独身だからだよ）といった和太留の言葉を思い出した。

（おれもあいつには生活指導という役目以上の厭らしい情熱を感じるな。生徒の私生活に干渉するのは大なり小なり教師として仕方はないが、あれはゆき過ぎってもんだ。奥さんでももらったら生徒の素行にも寛容になるんじゃないだろうか）

「わが高は県でも進学率が一番高い名門高なんだ。もちろん〝アラビア〟なんかへ足を踏み入れる生徒がいないと私も信じたいが、事実はどうしようもない。彼らは肉体に刺さったトゲのようなものだと思ってる。早く除去しないと傷口が化膿してしまう。宮本、先生に協力してくれないか」

今度はネコなで声に変わった。孝志はおどしたりすかしたりとはこういうことかと、内心面白く思った。そして答えた。

「知らないことは教えられません」

「知ってたら教えるかね」

「どういうことですか」

「おまえは青柳を城山で見つけて鳴海医院へ運んだ。救急車を呼ばなかったのは、自殺未遂という事件が学校や警察に通報されるのを防ぎたかったからだ。そうだったな」

「ええ、しかし、もうこうなったら」

「鳴海先生は医師という職業上の義務から鳴海和太留やおまえの反対をおしきって警察へ通知した。しかし、青柳布由子の将来のためを思って、警察部内のお偉方に働きかけ、事件を内聞のままですませることにした。わが校としても鳴海先生のとった処置に異存はない。学校側が生徒の不始末を世間に知られてうれしいわけはないのだ。だからおまえの意図は半分達成できたことになる。青柳のしたことは関係者以外には誰も知らない」

「それは良かった」

「安心するのはまだ早い。私は青柳のことが世間に知れ渡らないように万全の処置をとる。おまえが私のすることに賛成なら協力してくれていいじゃないか。そうだろう」

「ちょっと待ってください。つまり先生は、こういいたいんですか。ぼくが協力しなかったら青柳くんのことを公表すると。まさかそういいたいのではないんでしょうね」

「協力するのか、しないのか」

「何をすればいいんです」

「おまえだけ特別に〝アラビア〟へ出入りする許可を私がとってやる。あそこでねばって北高の誰と誰がやって来るか、どんな方法で覚醒剤を手に入れるかをつきとめて報告してくれ。いいな」

「そんなスパイみたいな役目を、ぼくにやれと……」

「スパイじゃない。学校のため青柳布由子のためだ」

布由子のために……この言葉が孝志の胸に食いこんだ。自分が布由子の幸福にいくらかでも役立つという予想が孝志をわくわくさせた。また〝アラビア〟で一体何が起こっているかを知りたいという好奇心もあった。

5

「汚い手を使いやがったな。まるで脅迫じゃないか」

和太留はいった。放課後、二人は学校図書館の裏でおちあった。芝生の上に寝そべって孝志は影山先生の提案を教えた。キョウチクトウのつややかな葉に、六月の日が反射してまぶしい。

協力しなければ布由子のしたことを公表するとほのめかしているようなものだ、と和太留はいって舌打ちした。孝志はいった。

「でもな、やってみるだけのことはあるじゃないか。これは冒険だよ」

「そうとも、冒険ではあるよ。〝ポパイ〟が焼けたのは麻薬の取引きでイザコザがあって、暴力団の三下野郎が火をつけたんだ。警察の捜査はそこまで進んでいるっておやじがいってた。〝ポパイ〟の経営者は元暴力団の幹部なんだそうだ。昔の仲間から頼まれて〝ポパイ〟の一室を取引きに使わせているうち利益の分け前のことで喧嘩になったってわけ。もう、部屋を提供しないとごねたもんだから放火されたらしい」

「〝アラビア〟との関係はどうなんだ」

「さっそく刑事みたいな口を利くじゃないか。〝アラビア〟のマスターも以前はやくざの一味だったのさ。今は足を洗ってカタギになったと自称しているらしいが、あのスナックに資金を出したのはやつの親分だったそうだから怪しいもんだ。おまえ、まさか〝アラビア〟に入りびたりになるんじゃあるまいな」

「学校のことをほったらかして出かけるわけじゃないよ。おれだって試験は気になるし。しょっちゅう行けやしない」

「わかってるのかおまえ、密告者という役目を引きうけてるんだぞ。青柳のためだといっても、度が過ぎてやしないか。影山はおまえを利用してるだけなのさ」

「おれバカだからさ鳴海、今までおまえのいうなりになって来た。本当だ、おまえいつもいいこというから、おれ感心しちまって、そうかなあ、じゃあやめとこうとか、じゃあやってみるかとか、自分の意志で動いたことはなかったような気がする。今度はちがう。確かにおれの役目はスパイだよ。けちな密告者といわれても仕方がない。自分でもヤバイことを引きうけたもんだって、我ながら呆れてる。しかし、おれ、影山の頼みをきくことで青柳のためになると思って、おまえからなんといわれてもやってみるつもりなんだ。おれを軽蔑したければ軽蔑しろ」

「学生の自殺未遂事件なんて珍しいことじゃないんだよ。おまえは今、頭に来てるから青柳が仕出かしたことは空前絶後の大事件と思いこんでるんだ。たいてい闇から闇に消えてしまうのでありましてね、何も影山がどうこうしなくても世間が騒ぐことはないんだぜ。冷静になってもらいたいな」

「しかし、おれたちはあいつがなぜ死のうとしたか、いろいろとカングるよ。皆だって面白がって根も葉もない噂をまき散らすに決まってる」

「そうか、おまえはサンチョ・パンサを連れていないドン・キホーテだよ。勝手にするがいい。いざとなって吠え面かいたって知らないからな。おまえはヤクザに手か脚の骨を折られなければ思い知らないんだろう」

「危いことはしないつもりだ」

「おまえがしなくても向こうがしたらどうする。学校のため、青柳のため？　へん、笑わせるなって。おまえはただ青柳に気に入られたくてイキがってるだけなのさ。見ちゃいられないよ、まったく」

「おまえがなんといって止めても、おれの気持ちは変わらない」

孝志はそういい残して和太留と別れた。〃アラビア〃へ行けば、もしかしたら布由子がなぜ自殺をはかったかも突き止められるように思われた。それこそ孝志が知りたいことだった。しかし、和太留に本当のことをいえば、また笑われるに決まってる。げんに布由子をあの朝、鳴海医院にかつぎこんだとき、一応の手当てがすむと、和太留は待合室のソファにぐったりとのびている孝志のそばで、

（死にたい者は死なせておけ。ぼくらはこれから朝飯だ）といった。それはいい過ぎというものだと孝志が抗議すると、

（いや、これはある批評家がいった言葉で、おれのせりふじゃないんだ）と弁解した。

（もっともこの批評家は自殺したがね）と後でつけ加えた。

密告者

野呂邦暢

1

孝志は青いジーパンに白いTシャツをつけ、上から赤いジャンパーを着こんだなりで〝アラビア〟のカウンターに向かっていた。

ドアを押すときは、さすがに胸がドキドキした。先客がいっせいに自分を見つめて、高校生はとっとと出てゆけ、というのではないかと思った。内部はL字形のカウンターにテーブルが三つという狭いスナックである。十五、六人も入れば満員になってしまう。先客は若い男女が一組しかいなかった。孝志はカウンターのいちばん奥に席をとった。ドアからの出入りがよくわかる場所である。

蒼白い顔色の痩せたウエイトレスが注文をききに来た。

「ビール」

と孝志はいかにも物慣れた口調でいった。こんなスナックには毎日やってくるような顔をして、ポケットからおもむろに煙草をとり出した。ウエイトレスは濃いアイシャドーを塗った目蓋の下から二秒間あまり孝志をまじまじと見すえた。カウンターの内側には女が一人である。マスターの姿は見えない。先客は肩を寄せあって何かひそひそと話している。どちらも二十二、三歳の勤め人に見える。

孝志は運ばれて来たビールを飲んだ。

「マッチくれ」

孝志が唇の端についたビールの泡を手の甲でぬぐいながらそういうと、ウエイトレスはにやりと笑った。顎で孝志の横を指した。小さなざるに盛ったマッチの山がある。目の前に置かれているのに気がつかなかったのだ。孝志はマッチを擦った。

一本めは軸が折れた。

二本めは軸薬がとれた。

三本めになってようやく火がついた。

ウエイトレスがけたたましく笑い出した。

「あんた、変わった煙草のすい方をするのねえ」

孝志はあわててセブンスターをくわえ直した。フィルターに火をつけようとしていたのだ。照れ隠しにビールを飲みほした。全然うまくなかった。ビールは夜ふけ冷蔵庫から取り出して立ったまま飲むに限る、と思った。小壜はすぐに空になった。

「もう一本」

と孝志はいった。

「いいの？　学生さん」

からかうような目付きでウエイトレスはいったが、その手はもうビールの栓を抜いていた。

「学生じゃない、労働者だよ」

「労働者ですって」

ウエイトレスはふき出した。

「何がおかしい」

孝志はむっつりとしてなじった。

「労働者は自分のことを労働者だなんていわないものなの」

孝志は先客の奇妙な様子が気になった。若い男が体を慄わせている。女と肩を寄せ合っているように見えたのだが、実は慄えている男の体を女が抱きすくめていたのだった。男は蒼ざめた額に汗を浮かべている。前に置いた水割りのグラスには手をつけていない。寒いはずはない。クーラーは騒々しく音をたてているけれども、さっぱりききめはないのだ。七月に入って気温は連日三十度を越えている。夜になった今も水銀柱はいっこうにさがらない。病気ならばどうしてあの男はスナックから出て行かないのだろう。と孝志は思った。

「マスターはまだなの?」

女の客がうわずった声できいた。

「それが……」

ウエイトレスは孝志の後ろにある奥へ通じるドアに目を走らせ、次に孝志を見た。孝志は無関心を装ってビールを飲んだ。

「待てないのよ、早く」

女客は金切り声をあげた。ウエイトレスはふくれっ面をしてカウンターをくぐり抜け、孝志の背後を通って奥へ消えた。孝志は腕時計を見ていた。一分たち二分がたった。後ろでドアが開いた。孝志の肩に男の手が置かれた。あたたかい息が彼のうなじにかかった。

「お客さん、せっかくだがね、今夜はもう店をしめさせてもらうよ」

振り返ると、髭の剃りあとが濃い三十代の男が立っていた。つりあがった一重目蓋のかげから鋭い目が彼を見つめていた。この男がマスターらしい。孝志は千円札で勘定を払った。〝アラビア〟を出て道路を渡り、煙草店のかげに身をひそめて一組の男女が現れるのを待った。スナックの明りはやがて消えた。目だけは〝アラビア〟のドアから放さなかった。

十五分たった。

ちょうど九時になった。〝アラビア〟のドアが開いた。さっきの男女が姿を見せた。男はもう慄えていないようだった。背筋をしゃんと伸ばし、活発な足どりで道路の縁まで歩いて来てタクシーに手を振った。女のほうが疲れ切っているように見えた。この男女がタクシーに乗りこんで走り過ぎて五分あまりたった頃、再び〝アラビア〟の看板に明りがともった。

2

「この国のどこかが腐りかけているのだ」

といって酒井先生は『ハムレット』の原書から頭を上げた。

第一幕第四場、ハムレットの従臣マーセラスのせりふである。〝アラビア〟へ出かけた次の晩、孝志は酒井先生のうちでいつものように『ハムレット』の訳読をしていた。

「宮本、これはどういう意味かね」

「政治の腐敗、ということではないでしょうか」

孝志はあやふやな気持ちで答えた。政治の腐敗とはどういうことだ、と酒井先生はたたみかけるようにきいた。孝志は答えに詰まった。酒井先生はステテコにランニングシャツという恰好であぐらをかき、うちわで蚊を追いながら『ハムレット』の説明をした。この物語の原形は、十二世紀末に書かれたデンマーク人サクソーの著『デンマーク国民史』第三巻に求められる。日本では鎌倉時代にあたる。英国とデンマークの間は大昔から海上の交通がさかんであった。古代英語の民族的叙事詩『ベオワルフ』にもハムレットに似た人物が登場する。

「というわけで、『ハムレット』は宮廷を舞台にした王子の単なるラヴストーリーではないのだよ。見方によってはきわめて政治的なドラマなんだな」

「昔も汚職はあったということですか」

「第一幕第一場をあけて見たまえ。同じマーセラスのせりふにこうあるだろう。〃……それも毎夜毎夜、国をあげての大騒ぎ、昼は昼で、大砲づくりに血道をあげ、外国からは武器をつぎつぎ大量にしこむかとおもうと、いっぽう船大工どもを駆り集め、休みもやらずこき使う。……〃」

「まるで今の世界とそっくりですね」

「政治情勢だけではなくて人間もまったく昔と変わっていない。シェイクスピアが生きていて現代の世界を見たとしても全然おどろかないだろう」

酒井先生はふうっと溜め息をついて、無精髭を撫でた。

「お茶をいれます」といって孝志は台所に立った。二人が向かいあっている部屋に台所から漂ってくる悪臭がさっきから気になっていたのだ。屑入れのポリバケツには、キャベツの葉や腐ったトマトが山盛りになっている。流しには肉屋の包装紙がぬれたままこびりついており、魚のはらわたが散らばっていた。

孝志はやかんをガスこんろにかけて、水が沸騰するまで手早く台所を片づけた。(この国のどこかが腐りかけている)というのがどんな意味であるにせよ、さしあたり腐りかけているのは酒井先生宅の台所であった。孝志は飯粒のついた茶碗と食べ残した焼魚がのっかっている皿を洗った。先生の声が聞こえた。

「きみは家でもそんなに台所で働くのか」

「とんでもない」

「十七歳の高校生はだれしも多少は自分の中にハムレットを住まわせているものだけれど、ハムレットが皿を洗っているところはまず想像できないな」

(人の気も知らないで)と孝志はお茶をいれながら思った。先生は悪臭と共に暮らしているから慣れてしまっている。しかし、孝志にしてみれば七月の暑気で腐敗している野菜や肉の臭いはたまらないのだ。ようやく面白くなりかけた『ハムレット』への興味もそこなわれてしまう。とはいうものの、孝志は台所で洗い物をするのがそれほどいやというわけではなかった。乱雑に積み重ねられた汚れた皿小鉢の類が、しだいに清潔になり白く輝き出すのを見るのは、何かしらいい気分だ。

(おれって案外に家庭的な男かもしれないな)

そう考えたとたん、胸が痛んだ。エプロンを身につけた青柳布由子が、明るい台所でかいがいしく働いている姿を思い浮かべたのだ。いつ、だれのために布由子がそうするのかはわからないが、一つだけ確かなのは、孝志のために働きはしないということだ。

あの事件いらい青柳布由子の席は空虚なままである。布由子の母親が叔父と称する五十代の男と連れ立って宮本家を訪ね、たすけてくれた謝礼に菓子折りを差し出した。ノート代にといって、紙幣を包んだ角封筒も添えられたが、孝志の父はそれを受けとるのを拒んだ。孝志も一度、青柳家に布由子を見舞った。

布由子はベッドに上半身を起こして孝志を迎えた。

血の気の引いた肌が透き通るように蒼い。

目を伏せたまま布由子は、「このあいだはご免なさい」と平板な口調でいった。孝志はかたわらにたたずんでいる母親に、ぎごちなくバラの花束を差し出した。めっきりとやつれている布由子の顔が別人のように思われた。二人でカメラを持って海へ行こう、と公園で話したことが遠い昔のことのようだ。あのとき布由子はすでに死を決していたのだろうか。

(困ってるんですよ、この子には。お食事をとらないのでねえ。宮本さん、布由子にちゃんとお食事をするようにいってくれませんか。このままでは衰弱してしまいます)

と母親に愚痴をこぼされても孝志には口の利きようがない。食べないのは食べたくない理由があるのだろう。まさか布由子の口をこじあけてパンを押しこみ牛乳を流しこむわけにもゆくまい、と孝志は思った。

布由子は疲れているようだった。ベッドの頭板にもたれているのもだるそうだ。孝志はいった。

(じゃあ)

(もう、お帰り?)

といって初めて布由子は孝志を見た。

(早く元気になって学校で会いたいな)

(きれいなお花をありがとう)

布由子は低い声でいった。

3

夕方、孝志は学校から帰った。

制服の白い半袖シャツとズボンを青のTシャツとショーツに着替えて、ベッドに寝そべった。図書館の裏で口論してから和太留とは会っていない。教室で顔を合わせるのは毎日のことだが、わざと目を向けないようにしている。和太留のほうは何かいいたそうな表情である。彼が何をいいたかったのか、きょう、わかった。

雨天体操場で、体育教師が来るのを待っているとき、孝志の足もとにバスケットボールがころがって来た。拾い上げて投げ返した。五時限である。二時間つづけてバスケットをやることになっている。ボールがまたころがって来た。孝志は今度は片手で投げ返さずにロングシュートを試みた。

(やれるかな?)

一瞬、不安なきざしはしたけれども、そのときはもうボールは手から放れ、ゆるいカーヴを描いてバスケットめがけて飛んでいた。

拍手が湧いた。

体操場のすみにかたまっていた五、六人の女生徒からである。さほど期待しないでシュートしたのが、すっぽりとバスケットにはまりこんで孝志の方は呆然としたくらいだ。

(やるじゃないか、密告者《いぬ》め)

後ろの声に振り向くと、和太留が立っていた。小さい声である。孝志にしか聞こえない。その証拠にまわりの連中は勝手なおしゃべりに熱中している。孝志はムキになっていった。

(今、なんていった)

(いぬ、といったのさ)

(おれのことか)

(おまえのことでなくて誰のことだと思う)

そういいすてて和太留はくるりと背を向けたのだった。密告者……その言葉が孝志の耳から離れない。青柳布由子のため、という大義名分があるにせよ、密告者であることに変わりはないという、秘かな後ろめたさが孝志にはある。教師が現れてバスケットボールの練習が始まってから、孝志はミスばかりしていた。

きょうまで〝アラビア〟へ出かけたのは三回である。北高生らしい客は一人も現れなかった。いつぞやの若い男女は、男のほうが明らかに麻薬の常習者らしかった。影山先生はカウンセリング・ルームで孝志の報告を聞き、コーヒー代として孝志に千円ずつ渡した。そのつどかたく口止めすることを忘れなかった。部外へこのことを洩らしてはならない、というのだ。また、〝アラビア〟でウイスキーや煙草をのんではいけないと、かなり矛盾した注意も与えられた。先生が許可したのは、〝アラビア〟に対する立入りだけで、飲酒や喫煙ではないというのである。

三回めの報告をしたのは、期末試験の前日だった。孝志が自分の居た時間に出入りした客たちの性別、推定年齢、職業(これも推定)、マスターとの会話などを告げてカウンセリング・ルームを出ようとすると、影山先生は明日に迫った数学のテスト準備はすませているかとたずねた。

(ええ、大体のところは)

孝志は嘘をついた。まったくといっていいほど準備をしていなかったのだ。数学は大の苦手課目でもある。影山先生は孝志を招いた。

(宮本、ちょっと)

机の上に一枚のテストペーパーが拡げてある。去年の問題らしい。

(この問題、解けるかね)

妙に優しい声で先生はささやくようにいった。孝志は頭にカッと血が逆流したように感じた。数式がてんでバラバラに踊り出すように見え、解けるも解けないもない。ただ彼にわかったのは、これが数学の問題であって、古文や世界史の問題ではないということだけだった。

(もういいだろう。いっておくが、明日の問題はこれとそっくり同じではない。勘ちがいしないように)

同じだといわれても孝志にはどうしようもなかった。まるっきり問題が理解できなかったのだから。テストペーパーをこっそり見せたのは、影山先生にしてみれば孝志の行動に対する一つの報奨だったのだろう。

(汚い……)

ベッドの上で孝志は目をつぶった。青柳布由子のためとはいいながら、こんなことまでしなくてはならないのだろうか。初めて彼は苦いものがこみあげてくるのを意識した。

――こんなことまでおれはしなくてはならないのだろうか。まさしくイヌのすることをおれはやっている。テストペーパーを見せられるまでは、「密告者」という自覚はなかった。多少はあっても稀薄だった。あのときから水にしたたった一滴のインクが拡がるように、孝志の心の中に「密告者」としての意識が濃くなり始めた。

外は雨が降っている。

きょうも布由子は欠席していた。

体操場で拍手した女生徒の中に布由子がいたなら、自分はどんなに幸福だったことか、と孝志は思った。拍手は一つで良かった。布由子の拍手であれば。拍手はなくても良かった。布由子が自分のロングシュートを見まもっていてくれさえしたら。

このまま退学するのではないだろうか？

孝志は突然そう考えた。もしかしたら既に届けを提出しているのではないだろうか。知らないのは自分だけで。孝志はがばとベッドから身を起こした。担任の酒井先生なら知っているはずである。きょうは『ハムレット』を訳読する日ではないが、家へ訪ねてもさしつかえはないだろう。

4

夕食をすませるのもそこそこに、孝志は家をとび出した。

雨はやんでおり、微風が肌に快かった。まだ街路は明るい。商店の飾窓から舗道に溢れている光と夕方の薄明りとが溶けあい、行きあう女たちが茫とした影に包まれているように見え、どの女もきょうは妙に美しく感じられた。

酒井家の玄関にある呼び鈴を鳴らし、返事を待たずにガラス戸をあけた。いつもそうしている。

「ハイ、どなた」

明るい女の声が返って来た。孝志は脱ぎかけた靴を思わず履き直した。家をまちがえたのかと思ったほどだ。そういえば、玄関の上がりかまちにまでたちこめている台所の悪臭が、きょうは消えている。

奥からエプロンで手を拭きながら十五、六に見える女の子が現れた。顔いっぱいに笑いをたたえて、問いかけるようなまなざしで孝志の前に膝をついた。

「先生はいらっしゃいますか」

どぎまぎしながら孝志はいった。

「宮本か、あがりなさい」

少女の後ろに姿を見せた酒井先生が声をかけた。

「紹介しておこう、こちら、姪の夏子、春夏秋の夏、南高の一年なんだ」

先生は居間に孝志を請じ入れてからそういった。孝志も自己紹介をした。家の中は見ちがえるくらいにきちんと片づいている。初めて見る家のように孝志はもの珍しげにあちこちを眺めまわした。

「どうしたんだね一体。何かあったのか」

夏子が運んで来たレモンティーをすすりながら、酒井先生はいった。

「いや、別に」

急ぎ足で来たので孝志は汗をかいている。ハンカチでやたらに顔をぬぐいながら孝志はもじもじした。夏子は二人からやや離れた所に正座して目を孝志に向けている。夏子の前で布由子のことをきくのが、なんとなくためらわれた。先生はいった。

「夏子は私の弟の娘でね、きみと同じように英語が得意なんだ。南高のＥＳＣに入ってる」

「ＥＳＣ?」

「English Speaking Club」

夏子が説明した。英会話を勉強するクラブという意味の正確な呼称ではないが、二十年前に発足したときに命名されてから、なんとなく定着してしまったのだという。

「英語が得意だなんて、とてもとても。あたしはただ好きなだけなのに」

「好きこそものの上手なれ、というじゃないか。宮本、良かったらこの子とつきあってやってくれ」

「ぼくは……」

孝志はとめどなくふき出る汗をハンカチでぬぐうばかりだ。

「よろしくお願いします」

夏子は小首をかしげるようなしぐさで軽くおじぎをした。

「私の所があんまり散らかってるので、見るに見かねて片づけに来てくれたってわけだ」

「散らかってるなんてものではなかったわよ。ブタ小屋よりひどいんだから。そうそう、宮本さん、ときどきここを掃除していてくださったんですってね。伯父からうかがいましたわ」

「掃除はしていません。台所をほんの少しばかり」

孝志は紅茶に浮かべた輪切りのレモンを飲みこんで目を白黒させた。夏子は身をのり出し、目をまっすぐ孝志に向けて話しかける。

「伯父さん、いつまでも一人ですごすの良くないわ。早く奥さんをおもらいなさいよ」

「夏子、台所の仕事がまだ残ってたんじゃないかね」

「あらそうだった、ご免なさい」

夏子はすばやく立ちあがって居間を出て行った。先生はぎごちなく咳払いした。孝志も目のやりばに困って、本棚を眺めたり壁にかけられた絵を見つめたりした。絵といっても雑誌の口絵を切り抜いて額におさめただけのしろものである。見なれない西洋人の肖像画を指して、あれは誰ですかと、孝志はきいた。不意に黙りこんだ酒井先生を前にして、孝志もばつが悪くなったのだ。

「Percy Bysshe Shelley」

先生はうって変わったように明るい声で答えた。イギリスはロマン派の詩人で、学生時代から先生は好きだったという。イタリアへ渡ったとき、船が難破して溺れ死んだそうである。先生は改まった口調でいった。

「そういえば……青柳のことだが」

孝志は飲みかけた紅茶にむせ返りそうになった。シェリーの最期について話したとき、先生は布由子のことを考えたのだろう。先日、見舞いに行った先生に布由子は一言も口を利かなかったという。

「きみも見舞いに行ったのだろう。何かいってなかったか」

「いいえ、なにも」

「そうか、ふうん」

「学校をやめてよそへ転校するというのでもないでしょうね」

孝志はおそるおそるたずねた。そういうことは聞いていない、というのが酒井先生の答えであった。

5

「あ、お二階ではありません。お坊っちゃまは診療室の方です」

鳴海医院の看護婦は二階へあがろうとする孝志を押しとどめてそういった。酒井家を辞して、孝志はバス停まで酒井夏子を送って行き、その足で鳴海医院へやって来たのだ。今夜はむしょうに誰かと話したかった。何度もためらったあげく、とうとう和太留へ電話して、会いたい、と頼み、承諾の返事をきいてとび立つ思いで駆けつけたのだ。診療室と住家は廊下でつながっている。ドアは半ば開いていた。和太留の声がした。

「はいれよ」

孝志はクレゾール液の臭いがする診療室に足を踏みこんだ。布由子をかつぎこんだ朝のことを思い出した。あれから一か月はたっているのに、つい昨日の出来事のような気がする。和太留は上半身裸体になり、ショートパンツ一枚という恰好で顕微鏡をのぞいていた。孝志はいった。

「いいかい」

「迷える子羊はいつでも歓迎するよ。収穫はあったかね。宮本迷探偵の報告をきかせてもらおうか」

収穫なんてあるものか、と孝志はいって回転椅子に腰をおろした。和太留はいった。

「三回も〝アラビア〟に出かけたそうだな」

「どうして知ってるのだ」

「飯田から聞いたよ」

「飯田から？　おれ一度も飯田とは出くわさなかったぜ」

「そうだろうとも。飯田の方がおまえと出くわさないように用心していたのさ。あちらは役者が一枚うわてだよ。おまえが自分では変装したつもりで〝アラビア〟に入ってビールなんか飲んでるのを知ってたんだから」

「何を調べてるんだい」

「何だと思う」

和太留は目を接眼レンズにあてがったまままきき返した。盛りあがった肩の筋肉に汗が滲み出ており、天井の明りをはじいている。自分がのぞいているのは、人類の過去と未来だと和太留はいった。

「人類の過去と未来だって、何のことかさっぱりわからない」

「スペルマですよ。おまえ写真くらい見たことがあるだろう。正確にはスペルマに含まれるスペマトゾアを観察してるわけなんだ。興味しんしんだね」

spematozoaという英語は孝志も知っていた。学校で習い覚えたのではない。新しい和英辞典を買った日に引いてみたのだ。そんなものを観察してどうする、と孝志はいった。和太留は顕微鏡から目をはなした。

「どうもしやしないさ。精子と卵子の結合によって人間が誕生する。小学生の常識だよ。その常識とやらを目で確かめたかっただけのことだ。おまえものぞいてみるか。反射鏡を調節するのに手間どったがね」

孝志はふらふらと立ちあがって顕微鏡にかがみこんだ。まず見えたのは銀灰色の暗い沼のようなものだった。何かがその沼の中でうごめいている。視野は仄暗く、じっと目をこらしているだけで涙が出そうだった。

「見えるだろう」

と和太留がいった。

「ああ……」

孝志はあいまいにうなずいた。見えるようでもあり、見えないようでもあるが、何かが対物レンズの下で動いていることだけはわかった。目と頭の芯が同時に痛くなって、孝志は回転椅子に戻った。和太留はプレパラートを抜きとって金属製の屑籠に投げこみ、手を洗いに行った。

「さて、今夜あたりおまえがそろそろやって来るだろうと予想してたんだ。宮本孝志の冒険譚を聞くのを愉しみにしてたよ」

和太留は父親のデスクの抽出しから煙草をとり出して、うまそうにふかした。

「冒険譚なんてあるわけがない。三回も行って、わかったことというのは、あそこが……」

孝志は最初の日に〝アラビア〟で見た若い男女のことを話した。麻薬中毒らしい男が奥へ消えて、しばらくたってまた出て来たのを見ただけのことだ。和太留はつまらなそうな顔で孝志の話を聞いた。

「ま、どうせそんなことだろうと思ったがね」

「飯田は何をやったんだ。あの店で麻薬を仕入れてたのか」

「青柳のこと、何かわかったかい」

孝志の質問には答えないで逆に和太留の方がたずねた。孝志は首を振った。そのとき、どういうわけか、さっき別れたばかりの夏子の顔がちらと脳裡をかすめた。

「おまえ、シルヴィア・ハルトマンというドイツの女流詩人を知ってるかね」

だしぬけに和太留がきいた。また詩人か、と孝志は思った。P・B・シェリーの次はシルヴィア・ハルトマンと来た。今夜は妙に詩人の名前を耳にする。

「城山で青柳が自殺をはかったろ。翌朝、警察が現場検証をした。一応、形式としてそういうことをするんだ。青柳は詩集を一冊あそこに残してた。それがシルヴィア・ハルトマンなんだ。おれその詩人を調べてみたら二十七歳で自殺してるんだな」

と和太留はいって大きなあくびをした。

ハルトマンの詩集

野呂邦暢

1

「孝志、きょうから夏休みだわね」

と夕食のテーブルをととのえながら母がいった。孝志は椅子にかけて夕刊を読んでいる。

「今年から夏の補習はしないことになったんですって？」

「ああ」

「じゃあ一人で勉強しなくちゃならないわね。英語は酒井先生にみていただいてるからいいとしても、あなたの苦手な数学はどうするつもりなの」

「…………」

「去年は鳴海さんと二人で北海道へ旅行したけれど、二年生ともなればそろそろ受験準備にうちこまなくては。鳴海さんは良く出来る方だから心配は要らないわね」

「…………」

「家にゆとりのある方なら国立がダメでも私立を受けられるけれど、お母さんはあなたに国立へ行ってもらいたいわ。わかってる？　期末テストの順位が落ちてるって先日の父兄会で先生に注意されたわよ。でもまだ充分にやり直しはきくっていわれたの。やれば向上する学力はあるんですって。孝志、……あなたお母さんのいうこと聞いてるの」

「聞いてるよ」

「ならちゃんと返事をなさい」

「国立大に合格しろっていいたいんだろ。耳にタコが出来るぐらい聞かされてる。なんべんいえばわかるんだい」

「このごろのあなたを見ていると、お母さんは心配でたまらないの。真夜中にふいと居なくなったり」

「マラソンをしてる、いやランニングをしてる。真夜中は涼しくて空気も澄んでるからいい気分だ。心配することはないっていったじゃないか」

「青柳さんは学校に出てらしたの」

「ああ、一週間ばかり前から。何事もなかったような顔をしてね」

「そっとしておいてあげなさいよ。お友達のことでお母さんはとやかくいいませんけれど、深い交際をするのは反対ですよ。わかりましたね」

「いちいちうるさいな。とやかくいわないといったくせにもう干渉してる」

「命を粗末に扱う人と親しくつきあったらあなたの身の上にも何が起こるかお母さんは心配なんですよ」

「いい加減にしてくれ、お説教はもう沢山だ。死にたくなっちまう」

「私たちはあなたのためを思えばこそ、いろいろいうんですよ」

「ぼくのためを思うなら黙ってくれよ、母さん」

しかし、孝志の母はなおもくどくどしゃべり続けた。休みちゅうは規則的な生活をするべきである。新学期までに苦手の科目をみっちり勉強すること。女生徒との交際には節度をわきまえること。……孝志は夕刊を横目で読みながらカレーライスを平らげた。毎度のことながら食事の折りめんめんと母がこぼす愚痴めいたお説教にはうんざりさせられる。肚をたてるまいとは思うのだが、辛抱づよく耳を傾けるうちしだいにイライラして、テーブルをひっくり返したくなるのだった。好物のカレーライスもさっぱり旨くない。そうでなくともきょうは、帰宅してからなんとなくイライラしているのだ。

2

夕食後、孝志は自分の部屋にとじこもった。

まもなく父が帰って来る。

帰って来ればまたぞろ父は母と同じせりふを口にするだろう。疲れた体にムチ打って残業に精を出すのもおまえのためと思えばこそだの、本社に転勤すれば出世するのだが、おまえのためにこの町を動かないのだの、そしておしまいには必ず、お父さんがおまえの年にはイモとスイトンを食べながら勉強をしていたという昔話になる。孝志は今や父の話を暗誦できるほどだ。大人というものはどうしてきまりきった話しかしないのだろうと、孝志はためいきまじりに考えた。学校でも先生たちがそうだ。彼らも昔は十七歳というときがあったはずだ。

未知への不安と期待がまざりあった年代を一度は通過したはずだ。悟りすました顔をして人生とはこんなに退屈なものだと初めからわかっていたとでもいうように、ねむそうな目で廊下を歩いているあの教師。職員室で飲み屋のツケが高いとぼやいていたのは化学の先生だった。きのう、用事があって孝志が職員室に入ったとき、その声を聞いた。化学の先生はいつも同じ愚痴をこぼす。まるでこの世に生まれて来たのは飲み屋のツケを払うためでもあったように。

駐車場で自分の車に他人の車がぶつかって、ボディの修理に三万円もとられたといっていきまいているのは物理の教師だ。あの男も五月から同じ話ばかりしている。不動産業者に一杯くわされて、家を建てられない土地を買わされたとぼやいているのは国語の教師だ。彼は去年から同じことをいい続けている。銀行ローンの話、酒場の女の噂、テレビ番組の話、週刊誌で読んだらしいタレントのゴシップ。職員室に出入りするつど、耳にするのはそうしたくだらないおしゃべりばかりだ。

孝志はカーペンターズのＬＰをターンテーブルにのせ、ヘッドフォンで聴いた。

ソリテアーを歌うカレンの至福感に満ちた声が聞こえて来た。孝志は深々と呼吸した。これが人生だ、とひとりごとをつぶやいた。このけだるいまでにうっとりとしたメロディー、黄金のように輝く和音、生きる歓びそのものであるように刻まれるリズム。「これがおれの生きる人生だ」孝志は窓外の濃い緑に目をやりながら自分にいいきかせた。カーペンターズが歌う世界こそ生きる価値がある。しかし現実に見聞きする世界はカーペンターズのそれとは似ても似つかない。例えば学校の職員室に見出す大人の世界。あれがやがて大学を出て自分が生きることになる世界なのだろうか。だとすればなんのためにアクセクと受験勉強をする必要があるのだろう？

カレンはソリテアーの次にオンリーイエスタデーを歌い始めた。

孝志はその歌が自分のために作られたような気がした。

After Long enough of being alone
Everyone must face their share of Loneliness
In my own time nobody knew
…………

孝志は何気なく聞き流した歌詞の一部がにわかに気になった。ヘッドフォンをはずしてむっくりと身を起こした。share of Lonelinessとカレンは歌ったのだ。（孤独の分け前）直訳すればそうなる。今までは別に気にとめなかった一句である。（孤独の分け前）つまりshareは語調をととのえるためのつけ足しで孤独ということだ。shareにこだわる必要はないとわかっていても孝志はこの一句にふさわしい訳語を考えあぐねた。（分け前、分担責任）という訳が辞書にはのっているが、どれもピンと来ない。

この世界には大気と同じ量の、いやあるいは大気よりも多くの孤独が目に見えない雲のような形で拡がっていて、大人になるということは、それぞれ（孤独の分け前）にあずからなければならないのだ。子供がケーキを分配してもらうように。いやおうなしに孤独というものを背負いこまされるのだと、孝志は考えた。

3

午後二時半、孝志は家を抜け出した。

さすがにこの時刻ともなれば夜気は肌に快い。かすかに湿った大気はアスファルトの鋭い臭気と草木の香気をはらんでいる。

孝志はいつものコースをゆっくりと走った。

人通りはなかった。たまにタクシーが過ぎるだけである。夏休みに入る十日ほど前から孝志は真夜中のランニングを始めている。家を出て北高の裏門まで走り、そこで公園の裏へ抜けてバイパスと国道の分岐点まで走る。〝アラビア〟が見えた所で折り返して、帰りは北高の表門を横に見て中央通りの裏道に入り、かつては武家屋敷がたち並んでいた一廓を抜けてわが家に戻るというのが順路だ。

夜の空気は甘く、しっとり冷たかった。孝志は歩行よりやや速いスピードで急がずに走った。

ランニングを始めたのは、ぐっすりと眠るためである。すべてを忘れて深い眠りを獲得したい。そのためには肉体を疲れさせなければならなかった。走っているときは、不思議に何も考えなかった。脈絡のない思いが断片的に浮かんでは消えるだけだ。頭のなかが空っぽになるというのは奇妙な快さを感じさせる。シダに覆われた窪地に横たわっていた布由子の白い顔、布由子を抱き上げたとき肩にかかった重み、酒井先生の家で会った夏子の日に焼けた小麦色の頰、上半身を汗で光らせて顕微鏡をのぞいていた和太留、〝アラビア〟で体を慄わせていた若い男、目をつり上げた影山先生の顔、それらが入れかわり立ちかわり孝志の前に現れては消えた。

孝志は甘い夜気を吸って走った。

今夜こそぐっすり眠れそうだという予感があった。公園の裏へ出ると草木の匂いが濃くなった。

(なあ宮本、科学的に定義すれば、Sexual intercourseというのは、蛋白質の放出にすぎないということになる。で、蛋白質とは窒素だから窒素の排出といってもいいわけだ)

先だって顕微鏡で精子を観察していた和太留のいった言葉をふいに思い出した。

(植物は窒素をとり入れる。動物はそのとき排出する。とくにどうということはない生理現象をなぜ人生の一大事のように騒ぎたてるのかなあ)といって和太留はタオルで裸の上半身をぬぐった。

——どうということはない生理現象……

という表現が孝志には納得できなかった。即座に青柳布由子の顔が甦った。血の気を失った白い顔と和太留の定義は一致しなかった。和太留は鋭い口調でいった。

(青柳についてはそういうことが考えられないというのか)

(なんだって?)

孝志はうろたえた。

(おまえ、人間の性的行為におれが下した定義を認めざるを得なかったろう。しかし、こと青柳布由子に関しては同じ人間でも単なる蛋白質の放出という定義の外にあると信じてるんだろう。わかってるんだよ、おまえの顔を見ていると。おまえは青柳を神秘化してるからな。スタンダールのいうザルツブルクの塩坑《えんこう》だ)

(なんだい、ザルツブルクの塩坑って)

(オーストリアのザルツブルクに岩塩の鉱山がある。その坑道にすてられた木片に塩がこびりついて結晶になっているのをスタンダールは『恋愛論』のなかに一つの例として引いてるのさ。恋人はお互いに相手を美化しがちなものだって。わかりましたか坊や)

(おれはべつに……)

(青柳を美化してはいないといいたいのか。それではおまえ、青柳を好きじゃないということになる。おれはおま

えをからかってるわけじゃない。正直に認めろよ）

（その『恋愛論』をおまえ持ってたら貸してくれないか）

（おれ、中学生のときに読んだきりなんだ。どこにしまったか忘れちまったよ。それに恋愛というものはするもので、読むものじゃない。『恋愛論』で頭に残ってるのはザルツブルクの塩坑のくだりだけだ）

（教えてくれ、おまえ、青柳の事件でおれの知らないことを知ってるような気がして仕方がないんだ。彼女はなぜ自殺をはかったんだ）

一瞬、鳴海和太留は孝志をまともに見すえて口を開きかけた。何かいい出しそうに見えた。孝志はかたずをのんで和太留の言葉を待った。しかし、和太留は何もいわなかった。あのとき、もう少しの所で鳴海は布由子が死を選んだ理由を自分に教えようとしたのだ、と孝志は思った。和太留は布由子について孝志が知らない何かを知っているらしい。

「おや……」

孝志は走るのをやめた。

彼は今、国道とバイパスの分岐点を見おろす小さな丘を登りつめた所に立っている。目の下に〝アラビア〟の裏が見える。直線距離にして三十メートルと離れていない。〝アラビア〟の裏口が開いて闇に明りがこぼれ、黒い人影が浮かびあがった。裏口はすぐに閉ざされた。浮かびあがった人影は二人で、一人は女のようだった。女が裏口をしめて中にひっこみ、男はすたすたと孝志のいる場所へ細い道を登って来る。背恰好が鳴海和太留に似ている。

孝志はかたわらのクスノキに身を寄せた。

月は出ていない。

ぼんやりとした星明りの下で認められるのは、その男の体つきぐらいなものだ。

孝志は息を殺してクスノキの幹にへばりつき、男を見まもった。細い道は畑のあぜで、夏草に覆われたその狭い通路を、男は慣れた足どりでたどって丘の上まで登り、孝志のわき五メートルほどの所でアスファルト道路に出て市街地の方へ歩き去った。クスノキの方には見向きもしなかった。

鳴海和太留である。青いTシャツにショートパンツという身なりは彼のふだん着だ。

和太留が闇の奥へ姿を消したあと、孝志はいつまでもその方向を見つめて立ちすくんでいた。

（やつは〝アラビア〟で何をしてたんだろう）

裏口まで送って来たのは紛れもなく女だった。ちらと見ただけだが、その女は孝志が〝アラビア〟でねばっていたとき、カウンターの内側に姿を現したことがあった。客が立てこんだときに限って手伝いをする。いつもねむそうな、はれぼったい目蓋をしていた。厚い肉感的な唇に濃い紅をひいているのが印象的だった。年は二十五、六歳だろうか。

孝志が三回めに〝アラビア〟へ行って、カウンターの端でビールを前に手持ちぶさたな気持ちでぼんやりしていたとき、急に背中がぞくぞくした。（誰からか見られている）そんな感じだ。スナックの内部をキョロキョロと見まわしていると、孝志の斜め後にその女がたたずんで、じっと彼を見つめているのに気づいた。視線が合うと女はすぐに目をそらし、煙草をくわえた。ワンピースを内側から押しあげるように盛りあがった豊かな乳房が孝志の目に焼きついた。孝志は喉に渇きを覚えてビールを一気に飲み干した。そういうことがあった。

4

青柳布由子の自殺未遂について、いちばん手っ取り早い方法は、彼女自身にたずねることだ、と孝志は思った。しかし、本人がありのままに答えてくれるとは思えない。そうなるとたとえわずかでも手がかりをたよりに布由子がなぜ死のうとしたかを一人で調べるしかない。

孝志は〝アラビア〟の裏口から出て来る和太留を目撃した次の日、町の書店へ寄った。注文していたシルヴィア・ハルトマンの詩集が届いたという知らせを受けたのだ。

その詩集を抱いて布由子は死ぬつもりでいたのだから、ハルトマンの詩のどこかに布由子の謎を解く鍵が隠されているかもしれないと、孝志は考えないわけにはゆかなかった。

「これですね、千五百円いただきます」

店員は見覚えのある白い表紙の本を包装しながらいった。千五百円は一か月の小遣の三分の一にあたる。懐には痛い出費だったが、この際、ケチってはいられない。孝志は本を片手に自転車にとび乗り、川端の公園まで大急ぎで駆けつけてベンチに腰をおろした。自宅まで戻ってゆっくりと詩集をひもとくゆとりはなかった。

包装紙を引き裂くように剝いで、中身を取り出した。

扉に著者の写真があった。二十三歳のときの肖像という。黒っぽいオーバーコートを着て農家のような石造建築を背景にたたずんでいる全身像である。いかにもゲルマン系の女性らしくがっちりとした体格で、シルヴィア・ハルトマンはカメラを向いて微笑していた。詩人というより女医か教師のような感じである。目も鼻も唇も大きかった。自殺しそうな神経のこまやかな感じはまったくなかった。

孝志は長いこと写真を見つめたのち、おもむろに詩を読みにかかった。八十ページほどの薄い詩集である。

『運命』『道』『廃墟』『都市』『子供たち』『五月』『生の半ばに』……

孝志は眉間にたてじわを寄せて一編ずつ読んでいった。どれもむずかしかった。わかるようでもあり、わからぬようでもあった。布由子はこれらの詩のどこが気に入ったのだろう。詩集のページをめくりながら、孝志の頭にあったのはその疑問だけだった。

五月の荒廃から

よみがえった都市
狂人はドラムを叩くのをやめ
地下室にしりぞいた
赤ん坊は夜空を見上げる
すでに消滅した星々、やがて
音もなく死の網が都市を覆う
見えない流星
約束された廃墟

これは『都市』と題された詩の一部である。

孝志は顔をしかめた。もったいぶったいいまわしをしているけれども、五月の荒廃というのは一九四五年五月のベルリンを意味しているだろうことくらい察しがつく。ヨーロッパで第二次大戦が終わったのは、正確には四月末のはずである。ベルリンはソ連軍とドイツ国防軍が三日間にわたってすさまじい市街戦を戦い、廃墟と化した。その程度の知識なら孝志にもある。狂人とはヒトラーのことだろう。地下室にしりぞく、とはヒトラーの自殺のことであろう。赤ん坊は夜空を見上げる、というのは民衆が平和を手に入れたことで、すでに消滅した星々、というのはよくわからないが、死の網、とは戦後の冷戦であり、見えない流星、はＩＣＢＭのことだろう、と孝志は推測した。

（これが詩なのか？）

要するに長い戦争が終わった後にまた次の破滅的な熱核戦争が予想される、というだけの詩ではないか、と孝志は思った。もちろん、ドイツ語で書かれた原詩を翻訳するとき、原詩にあった重要な要素はかなり失われている。それを計算に入れても『都市』がたいした作品とは孝志に思われなかった。

しかし、『生の半ばに』と題された詩を読んで、孝志は考えこんだ。

わたしにはその声が聞こえる
七月、鎧扉をとざした屋内にまで
かすかにその声はとどく
「生きよ」と
わたしは存在する
庭にそよぐカスタニエンのように
わたしは存在しない
戸棚から落ちて砕けた皿のように
その声はささやく
「生きることをやめよ」と
鎧扉のすきまからこぼれる夏の光
風が吹く
樹木がこたえる
わたしは存在し同時に存在しない
犬は熱い敷石の上で眠っている

孝志は詩集の終わりにある著書の経歴を読んだ。
シルヴィア・ハルトマン（一九四五〜一九七二）。生まれはベルリン。戦後、西ドイツのハンブルグに移住。化学者の父と画家である母との間に生まれ、子供の頃から詩作に親しむ。ボン大学で化学を専攻し、卒業後、同大学の教授と結婚し、三年後に自殺。詩集の他に短編集『世界の終わり』がある。

孝志は鼻を鳴らした。たったこれだけの経歴ではシルヴィア・ハルトマンが何者であるか理解できない。自殺の理由も書かれていない。孝志はふと思いついて自転車にまたがり市立図書館へ急いだ。百科事典にはもう少しくわしい経歴がのっているはずだと思ったからである。

しかし、百科事典にも西洋人名事典にも、シルヴィア・ハルトマンの項目はなかった。

5

酒井先生の家はまた元のブタ小屋に戻っていた。

「夏子が信州へ旅行に出かけたものでねえ。きみによろしくといってたよ」

「一人でですか」

孝志は台所を片づけながらきき返した。

「いや、英会話のグループで。台所なんかほどほどにしてハムレットをやろうじゃないか」

「先生はこの臭気に慣れてるから気にならないでしょうが、ぼくの身にもなって下さいよ。たまったもんじゃない。とてもハムレットどころじゃありませんよ」

「そうか、そんなに臭うかね。困ったもんだな」

酒井先生はウイスキーのオンザロックをちびちびやりながら気楽そうに笑った。インスタントラーメンの空袋、冷凍食品の空ケース、ビール壜、野菜の切れ端、肉屋の包み紙、魚の頭などが流し台の上に所せましと積み上げられてある。そこを這いまわっているのはゴキブリの群れだ。わが家ではコーヒーカップすら洗ったことがないくせに、ここに来ればじっとしていられなくなる。

（この国のどこかが腐りかけているのだ）というのはハムレットの家来マーセラスのせりふだった。

（酒井先生の家もおかしくなっている）と孝志は胸の裡でつぶやいた。奥さんが百科事典のセールスマンと駆け落ちしたというのに、先生は涼しい顔をしてオンザロックを飲んでいる。

（二度と結婚なぞするつもりはないね。きみも大人になったら私の気持ちがわかるだろう）と先生はいつかさりげなくもらしたことがあった。

（一体どうなっているのだろう。大人は男と女がいっしょに暮らすのが当たり前のはずだ。奥さんが家を出て行ったのなら代わりの女の人をもらえばいいのに）

孝志としては台所の掃除をしながらそう思わないわけにはゆかない。大の男がやもめ暮らしをするのはなんとなく不自然という気がする。

「先生、シルヴィア・ハルトマンというドイツの女流詩人のこと何か知っていますか」

流し台をみがきながら孝志は声をかけた。

「名前は聞いたようでもあるな。どれどれ」

先生はあぶなっかしい腰つきで立ちあがると、天井まで届きそうな高い本棚をあちこち探したあげく、一冊の分厚い本を取り出した。孝志は手を洗って居間に戻った。

「なんですか、それ」

「Dictionary of Modern Poets　つまり詩人の名簿みたいなもんだ。今世紀の有名な詩人ならたいてい収録されている。ハルトマンといったっけ」

先生はHのページを開き、太い指でシルヴィア・ハルトマンを探した。

「あった、これだな。ええと、さあ訳すぞ。ほんのちょっぴりしか書かれていないけれども。……生前はドイツの詩壇においてごく一部の詩人に高い評価をうけていたにとどまり、広く知られるには至らなかったが、死後、彼女の唯一にして最後の詩集である『生の半ばに』にシラー賞が与えられてから世の注目を浴びることになった。彼女の詩は哲学的な厭世主義でつらぬかれ、時代の風潮に敏感に反応しながら終末的なイメージを造形した。ヴェトナム戦争の折り、ボンのアメリカ大使館前で焼身自殺を試みようとして失敗、制止した警官が火傷を負ったのを苦にして自殺したと見られているが、真の原因は不明。二十七歳。ベルリンに葬られている。……以上です。これでいいかい」

「わかったようなわからないような。遺書はなかったようですね。真の原因は不明とあるようですから」

「そのようだな」

先生はパタンと『Dictionary of Modern Poets』を閉じた。青柳布由子は遺書を書いていたのか、と孝志はきいた。先生はけげんそうに孝志を見て、いった。

「どうして急に青柳のことをたずねるのかね」

「そうでしょう、彼女も遺書をのこさなかったんですね。シルヴィア・ハルトマンの詩集が遺書がわりだったんです」

「なるほど」

先生は孝志の顔から視線をはずして額におさめたシェリーの肖像を見上げた。

「先生、もしかしたら先生も青柳くんのことを何か知ってるんじゃないですか。彼女がなぜ死のうとしたかを」

「気になるのか」

「ええ、知りたいんです」

「きみは死にたいと思ったことは一度もないかね」

「そりゃあ、ありますよ。一日に百ぺんくらい。でも死にたいと思うことと死ぬことは別ですからね」

「それが正常な物の考え方だよ。たいていの人間で死にたいと一度でも思わない人間はいない。私だって若いときはそうだった」

「今は？」

「今は思わないね。わざわざ自殺なんかしなくても人間いつかは死ぬ」

「話をそらさないで下さい。青柳くんはなぜ？」

「私の口からはいえない。彼女がこういうわけで死ぬことにしましたと私に報告したわけじゃない。私の推測にすぎないのだから。わけを知りたかったらきみ自身の頭で考えることだ。人はなぜ自殺するのか、あるいはなぜ自殺しないのか。そうだ、これを夏休みの宿題にすることにしよう」

扉と鍵

1

夏休みはあますところ一週間になった。

孝志が夜ふかしをしていると、真夜中に冷気を感じて肌がひやりとする瞬間があった。

日中はやけつくような暑さでも、朝と夕方には涼しい風が吹いた。

夏休みの課外授業は、今年から打ち切られた。生徒の自発性を尊重して、というのが学校側の理由である。県下では最高の進学率を誇る北高の生徒であれば、勉強は自主的に計画し学力をたくわえるのが望ましい、と休みが始まる前に校長が訓示したのだった。

登校しないですむのはありがたかったけれども孝志が計画した予定表は少しもはかどっていなかった。数Ⅱの問題集が四分の一、英語が半分、古文が五分の一、世界史と物理が三分の一という情けない状態である。

人によっては、八月十日までに宿題を全部やりとげて、九州一周旅行に出かけたり、沖縄へ行ったり、北海道へ遊びに行ったりしている。そういう連中も、夏休みが残り少なくなった今は、旅行から戻って来ていて、町の喫茶店であさ黒く日焼けした顔をほころばせたのしかった異郷の思い出や経験をおたがいに交換しあっている。

孝志は、自分が北高でたった一人の怠け者であるような気がした。

原因はわかっている。

青柳布由子のことをいつも考えているからだ。寝ても醒めても、布由子が孝志につきまとっている。

——あの女さえいなければ、

と孝志は何度つぶやいたかわからない。

青柳布由子がこの世に存在しなかったなら、いや存在していても、せめて他校の生徒で、初めから知りあう機会がなかったなら、こうまで苦しむことはなかったはずだ。たかが高校生の身分で、女生徒を好きになり、くよくよと思い悩むのは、どうかしているぞと、孝志は一日に四、五回も自分にいいきかせる。

――おまえ、勉強にうちこめ。青柳布由子のことなぞ、きれいさっぱり忘れてしまえ。おまえがいくら彼女のことを考えても、どうなるということはないのだ。時間の浪費にすぎないじゃないか。おまえがしなければならないことは山ほどある。

というせりふを孝志は呪文のようにくり返してみるのだが、結局は無駄だった。

二項定理の問題をノートブックで解きかけている孝志の目に、血の気を失った布由子の顔がちらつく。城山の中腹に倒れていた布由子の半ば口をあけた表情が、二項定理の数字に重なって見えてくる。

古文の参考書をよみ、助動詞の活用を暗記しようとしていると、シルヴィア・ハルトマンの詩を思い出す。酒井先生の声が聞こえてくることもある。

(人はなぜ自殺するのか、あるいはなぜ自殺しないのか。そうだ、これを夏休みの宿題にすることにしよう)

そのあとで、酒井先生はこうもいった。

(死にたいと思うことと、実際に死のうとすることとは全く別のことなんだ。正常な人間でも、自殺を考えるのは少しもおかしくない。逆にいって、死にたいと考えるのは精神的に正常なしるしとさえ証明した学者がいる。実存分析という学問の世界で有名なビンスワンガーという人の説だがね)

ビンスワンガーなんか知っちゃいないと、孝志は思った。自分はただ青柳布由子が死のうとしたわけをつきとめたいだけなのだ。

(先生)と孝志はいった。

（先生は死にたいとお考えになったことがあるでしょう。そうおっしゃいましたね。なぜ実行されなかったんです）

（ううん、なぜかなあ。自殺を決心したことはある。しかし、こうして生きてるところをみると、結局は自殺しなかったわけだ。勇気がなかったんだろう。いや、自殺する場合は勇気と呼んではいけないな。死ぬことがこわかったというのが正確だ。人間って土壇場になれば実にいい加減な理由で生きることの方を選ぶものだよ）

（いい加減な理由、ですか）

（そうさ。たとえば湯あがりに飲むビールが旨いとか、夏の明けがた庭に咲く朝顔が美しいとか、冬の夕日がすばらしいとか。それまでは気にとめないでいたいろんなこと、生きていなければ味わえない日常の小さな出来事や情景に惹かれるようになる。生きているのはやはりいいことだと考えるんだよ。それから最終的にはこうだ。生きるのに理由なんか要りはしないのだ、と気づくには歳月と人生経験が前提になるんだがね）

　といって先生は旨そうにビールを飲み干した。

（でも先生、生きるのに理由なんか必要じゃないということはですね、死ぬのにも理由は要らないということではないでしょうか）

　孝志は続けて、いい加減な理由で生きられるということは、いい加減な理由でも人間は死ねるということではないかと、たたみかけた。

（実はそうなんだよ。人間のすることにいちいち動機を求めるのが間違っているという考え方がある。生きたいというのは人間の本能なんだが、死にたいという本能もあるということをフロイトが証明した。そこが人間の複雑さでもあり、人生の怖ろしさでもあるわけだね）

　今度はフロイトかと、孝志は思った。学者の説なんかさしあたりどうでもいいのだ。酒井先生自身の考えを聞きたいのである。わかったようなわからないような気持ちで、孝志は『ハムレット』をかかえて先生の家を出た。

　青柳布由子が死を求めたのはいい加減な理由だったのだろうか。夜道をたどりながら彼はそのことが念頭から去らなかった。

2

ノートブックにうっすら手の痕がついている。鉛筆を握りしめている手の皮膚に滲んだ汗がくっついたのだ。二項定理をやっとのことで解き終わった孝志は、階下へ降りてシャワーを浴びた。

きょうはこれで五回めになる。

朝、起きぬけにまず一回。ひるまえに一回、午後一時から三時までひる寝をしたあとに一回、それから散歩をして帰宅して一回。シャワーといってもただの水である。ねむけが消え、筋肉が引きしまったような気持ちになれるので、夏休みに入ってからは毎日これを欠かさない。

「孝志、聞こえないの」

母の声がガラス戸の向こうからとどいた。孝志はシャワーを止めた。体をタオルで拭きながら返事をした。

「お客さんですよ、早く」

「だれ?」

「女のひと」

孝志はあわててパンツをはき、シャツを身につけた。青柳布由子が来た。とっさにひらめいたのは彼女のことだった。なぜ? ということは考えられなかった。二階へ駆けあがってジーパンに足をつっこもうとし、うろたえたあまり二度もひっくりかえってしまった。階段をころがるようにして降り、玄関へ出た孝志は、なあんだ、きみだったのかと、あやうく口に出しかけた。目の前にたたずんでいるのは黄色いTシャツにうす緑色のスカートをつけた酒井夏子である。

口をあけて見おろしている孝志に夏子は笑いかけながら「お邪魔かしら」といった。

「お邪魔？　いや、とんでもない」

「変な顔をして、あたしそんなに色が黒くなった？」

夏子は小麦色に焼けた頰に手のひらをあてがった。信州旅行から帰ってすぐ英会話グループの合宿があり、それが終わったのはきのうだという。孝志はサンダルをつっかけて外へ出た。家の中は暑いのだ。歩きながら話そうと誘った。

「その前に、はいこれ」

といって夏子は小さな紙包みをさし出した。須坂という町で買ったものだという。包みをあけてみると、フクロウの頭を象《かたど》った土笛が出て来た。淡い褐色を帯びた陶器の地肌に同系の濃い茶色で目鼻が描いてある。

「フクロウ笛というんですって。あたし土笛の音が好きなの。吹いてみて」

孝志はフクロウ笛を唇にあてがって小さな穴に息を吹きこんだ。こもった柔らかな音色が耳をうった。

「ありがとう」

孝志はフクロウ笛を下駄箱の上に置いて外へ出た。午後五時をすぎた時刻なのに、まだ充分に日は高い。同じ土産でもこれが青柳布由子の買ってくれた土産だったらと、孝志は心の奥で思った。二人は川沿いの道を歩いた。水面に枝をさしのべた格好で桜の並木が続いている。木かげを選んでゆっくりと歩いた。信州旅行はたのしかったかと、孝志はきいた。夏子が黙っているので仕方なしにたずねてみたのだ。

そうたずねながら彼は、夏休みに入ってこのかた、青柳布由子を見かけていないことを思い出した。さいごに会ったのは自宅へ見舞いに行った折りのことだ。教室でも見かけはしたけれど、あれは「会った」ことにはならない。二人だけで話したいと思いはしたものの、会ったところで何を話せばいいものか。

「え？　今なにかいった」

孝志は夏子にきき返した。布由子のことを考えていて、夏子のことばを聞きもらしたのだ。

「いえ、どうでもいいことよ。孝志さんてとっても憂うつそう。初めて会ったときからそう感じてたわ」

憂うつに決まっているよと、孝志は思った。

「伯父がいってたわ、人間が他人のためにしてやれることには限度があるって。その人をどんなに好きでも、怪我をしたからといってその人のために自分の血を流すわけにはいかないって」

「ふうん」

「伯父は変わり者なの。本を読んで学校で講義をすること以外にまったく興味がないみたい。奥さんと性が合わなくて離婚したでしょう。生活に不自由してても気楽な顔して自分は一人暮らしで結構なんていってるわ。自分には自分の生き方があるというのが、伯父の口癖なの。再婚をすすめられているんだけれど」

「自分には自分の生き方がある……」

「ええ、このあいだ、あたしの父がある女性とお見合いするようにすすめたとき、そう答えて断ったそうなの。台所はハキダメみたいなありさまで、よくそんなせりふがいえたわね」

「大人の考えてることがわからない」

「大人は何も考えてやしないわ」

二人は川端公園に入った。セミの声が高くなった。遊動円木がゆれているきりで、人影はない。クスノキの木かげにベンチがあった。いつか、そのベンチに青柳布由子と肩をならべて腰をおろしたことを思い出し、孝志はかすかに胸が疼いた。

「大人はね孝志さん、働いてお金を手に入れて奥さんや子供を養うことで精いっぱいなんだわ。何も考えるゆとりなんかありはしないの。人並な生活をするというのは大変なことなのよ。なんのために生きるのかって考えてたら会社をクビになってしまうわ」

孝志ははずみをつけて鉄棒にとびつき、足かけあがりをして体を支えた。ベンチから見上げている夏子に孝志はいった。

「それはきみの考えかい、それとも酒井先生の考えかい」

「あたしの考えよ。教えてあげましょうか、孝志さん。女は物事をごく単純に考えるの。自分に出来ることは出来る、出来ないことは出来ないと割り切るくせがあるの。あたしがそうよ」

孝志はぐるりと一回転させた。酒井先生から夏子は、自分と青柳布由子のいきさつを聞いたのだろうと、考えた。布由子のために何か役に立ちたいと願っている自分を、夏子はそれとなく批判しているのだ。

「男だってそうさ、物事を単純に考えるという意味ではね。六十点しかとれない数学はどうあがいてみてもしようがない」

「勉強のことではないわ」

「わかってるよ」

孝志は回転をやめて両手で鉄棒にぶらさがり、体を前後にゆすった。夏子を自分はきらいではない。むしろ好きだといっていい。しかし、好きと夢中になるほど恋するということの間には深い溝がある。ただの「好き」という程度の相手と話すのは気がおけなくて、ずいぶん楽だと、孝志は思った。布由子を前にしたらロクに口も利けないのだ。

3

どうしたことか孝志は夏子と夕方の一刻をすごしたあと、妙に気が楽になっている自分に気づいた。ふだんはおかわりをしないカレーライスを二皿も平らげたし、それでも物足りなくてプディングと水蜜桃を食べ、母を呆れさせた。

　食後、半時間あまりＴＶで歌謡番組を見てから二階へあがり、自分の部屋に入った。夏子が夕方訪れたとき、乱暴にドアをしめたので、鍵がおかしくなっている。安物をつかっているので、ちょっとしたはずみに錠の部分が傷み易かった。いつものように鍵をさしこんでもスムーズにあかない。ノブをひねりながら鍵をさしこんでおいて慎重にまわした。数回ためしてみてようやくドアが開いた。

（こんなものかな）

　ベッドに寝そべってから孝志は考えた。夏子が妙に抽象的なことをいったので、孝志も抽象的なことを考えた。このドアが過去と未来の境界を仕切る壁のようなものだとする。今までの自分は壁を壁とも思わず自由に出たり入ったりして来た。ところがきょう、夏子と出会ってからは、過去と未来、つまり時間の流れを意識するようになった。

（自分には自分の生き方がある）

と酒井先生はいったそうだ。その言葉を聞いたとき、孝志はなぜか救われたような感じを持った。その通りだ。宮本孝志には宮本孝志の生き方がある。鳴海和太留には鳴海和太留の生き方がある。そして青柳布由子には青柳布由子の生き方があるのだ。自明のことではないか。

　孝志がいくらジタバタしても、青柳布由子の人生とは関係がないのではないだろうか。

　初めて孝志はそう思うことが出来た。気楽でもあり淋しくもあった。なぜ今までこのことに思い至らなかったのだろうとも考えた。布由子のことを考えれば考えるほど、それだけ布由子のタメになるような錯覚を抱いていたのだ。

　孝志は手の中に知らず知らず握りしめていた固い金属を机の上に置いた。きずだらけになった鍵である。たそがれの薄青い光をあびて、鍵はにぶい輝きを帯びひっそりと机の上に横たわっている。部屋に入るとき、いつものようにうまく開かなかったドアを思い出した。汗みどろになって、鍵を入れたり出したりして、ようやくあけることが出来た。

孝志はこれまでぼんやりとしか考えることの出来なかった人生というものを、今あらためて実体のあるものとして想像できると思った。何も考えずに出入りしていた部屋のように、自分は高校なり大学なりを卒業してからは、大人の人生へ苦もなく入りこめると思いこんでいたのだ。そうではない。卒業したからといって即座に大人になれるというものではない。さっき経験したように、鍵がすんなりとはずれないことだってあるだろう。間違った鍵をいつまでもひねくりまわして、人生というドアの前でウロウロしているかもしれない。

(もしかしたら……)

と孝志は思った。

窓の外で鳴きたてていたヒグラシが急に静かになった。遠くで雷鳴がとどろいた。カーテンはだらりと垂れさがっている。めずらしく夕立が降るらしい。

(もしかしたら……)と孝志は思った。

人間はめいめい一つの扉とそれに合う鍵を持って生まれて来ているのかもしれない。大人になった彼あるいは彼女は、自分の扉を発見して鍵をあける。そして自分の部屋へ、つまり自分の人生へと足を踏み入れる。扉は彼あるいは彼女だけのもので、他人は入ろうとしても入れないのだ。鍵は一つしかないのだから。

4

孝志は扉と鍵にまつわる自分の考えを一刻も早く和太留に伝えたくなり、むっくりとベッドから身をもたげた。日頃、和太留の話をうやうやしく拝聴するばかりで、自分はこう思うというようなことを和太留に向かって語ったことはない。前もって電話するのも忘れて鳴海医院に駆けつけた。

「なんだい。人がせっかくいい気持ちで音楽を聴いてたのに」

和太留はむっつりとした表情で、玄関にたたずんでいる孝志を見おろした。電話で都合もきかずにやって来てわるかったと孝志はあやまった。

「まあ、あがれよ」

和太留の後ろから孝志は二階の部屋へ階段をのぼった。

「いまセザール・フランクのヴァイオリンソナタを聴いてたとこなんだ。少しばかりセンチメンタルといえなくもないが、数学の問題が解けなくなったら、おれ、フランクのこのソナタを聴くことにしている。おまえも聴いてみろよ」

そういって和太留は止めていたピックアップをレコードの上におろした。孝志はフランクのヴァイオリンソナタを前にも聴いたことがある。一つのモチーフが何度も変調され終楽章へ向かって盛りあがってゆくソナタを聴くたびに、感動というよりこれが人間の作ったものだろうかと思わずにはいられなかった。モチーフそのものは簡単である。単調とさえいっていい。しかしその単調なモチーフがヴァイオリンでくり返し転調に転調を重ねられると、しだいに魂の核心のような所までおののきに似た歓びを感じるのだった。

和太留は長椅子に横たわり目をとじて聴き入っている。灰皿の縁に吸いさしの煙草が煙をあげているが、和太留は手を出そうとしない。忘れているらしい。孝志はもうひとつのソファに身を埋めてフランクのソナタに耳を澄ませた。

数学を解くのに役立つと、和太留はいった。いかにも彼らしいいい方だと、孝志は思った。身じろぎもしないで和太留は音楽に没入しているようだった。少しばかりセンチメンタルといえなくもないと彼は評したが、メロディーの美しい音楽についていう彼の決まり文句だった。たとえばチャイコフスキーはあまりにもセンチメンタルでありすぎるといって和太留は嫌った。彼が好きなのは、ハチャトゥリアンやバルトークである。孝志の好きなブラームスは和太留によれば、やや頽廃的でそこがいいとも批評した。

ベートーヴェンは頽廃的でなさすぎるから好ましくないと、和太留はいった。

やっとフランクのヴァイオリンソナタは終わった。終わってピックアップが元の位置に戻っても、和太留は長椅子の上にじっと横たわったままだ。全身で音楽に浸りきったという感じである。たっぷり五分間たってようやく和太留は目を開き、テーブルから煙草をとって口にくわえた。しばらく会わないでいるうちに、和太留はどことなくやつれているように見えた。気のせいかもしれないと孝志は思い直したが、目の色がなんとなく冴えない。

「コーヒーを淹れてくれないか」

と和太留は煙草の煙を吐きながらいった。孝志はアルコールランプに火を点けた。青柳布由子のことで何かあったのかと、和太留はきいた。

「いや別に何も」

「おまえが血相変えてうちに駆けこむのは青柳のことに決まってるからな。いったいどうしたんだ」

「ちょっとした考えを聞いてもらいたいと思って。でもいいんだ。フランクのソナタを聞いてたら、そんなことどうでも良くなっちまった」

水が泡立ちおもむろに沸騰して上昇してくる。コーヒーのいい香りが鼻孔を刺戟した。どうでも良くなったというのは、孝志の実感である。（自分には自分の生き方がある）といった酒井先生のこと、扉と鍵のこと、和太留なら親身になって聞いてくれそうに思えた発見が、フランクの緻密に組立てられた優美なソナタを聴いた今は、とるに足りない月並な理屈に思われてくる。

「話せよ、そのために来たんだろう。聞いてやるよ」

「おまえ、おれが何かしゃべると、すぐにバカにして笑うからなあ」

「そりゃあバカな話には笑っちゃうともさ。当たり前だろ。じゃあ何かい、バカげた話と自分で信じてるのかい。

そんなにくだらない話を聞かせるために やって来たのか」

「でもないけど」

孝志はパーコレーターの中身をカップに注いだ。注ぎながら手短に自分の考えをしゃべった。意外にも和太留は黙って聞いている。

「というわけだ」

と孝志は話をしめくくった。

和太留は砂糖を入れないでコーヒーをすすった。話が終わっても黙りこくって天井を見上げている。どうした、笑わないのかと、孝志はいった。

「酒井先生の人生論の方だがな宮本。それについてはとやかくいわないよ。だが、おまえの扉と鍵の話。そっちの方はイメージがある。抽象的ではなく具体的なイメージ、扉と鍵という形でおまえは自分の思想を表現したわけだ。具体的なイメージでものを考えるというのは易しいようでむずかしいことなんだ。おれはそう思う。おまえの話をこれまでバカにして笑ってたのは、人生を言葉だけ、つまりイメージのない抽象的な言葉だけで表現してたからなんだ。だから今夜は黙って聞いた」

「おそれいります」

「ふざけるんじゃない。おれはまじめにいってるんだから。コーヒーをもう一杯」

孝志は和太留がさし出したカップにコーヒーを注いだ。

「シルヴィア・ハルトマンのことなんだがな宮本。シルヴィアという名前はドイツ人にしては珍しい。で、おれ彼女のことを詳しく調べてみた。おまえからその詩人の経歴は聞いたけどさ。酒井先生のうちで何とかいう事典にのってたあれだけではぴんと来ないだろう。こういう場合はドイツ大使館の広報課に問い合わせるのが一番なんだ。喜んで教えてくれたよ。それによると母親はイギリス人なんだな。よくあることだ、あちらでは。シルヴィアを産んで間もなく自殺している。原因は病気を苦にしてというんだが、本当のところはわからない。病気を苦にして自殺していたら、医者は全部倒産してしまう」

「おまえ、いつ、そんなこと調べたんだ」

「興味がないのかね。おまえはあの詩人について知りたくなかったのか」

「続けてくれ」

「思想的な理由で自殺するということはある。ただペシミストがすべて自殺するとは限らない。遺伝的な要素もからんでいるんじゃないだろうか、というのはおやじの見方でもあるんだがね。親にそういう傾向があると、子供もそれを受けつぐことが多いというわけだ。ただし、これはあくまで推測だよ」

「青柳のおやじさんが亡くなったのはたしか癌だと聞いてるんだが、実はそうじゃなかったというんだな」

「下手にカンぐるのはやめてもらいたいな。おれはシルヴィア・ハルトマンのことをいってるんだ」

「おまえのおやじさんは青柳教授の主治医だったんだろう。だからハルトマンがなぜ死んだかについて、それとなくヒントを与えようとしてるんだろう」

「おまえには参ってしまう」

　和太留はためいきをついた。いおうかいうまいかと、孝志は迷った。せんだって、〝アラビア〟の裏口からこっそりと姿を現したのは和太留であった。彼が午前三時ちかくになぜ〝アラビア〟に居たのか、そこで何をしていたのか、気になって仕方がなかったのだ。しかし、それを和太留自身にたずねるのはなんとなくはばかれた。

　和太留はふだんの和太留ではない。孝志と話しながら心の中では別のことを考えているように見える。表情も物憂げで、いつもの明るさがなかった。孝志はきょうの午後、青柳布由子には布由子の人生があり、自分には自分の人生があると悟って、淋しい思いを味わったばかりだった。好きではあるけれども、愛するとはいえない夏子と気楽に話が出来る事実さえも彼を淋しくさせた。

そして今、鳴海和太留が孝志にいえない秘密らしいものを抱いて、冴えない顔でコーヒーをすすっているのを見ると、またもや同じ淋しさを感じてしまうのだった。自分にもっとも近い所にいると信じていた友人が、悩みを持って苦しんでいる。和太留が打ち明けないのは、打ち明けてみたところで解決するものではないと信じているからなのだろう。

「これ、女の子から旅行の土産にもらったものだけどさ」

孝志は家を出るとき何気なしにポケットへおしこんでいたフクロウ笛を和太留に手渡した。吹いてみろと、孝志はすすめた。和太留はそれをしばらくひねくりまわしたあげく、唇にあてた。笛は鳴らなかった。和太留は上半身を起こしてもう一度、吹き直した。今度は鳴った。その音は孝志が夏子の前で鳴らした音とはまるっきり異なる音色だった。孝志は夏の闇に吸いこまれるフクロウ笛の柔らかな音に聞き入った。

思わぬ招待

1

九月になった。

孝志はずしりとふくらんだ鞄と同じくらいに重い心を抱いて登校した。

同級生はそれぞれ胸に期する所があるような顔つきである。目の色がちがっている。二年の二学期が勝負だといったのは、影山先生だった。三年になってどうあがいても遅い。志望の大学に合格するには、この学期に実力をつけるかつけないかにかかっていると、先生は夏休みに入る直前、教卓を叩いて獅子吼《ししく》したものだ。

課外補習をしないのは、県下で北高だけである。それというのも、学校がわがひとえに生徒の自主性を尊重し期待するからだと校長もおもおもしく訓示した。そのかわり山ほど宿題が出た。休みちゅうに片づけなければならない問題集とプリントを、机の上に積み上げて孝志は長々とためいきをついた。七月下旬のことだ。

なんとかなるだろう。休みは四十日もあることだし……。

呪文のように孝志はつぶやいた。四十日が三十日になり、二十日が十日になって、宿題の三分の一は手つかずのまま新学期を迎えてしまった。

（おまえはまったくどうかしてるよ）というのは、孝志に向かっていう和太留のきまり文句である。その通り、自分はどこか狂っていると孝志は認める。同級生をざっと見まわしたところ、心に屈託を抱いているのは一人もいないように見える。孝志のクラスは進学モデル学級ということになっていて、二年生でも粒選りの連中が集められている。

一年のときの成績は今よりやや良かったので、ビリに近い順位ながら孝志もこのクラスに入っていた。本来ならワキメもふらず教科書に取りくんでいるべきときである。女友達なんかにのぼせあがるゆとりはないはずだ。というのは孝志としても知りぬいた理屈なのだが、実情は毎日毎晩、机に向かってプリントはそっちのけで、ためいきばかりついて夏休みを過ごしてしまった。

（人間はなぜ自殺するのか。これを夏休みの宿題にしよう）

酒井先生はただでさえ持てあましている宿題に加えて、もっと始末にあまる難題を孝志に与えた。これはとうと う解けなかった。八月の終わりごろ、扉にさした鍵をきっかけに、他人には他人の、自分には自分の生き方があるといった酒井先生の言葉を理解し、日ごろ自分を悩ませている青柳布由子の幻影がほんの少し薄れたように思って、救われた感じを覚えた。

しかし、それはつかのまのことだった。

和太留の家から帰宅し、一人になってみると、またもや布由子の顔がちらつき、眠りにつくのを妨げた。救いはあくまで一時的な救いにしか過ぎなかった。

（もしも青柳布由子がこの世に存在しなくなったら）

と思うと、孝志は自分の生きる意味がなくなるように思った。（そんなことでどうする）と自分を責めても同じことだ。布由子を失ったら、たとえ東大へ合格したとしても自分の人生は真っ暗だと考えた。しかし、このままでは東大どころか地もとの国立大にさえ受かるのはおぼつかないのだ。

「あのせつは」

教室に入ると布由子がまっすぐに歩み寄って来て孝志に話しかけた。孝志は棒立ちになった。

「いろいろとお世話になりました」

布由子はぎごちなく頭を下げてくるりと振り向き、席へ戻った。同級生たちはそ知らぬ顔をしている。孝志は何と返事をしたのか覚えていなかった。布由子は転校したものと思いこんでいたので、彼女の姿が目に入ったせつな、頭に血がのぼり、お礼をいわれても急に言葉がなかったのだ。気がついてみると自分の席に腰でも抜けたように座りこんでいた。

2

その日の夕方、孝志がシャワーを浴びていると、母の声がした。

シャワーの音で何をいっているのか聞きとれない。コックを閉じてきき返した。電話だという。孝志はガラス戸ごしに叫んだ。

「今、シャワーを浴びてることくらいわかってるだろう。あとでしてくれって頼んでよ」

「でも、青柳さんよ。いいの」

ものもいわずに孝志は風呂場からとび出した。腰にタオルを巻きつけて送受話器を握りしめた。母は呆れ顔で彼を見ている。

「青柳です。お邪魔ではなかったかしら」

「あっ、うう、ああ……」

「どうかなさったの」

「い、いや、邪魔なんかそんな。電話をどうもありがとう」

「今夜、何か予定がおありでしょう」

「宿題が残ってて、それで、うんと先生にとっちめられてね」

「そうなの、じゃあ、およびしては悪いわね」

「あがってしまうよ。いつか必ず」

「誰を」

「宮本さんを。ずっと前からそのつもりだったの」

「ぼくをきみのうちに」

「勉強があるんでしょう」

「あんなの、いつだって出来るよ。本当にいいのかな」

「さしつかえなければ七時に」

孝志は壁に頭をぶつけて死にたくなった。影山先生からしぼられたので、宿題のことが気になっていた。あがっているとつい心にもないことを口走ってしまう。宿題なんかクソくらえだ。孝志は呆然として、布由子が電話を切ったあとも送受話器を握りしめていた。腰のタオルが足もとにずり落ちたのも知らなかった。

招待されたのは意外であり、嬉しくもあった。同時に、（機先を制された）という感じもあった。その夜ではないが、近いうちに青柳布由子と二人で話そうと考えていたからである。この日の午後、鳴海和太留と『刑事コロンボ』の話をした。愚にもつかないテレビドラマが氾濫しているなかで、見てトクをしたと思えるのは『刑事コロンボ』だけだ。とくにコロンボが日常生活のありふれた事物から犯人を割り出す推理の冴えは、いつ見ても感心させられると、孝志が一方的にしゃべっていたとき、和太留は不意に口をはさんだ。

（おまえ、直線の定義を知ってるな）

（定義？　なんだい急に。ああ知ってるよ。つまりこうだ。ある空間内での一次元の幾何学的連続体だ。これでいいかい）

（もっとやさしくいえばどうなる）

（二点間を最短距離で結ぶ線、だろう）

（その通り）

（なぜそんなことをいわせるのだ）

（『刑事コロンボ』をおまえがほめるからさ。コロンボのやってることは、おまえがしていることと、あまり対照的に思えるんでね。犯人と殺された人物を結ぶ最短距離の線を見つけるのがコロンボはうまい。それだけのことだよ）

（どうも良くわからないな。何をいいたいんだ）

（おまえは青柳布由子のことを知りたがっている。だがな、おまえは知りたいと願っている謎の核心に少しも近づこうとしない。まるで無意識のうちにその謎を知ることをこわがっているみたいだ。おれにはそう見えて仕方がないよ）

孝志は、はっとして和太留をみつめた。和太留は校庭の西にそびえる城山の上空に目をやっていた。夏の最後の輝きを帯びた白銀色の雲が城山の真上にぽっかりと浮かんでおり、和太留は目を細めてまぶしそうにそれを眺めているのだった。夏休みの間に、和太留はめっきりとやつれた。頬の肉がそげ落ち、目もとに疲労の色が滲み出ているように見える。これまでのように大声で笑うことも少ない。肩をゆすって腹の底から出るような豪快な笑い声を聞くのは孝志の楽しみだった。和太留には和太留の悩みがあるにちがいない。

（当たって砕けろ、だ）

孝志は胸のうちでつぶやいた。

今夜、布由子を訪ねて、じかに自分の疑問をぶっつけてみようと決心した。きょうまで何度か考えてみたことではあった。いざ、実行に移す段になってためらいが生まれ、のびのびになっていたことだ。

和太留が、孝志にはうかがい知れぬことでひそかに苦しんでいるらしいことがわかると、なおさらその決心は固くなった。何かにつけて孝志は和太留をたよりにして来た。自分の気持ちや考えを和太留に聞いてもらい、彼がどう思うかを確かめて生きて来た。しかし、それにも限度がある。二点間を結ぶ最短距離、と和太留がいったのは孝志のまわりくどい小心な行動を暗に非難しているようだった。

（今夜こそ……）

と心に期していた矢先、布由子から招待されるハメになったので、孝志は嬉しがるより（出ばなをくじかれた）思いだった。

3

夕食は冷たいコンソメスープで始まった。

「このロールパン、布由子がうちのオーヴンで焼いたんです。孝志さんのお口に合いますかしら」

布由子の母親は和服を着て厚化粧をしていた。孝志は白いテーブルクロスをかけた食卓をはさんで布由子と向かいあって座った。とんでもないドジをやらかしそうな悪い予感がした。女の子と二人でさし向かいに座ったことは何度かあるけれど、それは全部、喫茶店か安っぽい食堂のなかでのことだ。よその家に招かれて食事をするなどという経験は初めてだった。テーブルの中央には小さな伊万里焼の花瓶が飾られ、黄色いバラがいけてある。

布由子はスプーンを口へ運びながら、ときどき上目づかいに孝志を見た。あるかないかの微笑が頬に浮かんでいるように思われた。

「もっと早くお招きしなければと考えてたんですが、なにせ布由子がひとさまにお会いする元気がなくて。それにあれこれと家の事情もありましてね」

朝、教室で会ったとき今夜の招待をうけてくれるかどうかいうつもりだったが、まわりで大勢の級友に見られていると、ついいい出せなかったと、布由子はいった。

「いいんだ。別にどこかへ出かける予定なんかなかったんだから」

孝志はロールパンをのみこんでからいった。台所から現れた母親はシタビラメのムニエルをテーブルに置いた。

「孝志さん、酒井先生から特別に英語のレッスンをお受けになってるんですって」

と母親はきいた。

「特別なレッスンなんてものじゃないんです。ぼくの出来が良くないから、先生が見るに見かねて自宅に呼んで下さったんです」

二時間のうち半分は台所掃除をしていると答えたらどんな顔をするだろうと、孝志は思った。『ハムレット』の訳読をするのは、正味三十分あまりだ。残りはお茶を飲んだり、酒井先生の好きなシェリーやワーズワースの話で終わってしまう。しかし、孝志には週に一回のレッスンが楽しみだった。ロクに英文法について細かな話を先生がするわけではないが、通うようになってから英語が前よりも格段に面白くなった。

孝志はナイフとフォークで魚料理を平らげるのが苦手だ。まさか、箸を下さいというわけにはゆかない。布由子は慣れているのか、器用にフォークをあやつって骨から身を剝がしている。母親が今度はビーフシチューの皿を運んで来た。そして、いった。

「で、どうなのかしら。酒井先生はレッスンを生徒さん一人にしかして下さらないおつもりなのかしら」

「さあ」

「ワインをどうぞ」

母親にうながされて布由子がワインを孝志のグラスに注いだ。テキストは何を使っているのかと、布由子がたずねた。

「ハムレット。まだほんの少ししか進んでいないけれど」

「むずかしいでしょうね」

「いや、リライトした方だからそれほどでもない」

布由子がゴキブリだらけの台所を掃除している姿を想像した。女の子は自分より手ぎわ良く台所を片づけるだろう。そうなったら自分はすることがなくなり、手持ち無沙汰になる。今夜、青柳家へ招待されたのは、城山の山腹で布由子を救助したお礼ではなくて、酒井先生に英語の個人指導を孝志と共に受けさせることができるかどうか、さぐるためであるような気がして来た。

口に含んだワインが酸っぱくなった。

布由子は赤いワンピースを着ている。紅バラとワインの赤に合わせたのだろうかと、孝志は思った。天井から小型のシャンデリアが下がって室内を照らしている。母親は孝志が空にしたビーフシチューの皿を台所へ持ち去って、まだ姿を見せない。コーヒーを淹れてるらしい。いい匂いが漂って来た。

こういう一刻を前から願っていたのに、どうしたことか現実とは思われない。

「鳴海さんとは親しいんですって」

「うん、まあ、彼は話せるやつだよ」

「話せるやつ……男の人っていいわね。何でも話せる友達になれるから」

「女だってそうだろう」

「女はダメ。親しそうに見えて本当はそうじゃないの」

母親がコーヒーをのせた盆をテーブルにのせた。

「布由子は変わった子ですからね。孝志さんにも大変なご面倒をかけてしまいました。これからもよろしくお頼みしますよ。布由子の話し相手としてつきあってやってくださいな」

こんなはずではなかったと、孝志はやるせなくなった。（話し相手か）と内心いまいましくなった。自分が望んでいるのは、そんなものではないのだ。布由子をテーブルのバラごしに見つめた。いったい何を考えているのか、布由子は依然として謎めいた微笑を浮かべている。

孝志は母親から釘を刺されたと思った。

友達として交際するのは許可するけれども、高校生としての限度をわきまえておくようにと仄めかされた按配だ。気になることがもう一つあった。台所から食卓のある部屋へ出入りし、話しかける自分の母親を見つめる布由子の目が、どことなくひややかなのだ。まるで他人を見るような。そう思って観察すると二人はあまり似ていなかった。この母と娘は実の親子ではないのではあるまいか……孝志は何かがわかりかけたような気がして来た。その何かの正体はつかめなかったが、家の雰囲気がよそよそしいのだ。

始終いがみあっている孝志とおふくろ、そして彼とおやじの三人が暮らしている家の方が空気は濃いように感じられた。ここでは妙に他人行儀である。布由子と母親は二人で親子という役を演技しているように見える。コーヒーは三人分、淹れられた。母親はテーブルにつかないで、壁ぎわの長椅子にゆったりと腰をおろした。

「孝志さんは大学を出てから何になるおつもり。きっと一流商社か何かそのようなお仕事なんでしょうね」

母親がにこやかにたずねた。商社に勤めようとは考えていないと孝志は答えた。第一、今の成績では入れてくれと頼んだってはねつけられるに決まっている。大人から将来の希望を問われるのが、孝志は苦手だ。

「じゃあ、お父さんのように銀行員かしら。孝志さんのようにまじめな方ならぴったりだわ。ねえ布由子」

「銀行員は嫌いです」

孝志はぶっきらぼうにいってのけた。朝から晩まで担保と利子のことを考えて暮らしている父の生活を見ているので、銀行員にだけはなるまいと思っている。

「まあ、銀行はお嫌い？　変わってらっしゃるのねえ」

母親は大げさに驚いてみせた。布由子は黙ってコーヒーをスプーンでかきまわしている。孝志は二人をかわるがわる見やりながら考えた。ぼくはジェームズ・ボンドのような諜報員になりたい。ボブ・ディランのように髪をふり乱してギターをかき鳴らし、自ら作詞作曲して世界を旅したい。バレーボールチームのコーチになって、思うさま選手をしごき、オリンピックで金メダルをかち取りたい。植村直己のように犬ぞりで北極圏を踏破したい。気球で太平洋を横断もしたいし、ヘミングウェイのようにアフリカで猛獣を追いまわしたい。それを小説に書いて村上龍のようにベストセラー作家になりたい。世界で一番高い山が征服されたのは残念のきわみだ。未踏だったら、ぼくが登頂してみせるのに……。

孝志にはしたいことが無限といっていいほどあるのだった。一流商社が聞いて呆れる。銀行員なんてお笑い草だ。ワインに酔ってぼんやりとなった頭で彼は思った。他人に打ち明ければ笑われるから黙っているだけのことだ。

「たぶん平凡なサラリーマンでしょう」

と孝志がいうと、布由子は身をのり出して、

「本当に」

とたずねた。

孝志はうろたえた。心の奥まで見すかされたような気がする一方、ちょっぴりまんざらでもなかった。彼はワインをぐいと飲み干して、ヨットで太平洋を横断するのと同じくらいに、平凡なサラリーマンになるのはむずかしいことだと答えた。和太留の持論を切り売りしたわけである。

4

午後九時、二人は青柳家の細長いビルを後にした。布由子は母親にいった。

「そこまで孝志さんを送っていくことにするわ」

やっと二人きりになれたと、孝志は思った。母親の監視つきでは話したいことも話せないのだ。孝志は一気にしゃべり出した。料理がおいしかった、きみがあんなに腕のいいコックとは思わなかった。ワインもうまかった、自分はこっそりとビールを飲んでいる、しかし、たまにはワインもいいものだ、などと我ながら呆れ返るくらいと

めどもなく話した。やめろやめろと、自分を叱っても口が勝手に動いて、どうでもいいことをしゃべり続けるのだ。

布由子はきょうはほとんど口を利かない。

黙って微笑している。

戸外へ出てみると、暗がりの多い通りを布由子が選んだので、その微笑さえうかがえない。ようやく話すことが無くなったので、孝志は口をつぐんだ。

「母がつまらないことをきいたので、気を悪くしたんじゃない」

川沿いの道に出た所で布由子がいった。そんなことはないと、孝志は否定した。いいお母さんだともいった。

「あたし、母を好きになれないの」

「ぼくもそうだよ。ガミガミとうるさくって」

「そういう意味じゃないわ。孝志さんの場合とあたしは違うのよ」

「違うというと……」

二人は立ち止まった。橋のたもとである。橋を渡ればやがて孝志の家へ行き着く。どちらからともなく二人は歩き出した。橋を渡らずにまっすぐ川沿いの道を進み、公園にはいった。水銀燈がクスノキを昼とは違った鮮やかな色で浮きあがらせている。ベンチはみな一組ずつの男女でふさがれていた。

「いろいろと事情があるだろうけどさ、あまり深刻に考えないことだな」

孝志は気軽にいった。このとき和太留が傍にいたら苦笑いするに決まっていると思った。

「孝志さんっていいわね。いつも屈託がなさそうで。生きることが楽しくてたまらないという感じだわ」

「そう見えるかい」

「孝志さんが『ハムレット』を読んでるなんて、ぴんと来ないわ。なぜってハムレットに一番似てないのが孝志さんみたいだもの。誤解しないで。あたし『ハムレット』が好きじゃないの。気を悪くしたんだったらごめんなさい」

「そんなことはない。確かにぼくはハムレットみたいに物事をつきつめて考えはしない。だったらとっくに頭がおかしくなってるよ」

布由子はクスノキの大木を背にしてたたずんでいる。下半身には斜め後ろの水銀燈が光を当てているが、上半身は枝のかげになって闇に包まれている。なぜ、ハムレットを嫌いなのかと孝志はきいた。ききながら一歩前進して布由子の前に立った。

「だって、オフェリアに冷たくしたのはハムレットでしょう。尼寺へ行けだなんていわれたら、たいていの女は世をはかなんでしまうわ」

布由子の口調は歌うようだった。孝志は右手を布由子の顔の横にあるクスノキの幹にあてがった。（オフェリアに冷たく……尼寺へ……たいていの女）という声が、切れ切れに孝志の耳にはいった。言葉の意味を考えるゆとりはなかった。毎晩のように夢にまで見たあのことを決行するのは、今をおいてない。

「可哀想なオフェリア」

と布由子はいった。

孝志は一から十まで数えた。十を数え終わったとき接吻しようと考えた。闇のなかにほんのりと布由子の白い顔が浮かんでいる。頭上からクスノキの刺激的な香りが降って来て、二人を包んだ。

「残酷なハムレット」

と布由子はいった。

（……六、七、八……）孝志は左手を布由子の顔の横にのばした。二本の腕で布由子の顔をはさんだ。（……八、九、）突然、布由子はいった。

「ハムレットは首尾よくお父さんの敵討ちを果たしたわ。彼はすべて報われたんだわ。けれどハムレットにだまされて身投げしたオフェリアはどうなるの。彼女のために涙を流すのは誰なの。シェイクスピアは女嫌いだったのかしら」

孝志は一歩はなれた。シェイクスピアなんか、おれの知ったことかと思った。今夜はすべり出しからついていない。がむしゃらに青柳家を訪問し、布由子と二人きりになって、自殺を企てたわけを問いつめようと計画していた。自分がどんなに布由子を好きであるかも告げるつもりだった。

それがどうだ。

孝志の決心を見越していたように、向こうから招待され、母娘でもてなされた。居心地の悪い思いは終始、孝志からつきまとって離れなかった。おまえが好きだというせりふを今夜のような機会を利用して口に出すのは男らしくないと孝志は考えた。要するに場違いなのだ。

そして同じことが、自殺の原因追及についてもいえる。バラの花を飾ったテーブルをはさんで、当人に(なぜ死のうとしたのか)なんてたずねるのはマンガである。今夜こそ、と意気ごんでいた疑問の解明が、うまうまとはぐらかされた。(可哀想なオフェリア)だと! オフェリアなんかどうなろうと構うものか。オフェリアのために泣きたければ、勝手に泣くがいい。

「あら」

布由子が木立の向こうをすかして見た。

孝志も布由子の視線をたどった。

黒い人影が動いている。横顔に見覚えがある。影山先生のようだ。

「やばい。行こう」

孝志は木の下を離れた。無意識のうちに布由子の手首をつかんでいた。つかんでから気がついた。布由子は振りほどこうとしない。孝志は公園の出入り口とは反対側に急いだ。幅二メートルほどの溝があり、溝には底に砂がたまっている。溝を越えると柵があって有刺鉄線が張りめぐらしてあったが、孝志は鉄線が切れている箇所を知っていた。先に溝のふちによじ登り、布由子に手をさし出して上へ引っ張りあげた。女の手首というのは、どうしてこんなに柔らかなのだろうと思った。

柵の内側は自動車の修理工場である。しかし、工場の所有者であるタクシー会社は郊外に移転して、今は使われていない。

人影はなかった。

機械油の臭いが鼻をついた。公園の水銀燈は木の繁みにさえぎられて、二人がたたずんでいる工場までは光を送らない。闇に孝志の目が慣れて来た。コンクリートの敷地にタイヤの山が築かれている。自動車のシャーシーにもあやうくつまずきそうになった。

影山先生を見かけたからといって、何も無人の修理工場にしのびこまなくてもよかったのだ。先生をやりすごしておいて、公園を出るのがふつうだ。孝志は布由子の手首をつかんでゴムと廃油の臭いが漂う工場跡を歩きながらそう思った。溝を渡ってここへもぐりこんだのは反射的な行動だった。

布由子はさからいもせずについてくる。

壊れた車体を山積みした所で、孝志は足を止めた。

布由子に向き直った。

布由子は孝志につかまれた手首にもう一方の手をやって、孝志の指をもぎ離そうとした。その手を孝志がつかんだ。

「ハムレットは可哀想じゃないのかい」

と孝志はいった。自分の声が他人のそれのように聞こえた。

「ハムレットなんか大嫌いといったでしょう」

孝志は両腕に力をこめて布由子を抱き寄せた。布由子の唇に自分の唇を重ねた。布由子は顔をのけぞらせた。孝志は布由子の体を抱きすくめ、もう一度接吻した。唇は手首より何倍も柔らかく暖かかった。

歓びと不安

1

孝志は自分のしていることが現実のものであるとは信じられなかった。

腕の中にいるのは布由子だ。

それは確かだ。布由子の髪に触れ、布由子の肩を腕で抱きかかえている。

布由子はさからわなかった。身をもがくようにしたけれども、孝志が腕の力をよわめても、離れようとはしなかった。

唇で触れる唇ほど柔らかいものはない……。

とうとつにある詩人の言葉を思い出した。

こうして布由子にぴったりと寄り添い、布由子の唇をむさぼることをどんなにか切なく望んだことだろうと、孝志は思った。夢にまで見たその行為を自分はいま実現したのだ。孝志は砂漠を何日も旅してようやくオアシスにたどりつき、渇いた咽喉をうるおしている旅人になったような気がした。布由子の口がオアシスである。渇きはすぐに癒やされなかった。何杯飲んでも飲み足りなかった。

とうとう布由子は孝志の胸に両手をついて上半身をのけぞらせた。

「もう、やめて」

苦しそうに喘ぎながらいった。

孝志はしっかりと腕で抱きすくめ、布由子を引き寄せた。いま、布由子から離れると、これから先、二度と会えなくなるような不安があった。

「ぼくがいやなのかい」

星明りの下に布由子の顔が仄白く浮かびあがっている。孝志は自分の声が老人のようにかすれているのを聞いた。

布由子は首を横に振っていった。

「そんなこといってやしないわ」

「好きだよ。ずっと前から、とても好きだった」

「あたしのことが?」

「そうだ」

「好きって、愛してるということなの」

「むろん決まってるじゃないか」

「あたし、愛なんかわかんない」

「うそだ、わかってるくせに」

「うそつきはあなたのほうだわ」

「ぼくは本当の気持ちをいってるんだ」

話に気をとられて孝志はいつのまにか腕の力をゆるめていた。

布由子はするりと孝志の腕から脱け出した。孝志はあわてて布由子の手首をとらえようとした。

「あたし、うそつきは嫌いなの」

「ぼくがいつうそをついた」

「たったいまよ」

近づいた孝志を布由子はいきなり突きとばした。不意をつかれて彼はよろけた。布由子は身をひるがえして駆け出した。しんかんとした無人の修理工場に、布由子の靴音が高く響いた。倉庫にはさまれた暗がりの奥へ布由子の姿はのみこまれようとしている。待ってくれと、いいながら孝志はあとを追った。唇がしびれるほど接吻したばかりなのに、まだ一度もしたことがないような、奇妙なもどかしさが残った。

孝志は無我夢中で追いかけた。

とつぜん向こうずねを棒で払われた。孝志はうつぶせに倒れた。コンクリートの床に置いてあったシャーシーの一部につまずいたのだ。激痛が太腿にまで広がった。びっこをひきながら孝志は闇の彼方、倉庫前の空間によどんでいる暗黒に目を凝らした。

布由子の姿はかき消されたように見えなくなっている。あっちの側には高い塀がある。出口は倉庫の向こう側にはないはずだ。工場から抜け出すには倉庫のあたりで左へ直角に折れなければならない。

再び廃油の甘ったるい臭いが鼻をついた。

ガソリンと古タイヤの臭いが入りまじって闇の底にたまっている。孝志は左手にある門の方をうかがった。守衛室の窓に光はない。門は鉄柵でふさがれ、常夜燈がぼんやりとそこを照らしている。足の痛みを気にするゆとりはなかった。孝志は一歩一歩、倉庫の方へ近づいた。布由子が二メートルもの塀を乗りこえられるはずはない。左右に目をくばりながら歩いた。

後ろで物音がした。

スクラップの山が崩れ、何かがコンクリートの上に落ちた。孝志は振り返った。急いであと戻りして周囲を見まわした。さっきそこを通りすぎたとき、スクラップのかけらで身を支えたことを思い出した。それが何かのバランスをこわして山を崩すことになったのかもしれなかった。知らない間に布由子が自分の背後にまわるなんてことはありえない。

孝志は倉庫の方へとって返した。

目は闇に慣れていた。

軒下に壁を背にしてたたずんでいる人影があった。

「なぜ逃げたりなんかするんだよ」

孝志は肩で息をしていた。向こうずねの痛みが急にひどくなり、立っていられなくなった。

「きみがいっちまうから、ガキみたいにころんじゃったりしてさ」

孝志は布由子の傍にしゃがみこんだ。

「けがしたの」

「たいしたことはない」

孝志は手で脚をさすった。

「ごめんなさい」

布由子もかがみこんで孝志の脚にさわった。

「あやまらなくったっていいんだよ」

「でも、あたしが悪いんですもの」

「守衛の男がいないからよかった。こんな所できみを追いかけているのを見たら、てっきり変な想像をして警察に通報したかもしれないよ」

「警察……」

「ここでいつだったかやくざの殺しあいがあったろう。物騒な所なんだ」

「こわいわ」

「大声をあげたって外に聞こえやしない」

「あたし、帰らなくちゃ」

「そうしよう、あいたっ」

孝志は腰を浮かしかけて思わず呻いた。倉庫の壁に手をついて倒れかかった体を支えようとした。手は空を突いた。壁と思ったのは倉庫の扉で、鍵がかかっていなかったのだ。蝶つがいも錆び朽ちていたらしい。扉は孝志の体もろとも内側に倒れた。なんてことだと、孝志は思った。きょうという日は二回もひっくり返る日だ。

「孝志さん」

布由子は悲鳴に近い声をあげた。

「孝志さん、だいじょうぶ?」

「ああ、なんともないよ」

孝志は四つん這いになって倉庫の内部を見まわした。木の床には片隅に乗用車のシートがころがっているきりで、がらんとしている。

門に面したガラス窓から射しこむ常夜燈の明りで、倉庫の内部は外側よりいくらか明るかった。

「きみ、悪いけど先に帰ってくれないか。お母さんが心配してるよ」

「母があたしのこと気にするもんですか」

「でも、いつまでもここに居るわけにはゆかない。さっき、ぼくたちがはいって来た公園の方へ出てゆけばいい。ぼくはしばらく休んで歩けるようになったら帰る。送ってゆけないのが気になるけれど、こんな有りさまではね」

「あなたが歩けるまでここにいるわ」

「帰りが遅いから、今ごろきみのお母さんは、うちに電話で問い合わせてるかもしれないぜ」

「あなたもまだ帰ってないと知ったらどう思うかしらね。きっと変な想像をあの人するに決まってる」

「あの人って?」

「母のことよ」

「きみは自分のお母さんをあの人と呼ぶのかい」

布由子の口から「あの人」という言葉を聞いたとき、ついさっき接吻したときに感じた布由子の肉体のなまなましい感触がまたよみがえってきた。同級生というよりも傍にいるのは自分とは三つも四つも年長の成熟した女であるように感じられた。同時にあのもどかしい思い、何べんも接吻をくり返したところで癒やされない強い渇きのようなものが、孝志を苦しめ始めた。

足の痛みをこのとき孝志は覚えなかった。

倉庫の内部が息づまるほどに狭くなったように思われた。

「お水で冷やしたらどうかしら」

「水なんかありやしない」

「待ってて。そこに水道の蛇口を見たような気がするわ」

布由子は倉庫を出て行った。ほどなく水のほとばしる音が聞こえた。こんな暗がりで水道のありかを目にとめているなんて、女というものはおかしな人種だと孝志は思った。ひたひたと靴音が帰って来た。濡れたハンカチを手にして布由子は倉庫に戻り、孝志の脚にそれをあてがった。

「まだ痛むでしょう」

「いや、それほどでもない」

孝志はむりに作った平静な口調で、ありがとうといった。水を含んだハンカチの冷たさがたまらなく快かった。

「これですぐに歩けるようになると思うよ。だからもう帰ってくれ」

「孝志さんを一人にして帰れないわ」

「子供じゃないんだ。一人でいてもこわかない」

「でも……」

「シルヴィア・ハルトマンの詩をきみは今でも読んでるかい」

「………」

「前から知りたかった。きみは……なぜ……なぜあんなことをしでかしたんだ。毎日、あのことばかり考えてた。ぼくなりにいろいろと考えた。結局は本人にたずねるしかないわけだ」

「理由なんかありはしないわ」

「いいたくないのかい」

「ええ」

「生きるのが厭になったから？　しかし、ぼくだってそうだぜ。ぼくだけじゃなくて自殺したいと思うやつらは他にいくらでもいる。しないだけの話だ。やはりおっかないしね。きみは実際にやった」

「失敗したわ。やりそこねたの」

「またやるつもりだろう」

「そんなこと、孝志さんに関係ないでしょう。自分のことは自分で考えるわ」

「ときどきわからなくなることがあるんだ。本当の話、人生が生きる値打ちがあるものかどうか。大人はあたりまえみたいな顔をして生きてるけどさ。ぼくにいわせればみんなくだらない。銀行ローンで家を買って、あくせくと働いて、それをやっと払い終わったらおダブツさ。子供をのこすためだろうか。ブタは人間よりも多産だよ。子供のための人生だったらブタのほうが偉い。ごめんよ、演説なんかするつもりはなかったんだ。つまり、ぼくだって生きることに疑問を持つときがあるっていいたかったんだ。きみはハルトマンの詩が好きだ。そうだろ？　城山の森にきみが倒れてた所にあの詩集があった。遺言がわりにあの本を持っていたとぼくは考えた。だから詩集を手に入れて読んでみた」

「あなたが……」

「うん、何べんも読んだ。ハルトマンはヴェトナム戦争に抗議して、ボンのアメリカ大使館の前で焼身自殺を試みたんだって。きみもそうなのかい。確かに世界はいかがわしい事件でいっぱいだよ。水爆を積んだB57が二十四時間、地球上をパトロールしている。海の中にはポラリスミサイルをのみこんだ原子力潜水艦がいて、ボタン一つで世界じゅうの都市を破壊できる。ヴェトナムあたりでは戦争が終わっていないし、インドでは毎日何万人という子供や老人が飢え死にしている。人間は野獣より残酷だ。進歩した文明を人殺しに使って平気でいる。ハルトマンという詩人はこういう世界に絶望したのだろう。初めは、いや、死ぬときまで敬けんなクリスチャンだったのさ。だから、神が世界の不条理をほったらかしているのに耐えられなかったのだろうとぼくは考えた。まちがっているかもしれない。しかし、きみはどうなんだ。きみもハルトマンのように、この世の冷酷な金儲けすることしか意味のない世界に抗議するために死のうとしたのかね」

「孝志さん……」

「頼むからしまいまでしゃべらせてくれ。毎日毎晩、ぼくはきみのことを考えてきた。きみが好きだ。気ちがいになるみたいに好きだ。もしかしたら本物の気ちがいになってるかもしれないよ。きみのことばかり考えてるから。だからこんなにしゃべれるんだ。鳴海のやつ、それから酒井先生はどうやらきみがしたことの理由を知ってるみたいだ。気のせいかもしれない。ぼくにそう見えるだけかもしれない。自殺する女学生なんて珍しくない。試験の点が悪かったとか、友人にバカにされたとか実につまらない理由で死ぬのもいるからね。病気になった友達が可哀想だと同情して心中する女の子もいる。しかし、きみはそんな女じゃない。ぼくはそう思ってる。家庭の事情というやつか。ぼくに立ち入る権利はない。きみのしたことは、ひょっとしたらお父さんの死因にあるかもしれないと考えてみた。ぼくはとんでもない阿呆だよ。他人のことをあれこれと考えて、自分の勉強なんかうっちゃってさ。でも今夜だけは、ぼくの考えてきたことをきみに洗いざらいいってしまいたかったんだ」

「あなたがそんなふうにあたしのことを考えてるなんて思ってもみなかったわ」

孝志はしゃべり疲れて板張りの床に横たわった。機械油のしみこんだ床が背中の下できしんだ。足の痛みはやわらいでいた。体から力が抜けてしまい、無重力状態の宇宙船に乗りこんでいるような気がした。

孝志は閉じていた目を開いた。

まぢかに布由子の顔があった。

布由子は孝志のわきにすわって彼を見おろしている。窓から入る黄色い光線が布由子の顔を浮きあがらせた。柔らかい髪が孝志の頬にさわった。無意識のうちに孝志は身を起こそうとした。布由子の表情には微笑のようなものがうかがわれた。そのようなまなざしで孝志は女から見つめられたことはなかった。

布由子の顔が大きくなった。

あたたかい両の手が孝志の顔をはさんだ。

孝志は何かいわなければならないと思った。開きかけた口の上に布由子の唇が重なった。

2

「おれに用事があるんだって」

飯田は靴紐を結びながら首をねじ曲げて孝志を見上げた。放課後、サッカー部の部室に二人は居た。他の部員はみんな校庭に出ている。室内は汗と体臭がしみこんだシャツの臭いがこもっていた。

「話があるなら早くすませてくれ」

「青柳のことなんだ」

「ふん」

孝志は昨晩のことがあってから妙に大胆になった自分を意識した。飯田という一歳年長の男に対しては今まで気おくれがして、まともに口が利けなかったのだ。それが今日になるとうって変わって何でもないようなことに思われる。

　布由子の口からついに聞けなかった自殺の理由を、その一部でも飯田から聞けたらと思ったのだ。孝志はいった。

「青柳のことで知ってることを全部、教えてもらいたいんだ」

「影山がおまえをよこしたのか」

「いや」

「おまえは影山の手先だろう。〝アラビア〟に張りこんだりしてさ。笑わせるなよ」

「あれは別だ」

「数学の点を水増ししてくれるとでもいったのか。ちえっ」

　靴紐がもつれた。飯田は太い指でもつれた靴紐を解いた。

「青柳はきみに薬を手に入れてくれと頼んだそうじゃないか。なぜ、きみをアテにしたんだい。約束するよ。これはぼくが知りたいことで、影山先生とは関係ない。それに今は〝アラビア〟に張りこんだりしていない。教えてくれれば誰にもいわないと誓ってもいい」

「おまえは信用できない」

（ガラが悪いように見えてもあいつはいいやつなんだ）といった鳴海和太留の言葉を思い出した。

　思い切って孝志はいった。

「鳴海が青柳のことをきみに聞いてみろとすすめたんだ。ぼくが影山先生の手先じゃないことは彼に確かめてもいい」

「鳴海がそういったのか」

「あいつは今、図書室にいる。つれて来ようか」

「いいよ、わかった。青柳はおれにヤクを手に入れてくれと頼んだ。それは本当だ。手に入れてやろうとしたんだがな、うまくいかなかった。もちろん同級の女の子が欲しがってるなんていわなかったんだが、いつもは金さえ払えば分けてくれるのに、女の子をつれて来いだとさ。おい、後ろのドアをちゃんとしめとけよ」

孝志は半びらきになっていたドアを急いで閉じた。飯田は靴紐をかたく結び直した。

「おまえ〝アラビア〟のことは知ってるな。刑事みたいに張りこんで見張ってたっけ。鳴海からも聞いてるだろう」

「ああ、みんな聞いてる」

孝志はうそをついた。

「あのマスターひでえ野郎だ」

「がっぽり儲けやがってな」

孝志はうまく調子を合わせた。

「おまえが見張ったってボロを出しゃしないよ。本物の刑事を買収してるんだからな。しかし、その刑事も近く転勤になるらしいぜ。やくざの一人が密告したらしいんだ。新聞にばれたらコトだからな。そうなるとすべてが明るみに出てしまう。たのしみでもあるよ。どんな騒ぎになることやら」

「そうだな」

「おまえ、青柳にいかれちまってるんだってな」

「…………」

「あいつ、いい女だろう。おれも好きなんだ。自殺なんかしようとしたりしてさ。何もあんなことがあったからといって死ぬほどのことはないのにな」

「あんなことって?」

「おや、おまえ鳴海から聞いていていないのか」

「大体のことは聞いてる」

「じゃあ知ってるはずじゃないか。おれ、もう行かなくちゃ。おい……」

飯田は孝志の肩をこぶしで叩いた。強い力だった。叩かれたはずみに孝志は足をふらつかせたほどだ。

「青柳とどこまでいってるんだ。キスぐらいしたか」

飯田は大声で笑って部屋を風のように出て行った。

3

孝志は足音をしのばせて図書室に入った。奥の窓ぎわに向かった机に鳴海和太留がかけていた。彼は一冊の本を机の上に開いていたが、目は窓ごしに裏庭のキンモクセイを見ている。横顔にやつれが目立った。

孝志は「いいかい」と声をかけて、和太留の隣に腰をおろした。窓からキンモクセイの匂いがかすかに流れこんで来る。孝志は和太留の前にある本を手にして表紙を見た。アルベール・カミュ『シジフォスの神話』という題が目に入った。薄い本である。ぱらぱらとめくってページを閉じた。何やらむずかしそうなことばかり書いてあるようだ。

「飯田と話した」

「うん、それで」

「青柳のことならおまえに聞けといわれた。バツを合わせるのに苦労したよ」

「傍に誰も居なかったろうな」

「二人だけさ、サッカー部の部屋で」

孝志は声をひそめて話した。図書室はほぼ満室である。さいわい二人のまわりだけ席があいている。

「おまえ、ゆうべ青柳の家へ行ったんだろう。本人にたずねたんじゃなかったのか」

「たずねたんだが何もいわなかった」

和太留はそれまで物憂い表情でキンモクセイの木を眺めていたのが初めてゆっくりと顔をめぐらして孝志の目をのぞきこんだ。

「おまえ、きょうはまるで別人みたいに見えるよ」

孝志はうろたえた。和太留の目は標本箱に採集した珍しい蝶を観察する昆虫学者のそれに似ていた。おちつかない気持ちになって『シジフォスの神話』をめくった。著者の写真が扉にのっている。いつかテレビの深夜劇場番組で見たフランス映画の主人公、確かフェルナンデルとかいう馬面の喜劇役者にカミュはそっくりだ。

本文の書出しをひろい読みした。

〝自殺〟という活字が目にとびこんだ。スポーツ新聞の見出しように大きな活字になってそれは孝志の目に映った。

「精神に十二の範ちゅうがあるか八つの範ちゅうがあるかというのは問題ではない。哲学に課せられた使命は、人間はなぜ自殺すべきではないかという問題を解くことである」

いいことをいうものだと、孝志は思った。まさにその通りと膝を叩きたくなった。あらためて著者の写真を見つめた。フェルナンデルに似ていたが、やはりフェルナンデルではなかった。顔を傾けて視線を斜め下に落としている表情は酒井先生が英語のテキストを読んでいる恰好を思わせた。どことなく雰囲気が似ていた。

「出ようか」

と和太留がいった。

二人は校庭のはずれまで歩いた。ヒマラヤ杉の木かげに来ると、どちらからともなく腰をおろした。目の前のグラウンドでは飯田をまじえたサッカー部のメンバーが、めまぐるしく駆けまわっている。黄と黒の縞模様が入ったユニフォームが赤いアンツーカーによく映えた。

孝志の方にボールがころがって来た。

和太留と並んで腰をおろしていた孝志は、がばと立ちあがってボールを蹴った。ボールはまっすぐに九月の空に飛んだ。サッカー部の連中は唖然としたようにボールの行方を目で追っている。

「ナイス・キック」

和太留が後ろから声をかけた。

ボールはゆるやかな放物線を描いて野球部のたむろしているバックネットの前に落ちた。

「おまえ、サッカー部から誘いがかかるぞ」

「まさか」

「飯田だってあんなにうまくキックを決められない。見ろ、飯田のやつ、ぽかんと突っ立っておまえを眺めてら」

朝から孝志は体の中の血液が入れかわったような新鮮な生命の躍動感を覚えていた。目に入るものが生まれて初めて見るような感じだった。アスファルトにめりこんでいるビール壜の蓋や、きらきらと輝きながら目の前を過ぎてゆく自転車のスポークなどが、この世のものではないほどに美しく見えた。頭上に揺れるクスノキの葉も、けさは宝石のかたまりに変化したように思われた。別人のようだと評した和太留の言葉は当たっているのだ。

しかし、教室に入って青柳布由子を認めたとき、孝志は意外だった。

どうしたことか彼に一度も目をやらない。

不機嫌そうに黙りこみ、机に視線を向けたままである。昨晩のことはあれは夢の中で起こったのだろうかと、孝志は思った。夢でないしるしに、向こうずねには鈍い痛みが残っている。

休み時間にたまりかねて彼は布由子の席へ近づいた。

布由子はあと数歩というところで、ついと立ちあがって教室の外へ出た。授業開始のベルが鳴り始めてから戻って来た。二回目もそうだった。三回目も。孝志はあきらめた。布由子は彼を避けているのだ。そうとしか思えなかった。いまいましかった。あのむっつりとした顔はどうだ。まるでゴロツキを避けでもするように、さっと席を立つすばやさときたら……孝志は不満だった。

しかし、体内にみなぎっている幸福感は不満をたちまち霧のように消してしまった。席にうつむいている布由子の姿をじっと眺めているだけで、孝志は幸福だった。じっとすわっているのが苦痛でもあった。大声で叫びたかった。布由子を愛しているということを教室の連中だけでなく全世界の人類に告げ知らせたいとさえ思った。

(生きるってのは、素晴しいことなんだ)

ところが、かんじんの布由子が病人のように黙りこんで、ことさら孝志と目を合わせようとしない。

自分が今、味わっている歓びを、孝志は布由子に語ることができたらと思った。それさえかなえられたらいうことはない。まあ、女には女の考え方ってものがあるのだろうと、孝志は自分にいいきかせた。布由子がほほえみを与えないと愚痴をこぼしても始まらないのだ。

和太留が何かいった。

孝志は我に返ってきき返した。

「もう〝アラビア〟に近づくのはよせよ。ロクなことはない」

「行かないよ。だけど今になってなぜそんなことをいうんだよ」

「一応、忠告しておこうと思ってね」

「おまえ、このごろ変だよ」

「おれが急に居なくなっても、おまえ、どうということはないよな。一人でちゃんとやってゆける。そんな感じだ。以前のおまえとしたらずいぶん変わったよ。ちょっぴり大人になったみたいだ」

布由子の秘密

野呂邦暢

1

十月になった。

キンモクセイの香りは消えてしまった。毎日があわただしく過ぎた。孝志はつとめて布由子のことを考えないようにした。あの夜、無人の修理工場で二人の時間を持ってから一度も会っていない。

電話は何回もかけた。出るのは母親で、そのつど娘は入浴ちゅうとか、もうやすんだとか、風邪ぎみなので医院へ診察を受けに出かけたとかいわれる。布由子が出たことはなかった。向こうからは電話をかけてよこさない。

孝志は手紙を書こうとした。

しかし、いざ便箋を拡げ万年筆を握ってみると、何から書きだしていいものかわからない。言葉にしたいものは山ほどあった。それでいて自分の思いを文章に綴ることができなかった。孝志は四、五行書いた便箋を破ってすてた。まるまる一冊の便箋をそうやって無駄にしてしまった。

教室では毎日、顔を合わせる。

布由子はしかし孝志とは視線がまじわらないようにしているようだ。ひややかでそっけない表情を装っている。自分の手が届かない別世界に青柳布由子は去ってしまったように思われた。

（すると、あれは一体なんだったのだ）

孝志は自問自答した。修理工場での出来事は夢だったのだろうか？　布由子は両手で孝志の頬をはさみ、みずから顔を近づけて彼の唇に接吻した。あたたかくて柔らかな唇。リンスの匂いがする髪が触れて孝志の頬と首筋がこそばゆかった。布由子の豊かな胸、知らず知らず孝志は手でそのふくらみにさわっていた。

(これがそうなのか……)

意識の小暗い片隅で、孝志はちらと考えた。幾日も自分が漠然とあこがれ、待ち望んでいたもの、待ち望んでいたこと、大人の世界に属する秘密の扉を自分は今あけようとしている、と考えたのは一秒の十分の一ほどの瞬間にすぎなかった。

時間は流れをとめた。闇もなく光もなかった。孝志は全身で布由子の存在を感じた。目を閉じていても布由子の顔が見えた。布由子が傍にいることを確かめることができた。自分が熱い奔流となって布由子の中へとけこむように感じられた。そうではなくて、布由子が自分の肉体の奥深い所へ滝のようなものになってなだれこむようにも思われた。二つの存在は一つになった。自分は自分でなく、他人である布由子も他人ではなかった。

孝志は溶鉱炉であり、布由子は熱せられた鉱石だった。孝志が鉱石であってもよかった。

(これがそうなのか……)

どのくらい時間が経ったのかわからなかった。気がついてみると、壁にもたれた布由子の顔が見えた。窓から射しこむ常夜燈の光に白い顔がぼんやりと浮かびあがっていた。乱れた髪を手で整え、衣服を直した。あの一刻はなまなましい記憶となって、孝志の肉体に刻みこまれている。夢であるはずがない。

孝志は机に肘をついて窓ごしに空を見あげた。日曜日、晴れた空は青い皿のように輝いている。まるい雲がゆっくりと空を動いてゆく。昨晩、孝志は青柳家へまた電話をかけた。応答したのは母親だ。

(宮本さん? まあ、お久しぶり)

(布由子さんいますか)

(布由子はたったいま出かけたところなんですの)

(どちらへ)

（お友達のおうちとか、すぐ帰るように申しておりましたわ。何か？）

（いや別に用事といってなかったんですが。その友達のうちというのはどこなのかご存じではありませんか）

（聞いたような気もしますが、覚えていないんです。すみません。布由子が帰りましたら宮本さんからお電話があったことを伝えておきますわ）

うそをつけ、送受話器を置いて孝志は胸の中でつぶやいた。布由子が本当に外出したかどうかはさておき、自分を避けようとしていることは確かだ。避けたいという布由子の気持ちはわからないでもない。自分たちは「してはならないこと」をしてしまったのだから。かといってそれを後悔する気にはなれなかった。

雲はキラキラと光りながら視界から消えた。次の雲がまた現れた。中間試験が終わったのはきのうだ。きょうという日はのんびりと日曜日らしい日曜日をすごすことができる。しかし布由子のことを考えると、孝志の心ははずまなかった。

これっきりですべてを終わらせることはできない。何が起こるとしても布由子とせめてもう一度、二人だけで話したい、孝志はそう決心した。

2

空から降りそそぐ秋の光は、研ぎすませたナイフに似ている。

十七回めの秋。孝志は肘をついた手で顔を支えたまま白い雲を見てつぶやいた。はたして修理工場の一画で自分たち二人がしたことは「してはならないこと」だったのだろうかという疑問が兆した。自分は布由子に求めた。布由子は自分に求めた。求めたとはいわなくても、さからわなかったとはいうことができる。布由子が傷つく理由がない。

だとすればなぜ布由子は自分を避けるのだろう。けっきょく思いはそこに返ってくる。自分は布由子の全部を知ったともいえるし、知らないともいえる。

窓の光が目にまばゆかった。痛いほどだ。去年もその前の年も十月は来て過ぎた。しかし今年の十月は今までの十月と違う。鉄錆と廃油の臭いがする無人の工場跡が目に浮かぶ。埃っぽい倉庫の床に横たわった布由子の顔が目の裏に甦ってくる。あれが夢であってはたまらない。

初めての秋と、孝志は思った。目に映る物がすべて初めて見る物のようだ。雲も青空も空をさして風にそよぐ木の梢も。あの晩から自分は変わったと孝志は思っている。生きるということはすばらしいことなのだ。布由子はどう思っているのか。自分が変わったように布由子も変わったのだろうか。

そこが孝志にはわからない。

机の上には鳴海和太留から借りた『西洋占星術』が拡げたままになっている。A STUDY OF ASTROLOGYという副題がついた分厚い本だ。水瓶座のくだりをもうなんべん読み返したことか。ほとんど暗記できるまで読み耽った。「非常識の世界に憧れる志向」と一般的な性格が説明されている。「あなたは常識的で日常的な世界になんの興味も示さない。平凡な生き方に満足できないのがあなたの特徴だ。あなたが嫌うのは平均的人生。あなたが望むのは他人が生きる世界とはことなった世界を創造すること。あなたには未来を見通す鋭い予知能力と独創性がそなわっている」

（けっこうなことだ）

と孝志は考えた。試験にどんな問題が出るか予知できればいうことはない。

水瓶座の特徴はまだ述べられていた。

「風のように自由な生き方を望む知性派」という一行もあった。「あなたは世の掟、因習や道徳に縛られず、誰とでも分けへだてなく交際するだろう」という説明はいい感じがしなかった。自分だけは特別だと思いたかった。布由子が工場の倉庫で自分にしたことを「誰とでも分けへだてなく」したとは、想像することさえたまらないのだ。

説明は続く。

「あなたはまわりの人から変わり者あつかいされることを気にしない。冷たい人間と誤解されることもある。あなたの人生には変化が多い。レールの上を走るような安定した生活をあなたは望まない。学生時代は要注意の生徒である。早くから文学書や哲学に親しむ傾向を見せ、異性体験も人より早い。幼少期は知恵の発達が抜群で、大人を呆れさせるような早熟児でもある」

孝志は半信半疑といった表情で和太留の本を読み直した。「異性体験」という活字が、スポーツ新聞の見出しほどに大きく、目にとびこんだ。この本を借りるとき、孝志は和太留に西洋占星術というものを信じるかとたずねた。

(長い歴史があるようだな)

和太留は気がなさそうに答えた。歴史なんかどうでもいい、アストロロジーを信じるか信じないかをきいているのだと孝志はくいさがった。

(おまえ、変なことをいうよ。おれが信じるといえばおまえも信じるのか。本を読みたいっていうから貸してやるんだ。信じなければ読まなくてもいい)

和太留は何か別なことを考えているようだった。その目にいつもの光がなかった。孝志はくどくどといい訳をして本を借りた。孝志は乙女座の生まれである。説明を読むと半分は的中しているようでもあり、半分は的はずれのようでもある。水瓶座である布由子のことが知りたくてページを繰っているのだ。

3

孝志はぶらりと外へ出た。

西洋占星術の解説を百回読んでも、青柳布由子のことがわかるとは思えなかった。部屋にとじこもっているのが苦痛になったのだ。和太留と会うことができるなら気が晴れるのだが、近ごろふさぎこんでいる彼のことだから、相手になってくれそうにない。

孝志の足は自然に公園へ向かった。公園の裏手にある修理工場、先夜、布由子とすごした倉庫を見たくなった。公園へ近づくにつれて異様な物音が耳をうった。ディーゼル機関特有の低い底力のある唸り声と、けたたましく物が壊れる気配がした。茶褐色の土埃がたちこめている。孝志は公園にはいって棒立ちになった。ダンプカーが古自動車のひしゃげた車体を荷台に積みこんでいる。あの倉庫はとり壊されて平べったい材木の山に変わってしまった。ショヴルドーザーが屑鉄をすくいあげてダンプにのせているところだ。

いずれこうなるだろうということを予想してはいたのだが、現実に目撃するとやりきれなくなった。いよいよこれで思い出の場所は消えてしまうわけだ。孝志は足を引きずるようにして公園を出た。

中間試験はさんざんであった。成績発表はまだなのだが、きかないでもわかっている。先生からは大目玉をくらうだろう。国立はダメだと宣告されることは目に見えている。原因はただ一つ。自分が布由子のことばかり考えているからだ。すべてが彼女の出現で狂ってしまった。布由子のことを忘れて、勉強にうちこみさえすれば、今からでも遅くはない。それはわかっている。実行できないだけの話だ。

気がついてみると、孝志は酒井先生の家の前にたたずんでいた。

「宮本さん」

明るい声が後ろから聞こえた。夏子が買物籠を腕にかけて立っている。

「伯父はいるわよ、どうぞおあがりなさいな」

すすめられるままに酒井先生の居間兼書斎にはいった。先生は縁側の藤椅子に腰かけて本を読んでいた。英語の原書である。部屋は見ちがえるように整頓され、台所からいつもの悪臭は漂ってこなかった。

「やあ、よく来たな」

酒井先生はかけていた眼鏡をはずし、ていねいに曇りを拭ってまたかけた。孝志を眼鏡の奥から見つめた。おちつかなくなって孝志は座り直した。きょうは毛髪とフケだらけのドテラ姿ではなく、折り目のついたズボンに糊のきいたシャツ、その上から茶色のカーディガンを先生は羽織っている。

無精髭はきれいに剃ってあった。

夏子が台所から紅茶を運んで来た。

「用事はなかったんです。ただ、なんとなくうかがっただけなんで、ご迷惑じゃあないでしょうね」

ふだんとは様子がことなる酒井家の雰囲気に勝手のちがう思いがしたので孝志は弁解がましくそういった。夕方からは出かける用件があると、先生はひとりごとのようにつぶやいて孝志に何かあったのかとたずねた。

「いや別に何も」

「こちらに来てかけなさい」

先生の前にテーブルをはさんでもう一脚の藤椅子がある。孝志は紅茶をソーサーごと持って縁側に出た。夏子は洗濯物があるからといって風呂場の方へ去った。孝志は庭に目をやった。赤い花が風にゆれている。小さな花壇に咲いたヒガンバナである。紅茶をすすりながら孝志はヒガンバナを見つめた。ふいに涙が溢れた。

孝志は慌ててハンカチで顔をこすった。

涙をこんなときこんな所で流すとは、自分でも意外だった。

先生はけげんそうに孝志を眺めている。風呂場の方から洗濯機の動くにぶい音が伝わって来た。先生は膝に伏せた本を閉じてテーブルの上に置いた。

アガサ・クリスティーというイギリスの女流作家が書いた推理小説である。『And, there are none』。背文字を涙にかすんだ目で孝志は読みとった。『そして誰もいなくなった』という訳が出ている。孝志も翻訳を読んだことがあった。

「お母さんに話したのかね」

「いいえ」

と答えてから「しまった」と思った。もう遅い。

「中間の英語、きみのは採点をすませた。こんどは一学期よりひどかった。わけがあるんだろう」

「勉強しなかったんです」

「そんなこと聞かないでもわかっている。青柳のことだな」

「好きなんです、いつも気になって」

「何が?」

「青柳君がなぜ自殺しようとしたかを考えてばかりいるんです」

「それを知ったら、おちついて勉強できるというのかね」

「ええ、たぶん」

「どうかな」

「彼女のことを何もかも知りたいんです。ハルトマンの詩集がヒントになるかと思って読んでみました。きちがいじみた現代と社会の不正に抗議する言葉が詩の中にあります。神は死んだともハルトマンはいっています。ぼくには詩人がわかりません。神が死んでも人間は生きる権利があるでしょう。ヴェトナムで何万人もの幼児が飢え死にしたからといってハルトマンの責任ではないはずです。まして青柳君の責任でもない。彼女が自殺したらアメリカとソ連と中国の指導者たちがミサイルを屑鉄にしますか。ばかばかしい」

「ふんふん、それで」

酒井先生は煙草に火をつけてくゆらした。煙を口から吐いて輪にした。そのゆくえを目で追いながら孝志に話をさせた。

「ぼくは子供っぽいのかもしれません。詩人は特別な人種ですからね。世界を覆う災厄や人類の悲惨な運命を自分のものとして肌で感じる力があるんでしょう。おそらくハルトマンはボンのアメリカ大使館前で、焼身自殺をしようとして、制止した警官に大火傷をさせたことも心の重荷だったはずです。ぼくに考えられるのは先生、そこまでです。かんじんなのは青柳君の場合です。ハルトマンの思想に彼女は共鳴したのかもしれません。しかし、人間はそれだけの理由で死ねるのでしょうか」

孝志は一気にしゃべった。やや胸のつかえがおりた。かわりに冴え冴えとした悲しみを覚えた。

「セックスというものはね宮本」

先生はヒガンバナを眺めながら口をきった。テーブルに置いたクリスティーの推理小説をとりあげてパラパラとページをめくり、また閉じて今度は膝の上に置いた。

「推理小説をだね、第一ページの一行めだけ読んで、結末がわかる読者なんていやしない。これは当然だろう。推理小説にかぎらない。本というのは終わりまで読まなければ全体はつかめない。そうじゃないかね」

「ええ、まあ、そうですね」

「適当な例がないからわたしはセックスを一冊の本にたとえているわけだ。きみはその本をいずれは読むだろう。きょう読むか五年後かはわからない。早く読みたいと思っているかもしれない。読みたくてうずうずしている。おそらくね。わたしは人生の教訓をきみに与えようとしているんじゃない。きみよりいくらか先に生まれただけの平凡な人間にすぎんのさ。ただね、こうはいえる。若いときは本の第一ページの書き出しを読んで、全部読んだと思いがちだ。まだ沢山、作者はいいたいのに、きみは一行だけ読んでわかった気になる。そんなもんじゃないよ」

「本の作者というのは、神のことですか」

「さあ、誰なんだろう」

「先生はその本を終わりまで読まれたんですね」

酒井先生はさびしそうな苦笑いをうかべた。頭を左右に振って、指でクリスティーの推理小説をかるく叩き、この本は三分の一程度、性という見えない本は十分の一も読んでいないと答えた。そしてつけ加えた。

「あと何年わたしは生きられるか知らないが、死ぬまでに半分も読めればいいほうだと思っているよ」

「そんなにむずかしい本ですか」

「ああ、むずかしい。人間を活かしもするし殺しもする。セックスというのは、きみたちが劇画雑誌なんか見て想像するものとはちがう。週刊誌に折りこんであるカラーのヌードとは関係がない。大人になればわかる。だからわたしにいえることは、第一ページの一行がすべてだと思うのはとんでもない錯覚だということだよ」

酒井先生は藤椅子から立ちあがった。

孝志も腰を浮かせた。

「夏子に話がある。きみはそこにいたまえ。わたしは今夜、出かけるんでね」

酒井先生は風呂場の方へ去って、五分もたたないうちに戻ってきた。ハンガーにかけてあった新しい背広を着こみながら先生はいった。

「きみ、あと二時間もすれば晩飯の支度ができる。夏子がね、きみに自慢の料理をご馳走したいといっているんだがどうだろう」

「先生は……」

「わたしはちょいと人に会わなければならないんだ。きみたちが夕食をすませた頃に戻ってくるよ」

孝志は先生のすすめに応じた。今夜という今夜は一人ですごしたくなかった。孝志の両親は中間試験の成績がふるわなかったことをうすうす察している。父は孝志が家を後にしたとき、庭いじりに精を出していた。夜になって顔を合わせたら、どうせブツブツいうにきまっている。父や母と口論するのは、もううんざりだった。

孝志は家から出てゆく先生を夏子と二人で見送った。

4

　夕食は焼きビーフンに中華風のスープだった。食後の片づけを夏子は手早くすませ、テーブルをはさんで孝志と向かいあった。リンゴの皮を果物ナイフで器用に剝きながら、

「伯父は今どうしてると思う？」

　ときいた。いたずらっぽく笑っている。

「先生が？　見当つかないな。誰かと会う用事って聞いてたけれど」

「お見合いなの」

「ふうん……先生がねえ」

「あたしの料理どうだった」

「再婚ということになるわけだ」

「誰もほめてくれないの、自信なくしちゃった」

「ああ、ご免よ。きみの料理とてもおいしかった」

「本当に？」

「嘘をいったって仕様がない。おかわりをしたろう。きみはいい奥さんになれるよ」

「いやな人」

「誰が……」

「あなたは嘘つきだわ」

　夏子の指がめまぐるしく動いて、リンゴの細長く切られた皮がするするとテーブルに垂れた。夏子はそれを四つ

に切ってフォークを添え、孝志の方へ皿を押しやった。孝志はテーブルに一冊の名簿を拡げていた。食事ができるまで、先生の本棚を眺め、ひまつぶしに面白そうな本を探していたとき、目にとまったのだ。

背文字にはK大の卒業生名簿とある。なんとなく興味を持って抜きとった。

酒井先生の卒業年次は大体わかっている。昭和二十七年のページに先生の名前があった。K大英文学科、思ったより当時の学生数は少ない。本を閉ざそうとしてある名前が目にとびこんだ。青柳秀昭、確かこれは布由子の父親である。

名簿は氏名、現住所、職業の順にならんでいる。現住所はちがっていたが、——市北区瀬戸町二ノ十八というのは布由子が今のビルに引っ越すまで住んでいた所のようだ。そのくらいは孝志も知っていた。職業の欄には「死亡」とある。名簿は去年発行されたものであった。奥付けを調べた。初版は五年前に出ている。孝志は本棚を再び点検した。同じ体裁の名簿がもう一冊、ワーズワースとキーツの詩集の間にはさまっていた。

青柳秀昭、職業は大学教授となっている。ただし酒井先生とはちがって理学部応用化学科の出身である。つとめ先は孝志の町からいちばん近い所にある国立大学であった。その薬学部の主任教授という職掌が備考の欄に記してある。

「孝志さん、何を見てるの」

夏子がテーブルごしに身をのり出して卒業名簿を眺めた。孝志は急いでページを閉じた。

「伯父と大学を同期で出た人は教頭になってる先生もいるんですって」

「酒井先生だってそのうちになれるさ」

「どうだか。伯父は出世には縁のない人なの。うちの両親がなげいてるわよ。校長はともかく定年までに教頭くらいにはならないと親戚にはずかしいって」

孝志はリンゴを口に入れた。甘酸っぱい果汁が口に拡がった。酒井先生と同じ大学を布由子の父親は出ていたのだ。郷里もこの町のはずである。ある事実に孝志は思いあたった。

「きみ、ここには以前から遊びに来てたかい」

「ええ、伯母がいたときから。いや、もっと前からよ。伯父が独身だった時代もぼんやり覚えてるわ」

「じゃあ、青柳先生、Q大の薬学部の教授なんだが、その人の名前を聞いたことないかい」

夏子はリンゴをフォークに刺して端をかじった。しばらく黙りこんで孝志の目を見つめた。

「布由子さんのお父さんでしょう。痩せて背の高い人。あたしが遊びに来たとき、ここで伯父と話しこんでいるのを見かけたことがあるわ。伯父とは学生時代から仲のいいお友達だったんですって」

そういって孝志から目を離さずにリンゴをかじった。孝志はつばをのみこんだ。

「青柳先生は癌で亡くなったって聞いたんだけど」

「そういうことになってるらしいわね」

そういうことになっているとはどういうことだと、孝志はきいた。

「孝志さん、何も知らないの」

「たのむからきみの知っていることを話してくれないか」

「でもいやだなあ、大人のことを話すなんて」

夏子はフォークで刺したリンゴの残りを口に入れた。白い歯がのぞいた。リンゴを嚙み砕く歯の音が聞えた。

「いやだというのなら聞かないよ。思わせぶりなことをいっておいて、いやだなんていわれちゃあ仕方がない。おれ、もう遅くなるから帰る」

「待って」

夏子は鋭くいった。立ちあがった彼は自分を見あげている夏子の顔を正面から見つめ返した。伯父が帰ってくるまで私は一人で留守番をしなければならない、しばらく居てくれるようにと夏子はいった。孝志はしぶしぶ腰をおろした。

「青柳先生のこと、伯父から聞いたの。噂よ。癌ではなくて自殺ですって。それが本当かどうか、あたしは知らない。三年も前の話ですもの」

「もしかしたらそうじゃないかと思ってたんだ。でもなぜ、自殺したんだろう」

鳴海和太留の父親と親しげに言葉をかわしていた布由子の母親の顔を思い出した。主治医は鳴海先生だったのだろう。孝志はもう一度、K大の卒業生名簿を繰った。やはりあった。鳴海和郎はK大の医学部出身で酒井先生と同じ年に大学を出ている。ということは青柳教授と同期ということでもある。警察には本当の死因を告げ、新聞記者には事実を隠しておくことが、鳴海先生にはできる。死があくまで個人的な理由ならば。

青柳先生がなぜ死を選んだかまでは知らないと、夏子はいい張った。

「布由子さんの今のお母さんとぼくは会ったことがあるんだ」

孝志は思いきってカマをかけた。

「そうなの、きれいな人だわ。あたしも知ってる。お話をしたことはないけれど」

「最初の奥さんより今のお母さんがきれいだと思うかい」

「最初の奥さんはあたし覚えてないの。でも布由子さんのお母さんだから、きれいだったでしょうね」

と夏子はいった。

きれいはきたない…

野呂邦暢

1

十月になった。

天から降りそそぐ光は、砕かれたガラスの破片のように輝いて見えた。

大気は乾燥し、紅葉した木の葉のかんばしい匂いが、咲く風に含まれていた。

孝志はいつものように登校し、いつものように下校した。

青柳布由子が孝志を避け、つとめて彼と二人きりになるまいとしていることは変わりがなかった。学校のひけぎわに待ち伏せしていても、布由子は必ずだれかとつれ立って歩いている。登校時もそうだ。自宅へおしかけても、母親からすげなく追いかえされる。いま、留守だとか、入浴ちゅうだとか、風邪ぎみだとかが会わない理由である。
二、三回、そうやって会うのを拒まれると、孝志はそれ以来、自宅を訪問するのを諦めざるをえなかった。けんめいに教科書と問題集に気持ちを集中しようとした。布由子の顔を念頭から消し去ろうとつとめた。しかし、心の底から一つの声が湧いてくる。
——なぜ？　なぜ？

布由子が自殺をはかった理由、布由子が自分を避けている理由である。

ぼんやりとではあるが、孝志が組みたてた仮説がある。正しいかどうかは自信がない。布由子の父、青柳秀昭は酒井先生と同じ大学を同じ年に卒業している。鳴海和太留の父、鳴海和郎とも同期である。癌で死亡したというのは表向きのことらしい。主治医が警察の嘱託医である鳴海先生であれば、どうにでも死因を隠すことができる。

ちょうど布由子の自殺未遂を表沙汰にしなかったように。

布由子の現在の母は、青柳秀昭の後妻らしい。夏子は青柳教授が自殺だと孝志に告げた。伯父である酒井先生から聞いて知っていたのだろう。今の奥さん、つまり布由子の継母と再婚後に自殺したことになる。何かがあったのだ。

和文英訳の問題を一つずつ片づけながら、また数Ⅱの問題を解きながら、孝志はこれまで知ったいくつかの事実を組みたてては壊し、壊してはまた組みたてた。父親の死と布由子の行為とはつながっている。自殺に走る性向は、遺伝的に受けつがれるという意味のことを孝志は聞いたことがある。それにしても青柳教授はなぜ死を選んだのか。夏子は孝志に理由までは知らないといった。

和太留なら知っているはずだが、彼も孝志に会いたがらない。電話をかけて会いたいと告げたのは数回あった。そのつど、忙しいとか気分がすぐれないとかの理由で断られた。

たまりかねて孝志は電話口で叫んだものだ。

（おい、一体どうしたんだよ。いつものおまえじゃないみたいだ。何かあったのか）

（会いたくないから会いたくないといってるんだ。おれだってしなければならないことがある。いずれ話す）

（いずれ話すなんていわずに、今しゃべってくれて良さそうなもんだ。水くさいぞ）

（いつまでもガキみたいなことをいうんじゃない。おれにはおれの問題があるのさ。当分、一人でいたいんだよ。悪く思わないでくれよな）

和太留の疲れた投げやりな声が返って来た。

昨晩のことである。

夏、真夜中に孝志が戸外をランニングしていたとき、〝アラビア〟の裏口からこっそりと出てくる和太留を見かけたことがあった。ちらりとドアの内側にスナックの女が見えた。あれ以来、欠かさずランニングをしている。〝アラビア〟裏手の小高い丘の所を折り返し点にして走る。和太留を見たのは一回きりだった。

〝アラビア〟と和太留と、どういう関係にあるのか、聞き出す勇気は孝志にない。

このごろ、蒼い顔をして黙りこんでいる和太留が何を考えているのか、孝志にも見当がつきかねる。何かがあることは確かなのだ。もしかしたら、と孝志は考える。和太留の沈黙と布由子の秘密とはどこかでつながっているのではないか。

布由子は、飯田と和太留に毒薬か劇薬の入手を頼んだ。麻薬を大量にのめば死ねるかとも和太留にたずねたという。飯田は〝アラビア〟にこっそりと出入りしている。〝アラビア〟ではひそかに麻薬の取り引きが行なわれているという噂だ。

あれこれと想像すればするほど孝志の布由子に対する思いはつのった。しかし、今までと異なるのは、奇妙なことだが以前のように勉強が手につかないということにはならなかった。頭の隅では、布由子にまつわるさまざまな謎を考えながら、物理や数学の問題を計算することができた。我ながらそれは不思議と思うしかなかった。今まで歯が立たなかった問題も面白いほどにスラスラと解けるのである。英語のイディオムもたやすく暗記することができた。古文の時間も眠りこみはしなかった。

喜んだのは孝志の母である。

(やる気を出してくれたわね。お父さんもひと安心だって。もともとやればできる実力があったんですからねえ。このごろの孝志は見違えるようだと、お父さんもいってらっしゃるわ)

母はそういって嬉しそうに夜食の支度などした。夜ふけ、孝志が二階の部屋から下へ降りて来たときのことだ。物理のリポートを書き上げてひと休みするためにテレビを見に来たのだった。勉強ちゅうは思い出さなかった布由子の顔が、ブラウン管に映ったキャンディス・バーゲンの顔とダブって見えた。『ソルジャー・ブルー』という西部劇である。

ネギを刻みながら母はひとりごとのようにつぶやいた。

（若いときは、女の人を好きになると、世界じゅうにその人だけしかいないように思いつめてしまうものなの。でも、大人になると、若いときに自分がなぜそんな女の人を好きになったかわからなくなるのよ。恋をするなというつもりはないけれど、学生時代は勉強をするためにあるので、恋愛は大人になってからでも遅くはないのよ。お母さんは孝志くんがまじめに勉強に打ちこむようになったので、どんなに嬉しく思ってるかあなたにはわからないでしょう）

（頼むからしばらく黙っててくれよ）

孝志はイライラしながら叫んだ。せっかく映画を見ているのに、バーゲンのせりふが母親の言葉にさまたげられて聞きとれないのだ。孝志はバーゲンのファンだった。目鼻立ちは布由子と共通していはしなかったけれども、全体の感じがなんとなく布由子に似ていた。

十月は確実に過ぎていった。

酒井先生の縁談はまとまりそうな具合だ。夏子の話では、十一月に挙式という段取りらしい。相手の女性は中学校の先生だそうである。『ハムレット』の訳読は、先生の事情で中止することになった。さいごの授業は一昨夜だった。

酒井先生はあらたまった口調で孝志にいった。第四幕第五場までテキストは読み進んでいた。オフェーリアが狂う場面である。父親ポローニアスをハムレットに殺されてオフェーリアは正気を失い、哀しみのあまり気が違っている。ハムレットは王の陰謀で英国へつかわされている。王はハムレットを葬ろうと企んでいるのだ。

酒井先生の指導で訳読を始めた頃は、四百年前のドラマにそれほど興味を覚えなかったのだが、読み進むにつれて面白さが増した。とくに第五場の終末部で、ポローニアスの息子レイアティーズがいうせりふが印象に残った。

（……父の死の事情……真相を突きとめずにいられましょうか）

〃途中でやめるのは心残りだけれども〃と、酒井先生はいった。孝志が予想していたことでもあった。

（きみのスランプ状態も解消したようだし、『ハムレット』の後半は一人で読める力はついたと思う。記念にこのテキストをあげよう。私が大学時代に使ったものだ）

酒井先生は赤や青インクでいっぱいに書きこみのある『ハムレット』の原書を孝志に手渡した。スランプ状態なんか解消してはいない。毎週、楽しみにしていた訳読が終わるのは仕方がないけれど、これから先がなんとなく心細いと、孝志はいった。

（でも、とにかくおめでとうございます）

（うん、ありがとう）

酒井先生は顎を撫でながら、まぶしそうな目付きになった。

（少しは自信がついたのではないかね）

（自信が？　とんでもない）

（いいや、今年の五月ごろとくらべたら、たいした進歩だよ。私にはわかる）

（おかげさまで）

（これを機会に『リア王』や『ヴェニスの商人』それに『マクベス』を読むといいんだがな。今すぐにとはいわないが。シェイクスピアがどんなに偉大な劇作家だったかわかるだろう。ハムレットをどう思う。デンマークの王子ハムレットだよ）

（そうですね、少なくともハムレットには共通一次試験の準備をする必要はなかったようですね）

（茶化すんじゃないよ。ハムレットは永遠の青年だ。時代によって解釈は異なるけれど、きみの中にもハムレットの血は流れているといえると思う。懐疑しながら行動する若者の心がね。百冊のコミックスよりも一冊の古典が新しいというのはそこなんだ。ところで）

酒井先生はふと思い出したように孝志の目をのぞきこんでたずねた。

（鳴海と近ごろ会うかね）

（それが、あまり……）

（彼のおやじさんが心配してね、私に問い合わせて来た。何か心配事でもあるのだろうか。きみに心当たりはないんだね）

（彼は自分のことはあまりしゃべらないんです。ぼくも気にしているんですが、会いに行っても相手になってくれませんし）

（ふうん……）

酒井先生は考えこんだ。孝志は思いきってたずねた。

（鳴海と青柳くんのこと、何か関係があるのではないでしょうか）

（え？　なんだって……）

（つまり、青柳くんの自殺未遂事件と鳴海がふさぎこんでいる原因とは無関係じゃないのではと考えているんです）

（どうしてきみはそう思うのかい）

酒井先生は不審そうにたずねた。しかし、孝志が二人の関係を口にしたとき、先生の表情に一瞬、現れた驚きとも不安ともつかない色を孝志は見のがさなかった。

2

十月の第四週に入って、金曜日は全校あげてハイキングに出かけた。例年の行事である。

北高の校庭に集合した学生は、徒歩で二時間あまりの道のりを目的地の海岸へ急いだ。雲ひとつない上天気であった。母がこしらえてくれた弁当を手に、孝志は浮かない顔で列に加わった。今さら子供ではあるまいしという気がする。十七歳にもなって、小学生のように先生に引率され、ぞろぞろと道路を歩くのが気まり悪くて仕様がないのだ。

かりだった。

それだけならなんとか我慢できるとしても、出欠の点呼をとったときに、和太留の姿が見えなかったことが気がかりだった。彼が集団でするハイキングを人一倍いやがっていたのを知っていたので、病気か何かを口実にずる休みしたのではないかと初めは思った。しかし、途中で小休止が与えられたとき、道傍の雑貨店にとびこんで、公衆電話のダイアルをまわし、鳴海医院にかけてみて意外な事実を知った。

電話口に出たのは聞き慣れている看護婦の声である。和太留はいるかとたずねてみた。

（お坊っちゃまですか？　もう学校にお出かけになりましたが。ご一緒なのではありませんか）

別に怪しんでいる様子はない。孝志は慌てて電話を切った。学校に行くといって、自宅を出たことは確かなのだ。どこへ行ったのだろう。列の中に和太留は見あたらない。目的地の海岸はK市から北に十キロほど離れた漁村のはずれである。松林の中で生徒たちは解散した。集合までに二時間半、自由行動を許された。

松林は海岸と併行して隆起している小高い丘に拡がっている。枯れた松葉の匂いが孝志の鼻孔を刺戟した。海には四、五艘の小さな漁船が浮かんでいた。漁村はまるで無人の集落のようにひっそりとして、かすかに生臭い魚の匂いを漂わせ、秋の日ざしを浴びてしずまり返っていた。

孝志は弁当の包みをぶらぶらと振りながら生徒たちのグループからできるだけ遠くへ離れた。「きれいはきたない、きたないはきれい」とつぶやいている自分に気づいた。文庫本で読んだ『マクベス』に登場する魔女たちのせりふである。『マクベス』の冒頭に、このせりふが出てくる。最初、読んだときは、なぜ「きれいはきたない」のか「きたないはきれい」なのか、ぴんと来なかった。

それでいてなんとなくわかるような気がするのだから妙だ。

「幸福は不幸、不幸は幸福……」

孝志はつぶやいた。自分で発明したせりふである。そういってみると、今自分が直面している状況を正確にいい表しているように思える。布由子と過した夜の一刻は幸福だった。しかし、今は不幸だ。幸福の裏に不幸が張り合わされているのではなくて、二つは二種の金属を溶かしてこしらえた合金のように、いっしょくたになっているのだとも孝志は考えた。

ノリで巻いたおむすび、卵焼き、ニワトリの唐揚げなどが弁当の中身だった。

孝志の頭上で松の梢がひっきりなしにざわめいた。目の前には砂浜に寄せては返す波があった。おむすびの上に松葉が散りかかることもあった。二時間強、歩いた今はおむすびの味がこたえられないほど良かった。またたくまに平らげてリンゴをかじっていると、後ろで松葉を踏む足音がした。

孝志はふり返った。

ポケットに両手をつっこんで飯田が立っている。制服を脱ぎ、肩にかけて松の木によりかかり、孝志の視線を受けとめると、遠くで騒いでいる生徒たちの方へ目をやってからもう一度、周囲を見まわした。近くに誰もいないのを確めておいてゆっくりと歩み寄って来た。孝志はリンゴをかじり続けた。

「飯はすんだようだな」

「ああ」

「のむか」

飯田はピースをさし出した。孝志は首を左右に振り、こんな所ではよせ、見つかったらどうするといった。飯田は鼻で笑ってピースに火をつけた。煙を吐き出しながらたずねた。

「鳴海はどこへ行ったんだ」

「知らない」

「さいごに会ったのはいつだ」

「この頃は会っていない。今朝はいつもの時刻に家を出たんだそうだ」

「それはおれも電話で確めたよ。やつはおまえに何かいったんじゃないか」

「何も……」

と答えてから孝志はあることを思い出した。

布由子のことで頭がいっぱいで、和太留の言葉を吟味するゆとりはなかった。和太留はいったのだ。

（おれが急にいなくなっても、おまえどうということはないな。ちゃんと一人でやってゆける……）

そういうとき、和太留は遠い所を見るような目であった。してみると、あの頃からすでに和太留は「急にいなくなること」を予定していたのだと、孝志は思った。

「なあ宮本、おたがい隠しあいはやめようじゃないか。おまえ、鳴海のことで何かつかんでるな」

「まあな」

と孝志は嘘をついた。何かつかんでいるといえば〝アラビア〟から和太留が出てくるのを見たくらいのことだ。それにどういう意味があるのか、さっぱりわからないが、ここではとぼけておくに限ると、孝志は計算した。飯田はしゃべり続けた。

「影山がちかぢかやめるのを知ってるだろう。学校はパニックだよ。いい気味だ」

「影山先生がやめる？　病気で休んでいるって聞いたけれど」

「おまえ、何も知らんのだな、おい」

飯田の目が光った。孝志はリンゴの芯を遠くへ投げた。心臓が大きくふくれあがって咽喉のあたりにまでせりあがったかのように感じられた。飯田は平静を装っている孝志をみつめ、口調をやわらげた。

「知らんふりをするのもけっこうだが、おれには通用しないよ。おまえ、影山の手先になって〝アラビア〟をスパイしたじゃないか。情報をネタに影山が自分で〝アラビア〟に張りこんだ。ミイラ取りがミイラになったわけだ。独身だもの、むりもないが。けどよ、笑わせるじゃないか。道徳だの規律だのいってる当人が、あんなことになるなんて、校長と教頭は蒼くなってるぜ。下手すれば自分たちの首どころか椅子までぶっ飛んじまわあ。生活指導の担当教師が未成年の女の子と問題を起こしたことが世間に知れわたってみろ、今度こそタダではすまない。青柳のときみたいに、文学少女が死にそこなった事件とは、事件の性格がちがうんだからな。そうだろう」

「やくざがからんでいるからな」

孝志は水平線に目をやったまま相槌を打った。何もかも承知しているように、さりげなく言葉を返した。

「そうよ。影山は甘かったのよ。サツが〝アラビア〟に早くから目をつけてたことくらい予想すべきだったんだ。自分一人の力で悪の巣をくつがえして手柄を立てたいと焦ったのが運のツキってもんだ。校長にいい顔ができるからな。たのもしい先生として、PTAや教育委員にもハバが利く。浅はかな若造だよ。やくざは一枚うわてだった。影山をうまくはめやがったんだ。女の子を使ってな」

「汚いやりかただ」

一部始終を知っているという口調で孝志はいった。海には白波が立っている。船の形をした雲が水平線上に現れキラキラと輝きながら移動して行く。

「やくざのすることに汚くないことがあるかね。連中は影山の弱みを握って脅迫するつもりだったんだ。やつらはサツが〝アラビア〟を見張っているのを知らなかった。影山の口さえ封じておけば、あとはどうにでもなると考えたんだな」

飯田は足もとの砂を掘って煙草を埋めた。百メートルほど離れた砂浜で、女生徒たちが円陣を組んで合唱している。その向こうに一団になった教師たちが見えた。校長と教頭はその中には見られなかった。

「で、おれにどうしろというんだよ」

と孝志はわざと不愛想にいった。

「協力してもらいたいんだ」

簡単なことだと、飯田はつけ加えた。

「協力、というと」

「わかっちゃいないんだな宮本。おまえ鳴海の友達だろう。鳴海について知っていることをばらさなければいいんだよ。それだけだ。な、できるだろう」

「そんなことか、約束しよう」

「おまえは男だよ。前からそう思っていた。いずれ影山事件はおおやけになる。いつまでも伏せておくわけにはゆかないからな。そのとき、おまえもサツやら教頭から事情聴取されるに決まってる。〝アラビア〟に張りこんだことはしゃべって構わない。しかし、それ以上のことは何もいうんじゃない。いいな」

「青柳のおじさんのことは隠し通したんだろ。鳴海のおやじさんが頑張って。今度もそういうわけにはゆかないのか」

孝志は思いきってカマをかけた。

飯田は奇妙な表情になった。外角低目を狙って投げたボールが、とんだ暴投に変わったような気さえした。わきの下から冷や汗がしたたった。やくざの罠に落ちたという影山先生と同じことを、青柳教授も経験したのではないかと想像したのだ。

「そういやあおまえ、青柳の事件を気にしていたな。彼女のおやじさんのことまで知ってたのか。あれは影山のケースとちがうよ。ヤクだよヤク。持病の偏頭痛が教授にはあったのさ。医大の医者が脳腫瘍の疑いがあると診断した。結局は誤診だったがね。鳴海のおやじさんも誤診したわけよ。ふとしたことで教授は麻薬のルートをつかんだ。痛みを忘れるために常用するようになった。あとはお定まりのコースさ。やくざは恰好のタマを手に入れたわけだ。だから、影山のケースとはちがう。あくまでヤクだけが問題なんだ」

しかしと、孝志はいった。青柳秀昭はQ大の薬学部に籍を置く教授だった。麻薬の怖しさを知らないはずはない。キャバレーのバーテンダーや長距離トラックの運転手とは、わけがちがう。麻薬の害を充分に知りぬいている化学者が、どうして薬に溺れたのだろう。

飯田は憐れむように薄く笑った。

「化学者だから麻薬の効果を知っているとも考えられるだろう。まだある。連中は教授に麻薬を提供するのと引きかえに、ヤクの精製をさせようとしたのだ。あんなもの教授にはお茶の子だろ。東南アジアから持ちこんだ原料を精製すれば、どえらい儲けになる。死の恐怖、さし迫った苦痛、それから逃れるためなら人間どんなことでもするさ」

和太留が、青柳教授の死因について口を閉ざしていた理由がわかったと、孝志は思った。本当のことをいえば、父が誤診したことを明かすことになる。

孝志は地面にころがっている松かさをひろい上げた。松かさは乾ききっていた。いい匂いがした。固いその松かさを手でもてあそんだ。こげ茶色をした堅固な松かさが限りなく美しく思われた。自然がこれほど美しいのに人間だけがなぜ醜いのだろうと、孝志は思った。松かさには死の恐怖も生の苦痛もない。芽生えて熟し、そして地に落ちる。人間は生涯で、「生きていて良かった」と心の底から思うのは、ほんの二、三回ではあるまいか。

孝志はしかし松かさになりたいとは思わなかった。

海から潮風が吹いて来た。

水晶を砕いてしきつめたような砂浜が秋の日を反射しているのを、孝志はいつまでも眺めていた。

3

北高生はK市の町はずれにある運動公園で解散した。去年、国体がK市で開催されたのを機に建てられたスタジアムのある所である。

午後四時、孝志はがらんとしたスタジアムのてっぺんに一人で座った。

日は斜めに傾き、スタジアムの楕円形をしたフィールドは半分だけ影で覆われた。人影は孝志の他には見られなかった。孝志は飯田の話を反芻していた。やくざに脅された布由子の父が自殺を決意している所を想像した。社会的地位、家長としての体面、学者の名誉、というものは死を代償にして守らなければならないものだったのだ。

松林の向こうに波打っていた海を目に思い描いた。生まれては傷ついて死ぬ人間がいる。一方には永久に不変の自然がある。自然は傷つきもせず、苦しみもなく、死ぬこともない。人っ子ひとりいないスタジアムの頂上には強い風が吹いた。

風にさらされているのが孝志には快かった。

姿の見えない何者かに対して、大声で叫びたかった。

「おれはここにいる。さあ、かかってこい。相手になってやる」

大人の世界というものはまだずっと遠い彼方にあると、夏休みまでは信じていた。大人の生活と自分は縁のない所で生きているつもりだった。ちがう。孝志は自分が片足を大人の世界のへりにかけているのだと思った。

「きれいはきたない、きたないはきれい」

聞いているのは誰もいないので、孝志は大声で叫んだ。そのとき気づいた。スタンドで影になっているフィールドの一画にたたずんでいる人間がいる。北高生の制服を着た女生徒である。青柳布由子に似ていた。孝志は思わず立ちあがった。

その女生徒は声を耳にしたのか、立ちどまって頭上を見まわした。孝志は階段を足ばやに駆け降りた。途中ではっきりと布由子であることを見定めた。

布由子は孝志を認めて、くるりと背中を向け、出口の方へ小走りに急いだ。孝志はその後を追った。

「待ってくれ、話がある。行かないでくれ」

布由子は立ちどまらなかった。スタジアムの入場口は閉ざされている。そこで身をひるがえして、スタンドの一隅にある小さな出入口へとって返した。さっき入ってきた通路である。孝志がそこへ駆けつけたとき、布由子の姿はなかった。しんかんとしたコンクリートの廊下にひたひたと足音のこだまするのが聞こえた。足音をたよりに追いかけた。

話があると呼びかけはしたものの、実は何を話せばいいのか、孝志にも用意はできていなかった。ただ、ここで布由子を見つけた以上、どうしても二人になりたかっただけだ。だからうす暗い更衣室の前で布由子に追いついたとき孝志は肩で荒い息をつきながら黙って布由子を見すえるばかりだった。布由子も喘いでいた。壁の高い所にある小窓から射しこむ日が、上気した布由子の顔を照らし出した。

真実はなに？

野呂邦暢

1

「なぜ逃げたりなんかするんだ」

声をおさえていったつもりだが、がらんとした回廊に反響して大きく聞こえた。布由子は蒼ざめた頬をけいれんさせて孝志を見上げている。話があるといったではないかと、再び孝志はいった。

「あなたが追いかけるからよ」

といって布由子はうずくまった。制服の肩が慄えている。コンクリートの床から湿った冷気が足に伝わった。夕日が高い壁にある小窓を黄金色に染めた。布由子は両手で顔を覆った。蒼白な顔、つりあがった目、きょうの布由子の様子はただごとではない。逃げたのは追いかけられたからだという返事に、孝志はつかのま呆然とした。

「そんなばかな……」

と大声でどなった。布由子ははじかれたように立ちあがった。こうしてはいられないとつぶやいた。

「おちつけよ。一体なにがあったんだい」

布由子はいったん自宅に帰ったらしかった。ハイキングのとき携帯していた小さな竹製のバスケットは持っていない。靴もはきかえていた。ある考えが孝志に閃いた。

「きみのうちに警察から誰かが来てたのか。それとも」

布由子は焦点の定まらない目で孝志を見つめ、ゆっくりと首を横に振った。唇の色が褪せて紫色になっている。

「鳴海さんが……」

「和太留が？　和太留になにかあったのかい」

孝志は布由子の肩を両手でつかんだ。暖かく柔らかいものが孝志の胸に倒れこんだ。布由子は自分で自分の体を支えることができなくなったようだ。孝志はぐらぐらする布由子の上体をゆさぶって、なにが起こったのかいってくれとたのんだ。黙っていては見当がつかないではないかと、くり返した。

「痛いわ。放して」

「和太留がどうしたというんだ。それを教えてくれるまでは放さない」

手を放せば布由子は床に崩れ折れそうだ。小窓から射しこむ夕日が布由子の白い顔を浮きあがらせた。靴音が聞こえた。競技場の管理人が巡回に来たのだ。孝志は布由子の腰に手をまわして引き立てるようにして、靴音とは反対側に急いだ。管理人に見つかったらとがめられるに決まっていた。ようやく出口を発見した。鉄柵で塞がれているが乗りこえられない高さではない。まず孝志が向こう側に降り、布由子をせきたてて柵の上段によじ登らせ、体を抱き取るようにして地面におろした。布由子はまたその場にしゃがんですすり泣き始めた。

孝志は突っ立ったまま布由子を見おろした。泣きじゃくっている女が、いつもの布由子とは別人であるかのように思われた。自分の美しさと魅力を意識している高慢な女高生ではなく、無力で途方にくれた女の子が目の前にいるのだった。孝志は体の奥に、得体の知れない荒々しい衝動が芽生えるのを感じた。布由子のためにこの春から自分は完全に自分自身ではなくなっていたと思った。ここで泣いている一人の女が自分を支配していたのだ。孝志は初めて憎しみを覚えた。

それと同じくらいの強さの愛情も感じた。孝志は布由子を殴りつけ、足蹴にしたかった。自分をこれほどまでに苦しめたのだから。孝志は布由子をしっかりと抱きすくめ、息の続く限り口づけしたかった。かつてないほど今は愛しているのだから。

孝志は何もしなかった。

ただ黙って突っ立ち、やがて手をさしのべて布由子の腕を取り、立ちあがらせた。スタジアムの外は芝生になっている。芝生はケヤキやクリやナラの林に接している。林の方へ孝志は布由子を連れて行った。遠くで散歩している人影が一つ、木の間がくれに見えるだけで、林はしずまり返っている。布由子はケヤキの幹に背中でもたれた。

「本当のことというと、あたし孝志さんのうちへ行ったの。まだ帰っていないとお母さんがおっしゃったので、もしかしたらスタジアムかもしれないと思って来たわけ。誰もいない競技場でぼんやりするのが好きだって、孝志さんいったことがあるでしょう」

「でも、きみはぼくを見て逃げた。どうしてだ」

「こわくなったの、急に。あなたが血相変えて追いかけてくるんですもの」

「そんなことはどうでもいい。和太留のことを話してくれ」

布由子はポケットから白い角封筒を取り出して渡した。孝志はそれをひったくるようにして受けとった。青柳布由子様という宛名は見覚えのある和太留の筆蹟である。慄える手で中身を出して開いた。ちらと布由子に目をやった。布由子は力尽きたか、背中でケヤキにもたれたまま、ずるずると腰を落として地面に座りこんだ。孝志は青い便箋を夕日にかざして読み始めた。

2

鳴海和太留の手紙。

あなたはぼくから手紙を受けとってびっくりするでしょうか。そんなことはない。心の奥底ではぼくの手紙を予期していたのではないでしょうか。

あなたがこの手紙を読むとき、ぼくは存在していないでしょう。さいごに一言だけいっておきたいので書きます。

宮本孝志はあなたが好きです。彼のことはぼくが良く知っているので、これは本当のことです。信じてください。まじめに愛している。ぼくの数少ない友人の一人として信頼に値します。次に自殺を考えることはもうおやめなさい。もうすぐ死のうとするぼくが、こんなことをいう資格がないのはわかっている。しかし、ぼくの事情とあなたのそれとは根本的に異なるのだから。ぼくの父が誤診によってあなたのお父さんを死に至らしめたというのはいい過ぎかもしれない。結局はお父さんの自殺を防げなかったのだから、責任は父にあります。あなたの身の上に起った不幸な事件は今のあなたが考えるほど人生の重大事ではありません。あなたは生きることに絶望し、それは例のいまわしい出来事がきっかけであったとしても、死の概念とたわむれるようになりました。ぼくの知る限り、あなたが自殺を企てたのは三回です。宮本は城山での一回きりしか知りませんが。三回とも死ねなかったということは、死にたくなかったということです。〝死〟という概念をもてあそぶことと、実際に死ぬこととはまるっきり別のことです。

なぜ、あなたが死ねなかったか、ぼくなりに推理してみれば、死を理由づけるためにあなたは自分のした行為を正当化する必要があった。暴力団に脅迫されているお父さんを救いたいとあなたは彼らの要求することに応じた。あさはかにもあなたは自分が彼らのいいなりになれば、麻薬の精製をしたお父さんが二度と脅迫されることはないと信じた。暴力団はそんなに甘い連中ではない。あなたが彼らの要求に応じたことすら脅迫のタネになった。お父さんは生命をすてることで彼らの要求を封じたわけです。あなたの事件がなかったら、お父さんは死の前に一切を警察に告げていたでしょうが、娘の秘密を守るためにそれはできなかった。

ここからあなたの悲劇が始まる。

推理だからまちがっているかもしれないが、がまんして読んでください。

あなたが彼らのそそのかしと脅迫（こちらのいうことをすれば教授の秘密は明かさないし、麻薬の精製を続けるように無理強いもしないという）に屈したというのは半分だけ本当だと思います。残りの半分は好奇心ではなかったろうか。セックスに対する、また大人の世界に対する。あなたはお父さんに日頃いっていたそうだね。神が存在しない以上すべてが許されると。ハルトマンの自殺は最終的には求める神が実在しないという認識から導かれたのだった。

肝心なことは結論ではありません。そこへ至る道筋です。神が不在であるという観念へたどりつくまでに、おそらくハルトマンという女流詩人は血を吐くような苦しみと彷徨を重ねたはずです。ぼくがあなたのことを軽率と断じてはばからないのは、ハルトマンがたどった道筋をたどる努力を放棄して、結論だけをう呑みにした点にあります。結論は甘美な詩的イメージというオブラートでくるまれていたので、呑みこみやすかった。

（神が不在なら何をしてもかまわない）

ドストエフスキーも小説の登場人物に同じせりふを語らせています。しかし二千年の歴史を持つキリスト教国の文学者が、このような言葉を用いるのは、反語と知るべきでした。ドストエフスキーもハルトマンも実はこういいたかったのです。

（神はある。ゆえに人間に許された行為は限られている）

と。まるで反対ではないかと思うでしょうが、同じことなのです。年をとらなければわからない真理というのもあるものです。宗教的な真実は反語によってしか表現できません。信仰を持つ者だけが反語を理解することができます。ぼくはしかし反語を使わずあからさまにあなたの愚行を指摘しましょう。

〝アラビア〟がどんなことを麻薬の密売の他にやっているか、あなたは知らなかったはずはない。そこへ行けば何をされるかもあなたは知っていたと思う。果たしてお父さんを救うためだったのか、ぼくは疑問だ。性の世界を知りたいというのが、〝アラビア〟へ行った理由ではないか。表向きの口実は父親を彼らの脅迫から解放するため、自分が代償になろうとしたわけです。ところが現実に性を知ってあなたは幻滅した。詩はときにセックスを主題に美化することがあるけれども、セックスそのものはまったく詩的ではない。あなたが味わったのは性の秘密どころか、恐怖と屈辱と羞恥でしかなかった。あまつさえ、お父さんを救うこともできなかった。事実を知らされた教授が死を決意する理由を新たに一つつけ加えたにすぎなかった。これが真実です。
　ぼくの推理はあやまっているだろうか。

3

　和太留の手紙はなおも続いた。
　布由子は身を起こしてたよりない足どりで歩き始めた。木の影が地面に長い影を曳いた。孝志は青い便箋から目を放して、布由子の行方を見まもった。木の幹で体を支えながら布由子は十メートルほど歩き、木製のベンチに座りこんだ。体を折りまげて両手に顔を埋めた。孝志はふと思いついて封筒をあらためた。消印はきょうの日付で、時刻は午前八時から十二時までを示している。速達便である。孝志は視野のすみに布由子を置いて手紙の先を読んだ。

…………

　真実はみにくい。
　つねに真実は醜悪です。性に対する好奇心が悪いということなぞ、ぼくは指摘しているのではありません。セックスを知りたいという欲求はぼくにも大いにあります。その点では人後に落ちないつもりです。しかし、あなたとちがう所は、セックスの怖しさもその歓びと同じていどに知っていたということでしょうか。口はばったいことをいうようですが、父が医者なのでぼくは幼いときから性にまつわる人間の悲喜劇を見て来ました。あなたが想像の世界であれこれと玩具にした性というものの実体を、わが家に訪れる患者の姿を通じて知っていたといえます。偉そうな口を利くとあなたは反発するでしょうが事実です。

(……すべてが許される)

そう思ってあなたは性の本質をきわめようとし、ひどい傷を心に負った。体の傷ならば時間と薬によって癒やされるのに、心のほうはそういきません。あなたは自分がまちがったことをしたと思わないほどバカではなかった。お父さんの死の理由が何分の一かは自分にあると考えないほど愚かではありませんでした。

あなたの前に再びハルトマンの詩が現れました。みにくい真実を、抽象的な美しい詩で飾ろうとしたわけです。いわば西ドイツの女流詩人の詩によって、自分の死を意味づけ、正当化しようとした。そうではありませんか。何も知らない宮本は可哀想です。彼もあなたのことを知りたいために、ぼくに質問し、あなたに問いただし、ハルトマンの詩集を手に入れてくり返し読みました。なぜ? あなたを好きだからです。愛する者が死を選ぶ理由をつきとめようとしたのです。

宮本はおそらく何もわかっていません。教授の死とその前に起こったあなたの事件を知らないで、どうしてあなたを理解できるでしょう。一人で悩み、キリキリ舞いをしている宮本はコッケイかもしれませんが、自分をいつわっていないという意味で彼はあなたより数等まじめです。

ぼくはあなたを非難しているのではない。

誤解しないでください。あなたの錯誤を指摘しているのにすぎません。例えば、数学の問題を解いてあなたは正しい答のかわりにまちがった答を出した。答を訂正しないで、問題に手を加えて辻つまを合わせようとしているようなものです。ぼくがいいたいのはこうです。あやまちをあやまちだと認めれば、それはあやまちではなくなるのです。失敗ほど美しいものはないといった人さえいます。自分の仕出かしたことを文学的に粉飾し、死とたわむれるのはもうおやめなさい。

あなたは本当は生きたいのです。充実した人生を送りたいというのがあなたの本心です。だからこそなんべんも死のうとして死ねなかった。

すぎ去った事件を汚点と考えないで、まちがった解答と思ったらどうでしょう。思うべきです。消しゴムで消して真実の解答を記すこと、これがぼくのいいたいことです。あなたの人生は始まったばかりなのだから。

この手紙を書く前に、ぼくは宮本へ手紙を書きました。したがってこれは生きているぼくが最後に他人へあてて書く手紙ということになります。ぼくのたのみを充分に尊重してくれるものと期待します。あなたにはイヤなことをずいぶんいったかもしれません。不愉快になったことでしょう。思うツボです。真実をつかれるというのは当人を不快にするものです。

あなたが気を悪くしたのであれば、ぼくが手紙を書いた甲斐があったことになります。

あなたはクラスのどの女の子よりも聡明で美しい。あなたの魅力を描写するのに、こんな月並な言葉しか思いつかないのが残念です。宮本ならもっと的確な表現で女としてのあなたのすばらしさを語れるでしょう。いうべきことをまだ全部いっていないような、いい尽くしたようなもどかしい気持ちですが、ぼくがいいたいことはわかってもらえたと信じます。

生きること、人を愛すること。

結局はこの二つに尽きます。二つは呼吸のように自然です。つまり一つのことだといいたいわけです。

しかし、なんだか今になって余計なことをいったような気がしないでもありません。でもこの手紙を書かなければ、やるべきこともやれないと思ったので書いたわけです。ぼくの口調がお説教めいていたとしたら反省します。敗北した人間にお説教する資格なんかありません。もうやめます。

お元気で。さようなら。

鳴海和太留

青柳布由子様

4

孝志はぶ厚い便箋を四つにたたんで、封筒におさめようとした。手が慄えてすっぽりと入らない。心臓が苦しくなった。(和太留が死のうとしている……)。便箋と封筒をいっしょくたにしてポケットにつっこんだ。ハイキングから戻ったらこの速達が届いていたと、布由子はいった。すぐに鳴海医院へ電話をかけてみたけれども、和太留は朝うちを出たきり、先生は往診で不在だという。

「警察に通報したんだろうね」

と孝志はいった。布由子は首を横にふった。和太留が気持ちをひるがえして自宅へ帰ることもありうる。警察へしらせるのはかえってまずいのではないかと、布由子はいった。和太留がどこへ行ったか心当たりはないと孝志の質問に答えた。

「手紙を見せてくれてありがとう。ぼくは急いでうちに帰るよ。ぼくあてにも手紙を書いているらしいから、手がかりがつかめるかもしれない。きみも家に帰ったほうがいい」

「何かわかったら連絡してくれる?」

「ああ、するとも。鳴海先生にはぼくから電話しておく」

二人は林の外に接する国道に出て、それぞれタクシーをひろった。孝志の目に一つの情景が浮かんだ。〝アラビア〟の裏口からのっそりと出てくる和太留の姿と、それを見送る女の影である。ラッシュで混んでいる通りを運転手に無理をいって(友達が重態なんだ)速度をあげさせ自宅まで帰りついた。玄関にとびこむなり、上がりかまちのきわに置いてある白い角封筒をひっつかんで封をちぎるのももどかしく中身を引きだした。

「孝志さんなの。さっき電話があったわよ。鳴海さんから」

「なんだって？　さっきというのは何時ごろ」

「どうしたのよ、そんな大声を出して。ええと今から半時間ばかり前かしら。まだ帰っていないといったら、しばらく考えこんだ様子で、そうですか、じゃあ、といって切れたわ」

「またかけるとはいわなかったの」

「いったような気もするし、さあどうだったかしら。お母さんは台所仕事に気を取られていたから。どうせまたかけてくるんじゃない？　そんな所に立ってないであがったら」

「うるさいな。しばらく黙っててよ」

孝志は呆れ顔の母をしりめに便箋を開いた。医院へ電話するのが先か、手紙を読むのが先か少し迷った。手紙の中に和太留の居場所を知る鍵があるように思われた。孝志は読み始めた。


思い切って何もかも打ち明けてしまおうとなんべん考えたことか。おそまきながら手紙を書くことにする。時間がないので手短に記す。俺がなぜ死を選ぶかを告げておかなければ、おまえのことだからいろいろと推測するだろう。おまえの時間をムダにさせたくないので教えておこう。

初めに断っておくけれども、俺は青柳とちがって死を美化しようとも思わないし、自分の行為が逃避の一種と知らないでもない。バカなことをする。俺はそう思っている。おまえにさんざん悪口をいった俺が、今度はおまえから悪口をいわれても仕方のない行為を選ぶわけだ。青柳教授が暴力団と関係を持ち、抜きさしならない深みにはまったのは持病の肉体的苦痛を麻薬の投与で薄れさせたいためだったが、実はそれだけではなかった。薬ならばおやじも用立てることができたのだから。ちゃんとした大人、それも大学教授が麻薬欲しさに暴力団と関係を結ぶはずがない。

布由子の実母つまり最初の奥さんを失った教授の前に現れたのが、かつての教え子でS子という女だった。〃アラビア〟のマスターと縁続きとかで、その頃からスナックを手伝っていた。ふとしたきっかけで教授はS子と再会し〝アラビア〟へ通うようになった。S子が麻薬に耽溺するきっかけは、教授が今の奥さんと再婚してからだ。教授とS子の間にどのていどの心のつながりがあったか、俺は知らない。S子にいわせれば結婚を餌に口説かれて棄てられたことになるのだが、教授には教授のいい分があるだろう。大人の世界はよくわからない。

　事実は教授の死によってケリがついた。脳腫瘍と誤診したうちのおやじや医大のヤブ医者の責任は小さくない。しかし、自殺によって少なくとも教授の名誉と世間体は保たれたわけだ。娘の事件も公にならずにすんだ。すなわち教授は命をかけて娘を救ったともいえるわけだ。無鉄砲でこわい者知らずの文学少女が犯したあやまちを世間の目から隠し通すことができた。どんなあやまちかって？　それはいずれ本人の口から聞くがいい。きょう俺は布由子に手紙を書く。彼女に肚を立たせるのが狙いだよ。もう二度と自殺なんか企てないはずだ。

　S子についておまえは感じが良くないといったことがある。そうでもないよ。年はいくつも上ではないが、俺には母親のような気がする。おふくろがいないからそう思うのかな。実をいうと俺はおまえより早く教授の死の原因を探り始めていた。どういうわけか、おやじが憎くてたまらなかった。俺を産むなり世を去った母のその死因は父が作ったように思えた。もちろんこれは俺の妄想で根拠はない。よくあることだ。俺は不在の母を愛し実在の父を憎んだ。おやじは困った伜を持ったものだと思うよ。人並に父親として俺を可愛がってくれたのに。

　俺は青柳教授の死の前後に、うすうす事情を察していた。誤診は医療につきものでやむをえない結果といえないこともない。その点でおやじを責めようとは思わない。俺が感心しないのは、学生時代から親しかった友人である青柳教授を見すてたことだ。友達として医師としておやじがもっとも教授から必要とされたとき、彼は両手を拡げて友人を抱きかかえるかわりに、警察に通報した。教授が暴力団と関係を持っていると知って、自分の安全のほうを考えたのだろう。すべてはおそすぎた。警察も教授を救うことができなかった。

　教授は暴力団とのつながりや麻薬を匂わせる証拠を全部しまつして自殺した。

俺がどうしてこんな事情を知っているかといえば、S子が話してくれたからなのだ。S子は重症の麻薬中毒患者になっていた。知りあったときはもう手おくれだ。俺にできることといえば、S子の苦痛（禁断症状）をやわらげるために、うちの薬局からおやじの麻薬を持ち出して与えるくらいだった。病院に入れるという手段を考えないではなかったが、そこまでは出来かねた。高校生の分際ではね。それに本人が入院するくらいだったら死ぬというのだ。ここまで書けばわかるだろう。俺はS子を愛している。自殺なんか無意味だとは俺としても知りぬいている。無意味だから死ねるのだ。我ながらバカバカしいとは思う。ほうっておいてもS子は長くない。S子と一緒に死ねれば満足だ。もっとも今だってS子は生ける屍のようなものだが。おやじには遺書を残していないので、これはその代わりだと思ってくれ。おやじをもう憎んではいない。ただの気の小さい医者だと思う。彼に対して少し憐れみの気持ちさえ覚える。前にもいったように、おまえは五月ごろからうんと成長した。それは誇っていいことだ。俺が認めるのだから信じてくれ。おまえは青柳布由子を愛して大人になり、俺はヤク中の女を愛して破滅するわけだ。

青柳との仲がこれからどうなるにせよ、おまえは二本の脚で立てる男になるだろう。おまえをからかったり、イヤミをいったりしたけれど、俺はいつだっておまえに一目おいていた。俺を探すのはムダというものだ。死ぬときくらいは感傷的になって海を選ぶとしかいえない。死体が人目にさらされるのはまっぴらだから。女はその町のホテルへ先に行っている。あばよ宮本。ミイラとりがミイラになったといって思いきり笑うがいい。本とレコードはおまえにプレゼントする。

和太留

海、その町のホテル……手がかりといえばこれだけしかなかった。孝志は膝頭ががくがく慄えるのを感じた。和太留は先ほど電話をかけてよこしたという。まだ生きているのだ。母にどもりながら事情を説明した。母は口をぽかんとあけてみるみる血の気を失った。

「じゃあ早く鳴海先生のお宅へ連絡しなければダメじゃないの。それから警察にも」

そこまでいったとき、けたたましく電話のベルが鳴った。二人ともぎくりとした。孝志は腕時計をはずして電話台の上に置き、受話器をとった。聞こえて来たのは鳴海先生の声である。今、和太留から電話があったところだという。心配そうな声で医師はたずねた。

「いえね、どこからかけているかいわないんだよ。孝志くんが知っているのではないかと思って。和太留があらたまった口調で、しばらく帰らないが心配しないでくれ、さようならなんていうもんで」

「公衆電話でしたか」

「そのようだった。まわりは騒がしくて車の音やアナウンスの声がしてたようだった。一体なにがあったんです、孝志くん」

孝志は和太留が死のうとしているのだと告げた。鳴海先生は絶句した。意外に冷静な声で「そうですか」といって電話を切った。次の瞬間またベルが鳴った。孝志は腕時計の秒針に目をやって受話器を取った。

「おれだよ」

和太留の声である。

「今どこにいる。手紙を読んだよ。バカなことをするな、おい」

「百円玉が三枚しかないんだ。すぐに切れる。さよならをいいたかっただけだ。わかりきったことをいわないでくれ。……青柳に会ったか」

「会った。手紙も読んだ。おい鳴海」

「時間がない。もう何もかも……」

そこで電話切れをしらせる機械の音が始まった。孝志は時計の秒針を見つめた。和太留が何をしゃべっているか注意していなかった。かっきり十五秒で電話が切れた。孝志はすぐにダイヤルをまわして警察の防犯課を呼び出した。鳴海先生の通報を刑事が受けた直後だった。

「十五秒で切れたんだね。海の近くのホテル、アナウンスの声がした。にぎやかな通りと、うん、なんとかやってみる。ありがとう」

警察はそくざに電話局へ問い合わせるはずであった。K市から和太留の居場所までの距離が十五秒という数字によって割り出された。海辺の町、しかもバス停か鉄道の駅がある所は限られていた。孝志はまんじりともせずに二時間待った。八時すぎに警察から電話がかかった。和太留たちが見つかったというしらせである。S子は間に合わなかった。傍に意識を失っている和太留が倒れていた。K市から百キロほど離れたP市の海岸にある鳴海家の別荘である。午後十一時半、孝志はP市の救急病院に着いた。鳴海先生が先に来ていて和太留の脈をとっていた。孝志を見るなり、大丈夫といいたげにうなずいてみせた。

「ありがとう、孝志くんの機転で居所の見当がついたようなものだ」

孝志はベッドに横たわっている和太留の顔をのぞきこんだ。不規則な呼吸をしている。腕には点滴の針が刺さっていた。和太留はうっすらと目を開いた。孝志は大声で友達の名前を呼んだ。S子は……と十七歳の少年はもつれる舌を動かして聞いた。父親の表情を見て悟ったらしい。和太留はまた目を閉じた。その目ぶたの内側から透明なものが滲み頰を伝って流れ落ちた。孝志は和太留の手をつかんだ。力の無い手が孝志の手の中にあった。

「この野郎、ドジをやらかしやがって」と孝志はいった。

「船外機が故障してたんで海に出るのをよしたんだな。あれを修理に出すのを私は忘れていたんだ。それが良かった」と父親はいった。

和太留はなおもS子の名を口にした。涙はきりもなく溢れた。和太留の頬に光るものを見ながら、いつか孝志は布由子が自分から遠い所に去ってしまったように感じていた。

文彦のたたかい

混血児のような肌

1

一日の授業のうちでも、四時間めというのはにがてだ。腹がへってはいくさができないという言葉がある。昔のひとはいいことをいう。先生の講義はうわのそら、目は黒板に向いているけれど、その実、頭のなかで考えているのは弁当のことだけだ。きょうのおかずは何だろう、などと。分詞構文なんか右の耳から入って左の耳へ通りぬけてしまう。

しかし、一番にがてなのは四時間めより五時間めだ。

それもきょうのようにいい天気で、うらうらとした四月の光がさしこみ、ぼくの体をあたためるとしらずしらず顎と目蓋がたれさがってくる。世界史を講義する浜田先生の声が遠くなったり近くなったりする。腹の皮がつっぱれば目の皮がゆるむ、といったこれも昔のひとの言葉を思い出す。四大文明の発祥地がどうしたの、肥沃な三日月地帯がどうの、と先生はいってる。自分で見てきたわけじゃあるまいし、えらそうな顔で五千年もまえのことをとくとくとしゃべってもらいたくないもんだ。どうせ本で読んだことを受け売りしてるだけのことじゃないか。

それにしてもこのけだるさはどうだ。

窓ぎわから二列め、午後の日がぼくの体を包む。弁当をたいらげた上に不二家のアンパンを二個つめこんでいる。ねむたくならなければどうかしている。ぼくはノートに黒いとんがり帽子をかぶり、黒いマントをつけ、柄の長い鎌を持った死に神の絵をかいた。こいつはその大鎌で人間を刈るという。

さて、死に神というやつがいるとすれば、ねむり神というのもいるはずだ。睡魔というのかしらん。こいつはどんなかっこうをしているのだろう。もしかしたら女ではあるまいか。長い裾を引きずったふくよかな女神、彼女がそっと手をふれると、たちまち夢の国へ直行することになる。

ぼくは死に神のとなりに女の絵をスケッチした。肩にたれる黒髪、切れ長の目、少しばかり上をむいた鼻、やわらかそうな唇、いつも怒ったようにかたく結ばれていて、笑うときですら唇のはしがちょっぴり持ちあがるていど……。

「山口、四十九番」

浜田先生と目が合った。教室じゅうの目がぼくにそそがれている。絵をかくのに夢中になって呼ばれているのに気づかなかったのだ。ぼくはのろのろと立ちあがった。

「インダス文明の発祥はいつだ、山口」

「B・C、ええと」

ぼくはアタマにきた。そんなこと教科書に書いてあるじゃないか。何もぼくにきかなくったって。浜田先生はいった。

「B・Cというのは何のことだ」

「紀元前の略です。ビフォア・クライスト」

「じゃあA・Dは」

浜田先生はうす笑いをうかべた。えものが罠にかかったのを見出したハンターの微笑を思わせる。ぼくは背中がぞくりとした。やばいぞ、用心しろと何かが耳もとでささやく。

「紀元後の略で、ええと……」

「私がきいてるのはA・Dは何の省略形かということだ。たったいま説明したばかりなんだ。さあいってみろ」

「ええと、アフター」

「アフター・クライストか、ならA・Cじゃないか」

教室はどっとわいた。前列の連中はたいがいふり返ってぼくを見た。先生からとっちめられている間抜け野郎はいつでも気ばらしのたねってわけだ。ねむけざましにもなるのだろう。ふり返らないのが一人だけいた。目ざとくぼくはその女生徒に気づいた。

麻生明子。かたくなに何かをこばんだ姿勢で身じろぎもせず黒板の方を向いている。肩までたれた髪がつややかに光る。

「アノ・ドミナイ」

と先生は声をはり上げ、チョークで黒板にAnno Dominiと書いた。ラテン語なんだそうだ。道理で、とぼくは思った。知ってるはずがない。英語だけでも持てあましてるのに。

「だれが腰をおろしていいといった。山口そのノートを持ってこい」

椅子にかけようとしたぼくはぴょんととびあがった。まだ先があったのだ。しぶしぶノートを手に教壇へ行き、先生にわたした。世界史の教師は死に神とねむり神のスケッチを眺め、つぎに顔をあげてちらりと麻生明子の方に視線を走らせた。ぼくは稀塩酸溶液にひたしたリトマス試験紙のように赤くなった、いやほんとの話。

ふん、と浜田先生は鼻をならし、丸めたノートでぼくの頭をたたいた。

「帰ってよろしい」

自分の椅子にもどってふと机を見ると紙の玉がのっかっている。さっきから気になっていたのだ。指名されて立ち往生していたとき、うしろから飛んできた紙つぶてである。そっと机の下でひらいてみた。Anno Dominiラテン語、と鉛筆のなぐり書きが読みとれる。寺田英男の字だ。ぼくはふりむいた。彼はぼくより二列うしろの席で、目が合うと顔をしかめ、あわれむように首をふってみせた。今からではおそすぎるよ、とんまめ、とその表情は語っていた。

新学期そうそうついていない。

まったくなんということだ。一年まえの今ごろとくらべたら、たいした違いだ。

（やるぞ）

とぼくは思っていたのだ。こう見えても、やるぞと心の中で自分に誓っていたのだ。その日そのときの情景も覚えている。数学の時間で、教科書をひらくとインクと紙の匂いが鼻につんときて、いい気持ちだった。

最初の授業ということで、数学の講義はなく、先生の自己紹介とこれから一年間、数学を学ぶ心がまえといったものを先生は話した。外には青空がひろがり、まぶしいほどに日が照っていた。きょうと同じようになまあたたかいそよ風も窓からしのびこんできていて、頰やら首すじやらを撫でていたっけ。

教科書の第一ページめには写真があった。

五人のランナーが位置について「用意」の声をきいたところだ。頭は持ちあげられて、トラックの彼方に待ちうけるゴールの方を見ている。腰は上げられている。走り出そうとする寸前のランナーをうしろからとった写真だ。出発点ではみんないっしょだ、ということを教科書のデザイナーはいいたかったのだろう。

いかにもその通り、高校に入学したとき、つまり一年まえのぼくらはスタート・ラインでがんくびそろえて「位置についた」わけだ。合図とともに走り出して今はトラックを三分の一まわったところなんだろう。スタート・ラインではいっしょだった仲間のある者はぼくよりはるか前方を駆けている。ぼくはときどきうしろをふり返る。自分の順位をたしかめるためだ。あれはみっともないよね。先頭がふり返るのは二位との差をしらべて力をセーブしたり、ラスト・スパートをかけたりするために必要なんだろうが、列のまんなかよりうしろをよたよたと走っているやつがしょっちゅうふり返るのはさまにならない。

とわかってるくせにふり返らずにはいられないのだから情けない。

2

ぼくは死に神の顔を消しゴムで消し、浜田先生の似顔にかき直した。

——おまえ、夕べ何時間ねむった？

質問に答えられないとたずねられる。おととい、ぼくもやられた。

——七時間。

とぼくはいった。本当は九時間だったのだ。夕食後、なんとなく腰があがらずＴＶのまえでぐずぐずして、ままよ、ちょいとひとねいりして二時に起きて真夜中のしずかな時間を利用すれば勉強もはかどる、あけがたまた一、二時間ねむればいい、とこう考えた。

ところがじっさいはどうだ。十時にねてそのまま朝の七時まで、ぐっすりねむりこんでしまった。目ざまし時計が故障したのかと思ったな。しらべてみるとちゃんと鳴っている。目ざましが鳴りひびくのもどこ吹く風でぼくはねむりこくっていたというわけ。

——七時間！

と浜田先生はいった。あきれ返ってものもいえないふうだ。よくもまあ図々しい。先生の表情はそういってるように見えた。

——五時間でよろしい、五時間で。もし志望校に入ろうと本気で思ってるのだったらな。ねむたいのはだれしも同じだ。そこをがまんする。がまんできるか否かがわかれめだ。山口のようにのんびりと七時間もねむっておって、なおかつ志望校に入ろうとするような横着者は即刻ただいまから本校を去るように。そもそも睡眠時間が八時間というのは……。

えんえんと浜田先生のお説教はつづいた。正直に九時間と告げたら先生は卒倒していただろう。

――久保田、おまえは何時間だ。

先生にたずねられて久保田啓介は五時間と答えた。先生は満足そうにうなずいた。

――ナポレオンは三時間しかねむらなかった。フランスの皇帝となりヨーロッパを征服した人間が三時間の睡眠しか必要としなかった。この意味をよく考えるように。

冗談もほどほどにしてもらいたい。天才と凡人を比較されてはたまらない。ぼくは皇帝でもないし、アジアを征服するこんたんなんかこれっぽちもない。ぼくにいわせれば、三時間しかねむらなかったからこそ、セント・ヘレナ島に流されて野たれ死にするような憂き目にあったのだ。

――諸君はあらゆる誘惑にうちかたなければならん。TV、マンガ、友達とのおしゃべり、ねむること、勉強時間をへらすようなすべての娯楽は諸君の敵である。少しばかり苦しいかもしれないが、努力は必ずむくわれるときがくる。かの楽聖ベートーベンはいった。苦しみを通じて歓喜へと、久保田、ベートーベンが生まれたのはいつだ。

――一七七〇年。

久保田はさっそうといってのけた。待ってましたといわんばかりだ。お望みなら死んだ年もいおうというような顔をしていた。

――よろしい、ナポレオンと同時代ということがわかる。ドイツの偉大なる文学者、かの有名なゲーテもベートーベンと同じ時代を生きたのだが、人間というものは……。

おおかた浜田先生はわが家の書斎にタイム・マシンでも常備しているのだろう。それにのりこめば紀元前千五百年の殷にも、紀元前三千年のモヘンジョダロにも行ける。ナポレオンやゲーテに会ってくるのもたやすいことだ。ベートーベンといえば、ぼくが絵の具なんかを買う新輪画材店に石こう製のデスマスクが飾ってある。レコードを買うイワサキ電器にもある。

これ以上しかめようがないほど顔をしかめて。あれが臨終の顔ならベートーベンもずいぶんつらい人生を送ったってわけだ。せんだって模試の結果が発表されたときのぼくも、たぶんあんな顔をしたと思う。さんざんだった。とくに数学の点がひどいもんだ。平均点よりややましな英語や国語が数学でくわれて順位がガタ落ち。ベートーベンのデスマスクを思い出したのはそのときだった。もっとも彼には音楽があった。模試をうけるベートーベンなんて考えられるかい。因数分解にとりくんでいるベートーベンなんて。

むしゃくしゃしてぼくはその日、早めにベッドへとびこんだ。

ねむりさえすればたいていのゆううつは吹っとんでしまう。そうではないか。保健体育の教科書にはちゃんと睡眠時間は七、八時間とかいてある。教科書にだよ。うそと思ったらひらいてみるといい。年齢べつに必要とする睡眠時間がしるされている。としをとれば五時間ていどですむらしい。七十歳くらいになればの話さ。

しかし十六、七歳では七時間はねむるのが健康にいいのだ。なぜって新陳代謝がはげしいからだ。身長体重がつつがなくふえるためには、まずたっぷりと安眠することとぼくは信じている。ナポレオンよ、浜田先生よ、ゆるせ。

「ナウ」

ぼくはぎくりとした。

浜田先生は黒板に大きくNOWとかいたところだった。

「きょうできることを明日にのばそうと思ってはいけない。ナウ、すなわち今のこの瞬間をフルに活用することが受験戦争にかちぬくかやぶれるかのわかれめだ。三年になってから受験準備をしようなんて思ってる生徒はいないだろうな」

こういうせりふをぼくはなんべん聞かされたことだろう。中学でも高校でも耳にたこができている。どの先生も申しあわせたように同じことをいう。こういうことをいわないのは、ぼくの知っているかぎり野口先生だけだ。担任である。ほかの先生がいうからいわないでおこう、と考えているのだろうか。それとも、初めからいう気がないのだろうか。いずれにしてもありがたい。

3

ぼくは日本史地図帳をひらいた。

世界史地図帳のまちがいじゃないかって？　そうなんだ、朝、家を出がけに遅れそうになって世界史地図帳のつもりで鞄につっこんだのが、教室でとりだしてみたら一年で使った日本史のほうだった。いやになってしまう。表紙が似てるからまちがえた、なんていいわけは通じない。

で、ぼくは紋切り型のお説教を聞き流しながらたいくつまぎれに日本史地図帳をぱらぱらとめくった。さいわいなことに地図帳のかたちは世界史のそれと同じだから、教壇から見たってわかりゃしない。

ぼくはこの町が地図帳にいつから登場するか知りたかった。

伊佐市という。人口十万人のちっぽけな城下町である。ちっぽけではあるけれど、魏志倭人伝にものっている古い町だ。もっともその本には伊佐ではなくて伊邪とかいてある。歴史の専門家ではないが、伊邪国というのは伊佐の古名とぼくはにらんでいる。三世紀ごろから存在した由緒ある土地なんだ。

奈良、平安はむりだとしても、そして鎌倉室町時代はまだがまんするとしても、せめて江戸時代には日本史地図に登場すると予想した。

ところがどうだ、めくってもめくってもあらわれない。となりの長崎や佐賀は顔を出すというのに。ぼくはあわてたね。意地になった。江戸時代を一ページずつていねいにしらべた。目を皿のようにして。しかし伊佐はのっていない。

明治時代のページをめくった。地租改正の地図もダメ、殖産興業の地図もダメ、日清日露戦争の地図も伊佐のあたりは空白なんだ。そして、絶望とかなしみのうちに、資本主義の発展と題されたページをめくったとき、ようやく西九州の一点にわが伊佐の名前を発見して、ぼくはあやうく涙がこぼれそうになった。いないいないバア、というあそびがある。伊佐という町の名がそういってぼくのまえに顔を出したみたいだった。

ぼくはここでつまらないお国じまんを始める気はない。そんなの話してみたところで相手をたいくつさせるだけのことさ。かくいうぼくが自分の町にたいくつしてるのだからね。なんの変わりばえもしないありふれた城下町といえば、ひとくちで町の特徴を説明したことになる。

そうなんだ、まったくなんの変哲もない。日本じゅうざらにころがっている当たりまえの町だ。映画館が三つ、うち一つはポルノ映画専門で、いや、よそう、こうした調子で観光案内をやり始めたらキリがない。県立伊佐高校、これがぼくの学校だ。いちおう名門校となっている。

とはいうものの市内に普通科の高校は一つしかないのだから名門もへったくれもありやしない。農高が一つ。商高が一つ。また始まった。観光案内はやらないといったのに。でも、一つだけいわせてくれ。平凡な町だってたった一つはよそにない特徴があるってことをぼくはいいたかったんだ。

長崎半島と島原半島と西彼杵半島が伊佐と扇のかなめのような位置において張りだしている。だからぼくの町は三つの海にぐるりをとりかこまれているってわけだ。有明海、大村湾、千々石湾の三つに。これがぼくにはささやかな自慢なのさ。地図をひらいて見たまえ、日本地図ならどこでもいい、そりゃあ、海浜の町というものはめずらしくないよ。二つの海にはさまれた町というのもたやすく探しだせるにちがいない。

しかし伊佐のようにそれぞれ性格のことなった三つの海でかこまれている町は、そうざらにない。

海はいい。きみもそう思わないか。

生物の守田先生によれば、人間は大昔海にすんでいたそうな。人間の血液に占める塩分の濃度と海水のそれは同じなんだそうだ。だから人間は海を見ると数億年をついやした進化の過程を無意識のうちに直感して、あそこへ帰りたいと思うわけ。こういう話なんかぼくは好きさ。

そのころはたぶん地球上はほとんど海でおおわれていただろう。ぼくらの遠い先祖が魚のかたちで泳いでいたのを想像するのは愉快だ。浜田先生みたいな魚もいただろう。「ナウ」なんて叫ばずに黙りこくって餌をあさってたはずだ。そういう情景を空想していると、模試の順位がどうの、志望校がどうのなんて、じっさいつまらなくなる。初めに海ありき、くよくよすることなんてないじゃないか。

4

放課後、ぼくはいつものように美術部へ顔を出さなかった。

寺田と二人でまっすぐ帰った。いや、まっすぐといえるかどうか。東小路町の方へちょっぴり寄り道をしたんだ。どちらかがいいだしたからというわけじゃない。二人して校門を出て、川の方へむかわずに逆の方向へなんとなく歩きだした。

気がついてみると東小路町を歩いてたってわけだ。酒場や小料理屋が軒なみに店を張っている一郭である。喫茶店と洋裁店にはさまれた酒場のまえで、ぼくらは立ちどまった。

厚い樫の扉には「ＬＯＮＤＯＮ」という文字がきざみこまれている。この酒場の二階が麻生明子のすまいだ。寺田が教えてくれた。新学期になって長崎市から転校してきた麻生について、たちまちしらべあげたのは寺田の功績といっていい。

母親が酒場のマダムであること、東小路町に新しい店を開いたこと、母娘とふたりぐらしであること、長崎のＫ短大に進学する予定であることなど、どこから情報を仕入れてくるのかしらないが、転校して一週間めにはそれらの知識をぼくにひろうしてくれた。

二階には小さな窓がある。ガラス窓はひらかれて赤い花模様のカーテンが半分ほど引いてあった。ぼくらが立ちどまったのは、かっきり三秒間くらいの時間だ。そりゃあそうだろう。まっぴるま、高校生ふたりが開店まえの酒場とむかいあってバカみたいに突っ立っているなんてみっともない。

で、三秒間でぼくらはロンドンのまえから立ち去った。窓の内側にはだれかがいるみたいだった。カーテンがゆれたような気がしたからだ。ぼくらが見上げた瞬間、そこにだれかがいて、さっと引っこんだ。カーテンがゆれたのはそのためだ。窓ぎわで通りを見おろしていたのは麻生明子にちがいない。わけもなくぼくはそう思いこんだ。

東小路町は直角にアーケード街とまじわっている。文陽堂でぼくらはマンガ週刊誌を立ち読みした。

「麻生の発音な……」

雑誌に目をおとしたまま寺田が話しかけた。

「日本人ばなれのした発音だと思わないか。英語教師よりおれにはあいつのほうがうまいように聞こえた」

ホイットマンの詩を麻生明子は指名されて朗読した。きょうの四時間めだったっけ。ぼくはうっとりと聞きほれていて、うまいとかへたとか考えるゆとりはなかった。いわれてみればそうだ。正確なアクセントとイントネイションで読まれた「草の葉」は、あたかも音楽のようだった。

すぐれた演奏家によってかなでられる名曲、そうとしかいいようがない。寺田はつまらなさそうにマンガ雑誌をほうり出した。

「もしかしたらあいつ、四分の一かそこいら外人の血がまざってるんじゃないだろうか。ほら、長崎には昔から外人がたくさん住んでて混血児が多いというだろう。あの顔立ちはそんな感じだよ」

「日実子《ひみこ》ちゃんはなんといってる」

寺田の妹は一年生で麻生明子と同じ茶道クラブにいる。明子に関する情報は、おもに日実子を通じて手に入れたものとぼくは思い当たった。女の子というものは、そのとしごろは男の子についてより女の子同士のことがらに強烈な関心を持つものだ。

ぼくのカンは当たった。

「うん、日実子がそういったんだ。ロシア人かイギリス人の血がまざった肌だって。あの白さはただごとじゃない」

「ロシア人かイギリス人のねえ」

ありえないことではない。長崎には外国人居留地が明治の半ばまであった。大陸に近いことから、外国人のなかでいちばん多かったのはロシア人だった。革命後、亡命してそのまま住みつき、レストランなど経営しているロシア人もいると聞いている。

しかし、ぼくが去年の夏休みを利用して一人で東北へ旅行したときは、秋田県のたしか追分とかいう駅のプラットホームにかたまってたたずんでいた女高生が、それぞれはっとするほど肌が白かったのを見ている。麻生明子におとらないくらい白かった。

そのことをいおうとして寺田を見ると、彼は数Ⅱの参考書を書棚からとりだしてひらいたところだったが、なんとさかさまにしたままぼんやりとページをめくってるのだ。これにはたまげたね。ふざけているのかと思ったよ。

ぼくたちは参考書の棚のまえに来ていた。

いいかげんにしろ、とぼくはいいたかった。だまって参考書をひったくって正常な位置にしてやった。寺田はいった。

「なにをする」

この男は自分がさかさまに本を見ていたことさえ知らないでいたのだ。

「帰るよ、じゃあな」

ばかばかしくなってぼくは文陽堂をあとにした。ふつうの本をならべた書棚の所で、ぼくは久保田にぶつかった。

「失礼」

といったのはぶつかってよろけた久保田のほうだ。彼はずり落ちた眼鏡をちょいとおさえ学校の帰りに十五分間、文陽堂に寄って本の立ち読みをする。一か月で小説の二、三冊は読みあげるというのだからたいしたものだ。彼が自分で昼休み時間にそういって自慢するのを聞いたことがある。

高一のときも久保田とは同じクラスだった。おやじは裁判所の判事だという。久保田の志望校は東大で、それも法科だ。おやじのあとをつぐ気なんだろう。おやじにほれこんでいるのかも知れない。そうではなくて、判事という職業に息子としてプライドを持っているとも考えられる。

うらやましいことだ。

ぼくの場合、おやじの職業に誇りを覚えるなんて、うまれてこのかた一度もなかったね。市庁の職員でいつまでたっても課長補佐どまり、そろそろ定年まぢかというのにいっこうだつがあがらない。この息子にしてこのおやじありということだろうか。おふくろもおやじの出世なんかもうあきらめている。

それはさしつかえないが、かわりにぼくがおふくろの期待を一身に背負うことになったのは災難といわなくてはならない。

——いいですか、お父さんはね、りっぱな能力がおありなんですよ。だれにも仕事にかけてはまけやしない腕が。でもね、お父さんは戦争で上の学校へ行く機会をのがしたので学歴がないの。男は学歴ですよ。石にかじりついてもあなたを大学に上げてやりたい、わかった？　お父さんのために文彦はがんばるんですよ。

というのがおふくろの口癖だ。すらすらいえる。浜田先生のお説教と同じで、くり返されると、またかと思う。石にかじりついても、なんて大げさにいわないでくれよ。そりゃあタカの知れた市庁職の給料で、息子を大学にやるのは苦しいことくらいわかってる。四年間、息子のためにつかう学費やら生活費はけっしてすくなくない。大学にやらずにそこいらのスーパーマーケットなり電器店の店員などに息子を働きに出せば、家計はらくになりおやじの好きな酒もたんまり飲めるだろう。ぼくだってバカじゃないんだからそのへんの事情は心得ているさ。

大学に行きますとも、お母さん。勉強もやります。ガタ落ちの順位もそのうち挽回してみせるよ。だから「石にかじりついても」なんてみじめなことはいわないでもらいたい。やるときはやるのだ。息子を信じてくれ、とこういいたいが、じゃあいつやるの、と問いつめられれば、そのうち、とあいまいに答えるしかない。

で、ぼくは夕食をあたふたと胃袋につめこんで自分の部屋、高校入学の記念におやじにせがんで建てましてもらった便所わきの三畳にとびこんだ。部屋にこもればしめたもんだ。ドアは内側から鍵がかけられるようになっている。何をしようとわかりはしない。ここはぼくのいわば城塞であり領地なのだ。

ぼくは机にむかうなり精神を統一して数学の問題を解き始めた、なあんていうのはまっかなうそだ。まずとりかかったのは西洋紙をひろげて一年間のスケジュールをこしらえることだ。野口先生に提出しなければならない。期日より三日もおくれている。きょうも先生から催促されたのだ。おくれたことにはわけがある。他の連中が作るようなざっとしたスケジュール表が気にくわないからだ。英、数、国など一か月ごとに詳しい進行予定を作製するつもりだ。夏休みまでに数Ⅰの基礎をかため、英単語五千をマスターし、古文では助動詞の活用を暗記し、とこうくる。ぼくはしだいにぞくぞくしてきた。まるでスケジュール通りに一年間がんばったあとみたいだ。勉強がこんなに予定通りできるのなら高校生活も気楽なものだ。スケジュール表づくりにそそぐ情熱の百分の一でもじっさいの勉強にそそぐことができたらいうことはない。

やっとこさ表を完成してぼくはぐったりとのびてしまった。そしてどうしたことか、ぼくがにわかに思い出したのは久保田のせりふだ。やつはいってのけた。涼しい顔をして。

――ぼくは週に一回オナニーをする。健康のためにね。

なんという一日

1

そのとき、美術部室にいたのは寺田英男と久保田啓介、荒巻猛夫とぼくで、一人だけ女生徒がいた。新川良子をモデルにしてデッサンをしていたのだ。久保田は部員ではない。ただ放課後ちょくちょく部室に顔をのぞかせる。モデルにするのは女の子にきまってるから、画板ごしにじろじろと見つめるのを楽しみにして寄るのだろう。週に一回……と久保田がいったとき、荒巻はポカンと口をあけて久保田を見つめており、寺田ときたら故障ちゅうのラジオが急に鳴り出したのを見るような目で久保田を眺め、次に新川良子に目をやった。

モデルは久保田のいうことがわかったと思う。姿勢は元のままだったが、唇をかたく結んで壁の一点をにらんでいた。首筋までうっすらと赤くなって、ぼくはなんだかまぶしい感じで目をそらしたものだ。

——おいおい、

と寺田がいった。おまえが週に七回やろうが八回やろうが勝手というものだが、いっていい場所と時をわきまえたらどうだ、とつけ加えた。

——あたし帰らせていただくわ。

新川良子は鞄を手にさっさと部室を出て行った。久保田はゴッホの画集を棚に戻して腕時計にちらと視線を走らせた。マスターベーションが健康にまったく無害であるということは医学的に証明されている。罪の意識を持つついわれはないのだ、と寺田に答えた。

——そんなことくらいおまえに教えてもらわなくてもわかってるよ。でもわれわれが三拝九拝してモデルになってもらった女の子の前でいう必要がどうしてあるんだ。

――また頼めばいい。

――頼んだって来てくれやしないよ。

――女の子はほかにいくらでもいるさ。

といいすてて久保田は部室を立ち去った。荒巻はがっかりしていた。やっと口説きおとしてモデルにした新川良子を三分の一も描いていないのだ。どうした風の吹き回しかその日に限って久保田は文陽堂で本の立ち読みをするかわりに、ぼくらの部室に押しかけてへらず口をたたいたのだ。立ち読みに飽いたのだろう。あるいは彼の生活スケジュールに美術部室で十分か十五分ひまつぶしすることが組みこまれたのかもしれない。あいつは何から何まであらかじめ立てたスケジュール通りに行動するというのが自慢なんだ。

スケジュールといえば、ぼくがうんうん唸りながら書き上げた一年間の学習予定表が机の上にある。自分でこしらえたのだからまあその通り勉強しようという腹づもりではあるけれど、百パーセント予定表にしたがって勉強できるかどうか正直なところあまり自信はない。久保田は手洗いに立つ時間までちゃんと計算しているんだそうだ。計画のない人生はないというのが彼の口癖で、二十二歳で大学を卒業し、三十歳で結婚し、三十五歳で自分の家を持つのだという。おそれ入った話だ。しかし、そんなことはどうでもいい。なぜあいつが伊佐高でも名うての女生徒を前にして、奇怪な健康法を口にしたかだ。

思うに久保田も荒巻と同じように新川良子に参ってるのではないだろうか。部室に来たのは新川を眺められるからだ。ところが男どもはものもいわずデッサンにうちこんでいる。モデルときたらふりむきもしない。クラスの注目の的となってる久保田はあのときのけ者になったような気がしたってわけだ。それで一同の度肝を抜くようなことを発言しなければならなくなった。

そう考えれば説明がつく。なんにしても人騒がせな野郎だ。寺田も頭に来ていて、久保田が去ってから部屋の窓を全部あけはなし、画板をバタバタさせて空気を入れかえた。悪臭がするというのだ。荒巻は描きかけのデッサンを恨めしそうに睨んでいた。

二年になると、美術部の主役はぼくたちになる。三年生は受験準備にかかりきりでクラブ活動にまで手がまわらない。モデルを呼びもしない。呼んだところで三年の女生徒は二つ返事で来てくれるものではない。で、三年生の部員はめったに顔を見せず、来ても下級生の作品を横目で見ながら弁当をかきこみ、そそくさと出て行く。のんびりと絵なぞ描く心境ではないのだろう。残念なことに美術部というところにはあまり秀才は集まらない。絵を描く才能と数学を解く能力はまた別のものらしい。くやしいことだ。それはいいとして、二年生になったあかつきは大いに絵を描こうと、ぼくは寺田や荒巻たちと申し合わせていた。三年生になってからでは遅すぎる。

最初のモデルは久保田のせいでふいになった。くじけてはいけない。二番めに頼みたいモデルはすでに決まっているのだ。

2

「麻生明子だって……」

寺田はラーメンを箸にかけたままびっくりしてきき返した。ぼくたちは下校の途中、永福軒に寄っていた。麻生をモデルに頼んだらとぼくが提案したのだ。寺田は考えこんだ。

「うんというかなあ」

「頼めばいやだとはいわないさ」

「どうだかな」

といって寺田はラーメンに胡椒をふりかけた。誰がモデルになってくれと交渉するのだというので、ぼくは「決まってるじゃないか、おまえだよ」というと、「おれが、か」と目を丸くした。

「きのう夕方、東小路町の川べりを二人して歩いてたろ。話に熱中してたようだからすれちがっても声をかけなかったんだ。おやおや、いつの間に、と思ったよ。軽い気持ちで頼んでくれてもいいだろう」

「あれはただ道でばったり出会っただけだよ、変なふうに勘ぐるのはよせ。英語のサブリーダーが手に入らないで困るなんて話を聞いてたんだ」

寺田はむきになった。どんな話をしようとぼくの知ったことではない。いささかしゃくではあったね。ぼくは文陽堂へ虎の巻をのぞきに行った帰りだった。数学の問題でどうしても解けないのがあった。自転車に乗って解答を見に行き、裏通りを市民センターの角へ出ようとしたとき、こちらへぶらぶらとやって来る二人づれに気づいたのだ。寺田はぼくが目に入らなかった。麻生明子はちらりと視線を向けたような気がする。ラーメン屋で口にするまでは寺田は何もいわなかったのだから、きのうのことは隠し通すつもりだったのだろう。

内緒にした罰としてモデル依頼の件は寺田が処理すること、とぼくはいい渡した。

「ああ、頼んでみるよ。うんというかどうかそこまでは保証できないぞ」

「うんといわせるのさ」

とぼくはいってやった。

「なんだ、二人とも深刻そうな顔をして。銀行ギャングの相談でもしてるのか」

永福軒のおやじが後ろに立っていた。空のどんぶりを重ね、テーブルを拭きながらぼくらをのぞきこんだ。このおやじのことも説明しておかなくてはならない。いや何も彼がぼくの話に重要な役割を果たすからというのではない。永福軒というのは学校の近くにあるちっぽけな中華食堂だ。食堂と呼ぶのも気はずかしいほどささやかな店で、できる料理といえばラーメンと焼飯とギョーザにワンタンくらいなものだ。客はおもに学生である。安いからだ。おやじは右脚の膝から下が義足で、左腕は手首より先が無い。戦争でということしか聞いていない。くわしいことはたずねても笑ってごまかしてしまう。店は永田さん、そう、おやじの名前なんだが、永田さんが一人で切りまわしている。そういえばわかるようにおやじは五十過ぎた今も独身なんだ。二年前に伊佐市にやって来てこの食堂を始めた。商売には熱心じゃないようだ。材料が切れると、さっさと看板にする。店をしめて飲みに出かけるらしい。酒には目がないらしいが町で酔いつぶれているのを見かけた人はいない。体が不自由であることにつけこんで、ある日、やくざふうの男がラーメンにゴキブリが入ってたとか難くせをつけたことがあった。たいていの店では、そういう場合、後難を恐れて代金は踏み倒されるままに、その上いくらか包んでお引きとりを願うものだが、永田さんは違った。

そいつの首根っ子をつかんで、ものもいわず外へほうり出してしまった。あれにはたまげたね。片手でだよ。居合わせた客たちは口をあんぐり開いて永田さんを見ていた。目にもとまらぬ早業といってもいい。げんにラーメンのどんぶりに顔をつっこんでる連中で、気がつかないのもいたんだから。

しかし、それだけなら永田さんの魅力を語ったことにならない。町を貫流する大川に架けられた橋の上で、ぼくはしばしば永田さんを見かける。流れる川をじっと見つめてたたずんでいる。ステッキで体を支えて背筋をまっすぐにのばして顎を引いて水に目をおとしている。その表情が、さあ何といえばいいのだろう、考えこんでいるのでもない、淋しそうという感じでもない、かといって楽しい思い出にふけっているという表情でもない。苦しい人生を経験した大人の顔によく浮かんでいる独特のきびしい顔付きで黙然と水を見ているのだ。としをとった漁師、いや潮風で鍛えられた船乗りの顔に似ている。熟練した職工の顔にも似ている。奇妙なことに永田さんは橋の上で決して手すりに寄りかからないのだ。手も脚も不自由だから並の人間でさえ寄りかかる手すりにもたれてよさそうなものだが、そうしているところは一度も見たことはない。

とにかく、ぼくは永田さんを見るとき、いやでも人生という言葉を思わずにはいられない。人間の手や足をもぎとる人生ではない。肉体と同じように魂をも傷つける長い歳月のことを考える。

学校生活というのは続いてもどうせあと六年ばかりだ。平均寿命を六十五歳として、ぼくは卒業後、四十年以上も生きることになる。四十年！　まるで永遠のような時間ではないか。ぼくはたぶん大人になるだろう。就職し結婚し子供を産むだろう。そのことがぴんとこない。二年後の入試でどうなるかわかりもしないくせに、これから四十数年後のことをくよくよ考えてみても始まらないのだが、こうして深夜一人で解けない数学の問題と睨めっこしていると、気になる。

二年後、三年後……。そのころ麻生明子はどうしているだろう。

3

ぼくははっとして顔を上げた。

四時間め、英語の授業である。きらいな課目ではないが、昨夜のことがたたった。午前一時まで深夜放送を聴いて、その後、化学の予習をするつもりだったが、手近にあったレイ・ブラッドベリの「華氏四五一度」をちょいとのぞいたらやめられなくなり、とうとう朝の五時まで読み続けてしまった。本というものが政府の許可するもの以外は持つことを禁じられる未来社会の話なんだ。人々が楽しむのはテレビだけ。そういう世界が本当に来るかもしれないなと思わせるところがすごいよ。「宝島」も「戦争と平和」も「坊っちゃん」も読んではいけないのだ。それでも屋根裏部屋なんかでこっそり読んでるのがいて、見つかると刑務所にほうりこまれ、本は火炎放射器で焼かれてしまう。ぼくはどっち側だろう、焼くほうか焼かれるほうかというと、もちろん焼かれるほうに決まっている、などと考えながらブラッドベリを読んだってわけ。

三時間めまではどうにか持ちこたえられたけれど、四時間めになるともういけない。目をカッと あけているつもりで、いつのまにか顎が垂れ下り、ノートの上によだれをおとしている。まわりがしんとなった。ざわついている間は安心して舟を漕ぐこともできたけれど静かになるとそうもゆかない。

「山口文彦、立て」

野口先生の声だ。ぼくはいっぺんで目が醒めた。

「接尾語としてのsomeの例を三つあげてみろ。その前にハンカチで口許のよだれを拭いたらどうだ」

ぼくは慌てていわれた通りにした。

「さ、早く」

先生はチョークを構えてぼくを促した。接尾語……some……三語。ぼくはどぎまぎしてやっとのことでlonesomeと蚊のなくような声でつぶやいた。

「何を寝ぼけてるんだ山口、これは教科書でたった今やったばかりだ。ほかの例をきいてるんだぞ」

「……わかりません」

「立ってろ。ほかに、はい久保田」

「troublesome, quarrelsome, handsome」

久保田がきれいな発音でいった。とくにハンサムというとき、心持ち声を張り上げたように聞こえた。厭味もあれだけ徹底すればたいしたものだ。handsomeだと？　笑わせる。自分がそうだからといって、こういう場合に持ち出さなくてもいいじゃないか。この例をぼくは実は知っていたのだが、なぜか答えるのがはずかしかった。

答えられなかった罰として野口先生はin orderで導かれるフレーズをクローズに直す問題をぼくに課した。せんだって試験に出てぼくが失敗した問題を野口先生はしぶとく覚えていたのだ。ぼくはわきの下から冷や汗を流しながらどもりどもり答えた。

「よろしい」

といわれたときは腰が抜けでもしたみたいに椅子の上にへたばってしまった。

in order to～するために。はっきりとした目的を表す。辞書にはそう書いてある。大学へ進むための高校生活。

すべてがin order toだ。to pass the entrance examination. 英作文の問題では必ずとりあげられる。そしてぼくは今朝、教室の窓から見た光景を思い出す。

授業が始まる前、何気なく校庭を見た。教頭ともう一人の男が校庭のまん中に突っ立って校舎の方を見上げていた。そいつは肩幅の広いがっちりとした体格の三つ揃いを着た中年男で腹もかなり出ているように見えた。脚を開いて両手を後ろに回して仁王立ちになっていた。きょうは県下高校の校長会とやらが伊佐高で催されるそうだから、おおかた彼もそのためにわが校を訪れた遠来の客なのだろう。

ひと目でぼくはそいつの、さあ何といえばいいか威風堂々たる感じにうたれた。矢でも鉄砲でも持って来い。世の中にこわいものは何もない、とでもいいたげな面構えなのだ。遠く離れているので、目鼻立ちはわからないけれども、校庭のまん中に突っ立って校舎を見上げながら教頭と何か談笑している格好は、自信と威厳に満ち満ちていた。そいつにくらべたら教頭なんかかげろうみたいなものだった。自分が発散している雰囲気を本人もよく心得ているらしかった。

人生の目的は、とそのときぼくは考えたものだ。あの男のように世界は自分のために存在しているかのように振る舞い、満々たる自信を持って生きることなのかもしれない。それがぼくにはできるだろうか。二十年先か三十年先で、ぼくはどこかの校庭でうららかな春の光を浴びて両脚を踏んばり胸をそらして突っ立っている自分を見出すことがあるだろうか。

ぼくは気が滅入った。

人生の目的があの男のようになることであればぼくにはとうていかなわぬ夢であるように思われる。さしあたりぼくの夢は麻生明子の肖像をキャンヴァスに描くことしかない。

寺田英男は明子にモデルのことを頼んだ。案ずるより生むが易し。週に二回、補習のない日だけ麻生明子はぼくらのためにモデルになることを承知してくれた。

4

美術部室には独特の匂いがある。テレピン油とリンシード油と油絵の具がまざりあった匂い、なま乾きのキャンヴァス、油粘土などがまき散らす匂いにぼくらは慣れっこだが、初めての人はさすがに顔をしかめる。あらかじめ窓を開放し空気の流通を良くしてから迎えるのがきまりだ。

麻生明子は椅子に腰をおろしてもの珍しそうに室内を見まわした。

「これ、寺田さんが描いたの」

壁の六号をさしてたずねた。四、五年前に卒業した部員が制作した油絵である。女生徒をちょうど麻生のように椅子にかけさせて描いている。

「あ、いや、おれそんなにうまくない」

寺田はそばから見ていてもあがりっぱなしだ。不意に話しかけられて手のコンテをおとしそうになった。

「そうなの」

麻生明子は顔をのけぞらせるようにして油絵を見つめ、「きれいな人」とつぶやいた。その下顎から咽喉もとにかけての柔らかい線がぼくの目を射た。

たいていのモデルはぼくらの視線を意識してコチコチにかたくなり、よそ行きの顔をして気取るものだが、麻生明子は違った。ゆったりとくつろいで、あたかも部屋にいるのは自分一人だけと見なしてでもいるようだ。

ぼくは画板ごしにモデルを見ていた。どの角度から写生すれば麻生明子の特徴を一番的確にとらえられるだろうか、と考えるより先にモデルの美しさにただ呆然と見とれていたといわなければならない。

頬から口許にかけて窓外の青葉がうっすらと影を投げている。海の泡よりも白い肌。寺田にしても思いは同様だろう。画板の前を行ったり来たりしてモデルをいろいろな角度から見ている。麻生明子はたずねた。

「本を読んでもいい」

「いいとも」

麻生明子は鞄の中から文庫本を取り出した。写真クラブからモデルに頼まれたのではないか、と荒巻が話しかけた。

「ええ、久保田さんが……」

「で、うんといったの」

「お断わりしたわ。時間がないんですもの」

「それがいい。写真クラブはポーズの注文がしつこいんだ。うちみたいに黙って椅子に座ってりゃあいいってもんじゃないからね」

「黙って座ってるのもくたびれるわ」

荒巻は首をすくめた。

「久保田が他人を撮ろうと思いついただけでもたいしたこった」

寺田がいった。

「それ、どういうこと」

麻生明子は文庫本から顔を上げた。

「あいつはセルフタイマーで自分を撮るのが大好きなんだ。奴の部屋には四つ切りに引き伸ばした自分の写真パネルがはりめぐらしてあるんだって」

荒巻が説明した。麻生明子は「変わった人なのね」とつぶやいて文庫本に目をおとした。ぼくはコンテで線を引いては消し、消してはまた引いた。女生徒を描くのは初めてではないのに自分のしるすコンテの痕がどうしても気に入らない。すっかり黒くうす汚れたケント紙を画板からはずして新しいのに代えた。ぼくは真っ白なケント紙と向かいあった。何も描かれていない光り輝くような紙。それを正面に置いたとき、かすかなめまいを感じた。

それはからっぽであり、しかも充実していた。

それは無限に空白であり、あらゆる物を描写することが可能であった。女の子を、鳥を、花と樹と草を、獣と海と果実を、都市と廃墟と砂漠を描くことができる空白であった。ぼくに描こうという気があれば、描く才能があれば……。

ぼくは一枚の白いケント紙と向かいあいながら、自分の目の前に存在する世界をこの瞬間はっきり見とどけたように思った。その世界とはもちろん三つ揃いを着た恰幅のいい俗物が功成り名とげる世界なんかじゃない。採点し順位を決めるような世界でも、金銭登録機が鳴りひびくような世界でもない。もう一つの別の世界だ。麻生明子の首筋から胸許にかけてその白い皮膚に楠の若葉が青い光をおとしている。たとえていえばぼくのいう世界の色はそのみずみずしい光で満たされているといえばいいだろうか。

5

結局、一時間半を費してぼくはデッサンを仕上げることができなかった。

寺田は懸命にがんばってクロッキーを三点ものにした。荒巻は水彩画を一点かき上げた。ぼくはケント紙を三枚やぶいただけだ。そのくせ、長距離マラソンを終えたランナーのように息も絶え絶えの風情でのびてしまったのだから世話はない。

「どうだろう、お礼にコーヒーでもおごりたいんだけど」

寺田は帰り仕度をしている麻生明子に話しかけた。

「ありがとう。でも遅くなるから今度にしてちょうだい」

麻生明子は文庫本を鞄にしまった。ぼくはちらりと見えた表紙の文字を読んだ。「トニオ・クレーゲル」。トーマス・マンの小説だ。そういう作品があることは知っていたけれど読んだことはない。ぼくは早速、帰りに文陽堂で探して手に入れようと決心した。本好きの女の子というのは珍しい。クラスの女生徒が読んでるのはたいていマンガか女性週刊誌だ。活字は教科書でたくさんだと思ってるのだろう。ぼくにしてもマンガを愛読することにおいて人後に落ちはしないが、まともな書物もきらいではない。

で、部室をかたづけて外に出たとき、ぼくは寺田を誘って文陽堂へ行った。さいわい「トニオ・クレーゲル」は一冊だけ棚に残っていた。

「あった」

といったのは寺田のほうだ。すいと棚から引き抜いて店員に、これもらうよ、などといってる。それはぼくが買うつもりだったのだとはいい出しかねた。ぼくは手持ち無沙汰のまま売り場にたたずんで、店員がカバーをかけるのを見ていた。ぼくはいつもこうだ。何をするにしろ他人よりおくれてしまう。別にのんびりしているつもりではないが、はたから見ればそう見えるのだろう。一秒か二秒、呼吸がずれる。今もそうだ。棚に「トニオ・クレーゲル」を発見して、手を出そうとした直前、寺田がさらってしまった。

一秒か二秒というのは、実生活ではまたたきするくらいの短い時間だ。それなのに一秒か二秒おくれただけで大事なものを手から取りにがすということはままあることだ。

「読んでしまったら貸してくれ」

とぼくはいった。

「え？　何を」

「その本をだよ」

「この本、おまえも読むつもりなのか」

読むつもりかとはご挨拶だ。ぼくはむっとした。高城橋を渡るまでぼくらは口をきかなかった。寺田は何かもの思いにふけっていた。高校から文陽堂へ行くには東小路町を抜けて「ロンドン」の前を通る道を利用するのがきまりだったが、きょうにかぎって商工会議所の前から映画館のある十字路へ出て、表通りを文陽堂まで歩いた。意識してそうしたのではなかったけれども、気がついてみたらぼくらはそうしていた。なぜか麻生明子の家を避けていたのだ。

夕食後、ぼくははやばやと自分の部屋にひきこもった。今ごろ寺田は目を血走らせて「トニオ・クレーゲル」を読んでいることだろう。ぼくは英語の教科書を開いて英作文の例文を暗記しようとした。さっぱり頭にはいらない。数学の問題集を広げた。明日は指名されて黒板で解かなくてはならない。ぼくは自分の頭が錆ついた歯車だらけになってしまったような気がした。むりに動かそうとすれば歯車はバラバラに分解するかもしれない。参考書をめくって似たような問題を探した。剰余の定理なんて小学生にでも解けると数学の先生はいったものだ。あの先生はどんな問題でもそうだ。二次関数なんかきみ数学の初歩であってねとか、集合という概念は小学校で習ったはずだろう、きみは見たところ高校生のようだがとか。

ぼくは鉛筆をほうり出し、頭をかきむしった。

なんという一日であったことか。

英語の時間には立たされて恥をかき、せっかくモデルにした麻生明子はデッサン一枚ものにならず、目ざす文庫本は寺田にとられ、数Ⅰの問題はまるっきり五里霧中で解法のいとぐちさえつかめない。

ぼくは顔と手を念入りに洗い、インスタントコーヒーを自分で淹れて飲んだ。F・ブラウンのSF短編を五、六編読みとばし、ビートルズを聴いた。何度聴いてもビートルズはいい。ベートーヴェンより百倍もいい。ぼくはさっきよりいくらか幸福になった。あけはなした窓に引いたカーテンがゆっくりとふくれあがり、夜の風を運びこんだ。むせかえるような若葉の匂いを風は含んでいた。

寺田の告白

野呂邦暢

1

窓ガラスがうっすらと明るくなりかけた頃、ぼくは部屋を抜け出し、足音をしのばせて風呂場にはいった。着ているものを全部ぬいで水をかぶった。音をたてないように水を浴びるのは難しい。洗面器の一杯で、ねむけはいっぺんに吹っ飛んだ。二杯めでぼくはふるえあがった。七月とはいえ朝の水は冷たい。いつのまにかおふくろがガラス戸をあけて中をのぞきこみ、何をしているのかとたずねた。見ればわかりそうなものだ。ぼくは水を浴びている。それだけのことだ。乾いたタオルで手早く体を拭き、おふくろを押しのけて廊下に出た。

昨晩からほとんどぼくは眠っていない。

午前二時まで机に向かって宿題に出された数Ⅱの問題をあれこれといじってみたが少しも歯が立たず、気をとり直してかわりに英作文の例文を五つばかり暗記した。そのあとまた数Ⅱと格闘してみた。虎の巻をのぞいてみてもどうしてそうなるのかさっぱりわからない。こんなはずではなかった。数学はこう見えてもわりあい得意だったのだ。中学一年までは。ぼくは世界史の教科書を三ページ読み、化学の計算問題を解いた。夜の八時から六時間、机にしがみついていて、やっとこさぼくがものにしたのはたったこれだけだ。もちろん虎の巻を調べてみたら化学の計算問題は間違っていた。

なぜかということはわかっている。

ノートと教科書をにらんでいても、目はいたずらに活字のうわっつらをさまようだけで心はほかのことにとらわれている。美術部室の椅子にかけて文庫本の「トニオ・クレーゲル」を読んでいた麻生明子の顔、あれ以来、白いままで画架にかけたままでいるぼくのキャンバス、寺田英男がぼくに告げる麻生のこと、寺田はときどき麻生と町のあちこちで会って、その模様をぼくに事こまかに報告する。

そうなんだ。寝静まった家の中で机に向かうぼくが頭に思い浮かべるのは麻生と寺田のことばかりだ。これで勉強がはかどればどうかしている。鉛筆を投げ出し、教科書をばたんと閉じてぼくはベッドにもぐりこんだ。諦めこそ肝腎、こういうときは眠るに限る。ところが明かりを消して目をつぶってみると、イヤに頭が冴えてきていっこうに眠れない。数Ⅱにうんざりしているとき、たてつづけに飲んだインスタントコーヒーがいけなかったらしい。眠ろうとすればますます意識が鮮明になる。ぼくはヘッドフォーンでカセットに入れたビートルズを聴いてみた。小椋桂と井上陽水を聴いた。起きていたときはあれほどしつこくねむけがぼくを苦しめたのに、ベッドに入った今は嘘みたいにそれが消えている。しようことなしにぼくはベッドから這い出して台所へ泥棒ネコのようにそっと入りこみ、即席ラーメンをこしらえて立ったままますすりこんだ。――このごろどうかしたのかい。永福軒のおやじがいった言葉を思い出した。いつも二人連れで寄るのに一人で来るのは喧嘩でもしたのかね、とラーメンをよそいながらさりげなくきいたのだ。いわれてみて気がついた。昔は学校のゆき帰りにぼくと寺田は一緒だった。永福軒に一人で寄ったことはなかった。このごろは二人で行動を共にすることを何となくおたがいに避けているような気がする。とくにそうと意識しているわけではなくて、たまに肩を並べて歩くことがあり、教室でノートの貸し借りをすることはあるけれども、そうだ、それは「たまに」にすぎない。ぼくはラーメンを食べながら、永福軒のおやじの何事も見抜いているような鋭い目付きを思い浮かべていた。あのおやじも十七歳という時期があったのだ。ふとそう考えた。彼がぼくと同じ年齢の頃はどんなだったのだろう。

空きっ腹がひとまずおさまったところで、ぼくはのそのそとベッドにもぐりこんだ。何も考えないことにした。百から逆にゆっくりと数字を数えた。九十九、九十八……七十一、七十……。何にもならない。数字を数えても別の映像がとりとめもなく浮かんでくる。酒場ロンドンの前で道路に水を撒いていた麻生明子の姿、――あいつ、きいてみたら別に混血児ではないんだって、といった寺田の言葉。

ぼくは寝返りをうち、できるだけ二人のこととは関係のない思い出を反芻しようと努力した。去年の夏、東北に旅行した。魚津から長岡へかけて、単調な海岸線に沿って走る列車の窓から見た日本海の黒々とした色を思い返した。時刻はちょうど夜明け前の頃あいで、ほんのりと白みかけた空の下に、まだ夜の闇にとざされているかに見える暗い海が印象的だった。水なんて感じはしなかったな。どっしりとしずまり返っている得体の知れない何か。日本海を見てそんな気がした。海についていえば、ぼくは南国の明るい平和な海しか知らない。草色の暖かそうな海。重々しくどよめいている北陸の海を見て、ぼくはなんだか恐ろしくなった。世の中にはぼくが見たことも聞いたこともない恐ろしいものが、まだうんとこさあると思い知らされたってわけだ。

そして秋田県に入って列車が追分とかいう駅でとまったとき、プラットホームにかたまってたたずんでいた女高生たち、だれも雪のように白い肌をしていて……いけない、また麻生明子のことを思い出した。ぼくはスタンドをつけ、数Ⅱの教科書を開いた。第一ページから読み始めた。どうしてこれに気づかなかったのだろう。てきめんにねむたくなった。ぼくは眠ったと思う。夢を見たのだから。その夢がいけなかった。名画劇場の切符売り場の前にぼくは立っていた。名画劇場といえば聞こえはいいが、ただのポルノ専門館なのだ。そこは通学路にも当たっていないし、書店など多いアーケード街の裏通りに位置しているので、散歩のとき以外はめったに前を通ったことなどない、しかし、郵便局からは目と鼻の先にあるせいで、どうかすると小包など出したついでに前を通ることがある。おきまりのポスターやらスティル写真やらがれいれいしく張り出してあり、見るまいとしても目にはいる。いうまでもなく高校生は立入禁止だが、皮ジャンパーにサングラスという格好でこっそり見に行った荒巻の話ではすごいしろものなんだそうだ――。もう、おまえ、何ていったらいいか、といって首を振る。

しかし、ぼくはかりに許可になったところで見に出かける気はない。ポスターを見ただけで気が滅入ってしまう。男優も女優も出演するのは金が欲しいからに決まっている。金を手に入れるためには人間どんなことでもしなければならない。その例がポスターのあられもない絵になって街頭に張り出されていると思えば、生つばをのみこむ前に人間だなあと思うことになって、暗い気持ちにもなるってわけ。

何の話をしたんだろう。

そうだ、夢を見たところだった。ポルノ館の入口で切符を買ってはいろうとしたら、中から校長が出てくるのとぶつかって目がさめたのだった。校長ではなくて、教頭先生だったような気もする。はっきりしない。日ごろ見たいと思ってはいないのに、夢の中で切符を買うのは、潜在意識の底では見ることを願っていたのだろうか。くだらない。寝る前に食べた即席ラーメンが腹にもたれたせいで、こんな愚にもつかない夢を見たのだと思う。

2

ぼくはランニングシューズをはいて戸外にとび出した。

朝の空気はしぼりたての牛乳のようにうまかった。新聞配達人の姿もまだ路上には見えない。日の出の空は暗い。ぼくは走った。

肺のすみずみまでサイダーのようなかぐわしい大気が流れこむかと思われた。ついに解けなかった数Ⅱの問題も、化学の計算も、今となってみれば取るに足りないことであるように感じられた。公園橋を右岸に渡り左に折れて大股に駆けた。ぼくはたったいま目覚めた赤ん坊のように上機嫌だった。体の内に溢れて手足にみなぎるバネのような力を、ぼくは思う存分たのしんだ。

城址のある森から吹いてくるそよ風はむせ返るような青葉の香りを含んでいた。すぐ傍を流れる川は明けてゆく空を映して刃金色に光った。麻生明子のことや寺田のことを考えてよういに寝つかれなかった夜が嘘のようだ。ぼくの体内では音をたてて血が泡立ちめぐっている。幸福だ、とぼくは思った。

川沿いの道を右へ折れて伊佐高の裏門へ駆け抜け、市立体育館を横目に見て天祐寺の方へ向かった。走りながらぼくは右腕をぐるぐると水車のように振りまわした。左腕もそうした。風がぼくを包み、ぼくの周囲で渦を巻いて後ろへ流れ去った。ぼくは風を受けとめる楯であり、風をはらむ帆であった。ぼくは獣だった。自分の五体にきりもなく湧き出る力を思い通りに使うことが嬉しくてならなかった。ぼくは休まなかった。

天祐寺の坂道を一気に駆けあがると、小学校のある台地を左に見てバイパスを目ざした。つゆ晴れの空が頭上に広がっており、丘の高みで東に目をやると黄金色の朝日が町に最初の光を投げかけたところだ。野犬がぼくに吠えかけた。ぼくはそいつを思いきり蹴とばしてやった。

——山口さんてどんなひと?

と麻生明子は寺田にたずねたのだそうだ。

——うん、あいつはちょっぴり変わったやつなんだ、というのが寺田の答えだったそうな。

「まえだ」でコーヒーをすすりながらかわした話がぼくのことだとは。

——おれが変わってるって?

ぼくは意外だった。自分ではこれ以上、平凡な学生でありえないほどに平凡だと思っているのだ。かといって二人の会話の内容を根掘り葉掘りきくのはためらわれた。で、さりげないふうを装ってそうたずねた。

——そうさ、おまえ、変わっているよ。夏休みの補習をさぼって一人で東北旅行に出かけたり、期末試験が明日から始まるという日に公園の大楠によじ登って木の上で徹夜したり、そうかと思えば有明海を泳いで渡ろうとしたり、それで変わっているといわなければどうかしているよ。

と寺田はいった。

ぼくは黙っていた。木登りがそんなに珍しいのか。だれでもすることじゃないか。公園の頂上は城址で、そこに樹齢千年とかいわれる楠の巨木がそびえている。試験勉強で頭に血がのぼったのを冷やすために何となく高い所へあがってみたくなっただけのことだ。四方に張り出した枝のいちばん下を目標に登り出したのだが、樹肌は凹凸があって予想したより楽だった。もう少しもう少しと思ううちてっぺん近くまで登りつめ、ちょうど身をおちつけるのにぴったりの木の股があったのでそこにまたがった。涼しい夜風に吹かれていると期末試験なんかどうでも良くなった。目の下に伊佐の市街地が見え、散らばった光の点がきれいだった。徹夜したなんていうのは嘘だ。一時間ばかり木にもたれてウトウトしてから下に降りた。登るより降りるのが難しいのにはいささか閉口したね。夜ではあるし、登るときには星明かりで手がかりもつかめたけれど、降りにかかると下界はコールタールを溶かしたような闇で、いつ足を踏みはずしてころげ落ちるかと、あれでも冷や汗をかいたものだ。

ようやく根元にたどりついてひと息いれていると、いきなり懐中電燈で照らし出されてとびあがるほどびっくりした。警官に不審訊問されたのはあの晩が初めてだ。なぜ真夜中に木登りなんかしたんだと警官はしつこくたずねた。どう答えても納得できないようだった。ぼくとしてはただそこに木があるからとしかいいようがないじゃないか。試験勉強で疲れた頭を冷やすためだなんて、もっともらしいことをいうのははずかしい。おせっかいな警官は学校に報告したらしい。登校したらぼくは野口先生にがっちり絞られた。万一、枝が折れでもしたらどうする、怪我ですめばいいが、あんなに高い所から落ちるとてきめん命を失うことになると、さんざんだった。叱られたのにこりて二度と登るまいとぼくは決心したなんてのは嘘だ。口では先生に登らないと約束したけれど、木の上で風に吹かれて町を見おろしたときのぞくぞくするほどいい気持ちを忘れられるものじゃない。

有明海横断についていえば、ほんのでき心だったのだ。期末の成績がパッとしなかったので、気ばらしに島原半島を歩いて一周することを思い立った。あちこちでスケッチしながら、疲れたらヒッチハイクをして西まわりにコースをとった。

土曜日、学校がひけるのもそうそうにスケッチブック一冊だけを持って家を出た。そのときは泳ぐことなんかまったく念頭にありはしなかったのだが、半島の西端、口ノ津という町にたどりついた夕方、灯をともした連絡船が対岸の天草へ向かって汽笛を鳴らしながら出港するのを目にしたとたん、ぼくは矢も楯もたまらなくなった。天草は石を投げればとどきそうな近さなのだ。実際は船で二十分というから、石を投げてとどく距離ではないのだが、夕暮の濃い藍がうねる海とその向こうに青くかすむ陸地を見るともうぼくはたまらなくなった。

しかし、いくらなんでも港の桟橋から飛びこむわけにはいかないから、口ノ津より東の方へ一キロあまり歩いて人けのない海岸で服を脱ぎベルトでスケッチブックと一緒にくくった。対岸で一泊して翌日は連絡船でこちらに戻るつもりだった。服は防水したナップザックに入れてその輪を首にかけて泳ぎながら曳いて行くことにした。天草まで何キロあるか知らないが、こう見えても水泳にかけては自信がある。ドーヴァー海峡を泳いで渡る連中もいる。あそこの海流はずっと速いだろうし、英仏間の距離はくらべものにならないほど遠いだろう。ドーヴァー横断が可能で、天草灘横断が不可能ということはありえない、とまあそのときのぼくは考えたってわけだ。

海水は生ぬるくていい気持ちだった。潮流も思ったほどではなかった。ぼくは力をセーヴして平泳ぎでゆっくりと水を掻いた。天草は目の前に見えるから、方角を間違える心配はない。いくらか押し流されるにしても外海まで持っていかれるなんてことはあるまいとタカをくくったのだ。

しかし、海岸を離れたか離れないうちに水がぐんと冷たくなり、体が冷えた。こんなはずではなかった。ぼくは少しばかり慌てたね。振り返ってみると口ノ津の陸地はまだすぐそこで、ずいぶん泳いだつもりなのにちっとも行程ははかどっていない。水の力だって意外に強かった。目標にした天草の陸地にそびえる山がいつのまにか左にずれている。ぼくは西の方に潮流で流されていたのだ。しかし、せっかく横断しようと海に入ったのに引き返すのはしゃくだった。泳いでゆけばいつかは天草にたどりつくだろう。ぼくはけんめいに水を掻き水を蹴った。体がしびれてきた。手足が思うように動かない。

天草は近づくどころかかえって遠ざかってゆくようだ。ぼくはしこたま水を飲んだ。体が石のように重くなり、頭を水の上に出しておくのも並たいていのことではなかった。

——今頃、あいつは……。

浮き沈みしながらぼくが考えていたのは、そのときの状況とは何の関係もないことだった。寺田英男が学校でいった言葉を思い出したのだ。（夕方、麻生と紫芳堂で会うことになっているんだ。ケーキぐらい奮発しなくっちゃ）。ケーキでもアイスクリームでも気のすむまでおごるがいいだろう。授業ちゅう寺田はそわそわして、先生に当てられても的はずれの返事ばかりしてたっけ。アップアップしながらぼくは洋菓子屋の二階にある喫茶店で向かいあっているにちがいない二人のことを考えていた。溺れるなんて夢にも思いはしなかった。そして結局、ぼくは溺れなかった。遠目の利く漁師が口ノ津の海岸で波間に見えかくれするぼくの頭を発見し、小舟を出して助けに来てくれたわけだ。余計なことをする漁師もいたもんだ。これで天草灘を横切る企てはあっけなくふいになった。ほうっておけばぼくは天草のどこかに泳ぎついていたことだろう。負けおしみなんかじゃない。

ぼくは駆けつけたおやじにこっぴどく油を絞られた。大学受験を控えて万一のことでもあればどうのこうのというつものせりふだ。大人というのはなぜあらゆる場合に紋切り型の言葉しか持ち合わせていないのだろう。卒業式、入学式、朝礼その他なにかの儀式で壇上から一席ぶつお偉方の文句は新聞の社説みたいに退屈だ。儀式用の例文を一ダースばかり覚えていたらそれで十分なのかもしれない。ぼくは毛布にくるまってガタガタふるえながらおやじの愚痴を聞き流し、寺田がどんなケーキを麻生明子におごったろうかと考えていた。モンブランか、アップルパイか。寺田はカーペンターズの新曲LPを買ったとかで、今月は懐がさびしいとかこぼしていた。おおかた文庫本をひと山、駅前の古本屋へ運んで行って売り払いでもしたのだろう。その晩はさんざんだった。助けられなかったら夜っぴて海で泳ぎ、寺田たちのことなんか考えずにすんだのに、うす汚ない宿屋の二階でノミに喰われながらまんじりともせず紫芳堂の二人を思い浮かべるハメになったのだから。

3

ぼくはバイパスに出ると速度をおとさずに東へ向かって駆けた。

朝日は正面に昇った。

ぼくは朝日に包まれて全身が燃えあがるかと感じた。排気ガスの匂いも露にぬれた草の匂いもみんな良かった。漁師が余計なことをしてくれたなんていってたのはやはり負けおしみだ。あのとき小舟を出してぼくを助けてくれなかったら、間違いなくぼくは土左衛門になっていただろう。朝の光を全身に浴びてバイパスで牛乳配達の自転車と競争することもできない。大根おろしの味のする大気を肺の奥まで吸いこむことなんかできっこない。

生きるということはぼくの場合、人っ子ひとりいない早朝の道を走ることだ。今はただそれだけだ。夜っぴてぼくの皮膚にまつわりついたあのべたべたとしたもの、ぼくを胸苦しくさせ、ぼくを息づまらせ、寝苦しくしたすべてのおぞましいものは、朝の光に照らされた草露のようにあとかたなく消えてしまった。

ぼくは空気を吸い、空気を吐いた。

バイパスを左にそれて、刑務所のある丘を駆け登った。犬をつれて散歩する老人や、新聞配達の子供がちらほら見え出した。彼らにぼくはおはようといいたかった。夜ごとぼくを苦しめる夢魔のようなもの、ぼくを熱くして風呂場へ追いやり余儀なく体を洗わせるイヤらしいものを思いきり軽蔑してやってもいい気になった。

ぼくは赤煉瓦塀で囲まれた刑務所を横に見て上野町を過ぎた。汗が頬を伝わり顎からしたたり落ちるのがわかった。丘をまっすぐ走りくだれば、アーケードのある栄町へ出る。にぎやかな通りを避けて丘の途中で原口町の方へ曲がった。麻生明子のことも寺田英男のことも、今やどうでも良くなった。ぼくは一刻も早く自分の家に帰りついてシャワーを浴びることしか考えていなかった。

4

ぼくはあきれて二の句がつげなかった。

「まさか……」

「いや本当なんだ」

と寺田はくり返した。夏休みが始まった日の晩のことだ。彼が珍しくぼくの家へ遊びに来た。部屋でレコードを聴いたり雑誌を読んだりしながらしゃべった。寺田はこの一か月、毎日、麻生明子あてに手紙を出していると告白したのだ。ぼくはきき返した。

「一日も欠かさずにかい」

「ああ、日曜日もな」

「どんなことを書くんだ」

「そりゃあ書くことはあるとも。雨が降れば雨が降ったと書くし、晴れたら晴れたと書くし」

「おいおい」

「電話は酒場についてるだろ。あれを使うのはまずいよ」

「麻生はどんな返事をよこすんだ」

「よこさない」

「ときには向こうも書くだろう」

「書かない、一通も。おれはきょうまで四十五通出した」

寺田はやるせなさそうにためいきをついた。ぼくは笑い出した。毎日、学校で顔をあわせているくせに手紙を出すとは念の入ったことだといってやった。ぼくはいった。

「ちゃんと手紙はとどいているのだろう」

「もちろん、とどかなければ差出人のところへ戻ってくるはずだからな」

「麻生は学校でおまえに会うとき、手紙のことについて何かいわないのかい」

「いわない、妙な女だ」

「手紙を書くようなひまがよくあるもんだ。妙なのはおまえのほうじゃないのか」

「つきあうのはよせといいたいのか」

寺田は気色ばんだ。

「そんなことをいうつもりはないよ、おまえの勝手だよ。しかしな、返事が来ないからといっておれに泣き言を並べるのはよしてもらいたいね」

「うれしそうな顔をしてるぞ」

「うれしそうな顔か迷惑そうな顔か知らないが、おまえの情けない顔を見てると、おれまで気が滅入るのは確かだよ、何も麻生から私たちのおつきあいはこれまでにしましょうだなんていわれたわけでもないだろ。手紙を書かないでくれといわれたのでもあるまい。返事がなくったっておまえが書きたければせっせと書くがいいさ」

「書くとも、こうなれば意地で書いてやる」

「ご苦労さま」

「おまえ、いつからそんなに口が悪くなったんだ」

「コーヒーをもう一杯どうだ」

とぼくはいった。寺田は首を横に振って、眠れなくなるからと断わった。ひと晩くらい眠れなくてもいいじゃないか、夜明けにマラソンをするのもいいもんだ、とよっぽどすすめてみたかった。

「あいつな……」

しばらく黙りこんでいた寺田が口を開いた。麻生明子には好きな男がいるのではなかろうかという。ぼくは答えた。

「ありそうなことだな」

「だれだ、そいつは」

「正気かい、おい。そんな可能性もあるというだけのことだよ。それがだれだっておれの知ったことじゃないだろう。いい加減にしてくれ」

「久保田か」

「おまえは本当に今夜はどうかしているぞ」

「荒巻ではないだろうな、あいつは一時、新川良子に狂っていたし」

「今も狂っているよ」

「外を歩いてみないか」

ぼくは寺田を戸外に誘った。七月の夜でも午後十一時ともなれば空気はやや冷えている。彼の頭を涼しい風にさらす必要があるように思われた。二人そろって公園橋の上にたたずんだ。城址の森から湿っぽい風が吹いて来た。いつもは肌に心地良い夜の風が、今夜は少しも良くなかった。台風の前ぶれを思わせるじっとりと熱い風だ。

橋の手すりにもたれて風に吹かれている人影があちこちに見えた。麻生明子がいない人生なんて考えられない、と寺田はまた安っぽいテレビドラマで使われるようなせりふを口にした。夜気が涼しかろうと生ぬるかろうと彼はどうでもいいらしかった。

ぼくはガタ落ちに落ちた期末試験の成績のことを考えた。寺田も五十番ほど転落している。橋の上で湿っぽい風に吹かれているのは手に手を取って成績の下がった同士だ。——きみ、大学へ進む気があるのですか、と野口先生はバカていねいな口調でぼくにたずねたっけ。

ぼくは寺田を家まで送って行った。そのあと一人で自分のうちへ戻った。昔なら寺田はまたぼくの家までついて来るといってきかなかったものだ。

そういうことはこれから二度とないだろうことを思えば寂しかった。

あなたが好きよ

1

けさ、ぼくは家にじっとしていることができなかった。

目ざめたのは七時。これはぼくとしては画期的な時刻なんだ。夏休みに入ってからは毎日、午前二時か三時まで、自分の部屋で机にしがみついているから、起きるのはたいてい午前十時ごろになる。机にしがみついているといえば聞こえがいいけれども、なんのことはない。レコードをかけたり、SFを読んだりでおふくろが信じているように勉強に熱中してるわけじゃない。

しなければならないことが山ほどあるということは、別の言葉でいえば、何も手につかないということでもある。そうではないだろうか。九月になれば提出すべきものとして、化学のリポート、数I数IIのプリント、和文英訳と英文和訳のプリント、豆単はMのページからTのページまで暗記しなければならず、古文は助動詞の活用と助詞の用法を表に書き、文学史の年表をこさえることになっている。それから、いや、よそう。思い出しただけで頭が痛くなる。

夏休みの補習はおとといまで続いた。さすがに二年生ともなればすっぽかすわけにはいかない。去年は補習に出ると、おふくろをだましてもらった教材費を東北旅行の費用にあてて、あとで目から火が出るように叱られたっけ。覚悟の上だからおやじの小言を黙って傾聴するふりをしていた。

（おかねで買えないもの、それは経験です）というのは、たしかパンナムのCMだったと思う。でも、旅行の思い出を手に入れるにはおかねが要る。そのおかねを手に入れるには多少のお小言も我慢しなければならない。だれが何といおうと、ぼくには東北を旅したという経験が自分のものになって残っている。補習に出るよりずっとましなことだ、とぼくは思ったのだが、荒巻や寺田にいわせると、高校時代は旅の誘惑や、女の子とつきあいたいなどというつまらない願望はしりぞけて受験勉強にうちこむべきだ、ということになる。大学に合格すれば好きなことは何でもできる、と荒巻はこっそりと旅仕度をしているぼくを止めた。

そんなことくらいわかってるさ。ぼくはただ遠くへ行ってみたかっただけだ。しかも、たった今。大学に入ってからでは遅すぎる。

ところで、今年の夏は、一日も休まずに登校した。英語のクラスは麻生明子といっしょになる。ぼくの席から麻生の姿をまぢかに見ることができる。発音がいいので、教材に使っているモームの「サミング・アップ」を先生にあてられて朗読するのは麻生の役目だ。うっとりと聞きほれてしまう。まるで音楽だ。アメリカ人は、日本人のしゃべる英語をバカにして、ジャップリッシュというのだそうだ。RとLの区別がつかず、FやらVの発音も下手だとそういうことになるのかもしれない。発声法からして日本語と英語はまるっきり違うのだから、バカにされても仕方がない。おたがい外国語はむずかしいのさ。われわれのしゃべる英語を笑う外人だって日本語をうまく話しているのかね、とぼくはいいたい。

麻生の発音は、だれに教わったか知らないが、TVの英語講座にも出演できるほどに申し分ない。ぼくがせっせと補習に出るのも、もとはといえば麻生のきれいな英語を耳にしたいからだった。正直に白状すればだよ。寺田にしても同じにきまってる。彼は今も毎日、麻生に手紙を書き送っているだろうか。先日、そのことを彼から打ちあけられて以来、ぼくらが会ったのは二、三回だ。

別にけんかをしたわけじゃない。ただ何となくそうなっている。

麻生に手紙を書くことについて、ぼくが深い共感を示し励ましの言葉を与えなかったことを寺田はうらんでいるのだろうか。寺田の妹、日実子がいつぞや高城公園のベンチでぼんやりしているぼくに話しかけたことがあった。

（兄がこのごろ大変なの）と日実子はいった。（ご飯を五杯も食べていたのに一杯がせいぜいなの。毎晩、部屋にこもりきりで……）

ぼくは日実子がいつそばに来たのか知らなかった。夕方はたいてい公園にいると知ってたので来たのだ、と日実子はいった。

（返事はあいかわらずくれないのかい）とぼくはきいた。

（ええ、一度も）日実子はためいきをついた。

（いいかげんにやめればいいのに）

（学校から帰ってくると、自分に手紙は来てないかというのが兄の口癖なの）

（そのうち書くことがなくなるさ）

（文彦さんにお願いがあるの。兄にあんなことやめさせてもらえないかしら）

（それはどうかなあ）

（返事を書かないってことで麻生さんは自分の気持ちをあらわしてると思うわ。兄はどうしてそれがわからないのかしらね）

（男ってそんなもんだよ）とぼくは四十歳にでもなったわけ知りの大人のような口をきいた。

（麻生さんとしても、兄に向かって手紙なんかやめてくれというのは可哀想でいいにくいんじゃない？　でも、このままほうっておけば、兄は勉強も手につかず体も悪くしてしまいそうなの）

（きみが彼にいってみればどうだい、諦めろって）

（あたしのいうことなんか兄が聞くもんですか）日実子はゆううつそうに首を振った。

城址のある小山の上に太陽は傾きつつあった。楠の木洩れ日が日実子の白い顔にちらちら動いていた。そういうことがあった。

2

この朝、伊佐高の美術部室へ行ってみる気になったのは、画架にかけっぱなしの白いキャンヴァスが気になったのだ。

麻生明子を椅子にかけさせて部員一同が肖像画をめいめい制作しようとした。寺田は四十号の大作をもうすぐ描きあげるところだし、荒巻は水彩で五、六点を仕上げている。他の連中もそれぞれ油絵や水彩画で麻生を描いている。それなのにぼくときたら水彩どころかデッサンさえただの一枚も完成していない。〃早描き山口〃といわれるほど筆の速いぼくが、麻生明子を前にすると妙に指が動かず、コンテで線を引いては消して、いっこうにはかどらない。

今までに破いたケント紙は何枚あることだろう。どのデッサンも気に入らず、途中でばりばりと引き裂いてしまう。どのデッサンもモデルの本当の姿をつかんでいないような気がするのだ。いや、本当の話。こんなことは今までに一度もありはしなかった。自分でもわけがわからない。いらいらするばかり。夏休みが終わるまでに、せめて一枚はデッサンを完成したいと思った。モデルなんか要らない。麻生の姿や顔かたちは目にやきついてるから見ないでも描けるのだ。

新学期に入ると、課外授業や模試やらで、どうせゆっくりとクラブ活動に時間をさくことなんか思いもよらない。描くとすれば夏休みのあいだだけだ。

で、ぼくは思い立つと家にじっとしていられなくなり、朝食もそこそこにとび出したってわけだ。露にぬれた校庭の青草を踏んで歩くのはいい気持ちだった。ちっともはかどっていない宿題や、急降下した模試の成績のことも、朝日に輝く木々の緑を目にすると、どうでもいいことのような気になってくる。

きょうは部室にはだれもいないはずだ。荒巻は長崎の予備校へ行ってる。寺田はたぶん青い顔をして唸りながら家で手紙を書いてるだろう。他の連中もすることは似たりよったりだ。そう思って部室のドアをあけたとき、ぼくに背を向けて麻生明子が椅子にかけてるのを見てびっくりした。部屋をまちがえたんじゃないかと思ったくらいだ。

麻生も驚いたらしい。

椅子から立ちあがって、「かってに入りこんで悪かったかしら」といった。そんなことはない、とぼくはいってやった。寺田はいなかった。部室には麻生ひとりきり、いや、麻生とぼくの二人きりだった。

「テニスの練習に来たの。そのあとで何となく自分の絵を見たくなって」

「あ、そう」

とぼくは天皇陛下みたいにぎごちなく相槌を打った。白いシャツにショートパンツという麻生の身なりがまぶしい感じだ。麻生をモデルにして部員の描いた水彩画や油絵が壁にならんでいる。麻生は今までそれらを眺めていたのだ。

「みんなのよく描けてるわ。あたしじゃないみたい」

「モデルがいいからね。描く張りあいがあるってもんだ」

「このうちどれか頼んだらゆずってもらえるかしら」麻生は、水彩画の一つを指した。荒巻の描いた肖像画だ。お安いご用だ、とぼくはいった。

「部屋にかけるんならこっちのほうがいいのじゃないかな」

ぼくは寺田の描いたでかい油絵を指した。麻生はちらりとそれを見て窓の外に目をやった。

「自分の部屋に飾るんじゃないわ。父に送ってやるの」

いってしまってから麻生は、はっとしたように口をつぐんだ。聞いてはならないことを聞いてしまったような気がして、ぼくもばつが悪かった。麻生のおやじさんが生きてどこかにいるってのは初耳だったのだ。今のおふくろさんと別れたのはどうしてだろう。何か事情があるに違いないが、そこまできくのははばかられた。

「これは力作だよ。寺田のものでも一番傑作じゃないかな」

とぼくは寺田の油絵にこだわった。そうなんだ。他のデッサンや水彩画よりも寺田の絵は麻生の特徴をよくとらえている。白鳥のようにすんなりとのびた首筋をしっかりとした線で描いてるし、その首が支えた卵形の頭は、まぎれもなく麻生のものだ。つまりこういうことだ。荒巻の描いたのは、モデルに似ているただの女の子にすぎないのに、寺田の描いたのは正真正銘、他に二人といない麻生明子の肖像なのだ。

この絵を描くときに示した寺田のうちこみ方はすごかった。モデルをみつめる目の光がいつもとは違っていた。

「山口さんのは……」

くるりと振りむいて麻生はぼくと向かいあった。麻生のすぐ後ろで寺田の絵を眺めていたぼくは、いきなり目の前に正面きって向かいあった麻生を見てどぎまぎした。

ぎごちなく後すざりしたぼくは、

「まだ一枚も描いていない」

といった。

「なぜ、なぜ描かないの」

と麻生はたたみかけるようにきいた。

「なぜって、そりゃあぼくが寺田みたいにうまくないからさ」

「下手でもいいわ。山口さんに描いてもらいたいの」

「寺田のこと、どう思ってるんだい。あいつ苦しんでるのに、返事くらいくれてやってもいいと思うんだがな」

ぼくは画板に新しいケント紙を鋲でとめた。麻生は椅子にかけた。窓の外に目をやって口をつぐんでいる。蟬のなき声がにわかに高まり、息苦しく感じられた。こんなのは苦手だ。女の子と二人だけで、せまい部屋で向かいあっている。ありふれた状況でも、その女が麻生明子だとぼくはどうすればいいかわからない。何をいったらいいのかわからない。とんでもないことを、自分の意に反して口にしそうな気さえする。こんなのは苦手だ。部室に来るのじゃなかった。きょうは一人で麻生の肖像画を描くつもりだった。モデルが前にいると、あまりになまなましいような感じで、デッサンなんかうまくいかないのだ。

「荒巻の絵を持ってゆけばいい。やつにはぼくからいっとくよ」

「あたしを今、描きたくないの」

麻生は光る目でぼくをみつめた。ぼくは咽喉がからからに干あがるように感じた。

「描きたいさ。でも描けないんだ」

「どうして。他の人はたくさん描いてるのに」

「どうしてかわからない。描いても自分の線が気に入らないんだ」

「いまモデルになってあげる」

「だめだったら……」

そのとき、ドアがあいた。寺田の目がぼくたちの目とぶつかった。

3

寺田は麻生を見つめ次にぼくを見つめた。しばらくのあいだ三人は何もいわなかった。蟬さえも一瞬、なりをひそめたようだ。先に口を開いたのは寺田だ。

「やあ……」

と低い声でつぶやいてぼくたちから目をそらし、「ここに置いてた本を読みたくなったもんだから取りに来たんだ」といった。

「ちょうど良かった。おまえも麻生さんを描かないか。今度は水彩で描きたいっていってただろ」

とぼくは話しかけた。寺田は黙ってロッカーをあけたり、棚の上をかき回したりしている。「おかしいな、あの本はここに置いといたつもりなんだが」などと口の中でぶつぶついうだけだ。麻生明子も黙っている。椅子の上でじっと体をこわばらせて寺田の方をつとめて見ないようにしている。

「あった」

と寺田はいい、文庫本の「トニオ・クレーゲル」をまるめてポケットにつっこんだ。そのまま部屋を出て行こうとする。

「おい、待ってくれ」

とぼくは呼びとめた。寺田は肩ごしに振り返った。顔は青白くなり、目がつりあがって何ともすさまじい目つきだ。寺田がこんな表情になるのは一度もぼくは見たことがない。

「二人で来たんじゃない。かん違いしないでくれ。先に麻生さんが来てたんだ」

ぼくはそういう自分の声がうわずるのを感じた。つまらない弁解をしている、と内心では考えないでもなかったが、寺田に誤解されるのも厭だったのだ。こういう場合にどうすればいいか、だれも教えてはくれない。もちろん学校でもこんりんざい教えはしない。寺田はいった。

「おまえに貸しといたジョン・デンバーのＬＰな、あとで日実子をよこすから返してくれ」

ぼくが返事をしないうちに寺田はドアをしめた。廊下を遠ざかって行く寺田の足音が聞こえた。ぼくは画板に張った白いケント紙をみつめていた。寺田のバカ野郎、かん違いしやがって……。あいつはぼくが麻生を美術部室にひっぱりこんで二人きりでむつまじく話し合ってると思いこんだのだ。きっとそうだ。こういうイザコザはぼくとしてもまっぴらだ。

「出てってくれないか」

とぼくは麻生にたのんだ。

「出て行く？　あたしが……」

麻生はけげんそうにきき返した。

「出て行かないんならぼくが出て行く」

ぼくはコンテを紙箱にほうりこんだ。そのときになって気がついたのだが、コンテはぼくの手の中で握りしめられて三つに折れていた。

「あたしを描いてくれるのじゃなかったの」

と麻生はいった。

「せっかくだが、そういう気分になれないんだよ。じゃあ」

ぼくはドアに手をかけて何気なくもう一度、麻生に目をやった。意外なものを見出してぼくは足がすくんだ。麻生は上目づかいにぼくを見上げている。その口もとにうっすらと微笑がうかんでいる。何もかも見すかしているような表情だ。ぼくが麻生を好きだということを。寺田と同じくらい、いやもしかしたら寺田以上に麻生を好きだということを、自分は知っているのだといいたそうな微笑に見えた。

気がついてみたらぼくは校庭におりていた。膝がどうしたことかがくがくとふるえた。麻生が別れぎわに見せたあの微笑が、目にこびりついて離れない。なぜ、なぜ、ぼくは自分に問いかけた。今の今まで麻生の中でぼくなんかとるに足りない存在だと思いこんでいたのだ。

校庭のはずれまでふらふらと歩いて来て、部室を見上げた。窓ぎわに白いものが見えた。まっすぐぼくを見おろしている。それは片手を上げて振った。ぼくはまわりを見まわした。だれもいない。麻生が手を振ったのはぼくに向かってとしか考えられない。しかしぼくは金縛りにあったように手が動かなかった。足を引きずって家に帰った。みちみち、頭にうかんだのはモームの言葉だ。

「要約すれば《サミング・アップ》」の一節《くだり》である。

せんだってそこの件を麻生が読んで訳したのをぼくは覚えていた。こうだ。

（私は幾人かの人に愛着を感じてきた。それも深い愛着を）

ぼくは何人を愛したか。そりゃあ小学一年のときからクラスの女の子に好きなのが一人か二人かはいた。しかし、それが愛といえるかどうか自分でもぴんとこない。夜中に食べるインスタントラーメンが好きなていどに好きだっただけだ。今のように心の奥底まで相手に支配されるような他人に出会ったことはないと思う。かといってどうなる。寺田は麻生を好きなのだ。寺田はぼくの友達だ。あいつはぼくが自分の恋人を横取りしようとしていると思いこんでいるに違いない。ぼくはみぞおちに溶けた鉛を流しこまれたように感じた。

4

夕方、寺田日実子がやって来た。

ひるすぎにも訪ねて来たのだそうだ。ぼくはいったん帰宅してまたとび出し、城址のある公園へ登って頂上の大楠にいどんだ。明るいうちに登るのは初めてだ。枝から枝へだんだんよじ登って行くと、しだいに風がつめたく強く吹くのがわかった。てっぺんに近い、ある枝にまたがって、ぼくは眼下に広がる伊佐の市街を見渡した。

目の下には伊佐高がある。

広い校庭に点々と散らばる人影も見える。女の子はどれも麻生に似ているように思われ、男生徒は寺田のように感じられた。高校をとりまくように町並が続き、そのはずれ東の方には青々とした田圃《たんぼ》が有明海に接している。何もかも静かだった。蟬も鳥の声もここまではとどかなかった。聞こえてくるのは楠の枝をそよがせる風の音ばかり。汗まみれだった肌がみるみる爽やかになった。ぼくは木の幹に背をもたせかけて天を仰いだ。

天はまぶしかった。

天は広かった。

ぼくは目を細めてあお向いたまま空を眺めた。体重がなくなって枝からふわりと浮きあがりそうだ。金比羅岳の上にたった一つだけちっぽけな雲が浮かんでいる。そいつがマグネシウムのように輝きながらゆっくりと海の方へ流されてゆく。

どのくらい時間がたったか。

気がついてみると、なんだか身も心もからっぽになってしまったようで、自分がなぜ公園の大楠によじ登ったかわからなくなった。麻生明子がぼくに絵を描いてくれと頼んだだけのことじゃないか。ぼくは高い木の上でいくらか頭がひやされたのだろう。

それもあるけれど、広い天を見上げていると、たかが一人の女のために寺田のことをクヨクヨ思い悩むことが、なんだかバカらしく思われて来たのだ。ぼくが女友達や親友のことでどんなに悩んでも空は青く、広い。ぼくの屈託した気持ちにかかわりなく空には太陽が輝いている。このことに気がついたのは拾いものだ。楠によじ登った甲斐はあったわけだ。ほんのちょっぴり、ぼくは気が軽くなった。しかし、それも日実子と会うまでの話だ。

「レコードだろ。こっちから持って行こうと思ってたんだ」

「きょうは一体、何があったの」

ぼくは説明した。せめて日実子にだけはわかってもらいたかったのだ。妹の口から事の成り行きを聞けば、寺田も落ちつくだろう。

「なあんだ、そんなこと。つまらない。男の子ってどうしていつまでも赤ん坊なんでしょう」

と日実子はマセた口をきいた。一歳下でも兄がわがままな子供に見えるのだろう。ということはぼくにしても日実子の目にはそこいらのガキと変わらないということではないか。すると同じ齢の麻生明子にかかれば、寺田もぼくも、いけない、また麻生のことを考えた。なるべく考えないようにつとめているのだ。

「レコードのことといいのよ。ぜんぶ聴いてからでいいの、兄には適当にいっとくから。どうせ兄もレコードを今のところ聴ける状態じゃないんですもの」

借りていたのはジョン・デンバーの他にも何枚かのLPがあった。ジャック・ルーシェのプレイバッハ、オスカー・ピーターソン、初期のビートルズ、ついでに寺田が読めといって貸してくれたトルストイの「少年時代」とカミュの「異邦人」もLPの上に重ねた。考えてみれば、ぼくたちは音楽についても小説についても好みがぴったり合った。彼がおもしろいと思うのはぼくもおもしろいし、ぼくが興味を持つことにも寺田も興味を持った。寺田がぼくに貸してくれたものが一つ残らずぼくの部屋から消えてしまう。そのことに気づいてぼくは愕然とした。

「外へ出ようか」

ぼくは日実子を誘って戸外に出た。レコードと本を持たせて帰すのは気が進まなかった。借りた本などその持ち主が遊びに来たついでに持たせて帰すのは良くないことで、借りた当人が持って来るべきだ、というのが寺田の主義だった。ぼくたちは今までずっとおたがいにそうしてきていた。

部屋の中は風が入らず、蒸し暑かった。ぼくはレコードと本をわきにかかえ、日実子と肩を並べて歩いた。

「バカだわ、バカだわ」

と日実子はいった。

「そうなんだ、自分でもバカだと思ってる」

「ちがうの、兄のことバカだといってるのよ。本当にどうしようもないわ。麻生さんが兄を何とも思ってないことがなぜわからないのかしら」

「そこまでいうのはどうかな」

「あたしは女ですもの、女には女の気持ちがわかるの」日実子はしばらくしてまたいった。「学生のくせに勉強よりも手紙を書くのに熱心で、人の気持ちなんか考えようとしないのはバカよ、最低だわ」

「寺田は……」

「女の子ってガキみたいな男の子は好きになれないものなの」

ガキで悪かった、とあやうくぼくはいいそうになった。ぼくと寺田のどこが違うというのだ。違うというよりあらゆる点でぼくは寺田に一目おいている。絵もうまいし、本なんかぼくの何倍も読んでいる。ＳＦしか読まないぼくに、トルストイの「戦争と平和」を読ませたのは彼だ。文学というもののすばらしさ偉大さを教えてくれたのは寺田だ。ギターの弾き方を初歩から教えたのも彼だし、バッハの偉さを教えたのも彼だ。ぼくたちは二人でいると他に何も要らなかった。

それが今やこういうことになった。

ぼくは手に持ったレコードや本の重さに急に耐え難くなった。寺田はもうぼくに一枚のレコードも一冊の本も貸してくれないのだろうか。寺田と夜がふけるのも忘れてしゃべる機会は二度と訪れないのだろうか。まったくなんてことになったもんだ。何に対してというわけでもなく、ぼくは無性にはらがたった。そのため自分でも気がつかないうちに大股に歩き、日実子を後ろに置き去りにしてしまった。

「待って、そんなに急がないで」

日実子が追いついて来るまで、ぼくは立ち止まって待った。八月も終わりに近づいた今は、それに夜ともなれば空気が肌にひんやりと感じられる。道ばたにうずくまって線香花火をかざしている浴衣着の女の子がいた。ぼくは日実子を待つあいだ、花火が燃えるのを黙って見ていた。火薬の燃える匂いが鼻を刺した。夏が終わる、ふとそう思った。すぐ秋が来る。秋になれば……しかし、秋になったからといってどうなるというのだ。

日実子もぼくのそばで線香花火をみつめた。

女の子は五、六歳だったろうか。青白い光を放って燃えるとき、女の子の顔が花火に照り映えて、夢見るような表情になった。ぼくは花火よりその子の表情を美しいと思った。

日実子が何かいった。ぼくはきいた。

「え？　いま何かいった」

日実子は依然として花火に目をそそいでいる。

「麻生さんはあなたが好きよ」

「…………」

「でも、あたしも文彦さんが好きよ」

と日実子はいった。

沈黙の口づけ

1

「そういうわけなんだ」

とぼくはいった。

夜おそく、店をしめた永福軒で、ぼくはテーブルをはさんで永田さんと向かいあっていた。麻生明子と寺田英男のことをかいつまんで話した。打ち明けないではいられなかったのだ。とはいっても事が事だから話す相手は誰でもいいってもんじゃない。まっさきに思い浮かべたのは永田さんだった。この人なら話をよく聞いてくれそうな気がした。

で、ぼくはおふくろにそこまでちょいと散歩してくると告げて十一時すぎに家を出た。店はしめてあったけれど、永田さんはまだ起きていた。ＴＶの深夜映画を見ながらひとりで酒を飲んでいた。

「ふうん……」

と永田さんはいって薄切りにした皿の焼き豚をつまみ、ぽいと口にほうりこんだ。

「おれ、弱っちゃった」

とぼくは同じせりふを繰り返した。永田さんは空になったコップに酒をついでぼんやりとＴＶを眺めている。アメリカの古い戦争映画だ。ドイツの潜水艦とアメリカの駆逐艦が大西洋で相手を沈めようとやりあうしろもので、ぼくは前に見たことがあった。とてもじゃないが永田さんにつきあって映画を見る気分じゃなかった。それどころじゃないのだ。

「それでおしまいかね」

と永田さんはいった。ちょうど画面がコマーシャルに変わったときだ。ぼくはぎごちなくうなずいた。日実子のことはしゃべっていなかったから全部というわけではないが、この際、日実子がぼくを好きだといったことは除いていいと判断したのだ。麻生明子のこととは関係ない。

「おまえさんの話は聞いたよ。聞いたから帰って寝るんだな」

「寺田のやつ、本気で死ぬつもりだったんだ。ぼくはもしあいつが死んでたら人殺しということになる」

せんだって寺田は、走っている列車のデッキから飛び降りたのだった。線路の下は切り立った崖になっている。崖の下は渓流である。寺田のもくろみどおりにゆけば、彼はまちがいなく崖下の岩に叩きつけられて冷たくなるはずだった。

寺田がデッキから飛び出す直前、列車がカーブにさしかかってスピードを落とした。だからまっさかさまに転落するつもりだったのが、崖の縁に茂っていたやぶの中に落ちこんだってわけ。けがはかすり傷ていどですんだ。乗客はデッキから寺田がふり落とされたくらいにしか思わなかったろう。寺田は歩いて国道に出てバスで帰ったという。ぼくはこれを日実子の口から聞いた。両親には話さず、妹に本当のことをしゃべったのだ。

(おれなんか生きてる意味がない)と寺田は口走ったのだそうだ。(こんどやるときはドジは踏まない)とも凄んでいるという。とんでもないことだ。日実子が気をもむのも無理はない。たったひとりの兄だ。そして、ぼくにもたったひとりの友人だ。寺田に自殺されてはかなわない。

かといってぼくに何ができる?

ぼくが本当のことをしゃべっても、彼は信じはしない。日実子を通じてぼくがいわせたことさえ、てんから受けつけなかったのだから。今の彼は誰のいうことも耳に入らない状態なのだ。

「何もかも嘘だ」

と永田さんはいった。嘘じゃない、とぼくはいい返した。

「いや、おまえさんたちのことをいってるのじゃない、映画のことさ。見な」

永田さんはＴＶに顎をしゃくった。

「アメリカの駆逐艦は大戦ちゅうの型と違う。あれは戦後、そうだな五十年代に建造された新型だ。レーダーと砲塔のスタイルを見ればわかる。それからドイツのＵボートということになっているあれな、アメリカの潜水艦だよ。どうも感じが出ない」

そんなことはぼくにしてみればどうでもよかった。「永田さん、詳しいんだね」とおざなりに相槌を打った。「けれど、ぼくの話を聞いてくれてもいいじゃないか。死ぬか生きるかの問題なんだから」

「聞いたよ。聞いてうんざりした」

永田さんはコップの中身を口に入れた。

「生きるか死ぬかの問題だと？　ふん、笑わせる」

「どうしてだよ」ぼくは気色ばんだ。まじめに話をしたのだ。笑われる筋あいはない。

「おまえさん、十七だといったな。もう子供じゃない。女の子に目の色を変える気持ちはわからんでもないさ。それはいい。どうこういうつもりはない。しかしだな、それをわたしに話して、わたしがいい知恵をさずけてやれると思ってるのか。新聞の身の上相談を読んで笑わなかったことはないだろう。本人は大まじめでも傍から見ればバカバカしくて取りあっちゃいられない。そういうもんだよ。寺田が死にたがるのにそれを止めたいのかね。朝から晩まで彼についていていられるのか。死にたいやつは死なせるさ」

「そんな……」

「脚が疼く。どうやら台風が接近してるみたいだな」

永田さんは膝のあたり、義足の継ぎ目を手でさすった。雨が降る前は傷口が今でも痛むのだそうだ。ぼくは永田さんが片足を失ったわけを聞かせてくれと頼んだ。今まで何度もたずねたのに教えてくれなかったのだ。

「そうだな」

永田さんはちょっと考えこんだ。「よしておこう。若い人には退屈だ」といって調理場へ立ち、新しい酒壜を取って来てテーブルに置いた。ぼくは焼き豚をつまんで食べた。

「平和な時代っていいもんだ。女の子が手紙に返事をくれないことが死ぬ理由になるんだから。十七歳か。わたしの部下で十七になる水兵がいたよ。戦時ちゅうわたしは駆逐艦に乗ってた。ガダルカナル島といっても知るまいが、ニューギニアの東にあるソロモン諸島のひとつで、昭和十七年夏からそこをめぐる戦いが激しかった。いや、やっぱりよすことにしよう。戦争なんか興味ないはずだから」

「話してよ、聞いてるから」

「わたしは新米の海軍少尉だった。綾波という駆逐艦でね、ガダルカナル島の沖合でアメリカの軍艦四隻を向こうにまわして射ち合った。敵の飛行場を砲撃に行ったら相手も待ち構えてたってわけだ。四対一、おまけに向こうは駆逐艦のほかに戦艦やら巡洋艦やらわんさといた。こっちだって綾波だけじゃないが、そのときは分離行動をしていて味方の十三隻は別の海域を航行していたから、綾波はさしあたり一隻で四隻と交戦するハメになったんだ。もうメタメタに射たれたな。こっちだって黙ってやしない。射って射ちまくったさ」

「こわかったでしょう」

「こわいなんて思うゆとりもなかった。夢中だからな。綾波が一隻でやりあってるひまに味方はこっそり敵に近づくことができる。そこで死んでも犬死になんかじゃない。よくぞ男に生まれける、とまあそう思った。相手にとって不足はない」

「逃げればいいのに。どうせ不利だと初めからわかってたのなら」

「バカいっちゃいけない。見敵必戦というのが海軍のモットーなんだ。劣勢とわかってても戦いを挑む。で、われわれは突撃して沈められたわけだが、それまでに相手の三隻を海底に引きずりこんでやったよ。綾波に射ちこまれた砲弾は千発を越えていたと思う」

「そのとき脚をやられたんだね」

「気がついたら甲板は波に洗われてた。わたしは砲弾の破片を脚に受けて倒れたままだ。ボートなんか砲撃でやられて木っ葉みじんさね。おれも二十一歳で死ぬのかと波間に漂いながらぼんやりと考えてた。わたしを助けたのはKという海兵で同期だった少尉でね。海に浮かんでる木材を寄せ集めて、わたしの体を乗せ、ロープで縛りつけてくれた。六時間ほど漂流してから味方の駆逐艦に救助されたわけだ」

「片脚を切断されたままで?」

「いや、切ったのは病院だよ」

「そのKという少尉も救われたんだろうね」

「彼は救助された人員の中には入っていなかった」

「どうして」

「戦争ってそんなもんだよ。無傷の男が死んで、わたしのような負傷者が助けられたりする。たぶん潮流のせいで彼は遠くの海に流されたのだろう。フカに食われたのかもしれない。近くの島に漂着して餓死したとも考えられる。いずれにしても死んだのは確かだ」

「ぼくと同じ年の水兵がいたんだって。彼はどうしたの」

「沈みかけているとき、わたしの軍刀を取って来るといって艦内にはいって行くのを見たのが最期だ。彼も生存者の中にいなかった」

「取って来いと命令したの」

「するわけがないだろう。重傷も負ってるのに軍刀を持って泳げるとは思わなかった。わたしは艦と運命を共にするつもりだった」

「取りに行かなくてもよかったのに」

「と思うだろう。わたしはやっぱり後悔してるよ。こんな話を今の若い人に話してもわかってくれるはずがない」

永田さんは顔をしかめて膝のあたりをさすった。面白い話だった、とぼくはいった。

「どうだかな」

「でもおやじさん、そのKとかいう人や水兵が死んだからといって、結婚しないというのはおかしいよ。戦争だったんだもの、おやじさんが悪かったわけじゃないでしょう。独身を通してもその人たちが生き返りはしないと思うけれどな」

「みんなそういうよ。彼らは死に、わたしは生き残った。それが逆だった場合もあり得る。わたしが独り暮らしをしたところで、死んだ連中が喜びはしない」

「ならどうして当たり前の生活をしないのさ」

「どうしてかな。独り暮らしをする以外の生活がわたしには考えられないといえば答えになるだろうか。結局、わたしは自分でこうと決めた人生を選んだことになる」

淋しい人生だ、とぼくはいってやった。そろそろ腹が立ってきたのだ。三十何年も前に終わった戦争にまだこだわっているなんて不自然じゃないか。誰でも幸福な、とはいわないまでも当たり前の生活をする権利はある。

「淋しいだと？　とんでもない。彼らは今もわたしの中に生きてるよ。ちっとも淋しかないね」

ぼくは前から気になっていることをたずねてみた。どうでもいいことのような気がしたけれども、わけを知りたかった。永田さんが橋の手すりによりかからないのはなぜなのかと。脚が不自由なのだからそうして当然なのに、ぼくは一度も見たことがない。

「手すりだって……」

永田さんは苦笑した。「わざとそうしてるんじゃないが、海軍時代の癖が出るんだろう。軍艦の舷にはハンドレールがついている。それによりかからないようにやかましくいわれた。艦は揺れるものだから何かによりかかっていたら海に落ちてしまう。おまえさんにいわれて今もそうしていることに気がついたよ。若い時に躾られたことはいつまでも身につくものなんだなあ」

2

新学期が始まった。

寺田は何事もなかったような顔をして登校した。ぼくは懐かしさのあまり、思わず近寄って声をかけた。しばらく会わなかったけれど、どうしてたんだ、とまあそんな当たりさわりのない言葉を口にしたのだ。寺田はぷいと顔をそむけた。ぼくは慌てていった。

「おい」

「なんだよ、用があるんだったらさっさといえよ」

「おれが何をしたっていうんだ。おまえどうかしてるぞ」

「どうもしてやしないさ。だがな、日実子はおれの妹だということを忘れるな。夜に外へ連れ出して何のかのと甘い言葉で誘惑するのはやめてもらいたいな」

「おれが日実子さんを?」

「女にもてるという自信は結構だが、日実子にはおれがついてる。変なことをしたら承知しないぞ」

「さっぱりわけがわからない。レコードを取りに日実子さんをよこしたのはおまえのほうだろ」

始業のベルが鳴ったので、いいあいはそれきりになった。ぼくは寺田に話しかけたことをくやんだ。今の彼には何を話してもむだなのだ。自殺を企てるのは大なり小なり異常な心理だと本で読んだことがある。麻生明子に関して誤解するうえに今度は日実子に構うなときた。ぼくは内心うんざりすると同時にむしゃくしゃした。あの男を以前の親しい友人に戻す道はないのだろうか。男同士の友情をめちゃくちゃにするのは女だという言葉をどこかで聞いたことがある。今がまさしくそうだ。麻生が転校して来たのがそもそも事の始まりだったのだ。

そんなことばかり考えていたので先生の話なんか全然、耳にはいらなかった。こういう状態がいつまでも続くとすればやりきれない。あの晩、ぼくは永田さんからとうとうアテにしていた助言を引き出すことができなかった。助言を期待したのがまちがってたのかもしれない。

（これはわたしが選んだ生活だ。他人から何といわれようと変えるつもりはない）と永田さんはいった。（女友達のことで友人を失いかけているだと。わたしからどんな忠告を聞きたいのだ。せっかくだが何ともいえないな。つまりは個人的な問題だよ。おまえさんが自分で考えるんだな。わたしにいえることはそれだけだ）永田さんはそういってあくびをした。夜もだいぶ更けたのでぼくは家に帰った。

——よりかからないこと。

ベッドに横たわってぼくは自分にいいきかせた。船は波の荒い海上を航海する。たよりになるのは自分の脚しかないのだ。人生もそうだといえないだろうか。不安だからといってすがりつくものなんてありはしないのだ。するとぼくは永田さんから当面の悩みについて具体的なアドヴァイスは得られなかったにせよ、少なくともひとつは心の支えになるヒントのようなものを与えられたことになる。

3

放課後、ぼくは美術部室にいた。

窓敷居に肘をついてテニスコートを見おろしている。ぼくに背を向ける位置で、ラケットを振り回しているのは久保田啓介だ。相手は麻生明子である。テニス部の女生徒たちが七、八人、コートのはずれにある椋の木かげに腰をおろして、二人の対戦を見まもっている。男生徒の姿は見えない。一度でいいからお手合わせ願いたいものだ、というのが久保田の口癖だったから、当の麻生を向こうにまわして彼としても上機嫌にちがいない。おまけに女生徒たちの注目も浴びている。久保田がいやが上にも張り切らなかったらどうかしているのだ。

ぼくは秋の文化祭に出品するつもりの絵を描くために部室へ来たのだった。もちろん麻生明子の肖像画だ。どんなことがあってもこれを仕上げたい。ところが依然としてキャンヴァスは白いままだ。ケント紙にするデッサンは何度やり直したことだろう。寺田が描きあげた麻生の油絵は壁にかけられてぼくを見つめている。うまく描かれてはいるが、それは寺田の作品であってぼくの絵じゃない。ぼくは自分の目と手で麻生のポートレートを完成したいのだ。

久保田は見られていることを明らかに意識してプレイしていた。ボールを打ち返すフォームにもそれが現れている。手並みはまあ麻生よりちょいと上というところだろうか。春の高体連に伊佐高を代表して出場したこともあるのだ。つまり麻生もそんじょそこいらのプレーヤーと違ってかなりの腕ってわけだ。

「惜しいっ」

と久保田は叫んだ。麻生がミスしたのだ。キザな野郎め。ぼくは腹の中で舌打ちした。あいつはコーチを気取ってるのかもしれない。見ていると、久保田は麻生が打ち返しやすいようにサーヴしていることがわかった。まるでTVのCMに登場するプロみたいに派手なフォームでラケットをあやつりボールをさばいている。気取るチャンスをあいつは最大限に利用しているわけだ、とここまで考えてぼくは気がついた。おまえは久保田に嫉妬しているぞ。麻生とテニスをしている久保田に……。おまえだって麻生にボールをサーヴしたがっているんじゃないか。それができないから久保田のことをにがにがしく思ってるだけなんだ。

麻生はまた久保田のボールをミスした。

久保田はネットぎわへ駆けてゆき麻生を手で招いて何かしゃべっている。フォームがどうのと偉そうな、しかも友情あふれた口ぶりでコーチしてるんだろう。そのうち何と思ったか久保田は身をかがめてひょいとネットをくぐり抜け麻生のわきにより添った。ラケットを握る手に自分の手を重ねるようにしてフォームを矯正するふりをする。麻生はいちいち神妙にうなずきながら久保田の指示するままに体を動かした。

ぼくはそれ以上、二人がいちゃつくのを見ていられなかった。ほどほどにしろと連中にいってやりたかった。窓ぎわから離れて振り向くと、荒巻がテーブルに地図を広げて見入っているのに気づいた。ぼくはいった。

「おまえ、いつはいって来たんだ」

「おまえこそ何をぼんやりしてたんだ。声をかけても知らんふりをしてたじゃないか」

「多良岳に登るのかい」

荒巻が見ているのは県境にそびえる多良岳の地図だった。標高は千メートルあまり、ぼくは何度か登ったことがある。

「おれが登るんじゃない。山登りするひまがあれば家でマンガでも見てるよ。これは寺田が教室で見てたんだ。あいつ忘れて帰りやがった。おれは一度も行ったことはないから、どんな所かなっと思って眺めてるわけよ」

不吉な予感がした。ただ山登りするためならば地図なんか要らない。ぼくは寺田と多良岳に登ったのだ。今さら地図がなくては登れないということはあるまい。寺田はいつ多良岳に登るのだ、とぼくは荒巻にきいた。

「知らないよ、寺田にきいたらどうだい」

荒巻はのんびりとした表情で地図から顔を上げた。彼は寺田が列車から飛び降りたことを知らない。先生も同じだ。知っているのは家族とぼくだけ。何としても寺田の山登りを止めなければならない。しかし、どうやって……

ぼくは頭をかかえた。

寺田は山が好きだ。日本アルプスを踏破することが彼の夢だった。大学に合格したら山岳部にはいってヒマラヤに挑みたいともいっている。山好きの男というのはロマンチックなものだ。山で死ぬことが何かかっこいいことであるような錯覚まで抱いている。地図を調べたのは、登山者が歩かない山道を探していたのだろう。雷鳥が舞い、シャクナゲが茂る岩場で、霧に包まれて横たわるのは悪くない、と寺田は夢見るような顔でつぶやいたことがあった。去年の今頃のことであったと思う。ふるい懐かしい日々、今となって麻生明子が登場する以前の日々の出来事はすべて楽しかったように思われてくる。

「久保田のやつな……」

荒巻の声でぼくは我に返った。

「文化祭に麻生の写真を出品するんだって。カメラ雑誌のコンテストに応募して一席になったとかで鼻を高くしてるぞ」

「麻生をモデルにしてかい」

「一席に入選したのは七夕を撮ったしろものなんだそうだ」

「麻生はモデルになることをいやがってたはずだがな」

「女の気持ちは変わるものなんだ。しょっちゅうおだてられたらその気にもなるだろうよ」

「久保田がおだてたのか」

「決まってるさ、あいつのことだもの。押しの一手だとか何とかいって。女はああいう手合いには弱いんだろう」

「これ、寺田に持って行ってやる」

ぼくは地図を取りあげた。地図を口実にして寺田に会うつもりだったのだ。校舎を出てテニスコートの方に目をやった。二人はコートから消えていた。コートでラケットを振り回しているのは女生徒同士だ。久保田と麻生は椋の木かげに肩を並べて腰をおろして何やら話し合っている。麻生は顔をのけぞらせて笑った。二人ともこの上なく楽しそうに見えた。

4

夕方、ぼくは高城公園に日実子を呼び出した。妹に構うな、と寺田は釘をさしたけれども、そんなことを気にしていられない。

「今度の土曜日」

と日実子はいった。

「やっぱり登るのか」

「学校をひけたらバスで湯江まで行って轟の滝からは歩くんですって。日曜の夜には帰って来る予定というんだけれど」

「あいつ、まさか……」

「そうなの、あたしも万一のことがなければいいがって心配してるの」

実は兄の日記をこっそり読んだ、と日実子は打ち明けた。良くないことだと知ってはいても読まないではいられなかった、といった。

「昨晩、兄は麻生さんに会ってるの。天祐寺の境内で。……麻生さんは兄に……」

「昨晩、麻生さんが寺田と。いったいどういうわけなんだ」

ぼくは混乱した。返事ひとつよこさない女が、町はずれで寺田と会うなんて考えられなかった。天祐寺の境内は暗い。人通りもめったにない所だ。ぼくはきいた。

「寺田が麻生を誘ったのだろうか」

「あたしが麻生さんに頼んだの。一度でいいから会ってくれって。自殺しかけたことを告げて、麻生さんの気持ちをはっきり兄に語ってくれといったの。文彦さんのことで兄の誤解も解かせたかった。何もかも麻生さんが話してしまったら兄も気持ちが落ち着くのじゃないかと考えたの。あたしのしたことまちがってるかしら」

「いや、まちがってるとは思わない」

と答えてぼくは日実子を促した。日実子はいおうかいうまいかとためらっているように見えた。目を伏せてハンカチをたたんだり広げたりしている。

「天祐寺で何があったんだい」

たまりかねてぼくは問いただした。日実子は首筋まで赤くなっている。ぱっと顔を上げてぼくを見つめた。

「麻生さんは兄に、兄にキスしたんですって」

「……」

「日記に書いてあったの」

「じゃあ」

ぼくは咽喉がからからに干あがった感じだ。

「じゃあ何も心配することはないじゃないか。麻生さんは寺田が好きだったんだ。早くそういえば良かったのにな」

ぼくはベンチから腰を上げようとした。

「待って。問題はそんなに単純じゃないの。麻生さんは一言も口をきかなかった。兄も黙ってた。日記にちゃんと書いてあったわ。境内で二人は何も話し合わずに、ただ麻生さんがすっと寄って来て兄にキスして……」

日実子はハンカチをかたく握りしめた。

「……そして帰って行ったの。兄は日記に書いてたわ。生まれて初めて女の人と接吻したけれど、心のこもらないそれは、自分を絶望させただけだと。これではっきりと麻生さんが自分を好きじゃないことがわかった。それどころか自分に対する気持ちは軽蔑が半分、同情が半分だということも知ったって。この世は闇だ、と書いてたわ」

「そんな女性だとわかったら山登りする必要もないだろうに」

「麻生さんはただ面白がっているだけなのかもしれない、兄が苦しむのを見て。ひどい人」

女の気持ちなんてわからない、とぼくはいって溜息をついた。日実子の話を聞いて、ぼくは麻生明子を憎んだだろうか。そうではない、憎んで当たり前なのに、ぼくの麻生に対する気持ちはかえってつのる一方だ。のびのびとラケットを振り回していた麻生の姿態が、なまなましく目蓋の裏に甦えってくる。久保田と楽しそうに笑っていたあの顔、風になびいていた髪、白い歯。麻生は美術部室の窓からぼくが見物しているのを確かに知っていた。真正面なのだからぼくが見えないはずはない。ヘアーバンドがはずれて乱れた髪をうるさそうに払いのけるとき、ぼくを見上げたと思う。ミスしたボールを拾いに行って戻るときも、ちらりとぼくの方に目をやった。かすかに微笑したように思われた。窓からぼくが眺めていることを知っているのだと告げているように見えた。寺田に唇を与えておいて、その翌日、麻生は陽気に久保田とテニスができたのだ。

ぼくは胸が苦しくなった。

(男は十代の後半から二十代の初めにかけて、むずかしい関門のような所を通過することになってるんだよ)

とあの晩、永田さんはいった。(家族のこと、自分の体についての悩み、精神的な不安、学問、それに女性問題がある。時代が変わってもこのことは変わらない。難関を乗り越えることができるかどうか、ひとつの試練といってもいい。他人の手だすけなんか役に立つもんじゃないよ。自分で自分を勝利者にしなければ。それではないのかね)

(乗り越えられなかったら)とぼくはきいた。永田さんは答えた。

(そのときは仕方がないさ。彼は惨めな敗者というわけだ)

日実子はふいにぼくの腕をつかんだ。

「文彦さん、あたしお願いがあるの」

人生の真実

1

ぼくは見え隠れに寺田のあとを尾行した。

九月も秋分をすぎた今ともなれば日が傾くのは早い。道路は山の中腹をうねうねと曲がって続いている。寺田は一度も振り返らない。ぼくは土曜日の午後、さっさと下校して身支度をととのえ、バスで多良岳の登り口がある伊佐市の北東へ急いだ。日実子の話では、湯江というこの町から彼が登る心づもりであることを聞いてたんだ。時間はわからない。で、ぼくは先回りをして寺田が来るのをバス停の近くで待ってたわけだ。午後五時ごろ彼は姿を現した。寝袋は携帯していない。小さなナップザックを下げているきりだ。

寺田は八百屋でリンゴとパンを買った。ものかげに隠れてぼくは彼を見守っていた。

（兄と一緒に登って。どんなことをしてもいいから、兄がおかしなことをしたら止めてちょうだい）

と日実子はいった。（本当はあたしが行きたいのだけれど母が許さないの）ともいった。寺田に同行することは、彼が拒むに決まっている。あとを尾けること、それしかできない。さいわい、ぼくは多良岳に夜、登ったことがあった。自分のうちの庭とまではいえないにしても、大雨が降れば山道のどのあたりで崖が崩れるか、渓谷のどこにあけびがたくさんみのっているかぐらいは知っている。

それに女の子から（おねがい）などと頼まれて、いやだという男がいるだろうか。ぼくは二つ返事で引き受けた。

左側は切り立った山腹、右側は深い谷間でずっと下の方で岩を打つ水の音がする。谷間を隔てた向こうには勾配の急な山がせりあがっている。日は左右の山の稜線に残っているきりで、ぼくたちが辿っている道はすでに薄冷たい夕闇が溜まり始めた。寺田の白いシャツがずっと前方にぼんやりと見える。ぼくは一定の間隔をおいて尾行した。

（挑戦と応答……）

だしぬけに永田さんの言葉を思い出した。死にたい奴は死なせておけ、とせんだってぼくにつぶやいたあと語ったことだ。十代から二十代にかけて、人間はいろいろと危険な状況に立ち向かわなければならない。それが彼に対する挑戦だ。受けて立つ者は勝利者になる。立ち向かわずに逃げ回る者は敗者といわれても仕方がない。そんな意味のことを焼き豚をつまみながらしゃべってくれた。

（わたしの説とはいえないよ。半分はトインビーのいったことだがね）

トインビーというのは永田さんによればイギリスの偉い歴史家なんだそうだ。初めて聞く名前だが、いわれてみるとなるほどどと思う。しかし、トインビーは女友だちのことでゴタゴタをおこしたことはなかったのだろうか。高校生の時代にだ。好きになった女の子を親しい友人も愛していたなんてことは一度もなかったのだろうか。

寺田はわき目もふらずに歩いてゆく。

死にたい奴は死なせておけ、と永田さんはいったけれども、そんなことはできやしない。

（寺田の悩みは寺田のものだ。おまえさんが解決できる性質のものじゃない）なんて、他人事と思って気楽にいえたものだ。たしかに永田さんの言葉にも一理はあるのだが、ハイそうですか、といってぼくが引き下がるわけにはゆかないのだ。寺田は友だちだ。

そう自分にいい聞かせたとき同時にみぞおちのあたりが痛んだ。

麻生明子の白い顔が浮かんだ。久保田がカメラを持ってあれこれとポーズの注文をつけている。テニスコートをめまぐるしく動き回っていた麻生の肢体が今も目の裏に焼きついている。

なぜ、胸が痛むのか。

麻生なんてつまらない女だ、とぼくは何べん自分に納得させようとしたことか。あの女は自分をちやほやしてくれる男の子はだれでも手玉にとって楽しむのだ。麻生が寺田に向かって手紙を書くなと一言いえば、寺田は諦めていただろう。たぶん麻生は手紙をじっくりと読んで屑籠にほうりこみ、翌日はまた次の手紙を心待ちにしていたのだろう。

ぼくは麻生明子を憎んだ。あんな女……と軽蔑した。ぼくが苦しむ必要なんかどこにもありはしないと考えてみた。しかし、無駄だった。ぼくは麻生を憎み、麻生を愛した。あの女がもしこの世から消えてしまえば、ぼくはどうやって生きればいいだろう。寺田もおそらくぼくと同じ気持ちでいるわけだ。

前方を歩む白いシャツがだんだんぼやけてきた。闇が濃くなりかけており、どうかすると彼の姿を見失いそうだ。ぼくは気づかれないように足を速めて間隔をつめた。坂道は急になり、幅も狭くなった。

ふと、寺田は立ち止まった。

ぼくはあわてて路傍の草むらにしゃがんだ。見られたのだろうか。そんなはずはない。ぼくは灰青色のサファリコートを着ている。闇に溶けこんで目立たない色である。寺田は谷に突き出た岩の上に腰をおろした。ナップザックに手を入れて何かを取り出そうとしている。ここで夕食をとるつもりなのだ。ぼくも用意したサンドイッチをたいらげにかかった。ほっとしたあまり、いままで覚えなかった空腹感がにわかに強くなった。

暗くなると、山の空気はいちだんと冷たく感じられる。寺田はセーターを持ってきているのだろうか。もっとも山で死ぬつもりの男が夜の冷えこみを気にするはずがないといえばそれまでだが。

ぼくはサンドイッチをがつがつと食べた。

しきりに咽喉が渇いた。あわてて家をとび出したので水筒を忘れたのだ。谷川へ降りれば飲めるのだが、その間に寺田が歩き出したら困る。彼はとうの昔にパンとリンゴを食べ終わったはずなのに、まだ岩から腰を上げない。何を考えているのか。自分の膝頭にあごをのせてじっとしている。

風が樹木をゆすり、谷の水音もとどろくこのあたりでは、足音を聞きとられる心配はない。ぼくは木から木へ身を寄せて寺田の近くへ移った。道はあと一時間も歩けば岩石だらけの急坂にさしかかる。月が照っていてもその坂道はうっそうとした森を縫っているからよほど近くにいなければ見失ってしまう。ありがたいことに石ころの多い道は足音を消してくれる。ぼくはゴム底のズックをはいていた。

ぼくは木かげに身を寄せて、寺田をぬすみ見た。彼はぼくに横顔を見せて谷底をのぞきこんでいる。これまでついぞ見たことのない表情だ。からっぽで淋しそうで、何かに怯えているふうでもあり何かを待ち受けているようでもあった。寺田がというより、人間がこんな顔つきになるのを見たのは初めてだ。寺田がまるっきり別人のように感じられた。

ぼくは思わず木かげから飛び出そうとした。

彼をしっかり抱きしめて、あやまりたかった。ぼくは苦しんでいることを知っており、理解はしていたつもりでも、腹の底ではあいつをバカにしていたのではないのだろうか。麻生明子が寺田よりもぼくのほうに好意を抱いているらしいと考えてからは、寺田を内心では邪魔者あつかいにしていなかったとぼくにいえるだろうか。

彼がいなかったら、ぼくと麻生の間はもっとうまくゆくと、ほんのちょっぴり考えたことがあったのだ。ぼくは寺田のことなんか実はどうでもよかった。ぼくは他人が何といおうと麻生を自分だけのものにしたかった。久保田なぞぼくが蹴とばせば遠くへすっとんでいってしまうと信じていた。麻生を獲得することができたら、親友だろうとその妹だろうと要りはしない。

そんなに汚ない男だったんだ、ぼくは。

たとえ地獄に百回ついらくしても、麻生がいたら我慢できると思っていた。

寺田はぼくの本心を見抜いていたのかもしれない。察しのいい彼のことだ。ぼくが友情を口実にあれこれと彼を慰め、彼に弁解するのを、にがにがしく思っていたはずだ。列車から飛びおりるべきは、寺田ではなくてぼくのほうだった。

蒼ざめた寺田の横顔をぬすみ見て、ぼくは自分を責めた。気がついてみると、なまぬるいものがぼくの目から溢れ頬にしたたり落ちた。寺田を苦しめていたのは麻生じゃなくてぼくだったのだ。彼を死なせようとしたのもぼくだった。

2

彼はゆっくりと立ちあがった。

ひどく疲れているように見えた。足を引きずるようにして歩きだした。

ぼくは寺田の横顔をまぢかに見るまでは、タカをくくっていた。彼が死ぬなんて本気にしていなかったのだ。寝袋を用意していないのも、頂上近くには山小屋があるからそこに泊まれる。今はシーズンではないからガラあきのはずだ。一度、自殺しそこなった人間は続けてやらないと何かの本で読んだことがある。ぼくは甘くみていた。寺田の虚脱した表情はすべてを語った。それだけぼくは彼の苦しみをわかっていなかったのだ。

山小屋までは一本道だから迷うことはない。

しかし、途中で道をそれて森の中へ入りこんだら姿を見失ってしまう。自殺するとしても、どんな方法を選ぶのだろう。首をくくるのか。まさか。薬を使うのか。睡眠薬さえ手に入れるのは不可能なのに、毒薬を用意できるはずがない。一日一回は自殺を考えないのはバカだ、とある小説家がいっていた。世の中が狂ってる今はそういえるだろう。とはいいながら、その小説家は二回以上、自殺を考えるやつもバカだと付け加えている。

ぼくだってこの頃、漠然と自殺を夢想したことがある。あの世へ行っちまったら、すべての苦しみから解放され、さぞせいせいするに違いないと考えた。しかし、具体的な方法になると途方にくれる。首を吊るのはみっともない。ガソリンをかぶるのは、あれは熱すぎる。考えただけで汗をかく。腹を切るのは途中で痛さのあまり気が遠くなりそうだし、海に飛びこんだって泳げる以上は目的を達せられない。

結局、そこでハタと行きづまって、ぼくは自殺が模試でいい点をとるよりむずかしいことを認めざるを得なくなるのだった。生きることは厄介だが、死ぬこともたやすくない。

ぼくたちは森の中へ入った。

寺田の姿は見えなかった。ただ彼の鋲を打った登山靴が石を踏む音でその気配を察するだけだ。ひとかかえもありそうな杉の木の大木が道の両側にそびえている。風にざわめく枝葉が森をさわがしくした。山の夜は人が考えているほど静かじゃない。ぼくの不安な気持ちと同じように騒々しい物音でいっぱいだ。

道は胸をつく急坂になった。

ぼくは手探りで登った。

足をかけた岩がぐらつき、あやうくひっくり返りそうになって、ぼくは何度も声をあげそうになった。いつのまにか全身が汗でぐっしょりと濡れた。汗には冷や汗もまざっていたに決まっている。

ぼくはそうするうち寺田の靴音を耳にとらえておくより、山道を登ることのほうに気をとられた。どうかすれば石もろとも急坂をころげ落ちることになる。石は石をまきこみ、なだれのように滑り落ちるだろう。寺田が死ぬことより自分の安全に気を配らなければならない。

3

寺田の靴音が途絶えている。

ぼくはあわてた。

初めは彼が腰をおろしてひと休みしているのかと思った。しかし、そうであれば、いくら闇の中といっても彼の白いシャツは見える。森に入ってずいぶん時間がたっているから、目も暗さに慣れ、足もとの石やまぢかの立木なぞはぼんやりと識別できるようになっていた。寺田が消えている。ぼくが尾行していたことを知っていたのだろうか。

ぼくは喘いだ。心臓が緊張と疲れで肋骨を内から押し破りそうにふくれあがった。ついにたまりかねて、ぼくは叫んだ。

「寺田……」

ぼくは耳をすました。答えは返らない。聞こえるのは、むなしくざわめいている樹木のそよぎだけだ。

「おおい、寺田、どこにいるんだ」

声は森に吸いこまれ、こだまさえ届いてこない。ぼくは坂道を急いだ。道をそれて彼が森のどこかにひそんでいるとは考えられなかった。靴音をいったん消して、ぼくを安心させておき、こっそりと登ったのだろう。そういえば休憩が長すぎると不審に思ってからかなり時間が流れている。山道のどこかで彼がぼくに気づいたのは確かだ。

こうなれば是が非でも追いつかなければ。

石が崩れることなんか気にしてはいられない。ぼくは咽喉をぜいぜい喘がせながらほとんど四つんばいになって山道を急いだ。石を踏みはずして倒れ、いやというほど膝を打った。わき腹を岩角にしたたかぶつけて呼吸がとまりそうになったこともある。

ぼくはひたすら闇の底で道を急いだ。

寺田は尾行者がぼくだということを悟ったのだ。そうでなければ姿をくらましはしない。もしかしたら彼は、ぼくと麻生の秘密を知ってるのかもしれない。天祐寺の境内で、麻生明子は口をきかなかったという。それは日実子が兄の日記に見出したことだ。寺田に対する麻生の気持ちについて何もいわなかっただけで、それ以外のことならしゃべったこともあり得る。

麻生は、ぼくと寺田が親しいことを知っている。ぼくは手紙を書いた。麻生にあてて。美術部室で、麻生がモデルになろうとぼくに提案した日の夜だ。寺田の気持ちをわかってもらいたい、嫌いなら嫌いではっきりいってやれば寺田としても気持ちの整理ができるのだなどと、もっともらしいことを書きながら、裏ではちゃんと計算して、ぼくだって寺田と同じくらい、いやそれ以上に麻生を好きなのだと匂わせていた。

返事が来た。それも速達で。

中身は便箋が一枚きり、一行の言葉も書かれていなかった。ただ、四つにたたんだ便箋には、半乾きのクローバーの葉が包まれていた。四つ葉のクローバーが。ぼくは有頂天になって、それを英和辞典の裏表紙にテープで張りつけたのだ。

4

一時間後に、ぼくは山小屋へ辿りついた。

管理人の爺さんは寺田を見ていた。

十分ほど前に小屋を出て行ったという。

「どっちへ行った。頂上かい、五ヵ原の方かい」

勢いこんでぼくはたずねた。

「君たち途中ではぐれたのかね。夜に山登りするなんて無茶もいいところだよ」

顔なじみの爺さんは寝入りはなを叩きおこされたとかで不機嫌だった。泊まり客は今夜はひとりもいないという。

「彼は山小屋にはいりこんだわけだね。しばらく休んで出て行った、そうだね。何か荷物は残していなかった？教えてくれ、これは大事なことなんだ」

ぼくは詰め寄った。手がかりをつかみたかったのだ。爺さんは気の毒そうに頭を横に振った。咽喉が渇いたから水を飲ませてくれといって、うまそうにコップ一杯の水を飲むと外へ出て行ったそうだ。ナップザックはぶら下げたまま。

「頂上へ登ったんじゃないかね。わしはその人があとでここに戻ってくると思ったから気をつけるようにいっただけだよ。もちろん一度止めはしたさ。頂上へ行く道はけわしいからな。万一、事故でもおこしたらどうするつもりだっていったんだが」

「そしたら彼はなんて答えたの」

水をたてつづけに飲み干して、ぼくはたずねた。

「無口な学生さんでね。ここでしゃべったのは水を飲ませてくれだけだよ。あんたたちいったい何をしているのだ」

ぼくは爺さんの質問には答えずに山小屋をとび出した。とつぜん閃いたものがあった。寺田がどうやって死のうとしているかだ。爺さんは晩酌に一杯ひっかけてたらしい。酒の臭いがぷんぷんしていた。その臭いで思い出したのだ。寺田の下げていたナップザックが、歩くとき小さいわりには重そうに垂れ下がっていたわけがわかった。あの袋におさめられていたのはウィスキーの小壜に違いない。

ぼくはいつだったか寺田とヘミングウェイの話をしたことがあった。「キリマンジャロの雪」という小説の冒頭に、ヘミングウェイは凍死した豹のことを書いている。キリマンジャロはアフリカ大陸の最高峰で、雪におおわれた頂上には凍りついた豹の死体がある。何を求めて豹がそんなところへやって来たのか誰も知らない、とまあこんな話だ。

寺田は小説の内容よりも前書きにひどく感心していた。

(凍死というのはな、眠るように死んでゆくっていうぜ。大学の山岳部にいる先輩に聞いた話だがな、とっても気持ちのいいものなんだそうだ。だから眠りこまないようにパートナーがしょっちゅうお互いになぐりっこするんだと)

ウィスキーの小壜でも一本あけちまったらアルコールに弱い彼のことだ、正体もなく眠りこけること請けあいだ。多良岳は海抜千メートルそこそこのちっぽけな山だが、九月の下旬にもなれば、あけがたはうんと冷えこむに違いない。寺田はそれを知っていたのだ。

ぼくは山小屋から頂上へ続く道をめざした。

頂上へ至る道はむき出しの岩の間を縫っており、樹木はない。太い鎖が岩から岩へかけ渡してある。それを伝ってよじ登らなければならない。鎖は夜露に濡れ、ともすれば滑りそうだ。風が足もとから吹きつけ、しっかりと鎖につかまっていなければ風に体がさらわれる。ぼくは確信を持っていた。寺田が頂上へ向かったということを疑っていなかった。ぼくは急いだ。岩の角を踏みはずして、もうちょいというところで切り立った崖から落ちかけたこともあった。鎖をつかみそこねて岩の間に落ちたこともあった。

体の痛みは感じなかった。

おそらくぼくの膝頭や肘のあたりは、打ちみやすり傷で血まみれになり腫れあがっていたことだろう。そんなことを気にするゆとりはなかった。

頂まで山小屋から直線距離にして三百メートルくらいだろうか。まっくらな道のりはその十倍にも感じられた。やっとこさ頂上に辿りついたとき、ぼくは全身の力をありったけ費い果たして、岩に突っ伏したまま喘いだ。胸がむかつき咽喉が渇き、五体は熱いような冷たいような変な感じだ。

声を出すことなぞ思いもよらない。

どれだけ岩の上でぼくは喘いでいたか覚えていない。初めは快かった岩の冷たさが、だんだん耐え難くなってきた頃、ぼくは手をついて上体を持ち上げ周囲を見回した。

頂上はごつごつとした岩が不規則に突き出た形で、平らな場所はない。黒い岩はどれも立ったり座ったりしている人間の姿に見えた。

「おおい、寺田」

ぼくは闇の中に呼びかけた。大声でいったつもりなのに、それは咽喉にからまりささやくような小声にしかならなかった。

「いるんだろう、寺田。おれだよ、どこだ。何かいってくれ」

ぼくは声をふりしぼった。岩の間で風が唸った。ぼくは同じ言葉をくり返した。依然として耳に届くのは鋭い風の音ばかりだ。

「いるんだろう、そこにいるのはわかっているんだ。ちゃんと見えてるんだから」

ぼくは嘘をついた。ポーカーでいえばブラフというやつだ。岩のひとつが動いたように見えた。ぼくは目を凝らした。寺田だ。頂上のはずれ、断崖のふちにうずくまっている。

「うるさいな。おれのことはほっといてくれ」

いらだたしげな声が返ってきた。

「うるさいだと」

ぼくはとたんに腹が立った。怒りのあまり全身の血が音をたてて逆流しそうだった。寺田に対してじゃない。いや、寺田とぼく自身に対してというべきだろうか。そして麻生明子にも久保田にも、そのとき腹を立てていた。なぜだかわからない。せっかくの土曜日、のんびりと夜ふかしをして、好きな本を読むかレコードを聴くかＴＶで深夜映画を見るかしていい時刻に、吹きさらしの山頂まで汗水たらしてはい登り、打ちみとすり傷で全身をいためつけなければならない自分がみじめで、こっけいをきわめているように思われた。そうするハメに追いこまれた事情を含めて何もかもくだらなくバカバカしくなった。

「へん、この大馬鹿野郎。キリマンジャロの雪を気取ってやがんのだな。ご苦労なこった。人生のすべてに絶望したのだと。聞いてあきれるよ、まったく。たった十七年しか生きていないのにどうすれば絶望できるんだ、教えてもらいたいね」

ぼくは思いきり毒づいてやった。さっき、山道で寺田の横顔をこっそりとぬすみ見たとき、彼に覚えたすまないという気持ちなんかどこかに吹っ飛んでしまった。寺田は寺田、ぼくはぼくだ。友情がどうした。信義もへちまもあるもんか。ぼくはいま麻生が好きだ。やっぱりこれだけはどうしようもない。なんのかんのといってもぼくは麻生明子なしでは生きられない。そう思った。

「おまえ、だれに聞いておれのあとを尾けた」

寺田が弱々しい声でたずねた。

「だれだっていいだろう。余計なお世話だよ、意気地なしめ」

「おれが死ぬと、良心の呵責を覚えるわけだな、おまえは」

「おあいにくさま。おれは痛くもかゆくもないね」

「止めに来たんじゃないか、日実子に頼まれて。きっとそうだ、日実子がおまえに頼んだんだ」

「そうだよ」

「おまえの頼みなんかきくものか」

「だれが死なないでくれと頼んだ。甘ったれるのはよせ」

「……」

「ウィスキーはもう飲んだのか。まだ飲んでいないのならさっさと飲んだらどうだ。夜が明けるまでにはおまえの望みどおり凍えて冷たくなっているだろう。うまいこと考えたもんだよ。その点は感心するよ」

ぼくは慄えた。大声でわめきながら歯の根も合わないほどの寒気を感じた。谷底から吹きつのる風のせいだろうか。そればかりではないだろう。ぼくがいま何か恐ろしいものに向かいあっているように思われたからではないだろうか。かつて向かいあったことのないような恐ろしいものに。もしかしたら永田さんがいつぞやいった〝人生の真実〟といったもの、人が一生に一度は必ず直面する何かのっぴきならない状況というのはこれではあるまいか。

寺田が叫んだ。

「さっさと帰れ。おまえがいるのは邪魔だ。おれを一人にしてくれ」

「帰る帰らないはおれの勝手だ。せっかく頂上まで来たついでだよ。おまえがくたばるのをここで見とどけてやる」

「おれが苦しむのを見て、おまえはいい気持ちなのか」

「そうだとも。他人が苦しむのを見るのはいい感じだよ。忘れたのか、これはおまえが教えてくれたことじゃないか。自分が幸福なだけでは不十分だ、他人の不幸がなければ自分の幸福は完全にならないと、人間ってそうした残酷な生きものだとおまえはいったことがあるぞ」

黒いものが飛んで来た。ぼくは身をかわしてそいつをやりすごした。寺田は石ころを投げつけたのだ。それはぼくをすれすれのところでかすめ、音もなく谷底へ消えていった。ぼくは続けた。

「おれは麻生が好きだよ。おまえもあいつが好きだ。山のてっぺんで死ぬ勇気があれば、どうしてあいつに突進しないんだ。グジャグジャと手紙を書くひまに出かけていっておまえの考えていることを洗いざらいぶちまけないんだ。あいつがおまえのことを嫌いだといったら横っ面を張りとばしてやれ。それくらいの度胸もない弱虫だよ、おまえって野郎は」

「……」

「女を好きになるたびに自殺してたら、命がいくつあってもたりやしない。おれが麻生を奪ったと思ってるのか。久保田だって荒巻だって、麻生にまいっていることを考えたことがないのか」

寺田は泣き出した。こぶしで岩を激しく叩いた。ぼくは黙って彼を見ていた。寺田はすぐに泣きやんだ。岩にもたれていたのがずるずると背中を倒し、あおむけになった。しぼんだ風船のように平べったくなったように見えた。ぼくも同じだ。大声でどなり続けたために咽喉がかれ、全身の力も抜けてしまった。ぼくはへなへなと岩の上に腰をおろした。自分の中がからっぽになり、もう、彼にいうべきことは何も残っていないように思われた。

鋸の歯のように尖った岩がぼくたちのいる山頂を囲むように夜空に浮かんでいる。霧が谷底から湧いてきて渦巻きながらそれらの峰々を包む。霧をすかしてずっと南の方、伊佐の市街にともる明かりがぼんやりとまたたくのが見えた。あいかわらず風は山頂で吹き荒れているが、その音を除けばすべてが静かだった。ぼくは岩に寝そべって空を見上げた。雲間に白いものがきらめいた。澄みきった空気を通して見る星々は異様なほど大きかった。

ぼくはゆっくりと身を起こして寺田の傍へ近づいた。ナップザックに手を突っこみ、ウィスキー罎を取り出して岩に叩きつけた。寺田はガラスの割れる気配にびくりとした。

「おれは山小屋に帰る。朝までここにいるつもりなら勝手にしろ」

寺田はまだ肩をふるわせていた。泣きやんだように見えたのは間違いだった。それでもぼくは彼がいずれ頂上から山小屋へ戻って来ることを疑わなかった。けわしい道を下りながら、ぼくは今度こそ、と思った。今度こそ麻生明子の肖像を白いキャンバスに描くことができると信じた。

うらぎり

なにもかも弓子が悪いのだ。

弓子がいなかったら、こんなことにはならなかった。私と忠男の間に弓子がはいりこまなかったら、私がつらい思いをすることにはならなかったはずだ。きっと。

私がどんなに忠男のことを好きかは弓子が知っている。化学のノートぜんぶに忠男と明子つまり私たちのイニシアルを書きこんだり、学校をひけるときはわざわざ遠まわりして忠男の家の前を通ったり、忠男に似ているからという理由である新人歌手のブロマイドを買ったり、忠男が熱中していると聞いて自分もカメラに凝ったり、数えあげれば思いつくかぎりキリがないけれど、私は忠男を好きなあまりいろんなことをしたのだ。

それをいちばんよく知っているのは弓子だった。

忠男について彼の好みや趣味などを細かく教えてくれたのも弓子だった。その弓子が忠男と親しくなろうとは私にしてみれば思ってもみなかった。弓子だって忠男を好きだったのだ。いまになってわかる。そのことにまるで気がつかなかった私がバカだった。

「そんなの、ふるいふるい」

と弓子がいった。

「ちゃんと彼に自分の気持ちを知ってもらわなければ、黙ってるなんていまどき流行らないわよ、なんなら私が明子のこと彼にいってあげる」

それがことの起こりだった。考えてみれば私のほうから弓子に頼んだのではなかった。弓子がすすんで提案したのだ。私はただ弓子が忠男に近づくダシに使われたようなもの。

「やめて」

と私はいった。忠男が私のことをなんと思おうと、私が彼を好きでありさえすればよかった。教室の片すみで、街角で、自分の部屋で、ひっそりと忠男のことを考えている。それでよかった。下手に自分の気持ちを知られて、忠男が私のことをうとましく思いはじめたらどうすればいいだろう。私はいまのままで十分、満ち足りている。私は弓子にいった。

「おねがい、それだけはやめて」

「あら、どうしてよ。私たちもう十六よ、清少納言が生きてる時代なら、とうに結婚してこどものひとりやふたりはいる齢《とし》じゃない」

「昔は昔、今は今よ、私のことそっとしといてもらいたいの」

「あなたはわかっていないのね、男の子というものは異性から好きだと告白されて気を悪くすると思ってるの」

まかせておけと弓子はいった。私にしても心が動かないではなかった。正直に白状をすれば、忠男がもしかしたら私を好きでいて何もいえず、弓子から私の気持ちを聞いて、本当に親しくなるということが、ちらりと頭にひらめいた。ふたりだけで話をする。テニスをする。散歩をする。手紙をやりとりする。夜おそく電話でおしゃべりをする。クラスのだれかのように朝と夜、おはようとおやすみをいい合う。誕生日にはプレゼントを交換する。

これらのことができたらどんなにすばらしいことか。想像しただけで目がくらんだ。胸が苦しくなった。結局、弓子に説得され、いうなりになったのだから、私は弓子に頼んだと思われてもしかたがない。

一か月ばかり前のことだ。

「彼に話したわよ、あなたのこと」

次の日、弓子はいった。

「彼、なんていったと思う」

弓子は意味ありげに目くばせした。私は黙っていた。心臓がいまにも破れそうだった。膝から力が抜けてその場にしゃがみこみたくなった。

「ねえ、どうして黙ってるの、彼の反応をあなた知りたくない?」

弓子は含み笑いをうかべて私の顔をのぞきこんだ。そりゃあ彼がなんていったか知りたいに決まってる。口が利けなかったのはあまりに緊張して咽喉に何かがつまったような気がしたからだ。

「彼とどこで話したの」

やっとのことで私はこうたずねた。

「バスケットボール部室で。彼、水曜日は必ず練習するでしょう、それが終わるのを待ってつかまえたの」

弓子も忠男のスケジュールを知っている。そのことを私はもっと早く気づくべきだった。

「更衣室から出て来たところで話があるといったの」

「彼、私のことなんか、なんとも思っちゃいないっていったでしょう、きらいだっていったでしょう」

と私はいった。

「そう思う?」

「きっとそうよ」

「逆なのよ、それが」

「…………」

「やはりいってよかったと思うわ、彼ね、あなたのこと感じのいい人だって、本当よ」

「まさか……」

「明子、『パリセ』のコーヒーをおごってちょうだい、ケーキをつけて、シュークリームがいいな、いいわね」

私は『パリセ』で弓子にコーヒーとシュークリームをおごった。天にものぼる心地というのはあの日の私をさしていわれたにちがいない。忠男が私のことを「感じのいい人だ」といったなんて。信じられない、と私はくり返しつぶやいた。

「本当よ、私が嘘をいうもんですか、なんなら今度、じかに会ったとき彼にきいて確かめたらいいわ」

「でも……」

「でももスモモもありゃしない、元気をお出しなさいな明子、がんばって」

弓子は私を励ました。シュークリームをたいらげてなお物足りなそうに唇をなめている弓子に、「よかったらもうひと皿どう」と私はいった。友情には感謝しなければならない。

「そうねえ、メロントルテ欲しいんだけど、あれ食べるとふとるんじゃないかしら」

「平気平気、私もつきあうから」

ちょうどその月のおこづかいをもらったばかりだった。メロントルテをぱくついている弓子に、私は思い切ってたずねた。

「私のどこがいい感じだって彼いったの」

「ええと……そうね、まず」

弓子はティシューで唇のまわりをぬぐって、そのときちょうどドアを押してはいってきたクラスの男の子にうなずいてみせた。私は待った。

「髪がきれいだって、それに目も」

私の顔色に気づいて弓子は急いでつけ加えた。

「超能力を持った女の人ってすばらしい、ですって、自分も超能力には興味があるからって、そういったわ」

私はびっくりした。そんなことを告げてもらいたくはなかったのだ。彼とはまるで関係のないことなんだから。

「だって隠しておかなくちゃいけないってことではないじゃない、あなたのことぜんぶ彼に話していいといったのは忘れたの。彼、おもしろがっていろいろきいたわ」

そりゃあきくでしょうとも、と私はがっかりして腹の底でつぶやいた。弓子が私の奇妙な能力を持ち出したのは、おそらく話題に困ってしまったからだ。初めから忠男は私にそれほど関心はなかったはずだ。私はメロントルテを追加したことを後悔した。シュークリームだって余計だった。

「ごちそうさま、私ちょっと約束があるの、じゃあね」

弓子は立ちあがって近くのテーブルにいる男生徒たちに軽く手をふり、ドアを出しなに私に向かって「がんばって」といった。

奇跡!?　三回も!!

しかし、がんばったのは弓子のほうだ。あれから忠男と弓子が肩をならべて歩いているのを、私はなんべんも見ている。公園のベンチでいっしょにすわっているのを見かけた。楽器店でふたりしてレコードをえらんでいることもあった。一度、私がなんの気なしに『パリセ』にはいったら、弓子はテーブルをはさんで忠男と向かいあっていた。私はあわててそこをとび出した。あれから『パリセ』に行かない。二度と行くものか。

町の画廊からふたりが出てくることもあった。

忠男はカメラが好きで、弓子は絵が好きだ。ふたりの趣味はほぼ一致しているといっていいだろう。忠男は弓子のポートレートを撮ってやったかもしれない。弓子は忠男をモデルに肖像画を描いたかもしれない。ふたりがいっしょに時間をすごしている。そのことを思うだけで、ねたましさと寂しさで、私は目の前が暗くなるのだった。

考えてみれば、忠男が弓子に惹かれるのはあたりまえだ。クラスの男の子はひとりのこらず弓子に参っている。私より段ちがいにきれいなのだから。春の高体連に女子体操の選手として弓子が出場したとき、放送局のテレビカメラは弓子の床上演技を追ってばかりいたし、他校から来た学校新聞部の部員とやらも、弓子の一挙手一投足にカメラを向けていた。上級生のボーイフレンドも、私の知るかぎり一ダースはくだらない。同じ齢でつきあっているのを加えたら十人や二十人ではきかない。

もっとも弓子にいわせると、同年のボーイフレンドは「あのガキども」ということになり、本気で相手にしているのではないそうだ。忠男と弓子は同じ齢だから、本来なら相手にするのがおかしいけれども、忠男だけは別ということになるのだろう。

弓子が『学園の花』（これはわが校の新聞がたてまつった名前だ）なら、忠男はなんと呼べばいいだろうか。伊佐高のヒーロー、ミスター・バスケットボール。つまらない、こんなことを私が考えてどうなる。それにしても腹立たしいのは、弓子が私の秘密をしゃべったことだ。去年ごろから、つまり中三の二学期ごろからうすうす私は気づいていた。もしかしたら自分には超能力とやらが備わっているのではないか。

ある朝、いつものようにバスに乗り、学校まで半分ほど走った所で、不意に額のあたりが痛みはじめた。何かにぶつけでもしたように。同時にそのままバスに乗っていることがたまらなく不安になり、途中で私はバスを降りた。あとで聞くと、バスは次の停留所を過ぎた直後、前から来た居眠り運転の長距離トラックと衝突し、乗客の半分以上が怪我をしたという。クラスメートの女生徒で、おでこを前の座席にぶつけて気を失ったのが七人もいた。虫のしらせにちがいない、私はただ運がよかっただけだ、とそのときは思った。

二回めは期末試験の前夜。

日ごろの怠け癖がたたって、数学も理科もさっぱり準備がなっていなかった。ふたつとも私には大の苦手ときている。勉強するのを一日のばしにしているうち、あすが試験ということになり、まるでなんのことかわからない教科書をひろげて、私は呆然としていた。時計の針だけはようしゃなく動く。夜通しにらめっこしたってわからないものはわからない。私はいつのまにか机に顔をふせて眠りこんでいた。夢の中で私はテストペーパーに鉛筆を走らせていた。

「なあんだ、こんなことか、思ったよりやさしいじゃないの」とつぶやきながら。夢の中で解いているのは数学と理科の問題だった。奇跡のようにすらすらと答えが書けた。

登校して配られた試験問題を見たとき、私は自分の目を疑った。まだ夢の続きを見ているのではないかと思い、自分の頰をつねってみた。夢ではなかった。私が夢で解いた問題と二課目ともそっくりだった。先生はあとで、

「中村、今度はいいセンいってるぞ、努力をすればむくわれるって証拠だなあ」

といった。

私は顔をあからめた。努力だなんてとんでもない。夢に見た解答をなぞっただけなのに。

しかし、まさか本当のことを先生に告げるわけにはいかなかった。かりに告げたとしても、本気にはされなかっただろう。先生をからかうのもほどほどにしろといわれるのがオチというものだ。弓子にだけはそっと打ちあけた。

「すてきじゃない、でもどうしてそのことを前の日に教えてくれなかったのよ」

と弓子はいった。私に信じられないことを弓子に告げてもはじまらない。当日にならなければわからないことなのに。そういうと弓子も納得してくれた。あのころから私たちは仲がよかった。あまりパッとしない私に、弓子がなぜ近づくのか、考えたことは一度もなかった。どことといって取り柄がありはしないのに、弓子は誕生日のパーティーに誘い、ピクニックに誘い、ロック・コンサートの招待券をわけてくれたりした。もっとも、その招待券というのは上級生のボーイフレンドが弓子にわけてくれたものだったが。

ところで三回めの事件は伊佐高の入試を受ける前日に起こった。

期末試験の準備くらいなら範囲もかぎられている。しかし、入試となれば三年分のおさらいが必要だ。とてもじゃないが、苦手の理数を受験できる程度にマスターしたといえる自信はなかった。教科書を開いただけで頭が痛くなる。

私はまたしても困ったときの神頼み、例の夢で味をしめて真夜中ひと眠りすることにした。万一、夢のお告げがあった場合にそなえて、眠るのは一時間と決め、目ざましの針を合わせておいた。結果を先にいったほうがいい。私は伊佐高の入試をまんまとパスしたのだ。それも数学と理科はそれぞれ百点という成績で。夢の中で見た解答を私は書いた。さすがにそのときは指がふるえた。これもカンニングのうちなのだろうか。

「あなたには超能力があるのよ」

三回めの事件を弓子に語ったとき、私はそういわれた。

「うらやましいわ、私にもその能力を半分でもいいからわけてもらえないかしら」

いわれてみてもしかたがない。わけてやりたいのはやまやまでも、ケーキのような物じゃないから弓子にくれてやるわけにはゆかなかった。奇妙なことは高校生になってからも起こった。

あたりまえの女の子に

「私はユリ・ゲラーなんか信じないね」

と弓子の父親はいった。

あれは五月の終わりごろと思う。私はぜひとせがまれて杉江田医院をたずねた。弓子の家である。私のおかしな能力をテストしたいと弓子がいい張ったのだった。

「でもパパ、明子さんには特殊な能力があるのよ、見ればパパだって信じないわけにはいかないと思うわ」

弓子は画用紙を八枚に切ってサインペンで何かしるしを描くようにと父親にいった。

「ここではダメ、隣の部屋で描いてちょうだい。それに番号をつけるのよ。それを明子さんが当てるから」

「隣で描いてそのままにしておくのかね」

「パパは紙をテーブルに置いたら、ドアに鍵をかけてこちらにいらっしゃい」

「明子さん、自信があるの」

私はあまり自信がないけれども一応やってみると答えた。なにもテレビに出演してるわけじゃないんだし、失敗したってどうということもないのだ。杉江田先生は隣室に去り、しばらくしてもどって来た。弓子はもう一枚の画用紙に一から八までの数字を書いた。

「さあ、明子、パパが描いた図形を当ててみて。パパ、当たったらごほうびに何をくれる」

「ほうびなんか要りません」

と私はいった。

杉江田先生は笑いながら「そうだな、『パリセ』のアップルパイにしようか」といった。

「パパ、あまりこみいった図形ではないわね」

と弓子が念を押した。星形や渦巻きなら当てられるけれど、私の見たこともない形は当てられないのだ。弓子とふたりでしたときには八つのうち七つを当てた。

私は目を閉じた。三分間、ソファーの上にじっとしていた。あけ放した応接間の窓から五月のかぐわしい青葉の匂いがはいりこんでくるのが感じられた。目を開いた私はペンをとって、順番に描いた。

「一、三角、二、丸、三、点、四、棒、五、十字、六、四角、七、ト音記号、八、円に内接した四角形」

弓子は鍵を父親からひったくって隣室へとびこみ、八枚の紙片を持って来た。ハトロン紙の封筒に入れられたそれらをテーブルにとり出して並べた。

「ぜんぶ当たってるわ、一番から八番まで、ねえパパ、これで明子さんの透視力を信じるでしょう」

杉江田先生は口をぽかんとあけて首をふった。

私だって気味が悪かった。これまでひとつかふたつははずれるのが普通だったのに、その晩はぜんぶ的中したのだから。

「一回じゃまぐれ当たりと思うでしょうパパ、さあ、今度はその腕時計を貸して」

弓子は父親から腕時計を借り、クリスタルの灰皿をその上にかぶせた。

「よくってパパ、このスイス製の時計は買ってから一度も止まったことがないというのがパパの自慢だったわね、明子さんの念力でこの針を止めてみせたげる」

「おいおい」

「だいじょうぶ、こわしちゃうんじゃないんだから、さあ、明子、やってみて」

私はさっきと同じように目をつぶって精神を統一し、右手を灰皿の上にかざした。三十秒ばかりそうしていた。

「ごらん、パパ」

弓子が叫んだ。杉江田先生は目を丸くした。たったいままで動いていた秒針がぴたりと静止している。「ううむ」と唸ったのは杉江田先生だ。灰皿をどけて時計をつかみ、耳のそばに持って行った。

「動いてる、止まってはいないぞ」

「それはパパが手に取ったからだわ、自分の目でちゃんと見とどけたでしょう、明子さんがぜんぜん時計にさわらずに秒針を止めたのを」

「中村君、どうしてこんなことができるのかね」

杉江田先生は腕時計を手首に巻きつけながら私にたずねた。それは私のほうこそ知りたいことだ、と私は答えた。

「私も科学者のはしくれだよ。いまのが手品でないことは認めるけれど。いやどうも腑に落ちない、ううむ」

「パパ、『パリセ』に電話をしてアップルパイをとどけさせていいわね、特大のを」

「ああいいとも。ところで中村君、ほかにどういうことができるの」

「ほかには何も」

と私はいった。クラス対抗試合で忠男がロングシュートに成功したのは私の念力だというつもりはなかった。あの一点を入れなければゲームを失うところだった。そして忠男のシュートは初めからミスすることがわかっていた。横なぐりの風が吹き、短いシュートもしばしば風にさらわれてミスした。私は忠男の手からボールが離れる瞬間、目を閉じて（はいれ）と念じた。どよめきが起こった。選手も見物していた連中も、感心するよりあきれかえったようだ。ボールはみごとにバスケットへおさまっていた。

「試験前夜の夢は私にも説明できる。無意識の世界にたくわえられた知識が、夢の中で浮かびあがって解答になったのだろう。学生時代に私もそんな体験をした。よくあることだよ。紙片の図形を透視するのも外国でそんな実験をした例がある。しかし、時計の針を止めるとはねえ、正直に白状するよ、私にはわからない」

と杉江田先生はいった。

私にもわからない。あれから四か月たつ。私はなるべく自分の奇妙な能力を使わないようにしている。他人に知られたくないのだ。知られてロクなことはない。私はごくあたりまえの女の子でありたい。どこにでもいる目立たない女の子、それが望みだ。忠男が私の秘密を知っている。もし彼が知らないでいたら、こんなことにはならなかったろう。忠男は私を避けているように見える。

弓子も私によそよそしい。

超能力なんか悪魔にくわれろ、だ。

昨晩、私は英作文をほうり出してベッドにひっくりかえった。

何をしてもふたりのこと、とくに忠男のことが頭から離れない。弓子と忠男のことはクラスのみんなが知っている。二学期から弓子は、バスケットボール部のマネージャーになった。

忠男といっしょにいられる時間がうんとふえたわけだ。夜おそく、忠男の家から弓子が出てくるのを見たことがある。弓子はかばんを下げていた。ノートの写しあいをしていたのだろう。私は物かげに隠れて弓子を見ていた。九月の初めだ。

授業ちゅうも弓子はそれとなく忠男と視線をまじえている。それを見るたびに私は梅干しを十個ばかり飲みこんだ感じがする。みぞおちが痛くなり、咽喉が何かでふさがれたようだ。私の超能力をもってしても、これだけはどうにもならない。

私はスプーンを曲げることができる。

英作文の宿題はあすまでに仕上げなければならないのに、五問のうち書けたのは二問きり。で、私はベッドからのろのろと這い出すと、ねむけざましに紅茶をいれてすすった。午後一時までに残りの二問を書き、最後の問題を重文で書くか複文で書くかと思案しながらスプーンをいじっていた。ユリ・ゲラーのまねをしてスプーンの首を指でこすった。変化はなかった。午前二時にベッドにもぐりこむまでは。

朝になった台所から弟のとんきょうな叫び声が聞こえて来た。

「スプーンが、スプーンが曲がってる」

私は弟が持って来たスプーンを見た。昨晩、私が流しに置いたそれだ。首のあたりが直角に折れ曲がっている。眠っている間に曲がったのだろうか。私はうんざりした。男の子にふられて、超能力が冴えるとはいったいどういうことなのだろう。ちっともうれしくはない。

「ねえさんがやったんだろ、すげえや、ねえ、またして見せてよ」

弟はしつこく頼んだ。疑いがふと胸に浮かんだ。スプーンをこっそりと曲げたのは弟ではないのか。しかし、私は考えないことにした。どちらだってかまわない。超能力なんか興味ないのだ、私には。好きな男の子の気持ちひとつ変えられない超能力が、いったい何になる。

全世界のスプーンを曲げ、時計の針を止めても、忠男の心が弓子のものである以上、私には意味がない。

弓子と忠男の愛のキレツ

弓子のようすがおかしい。

噂では忠男との仲がまずいそうだ。クラスの連中からヒョーロンカというあだ名をつけられているルミ子が、昼休みに私の机へやって来て小声で話しかけた。

「弓子が悪いのよ、毎晩のように忠男の家へ押しかけてたでしょう。ノートを写させてくれという口実でね、ずいぶんおそくまでねばってたらしいの。帰りは忠男が家まで送るの、彼としても気が散って勉強が身にはいらなくなるわよね。忠男の家の人も弓子には困ってしまって、弓子が来たらイヤな顔をするようになったってわけ」

「ルミ子、どうしてそんなことまであなたが知ってるの」

「これ本当よ、しかるべき筋から仕入れた情報ですからね」

「どうだか、あてになるもんですか」

「本当は信じたいくせに」

といってルミ子はうす笑いを浮かべた。そのとおり、私だってルミ子のいうことを信じたいのだ。しかし、ひところからすれば見るかげもなくやつれている弓子に対して、いい気味だと思うことはできない。心の中をさぐってみると「いい気味だ」と思う気持ちがまるっきりないとはいわない。それがわかっているのでなおさらルミ子に同調できないのだ。

「このあいだ『パリセ』でね、弓子がひとりぼっちでいたの。忠男とデートの約束をしてすっぽかされたのよ。たぶん、いやきっとそうよ、私が見てると、弓子は立ったりすわったり、窓から外をのぞいたり、電話をかけたりしてたわ」

野呂邦暢

とルミ子は私の耳にささやいた。

「彼は『パリセ』に来たの」

と私はきいた。

「私がいる間は来なかったわ。電話をかけ終わると弓子はしょんぼりして『パリセ』を出て行ったわ、お勘定すませるのも忘れて。ウエートレスに呼びとめられて払ってたようよ。あれはたぶん忠男にかけた電話で彼から断わられたのよ」

「忠男は弓子のこと好きではなくなったのかしら」

私はぼんやりとひとりごとをつぶやいた。そばにルミ子がいるのも忘れて。

「初めからそんなに好きだったわけではなかったんじゃない？　しかたなしにつきあってたみたいだわ」

とルミ子はいった。夏休みに受けた県の模試で春のそれよりひどい点をとって忠男が弓子とのつきあいをやめようとしたことも考えられる、とヒョーロンカはいった。夏休みの模試は、先日その結果が廊下に張り出された。ルミ子のいうように忠男は国立大を受けるレベルにやっとこさ達しているという情けない成績だった。私の点はもっとみじめであったけれども、弓子は私に輪をかけて低い点をとっていた。


弓子は欠席が多くなった。

遅刻も早びけもふえた。

授業ちゅうに指名されてもぼんやりとしていて先生の声が耳にはいらないふうだ。

放課後に、だれもいないバスケット・コートをうろうろしたり、深夜、ひとりで町をさまよってパトカーで家へ送られたこともあるという。そういう噂が私にも聞こえてくる。ヒョーロンカが提供する情報もある。忠男につめたくされたというのは、どうやら事実らしい。

沈みこんでいる弓子。

道を歩くときもうなだれて自分のつま先だけみつめているようだ。人よりはきちんとしていた身なりが、私の気のせいか乱れているように感じられる。髪も十分にブラシをかけていない。

頬もげっそりこけ落ちて、目のまわりにはうっすらと隈がついている。唇はかさかさに乾き、ひび割れているように見える。目は光を失い、どこを見ているのかいつもぼんやりと空間をさまよっている。

私は弓子のそういう姿を見て、他人事とは思えなかった。あれは私の姿だ。

忠男と親しくしている弓子のことを想像して悲しんでた私は、いまの弓子とおそらくそっくりだったはずだ。

あのころ、だれも私にいわなかったけれど、私のようすといったらひどいものだったにちがいない。

――いたましい。

私は弓子のことをそう思った。同情したんじゃない。そんなつもりなんかありはしない。自分がつい先ごろまでそうだったので、弓子の苦しみがよくわかるのだ。かといって私に何ができる。せいぜいできることは、弓子とすれちがうとき目をそむけることとくらいだ。

半狂人のように見える弓子を、まともな女性のように扱うことがせめてもの思いやりだ。クラスの連中は弓子のおかしな行動を何かと話題にしてはおもしろがる。そうだ。人間には他人の不幸ほど楽しいものはない、たしかそんな文句を本で読んだことがある。

きょうも弓子は授業ちゅうに突然、立ちあがって叫んだ。

「私、何も悪いことなんかしてません」

分詞構文の説明をしていた先生は、あっけにとられて棒立ちになった。弓子に当ててはいなかったのだから。クラスは初め、しんと静まり次にひそひそとささやく声が高まり、中には大声で笑い出す男生徒もあった。

「ぼくも悪いことなんかしてません」

落語家とあだ名のついた男の子がひょうきんな声をあげた。とうとうクラス全体が笑い出し、制止する先生の声もかき消されてしまった。

「あなたたち、寄ってたかって私のことをバカにしてるんでしょう、私の気が変になったといって……」

弓子はいった。

私は忠男を見ていた。笑わなかったのは彼と私のふたりきりではなかっただろうか。忠男は唇を嚙んで机の上に目をおとしていた。弓子のほうには視線を向けなかった。

「杉江田、おい、杉江田」

先生はうろたえて叫んだ。弓子は何を思ったか自分の席から離れ、ふらふらと教壇のほうへ歩きかけたかと思ううち、ばたりと倒れてしまった。先生はあたふたと廊下にとび出し、保健の女教師をつれて帰って来た。英語の授業はそれでとうとうつぶれてしまった。弓子は看護室に運ばれ、家からかけつけた父親の車で帰っていった。

恋は心をみにくくする

野呂邦暢

弓子から電話があった。

不吉な予感がした。

『パリセ』で会いたい、と弓子はいう。用件は会った上で話すとしか弓子はいわない。せっかくの日曜日、私は公園へスケッチに行くつもりだったけれど、しかたがない。弓子と『パリセ』で会うのは四か月ぶりということになる。あれ以来、私は一度も出かけていない。忠男とふたりでいるのを見たくはなかったからだ。

「呼び出してごめんなさい」

と弓子はいった。あいかわらず痩せこけた蒼白い顔だ。異様に光る目を私に向けて話しかけた。三時という約束を守って遅れずに来たのに、弓子はずっと先に来て私を待っていたらしい。コーヒーは半分からになっていた。私はアイスクリームを注文した。

「明子さん……」

私は黙って弓子の口もとをみつめた。弓子は興奮している。頬がひくひくとけいれんしているのがわかった。

「あなた、ひどいことをしてくれたわね」

と弓子は押し殺した声でいった。

「ひどいことですって」

私はききかえした。なんのことだろう。

「しらばっくれないでよ、忠男と私のことをダメにしたじゃない」

「私が……」

「あなたはなんでもできるでしょう、スプーンを曲げることも。弟さんが私の妹に話したのを聞いたわ。忠男に働きかけて私たちの関係をこわすことくらい簡単じゃないの」

「そんなこと、できるもんじゃないわ」

「あなたよ、みんなあなたのせいよ。そんなに私が憎いの」

「弓子さん、私は……」

「ごまかさないで、わかってるんだから、でも、あなた自分に超能力があるからといって何も……」

「スプーンは弟が自分で曲げたんだわ。かりにそんな力があったとしても、私はあなたたちのことを……」

私はだんだんバカらしくなった。弓子は私のいうことをまったく信用していない。これ以上、何をしゃべっても無駄というものだ。

「おねがい明子、私たちのことをそっとしてちょうだい」

今度は哀願する口調になった。

「元どおりの私たちにもどして、あなたの力で。きっとできるわ。あなたがこわしたものはあなたが直せるはずよ」

弓子は両手を胸の前でしっかり組み合わせた。

アイスクリームは半分とけかかっている。私は気がめいった。どうすれば弓子の誤解を解くことができるのだろう。弓子は途方もないことを私に求めているのだ。できないことはできない。私はいった。

「あなた、何か思い違いしてるんじゃない、私に忠男の気持ちを動かせると思うの」

「こんなに頼んでるのに」

弓子はため息をついた。

「頼まれてできることとできないことがあるわ」

「お礼ならするつもりよ。あなたの欲しいものはなんでも」

いい加減にしないか、と私は思わず叫びたくなった。お礼をもらいたくてするしないの問題ではないということを弓子はなぜわからないのだろう。

「イヤだというの、そうなの」

と弓子はたたみかけるようにきいた。身をのり出して私の顔をのぞきこむ。私はだんだん腹が立って来た。

「わかってちょうだい、弓子さん、あなたのお役に立ちたいとは思うけれど、ダメなの、私は万能の神様じゃないわ。もしそうなら初めから忠男のことで苦しまなかったはずよ。そうでしょう、あなたならそこのところをわかってくれると思ってたのに」

「じゃあ私はいったいこれからどうすればいいの」

弓子はかん高い声でいった。

店じゅうの客がけげんそうに私たちをみつめた。

私はハンカチをさし出した。弓子の目から大粒の涙がしたたり落ちた。弓子は自分のハンカチを顔に当てた。アイスクリームはすっかりとけてしまっている。弓子はハンカチをていねいにたたんでポケットにしまった。

「いいわ、あなたにはもう頼まない」

はれぼったいまぶたの下に赤い目が光った。『パリセ』に来て一時間はたっている。スケッチに出かけるにはおそすぎる。これで日曜日の予定はダメになった、と私は考えた。弓子はつめたくなったコーヒーをまずそうにすってからいった。

「あなたは卑怯よ、卑怯なエゴイストだわ。私が思ったとおりだった。頼んだ私がバカだったんだわ」

私は弓子のせりふを黙って聞き流した。恋は盲目というけれど、それだけではない。恋は、ときには世界も人間もゆがめてしまう。詩や小説は、恋を美しいものであるかのようにたたえている。そんなことはウソだ、と私はいってやりたかった。恋ほど人間の心をみにくくするものはない。

私は弓子が『パリセ』を立ち去ってからしばらくそのことを考えていた。いつか腹立たしさは消え、悲しいようなやるせないような気分におちいって窓の外をながめていた。

人はやはり孤独……

それから一週間たった。

あいかわらず弓子の奇行は続いた。

授業ちゅうにけたたましく笑い出して、先生からたしなめられたり、私服で登校したり、バスケットボールの練習をしているとき、コートの外にころがったボールを追いかけて行ってそのまま家へ帰ったりした。

バスケットボールといえば、こんなこともあった。ボールを持って構えた弓子が、シュートするものと思っていたのに、いきなりそのボールをわきに立っていた私めがけて投げつけた。不意をつかれて私はひっくりかえった。受けとめることなぞ思いもよらなかった。

まる一日、ボールをぶつけられた腹のあたりが痛んだ。弓子は少しおかしいのではないか、とクラスの連中だけではなく先生も眉をひそめるようになったのはその日からだ。

ヒョーロンカ・ルミ子の情報では、忠男が先生に呼びつけられて注意されたという。私と同じように忠男としても何ができるだろう。忠男が悪いのではないのだから。

私は思う。くだものに種子があるように、人間にも心の奥底には狂気の種子のようなものがあるのではないだろうか。心のつりあいが破れたとき、それが表に現れて来る。

弓子に奇妙なふるまいをさせるもの、それは私にだってある。私は忠男と親しくならなかったために狂気の種子を封じこめることができたのだ。クラスの連中にならって弓子を笑い者にすることはとうていできない。私と弓子とどこが違うというのだろう。私たちはふたりとも平凡な女の子にすぎない。

あれは真夜中の一時ごろだった。

生物の予習をやっとすませて、そろそろ寝ようとしていた。勉強部屋の床でおきまりの美容体操を五分間つづけてパジャマに着かえた。隣の部屋にいる弟はもう眠ったらしい。静かな夜だった。

窓の外に怪しいものの気配がした。さっきから気になっていたのだ。足音が戸外で行ったり来たりしている。私はカーテンを細めにあけて外をすかした。生垣の所にたたずんでいるのは弓子だった。初めは弓子に見えなかった。窓の明かりに浮きあがった顔には濃い化粧がほどこされている。私が一度も見たことがない真っ赤なワンピースを着ていた。

「何かご用？」

私は話しかけた。

「忠男に話があるの。彼を出して」

「彼を……」

「隠してもわかってるんだから。そこにいるはずよ。私が来たといってちょうだい」

弓子は微笑した。

「かん違いしないで、私はひとりよ。なんなら部屋を気のすむまで調べてみるといいわ」

といって私は窓を大きく開いた。しかし、弓子は窓に近よろうとはせず、くるりとふり向いて闇の中に消えた。

私はその晩おそくまで眠れなかった。

きょう、弓子は学校に姿を見せなかった。

私が家に帰って夕食をすませ、部屋でラジオを聞いているとき、電話がかかった。弓子の父親がせきこんだ声で私にたずねた。そちらに弓子が行っていないかというのだ。いつものように登校したきり帰って来ない。

私はびっくりした。心当たりはないと返事をするしかなかった。聞けば診療室の薬戸棚から劇薬のびんが消えているという。戸棚の鍵はどこにしまってあるか弓子なら知っているのだ。

杉江田先生はいまからすぐ警察に連絡をするといって電話を切った。

私は目を閉じて気持ちを落ち着かせた。弓子はどこにいるのか。私のちっぽけな超能力を、いまこそフルに使うときだ。弓子が死ぬことを思いつめているのなら、忠男と思い出をわかちあった場所でなければならない。『パリセ』？　ちがう。画廊『伊佐』は閉業している。木が見えた。ベンチが浮かんだ。川ばたの公園、そうだ、忠男と弓子は学校帰りにあそこで時間をともにしていた。夜はめったに人通りがない。私はためらわずに家をとび出した。

私のかんは当たった。

ベンチにうずくまっている人影は弓子だった。私は弓子が握りしめていた黒っぽいガラス製の小びんをひったくった。弓子の肩に両手をかけてゆさぶりながら薬をのんだかどうかをきいた。弓子は弱々しく首を左右にふった。

「のもうと思ったけれど、勇気がないの」

「そんな勇気なんかなくったっていいの、さあ、帰りましょう」

弓子は手を顔に当てて泣いた。

「死ねると思ったのに、いざとなったらダメだわ、私こわくなって……」

弓子は肩をふるわせ、ますます激しく泣きじゃくった。

街燈の光が弓子を照らし出した。

私はもう弓子を憎んでいなかった。かわいそうだとも思っていなかった。

弓子はまもなく泣きやむだろう。おっつけパトカーが私たちを見つけるだろうし、弓子を車に乗せてやったら帰ってお風呂にはいれると考えていた。

弓子は「こわくなって」といった。こわいことはまだまだ私たちの人生にたくさん待ち構えているはずだ。すすり泣く弓子を見おろして、私はそう思った。弓子が孤独であるように私もひとりぼっちであり、ひとりぼっちなら忠男に愛されなくても生きてゆかなければ、と自分にいいきかせた。

真夜中の声

「大田くん、先生がよんでるわ」

中西啓子がいった。

期末試験の成績が発表されたところだ。ちかく父兄面接がある。そのまえに先生がひとりずつ生徒と、進学問題について話しあうことになっている。

大田孝一はためいきをついた。先生からなにをいわれるかわかっているのだ。中間試験よりも目立って低下した期末の成績をとっちめられるにきまっている。

「さあ、元気を出して、大田くん」

啓子が孝一の肩をたたいた。

「五分間よ、個人面接はひとり五分間ときまってるじゃあない、あらしがすぎるのをがまんすればいいのよ」

「うるさいな」

孝一は啓子の手をはらいのけて、のろのろと椅子から立ちあがった。啓子の視線をせなかに意識しながら教室を出て、カウンセリング・ルームへ向かった。

先生の口調は思ったよりやさしかった。

「顔色がよくないぞ、どこか悪いのかね」

とまず彼の健康をたずねた。

「べつに……」

「テニス部をずっとやすんでるそうだな」

「このあいだ足首をくじいたもんですから」

「すると家にこもって勉強ばかりしてるわけだ」

「………」

「授業ちゅう冴えない顔つきをしてるように見えるけれど、なにか心配ごとでもあるのか」

あのひとの顔がちらと目にうかんだ。大田孝一はあわてて首をふった。

「順位のことはわかってるだろうからこのさいいわない。なやみごとがあればなんでも先生に相談するんだぞ、いいな、岩波くんをよんでくれ」

孝一はほっとしてカウンセリング・ルームを出た。くどくどと成績のことをといつめられずにすんでたすかったと思った。岩波岩男は教卓に腰かけて足をぶらぶらさせていた。

「大田よう、先公になんて文句いわれた、ちえっ、くさっちまうな」

「すぐに来いとさ」

それだけいって孝一はかばんをさげ教室を出た。校門のところに啓子が待っていた。こばしりにかけよって来て、

「先生どうだった、たいしたことなかったでしょう」

「ああ……」

啓子は孝一と肩をならべて歩き出した。家はふたりとも同じ方角にある。ゆき帰りはしぜんといっしょになった。

(なにか心配ごとでもあるのか)とたずねた先生の声はまだ孝一の耳の底にあった。

深夜放送が、とはいくらなんでもいえたものではない。ラジオの声のことを告げたら、先生はどんな顔をするだろう。

「岩波くんたらしつこいの、きょうも自分の番がすむまで私に待ってろというの」

啓子はいった。

「ガンバがかい」

孝一はきき返した。岩波のあだ名である。クラス一のあばれ者にだれがつけたかしらないが、いつからかそうよばれている。日曜ごとに岩波はボクシングジムにかよっているという噂だ。体育の時間には、求められもしないのにシャツをぬいで、上半身の筋肉を見せびらかす。岩波がこれまで何回も啓子を映画や歌謡ショーにさそったことを孝一は思い出した。

「そうなの、岩波くんが」

啓子はゆううつそうにつぶやいた。

「待ってたらいいじゃないか」

「大田くん……」

「ガンバはきみが好きなんだろ、いっとくがぼくはだれも好きじゃない」

孝一はじゃけんにいった。啓子は目をふせた。こういうことは前もってはっきりさせておいたほうがいい、と孝一はつけくわえた。

「わかってるわ」

啓子はよわよわしく答えた。ふたりはしばらくだまりこくって歩いた。

「ねえ大田くん、ＭＪＱの新しいＬＰが入荷したの、『不思議の国のアリス』ってタイトル、すごい演奏よ、うちによってきいてみない?」

啓子の家は町の目抜き通りにある電気器具店である。レコードも販売している。

「そういう気分にならないんだ、せっかくだけれど」

孝一はいった。「じゃあ……」交差点で彼は啓子とわかれた。ＭＪＱのファンではあるけれども、あの声をきいてからはレコードなどかける気にはなれない。夕食を早めにとってひと寝入りしなければならない。目ざまし時計は十一時にあわせている。放送がはじまるのは十二時すぎである。

自分の部屋にかぎをかけてとじこもり、ボリュームをさげてあれをきくつもりだ。孝一の胸はときめいた。ＭＪＱのレコードなんかブタにくわれろ、彼はひとりごとをいった。両親は孝一がねっしんに勉強をしていると考えているらしい。学校から期末試験の結果が通知されたら、さぞびっくりするだろう、と孝一は思った。

はじめてその声をきいたのは十日ほどまえのことだ。

期末試験の準備を孝一はしていた。その夜、いつものようにトランジスタラジオを机の上において英単語をノートに書きぬいていた。時計の針が午前一時をまわったころである。にわかに雑音がまざった。

それまできれいにはいっていた音がしだいによわくなりかすれて消えたかと思うと、ガラスがこわれるような音や、針金をはじくようなひびきがはいった。

孝一は鉛筆をおいてダイヤルを調節した。トランジスタラジオは小学五年に進級した年に買ってもらった品だ。五年以上たっている。しかしいままでこんな雑音をたてたことは一度もなかった。

音楽をききながら勉強するのは孝一の習慣になっている。ラジオなしでは勉強はできないのだ。電池はかえたばかりだから原因はほかにあるはずだ。孝一はアンテナの向きをかえたり、チューニングのダイヤルをいじったりした。

まもなく雑音はやんだ。

澄んだ声がきこえた。

――こんばんは、お元気ですか。

孝一はあわててボリュームを上げた。ききとれるかききとれないか、その声は実にかすかだった。音量をいっぱいに高めてもその声はかわらなかった。

孝一は化石になりでもしたようにぼうぜんとからだをこわばらせ、ラジオの声にきき入った。

（あのひとの声だ、まさか、しかし、この声は……）

あのひとはA先生といった。孝一が中三のとき、教育実習生として彼の学校で十日間あまり教壇に立った女のひとである。担任したのは孝一のクラスであった。K・Aというイニシアルを孝一は自分の机に小刀でほりつけた。たった二週間たらずをともにすごしただけなのに、孝一はA先生を忘れることができなくなっている。

中三当時、彼の成績はクラスでも十位のうちにあった。A先生が去ってから勉強に手がつかなくなり、テストごとに悪くなるばかりだ。授業ちゅうもA先生の白い顔が黒板にぼんやりとうかぶ。町を歩いているとき、通行人のうしろ姿がA先生にそっくりで、急ぎ追いついてみると別人であることがわかりがっかりしたことも一度や二度ではない。

実習期間が終わって、A先生は大学へもどった。孝一はそれとなくA先生の消息をたずねた。そのP大学へ行って構内をうろついたこともある。もしかしたらばったり出くわすことがあるかもしれない、と考えたのだった。大学の事務室へ電話をかけてA先生の就職先を問いあわせてみたこともあった。

出身地が東北のある県であることとくらいしかわからなかった。就職先を調べるには、そのとき電話に出た人とはべつの職員にたずねなければならなかった。そういうことに孝一はなれていなかった。

けっきょくわかったのはA先生が卒業後、東北かどこか地方の職場に就職したらしいということだけだった。それが学校とはかぎらない。実習生としてやって来たのは、何も教師になるためではなくて、教師の免状をとるためだけだったのかもしれないのだから、と孝一は考えた。

もしかしたら放送局に……?

A先生の声はきれいだった。

やわらかですこし早口だった。アナウンサーにはうってつけの声だ。いままで孝一が耳にしたどんな女性の声よりもすばらしかった。正しい抑揚とアクセントでA先生はしゃべった。担当は英語であった。

一度だけ彼はA先生からよばれたことがある。

（大田孝一くん……）

彼はうっとりとA先生の顔に目をそそいでいて、そばの啓子からうながされるまで、自分がリーダーを読むように指名されたことに気づかなかった。あわてて立ちあがって読んだ。クラスの連中は笑い出した。まるっきり別の箇所を読んだからだ。孝一はろくにA先生の話の内容をきいていなかった。声の美しさだけにききほれていたのだ。


思いがけなくきこえて来たのはA先生に似た声である。

孝一はびっくりした。

おどろきの次によろこびが来た。

（ああ、とうとう）

ラジオからもれるなつかしい声に耳をすませながらそう思った。A先生のゆくえを求めるすべを失いはしても、すっかりあきらめていはしなかったのだ。いつかはどこかでめぐりあうことができると、ひとりで決めこんでいた。そう思わなければ生きてゆけなかった。

だから不意にきこえて来たラジオの声を耳にして、びっくりはしても孝一にしてみれば予想がついに実現したという思いもあったのだ。

声はかすかにつづいた。

——それでは、あなたの大好きなＭＪＱの『ヴァンドーム』をおかけしましょう。

孝一はラジオに耳をおしつけた。いまたしかに「あなたの」といった、ＭＪＱの好きなともいった。あなたとは自分のことではないか、声は日本列島に何万人と目ざめてラジオにしがみついている高校生のなかのひとりである孝一にのみささやきかけられているのだ。それにしてもA先生はどうして彼がＭＪＱのファンであることを知っているのだろう。簡単だ、孝一はすぐに気づいた。ある民放にリクエスト・カードを出したことがあった。ずいぶん前のことだ。深夜放送のファンである彼は、週に何枚か放送局へはがきを投函していた。そのうちの一枚がA先生の目にとまったのだ。

（しかし……）

孝一は考えこんだ。

どの局へ出したはがきに自分はモダンジャズカルテットのナンバーをリクエストしたのだろう。それがわかればA先生のつとめ先がわかる。残念ながら記憶はあいまいで、ついに思い出すことができなかった。

ＭＪＱの次にブラザース・フォアがかかった。孝一の好きな曲ばかりがその夜はラジオから流れた。ドン・マクリーンの『アメリカン・パイ』をきいた。これはこづかいが足りずに買いそびれた曲だ。ピンク・フロイドをジョン・デンバーを孝一はきいた。勉強なんかされたものではなかった。曲の合間にA先生の（孝一はもはやA先生と信じて疑わなかった）声が甘くやさしくささやきかけた。

放送局がどこかわかりさえすれば、と彼は思った。

しかし電波は一定の周波をたもたずに、放送ちゅうも不安定で、チューニングをたえず移動させて声を追いかけていなければならなかった。

はじまったときと同じように放送はとつぜん無数の雑音がかぶさり、消えてしまった。孝一はあわててつまみを動かし、消えた電波をとらえようとした。しかし、耳にはいるのはききなれた放送局のききなれたアナウンサーの声ばかりだ。

（なんてことだ……）

孝一はがっかりした。あまりに興奮して録音することも忘れていた。A先生の声がきかれるのなら、あらかじめ準備しておくのだった。

まぼろしのつづれ織り

野呂邦暢

孝一は予定の時刻に目ざめた。

顔を洗い、自分でいれたコーヒーをのんだ。あと一時間で深夜放送がはじまる。それまでには頭はすっきりするだろう。庭でかるく体操をした。

夜空には星がのぞいている。大気は肌をさすようにつめたい。黒い空にちらばる青白い光点を彼は見あげた。この広い深い空をわたってとびかう電波がある。無数のそれらにまざって、ひとつだけA先生の電波がある。いつかはその発信局を自分はつきとめてやる。

第一夜にうっかりして録音を忘れたので、二日目に孝一はラジオをレコーダーに接続し、あの声を記録しようとした。二晩めはしかし失敗だった。

いつもの放送局はちゃんととらえられたが、A先生の声はどこにもなかった。

三晩めにA先生の声がはいった。午前二時をすぎたころである。例によって電子音楽のような雑音を合図に、低いかすかな音量でそれはラジオから流れ出した。

――大田くん、きいていますか、今夜もあなたの大好きな音楽をたのしみながら……しずかに……ヒット曲を……ふたりだけの……

声は高くなったり低くなったりした。空中状態が悪いらしく、雑音でさえぎられて声はとぎれとぎれにしかきこえなかった。孝一は必死にダイヤルを調節した。「大田くん」とラジオの声はいった。たしかにそうきこえた。孝一はからだがふるえた。チューニングのつまみをいじる指もふるえた。A先生は彼のことを覚えており、どこか遠くから彼によびかけているのだ。

オスカー・ピーターソンのナンバーがきこえた。これも彼の好きな曲である。ウエス・モンゴメリイのギターにかわった。孝一はしびれたように音楽に身をひたらせた。ふと疑問がわいた。自分はいつオスカー・ピーターソンやウエス・モンゴメリイをリクエストしたのだろう。

しかしいま、ラジオからきこえて来るのはまぎれもなく自分が日ごろききたいと願っていた曲である。夢ではない。たぶん、ずっと以前にはがきを出したのを忘れてしまったのだろう。

放送はプツリとやんだ。

まったくだしぬけにそれは終わった。声の流れる線をひきちぎったかのような終わりかたである。雑音のあとには沈黙が来た。これでは放送局の名前もわかりはしない。

孝一はレコーダーのスイッチを入れた。リールを回して、たったいま録音した音を再生しようとした。彼は首をひねった。レコーダーはかすかにリールのきしる音しか流し出さない。操作は慎重に念を入れてやったつもりである。このレコーダーは二年以上つかっている。はじめのうちこそミスをしでかしたが、このごろ録音するのに失敗はしていない。

孝一はふにおちなかった。コードの接触がまずかったのだろうか。ためしにもう一度、こんどはききなれた放送局の周波をとらえてセットしてみた。

三分間ばかり録音して再生した。その音ははっきりとスピーカーから溢れた。故障ではなかったのだ。もしかするとちゃんとつないだつもりで、うまく線がつながっていなかったとも考えられる。

孝一は次の晩に期待した。

四日めは雑音がはげしくついにA先生の声は一語もキャッチできなかった。

五日めも同じだった。

六日めはきれいにはいった。雑音はどうしたことかなかった。

――孝一くん、どうしたの、どうして私の放送をきいてくれなかったの、テニスもいいけれど、疲れすぎて勉強ができなくなったり、けがなどしたりしないようにね。足首はまだ痛みますか、今夜はボブ・ディランの初期作品をおかけしましょう。

孝一は片手をラジオのダイヤルにかけ、片手をレコーダーにのばしてすばやくスイッチをオンにした。チューニングのつまみから手をはなせない。周波数がたえずかわるからだ。まったくこんなにおかしな放送局ってあるものだろうか。

「先生……」

たまりかねて孝一はさけんだ。きこえることなどありはしないのに、そうよびかけずにはいられなかったのだ。どこにいるのです、先生、ひとこと居場所をおしえてくれてもいいじゃありませんか。たずねて来るなとおっしゃるなら行きません。電話もかけられるのを望まれないならかけません。ただ、どこにいらっしゃるか、それだけでもおしえてください、先生……。

ボブ・ディランはビートルズにかわった。

――だれしも心の中に自分ひとりしかはいれない部屋を持っています、ドアをかたくとざして他人を入れないひとがあるかと思えば、その部屋にふさわしい友だちを迎えることをひそかに待っているひともあります……

孝一は目をつむって一語もききもらすまいとラジオに神経を集中した。

――孤独な魂から魂へのメッセージ、それが音楽です、ビートルズをきいていただいたところで次はカーペンターズの最新ヒット曲……

一時間後に放送は終わった。こまかな砂つぶを紙の上にばらまくような音がして、A先生の声は消えた。

孝一はレコーダーにとびついた。祈るような気持ちでリールを巻きもどし、再生スイッチをおした。彼は待った。ローラーは音もなく回転している。しずまりかえったままである。

彼は待った。レコーダーとラジオを点検した。どこにも手ぬかりはなかった。それなのにラジオの声は録音されていなかった。

孝一は窓をあけた。

夜空にまたたく星をながめた。この空の下、どこかにA先生がいる、そのひとはぼくによびかけている、それだけで十分だ、と孝一は思った。星の光は先生のまなざしを思わせた。

翌日、孝一はレコーダーを中西電機へ持っていって修理をたのんだ。啓子の店である。機械をしらべた店員はふしぎそうに孝一を見て、どこもおかしくなっていないといった。ラジオを録音できなかった、と彼は抗弁した。

「でもねえ、ほら」店員はレコーダーをセットして再生してきかせた。ちゃんと音はとれるのだ。操作にミスがあったのではないか、と店員はいった。

いわれてみればそんな気がしないでもなかった。孝一はレコーダーをかかえて家にもどった。七日めは雑音がひどかった。八日めと九日めもA先生はラジオに出なかった。

（今夜こそ……）

彼は入念にラジオをテストした。電池をとりかえ、アンテナの向きを直した。レコーダーには新しいテープを入れ、録音ヘッドの埃をていねいに掃除した。埃がついていては音がきれいにとれないのだ。

孝一はひんぱんに時計を見た。

針のすすみ方がもどかしかった。A先生の放送が開始されるのは、たいてい午前二時であるが、いつかは午前一時ごろにはじまった。午前三時まで待ってようやくキャッチしたこともあった。油断は禁物なのだ。

ドアにノックをきいたとき、孝一はとびあがった。のどの奥から心臓がとび出しそうな気がした。ドアをあけると、母が夜食を盆にのせてはいって来た。

机にひろげた教科書とノートを見て、あまり根をつめないように、勉強も大事だが、からだはもっと大事だからなどといった。

孝一はさっさと母をドアの外へ追い出した。だまっていたら一時間くらいはしゃべりつづけるだろう。

午前一時になった。一時半になった。孝一は指先に全神経をこめてゆっくりとチューニングをすべらせ空中にみだれとぶ電波をさがし求めた。ＴＢＳ、文化、ニッポン、それぞれの局は周波数をたしかめるまでもなく、アナウンサーの声とテーマ・ミュージックですぐにわかった。

そんなものに用はない。

（きっと今夜は……）

予感がした。ふた晩もすっぽかされたのだ。今夜はめぐりあえるという自信があった。

午前二時になった。

その瞬間、録音テープを逆回転させたような鋭い雑音がはいった。（これだ……）彼はダイヤルを固定した。息をつめて、雑音がやむのを待った。孝一は目を閉じた。ガラスの砕けるような音、ブレーキのきしるような音がきこえた。

雑音はしだいによわまり小さくなった。

――またお会いしましたね、孝一さん……私は……ずいぶん……しかし……今夜という今夜は……

Ａ先生の声だ。孝一はボリュームをいっぱいに上げた。すこしも効果がない。かえって声はかすかになる。

――二日間というものは……遠い町で……私の部屋……期末試験……ですから音楽を……

孝一は横目でレコーダーを見た。録音スイッチはオンになっており、音がはいっているしるしに目盛りの針がブルブルとふるえている。テープを新しいものと交換したのがよかった。以前のはふるくなっていたのだ、と彼は思った。

しかし、Ａ先生の声はききとりにくい。あついコンクリートの壁をへだててきくようである。それにこのまえとちがってＡ先生は何か心配ごとでもあるみたいに声音が沈みがちだ。どこか遠い所から急いで来て、やっとマイクまでたどりつき、息せき切って話すような感じである。声に疲れがうかがわれる。

（なにがあったのだろう……）

孝一はもどかしかった。

A先生の居場所がわかっていたら、じきにとんでいって具合をたずねるのだが。孝一は都内の全放送局に電話をかけ、K・Aという名前のアナウンサーがいるかどうかたずねていた。アナウンサーではなくただの職員かもしれなかった。孝一の探索はむだだった。彼は関東一円の放送局もしらべた。ひとりだけみつかったが、それは五十歳になる局の用務員であった。

A先生の声はとぎれとぎれにつづいている。

——人はだれかを愛するものです。愛はむくわれる愛があり、むくわれない愛があります、むくわれない愛こそ……それではここで、あなたのリクエスト曲、キャロル・キングの『つづれ織り』をおかけすることにします……

孝一はあわてて机の引出しをあけた。投函するつもりで引出しに入れたまま忘れていたはがきのことを思い出したのだ。リクエストしたのはまさしくキャロル・キングの『つづれ織り』である。どうしてA先生にこれがわかったのだろう。

私の人生は……つづれ織り

アメリカのシンガーソングライターは豊かな声量でうたった。A先生の声がかすかにきこえるのに、音楽ははっきりと孝一の耳をうった。『感じることも見ることもできるが、手でさわれないつづれ織り、変化する世界の永続的なまぼろし』と歌手はうたった。孝一はけんめいにその歌詞をボールペンでメモした。『青色と黄金色で織られた魔術、空のやわらかな銀色の悲しみ……』ついてゆくのはむずかしかった。ただ耳にとまった句だけをノートに書きつけた。歌手はうたった。

なぜそこにいるのか、どこへ行こうとしているのか……彼の苦しむのを見て、私は泣いた、……悲しげにみつめていると、とつぜん……

そこで声はとぎれた。孝一はラジオをゆすった。ダイヤルをいそがしく回してかき消えた声をさがし求めた。はいって来るのは雑音ばかりだ。今夜はとくに短かった。彼はがっかりした。しかし、レコーダーは正常に動いていたはずだ。テープを巻き、再生してみた。音は出なかった。雑音さえそれは録音していなかった。

孝一は机に顔をふせた。

全身から力がぬけた。たっぷり十五分間、そうしていた。ゆっくりと上半身をおこした。目の下に白いノートがある。らんぼうになぐり書きをした歌詞を読みかえした。

彼の苦しむのを見て、私は泣いた……

という一行が目にはいった。その文字がふいに滲んでふくれあがった。しばらくして彼は、自分がノートの上に涙をおとしているのに気づいた。

レコーダーに異状がないとすればラジオがいけないのだ、孝一はひとりごとをつぶやいた。そうだ、どうしていままでこのことに気づかなかったのだろう。雑音もふいの中断もそれで説明がつく、なんといってもこのラジオは買ってから月日がたっている。もっと性能のいいタイプに買いかえなければ。

孝一は決心した。

父は明日、九州の出張先から帰ってくる。そのときたのみこんでみよう、ラジオで受験講座をきくためだといえばいい、そう考えた。

さようならせんせい

孝一は夜の町にとび出した。

あとにした家で、父と母のいいあらそう声をきいた。彼は頬に手をあてた。しだいに痛みがひろがって来た。父から打たれたのは初めてだ。

「ラジオを買ってだと？　孝一、あれはどうした、もうこわれちまったのか」

こわれた、と彼がいった。

「持って来てごらん、おとうさんが見てやる。トランジスタがそうたやすくイカレるはずがない」

孝一はしぶしぶラジオを父の机においた。

「なんだ、ちゃんと鳴るじゃないか」

スイッチを入れた父はあきれ顔でいった。

「深夜放送はキャッチしにくいんだよ、機械がふるくなってるんだ」

「そうか、じゃあ月末まで待つんだな、今度のサラリーで買ってやろう」

「おとうさん、今夜ほしいんだけど」

「ききわけの悪いことをいうんじゃありませんよ孝一、月末といえばあと一週間とないじゃないの」

そばから母が口をはさんだ。父はふきげんにだまりこんでいる。今夜といったら今夜ほしいんだ、孝一はいきなりラジオをとって壁に投げつけた。と同時に父のこぶしがとんで来た。つかのま、目まいがした。孝一はたたみにひっくりかえったはずみに、手でラジオをつかむやもう一度、壁にたたきつけようとした。父の顔が目の前にせまった。彼はよこっとびに部屋をとび出した。

あらあらしいものがからだの中にうずまいていた。気がついてみると、彼は町の目抜き通りを歩いていた。ネオンサインが孝一の目に突きささった。ジュークボックスの音が彼の耳を引きさくかと思われた。洋品店にあふれている服や帽子の毒々しい色彩に胸がむかついた。書店の棚を埋めている色とりどりの本は、酔っぱらいのへどに似ていた。孝一はまっすぐ舗道を歩いた。世界のすべてが自分にさからい、自分をあざけっているような気がした。

孝一はひっきりなしに通行人とぶつかった。彼はだれもさけなかった。肩と胸で、孝一は自分にぶつかる通行人をはね返した。そうでもしなければ五体にこもっている凶暴な力のやりばがなかった。

孝一は歩きに歩いた。

歩くことで体内にもえさかっている怒りとやりきれなさをしずめようとした。ラジオはこわれてしまった。おとうさんのいうことはもっともだ。月末までおとなしく待って新製品を買ってもらえばよかった。どうして自分はあんなことをしたのだろう。

「大田よう、やけにイキがってるじゃねえか」

孝一は立ちどまった。目抜き通りの裏で、あたりは酒場や喫茶店が、多く軒をつらねている一郭である。スナックの前に岩波がいた。彼をとりかこむようにして立っているのは、このかいわいをいつもうろついている他校の学生である。

「ちょいと来な、坊や」

ぼんやりとつっ立っている孝一を、岩波は手で招いた。孝一はふらふらとスナックのほうへ歩みよった。

「ちょうどよかった。タバコ代が切れたとこだったんだ」

そういって岩波は孝一のポケットに手をつっこんだ。十円玉をつかみ出してかぞえた。

「タバコ代が歩いて来たようなもんだ、どれ、ひうふうみいと」

ぽかんと立っている孝一に岩波の子分らしい学生がタバコのけむりを吐きかけた。孝一はむせた。

「ちえっ、しけてやがんの」

岩波は舌うちした。十円玉はタバコひと箱買えない数であった。

「おい、時計をはずしてみな」

そういったときは岩波の手が孝一の手首をつかんでいた。

「それは、おい、返してくれ」

孝一は岩波の手から時計をとりもどそうとした。子分が彼の向こうずねをけった。孝一はうめいてその場にしゃがんだ。

「時計までしけてやがんの、国産の安物ときてら、返してやるよ、ほら」

うずくまっている孝一の前に、十円玉がばらばらと降って来た。時計もむぞうさに投げ出された。脚の激痛がしばらく彼に息をつかせなかった。けられたのはテニスでくじいた足首に近いところであった。

「いまじぶんこの辺をうろついているのはどういうわけだ、え、中西とデートした帰りなんだろ、どうだった、キスぐらいしたか」

岩波の声が頭上から落ちて来た。

脚の痛みが背骨にもつたわって来る思いだ。ごつい革靴が目の前に見えた。

「中西啓子な、あそこにある中西電機の、あいつはこの野郎のスケなんだよ」

子分に説明する岩波の声をきくやいなや、孝一は立ちあがっていた。新しい痛みが脚に走った。孝一はまた力なくしゃがみこんだ。

「どうした大田、やる気あるのか、相手になってやってもいいぜ」

岩波は大声で笑った。見るからにたくましいからだつきの男ばかり五人もいる。むかっていっても勝てそうにない。

それに孝一はケンカなどしたことは一度もないのだ。

「おい、もったいないぜ、十円玉もかねのうちだ、ひろったらどうなんだ」

べつの学生がいった。

孝一はアスファルトの路面でにぶく光っているコインをつまみあげた。通行人は彼らのわきで足をはやめて通りすぎた。孝一は時計をさがした。たったいままでまぢかにあったのが見えない。

「時計か、時計はこっちだ」

岩波が靴の先でこづいている。孝一は手をのばした。

「ほい、パス」

岩波は靴で時計をけった。べつの学生が靴でそれを受けた。孝一はそっちへ手をのばすと、すばやく相手は岩波のほうへけり返した。

「やめてくれよ、そんなの」

孝一はたかぶるものをむりにおさえてたのんだ。岩波の足もとにころがった時計をつかもうとした。その手をやにわに岩波は靴でふみつけた。

「白状しろ大田、中西とどこでデートしたんだ、白状しないうちはこうだぞ」

孝一は歯をくいしばった。

さすがに見かねたのか、仲間の学生が岩波に靴を上げるようにいった。

「うるせえ、てめえはだまってろ、なあ、デートしたんだろ中西と」

岩波は足に力をこめた。

孝一はからだを地面に投げ出し、あお向けになってつま先で岩波の顔を下からけり上げた。あらかじめ孝一の抵抗を見こしていたものの、そういうやり方で反撃されるとは予想しなかったらしい。

岩波はさけび声をあげてうしろにのめった。孝一は時計をポケットにつっこんだ。無言でかたわらの学生が孝一に足ばらいをかけた。それをかわしておいて相手のわきばらにこぶしをたたきこんだ。こらえにこらえていたものが一時にばくはつした。

立ちふさがった岩波のあごをねらうと見せかけて、みぞおちを突いた。ボクシングではルール違反なのだが、違反といえばこのさいすべてが違反なのだ。孝一は全身があつくなった。かかってこい、と孝一はさけんだ。ひとりはスナックの看板のわきにのびていた。もうひとりは孝一の足もとにうずくまって何か口から吐いていた。にげ出したのがひとりいた。

孝一はふり返った。

うしろからとびかかって来たやつの下腹を孝一は力まかせにけり上げた。ゴムの塊をけったような気がした。そいつがひっくり返ると同時に、孝一を羽がい締めにしようとしてかかって来た男の目に、孝一は指をつっこんだ。遠くからパトカーの音がきこえて来た。だれかが通報したらしい。岩波は立ちあがった。スナックの前につんであるコーラの空きびんがその手ににぎられている。

孝一はじりじりとうしろにさがった。岩波はうす笑いをうかべた。孝一のせなかが何かにぶつかった。ぶつかったのではなくて、地面にうずくまっていた男が、いつのまにかうしろにまわり、孝一を羽がい締めにしたのだった。

岩波は手をふりあげた。

次の瞬間、何もわからなくなった。

「大田くん……」

啓子の顔が目の前にあった。孝一はからだをおこそうとした。四畳半ほどの部屋に自分はねかされている。そこがだれの部屋か、すぐに思い出した。啓子の部屋である。ずっと以前、一度たずねたことがある。壁にかけたミレーの絵に見おぼえがあった。

　頭がうずいた。手でさわってみた。ほうたいでまいてあるけれども、傷はたいしたことはないようだ。岩波はどうした、と孝一はきいた。

「岩波くんだったの、やっぱりね、パトカーが来たときはにげてしまってて、それにあなたのけがもひどいものではないとわかって、うちのパパが引き取ったの、もうすぐあなたのおかあさんも見えるはずだわ」

「帰る」

　孝一はいった。

「だめよ、ひとりじゃあ、しばらくじっとしていなければ」

　孝一はベッドにおしもどされた。

「いま、なんじ?」

「さあ、なんじかしら」

　啓子は首をねじって机の上の目ざまし時計を見た。針は十二時五十分をさしている。そうすると自分はかなりおそくまで町をうろついていたわけだ、孝一は考えた。コーラのびんで殴られてのびていたのはどのくらいなのだろう?　しかし、ずきずき痛む頭では、考えごとがすべてもの憂く気だるい。全身が湯あがり後のように無力な感じである。

「十二時五十分……」

　孝一はおうむ返しにつぶやいた。

「あの時計、すこし狂ってるの、待ってね、ラジオを入れてみるわ」

「気がついたようだね、おとうさんたちが見えたよ」

　啓子の父親がドアから顔をのぞかせた。その肩ごしに孝一の両親が見えた。彼はためいきをついた。親たちはここでふたたび大げさにあいさつのやりとりをはじめた。

一時間後、孝一は自分の部屋によこたわっていた。枕もとには新しいトランジスタラジオがある。父が中西電機で買い求めたものである。

孝一は父に自分のしたことをあやまった。

理由がなんであれ、ラジオをこわすなどとはこどものすることだ。町をうろついていたときから彼はあの行為を反省していたのだった。父は何もいわなかった。部屋におちついたころ、段ボールの箱からラジオを出して孝一の枕もとにおいたのだった。よくきいてみると、父たちはかなり以前から中西家に来ていて、孝一の意識が回復するのを待っていたのだという。

「すみません」

と孝一はいった。

「なんだい、さっきからすみませんすみませんって、まあ今夜はぐっすりやすむんだな、医者《せんせい》はあすから登校してもさしつかえないといっているし」

孝一はひとりになった。

せんせい、か。孝一はトランジスタラジオのスイッチを入れた。

ゆっくりとチューニングをすべらせた。ききなれた放送局の深夜番組が流れ出した。順々に孝一はそれをきいた。雑音はぜんぜんなかった。孝一は布団にねそべったままダイヤルをまわした。時計の針は午前二時をすぎていた。A先生の声はどこからもきこえなかった。孝一はそれでも指でダイヤルをいじっていた。いまとなってみれば、A先生の声がきこえないのはすこしもふしぎではないように思われた。

手でさわれないつづれ織り……なぜ、そこに居るのか……彼の苦しむのを見て私は泣いた……

孝一の目に中西啓子の赤い目がうかんだ。

正気に返ったときまぢかに彼をみつめていた目である。気づかわしげに充血した啓子の目を思い出したとき、孝一は自分がもう二度とA先生の声を必要としないことを知った。

弘之のトランペット

鳥の墓

鳥が悪かったのだ、と吉野弘之は思った。

ふいに黒いものがテニス・コートに落ちて来た。放課後、コートにラインをひき直していたときである。テニス部は半分にわかれて、ラインをひかない連中はローラーで整地していた。コートのまんなかに落ちて来た鳥を見るために全員かけ寄って来た。

「これ、なんて鳥」

気味わるそうに夏目洋子はのぞきこんだ。

「スズメかしら」

「カラスの子かもな」

みんなは口ぐちにしゃべったが手でさわろうとしない。鳥はけがをしているらしい。胸のあたりが血で濡れていて羽毛がむしりとられたようになっている。

薄桃色の地肌がちょっぴりすけて見える。

「シギみたいだ、どれ」

弘之は鳥を抱きあげた。

だれかに空気銃で射たれてここまで飛んで来はしたものの力尽きて落ちて来たのだろう、と弘之は説明した。

洋子は弘之と彼がかかえている鳥をかわるがわる見ていた。たったいままで草をむしっていた洋子の顔には点々と汗の粒が光っていた。

「その鳥、どうなの、もうたすからないの」

弘之は洋子に目をやってからあわてて視線をはずした。まぶしいものを見た気がした。

「死んでるのなら埋めてやったら？　どこかそのへんに」

洋子はいった。みんなそれがいいといった。弘之は鳥をかかえてコートの隅、ポプラの木がはえている所へ歩いて行きながら、なんとなく後ろをふり返った。そのとき細川みつ子の目に気づいた。じっとこちらを見ている。

「これ貸してあげる」

洋子が草をとるのに使っていた小さなスコップを投げてよこした。弘之はポプラの根元に穴を掘った。三十センチほど掘って鳥を横たえ、その上に土をかぶせ、近くにころがっていた丸い石をのせた。

みんなはポプラの木陰にはいって休んだ。弘之のしていることを見ている者はひとりもいなかった。夏目洋子は汗をぬぐっていた。汗をふきながら隣のコートで進行している上級生のダブルスをながめていた。

全員がそっちに気をとられているようだった。そうではなくてひとりだけ弘之のしていることを見まもっているのがいた。細川みつ子は初めから目をそらさなかった。

「すんだ、鳥の墓、できたよ」

弘之は洋子のそばにスコップを置いて報告した。

「あ、そう」

洋子は彼を見向きもしなかった。「ファイン・プレイ」小さく叫んで手を叩いた。隣のコートに気をとられている。

「すごいわ、いまのサーブ見た？」

まわりの連中にたずねた。「さすが……」男の子は全部しきりに感心して首を振ったり口笛を吹いたりした。洋子が口を開くとしゃべっている生徒も話をやめてきくふりをした。洋子のいうことには何もかも賛成した。弘之もそのひとりだ。

彼はぼんやりと鳥の墓のほうを見た。

細川みつ子が墓の前にしゃがんでまわりの雑草を抜いていた。もしかしたらみつ子は気づいていたかもしれない、と弘之は思った。あの鳥が死んでいたのではなく、まだ息があったことを見ぬいていたような気がする。

弘之の手の中で鳥はかすかにからだをふるわせていた。まだ羽を通してぬくもりが感じられた。しかし、どのみちたすからないのだ、鳥はみるからに苦しそうだった。傷は深く、出血の量は多かった。手当のしようがないのであれば、洋子のいうように土に埋めて早く楽をさせてやるしかないのだ、弘之はそう考えたわけだった。

しかし、どこかにひっかかるものがあった。鳥をみつめていたみつ子、自分をみつめていたみつ子の目が、いまこうしてうなだれて地面に目を落としている弘之に見えてくる。

（かわいそうに、まだ生きてるのに……）

みつ子の目はそう語っている。

（洋子さんに気に入られたいから鳥を埋めるのをすすんで引き受けたのでしょう、あなたは……）

弘之は顔を伏せたまま草をむしった。すぐ横には夏目洋子がいた。そのからだから立ちのぼる汗の匂いが弘之を酔ったような気分にさせた。

石けんと香水をまぜ合わせたようないい匂いである。胸で痛みをおぼえながら、自分は洋子のわきにへばりついている、と弘之は思った。かわいそうなシギ、あれはどこから飛んで来たのだろう、だがシギよ、おまえは射たれて苦しんでいたじゃないか、ぼくは苦しみを短くしてやったのだ、ぼくを恨まないでくれ、と弘之は心の中でくり返した。

「ああ、のどが渇いた、何か飲みたいと思わない」

洋子がいった。ジャンケンをして負けた男生徒が、テニス・コートの裏にある店までジュースを買いに行くことになった。弘之はみんなから集めた硬貨をにぎりしめて走った。硬貨はひとつのこらず熱かった。みつ子は加わらなかった。鳥の墓の前にあき罐を置いて花をさしていた。

細川みつ子が自分をあんな目で見るのはからだが弱いせいだからかもしれない、と弘之は考えた。店へ向かって夏の日ざしをあびて駆けながら思った。みつ子は医者の娘であるが病身である。テニス部の一員ではあっても、ゲームには参加しない。いつも日陰で仲間のすることを見ているだけだ。試合のときにスコアをとることはみつ子の仕事になっている。正式な役目はテニス部のマネージャーである。

「あたしのコーラは……」

洋子はいった。

「コーラだって」

弘之はあわててきき返した。全部ジュースだとばかり思いこんでいた。

「そうよ、ちゃんと頼んだはずだわ」

洋子はきっぱりといった。「いいじゃない、せっかく吉野君が買って来てくれたんだからジュースで我慢したら」女生徒のひとりがいった。

「いやよ、あたしはコーラしか飲まないんだから」

洋子は横を向いた。

弘之はジュースを持って、また店のほうへ駆け出した。くたびれてはいたが心がはずんだ。今度はテニス部の用事ではなくて洋子ひとりのために炎天下を走っているのだ。足がひとりでに速くなった。細川みつ子のことは忘れていた。コーラとジュースを取りかえてもらって帰って来たとき、みつ子は鳥の墓にバケツで汲んで来た水をかけていた。

夕焼けの中で

夕方、弘之は元商工会議所の屋上にのぼった。三階建てのビルはからっぽで、近くとりこわされることになっている。商工会議所は町の中央に新しく造られたビルに引っ越している。それがトランペットの練習をするのに好都合なのだった。

夏目洋子は県の音楽祭に学校を代表して出場し、ピアノ部門で優勝したことがある。ピアノだけではなくフルートもうまい。バイオリンにも才能があると弘之はきいている。

洋子は一度だけ聞いた映画音楽を正確にハミングしたことがあった。未封切のその映画は、テーマ・ミュージックが有名だった。深夜放送でディスク・ジョッキーはしきりにその音楽のことをしゃべった。レコードもまだ発売されていない。数か月前のことだ。聞いてみるとやはりすばらしかった。

弘之は自分のからだが石になったような気がした。音楽というものを初めて聞いたように思った。

メロディーは弘之の外にあるのではなく、からだの中にしみこみ、血液に溶けこんで全身をめぐるように思われた。

みぞおちに固いものがつかえた。弘之は机にうつ伏せになり、目をとじてトランジスタ・ラジオの音に聞き入った。

ボリュームはいっぱいに下げていても耳の奥で高く音楽は鳴りわたるのだった。音楽の中には夏目洋子がいた。

自分は洋子を好きなのに、洋子は自分をなんとも思わない、と弘之は思った。目からなまぬるい液体が流れ出て、ワークブックにしたたった。

ぼくが好きな女の子はぼくを無視している、そして、ぼくが気にかけない女の子はぼくのことを考えている、と弘之は音楽に浸りながら思った。

弘之がテニス部のすみっこにほうり出していたソックスをきれいに洗濯して届けてくれたのは細川みつ子だった。弘之がコートのまわりに張ってある金網の柵にひっかけて破ったシャツを縫ってくれたのもみつ子だった。弘之にしてみればよけいなお世話というものだ。自分のことは自分でする、これがテニス部のきまりである。よごれものの洗濯や衣類の修理はマネージャーの仕事にはいっていなかった。

みつ子はだれのものもそうするのではなかった。弘之のものだけに気を配った。

弘之は、みつ子が手渡す自分のシャツやソックスをわざとぶあいそうに受け取った。ひとことも礼をいわなかった。いえばまた次の洗濯を頼んでいるとみつ子に思われるような気がした。ありがとう、といったことは一度もない。シャツはアイロンをかけて、きちんとたたんであった。ソックスはほつれた部分がていねいにかがってあった。弘之は人が見ていない所で、シャツをくしゃくしゃにし、地面にたたきつけて足で踏みにじった。ソックスはみつ子がかがった部分を指で引っ掻いて元のようにほつれさせた。頼みもしないのにこのような世話をされると、わけもなく腹が立つのだった。

弘之はビルの屋上でトランペットを吹いた。深夜放送で耳にした映画音楽のメロディーを吹いた。細々とした音がトランペットからもれて出た。映画は最近全国的に上映されて、サウンド・トラック盤も売り出されていた。弘之はそれを買ってレコードがすりきれるほど聞いた。メロディーが部屋をみたしているとき、夏目洋子がもっとも身近に感じられた。

弘之がトランペットを練習しはじめてから二か月になる。トランペットは父のお古である。正確な音程どころか、まず音そのものを出すことが初めはむずかしかった。

父は昼間はほとんど寝ている。起きているときは酔っ払っている。よほどきげんがいいときしか弘之に吹き方を教えてくれない。町にはピアノやバイオリンの教室はあっても、トランペットを教える所はなかった。

弘之はだから自分ひとりで練習するしかなかった。夜、父は仕事場であるキャバレーへ行く。そこでピアノを弾くのが父の職業なのである。母は弘之が小学校を卒業した年に家を出て行った。それ以来、顔を合わせたことがない。弘之は朝、自分で朝食をこしらえ、父と自分のための昼食を用意して登校する。掃除も洗濯も弘之の仕事である。

父は明けがた家に帰ってくる。そうぞうしい音をたてて玄関をあけ、ばたりと上がり框に倒れ、しばらくあえいでいる。それから台所へ犬のように這って行って水を飲む気配がする。

父が帰って来る時刻にきまって弘之は目がさめる。さめても眠ったふりをしている。父は台所からよろよろと寝室にもどって来て弘之の枕もとにすわりこむ。

枕もとにはトランペットを置いている。父はそれを手に取っていじっているらしい。吹こうとしている。息づかいでそれがわかる。トランペットは鳴らない。父はのどをぜいぜいいわせている。酔っていては吹ける道理がない。はやく寝ればいいのに、と弘之は思う。（ちくしょう……）などと父はつぶやいている。若いころ、父は東京のレコード会社につとめていて、全国的に名の知れたトランペッターだったということだ。

母からそのように聞いた。

（おとうさんは一流の音楽家だったのよ、いや、一流の音楽家になれる人だったのよ、でも朝から晩までお酒を飲むようになってはダメね……）母はため息をついた。

父はため息をついた。二、三回のどを鳴らして息を吸ったり吐いたりした。弘之はタオルケットをそろそろと頭の上まで引っ張り上げた。父はトランペットを吹こうとしている。せわしない呼吸がやんだ。弘之は両手で耳をふさいだ。数秒間の沈黙が永久に続くように思われた。

重いものがずしんと枕もとに投げ出された。ふうっ、と苦しそうに息をつく父がわかった。

（それ見たことか、酔っ払っていちゃ吹けるもんか）

弘之はゆっくりとタオルケットを首まで下げた。うす目をあけて父をぬすみ見た。父は隣にしいた布団に着のみ着のまま這いこむやいなや、高々とイビキをかいている。

弘之は起きて父の靴下をぬがせ、ズボンをとり、ネクタイを首からはずした。毎晩のことだから慣れていた。上着は泥にまみれていた。シャツにはソースがくっついてしみになっていた。上着はハンガーにかけ、シャツと靴下は洗濯機にほうりこんだ。父のからだにタオルケットをかけながら、弘之は夏目洋子が父のことを知ったらどんな顔をするだろう、と思った。


夕焼けが空にひろがった。

赤くそまった雲がきれぎれに浮かんでいる。弘之はやっとのことで一曲を吹き終えた。自分では吹き終えたつもりだが、他人の耳にはどう聞こえるかわかったものじゃない、と考えた。

初め弘之はトランペットの練習を家でした。たちどころに隣から苦情をもちこまれた。赤ん坊がむずがる、というのだ。弘之は町を流れる大川の川原で練習した。抗議に来たのは近くで学習塾を経営する人物だった。弘之は町はずれの神社へ行き、境内で練習した。神主に、出て行け、といわれた。祇園祭りの準備で忙しいところへもってきて、調子はずれのトランペットを吹かれては困る、というのだ。

中学校は五時半以降、校門が閉鎖される。弘之はふるびたトランペットをかかえ、心おきなく練習できる場所を求めて町をあちこちさまよい歩いた。

ようやく国鉄の駅裏手にあるあき地を見つけた。ここなら人家からは倉庫でへだてられているので、だれにも文句をいわれない。

弘之は一週間、ここへ通いつめた。その間に苦心しただけのことはあって、正確な音階だけはどうにか吹いて出せるようになった。それも一週間だけのことである。

八日めに行ってみると、あき地には枕木とドラム罐と鉄材が山のように積まれていて、有刺鉄線で囲んであった。呆然として町をうろついているとき、ふと、このビルが目にとまった。学校の近くである。市庁舎と公民館と地方裁判所の建物にはさまれた位置にあって、まわりに人家はすくない。

どうしていままで気がつかなかったのだろう。弘之は屋上に駆けのぼった。いずれとりこわされるにしても、それまではだれに気がねもせずのびのびと練習できる。そしてここへ通うようになってから、弘之の進歩はめざましかった。へたはへたなりに、暗記した曲なら終わりまで吹けるようになった。弘之は満足した。トランペットを練習している間は夏目洋子は弘之のものだった。音楽の中にはいつも洋子がいた。

夕焼けはますます濃い赤になった。

雲は少しずつ崩れつつあった。ある雲は象に似ており、ある雲は綿菓子に……弘之は息を止めた。神社の森の真上にうかんでいる雲から目を離せなくなった。夏目洋子の顔にそれはそっくりだった。

見まちがいかもしれなかった。次の瞬間、雲は形を変えて、似ても似つかぬ形になったから。いつも洋子のことを考えているから、雲まで似て見えるのだ、と弘之は考えた。

きょうの午後、洋子はいった。

（ありがとう、吉野君、二度も買いに行ってもらって悪かったわね）

そういってにっこり笑った。弘之は洋子の白い歯を見たとき、からだの芯に火の棒が通ったような気がした。コーラを買いに行くくらいが何だろう、洋子のためならお安い御用だ。ふだん、弘之は考えている。洋子が自分に何か命令しないものかと考えている。

西部劇をテレビで見ているとき、深い谷が画面に出てくると、洋子が自分に向かってあの谷底へとびこめと命令したらすぐさま自分はとびこむだろう、と考えている。映画がどのように展開するかはもうどうでもよくなる。燃えている家を見ると、もし洋子が自分にあの中へはいれと命令したら自分はふたつ返事ではいるだろう、と確信する。（なぜ？）ともきかずに命令にしたがうにきまっている。

トランペットを吹いていると洋子が身近に感じられた。教室やテニス・コートでいっしょにいるときよりも肌に親しく感じられた。それというのも洋子が学校一のピアニストであるからだ。洋子はこうもいった。（音楽が好きというだけでは十分じゃないわ、何か演奏できなくては……いまどき、男の人で楽器を何も演奏できないというのは話にならないわ、そう思わない？）

そういった洋子の言葉が、いつも弘之の中にこだましていた。弘之が必死にトランペットを練習する理由もそこにあった。（何か楽器を演奏できるのでなければ）洋子に目をかけてもらう資格がない。


夕焼けはだんだん色がうすれはじめた。

弘之は屋上の手すりにもたれて西空をながめていた。きょうは洋子と口をきいた。弘之に向かってにっこり笑った顔も見た。ありがとうともいってくれた。おまけにきょう初めてあの映画音楽をまちがえずに終わりまで吹くことができた。

大いに愉快になっていいはずなのに、何かが心のどこかにわだかまっている。気がかりなことがあって素直に喜べない。細川みつ子の目である。傷ついた鳥を埋めている弘之をじっとみつめていた目が忘れられない。弘之はビルを駆けおりた。

まっすぐ学校へ向かって急いだ。校門は閉ざされているので塀を乗りこえた。鳥を埋めたポプラの根方へ行った。草の中にころがっていた棒を拾って土を掘った。土はまだ柔かかった。弘之はふるえる指で土をのけた。鳥はすっかり固くなっていた。脚をくの字に曲げ、泥を羽にこびりつかせて埋もれていた。鳥は冷たくて、気のせいか昼よりも重たくなったようだった。

弘之は地面にひざまずき、鳥を両手で包んで自分の胸に押し当てた。しばらくそうしていた。体温が鳥に移って生き返れば、と思った。死んだ鳥が息を吹き返すはずはなかった。それは弘之も知っていた。無駄と思っていても、試みないではいられなかった。このとき弘之の目に浮かんだのは夏目洋子ではなかった。細川みつ子の青白い顔だった。

弘之は穴を埋め直し、別の場所に新しく穴を掘った。昼よりは深く掘った。ハンカチで鳥をくるむ前に羽についた泥をていねいに取り除いた。第二の墓には目印をおかなかった。黒い土がのぞいている所にはちぎった草をかぶせた。黒い土の色はそのまま自分の罪の色かとも思われたからだ。

父の〝友だち〟

野呂邦暢

「赤井に会いたくないか」

と父がいった。

鳥のことがあった翌日である。土曜日であった。学校から帰って例のビルへ練習をしに出かけようとしている弘之にきいた。

「赤井って、まさか、あの……」

弘之はきき返した。信じられない。

「そうさ、あの赤井さ、きょう、公演があるんだろう」

赤井武彦は有名なトランペッターである。外国で録音したレコードもある。どの音楽雑誌も一度は彼を表紙にした。弘之は全紙大のポスターを買って部屋に飾っている。

「どうしておとうさんがあの人を知ってるの」

父が赤井武彦を友だちのように気やすく呼びすてにできるのがわからなかった。

「おとうさんが東京の会社にいたころな、あの男、おとうさんの譜面台なぞ運んでくれたものだよ。あの時分は舞台に出られる腕はなくて地方公演のとき楽器運びが仕事だったさ」

「へえ……」

「才能のある男ではあったよ。トランペットの手ほどきをしたのはおとうさんだからな。ステージが終わってからひとりでよく練習してたっけ」

「おとうさんが教えたんだって」

「うそだと思うだろう。でも本当だ、私が行けば喜んで会ってくれるはずだ」

「切符はどうするの」

「そんなのいるもんか。楽屋でおとうさんがひとこと口をきけばふたりとも大手を振って通してくれるにきまっている」

前売券は二か月前から発売されていて、即日、売り切れている。当日売りの切符はプレミアムがついて前売券の三倍も高い。弘之は公演をききに行きたくてたまらなかったが、そういう事情であきらめざるをえなかった。今月は新しいテニス・シューズを買ったばかりだ。高い切符には手が出ない。

「赤井さんってどんな人だった」

外へ出てから弘之はきいた。

めずらしく父に酒の匂いはしていなかった。いつもは仕事に出かける前にビールを二、三本あけているのだ。きょうは上着を着てきちんとはやりのネクタイをしめていた。父の日に弘之がプレゼントしたものだ。

「そうだな」

父はまぶしそうに目を細めた。午後二時をすぎてまもない時刻である。こんなときに外を父が歩くことはめったにないことだ。

「そうだな」とまた父はいった。

「楽団の下働きというのは目がまわるほど忙しいんだ。その割にはむくわれない。半年もしたらやめて行く連中が多いんだがね、彼は愚痴をもらさなかったな、つらいなんてぼやかなかった。そしてひまさえあればトランペットを練習してた。おとうさんも公演のあと、だれもいないステージで彼に演奏させていろいろ指導してやったんだ」

「そのかいがあったわけだね」

「音楽家というものは天分がなければいくらがんばってもダメなんだが、赤井の場合はやはり才能に加えて努力が実をむすんだといえるだろうな」

「あの人はおとうさんをなんて呼んでたの」

「うむ……」

父はきまりわるそうに微笑した。

「ねえ、なんと呼んでたのさ」

「先生と呼んでた」

「先生ねえ」

「あのころ、彼は給料が少なかったから、おとうさんがよく誘って食事をしたり、お酒を飲んだりしてたもんだ」

公演は始まろうとしていた。父は市民センターの横から楽屋へまわって、ドアの前に腰かけていた若い男に赤井武彦に会わせてくれと頼んだ。若い男はスポーツ新聞を読んでいた。

「先生に会いたいんだって、おたく、なんの用」

「昔の友だちだ、吉野といえばわかる」

「そんなことをいう人が多くてねえ」

若い男は新聞に目をおとした。

「私が来るのを待ってるはずだ」

父はいった。

「あとにしてくれませんか、先生は忙しいんだから、あと五分でステージですぜ」

若い男はうるさそうにいった。

「じゃあ、伝えてくれるね、吉野弘次、いいかね、ステージがはねたらきっとたずねてゆくからね」

「ああ」若い男は新聞から顔を上げない。

父は弘之の肩を押して廊下を歩きかけた。

「ちょい待ち、おたく困るじゃないか、そっちは会場だよ、切符はあるのかね」

友だち同士だ、切符はいらないはずだ、と父はいいはったが、若い男には通用しなかった。父はしぶしぶ売場にまわってそこでうろうろしていたダフ屋から高い切符を買った。立見席の切符さえも売り切れていた。

赤井武彦の演奏は思ったとおりみごとだった。

音楽家はまばゆいライトを一身にあびて、トランペットを吹き鳴らした。赤井武彦の手に支えられた黄金色の楽器はこどものおもちゃのように小さく見えた。彼はトランペットを高らかに鳴らした。あらゆる音を自由自在に吹いた。からだを弓なりに反らせるかと思えばエビのように背を丸めた。そうしながらひとつずつ曲をかたづけていった。一曲ごとに拍手が湧きおこった。弘之も手をたたいた。しかし、どうしたことか、期待していたほどには気持ちが弾まない。

赤井武彦の演奏をりっぱだと思いながらも手放しで感心できないものが弘之の心のなかにはあった。楽屋入口で、スポーツ新聞を読んでいた若い男が目にちらついてしようがなかった。

演奏は終わった。しばらくは拍手が鳴りやまなかった。カーテンが引き上げられ、上気した顔の赤井武彦が一礼した。歓声が場内をどよもした。赤井武彦はトランペットを頭上にさし上げて振った。ついにカーテンが降りた。父は人ごみをかきわけて楽屋へ急いだ。さっきの若い男がドアの前に立ちふさがって、押し寄せるファンをさえぎっていたが、父を認めると、「吉野さん、ね、先生が会われるそうですよ、どうぞ」といった。

父はちらりと弘之に目くばせして満足そうなうす笑いを浮かべた。

「よう赤井、久しぶりだな」

公演の主役はテーブルでラーメンを食べていた。上目づかいに父を見て、「あ、しばらく」といった。マネージャーらしき人物が父と弘之に椅子をすすめた。

「なかなかよかったよ」

父はいった。

「え？　何が」

つるりとラーメンをのみこんでから赤井武彦はきき返した。

「きまってるじゃないか、いまの演奏がだよ、たいしたもんだ」

「おい、お茶」

トランペッターは後ろを向いてどなった。

「あれからきみ、何年になるかなあ」

父は懐しそうにいった。

「あれから、というと」

お茶をすすりながら赤井武彦はいった。

「きみといっしょだったころのことをいってるんだよ。この子が幼稚園に通ってたじぶんではないかな」

赤井武彦は弘之に目をやった。血走ってどんよりした目である。

「息子なんだ。トランペットが大好きでね、きみのファンでもあるんだよ、それも熱烈なね」

父は弘之の肩を後ろから楽屋の主人へ向かって両手で押しやるようにした。弘之はびくりとした。うつむいて自分の靴先をみつめた。

「このお茶、ぬるいじゃないか」

トランペッターは大声でいった。

女の人がとんで来て新しいお茶をいれた。

「実はたのみがあるんだがね、赤井君」

父はおずおずと切り出した。

「なんでしょう」

赤井武彦はマジックでカレンダーのあちこちにしるしをつけていた。ある日付を円で囲んだり、?·をつけたり、バッテンをふったりしていた。

「この子がきみのサインを欲しいといってるんだが」

父はいった。

「サインね、お安い御用ですよ」

赤井武彦はお茶をいれた女の人に目で合い図をした。ハトロン紙の封筒が運ばれて来た。四つ切りのブロマイドがひと束つめこんである。その中から一枚、むぞうさに引き抜いてマジックを走らせた。トランペットをかかえて誇らしげに微笑している本人の写真である。こうして目の前でむっつりとお茶をすっている男と同一人物とは思われなかった。

「よかったなあ弘之、赤井先生に会えて」

父はいい、今度は写真の人物に向かって、

「次のリサイタルはどこでやる予定ですか」ときいた。

「先生、東京からお電話です」

女の人がいった。

「つないでくれ」

赤井武彦は卓上の電話をとった。

「もしもし、ああ、おれだよ。うん、いますんだところ。いやべつに、どうってことないよ、田舎だよ田舎、わかる?　そうだとも。いやになっちゃうよ、まったく。うん、早く東京に帰りてえな、本当の話……。インタビュー？　どこが？　ことわってくれよ、ちゃんとした相手なら会ってやるよ。テレビ局とか新聞社とか、雑誌ならな。うん、そういうことだ……わかった、ビデオはいつの予定だ？　マネージャーと打ち合わせて日取りを調整してくれ。……うん、……エイジェントがそういったのか。キャンセルしたってかまいはしないさ、……先方がそのつもりならな……契約書をじっくり読めといってやれ、……こちらはちっとも腹は痛まない、あとでほえづらかくのは向こうのほうだとも。……気にしない、気にしない、え？　なんだって」

弘之は父の袖を目立たないように引っ張った。帰ろうと合い図したつもりだ。

父は弘之のしたことに気づかず、ぼんやりと壁のポスターを見ている。きょうの公演を告げるポスターである。町に貼られたそれらは二、三日でなくなってしまった。ファンがはがして持ち帰ってしまったのだ。

「帰ろうよ、おとうさん」

弘之は小声でささやいた。

「ちょっと待って」

父はいった。赤井武彦の電話はつづいていた。

「……先方がそのつもりならこちらにも覚悟がある。……おめおめと素手で引きさがるもんか、うん……そのとおり……わかる、わかる……会社がなんといったって書類にしておかない限り水掛け論だよ。そのへんのいきさつはうちのプロダクションの弁護士がいっさい取りしきっているから連絡してくれ。うん。……マネージャーもおれと同じ意見だとも。……わかった。……うん、じゃあな」

電話は終わった。

赤井武彦は受話器を置いて、目の前にいる弘之たちを見た。つかのま、けげんそうな表情になった。いまのいままでそこにふたりがかけていることを忘れていたふうであった。

「忙しそうですな」

父がいった。

「まあな」

赤井武彦はいった。急に大声をあげて、「東京のRプロダクションに電話を入れてくれ」と女の人に命じた。

「あのう……」と父はいった。

「ええ」

赤井武彦は眉間にたてじわを寄せて、マジックでコツコツとテーブルをたたいた。

「この子がですね、実はトランペットの練習をしていまして。赤井先生から何かそれについてひとことタメになるようなことをいってもらえると、ありがたいんですが」

「なにかひとこと、ね」

トランペッターは弘之を見た。そのとき、「先生、Rプロが出ました」という女の声がした。

「そうか、こちらで受けるから」

赤井武彦は受話器を取り上げた。

ふたりは部屋を出た。弘之はバス停で父と別れた。午後五時をまわった時刻である。日ざしがアスファルトをやわらかくして靴がめりこみそうだった。市民センターを出てから、父は黙りこくっていた。街路樹の濃い影が道に伸びていた。冷房のきいた楽屋から外へ出ると、照りつける日光にたちまち汗がふき出した。

父を乗せたバスが街角を曲がって見えなくなってから、弘之は赤井武彦のブロマイドをふたつに裂き、次に四つに裂いて街路樹の下にあったくずかごに投げこんだ。

きれいになったネクタイ

野呂邦暢

いつもならトランペットの練習をするために商工会議所跡のビルへ行くのだが、きょうはその気になれなかった。弘之は家にもどってテニスのラケットを取り出し、市の体育館に出かけた。

ちょうど居あわせた同級生とシングルでゲームをした。

「どうした吉野、さっぱりじゃないか」

相手は妙な顔をした。

サーブしたボールはおかしな方角へ飛んで行ってしまうし、相手のボールはレシーブできない。いつもはらくらくと受けるボールを、きょうにかぎってミスしてしまう。

「すまん、すまん」

弘之は無理に笑顔をつくってみせた。

ポジションをかわってプレイしてみた。やはり同じだ。とうとう相手はイヤな表情になった。弘之がおざなりなサーブをしていると思いこんだのだろう。

「吉野、少しはまじめにやれよ」

などといい出すしまつだ。

弘之は一生懸命にボールを打ち、ボールを追った。あせればあせるほどボールはラケットからそれた。弘之は目がくらんだ。ひざから力が抜けて、脚ががくがくした。

「やめよう、きょうはおまえ、どうかしてるんだよ、そうだろう」

ボールを手にした相手はいった。そういわれると弘之はかえってムキになっていった。

「あとワン・セット、たのむ」

「ワン・セットだけだぞ」

相手は念を押した。

サーブしたとたんに弘之のラケットはガットが切れた。相手はそれを口実にした。

「要するにおまえ、きょうはついてないのさ、こんな日もあるもんだよ。またいつかやろうな」

そういってくるりと背中を向けた。

弘之はシャワーをあびてから体育館を出た。家に帰るには町の商店街を抜けることになる。書店でマンガ週刊誌を、楽器店でアメリカのシンガーソングライターのシングル盤を買った。きょうのリサイタルを記念して発売される赤井武彦のライブ盤を買うつもりで貯金していたこづかいをそれに当てた。当分、トランペット・ソロはだれのものでもききたくはなかった。

週刊誌とレコードを買ってもまだおかねは残っていた。弘之はLPをかけ並べた売場を歩きまわった。家に帰ってもひとりで食事をこしらえてひとりで食べるだけだ。

その後はテレビで洋画を見て、宿題をやって寝ることになる。渡された宿題はプリントが各教科三、四枚ずつ、全部で一冊の本になりそうな厚みがあった。そのことを思うとげんなりした。まっすぐ家へ帰る気にはなれない。弘之はレコード売場でぐずぐずと時間をつぶした。

あり金をかき集めるとシングル盤があと二枚は買える。こうしてレコードを見るのも久しぶりだ。テニスのクラスマッチはすぐそこに迫っていた。このごろは、部の練習も時間がふえた。テニスがない日はとんで帰ってビルの屋上へ行き、トランペットを吹いた。楽器店に寄るひまなんかありはしないのだ。

欲しいレコードは山ほどあった。二枚だけえらぶのはむずかしかった。弘之は棚からレコードを取ってはもどし、取ってはもどした。ふと彼の目が壁の一角にひきつけられた。赤井武彦の公演ポスターがパネルに仕立てて飾ってある。

　弘之は楽器店をとび出した。

　スーパー・マーケットで夕食用の肉と野菜を買った。レジで金を払っていると表通りで人だかりがしている。手をたたいたり、はやしたてる声が聞こえる。弘之は人ごみをかきわけて外へ出た。道路のまんなかに父が立っていた。赤い顔をしてゆらゆらと左右にからだをゆすっていた。上着はどこでぬいだものかつけていなかった。

　父はスーパーの入口に置いてあるペンギンの前で立ちどまった。機械仕掛けのペンギンである。ペンギンは規則的におじぎをくり返す。父はうやうやしく頭を下げた。

　まわりの見物人は大声で笑った。父はだらしない笑いをうかべて周囲を見渡した。自分のネクタイの先と根元をちょいとつまむと斜め上にさし上げて口をとがらして、あるメロディーを吹いた。

　調子はずれのメロディーではあったが、弘之にはそれが赤井武彦がリサイタルの初めと終わりで吹奏した自作の曲のメインテーマだということがわかった。

　見物人の中に夏目洋子がいた。洋子は苦しそうに腹を押えて笑っていた。そして手にしたフルートのケースを父がしているように斜め上にさし上げた。形のいい唇をとがらして父のメロディーをまねた。

　弘之の手から野菜と肉の紙袋が落ちた。

　下を向いたまま家に走って帰り、タオルケットをかぶって寝てしまった。すぐ眠ったのではなかった。目を閉じたまま「ちくしょう」と小声でつぶやきつづけた。そうするうち本当に眠りこんだ。

　翌朝八時ごろ、弘之は電話のベルで目ざめた。わきを見た。父の寝床はからである。帰った形跡はない。

「吉野君、あたし……」

「だれ」

とたずねながらもその声に長い間きかなかった懐しい響きを感じとったように思った。

「あたし細川よ」

「ああ、細川君か、おはよう」

「あなたのおとうさん、ゆうべうちに救急車で運ばれて来たの」

「………」

「酔ってみぞに落ちてらしたの。だいじょうぶ、かすり傷が少し、頭にこぶができたくらい。パパの話じゃたいしたことはないんですって、それで……」

弘之は電話を切って家をとび出した。タクシーで細川病院にかけつけた。父は大げさに包帯を頭に巻いてベッドにあぐらをかいていた。

「身元がわからなくて困ったんだけれど、レントゲン室を出たところで、廊下を通りかかったお嬢さんが吉野君のおとうさんだと知っていらして、それでわかったわけ」

看護婦がいった。父はパジャマ姿できまりわるそうにそっぽを向いてわきの下など掻いていた。

「あら吉野君、着がえ持って来なかったの、電話を途中で切るんですもの、だめねえ」

みつ子がいった。父の洋服は上下ともよごれているという。

「待っててね」

みつ子は小走りに病院を出て行き、しばらくして両手にシャツやズボンをかかえてもどって来た。

「これ、パパのお古なの、よごれ物はその袋に入れてあるわ、ついでのときに返してもらいますから」

「すみませんな、何から何まで」

父はベッドをおりてパジャマを着がえた。

タクシーを呼ぼうか、と弘之はいった。いいだろう、歩いて帰れる、と父は答えた。

「酒もいいが、度をすごさないことですな。息子さんが心配しますよ」

細川先生が明るく笑っていった。

病院の玄関で弘之はみつ子に肩をたたかれた。

「このネクタイ、おとうさんのでしょ、これだけ洗うひまがあったの」

それはしみひとつないほどきれいになっていて、アイロンがかけてあった。

「ありがとう」

と弘之はいった。

公園から帰る

〃すばらしい〃友だち

あと三時間、と思った。

明子は六時半といったから、あと三時間、腕時計をのぞいてそう思った。

さっきからひっきりなしにそうしている。何度、手首に目をやったことか。書庫の壁にかかった電気時計も見た。同じことなのに。

針の動きがきょうのようにおそく感じられることはない。とまってしまったかと思ってときどき腕時計を耳にあてた。とまってやしない。だとすればぼくが知らないうちにこっそりと逆もどりしているのではないだろうか。

二時を過ぎてからますます針の歩みがおそくなった感じだ。六時半という時刻になることがいったいあるのだろうか。それは永遠に近い彼方にあるような気がしてくる。待ちに待ったこのとき……。

学校図書館の書庫にいるのはぼくひとりだ。いや、ひとりではなかった。石田啓子がいるのを忘れていた。ぼくに背をむけて斜め前の机で新刊書を分類している。いつからそこにいるのだろう。

二時間まえに、ぼくが書庫のドアをあけたときにはいなかったから、そのあとではいって来たことは確かだ。ノックもせずに、もしかしたらノックしたのかもしれない。ぼくは表紙のとれかけた本や、破れた見返しなどを修理するのに熱中していたので気がつかなかった。

そうではなくて、手はいたんだ本をつくろってはいても、頭のなかには藤村明子のこと、今夜の約束のことしかなくて、だれが書庫にはいって来ようと注意を払う気持ちのゆとりはなかった。不意に啓子が話しかけてきた。

「深沢くん、なにを気にしてるの」

「なにも」

「時計ばかり見てるじゃない」

これだから女の子は困る。ぼくに背をむけていてもちゃんとお見通しなのだ。女の子には動物的なカンのようなものが生まれつき備わっていて、それで男の考えていることを探りあててしまう、そんな気がする。

「図書の修理をするようにって先生からいわれていたのに、サボってたから急いでるのさ、いつになったらおしまいになるだろうかって少しばかりうんざりしてな」

とぼくはごまかした。

「ずっとため息ばかりついてるわよ」

よけいなおせっかいだといってやりたかった。ため息をつこうとあくびをしようとぼくの勝手だ。

「宿題がうんとこさ出てるし、ため息も出ようというもんだよ」

「宿題？　なにが出てたかしら」

「前からのがたまってるんだ。たのむからしばらく黙っててくれないか」

ぼくは啓子がきらいだ。こうしてぼくを質問責めにするからというより、いつのまにか気がつくとそばにいるから。足音をしのばせてやって来る。遠足のとき、目的地に着いて弁当を広げているとき、なにげなく後ろを見るとそこにいる。

学校の行き帰りにいっしょになるのはしかたがない。家が同じ道筋にあるから。かといって、ぼくと同じ時刻にまるでぼくが登校する時刻を前もって見はからいでもしたように、必ず道づれになってしまわないでもよさそうなものだと思う。

クラスの連中は毎日、肩をならべて学校に現れるぼくらを見て、無二の親友と思いこんでしまっている。ぼくこそいい迷惑だ。下校ぐらいはべつべつにと思ったがこれがいけない。バスケット部にふたりともはいってるし、科学研究班の同じメンバーでもある。ぼくが図書係に任命されたら、啓子もあとから志願して司書の手伝いをすることなった。

秋の文化祭に出演する演劇サークルのけいこを、きのう、ぼくは講堂で見ていた。五時を過ぎていた。ロミオを演じる佐木山史郎の演技を見ていた。彼といっしょに帰るつもりだった。家は同じ方角ではなかったけれど、彼の家まで遠まわりになっても、いっしょに歩いていろいろとおしゃべりするのが楽しみなのだ。

佐木山ときたら実に話題が豊富な男だ。頭もよくて、クラスのトップからおりたことがないし、そのくせ秀才にありがちな自分の成績のいいことを鼻にかけるようなところが全然ない。

佐木山史郎はのっぽだ。

ぼくは一メートル六十三センチしかない。彼より十五センチも低い。佐木山はぼくと話すために少しネコ背になって今年度のアカデミー賞をどんな映画がとるか、ツタンカーメン王の隠された墓におさめられた秘宝のこと、宇宙の一角にある地球とそっくり同じ天体、わが校の教頭先生のひとり息子がぼんくら高校生で家庭教師が三人ついていること、今度の巨人対阪神戦の予想、いかさまトランプのしかけといったことなどを、ことこまかく話してくれるのだ。

ぼくと佐木山がいっしょに歩いていると、たいていの女の子がふり返る。彼の家ちかくには私立の女子中学校があって、その下校時刻にぶつかりでもするとことだ。すれちがうときに小さな叫び声をきくこともある。うっとりとした視線を無数の女の子からそそがれても、佐木山ときたらてんで気にしない。なれっこになっているのだろう。

ぼくは佐木山といっしょに歩くと、自分の背が高くないこと、顔立ちだってくらべものにならないほどいかさないことを痛いほど思い知ることになる。佐木山に向けられた女の子の視線が、なにかのはずみにぼくにそれる。そのとき相手の顔にはがっかりしたような、あわれむような軽蔑の色がうかぶのをぼくは見のがさない。

それでもぼくは佐木山と歩くのが好きだ。彼があとからあとから話してくれるおもしろい話にも、わくわくさせられるのだったが、実をいえば、たくさんの女の子たちが憧れの目を彼にむけるのがうれしかった。そうするとぼくまでがなんとなく誇らしい気持ちになるのだった。佐木山のようにすばらしい男と友だちでいられるのが、ひそかな自慢の種だった。

ぼくは彼と歩きながら、女の子たちをバカにした目で見返してやるのだった。それは佐木山のまねだ。彼は自分のことを女ぎらいといっていた。憧れの目でみつめられてもひややかにそっけない表情でとりあわなかった。

ぼくも彼の態度をまねるとなんだか自分が偉くなったような気がして、ぼくを見る女の子たちの冷たい目つきが気にならなくなるのだった。

ぼくは佐木山のように大股で歩くことを練習し、佐木山のように、考えごとをするとき耳をちょいと引っ張る癖を身につけた。

佐木山がラジオの組立てを始めれば、ぼくもセットを買って研究した。佐木山が犬を飼えばぼくも飼った。ひとつだけどうしてもまねられない癖があった。彼は前髪が額にかぶさってくると、うるさそうに頭を強く振って髪を後ろにやるのだった。ぼくにはそれができない。頭をゆすって髪を直すことはたやすい。ぼくは佐木山が前髪を後ろにやるとき、思わず自分の額に手をやって反対に額を髪で覆うのだった。ぼくの額、はえぎわのあたりにはそうやって髪で隠さなければならないものがあった。赤い二重丸のあざがあった。

きのう、講堂のすみっこでぼくは佐木山の演技を見物していた。佐木山のわきにはジュリエット役をつとめる藤村明子がいた。ぼくは正直に告白すると、佐木山と同じくらい熱心に藤村明子の演技にも注目していたのだ。

ぼくの後ろで足音がした。ふりむかないでもだれが来たかはわかった。石田啓子も『ロミオとジュリエット』の舞台げいこを見に来たわけだ。ぼくは黙って気づかないふりをしていた。

場面はキャピュレット家の庭園で、ジュリエットが二階バルコニーに現れたところである。そういう設定であって舞台装置はまだ完成していないから、ふたりは制服の上着をぬいだだけの身なりで熱演を続けた。

佐木山史郎はいった。

「……おお、あれこそはわが姫、わが思い人だ！

いや、まだそうとぼくの心が通じてくれればいいと思うばかりなのだが！

何かいっている、いや、何もいってやしない。だが、それがどうしたというのだ。よし、答えてみよう。

いや、だがあつかましすぎるかな？　ぼくに話しかけているのではない」

藤村明子は丸めた台本を胸にあててせつなげに、「ああ」といった。目をとじたその表情があまりに真に迫っていたので、ぼくはぎくりとした。「早すぎる」と舞台のそでで見ていた犬丸先生がいった。

「ああ、というのは早すぎる。ロミオのせりふはまだ先があるのだから、ロミオ、続けなさい」

佐木山はせりふを続けた。

「大空中の、ことにも美しいふたつの星が」

藤村明子はせりふをとちって下をむいていた。顔が赤くなっていた。めずらしいことだ。明子らしくもない、とぼくは思った。犬丸先生はさっきからイライラしていた。明子がまちがえてばかりいるからだ。

「そうじゃないって、何度いえばわかるんだ」

たまりかねてとうとう舞台の上にとびあがった。明子に詰め寄って、

「いいかね、ジュリエットはこのときまでロミオがバルコニーの下にいたことを知らないんだよ。知らないんだから、そのくだりではもっとびっくりして、まあ、だれ、あなたは？　とおびえなくちゃいけない」

「まあ、だれ、あなたは？　そんな夜の闇に隠れて、人の秘密を立ち聞くなんて？」

「だめだめ、もう一度やってみて」

そんな調子で続いた。もっと続けばいいとぼくは思っていた。舞台げいこを見物するふりをして、おおっぴらに藤村明子をみつめることができるのだから満足だった。

同じクラスなのに、ろくすっぽ口をきいたこともない。明子の前に出るとぼくはすっかりあがってしまって、舌がもつれてしまうのだ。

席はふたつおいた隣だから、いつもそばにいることになる。それでいて明子のほうに目をやるのはためらわれた。右側に彼女はかけているからいつもぼくの右肩は凝る。ひどく凝ってしまって家に帰ってから首を動かすと骨の音がするくらいだ。

明子のほうを向くと、後席の連中がぼくの気持ちをよみとるような気がする。おまえはいつも石田啓子といっしょのくせに、本当に好きなのは藤村明子なんだな、とひやかされそうな気がする。それを見抜かれるくらいなら石田啓子と友だち同士だと誤解されているほうがいいとぼくは思う。

この思いはだれにも知られたくない。佐木山にも話していない。知られていいのがひとりでもいるとすれば、というよりむしろ、どうにかして知ってもらいたいのは、藤村明子その人だ。どうしたらいいだろう。明子の手もとには毎日、男の子から手紙が束になって届けられるということだ。

本人はそれをかたはしから封も切らずに屑かごに投げこんで、週末に母親がまとめて石油かんで焼くのだそうだ。

手紙を出すことを考えてはみたけれど、そんな噂をきいたあとはすっかりおじけづいてしまって手紙を書く気もなくしてしまった。つい十日前まではそうだった。

しかし、いい手を考えた。

中間試験が始まると藤村明子は必ず数学の参考書を図書館に借りに来る。いつものことだ。今度の試験範囲は二次関数だから、そのページにぼくの手紙をはさむことにした。封筒なんかに入れずに、リポート用紙にぼくの気持ちを書いてふたつ折りにしてはさんだ。

これならいやでも藤村明子の目にとまるだろう。

リポート用紙に何を書くかでぼくは悩んだ。一枚書いては破り、二枚書いてはまるめ、三枚書いてはちぎりすてた。文章とはこんなにむずかしいものだろうか、と思い知ったのはそのときだ。さんざん考えた末にこう書いた。それ以外に考えられなかった。

藤村明子さん

ぼくはいつも明子さんのことを考えています。明子さんがぼくのことをちょっぴりでも好きになってくれたらなあ、と思います。明子さんはとてもきれいです。

何回も清書をした。ぼくは字がへたなのだ。だからていねいに、また誤字のないように書いた。藤村明子は思ったとおり数学の試験をあすに控えた日、図書館にやって来た。ぼくは胸をドキドキさせながら書棚のそばで目録を見ているふりをした。参考書は何冊もあるのだから、明子が借り出してゆく本にうまくはさみこまなくてはならない。

「深沢くん、これ」

ぼくは明子の声をきいたとたんバネじかけの人形よろしくとびあがって、彼女が指でひらひらさせた借出票をひったくった。それを持って書庫にかけこんで目当ての本を探し出し、二次関数のところに例の紙片をすべりこませた。

そういえばあのときも書庫のすみっこには石田啓子がいた。いても不思議ではなかったが、ぼくはずいぶんびっくりした。手紙を参考書にはさむのを見られたような気がしたから。啓子は放課後、書庫の机で勉強するのがいつものことだった。

その日もいつものように書庫の一隅で下調べをやっていただけだ。啓子は壁のほうをむいていたから、ぼくのふるまいは目にはいらなかったと思う。

ぼくは数学の参考書を藤村明子に渡した。相手の顔をまともに見られるものではなかった。明子は参考書を受け取ると屈託のない足どりで出口へむかった。

ぼくは後ろ姿を見送った。出口のところで明子は軽く首をかしげ、手を頭にやって髪のぐあいを直した。いつもの癖だ。それを見るとぼくの胸はしめつけられそうになる。

どんな女の子でも、髪を直すときは明子がするように首をかしげて、手を頭に持ってゆく。石田啓子だってそうする。

しかし明子以外の女の子がするのを見ても別段なにも感じない。明子がするときぼくはのどの奥に石でもつまったような胸苦しい気分になってしまうのだ。毎日、顔を合わせて口をきくのは佐木山でも頭のなかにあるのは藤村明子のことだった。

手紙の返事はなかった。

翌日、明子は何もいわなかった。ぼくは目を合わせるのを避けていた。こわかったのだ。中間試験が終わった日に、藤村明子は参考書を返しに来た。

ぼくは本の山を書庫に運びこんで一冊ずつ決まった位置にもどした。手がふるえた。明子に貸した参考書を開き、二次関数のところをしらべた。

ぼくの手紙は消えていた。もちろん返事なんてありはしなかった。それでも手紙がひとまず明子の目にふれたことは確かなのだからぼくはほっとした。これは二、三日前のことだ。

サエないぼく

「ただひとこと、ぼくを恋人と呼んでください」

佐木山がロミオのせりふをいった。

犬丸先生は佐木山の演技は直さなかった。その必要がなかったからだ。

彼は何をやらせてもうまかった。短距離では校内で彼の右に出る者はいない。棒高とびでもハンマー投げでも対抗競技でいくつものトロフィーを手に入れている。英語の弁論大会では全国一になったこともある。水泳では……いや、もうよそう。

佐木山のことを書き出せばキリがなくなってしまう。

「このとおり、私の顔は夜という仮面が隠していてくれる。でもなければ、私の頰は娘心の恥ずかしさに真っ赤に染まっているはずですわ。だって……」

ジュリエットのせりふはぎこちなかった。ロミオがうまいのでかえってそれが目につくのだった。犬丸先生は「ダメ」と絶叫し、髪をかきむしった。公演は一週間後にせまっているというのに、ジュリエットがこの調子では先が思いやられるのだ。

ぼくは明子がうまくやれないわけを知っているつもりだった。明子はきっと佐木山を意識しているのだ。もっと簡単にいえば明子は佐木山史郎を好きなのだ。佐木山はどう思っているかぼくは知らない。すくなくとも明子が彼を好きなほどには好きではないようだ。

きのう、舞台げいこが終わってからぼくは彼といっしょに帰った。みちみち佐木山はいった。

「藤村がとちってばかりいるのでおれ、弱っちゃったよ。犬丸先生はどうしてあんな子をジュリエットにしたんだろ、ミスキャストもいいとこだ」

「ジュリエットのイメージに合うのは藤村しかないからな」

とぼくはいった。

「あれで図々しいとこあるんだぜ。ゆうべなんかもおれんとこに電話かけてきて、せりふをどうしても暗記できないからいっしょに読みあわせをしないか、だとさ。つまり彼女がおれのうちに来て台本のけいこをしようってわけ」

「で、どうした」

「とてもじゃないが断わるほかはなかったね、『火星年代記』を読みかけてたんだ、レイ・ブラッドベリの。いいぞ、あれ」

町はもう暗かった。ぼくは夜空の星を見上げた。ぼくの家に藤村明子が電話をかけてきたことはない。ぼくにはだれからもかかってきやしない。それというのも額の醜いあざのせいだ。前髪で隠してはいるけれど、そこに一円硬貨大の点とそれを囲む十円玉くらいの輪があることはクラスの全員が知っている。知っているから口に出してからかいもする。いうことは判で押したように決まっている。

「おまえの変てこなそれ、生まれつきのものかい、それとも何かにぶっつけたせいでできたのかい」

それを口にしないのはたったひとりだ。佐木山史郎である。ぼくが彼を好きなのはもしかしたらそのせいかもしれない。昨晩、別れぎわに佐木山は思い出したようにいった。

「そうそう、藤村はおまえのことで何かいってたっけ」

「…………」

ぼくは自分の心臓が口からとび出すのではないかと思った。明子がぼくのことを……。

「電話で十五分ばかし劇のことを話し合ったかな。そのあとであいつこういうんだ。深沢くんから手紙もらったけれど、顔に変な物なんかくっつけた人とおつきあいしたくないわ、だとよ。はっきりいうもんだ。ま、諦めるんだな」

どこをどう歩いて帰ったものかぼくはおぼえていない。やっぱりそうだったのか。明子はぼくの手紙を読んでいたことはこれではっきりした。

もうひとつはっきりしたのは彼女がぼくの手紙なぞなんとも思っていなかったということだ。もとはといえばぼくの額にやきつけられたこのあざが悪いのだ。何もかもうまくいかないのはあざのせいだ。ぼくは自分の乏しい才能やいかさない外見は棚に上げてすべてあざのせいにした。ぼくは押入れにもぐりこんで十分間むせびなき、それから顔を冷たい水で念入りに洗った。

まだしかし何かが心の底にわだかまっていた。明子のことはもはやどうでもよかった。どうでもよくはないが、明子がそんな態度ならぼくがどうあがいてもしかたのないことだ。佐木山のいうように「諦める」よりほかはない。佐木山……そうだ。心のどこかにひっかかっているのは別れぎわに見た佐木山の顔だった。

「顔に変な物なんかくっつけた人と」というとき、佐木山の顔に妙にうす笑いが浮かんだように見えた。あんな顔はいままで見たことがない。ぼくのようにぱっとしない男が、相手もあろうに藤村明子のような女の子へ手紙を出すなんて気ちがいざたもほどほどにするがいい、と佐木山の顔は告げているようだった。

ぼくがあっさりとふられたことをおもしろがっていたのだ。それ見ろ、いわんこっちゃない、と腹の底で思っていることを彼は例のうす笑いでぼくに表したのだと思う。

ぼくは明かりを消した暗い部屋にあおむけになって藤村明子のことを考えた。手紙をやったことを明子が佐木山にばらしたのは恥ずかしいと思わないわけにはゆかなかったが、いまとなればどうでもいいことだ。だれにばらそうと、それは受取人の勝手なのだから。

かといって、ぼくは明子がそうしたことをちっとも恨んでなぞいなかった。明子が何をしようと、それはぼくの中にある明子の美しいイメージをそこなうものではなかった。

「どうしたの、明かりをつけずに？」

母が部屋をのぞきこんできいた。

「ううん、星を観測してたんだ。明るいとよく見えないから」

ぼくは口から出まかせに嘘をついた。泣きはらした赤い目を母たちに見られたくないから、といえたものではなかった。

星の観測とはうまくごまかせたものだ。学校ではこれがはやっている。グループで大倍率の天体望遠鏡を買って、夜ふけまで星の動きを追っているのだ。ぼくは一度もそのグループに加わったことはなかった。星といえば、たちどころにぼくは自分の額にある醜いあざを思い出してしまう。

外国の言葉に不幸な運命のことを、悪い星のもとに生まれつく、というのがあるそうだ。まるでぼくのためにつくられた言葉のようだ。

成績がかんばしくないのも、体育がへたなのもあざのせいだとぼくは思いこんでいる。短距離がおそい。長距離がだめ。ハードルは三つも越せば四つめはけとばしてしまう。鉄棒がだめ、さかあがりひとつできやしない。とび箱を芸もなくとびこえることはできても、その上で逆立ちができない。

バスケットではろくにシュートをきめることすらできない。反則ばかり。ぼくが加わったチームは必ずまけるから、クラス対抗試合ではメンバーからはずされ補欠にまわされる。フットボールにしてもぼくのほうにボールが来ることはめったにない。たまに来てもぼくが蹴ればとんでもない方向にすっ飛んでしまう。

へまばかりしでかすのはスポーツだけじゃない。学課についても同じこと、化学の実験でぼくが試験管を割らなかったことは一度もない。ビーカーもフラスコも手からすべり落として割った。試薬の種類や量をまちがえて大事な実験をダメにしたのは一、二回ではない。だからぼくのグループは放課後も実験室に残って実験が成功するまで汗水たらすことになる。

そんなとき一所懸命、手伝うのは石田啓子だ。彼女はぼくに寄りそって、ぼくが失敗をしないように薬品のラベルを確かめ、アルコールランプの炎を調節し、スポイトに吸い上げた試薬の量を教科書で確認する。啓子が初めからこうしてくれれば何も失敗しやしないのだが。

おかしなことに、ぼくは啓子に感謝しなければいけないのに、彼女がこうしてまめまめしく実験を切りまわすと気がめいってしまうのだ。

啓子はぼくが失敗したからといってほかの連中のようにぼくを責めはしない。それどころか連中が非難するとき彼女はぼくをかばってくれる。

「だれだってラベルを読みまちがえることはあるものよ。うっかりして試験管を落とすのはしかたないじゃない」

ぼくは優しい啓子より冷たい明子が百倍も好きだ。なぜかといわれてもわからない。

啓子の顔なんか見なくたって平気だが、明子が一日でも学校を休めば胸がつぶれそうになる。二日間休めば先生のいうことも耳を素通りするばかり、弁当の味もしなくなる。食欲はなくなる。三日めには胃が痛くなって明子の家のまわりをこっそりとうろつく。

啓子が休んだってぼくはなんとも思わない。第一、彼女が休んだことにも気づきはしないだろう。

意外な誘い

ぼくは暗い部屋で身動きもせずに明子のことを考えつづけた。あけ放した窓から夜空の星が見えた。電話をかけようと思った。手紙を佐木山にばらしたことで文句をいおうというのではなかった。明子の声を聞きたかった。青黒い空に点々ときらめく光の粒を見ていると、いまこのとき明子の声を耳にすることができたら、腕の一本や二本切り取られても惜しくない気になった。星を散りばめた空は大きく広く果てしがなかった。

佐木山のこと、ぼくの手紙、そんなことは夜空の沈黙にくらべたらとるにたりないことと思われた。広大な宇宙の一角にぼくという人間が生きていること、明子というかけがえのない女の子も同時に生きていることがとてつもなく、すばらしいことのように思われた。

ぼくはダイヤルを回した。電話番号は暗記していた。受話器をとったのは明子だった。もしもし、と明子はいった。そのとたんぼくはうろたえた。なんといえばいいかあらかじめ考えておかなかった。

「深沢くん？」

明子の声を聞いてぼくは全身がしびれ、化石になるのではないかと思った。べつに特別の用事があるわけではないが、ただ電話してみたかっただけだ、としどろもどろの口調でいった。わきの下をひや汗が流れた。

「そうなの」

明子の声はぼくが突然かけた電話を迷惑に思っているふうではなかった。

「講堂でけいこを見てたんだ」

「あら、どこにいたの、知らなかったわ」

「こわれた椅子がすみっこに積んであるだろ、あそこ」

「じゃあ舞台からは見えっこないわね」

明子はきげんがよかった。ぼくはだんだん図に乗った。

「ジュリエットの演技はとてもよかったよ。真に迫ってた」

「あたしだめなの」

「そうでもないさ、佐木山もほめてた」

ぼくは嘘をついた。少しでも明子を元気づけるためなら、人類が誕生して以来ついた、ありったけの嘘もつく覚悟だった。

「佐木山くんがいつそんなことといったの」

「きょう、学校から帰りがけに……」

「信じられないわ」

「本当だってば」

明子とこんなに気やすく話せるなんて夢ではないだろうか、とぼくは思った。しかしその次に明子が提案したことをきいて、ぼくは自分の耳が信じられなかった。明晩六時半に丘の公園で会わないかというのだ。

「劇団ぜんまい座の公演があるの、市の文化会館で七時から。六時半に落ちあっていっしょに行かない?」

「でも切符は……」

「二枚買ってるの、行く予定の人がつごうで行けなくなったので、どうしようかなって思ってたところなの」

「ぜんまい座っていうの、初めて聞いた劇団だけれど」

「シェイクスピアの劇ばかり上演する変わった劇団なの。今度の文化祭で『ロミオとジュリエット』やるでしょう。ぜんまい座も同じ芝居ですって、あたしじっくりと見て勉強しなくては」

「それはいい」

受話器を置いてもしばらくの間、ぼくはぼんやりとその場につっ立っていた。明晩六時半、明子といっしょに……。こんなことってあるだろうか。夢ならばさめてくれとぼくはいいたかった。こわごわと頬をつねってみた。少しも痛くなかった。部屋にもどってペン先で手の甲を刺してみた。これは効いた。とびあがるほど痛かった。それで明子と話したことが夢でなかったことを納得したわけだった。


「深沢くん、今夜いそがしい?」

「………」

ぼくはわれに返った。肩ごしに石田啓子が顔をこちらに向けている。彼女の属しているグループが天体観測をするからよかったら来ないかというのだ。ぼくらは書庫の中にいた。

「いそがしい。人と会う用事があるんだ」

とぼくは答えた。

「残念だわ、せっかくのチャンスなのに」

「チャンス……」

「今夜は晴れてるでしょう、火星も木星もよく見えると思うの、それに土星も」

「星にはあまり興味ないんだ。SFなら好きだけれど」

「そう、でも、もし時間があったらいらっしゃいな。校庭で観測してるはずだわ。ふだんは見られない星が見えるかもしれない」

「ああ、もし時間があったらな」

ぼくはだんだん啓子と話すのが面倒になって来た。腕時計を見た。四時になろうとしていた。家に帰って食事をすませて丘の公園へ急ぐにはころあいの時刻だ。ぼくは書庫の鍵を啓子にあずけて図書館をとび出した。啓子は新刊書の分類がまだ残っているといった。

野呂邦暢

丘の上にひとり

丘の公園についたのは五時だった。

早すぎたかもしれない。ぼくは夕食をろくに嚙みもせずに胃に送りこみ、わき目もふらずにここへやって来たのだ。公園の丘のいただきにある。明子がなぜここを待ち合わせの場所に指定したかよくわかった。

明子の家は丘のふもとに見える。石を投げれば届きそうな距離である。まわりは静かな住宅地だ。目つきの悪い男たちがうろつく雰囲気ではない。

丘の東側、つまり明子の家の反対側にはぼくらの学校が見える。校庭ではさっきまで野球部が練習していた。いまはそれも引きあげて校庭はがらんとしている。学校の向こう側に文化会館の建物が見える。

ぼくはひとときもじっとしていることができずに、ベンチにかけたかと思えば立ちあがり、また腰をおろした。相変わらず時計の針は進み方がおそかった。ぼくはブランコに乗ってみた。遊動円木にも乗ってみた。ジャングルジムにもよじのぼってみた。

そのてっぺんから明子の家をながめた。何かが動いたような気がした。窓がある。そのあたりで赤いものが揺れたようだった。ぼくは目を凝らした。明子かもしれない。

まだ五時半を過ぎたばかりだ。傾きかけた夕日と向かいあっているので、明子の家は細かなところまではわからない。窓の付近でちらと動いたのはカーテンだと思う。

ぼくは公園をすみからすみまで歩いた。たてと横の長さを歩幅で測った。ベンチの数を数えた。木製が七つ、コンクリート製が五つだ、公園をぶらついている人たちを数えた。そうでもしなければ時間がたつことのおそさをがまんできないのだ。公園には十二人の男女がいた。男が六人、女が六人。ぼくを入れたら正確には十三人というべきだ。十二人の男女はひと組ずつ別れてベンチにかけ、ベンチにかけない者は木立の間をぶらついている。

いかにも楽しそうだ。

ぼくはいいことを思いついた。劇団の公演が終わるのは十時ごろときいた。帰りには明子を家まで送ってゆくことになる。その途中、きっと公園を抜けるから、いま、立木の間をのんびりと散歩している幾組かの男女のように、ぼくらもしばらく公園で時をすごすことができるだろう。

そのとき、公園は暗く静かだろう。明子とたくさん話もできる。ぼくらを邪魔する者はだれもいない。ぼくはこの思いつきに酔った。明子と散歩することを想像しただけでも胸がはずみ、からだが熱くなって、幸福のあまり叫びだしたいほどだった。まわりに人がいなければ、ぼくは実際に大声をあげていたかもしれない。昨夜、電話をかけてみたかいはあった。かけなかったならば明子から誘われることにはならなかっただろう。

ぼくは公園を一周し、反対側にまた一周した。ゆっくり歩くとひと回りするのに五分かかった。腕時計を見るのがこわかったので、一周するごとに小石を地面に並べた。六個で三十分たったことがわかるだけだ。

ぼくは下をむき、両手を後ろに組んでひたすら公園のまわりをぐるぐる歩きつづけた。さながらその格好をはたから見れば、交響曲を作曲ちゅうのベートーヴェンというところだろう。

深刻そうに顔をしかめて、つんのめるように前かがみの姿勢で丘の上、公園の外側通路を歩きまわっているのがぼくだ。

外見はベートーヴェンそっくりだが、中身はてんで問題にならない。ぼくの頭の中にはガールフレンドのことしかないのに、ベートーヴェンの頭の中にはすばらしい芸術作品が構成されつつあるわけだ。

もうひとつ、これこそ根本的な違いなのだが、ベートーヴェンの額にはぼくの額にあるようなけったいなあざなんかありはしなかったということだ。

「深沢くん、あなた藤村さんが好きなんでしょう」

と啓子はいった。さっき、書庫の中でぼくがいたんだ本の修理をしているときのことだ。奥付がとれかけている、といって啓子が一冊の本をぼくのところに持って来た。背表紙の一部が啓子の手に隠れていたので、ぼくは本の書名を半分しか読みとることができなかった。

「ふじむらの生涯」

と声に出して読んでぼくはびっくりした。ちゃんと藤村と印刷してあるのだ。頭には明子のことしかなかったのでついそう読んでしまった。実際は『島崎藤村の生涯』というのだった。ぼくはどぎまぎしたあまりハサミで指を切ってしまった。傷口からにじみ出た血がケント紙にしたたり落ちるのを見て、啓子はありあわせの布と接着テープを使い、手早く指の傷をふさいでくれた。

手当をするとき、「深沢くん、あなた藤村さんが好きなんでしょう」といったのだ。ぼくは黙っていた。けがの痛みをこらえるふりをして顔をしかめ目をとじていた。

「藤村さんは佐木山くんが好きなようよ」

わかってる、とぼくは答えて机の上のノリやハサミ、テープ、布切れなどをかたづけた。

そんなことは百も承知なのだ。だからどうしろというのだ。明子から誘われても断わって、自分の部屋で深夜放送でも聞いていろというのか。佐木山は佐木山、ぼくはぼくだ。

しかしそんなに思ったことはいままでになかった。ぼくの生活の中心には佐木山がいた。ぼくは佐木山が考えるように物事を考え、佐木山が見るように人生を見て来た。佐木山のいない生活など考えられなかった。彼がいなくなったらぼくはどうすればいいだろう。いつもそれが不安だった。きのうまでは……。

六時半はとっくに過ぎていた。

まもなく七時になろうとしていた。ぼくは公園のブランコに乗っかってぼんやりと自分自身をゆさぶっていた。

街には明かりがついたが、公園は暗かった。ブランコをゆすると金鎖のこすれる音が響いた。あたりに人影はなかった。丘の上にいるのはぼくひとりだ。

あと半時間、待ってみようと思った。

身じたくがおくれたか、食事の時間がいつもより長くかかったかしたのだ。きっとそうにちがいない。女というものは出かけるのにいろいろと細かな準備がいるのだ。うちのおふくろにしてもおやじとつれだって外出するとき、きまってあれやこれやしたくに手間どる。おやじは玄関を出たりはいったりしながら、「おーい、まだか、何をもたもたしてるんだ」などとかんしゃくをおこす。そんなものだ。

ぼくはブランコをゆっくりとこいだ。油のきれた金具がきしって、ひっそりとした公園の静かな空気を乱した。孤独というものに物音があるとすればそれはこんな音かもしれない、とぼくは考えた。

夜の公園でギイギイときしっているブランコの金輪。ぼくはしだいに力をこめてブランコをこいだ。空が揺れた。街が傾き、立木が斜めになり、星が回転した。

ブランコの上で、さっき見た情景を考えた。明子の家からひとりの女が現れ丘の公園へ続く道をたどらずに、ずっと向こうのほうまで丘のふもとに沿う道を歩いて、そのあたりでのっぽの男と落ち合い、ふたりは丘を越えて文化会館のほうへ歩いて行った。

その女が明子であるはずがなかった。彼女は昨夜、ぼくと待ち合わせることを約束したのだから。のっぽの男は遠くだったからだれであったかわからない。歩き方は佐木山に似ていたけれど自信はない。明子は来るはずだ。いまにこの公園へ息せき切って駆けこんで来るにちがいない。彼女はきっとこういうだろう。

「深沢くん、待たせてごめんなさい。気になっていたけれど、あとからあとから用事が出て来てどうしてもおうちをぬけ出すことができなかったの、本当にごめんなさい。おこったでしょう」

それに対してぼくのいうせりふはきまっていた。

「いいんだよ、たまに公園でぼんやりするのも気晴らしになるもんだしね」

ぼくの腕時計は八時をまわり、八時半になった。明子の家は軒燈だけ残して明かりは消えていた。明子の部屋は初めから暗かった。家にはだれもいないようだ。

夜風が涼しさを通りこしていまは冷たかった。ぼくはくしゃみをした。たてつづけにくしゃみをした。ブランコをおりて地面にしゃがみこみ、とめどなく涙を流しながらぼくはくしゃみをした。

時計の針が九時をさしたとき、ぼくは丘をおりた。


わが家へ帰るには校庭を抜ければ近道になる。しまっていると思っていた校門は開放してあったから塀を乗りこえずにすんだ。

校庭の一隅に人だかりがしている。

ふらふらと近寄ってのぞきこんだ。彼らが取り囲んでいるのは大型の天体望遠鏡である。接眼レンズに目をあてて、ふうっ、とか、すげえ、などといっている。星を見ているのだ。

今夜、月はなかった。

「まあ、深沢くん」

ぼくはふりかえった。石田啓子が後ろにたたずんで、

「もう用事すんだの」

と話しかけた。

なんのことかわからなかった。「すんだ」とどもりながら答えて、そういえば夕方、学校図書館の書庫で、天体観測に誘われたときに、今夜は人と会う用事があるからといって断わったことを思い出した。

「すんだ、みんなおしまいだ」

とぼくはいった。

「のぞいてみない？　雲がないからとてもよく見えるの」

啓子がすすめた。ぼくは前にいた男の子がどいてくれた場所に陣取って望遠鏡に目をあてがった。啓子が後ろからささやいた。

「見えるでしょ」

「これ、なんて星なんだ」

「いま、深沢くんが見てるの土星よ」

環《わ》に囲まれた白っぽい星だった。土星というから土色をしているのかと思っていたらそうでもなかった。環も星自体も黒い宇宙にキラキラと輝いている。ふとぼく自身のあざを思った。赤く醜いあざが少しも気にならなかった。あの星のようにぼくもひとりで生きてゆくほかないのだと思った。

「きれいでしょう」

と声がして、啓子の手がぼくの肩に置かれた。

島にて

ボーイは特一等という表示のある船室のドアをあけて先に這入った。

「個室ではないのかい」

佐伯史郎はためいきまじりにつぶやいた。

四つのベッドが左右の壁に二段ずつ造りつけになっている。ベッドはまだ空であった。

この船に一人部屋はないといってボーイは出て行こうとした。史郎はたずねた。

「特一の上に特級というのがあるだろう。あれは?」

「二人部屋です。全部ふさがってます」

「この部屋の客はぼく一人かね」

「わかりません。出航してみませんと」

ボーイは足早に立ち去った。

史郎は旅行鞄をベッドの上に置いて、舷窓から外をのぞいた。岸壁とは反対側の海が見えた。夕闇のたれこめた暗い灰色の拡がりが目に映った。船が出るまでにあと十分ほどの間がある。史郎は窓辺にある椅子に腰をおろした。すぐに立ちあがってうろうろと狭い部屋の中を歩きまわった。廊下に足音が聞えた。足音の主は史郎の船室の前でいったんとどまり、次に隣室へ移動する気配だ。

史郎は自分のベッドのカーテンを半分だけ引いておいてドアの外へ出た。

一人になるために史郎は船旅に出ることを思いついた。料金さえ払えば一人だけの部屋を確保できると思っていた。これから二十数時間、見ず知らずの他人と四人ですごすことを予想するだけで息づまる思いがした。

岸壁に面した甲板には船客が溢れている。

ブラスバンドがさっきからひっきりなしに同じ曲を演奏している。

史郎は船首の方へゆっくりと歩いて行った。

ブリッジを見上げた。

窓は暗く内部にいるはずの人影を認めることはできない。

ブリッジの前を迂回し、左舷に出た。史郎の船室がある側である。

冷たいものが頰を打った。

甲板に細かな黒い点が浮びあがった。

史郎は空を見上げた。厚い雲が港の上空を覆っている。ときどき顔を濡らす水滴のせいで、雨が降っているということがわかった。史郎が歩いている側に、見送り人や船客の声はとどかない。ブラスバンドの音がかすかに伝わってくるだけである。


その女は手すりにもたれていた。

ひとけのない甲板で、港の方に目をやりながら史郎はぶらぶらと歩いていたので、五、六メートルの近さになるまで女の姿に気づかなかった。

もたれているというより、全身の重みを手すりにゆだねているという感じだった。女は芥子色《からし》のレインコートを着ている。両肘を手すりにのせ、うなだれて海面に視線を落している。長い髪が顔を隠しているので、表情はうかがえない。史郎の靴音が耳に入っていないはずはないが、まぢかに近づいても姿勢を変えなかった。

史郎は女の後ろを通りすぎ、十メートルほど離れた位置のベンチに腰をおろした。頭上に張り出したひさしがあるために、雨はかからない。煙草をとり出して火をつけようとした。風は無いように思っていたけれども、ライターでともした焰は斜めに揺れてすぐに消えた。手で囲いをして用心深く点火した。こんどはうまくいった。

煙を吐き出しながらそれとなく女を観察した。

女は手すりから身を乗り出した。

思わず史郎はベンチから腰を上げようとした。身を乗り出したのではなかった。両肘で体の重みを支えていたのが、上半身を起して手で髪を後ろに払ったのだった。体の線が若かった。二十五、六かそれ以上といっても三十まではいっていないと史郎は考えた。わずらわしげに髪を背中へやって女はまた手すりにもたれた。それだけの動作がひどく物憂げに見えた。白いハンドバッグを足もとに置いている。

史郎は女が身じろぎするつど、海へとびこむのではないかと緊張した。

甲板には女と史郎の二人しかいない。

これだけ離れていれば、女が仮りにとびこもうとしてもさえぎることは不可能である。手すりに足をかけ、体の重心を上半身へ移すだけでいい。手すりに足をかける必要も、もしかしたら無いかもしれない。海をのぞきこんでいる姿勢のまま、体を折って、足で軽く下を蹴ればいい。

芥子色のレインコートに包まれた女の体がふわりと宙に浮び、暗い海へ落下して行くのを史郎は想像した。

思いすごしだ。自分はどうかしている。史郎は胸の裡でつぶやいた。女が一人で海を見ているだけではないか。

史郎はベンチから立ちあがった。煙草を指ではじいた。赤い点が弧を描いて海へ吸いこまれていった。手すりにもたれて女がしている恰好で海を見下した。手すりから水面まではかなりの高さである。船会社が発行しているパンフレットには確か八千トンとあったことを史郎は思い出した。

手すりに体重をあずけ、おもむろに体を乗り出してみた。

下半身がにわかに軽くなったような感じがした。見えない手で襟をつかまれ、海へ放り出されそうだった。史郎は手すりをしっかりとつかんだ。冷たい汗が手に滲んだ。黒みがかった海は柔らかそうで、彼を受けとめ暖かくくるみこむように見えた。

手すりを支点にして上体を折ると同時に、つま先で甲板を蹴る。

ぐらりと体が傾く。

史郎は手で空をつかむ。五体を支える空気はふっくらとしている。つかのま、体は羽毛のように重量を失い、空間に漂ってゆるやかに海面へ降りてゆく。青黒い水がしだいにせり上がる。手すりはもう遙か頭上に遠ざかっている。女が史郎を見ている。その顔は背後から浴びた光で影に包まれ、表情は無い。

水しぶきが上がる。

史郎は手足をばたつかせる。目と鼻と口に塩からい水が流れこむ。水はなまぬるい。息苦しさはほんのわずかの間だ。甲板には女の他に誰もいないから、史郎が海へ落ちたことを騒ぎたてる者はいない。女はどうか。黙っているにちがいない。水しぶきがおさまると、また元の海面へ目を落として、じっとしているにきまっている。波紋が消える。女は髪をひとゆすりしてその場から立ち去る。

手すりの振動が激しくなった。

銅鑼が鳴った。船腹を洗う水が白く泡立ち始めた。史郎は身ぶるいして手すりから体を離した。視線を横に移してみると、女は姿を消していた。女のたたずんでいた場所が、妙に空虚になったように思われた。

風が強くなった。

港の灯が徐々に動いている。

史郎は甲板を歩きながら、舷側と岸壁にはさまれた海面の幅が大きくなるのを想像した。出航を待ちかねていたのだ。解放感が訪れた。史郎は足を踏みしめて歩いた。船首の方向に港口が見えた。赤い標識灯が港口に明滅していた。今から二十数時間は一人でいられる、まわりは他人だけだ。乗船してこのかた何べんもくり返し自分にいいきかせた言葉である。島で一日をすごすとしても、まる三日間は自由になれる。解放感の快さは死の誘惑よりも大きかった。妻の顔が目に浮んだ。目を閉じたその表情はかたくなに何かを拒んでいた。アパートの窓から身を乗り出している陽子の姿も現われた。

史郎は二つの顔を忘れようとつとめた。

二人の女から逃げるために彼は旅行に出たのだった。

船室に戻った。

窓ぎわの椅子に五十がらみの男がついていた。ベッドに寝そべっていた若い男が首をもたげて史郎を見つめた。もう一つのベッドはまだ主がいない。史郎のベッドは若い男の下段である。五十男のそれは学生ふうのその男と向いあわせの段になっている。角ばった大きな革鞄が毛布の上にのっていた。

史郎は舷窓に近づいて外を見た。

波はやや高くなっている。

「おたく、どちらまで」

五十男が声をかけた。史郎は聞えないふりをした。また、男はたずねた。罐ビールを飲んでいる。唇についた泡を手の甲でぬぐいながら史郎を見つめた。船は鎖状につながった五つの島々に寄って南下する。最南端の島の名前を史郎は口にした。

「ほう、B島まで。あそこに着くのは明日の今ごろですよ。観光ですかビジネスですか」

史郎は答につまった。観光でもビジネスでもないと返事をすれば、男は再度たたみかけるだろう。観光だとぶっきらぼうに答えた。

「どうですか一杯」

男は罐ビールの蓋をあけて史郎にすすめた。史郎は首を横に振った。

「わしはK島で降ります。あすの昼頃つくはずです。ビジネスなんですがね。ホテルを建設する用地の下見に行くんです。これで五回めになるかな。しかしあなたB島には何もありゃしませんぜ。水も悪い、作物も育たない、ひどい土地です。かといって景色がいいわけでもない。砂浜とビンロー樹があるだけですよ」

港口の赤い標識灯が上下に揺れていた。

船の揺れがわかった。

史郎が振りむいたとき、ドアがあいた。ボーイが這入って来て、あいているベッドを指した。ボーイの後ろから、さっき甲板で見かけた若い女が現われた。荷物はハンドバッグ一つきりである。室内の船客を無視して芥子色のレインコートを脱ぎ、史郎とさし向いのベッドに体をすべりこませ、すばやくカーテンを引いた。

「いつもこうだ」

五十男が舌打ちした。「特一の切符を買う。初めは一人ですよ。船が出てしばらくすると、二等船室が厭になって一等に移りたがる客が出てくる。一等は特一より安いから予約客で満室になっている。で、仕方なしに特一へやってくる。初めから特一を買っておけばいいのにね」

いつのまにか史郎は椅子に腰をおろしていた。闇の奥にまたたく赤い点から目をはなされないでいるうちそうなった。

「わしはいつだって特一ですよ。すいていても混んでいても特一に決めてる。だから部屋にあぶれたことはない。二等にしようか一等かそれとも特一かと迷ってる連中は結局、二等の臭い大部屋に押しこまれるハメになりますわな。迷わないこと、これが大事です。事業についてもいえることでしてね」

史郎は自分のベッドに戻った。男と向いあっていると、一晩じゅう相手の話につきあわされそうだった。ニンニクとビールの匂いがまざりあった口臭はたまらなかった。上衣とネクタイをとり、ズボンのベルトをゆるめてベッドに寝そべった。

さかさになった人間の顔が上段ベッドの縁にのぞいた。

「お客さん、Ｂ島に行くんだって」

史郎は黙ってうなずいた。

「砂浜とビンロー樹だけの島とあの男がけなしたのを本気にしちゃいけないよ。いいとこなんだから。黒砂糖でつくった焼酎が旨くって」

史郎は早くカーテンを引かなかったことを悔んだ。若い男はさらに頭をずり下げた。史郎の目の前に手を突き出した。トランプのカードが握られている。一枚ぬき取って覚えてくれと、上段の男はいった。数秒間ためらったあげく、史郎は一枚のカードを引いた。

「スペードのエース、でしょう」

史郎は手の中のカードをあらためた。男は歯を剝き出して笑った。

「もう一度」

「いや、けっこう」

史郎はカードを戻した。

「学生さん、こっちへ来て一杯やらんかね」

窓ぎわの男が声をかけた。若い男はさかさまになったままカードを操った。ビールを誘われても知らない顔をしている。五十男は二度と声をかけなかった。

「これ、ハートのクイーンでしょう。持ってて下さい」

若い男がさし出したカードを史郎は受けとった。確かめてくれと促すのでそうした。ハートのクイーン、まちがいない。さかさになったためか男の顔は個性が薄れ、仮面のように表情がとぼしかった。

「ハートのクイーン、確かめましたね」

「ああ」

「本当に?」

史郎はカードを指でつまんで男に見せた。

「おやおや、ダイヤのクイーンじゃありませんか」

史郎はカードを裏返してみた。男のいう通りダイヤのクイーンに変っている。若い男は嬉しそうに声を出して笑った。史郎は壁の方に寝返りをうった。臭い息を吐く五十男、手品使いの学生、無口な若い女といった面々が船旅の道づれだ。途中の島、たとえば真夜半に寄港するF島で全員が降りてくれればと、思った。史郎は肩を手で小づかれて振り向いた。若い男は床に降りている。さかさになったときとは別人の様に見える。

「聞えませんでしたか」

「何か」

「飯です。食堂があいたという放送が今しがたあったでしょう」

学生の後ろをすり抜けて五十男がドアの外へ出て行くところだ。史郎は隣のカーテンに目をやった。内部で動くものの気配は感じられない。上衣を着た。ネクタイははずしたままにしておいた。台風情報を聞いたかと、廊下で学生はたずねた。

「小型の台風がね、船の進路を横切るようですよ。もっとも春の熱低は勢力が弱いからどうということもないんです。しかし、少しばかり揺れるかな」

食堂のテーブルに空席はほとんど無いようだった。二人は壁ぎわにたたずんで席があくのを待った。

「揺れたってだいじょうぶ。このフェリーにはスタビライザーがついてるから一定の角度以上に傾かないよう出来てるんです」

史郎の顔色を見ていた学生がいい添えた。席があいた。二人は並んでテーブルについた。B島の宿は決めているのかと、学生はハンバーグステーキを頬張りながらきいた。決めていないと、史郎は答えた。一つおいた隣のテーブルに同室の五十男がついている。見まわしたところ、さっきの若い女はどのテーブルにもついていない。島に上陸してからホテルを探すつもりだと、史郎はいった。

「お客さん、B島のことは何も知らないようだね」

「ああ」

「観光で行くのならいくらか予備知識があるはずだ。ホテルが一軒もないことくらい知ってると思ってた」

若い男は器用にナイフで肉の塊を切った。

「ホテルがない……」

「そのかわり民宿ならありますよ十二、三軒。どれも似たりよったりだけれど、常夏荘をすすめたいな。あそこはいい」

船室のベッドに一人で横たわっている女のことを考えた。病院のベッドにふせっている妻のことを思った。(どうしても出かけなきゃいけないの)と妻はいった。(あなた、帰って来ないつもりじゃない?)と陽子はいった。

(島に行くのじゃなくて、陽子さんの所に行くんでしょう)妻は目だけを動かして史郎を見すえた。

(島に行く。嘘だと思ったら)

(思ったら?)

妻は声を上ずらせた。

(ホテルに電話して確かめたらいい)

(どのホテルに)

(まだ決めていない。島に着いたらしらせる)

(なぜ島へ行くの)

(仕事のことで行かなくては。もっと早く行く予定だったんだ)

(どうだかわかったもんじゃない)

(仕事をしないでは入院費用だって払えないだろう。この前の手術費だって未払いだし、いつまでも滞らせるわけにはゆかない)

(仕事仕事、仕事があなたの口実だわよ。いつもそうだった。家をあけて陽子さんのアパートへ行くのも仕事だといってたわね)

(今度はちがう)

史郎は弱々しく否定した。妻の耳が奇妙に大きくなっているのに目をとめた。一年近く入院している間に、耳だけが大きくなることがあるものだろうかと、史郎は考えた。鼻がとがっている。頬骨も張り出している。しかし、耳の変化にくらべたらそれは目立たない。まじまじと見つめている史郎の視線を妻がとらえた。

(ねえ、どうするつもり)

(何を)

(わかってるでしょう)

史郎は窓ごしに外を見ていた。灰色の雲が空を埋めつくしている。妻が入院している病棟と併行して建てられた病棟は近く取り壊されるという話を聞いた。コンクリート造りの五階建て。窓ガラスは破れ、黒い穴のように見える。無人になったのはつい先ごろのことだ。人が住まなくなると、病棟は十年も前から廃墟として顧みられなかった建物であったように見えた。史郎はある日、妻を見舞った帰りがけにあの建物へ足を踏み入れたことがある。ただなんとなく内部をのぞいてみたかっただけのことだ。

床のリノリウムがそり返っていた。汚れたガーゼの上に埃が厚くつもり、屋内は鼻をつく刺戟臭がこもっていた。マットレスを剝がされたベッドがあり、金属製の盆のようなものがベッドの脚もとに鈍い光を放っていた。史郎は二階から三階へのぼった。がらんとした廊下に彼の靴音がうつろに響いた。(関係者以外立入り禁止)と記した札のあるロープが階段の上がりはなにあるのを無視して四階へ出た。欠け落ちたガラス窓から吹きこむ風が冷たかった。何を探すというあてもなく彼は順ぐりに部屋から部屋をめぐった。その日も朝から曇っており、ときには雨がぱらつくような天気だった。窓辺の床が半円形状に黒く濡れていたことを覚えている。

おそらく看護婦の控え室として使われていたと思われる部屋を史郎はぼんやりと見まわした。無人の建物にいるのは自分だけだと思うと、奇妙な安らぎに浸ることが出来た。妻といても、陽子のアパートにいても、また自分の家に一人でいるときも感じたことのない安らぎである。六畳ほどの細長い部屋で、リノリウムにはあちこち穴があいていた。

壁に沿ってレザー張りの長椅子が置かれ、窓ぎわに木製の机があるだけだ。看護婦たちの氏名を書いた木の札が十数個、壁の釘に並び、その横に半ばとれかかったカレンダーがあった。史郎は垂れさがったカレンダーの端を持ち上げた。陽灼けした裸体の女が寝そべっている。下半身は海につかっており、片手を砂について身を起し、まぶしそうに空を見上げているポーズである。

女の背後には椰子林が続き、椰子林の上には海の色と同じほどに濃い藍色の空があった。

史郎の指がすべった。

カレンダーは埃をまき散らしてはらりと垂れ下がった。史郎はあわててカレンダーの端をつまみ、壁に埋もれて錆びついていた鋲を見つけてそれでカレンダーの上端を固定した。二、三歩さがってしげしげと裸の女を見つめた。女はもう一方の腕で二つの乳房を覆っている。指の間から左の乳首がわずかにのぞいているのを史郎は認めた。女が体につけているのは腰を覆った布切れだけだ。カレンダーの下には医薬品メーカーの名前が刷りこまれてあった。

……………………………

(船で、それとも飛行機で)

目を閉じたまま妻がきいた。船にすると史郎は答えた。

（飛行機の方が早いじゃないの）

Ｂ島に空港は無いと史郎はいった。そういいながら窓の向うにそびえる無人の病棟を眺めた。灰色の空の下にうずくまった灰色の獣のような建物に目をそそいだ。死んだ獣。しかしあの埃にまみれた胎内には極彩色の水と空があり、まぶしい光が漲っている。

（船で行くの、飛行機で行くの）

と陽子はいった。

（船で。Ｂ島に空港はないはずだから）

かりに空港があったとしても史郎は海路を選んでいただろう。

（電話くらいあるでしょう。着いたらすぐ電話をしてちょうだい）

（船が何時につくかわからない）

（何時でもいいわ。真夜半でも。あたし、起きて待ってるから）

と陽子はいった。

史郎はその晩、陽子のアパートに泊った。妻には船が出航すると告げた日である。夢の中に病院が現われた。建物はみな無人になっており、クモの巣がかかった病室の壁には一面にあのカレンダーが貼られてあった。

史郎は自分の足に軽い衝撃を感じた。

学生が靴で蹴ったのだ。

目で食堂の入り口を指している。史郎は振り向いた。同室の若い女が入り口の所にある売り場で食券を買い、内部を見まわしている。芥子色のレインコートは着ていない。白いセーターに茶色のスカートという身なりである。あいたテーブルに歩みよって腰をおろした。学生はパンで皿に残った肉汁をぬぐい取って口に入れた。

「身投げするやつはどうして靴を脱ぐのかな。ねえ、不思議だと思いませんか」

学生はパンをちぎってていねいに皿を拭った。去年の暮れに彼はこのフェリーに乗ったという。甲板の一角にきちんと揃えられた靴を発見したのは彼だった。

「靴をはいて飛びこんだっていいじゃありませんか。わざわざ脱がなくったって。ボーイの話では月に少なくとも一回は投身自殺者があるそうですよ。もっとも靴が見つかればの話ですが。履き物のまま飛びこんじまったらわかりゃしない。けれど妙だなあ、身投げする前には履き物を脱いで揃えておかなければと規則でもあるみたいだ。そう思いませんか」

若い女は学生が注文した料理と同じ物を食べていた。史郎の視野の片隅には絶えず女の姿があった。手すりによりかかって海を見ていた女の姿勢を思い出した。今にも崩折れそうなもろい感じだった。手すりのその部分にひびでも入って折れていたら、女はあっけなく海へ落ちこんだことだろう。

まだ夕方の薄明りが残っていた海の色も同時に史郎は思い出した。見入っていると吸いこまれそうに深々とした濃紺の水であった。

「このあたりで身投げすれば必ずあの世行きですね。死体があがることはまず無いそうですよ。海流に流されて。本人には望む所でしょう」

深い海へ沈んでゆく自分の姿を史郎は想像した。衣類は身につけていない。両腕両脚を大の字に開いて、くるくると回転しながら落下する。音もなく光も射さない世界へ。自分の姿が芥子色のレインコートを着た女の姿に変った。海の中で女は裸体になった。長い髪がゆらめいている。藍色の水中に女の白い裸身がある。落下するにつれて藍は墨色となり海面から射しこむ光が消える。しかし裸身はそれ自体が一つの光源であるように白く輝き続ける。

女はやがて海底の砂にひっそりと体を横たえる。皮膚は剝がれ肉も水に解けて、骨だけが残る。海底を流れる水にゆさぶられ、骨はばらばらになり、ついには石に埋れてしまう。史郎の目の前で学生の唇が動いた。次に声が聞えた。史郎は我にかえった。

「どうしました」

「いやべつに」

「B島の話をしてたら、お客さん急にぼんやりとなって。本当にB島へ行くんですか」

「ああ」

舷窓の外はまっくらだ。

「せっかくの船旅を楽しもうと思ってたら、相客は飲んべえの中年男に不愛想な女と来た。まるでついてない」

学生はまずそうにコップの水を飲んだ。自分も中年男だと史郎はいった。三十代の半ばはとうに過ぎている。

「中年は中年でもなんだかぼくの話をわかってもらえそうな気がするんです。ぼくはやたら他人に話しかけない方ですよ。今はおしゃべりだけれども」

身の上話は困るという意味の言葉を史郎は短くつぶやいた。

「一身上のことを愚痴るつもりはありませんよ。退屈させるだけですからね。ぼくは一度でいいから誰かと船で話をしたかっただけです。いつも一人旅だった。誰かというのは女のことじゃない。女でもそりゃあかまいはしないけれども、ぼくの話に興味を持ちはしません」

若い女が立ちあがって食堂を出て行った。テーブルの皿には、料理が半分あまり残っていた。気になるのかと、学生はたずねた。史郎の目の動きを彼は追っていたのだ。史郎は否定した。

「島の女じゃありませんね」

どうしてそれがいえると、史郎は反問した。

「色も白いし、それに目鼻立ちが島の出身者と似ていない。ぼくにはひと目でわかる。あれは都会から来た女です。観光かビジネスかといえば観光だな」

「ハンドバッグ一個しか持たずに」

「珍しかありませんよ」

「それほど楽しそうでもない。きみのいうように観光だとすればね」

「お客さんだって船旅を楽しんでいるようには見えませんがね。ぼくはいろいろとしゃべっているのに、ぼくのことを何もたずねたことがない。学生ならどこの大学か、専攻は郷里はとか。旅行の目的とか」

「知りたいとは思わないからね」

そろそろ肚が立って来た。史郎は椅子を後ろへ押しやって立ちあがった。学生は史郎の腕をつかんで、待ってくれといった。

「すみません。気にさわることをぼくはいったみたいだ。あやまります。もう少し、ほんのもう少し一緒に居てくれませんか。今、部屋に帰っても飲んべえと顔をつきあわせるだけですよ。まだ九時前です」

史郎は椅子に戻った。学生のいうことに心を動かされたのではなかった。これだけのせりふを彼がまるで棒暗記していたようによどみなく口にしたのが奇異に思われたからだ。もしかしたらこの男はいつも同じせりふをくり返しているのではないだろうか。二十一、二にしか見えないのに、目のまわりには疲労がうす黒い隈をつくっていた。皮膚には艶がなかった。

「学生といってもぼくは予備校生なんです。浪人二年めだと家の仕送りも打ち切られたので、アルバイトで暮しを立ててます。今年も落っこちたんでやれやれと思って島めぐりの船旅に出たってわけ」

史郎は舷窓ごしに夜の海を見ていた。黄色い光点が不規則に揺れながら舷窓を横に移動している。星が出ていないのは確かだった。燈台の光でもなかった。漁船の明りにちがいない。

「大学だけは卒業しておけと友達はすすめるんだけれど、予備校に通うのは気が進まないんです本当の話。去年の暮れに船旅をしたと話したでしょう。受験勉強のさいちゅうに旅行したんです。大学へ行きたいという気があれば旅には出ませんよ。高校を出てすぐに就職すれば良かった。ぼくは時間をムダにしたわけだ」

史郎は船室に引きあげた中年男を羨んだ。あの男は食堂を出るとき、一ダースあまりの罐ビールを買いこんでいた。誰にも邪魔されず、海を眺めながらビールをあける気分は格別だろうと思った。

「ぼくは十七のとき、自分の人生には無限の未来があるように信じていましたよ。大学生になり卒業して勤め人になり、ああ、ぼくの希望は中学校の教師でした。結婚し家庭を持ち、子供を育てる。平凡な人生てやつです。でも平凡な生活というのにわくわくするほど憬れていたんです。大学を出なくったって出来ますよね」

「出来るって、何が」

「平凡な生活」

「そりゃあ、まあ、学歴に関係はない」

「ええ、そうでしょう。一年以上も浪人してそれに気づくなんて。だからぼくはダメなんだな」

漁船の燈火は一つではなかった。水平線上に点々と動くものがあった。フェリーは漁船群の間を縫って航行しているらしい。左右の舷窓ごしに小さな光が見えた。

「本人の身にならなければわからないことがありますよね。ほら、たとえばさっき話した靴のこと。自殺者がなぜ履き物を脱いで揃えるか。あれなんか自分がその身にならなきゃわかりっこない」

食堂の人影はまばらになった。ボーイたちがテーブルを片づけ始めた。

「ぼくは考えるんです。これから死のうという者が靴を脱いでいるときの気持を。死をこわがっているでしょうか。それとも意外と冷静でしょうか。どう思います」

「さあ、ぼくは……」

「ぼくの友達で強度のノイローゼにかかって入院した男がいましてね。そいつから聞いた話なんですが、彼は死にたくてたまらなかった。しかし、ペンも鉛筆もなくて遺書を書けなかった。何か一筆のこさないでは死にきれなかったというんですね。看護婦に頼んで書くものを持って来てもらえば良さそうなもんだが、気がまわらなかった。病院の売店にもあるのに。ノイローゼってそんなものでしょう。で、彼はどうやって遺書を書いたと思います？　メンソレータムを指につけて、それで壁に書いたんです。彼は嬉しくてたまらなかったというんです。死ねるということが。精神病院だから窓に鉄格子がはまっています。彼はシーツを細長く裂いて鉄格子に通し、自分の首に巻いて倒れた」

学生は史郎の目をのぞきこむようにして話していた。

「嬉しかったというのは」と史郎はきいた。遺書を書く方法を発見したからなのか、それとも自殺の手段に気づいたからなのか。

「両方です。つまり、ぼくのいいたいのは自殺者にとって死は歓ばしい未来なんですね。彼がいうには嬉し涙をこぼしたくらいですから。だけど誤解しないで下さいよ。ぼくは彼のいうことを理解できるけれども共感してはいません」

病室の窓というのは手が届くほどの高さにあったのだろうか。患者の行為は病院側が計算に入れているはずである。やすやすと死ねるような構造にはなっていない。史郎がそのことを指摘すると、窓は目の高さだと答えた。

「ではどうやって」

「だからいったでしょう。自分で倒れるんです。何も高い所にぶら下がらなければ死ねないってもんじゃありません」

「しかし、きみは彼からその話を聞いたわけだ。そうすると彼は生きてることになる」

「ええ、失敗したんです。シーツをよりあわせるのを忘れたもんだから、倒れたはずみに首を巻いたそれがちぎれてしまった」

学生は咽喉の奥で笑った。そして、ばかげた話ですよねとつけ加えた。

ボーイが近よって来て、食堂を閉じなければならないと告げた。

二人は立ちあがった。

「つまらない話ばかり聞かされて、お客さん退屈したでしょう」

「少しはね」

と史郎はいった。続けて「そのきみがいう〝お客さん〟という口癖はどうにかならないものかな。まるで酒場にでもいるような気になってくる」

「アルバイトにバーテンダーやってんです。すぐ口に出ちまって」

二人は廊下を自分たちの船室へたどった。

学生が先に這入った。史郎はいった。

「ぼくは甲板をぶらついて来る。きみは休んでてくれ」

「じゃあぼくもそうしますよ」

「きみが散歩するのは勝手だが、ぼくの後をつけないでもらいたいんだ」

学生は何かいいたげに口を動かしかけた。史郎は彼の前でドアを閉ざした。若い女が占めていたベッドのカーテンは開かれたままだった。学生が船室のドアをあけたとき、史郎は女の不在に気づいた。女の行く方を気にかけたのではない。窓ぎわには中年男が食事に出かける前と同じように居すわってビールを飲んでいた。狭い船室に濃い煙草の煙がこもっているのに史郎はひるんだ。これから再び学生の饒舌につきあわされるのは気づまりなのだった。

甲板に出た。

船は漁船群が操業していた海域を通りぬけたらしい。海の上には一点の光も無かった。

なまあたたかな風が史郎の全身を包んだ。

潮の匂いがした。

史郎は誰もいない甲板を歩いた。波のざわめきが耳をうった。舷窓からこぼれる光がすべるように海面を動く。

海は黒い巨大な円盤状に拡がっていた。空は海よりわずかに明るい。乱れた雲の隙間から星が弱い光を放った。雨はやんでおり、吹く風だけがやや湿り気を含んでいるように感じられた。

史郎は立ちどまった。

前の暗がりで白いものが動いた。

闇の向う側をすかして見たときにはもう人影は消えていた。女の姿のようだった。上部甲板へ続く階段の下で、そこには船室の窓から洩れる光が当らない。気のせいかも知れなかった。

史郎は手すりに近づいて海面を見おろした。

船腹に湧き返った白い泡が、かなりの速さで後方へ流れていた。重々しい機関の振動が手のひらに伝わって来た。それからおよそ半時間、史郎は手すりから離れなかった。海の音に耳を傾けていると何も考えないでいられた。水を見れば水のことを、雲を見れば雲のことに思いを凝らした。


史郎は船室に戻った。

若い女のベッドはカーテンが引かれてあった。中年男のベッドに引かれたカーテンからは高いびきが洩れていた。学生のベッドは空だ。

史郎は自分のベッドにもぐりこんだ。アパートを後にして長時間列車に揺られた。沿線の風景は何一つとして記憶に残っていない。つもりつもった疲労を今にわかに史郎は意識した。体のすみずみまで酸のようなものがゆき渡っている感じだ。史郎は枕もとのスイッチをひねった。明りが消えると同時に彼は眠った。頭を枕につけたとたん眠りこむということは、この二年間たえて無かったことだ。

今夜は眠れる……

意識が薄れる直前、歓びに満ちた安息感が史郎に訪れた。

あけがたまで史郎はぐっすりと眠った。

船は一、二度、島に寄港したようだ。

甲板を歩く乗客の気配と汽笛の音を、史郎は夢うつつに聞いていた。

銅鑼も鳴ったと思う。

朝食のために食堂が開くというアナウンスを聞いても史郎は起きる気になれなかった。カーテンを細めにあけて隣のベッドをのぞいた。たたまれた毛布の上に白いハンドバッグがある。女の姿は見えない。カーテンが閉ざされてる。五十男はひる頃寄港するK島で下船するといっていたのを史郎は思い出した。その上のベッドは予備校生の目的地は知らない。舷窓は明るかった。濃い藍色の拡がりが半円形に切りとられて史郎の目を射た。海の上には光の粒子を充満させた空があった。

史郎は靴を履いた。

予備校生のベッドは空である。草色のキャンバス地で出来た鞄がベッドの足もとに置いてあった。鞄の主が履いていた靴は見えない。

史郎は廊下の自動販売機にコインを入れてジュースを取り出した。食堂から出てくる船客のなかに、予備校生は見あたらなかった。甲板に出た。大勢の船客が手すりにもたれて海を見ていた。史郎は左舷から右舷へ一人ずつ確かめながら一周した。どこにもあの若い男の影はなかった。

次に右舷から左舷へまわってみた。見落したものがあるかもしれなかった。飲み干したばかりのオレンジジュースが口の中で鉄錆をとかしたような味に変ったように思われた。かすかな嘔き気を覚えた。最上部の甲板にも上がってみた。煙突のかげに同室の女がたたずみ、水平線を見ていた。強い風で髪が煽られ、女は片手で乱れる髪を押えながら、ラッタルを伝って上がって来た史郎にちらりと目をやった。

水平線に盃を伏せたような形の島が現われた。K島である。

史郎はいったん自分の船室に戻った。

荷物をまとめていた五十男が史郎にたずねた。史郎は首を振った。

「いたかね」

「ゆうべ、あの男がこっそりと部屋を出て行くのは知ってたがね。わしは晩くまで起きてたんで。F島に船が寄る前だったかな。荷物を持たずに下船するのは変だと思いませんか」

鞄を忘れていったのかも知れないと、史郎はつぶやいた。五十男はいった。

「ビールの酔いが醒めちまってね。わしは昨夜一時間おきに目があいた。やたらと便所へも立ったし。でもずっとベッドは空だったよ。ボーイがここへやって来ない所をみると、異状はないのだろうが」

史郎は船室の外に出た。食堂の近くにスナックがあった。そこでコーヒーを注文した。口の中にしみついているジュースの錆に似た味をブラックコーヒーで洗い流した。食堂の入り口には（CLOSED）と記した札がかけられている。椅子に身を落着けて廊下とホールをみつめた。若い男は現われなかった。二杯めのコーヒーを飲んでもねむけは去らない。史郎はふらつく脚を踏みしめて船室へ戻った。

舷窓の下にあるテーブルには髪の長い女が腰をおろして外を眺めていた。草色の鞄は先程の場所にひっそりと横たわっていた。

史郎はベッドに身を横たえて、カーテンを引いた。ふしぎに食欲はなかった。背中に響いて来る機関の単調な音が執拗なねむけをもたらした。ひるすぎ、A島へ着く。夕方にはB島で下船する。それまでの時間が貴重に思われた。荷物を重そうにかかえて船室を出て行く男の足音が枕もとで聞えた。次の瞬間、史郎は寝入っていた。

（傍に寄らないで）

と妻がいった。ベッドの上で身じろぎして史郎の居る側から遠ざかるように体をずらした。どうしてだと、史郎はきいた。病院に妻を見舞った日のことだ。週の日曜日と水曜日をその日に当てている。妻はいった。

（あの人の匂いがするの）

（そんなことはない。気のせいだろう）

（あの人の所から病院へ来たんでしょう）

（うちからまっすぐに来たよ）

（じゃあ、病院から帰るとき、あの人のうちに寄るんだわ）

（具合はどうだい）

（話をそらさないで）

史郎は椅子から立ちあがって病室の中を歩きまわった。見舞いに来てもらいたくない、自分は一人でいても淋しくはないと、妻はいった。（あなたが来ると……）妻は充血した目を史郎に向けて上ずった声でいった。

（あなたの後ろに影のようなものが見えるの）

（影のようなものだって）

（そうよ。陽子さんと連れ立って来たみたいな。だからもう病院には来ないで）

史郎は窓辺に立って外を見た。乾いた埃のような雪が降っていた。暖房の利いた室内にいても体の芯まで冷えこむように感じられた。ガラス窓の曇りを何べんも手のひらで拭って史郎はこやみなく降り続ける雪を見ていた。降りしきる白いものを眺めていると、体が浮きあがり、重量を失って宙にさまようような気がした。陽子はいった。

（病院からの帰りでしょう）

（そうだ）

（匂いでわかるわ）

（厭なのか）

（傘は持たずに？）

（家を出るときはまだ降っていなかった）

（コートをお脱ぎなさい。風邪を引くわよ）

史郎はコートを手渡した。窓に近づいて戸外を眺めた。病院で覚えた悪寒はいっこうに消えなかった。汚れたガーゼのようなものが家並を覆いつくしていた。歯の根が合わなかった。膝頭もこきざみに慄えた。粉雪は夜となったその時刻、湿った大粒のぼたん雪に変っていた。二人の女に対して、史郎は漠然とした憎しみを感じた。あの日がつい昨日のことだったように思われる。


船はB島の沖合に停泊した。

リーフで砕ける白い波が見えた。

B島には港がない。リーフの内側に小さな突堤がある。フェリーの船客は二十トンほどのはしけに移乗して上陸することになった。史郎はいくつもの階段を降りて船腹に開いた乗り場に出た。はしけが横づけになっていた。波に揺られるつど、上がったり下がったりする。ボーイがはしけに乗り移って船客の体を支え、一人ずつはしけにおろした。史郎の次に芥子色のコートを着た女が船を降りた。

海には黄昏の光があった。

B島は平べったい貝殻状の島である。ボーイはフェリーに戻り、船腹の開口部が閉鎖された。はしけは波を切って動き始めた。白い波頭がリーフのありかを示した。はしけはリーフの途切れた箇所を縫うようにして、突堤の方へ進んだ。

汽笛が鳴った。

史郎は振り向いた。

船全体が光の泡で包まれたように見えた。暗い海を背景に、船はおびただしい光を撒き散らして徐々に船首の向きを変え、速度を上げつつあった。史郎がB島の方へ目をやったとき、意外な近さに突堤がせり出していた。海草の匂いが鼻をついた。生臭い魚の臭いも空気にまざっていた。史郎ははしけから突堤によじ登った。まる一昼夜、揺れる船に乗っていたので、動かない地面に立ったとき、足もとがふらついた。
五、六人の人影が上陸した旅行者に宿を誘いかけた。常夏荘からも一人来ていた。腰のまがった老婆である。宿はすぐ近くだという。老婆について行く旅行者は史郎一人であった。砂糖黍畑にはさまれた細い道を、老婆が先に立って歩いた。海は夜の色に変り、空だけがわずかに萌黄色の光を保っていた。
「………」

老婆が腰ごしに振り返って何やら叫んだ。史郎はきき返した。

「三千円。二食付きで」

道の向うに灯のともった平屋が見えた。


フェリーの船室で眠っていたので、夕食をすませた今となっても史郎はねむけを感じなかった。客は彼一人である。雨が降らないとかで、風呂水は海水だった。上がり湯だけが真水だ。夕食をすませた史郎は九時ごろ、常夏荘を出た。肌がべたつき、シャツが糊でもつけたように皮膚にまつわりついた。

船が午後三時頃、A島に寄港したとき、史郎は船室を出てタラップの傍にたたずんだ。下船する旅行者の中に若い男を探した。草色の鞄は、朝、発見した元の場所にあった。B島へ上陸した一群の中にも彼は居なかった。史郎はボーイに行方不明になった学生のことは告げずに船を離れた。いずれわかることである。あれこれと質問されるのがわずらわしかった。

ねばり気のある風が史郎を包みこんだ。

むせかえるような草と木の匂香が彼を息づまらせた。

史郎は目的地を定めない気ままな歩き方で海辺に沿って歩いた。

足の下できしりながら砕ける物の音がした。

生臭い腐敗臭が立ちのぼった。道路には一面に白いものが敷きつめられている。ガラス屑の上を歩いているような気がした。史郎が踏んで歩いているのはぶ厚い貝殻の道である。

彼はシャツを脱ぎ、そのシャツでわきの下を拭った。全身が汗にまみれていた。

歩いていると、とめどもなく汗が滲み出た。

貝殻をつぶして歩いているのは史郎一人のようである。砂糖黍畑に沿った道の前後に人影は見えなかった。

史郎は砂浜へ降りた。

靴を脱いでまっすぐ波打ちぎわへ向かった。

海の音が高まった。

史郎は靴下をとり、ズボンを脱ぎすてた。目の前で、リーフに寄せる波が盛り上がるように感じられた。にわかに海と夜の威嚇的な力を見たように思った。はだしの皮膚に砂の湿り気を感じた。ぬれた砂にはまだ昼のぬくもりが残っていた。史郎は下着一枚になり、そろそろと海に踏みこんでいった。正面からのしかかった波が彼を押し倒した。全身が水に浸ると史郎は大胆になった。意味の無い叫び声をあげ、何かにつかみかかる恰好で海に身を投げだした。

水は暖かかった。

水は彼を揺さぶった。

水は彼をのみこみ、ひっくり返し、また水面に押し出した。彼は手足を子供のようにばたばたさせて水面を叩いた。流れて来た海草が首にからまった。螢光を放つ夜光虫が海草にこびりついていた。史郎の指にもくっついた。

史郎はあお向きになって水に浮んだ。

雲の消えた空に夜光虫と同じ色の、夜光虫よりもっと鋭い輝きを帯びた点が散らばっていた。

ときおり、史郎の顔に波がかぶさった。彼は塩の味のする水を飲んだ。天に向って大声で叫んだ。その声は獣の唸り声に似ていた。彼は波にもまれ、波に引きずりまわされる快感を楽しんだ。水が目に入ると、空を埋めた無数の光の粒が解けて流れた。目をこすって視力を取り戻すと、光の粒はまた光の鋭いきらめきを回復した。波に揺れるとき、青黒い巨大な円蓋も傾くように見えた。

史郎は波打ちぎわ目ざして抜き手を切った。

足が海底へ届くのを確かめて、そこからは歩いた。

足の裏に刺すような痛みが走った。それさえ快かった。陸岸は黒々として、砂浜だけが白い微光のようなものを放っている。

彼は幾度も波に体をさらわれながら、浅い所では四つん這いになって、ようやく砂浜にたどりついた。

水に入る前に脱ぎすてた衣類と靴の位置からは離れている。遠くにその黒い塊が見えた。

史郎はけだるい疲労を味わいながら、波打ちぎわを自分の衣類の方へ歩いた。

痛みを覚えた足を持ち上げて調べた。黒いものが滲み出ている。水底のガラス片か釘にでも切られたらしい。その痛みさえもけだるい疲労に吸収され、気にならなかった。島をとり囲んでいる莫大な水の拡がりを思い、その水の彼方にある陸地を思った。しかし、彼はすぐに頭を振って大勢の人間がひしめいている都会のことを忘れようとつとめた。それは旨くいった。彼は右手で自分のシャツをつかんだ。そのとき、砂の上を歩くひそやかな足音がした。彼が気づくと同時に向うも彼を認めたらしい。足音はやんだ。暗がりをすかし見ている彼に女の声が届いた。

「だれ?」

顔

女は彼に背を向けてラヴェンダー色の送受話器を手に話し続けている。

「そうなのよ。ユカリちゃんからすすめられるまではあたしも半信半疑だったの。噂には聞いてたけれど。うちのアランをみてもらったのよ。だってクリニックをはしごしてもアランは元気にならなかったもの。で、その人に診断、じゃない何ていうのかしら、易断してもらったの。獣医さんじゃないっていってば、何回いえばわかるの。だからあなたも一度みてもらいなさいな。あたしがすすめるんだから間違いないわ。よくって？ 見料？ そりゃあお安くないわ。でもクリニックに払う料金を考えてみれば安くつくわね。その人の名前？ 劉さん、劉花明さん……いいえ、日本人よ。マンションまで来てもらえるの。じゃあいいわね」

女はうっすらと上気した顔で戻って来た。ソファに身を沈める前に、チワワ種の仔犬を抱きあげて頰ずりした。

劉花明はグラスに残っていたブランデーを飲みほして立ちあがろうとした。

「あら、もうお帰り」

「そろそろお出かけの時刻でしょう」

「あたしはまだいいわ。これルミ子のアドレス、シャム猫を可愛がってるの。一度みて下さらない」

女は彼に文字と数字を書いた紙片を渡した。からになったグラスにブランデーをついですすめた。劉はまたソファに腰をおちつけた。

「たしか一日に一度しか仕事をしないとおっしゃったわね。きょうはだから何もご予約はないんでしょう」

「夜は易学の研究にあてています。これまでの成果を本に書いていますんでね」

「まあ、愉しみだわ。本になったらぜひ一冊買わせていただくわ。題名はきまってますの」

女は身をのり出した。薄いネグリジェの上にまとった赤いガウンの襟があいて胸の豊かなふくらみがのぞいた。

女は劉の視線に気づいて襟をかきあわせた。

「仮題ですがね、一応『動物易学の研究』という書名にするつもりです。版元は少しカタすぎるというんですが、『ペットの運勢早わかり』なんて安っぽいタイトルをつけられては研究の中身まで通俗と見られるおそれがあるでしょう」

「おおよしよしアラン」

女はチワワを両腕で抱きしめた。

「いけませんな、過剰なスキンシップは動物をダメにします。何度も申しあげたでしょ。飼ってやっているという気持をすてて、苦楽を共にするつれあいといった感情で面倒をみてやるのが肝腎だと」

「そうでしたわね」

女はチワワをソファの上におろした。苦楽を共にするつれあいといった劉のせりふを自分もつぶやいて、いとしげに仔犬を見まもった。

「でも最初にユカリちゃんからあなたのことうかがったとき、劉さんて和服に例の頭巾をかぶって筮竹を持ったお爺さんを連想しましたわ。顎に白いお髭など生やした……ところがお目にかかってみると。失礼ですがおいくつ」

「ちょうどです」

「まさか。四十には見えませんわ。五か六じゃありませんの」

「三十です。若く見えると仕事がら困ります。易占というのは老人と相場がきまってるようですが、実際は若くないと当らないものですよ。気力が充実していなければね。だから一度みると疲れるのでわたしは一日一件かぎりしかやりません」

家相というものがある。手相、人相をみる易者はざらにいる。墓相を占う人も知っている。しかし動物の相をみる易者がいるとは知らなかったと、女はいった。

「そりゃあそうでしょう。今のところ世界に三人しかいませんからな」

劉は女がすすめた細巻の葉巻に火をつけた。動物易学の研究家として最高の権威者はマカオにいると教えた。もう一人はネパールのカトマンズに住んでいる。女はたずねた。

「するともう一人の方は」

「わたしです。日本ではわたし一人」

「マカオの先生について勉強なさったわけですか」

「いや、わたしの師はカトマンズのお坊さんでしてね。マカオの先生は実は以前、北京にいたんですが、ある種の事情で亡命したんです。あれから何年になるかな」

「ある種の事情といいますと」

「四人組の失脚を見通したんですよ。先生はたまたま江青女史の愛猫をみた。文化大革命が一段落したころでしたかな。その猫の瞳孔に緑色の星が見えたそうです。われわれの専門語で失脚星といいます。飼い主の運命が猫の瞳に現われたわけ。凶相です。これは危いと先生は香港に次にマカオに亡命なさった。研究家の間では知れわたった話です」

社会主義体制の国とくに中国では、ペットを飼う習慣などないと聞いているがと、女はいった。

「なに、特権階級は別ですよ。そりゃあ人民公社で汗水流して働いている人達には、犬猫を飼うゆとりはないでしょうがね」

中国にその先生のような易者の存在が認められているのかと、女はたずねた。易者という非合理的職業は公認されていない。もともと天文学の権威なのだと、劉はいった。

「正確にいえば天体宇宙学という分野でしてね。ミサイルと人工衛星の研究になくてはならない学問です。星の運行に詳しい科学者が易学の研究家でもあった。人間の運命は星に左右されます」

「まあ、西洋占星術みたい」

「せっかくですが奥さん、動物易学の歴史にくらべたら、西洋占星術などちゃちなものですよ。あれはわたしも心得がありますがね。河南省に今から三千五百年前に栄えた殷という王朝がありました。その遺跡から発掘された象牙や亀の甲が証拠です」

もっと詳しい話を聞きたいがまもなく出勤する時刻なのでと、女はいった。ドアの所まで送ってきた。ルミ子はいま身の振り方について迷っているのだと、思い出したように告げた。劉はいった。

「そのシャム猫はとうに飼い主の不安を察しているでしょうな。動物は本能で察知しますから。明日の午後二時ということでしたね。ところで、おたくのアランがまた変な様子を見せたらわたしに連絡して下さい。さっきから何べんもいったように今年はアランに波乱が多い相が出ています。イチかバチかの冒険はおやりにならないように。おつとめを変ったり、独立したりすることは危険を伴います。いいですね」

「ありがとうございます。何かあったらお越し願えますわね」

翌日の午後二時、劉花明は青山にあるマンションの一室にいた。ルミ子というのは二十七、八歳の髪を赤く染めた女である。ベッドの下から灰色のシャム猫が顔だけのぞかせて劉をうかがっている。「あたしのファンファンがこのごろおかしいんです」とルミ子は爪に赤いものを塗りながらいった。マニキュアをやめてくれないかと、劉は頼んだ。匂いが刺戟的なので気を統一する妨げになると理由を説明した。ルミ子は素直にしたがった。

「ご免なさい。……ファンファンがお食事しないんです。ペット・クリニックをあちこちまわりましたけれど、お薬やら注射をいただいても食欲が出ませんの。やせるばかりで、原因がさっぱり。出ておいでファンファン、先生にみていただくのよ」

ルミ子はベッドの下にいるシャム猫を甘い声で呼んだ。シャム猫はルミ子が手をさし出したとたん、ひらりと跳躍して洋酒棚の上にのり、そこから床にとびおりてソファの下にもぐりこみ、黄金色の目を光らせて劉をみつめた。猫の顔が見えればいいと、劉はいってルミ子をソファにかけさせた。

「きのう、カオルさんからうかがったんですけれど、先生はペットの顔をみて飼い主の運命を予言なさるんですって」

顔だけとは限らない、毛並も尻尾の形状もみると、劉はいった。

「動物の体から発散するある種の気配、われわれはこれを動物精気と呼んでいます。観者が精神を集中して動物精気と交流をはかりますと、おのずから通じるものがあるわけです。声なき声とでもいいますか、心耳を澄ませて対話します」

動物の言葉がわかるのかといって、ルミ子は目をみはった。わかったら自分も習いたいものだ。そしてファンファンと語りたい、ぜひ教えてくれないかと頼んだ。

「誰にでも出来ることじゃありません。人間には雑念がありますから。その意味で動物は純粋ですな。純粋であるために本能も鋭い。犬の嗅覚は人間の五億倍、よござんすか五億倍も働きます」

「ファンファンはどうなんでしょう」

「しばらく待って下さい」

劉はソファの下から首を突きだしているシャム猫を見すえた。目を半眼にして五分間あまり身じろぎもせずソファにもたれていた。ルミ子はシャム猫と劉の顔を交互に見ながら両手をしっかりと組みあわせている。

「ここが思案のしどころですな」

劉はふうっと息を吐いてルミ子にいった。

「おたくのファンファンは淋しがりやです。愛情に飢えています。食欲を失ってから何日ぐらいたちますか」

かれこれ二週間あまり、五人の獣医が五人ともちがった病名をつけたと、ルミ子は答えた。シャム猫はのそりと飼い主の膝にあがった。

「立ちいったことをあえていわせてもらいますが、これまでつきあってきた人物と別れるべきか、新しい男性に果してそれだけの甲斐性があるかどうか迷っておられる」

ルミ子は口を開いて劉を見つめた。

「ご覧なさい。あなたのファンファンの眉間に黒っぽい毛が一筋生えています。最近になって出てきたしるしのはずです。シャム猫は雑種の野良猫とちがって単独では生きられない。まじりけのない血液、つまり血統が良ければ良いほど弱いということがいえます。飼い主に見放されたら即のたれ死にということです。ファンファンはしたがって主人の気持に敏感に反応する。あなたは二週間前に知りあった男性にうちこんでおられる。ファンファンの額に生じた黒い毛は動物易学で毛嬙毫芒《もうしょうごうぼう》といいましてね。百万匹に一匹くらいの割でしか生えない。飼い主の運命が重要な変化というか、選択をしなければならない、さしかかった時機に生える毛です」

ルミ子は落着きを失ってソファの上で身動きした。しばらくして、「どちらを選べばいいかわからないから迷ってるの」といって溜め息をついた。

「だから先生をお呼びしたんです。カオルさんの話ではそのう、何というか、生きてゆく上での依りどころが先生から得られるということでしたわ」

「わたしの口からどちらの男性を選べとすすめることはできません。ファンファンが教えてくれるでしょう」

「とおっしゃると」

ルミ子はシャム猫を抱きしめた。

「そうですな、あと三日たってもファンファンが食欲を示さない場合は危険信号と思って下さい。新しい男性と深入りしないのが得策です。三日以内に食べるようになれば、その人に賭けてみるのもいいでしょう」

「三日以内……」

ルミ子は目を宙にぼんやりと泳がせてつぶやいた。次に劉を見やった目は鋭い光をおびていた。

「あたし、ファンファンをとても可愛がってるんです。お店でお客さんの相手をしているときも、今ごろファンファンはどうしてるかなって考えるくらい。あたしの気持、通じてますかしら」

「そりゃあ通じてます。おたくの猫に限って通じていると保証しますよ。がいして猫というものは飼い主の気持なんか無視するものですがね。あなたの愛情が通じたからこそ、食欲を失うほど不安な状態におちいったんですよ」

「うれしいわ」

「魂の交流が成立したわけですな」

ルミ子はつと立って、白塗りの洋簞笥にのせたワニ革のハンドバッグをあけ、封筒を取りだして彼に渡した。彼はむぞうさにそれをサファリジャケットの内ポケットにしまった。カオルから聞いた金額でいいのかと、ルミ子は念を押した。彼はおうようにうなずいた。

「劉さんて珍しいお名前ですわね。中国か韓国のお方かと思いましたわ」

「れっきとした日本人です」

「動物学を……」

「動物易学」

「失礼しました。動物易学を研究してもう何年ほどに」

「十年はたちます。ではこれで」

劉花明こと柳田明男はエレベーターで一階へ降りた。ペット専門の占いを始めたのは六カ月前からである。マンションの前で彼は手帖をめくって今月の予定を調べた。月末までぎっしりとつまっている。沢村ルミ子の名前に鉛筆で斜線を入れた。依頼人の八割がホステスであった。タクシーの中で彼はこれまでのメモを点検した。美容師、社長秘書、歌手、英語塾の教師、ファッション・デザイナー、タイピストとこくめいに職種を記入している。いうせりふはたいてい決っていた。問題はそのいい方である。場数を踏んだ今は演技をするのにも慣れている。

もともと柳田明男は動物が好きであった。大学では獣医科に進んだのもそのせいだが、面倒な講義をきくのは骨が折れた。動物が好きであることと獣医になることの修業は別な話だと気づくまでに一年かかった。獣医にみれんはなかったので、大学はあっさりやめた。両親からの仕送りが途絶えた以上、生活の手だてを得なければならない。

彼はなれるものなら俳優になりたかった。テレビや映画の俳優ではなくて、舞台俳優である。昼間はある劇団の新人を養成する学校に通い、夜はキャバレーのボーイをつとめてくらしを立てた。水商売の世界で接する女たちが、占いというものに異様なほど興味を持っているのを知ったのはそのころである。占いについては柳田明男も学生時代から少からぬ関心を抱いていた。西洋占星術、四柱推命、タロット、トランプ占い、手相、骨相、およそ占いと名のつくものはひと通り勉強したつもりでいる。友人に頼んで新宿界隈に顔がきく易者を紹介してもらい、何日か代りをつとめたこともある。

柳田明男の見立てはふしぎによく当った。本職の抗議をうけて、たった一週間でやめなければならなかったほどだ。名指しで彼の見立てを乞う客がつめかけた。街頭に出てわかったことは、易占というものを信じている人間が、この世にはどんなに多いことかということである。うす笑いを浮べて手をさし出し、彼の話を聞いている男や女の顔は、(そんなことをいわれても、それを信じるか信じないかは自分の勝手だ。千円おとしたと思って遊び半分の気持で占わせるだけなんだ)と、語っているように見えた。最初のうちはである。しかし、彼が客の職業や性格を当て、未来の運命を予言する段になると、うす笑いがひっこみ、不安と驚きのまざりあった表情になった。

にわか易者を一週間、演じてみて彼は自信を持った。八卦見というのは知識ではない。経験でもない。演技力と勘である。客がどのようなご託宣を聞きたがっているかを知る能力といってもいい。易者の前で立ちどまる人間は、他人からある暗示を得たいと願っている。本人が無意識のうちに求めている行動の指針を与えてやると、(あの易者はよく当る)という噂になって、客がつめかけることになる。当るのは実は将来の運命ではなくて、客の過去や性格なのだが、あらかじめ生年月日と姓名をテーブルの上で書かせるとき、その手つきや筆蹟でおよそのことは察しがつくのだった。

客の手を握り、顔の変化をうかがいながらさりげなく話をすめる。的中しているかいないかは握っている手の皮膚を通じてわかる。顔つきの変化でも察せられる。（お若いのに苦労をなさっている）（善意でしたことが誤解されて報われない）（本来の才能を充分に活かす機会に恵まれなかった）などというとほとんどの客は深くうなずく。

柳田明男は客が催眠術にでもかかったような状態になると、図にのってしゃべった。自分でも何をいっているのか後になって思い出すことが出来なかった。舌だけが勝手に動いて、際限もなく客のこし方ゆく末を語るのだった。だから柳田明男の場合、街頭にこの業界でいわゆるショバという店舗さえ確保することが出来たら、らくに食べてゆけたのだが、新宿でも銀座でも厳重な縄張りがあって、新入りがおいそれと飛び入りで営業できるようにはなっていない。

彼はたやすく見切りをつけた。

大道易者を志す者は多い。需要に対して供給が上まわっている。評判が多少いいからといって、先ゆきが明るいとは限らないのだ。彼は新しい市場を開拓する必要を感じた。実地に占ってみて、埋れた才能のあることを発見したのは収穫だった。ボーイからバーテンダーになり、クラブやらキャバレーを転々としながら、昼間は易学の学校へ通って勉強した。動物易学とは柳田明男の命名である。北京やカトマンズの先生も彼の創作である。したがって、日本では自分一人という主張もある意味ではそうになる。

世界でただ一人の研究家というのが正しい。名刺の肩書には「現代世界動物易学研究所所長」と刷りこんでいる。大日本動物易学研究所というのが初めに考えた案であった。しかし大日本というのはいささか古めかしい。現代と世界というのは、夜の仕事のかたわら小耳にする客の話からヒントを得た。新聞社や出版社につとめる連中の話したことである。

ちかごろの事典や単行本には、現代とか世界とかいう語を、タイトルの一部に入れなければ売れない。柳田明男はぬけめなくこの知識を利用することにした。動物易学だけでは重みがない。その上に〝現代〟をつけただけでも座りが悪い。現代世界と冠することでもっともらしくなる。

彼はカウンターの内側から、ホステス達をつぶさに観察して七年間をすごした。銀座のクラブなどで働く女が自殺するのは珍しくなかった。客を相手に陽気な口調で、自分は明日からパリへ観光旅行に出かけるのだとはしゃいでいた女が、二日後の夕刊に記事となってのっていても彼は驚かなくなっていた。マンションの一室で女はガスの元栓を開いて自殺していた。可愛がっていたペルシャ猫は、首輪をベッドの脚に紐でつながれていたという。西洋占星術と古代中国の四柱推命を総合した新しい易断を、ホステスだけを相手に試みるつもりだった彼が対象をホステス達のペットに変えたのは、この事件がきっかけである。彼は押入れの奥から埃にまみれた教科書、獣医科で使っていた動物の病理学書をとりだして勉強のやり直しをした。臨床的な経験はわずかながらあったので、犬猫の様子からかかっている病気を推測することはできそうだった。劇団へ通うのはとうにやめていた。彼はバーテンダーを廃業して約一年間、貯金でくらした。

動物易学の研究家が元バーテンダーでは具合が悪い。その間に髪をのばし頬から顎にかけて髭をたくわえた。水商売の世界では女も男も出入りがはげしい。一年間は忘れられるのに充分な期間であった。

柳田明男はタクシーを降りて自分のマンションに這入った。八階までエレベーターであがり、ひっそりとした廊下を歩いて八〇八と標示されたドアをあけた。

「オカネチョウダイ」

金切り声が明男の耳に届いた。

「お金ちょうだいじゃない、お帰りなさいというのだ」

明男は冷蔵庫の中からコーラの壜をとり出しながら大声でいった。「オカネリナダイ」つんざくような声がベランダから聞えた。明男はグラスに氷とウイスキーを入れ、コーラで割って長椅子に寝そべった。足を肘掛けにあげ、背中にクッションをあてがい、グラスの中身をすすった。

ベランダに鳥籠が下がっている。セキセイインコが止り木の上でひんぱんに体をゆすってはくちばしをぱくぱくさせた。この仕事を始めたころ、飼っているリスの運勢判断を依頼したホステスがくれたものである。新しいパトロンはインコが嫌いだった。女はインコを可愛がっていたが、パトロンが訪れたときひっきりなしに「オカネチョウダイ」と叫ばれてはたまらないといった。そのインコはホステスの病死した友人が飼っていた鳥であった。

「しつけが悪いのよ。こんなせりふを覚えさせるなんて。人聞きがかんばしくないじゃない」

とぶつくさいったものだ。明男はインコを引きとった。「オカエリナサイ」というせりふを教えこもうと努力してみた。インコは一度覚えたせりふはなかなか忘れない。鳥籠の中でインコはまた叫んだ。「オカネチョウダイ」。

明男は閉じていた目をあけてインコを見つめた。

「明日はおまえを肩にのせてお客の所へ行ってみようか。いや、やっぱりよしとくよ。困ったせりふを覚えたもんだなあ」


「なんですって」

翌朝の十一時、柳田明男は電話のベルで目ざめた。昨夜は遅くまでテレビの深夜番組を見た。ねむけが電話の声でみるみる消えていった。

「今夜九時に来てもらうことになっとった託間だよ。都合で午後一時に変えて下さらんか。業者の会合がくりあがったんでね。午後一時きっかり。場所は先日しらせておいた世田谷の自宅」

そこまでは良かった。ねぼけまなこをこすりながら明男が、電話機の横に置いたメモ用紙に時刻を記したとき、相手はふと思い出したように「そうそう」といった。

「あんた、動物ならなんでもみるといったな」

「午後一時ですな。……ええ犬でも猫でも鳥でも」

「わしがあんたに何をみてもらうか前もっていっとく必要がありそうだ」

「まあ、うかがっておきましょう」

「聞いてから厭だとはいわないだろうな」

「人間はみません。動物だけです」

「虎だよ」

「……」

「虎だって猫属の一種だろう。動物でないとはいわせない」

「世田谷のご自宅といわれましたね。檻に、ちゃんと檻に入れてあるんでしょう」

飼っているライオンに嚙み殺された埼玉のある男のことがちらと閃いた。受話器の向うで高笑いが響いた。

「檻になんか入れとりゃせんよ。居間でおとなしくしとる。はっは、まあ約束した時刻に来てもらおうか」

「待って下さい。その虎というのは生後間もないしろものじゃないんですか」

「いんや、所長さん、尻尾から頭までメジャーで測りはせんが、ざっと四メートルはあるだろう。うちの居間でかっと牙をむいとるよ。高い金を払ってインドから買いこんだやつだ。それとも何かね、犬猫はみても虎はみないというつもりかい。虎だって動物だろうが」

「わかりました。みますよ、午後一時ですね」

明男はマンションを出る前に風呂をつかい、下着を新しいものに換えた。断われば断わることもできたが、この期に及んで引き下がっては男がすたると、自分にいい聞かせた。託間工務店の社長については予備知識を仕入れている。成り上がりの土建屋め、明男はタクシーの中で受話器の向うから届いた横柄な声の主に毒づいた。居間でおとなしくしている虎ならたいしたことはあるまい。成獣を檻に入れていないというのが腑に落ちなかった。

声の質から託間という人物はでっぷりふとったあから顔の男と予想していたのだが、応接間に這入って来たのは痩せた小柄な五十男だった。先方も柳田明男を見てやや意外そうな表情になった。

「あんたが所長さんかね。代理ではあるまいな」

「わたしが本人です。前もってお断わりしておきますが、こちらは生身の人間ですから、万一噛みつかれでもしたら。その場合の保証はしてもらわないと」

託間工務店の社長は笑い出した。

「いやあ、すまん。ちとおどかしすぎたか。噛みつきはせんよ。噛みついたら千万でも一億でも払うって。さあ、こちらへ」

長い廊下を奥の方へ社長は歩いた。襖をあけて明男に目くばせした。十畳敷ほどの和室である。床の間に虎がうずくまっていた。

「生きている虎とはいわなかったよ。わしがみてもらいたいのはこいつだ」

剝製の虎である。社長は床の間に歩み寄って虎の頭を撫でた。

「うちは今度、社運をかけてある工事の入札をする。ヘマを仕出かすと会社がつぶれるかもしれん。いろいろと下工作をしとるんだがね、知りあいの話じゃあんた動物の相をみて持ち主の運勢をぴたりと当てるそうだ。入札するには下準備が要る。ずばりいうと金が要る。工事を落札してもそれだけの価値があるかどうか、虎の顔で占ってもらおうと考えたわけだ。虎は縁起のいい獣といわれてるから手に入れたんだがね」

明男は剝製の前に端座した。瞑目して呼吸を整えた。社長はせかせかと室内を歩きまわっている。

「わしも占いに凝った時期があった。多少の心得はあるつもりだよ。インチキはすぐに見破る自信がある。大道易者のいい加減なたわごとなど聞く耳は持たん」

「うるさい」

明男は高飛車にどなりつけた。一瞬、社長は棒立ちになった。この齢になって他人からどなられたことはなかったにちがいない。

「約束の時刻を勝手に変更しておいて、インチキだの大道易者のたわごととは何ですか。虎でもライオンでもわたしはみる。ただし、生きておればの話だ。剝製なら剝製と最初からいうべきだ。あんたの方こそインチキじゃないか。わたしは時間を無駄にした」

「まあまあ、所長さん」

社長は両手を突き出して泳ぐようなしぐさを示した。がくりと肩を落してその場に座りこんだ。

「剝製じゃあ駄目かね」

気勢をそがれしょげ返った社長を見て明男は薬が効きすぎたように思った。

「動物精気を失ってますからね。まるっきり駄目とはいってません。前の持ち主が不運だったことはわかります。左耳の付け根に白い斑点が見えるでしょう。あれは一代にして産を成した人物が晩年にふとした投機にしくじってすかんぴんになる相です。剝製はそのとき手放したものでしょう。しかし、虎の凶相は今や薄れつつありますな。前の持ち主が無一文になったことで、禍転じて福となる相が現われるかに見えます。虎の前頭部、ほらあそこ」

明男は指で額の一カ所をさした。社長は床の間に近より、前かがみになって虎の頭を見つめた。

「そこの黄色い筋がまっすぐになっているでしょう。ふつうの虎は曲がっているものですがね。まっすぐな筋は珍しい」

「というと、これはいい相ということになるのかね。なにしろ所長さん、うちは社運を賭けた……」

「わたしは経営コンサルタントじゃない。動物易学の研究をしている者です。しかし、これだけはいえます。剝製では責任を持てる易断が出来ないと。今いったことは、この剝製にほんの少し残っていた精気と感応することで易断した結果です」

「精気が残っている……」

「ちょっぴりね。わたしがうちの研究所で剝製を引きとって一週間ばかりかかって交流すれば、もっとはっきりしたことを申し上げられます」

「一週間だって。入札は明日なんだ」

社長は頭をかきむしった。

「慎重に考慮することですな。ウラ目に出たら大変なことになります」

「そんなことはわかっとる」

社長は悲鳴に近い声をあげた。

腕組をして顎を落し考えこんでいる。ぱっと目を見開いて、明男の膝を手でゆさぶった。

「あんた、動物ならなんでもといったな」

「いいました」

社長の顔に生色が甦った。三男の泰孝が飼っているペットがいる、それを持ってくるからみてくれと、いった。あたふたと居間を出て行ってすぐに戻って来た。四角なガラスの箱をかかえている。黒っぽい楕円形が箱の底に認められた。体長十センチあまりの亀である。社長は勢いこんでいった。

「どうかね、亀だって動物だろう」

「ううむ」

明男は絶句した。亀は甲羅の内側に頭をひっこめている。指で甲羅をはじいても、ますますちぢこまっているだけである。

「顔を見ないと駄目なのか、例えば甲羅の色とか形とかを占うわけにはゆかんのかね所長さん」

「一応は顔を見ませんとね。ところでこれは手に入れてどのくらいになります」

「卵のときからかえしたんだよ。一昨年の二月ごろ。泰孝は亀が好きでねえ。成長したやつをペット屋なんかで買っても面白くないというのだ。卵を孵化させるのに成功するまでは何べん失敗したことか」

「すると孵化させたのは二月の何日です。というのはですな。この亀甲模様の濃淡を西洋占星術における天球図にあてはめて占ってみようと思うんですが」

「待ってくれ、わしは覚えとらんが、家内が知っとるかもしれん」

社長は血相を変えて居間をとび出した。戻って来たときは咽喉をぜいぜいいわせていた。

「ついたち、二月一日だと。キリがいいから家内は覚えとったよ」

「ははあ、水瓶座ですな」

「ミズガメ？　ゼニガメだよこいつは」

星座のことをいっているのだと彼は説明した。一月二十一日から二月十八日の間に孵化した亀であれば水瓶座ということになる。太陽が水瓶座を通過ちゅうに生をうけたからである。守護星は天王星、シンボルは水の波動を示すと、彼はいった。

「失礼ですが社長のお生れは」

「わしか、寅どしだ」

「いや、占星学《アストロロジー》では星座で占うんです」

「ああ、そっちなら牡羊座だ」

「水瓶座と牡羊座は相性がよろしい」

「相性がいいだけじゃなあ」

社長は憮然としている。亀は依然として甲羅の内側に頭をひっこめている。何か他にデーターはないのかと社長はきいた。水瓶座における幸運の数は四である、幸運の場所は文教地区であると彼が告げたとき、社長はつぶっていた目をぱっと開いた。

「文教地区だと、あの工場は学校の近くにたてることになっとるんだ。そうか、それから」

幸運をもたらす石はエメラルド、色は緑、線は直線と曲線が交代したもの、花はラン、とそこまでいったとき社長は呻いた。ここだけの話だがと前おきし、プロジェクトの内容を説明した。

「エメラルドはともかく、緑とか直線と曲線とかランとかいわれると、もう黙ってはおれん。所長のいうことは何かを暗示してるように聞えるよ。実はうちが入札しようともくろんでるのはヘドロの処理工場なのだ。用地の買収に手間がかかってずいぶん難航したもんだが。それも特別な施設でな。ミミズを用いる」

「ミミズ……」

「ヘドロの中にミミズを大量に繁殖させる。タネミミズという特殊なやつで、こいつらの体内を通過したヘドロは毒性が消えて質のいい農土になるわけよ。ミミズの糞はランの栽培に役立つ。ミミズを乾燥させて粉末にしたしろものは漢方薬にもなる。試験的段階ではコストに見合う利益のあがることが証明されたんだ。いささか不安がないといえば嘘になるが、そうだ、きみ、いっそのことタネミミズをみてくれんか」

返事を待たずに部屋を出た社長は、ビーカーを持って引き返して来た。ビーカーの中には黒い泥がつまっている。細長い赤褐色をした筋が泥を盛りあげるようにしてうごめいていた。

「所長の理論ではミミズも動物のうちだ。亀の甲羅の色艶や紋様を占うよりこっちがいいだろう。初めからこいつをみてもらえばよかったんだ。さあ」

託間は太い指でタネミミズを一尾つまみあげてマホガニーのテーブルに置いた。有望なプロジェクトのようだと、彼はつぶやいた。

「有望だから社運を賭けるんだよ。今となってきみにミミズなんかとはいわせんぞ。みてくれ」

彼はしぶしぶ天眼鏡でミミズをのぞきこんだ。そちらが頭だとどうしてわかるのだ、ミミズには口と肛門があるだけで、目も鼻もないと、社長はいった。ミミズには顔がない。しかし口のある方が顔だともいった。ミミズはテーブルの上で体を左右にくねらせるだけだ。

「困ったな、どちらかに動いてくれるとそっちが頭だとわかるんだが」

「おや、ミミズは後ずさりすることをきみは知らんのかね」

「受精するときでしょう。はばかりながらそのくらいは心得てますよ。しかし環状膜の内側には見たところ卵がついていませんからね」

動けばいいのだなと、社長は念を押した。亀を入れていたガラス鉢にタネミミズを移した。その下のガラスをライターの炎で熱した。彼は社長が目を血走らせてガラス鉢の底をあぶる間、両手でそれを持って支えた。かすかに凹凸のあるガラスの表面に彼の顔が映った。ゆがんだ影になって映った。彼はミミズがどちらへ動くのかもはや見ていなかった。

「見ろ、動いたぞ」

社長は勝ち誇ったように叫んだ。

彼は蒼白い不透明なガラスが反映している自分の顔をぼんやりと見つめていた。わきの下に冷たいものを感じた。虎に襲われると予想して覚えたときの不安とは異なった怯えだ。彼は自分自身のゆがんだ顔から目を離すことができなかった。

飛ぶ男

こんどクビを切られるのはだれだろう。

社員は仕事に熱中するふりをしながら、肚の中ではだれがクビになるにせよ自分ではないことを祈った。先月は総務課のQと経理課のPがやめさせられた。そのまえは秘書課のSがクビになった。今月はもう管財課のGと営業課のJが会社を去った。社員の数を思い切って一割へらすという案は、組合と会社の交渉でも合意をみていることなのだ。

「だれしもかけがえのない才能の一つや二つはあるものだ」

というのは病没した先代社長の口癖であった。そのあとに「だから、わが社には一人として無駄な人間はいない」という言葉が続く。会社が、不景気とちかごろのしあがって来た有力な競争会社のために業績がきわめてふるわなくなった今は、起死回生の策といえば人員整理しかない。それは組合側も認めざるを得なかった。

こういうとき、古手の社員が思い出すのは先代社長のきまり文句であった。その社長が亡くなって跡を継いだ息子は、アメリカの大学で経営学を専攻したとかいうなかなかのやり手である。彼の口癖は「能率こそすべてだ」であった。会社の発展にかつて貢献したという当人の経歴も、整理するにあたってはまったく無視された。PとQがそうである。会社の危機を救ったことがあるという功績もかえりみられなかった。GとJがやめさせられたのがいい例である。

若社長は目の前にせまった危機、会社の倒産からまぬがれるためには、なんでもする気らしかった。

二十五人、というのが整理の対象である。

すでに今年にはいってから十人が職場を去っている。社員は昼食どきにあるいは仕事ちゅうに、あたりさわりのない世間話をかわしながら、それとなく次にやめさせられる同僚についての情報を得ようとした。

「営業のKさんは胃を切ってからあまりパッとしないようだ」

「そうは見えないがね」

「発見が早かったから良かったんだよ、もう少し遅かったらガンになるところだったんだそうだ」

「ガンか、あれだけはご免こうむりたいな」

「なにも好きでガンになるのはいないさ、ところで文書課が総務課に統合されるという噂をちょいと小耳にはさんだんだがね」

「統合ね、若社長の思いつきそうなことだよ、三人きりしかいないから」

「しかし、あそこの課長は先代の従弟だというから、いくらなんでも倅がやめろというわけにはゆくまい」

「さあ、どうかな」

「係長と係長補佐がいる」

「しかし齢をくった連中からクビになってるからな」

PもQもGもJもそうだった。

「係長のほら、なんていったっけ」

「安東か、やつは先代社長夫人の姻戚っていうじゃないか」

「そんなの若社長の知ったことか、齢でいえば課長とあまりちがわないはずだぞ」

「やっこさんのクビが今までつながっていたのもその線だという噂だよ」

「今度という今度はやっこさんも安心できないだろう、クビになるとすれば課長より安東だろう、おふくろさんの遠縁だからといって若社長の気にするところじゃあるまいよ」

「能率こそすべてだ、だからな」

「おなさけで使われていたようなもんだ」

二人の係長は同時に腰をゆすって小便のしずくを切った。洗面所がからになってしばらくすると便所のドアが開いて小柄な男が現われた。髪の薄くなった五十代の男である。彼は念入りに手を洗い、ポケットから櫛を出して残り少ない髪をそろえた。櫛を紙ナプキンで拭ってポケットにおさめ、ためいきまじりに鏡をのぞきこんでゆらゆらと首を振った。三分間ばかり男は鏡と向いあって何やら口の中でぶつぶつとつぶやいた。

若い社員が洗面所にはいって来て声をかけた。

「安東さん、人事部長が呼んでるよ」

安東と呼ばれた男は、ぎくりとして身をふるわせた。ネクタイの結び目に手をやってもう一度、鏡をのぞきこみ、うなだれて洗面所を出て行った。

入れちがいにもう一人、若い社員がはいって来て先客にPの死を告げた。

「電車にとびこんだのだそうだ、体は百メートルも引きずられて目もあてられない有様だったたっていうぜ」

「痛かったろうな」

「置き手紙が靴の横にあったから身もとがわかった、若社長も寝ざめが悪かろう」

「そんなことを気にする人物じゃないよ、死にたいやつは死なせておけ、が彼のモットーだもの」

「管財課のGな、衣料メーカーの守衛に雇われたんだって」

「一年契約でだろ、あとはポイさ」

「Qはラーメンの屋台を曳いてるそうじゃないか」

「おみごと、いざとなったらわれわれも見習わなくちゃ」

「Sの噂をとんと聞かないが、あの人はどうやってるんだ」

「ローンで家を建てたばかりだろう、細君がキャバレーに出てるって話を聞いた、本人は毎日飲んだくれているんだと」

「あの齢で再就職はむずかしいからな」

「三十二歳がメドなんだって」

「ギリギリ三十五歳までだな、あとはもうポンコツだよ」

「何かきわ立った才能か特技があればなんとかなるんだろうが。アラビア語が出来るとか中国語が達者だとか」

「麻雀は駄目か」

「茶化すんじゃないよ。手相が占えるとか料理がうまいとか。つまりめったにない才能があれば今は会社をクビになっても食べてゆけるのさ。捨てる神あれば拾うなんとかというだろう、そんな時代だよ今は」

「安東な、さっき、ここで人事部長が呼んでるっていったらまっさおになったぜ」

「おそかれ早かれ今度はやっこさんの番だろう」

「彼は妻子がいないっていうから、その点Pより気楽だろ」

「ずっと独身を通してたのかね」

「いや、女房に逃げられたんだそうだ」

「わかるよその気持、あんなに面白味のない男では女も逃げたくなるだろう」

「しかし、クビになったらどうやって食べてゆくつもりだろうな」

「おまえ、あいつの行く末を心配してるのかい」

「明日はわが身というからな」

「おれもアラビア語くらい勉強するとするか」

「おまえの頭じゃ料理学校ていどがふさわしいよ」

男たちのうつろな笑い声が洗面所にこだました。


安東得蔵は五時半きっかりに会社を出た。

いつものようにわき目もふらず地下鉄の駅へ向い、電車に乗りこむと吊り革に手をかけて目をつぶった。ときどき薄目をあけて外をうかがった。後ろへ流れ過ぎる暗い灰色の壁が目に映った。クビになった係長は貯金と退職金を足し、頭の中で割り算をした。平均寿命から自分の年齢をさし引き、その数で有り金を割る。総務課のPがやめてからずっと試みている計算である。部長が申し渡した退職金は、予想の三分の一にも満たなかった。地下鉄を降りてターミナル駅で私鉄に乗りかえ、一時間あまり電車にゆられて次はバスに乗った。こうして会社へ往復するのもあますところ一カ月と少しだ。安東はあらためてバスの窓から見なれた沿線の風景を眺めた。日は暮れ、町にはきらびやかな灯がともっていた。まばゆい照明をほどこした洋品店、喫茶店、花屋、書店、八百屋、文房具屋などが道路におびただしい光をまき散らしているのも、安東には地下鉄の車窓から見た暗いコンクリート壁と同じ光景に感じられた。

小柄な男はバスを降りた。

団地の入り口にある食堂にはいる。突きあたり、階段の下になっている小さな一人用のテーブルについた。調理場にちかく、どうかすると水や油の飛沫がとんでくることもあって、めったに他の客は坐らない。安東はここ数年、自分の席と決めている。

「いつもの?」

「ああ、C定食ね」

安東はおかみに向って目をしょぼしょぼさせながらうなずいた。ブタ汁と焼いたアジを安東は長いことかかってたいらげた。隣の席で客がかわす話に耳をかたむけながら、たくあんをかじりお茶をすすった。客は団地の住人らしい。ビールを飲みながら屈託なげに世間話をしている。わが家へ帰る前にここで一杯ひっかける常連である。身なりはサラリーマンのようだが、どこにつとめているのか安東は知らない。

「……で、あんたの話を聞くまではおれも女房のやつ寝ぼけてそんなのを見たのかと思ったよ」

「ちゃんと見たんだから、この目で。おれ酔ってなんかいなかった、B棟のずっと上のあたり、おれんとこより高いバルコニーだから七階以上だと思うよ」

「うちのやつもそういってた、洗濯物をとり入れるのを忘れてバルコニーに出たときに見たっていうんだ。しかしなあ」

「確かなんだよ。おれ視力はいい方なんだ、あれは人間だ」

「人間が空を飛べるものかね」

「だからおかしなこともあるもんだってさっきからいってるじゃないか」

「爪を上げてたんじゃないだろうか、人間の形をした爪をさ」

「それが見えた部屋な、子供なんかいないんだって、独身のそれもかなりいい齢をしたサラリーマンが住んでるそうだよ、真夜中に爪なんか。おれ、いっとくけどね、あれは爪じゃないよ。手をこう鳥みたいに動かしてふわふわと飛んでった、爪があんなに飛ぶものかね」

「うちのやつもそういってた、水の中で泳ぐ人間そっくりの恰好でバルコニーから飛びあがったって。けれど人間がねえ」

「おれだって信じられないさ、でも目に見えたのは人間でね、おれだけじゃない、隣の六一八号室にいる人も同じ物を目撃してる」


安東は二きれ目のたくあんをかじってお茶を含んだ。塩が利きすぎている。おかみは東北の田舎から直送のたくあんだと自慢しているが、きょうのしろものは味が落ちる。クビをいい渡された万年係長は勘定をすませて食堂を出た。


安東は自分の部屋にもどるとひと風呂あびて敷き放しの寝床にもぐりこんだ。午後十一時に合せておいた目ざまし時計のベルですばやく身を起した。枕もとにきちんとたたんでおいたズボンをはき、黒いセーターを着こんだ。昼間とはうってかわった敏捷な身ごなしである。室内の明りを消し、バルコニーに出た。空を見上げる。暗い空にちょっぴり星が見える。ま向いの団地A棟にともっている明りはまばらだ。大きく息を吸って男は手を羽搏かせた。ふわりと体が宙に浮ぶ。団地はみるみる小さくなった。冷たい夜気を味わいながら男はつぶやいた。

「だれしもかけがえのない才能の一つくらいはあるものさ」。

水のほとり

ボートがゆれた。

ともに腰かけていた妻が、にわかに立ちあがったのだ。男は妻の視線をたどって霧の向うに目を凝らした。

赤いものが近づいてくる。

茶褐色の枯れた葦の上に上半身だけが見える。男はボートの舟べりを手で押えて、妻にすわるよう命じた。重湯状の白い水滴に包まれた人影は、近づくにつれてジャケツの色が鮮明になった。霧は、葦原にも川の上にも濃くたちこめている。

若い男は遅れて来たことを詫びた。昨晩、マージャンで夜ふかしをしたものだから……いいわけには及ばない、自分たちが早く来すぎたのだと、待っていた男はいって、杭のもやい綱を解いた。マージャンはどこで、だれと？ 妻は小声で問い質している。若い男は答えなかった。聞えなかったふりをした。夫の耳には届いたのだから、聞えなかったはずはない。指示された場所、ボートのともに女と肩を並べてすわった。たずさえて来た猟銃を革のケースごと抱きかかえて身ぶるいした。

「冷えますねえ今朝は。もっと着こんでくるんだった」

若い男はそういったあと、ジャケツではなくアノラックにすれば良かったとつけ加えた。男は櫂で杭を押した。ボートは岸辺から離れた。焦茶色のアノラックを持っていたではないかと、女がなじるような口調でささやいた。

「あれはだめ。まわりの色と同じだから鴨撃ちをやるときは危険です」

若い男はきっぱりといった。女に答える折りの話し方がわざとらしくていねいすぎるように、櫂をあやつる夫には聞える。男は二人を見まもりながらゆっくりと漕いだ。

満ち潮の時刻である。

河口から逆流する水にさからって男はボートを進めた。赤いジャケツをえらんだのは河口付近の砂と葦を背景にして目立つためだと若い男はいった。霧に見え隠れする左右の岸へかわるがわる目を向けている。霧の密度は一定であるけれども川幅は定まっていない。

中洲のあたりで川は漏斗状にせばまる。ともすれば上流へボートは押しもどされそうになる。男は力を入れてけんめいに漕ぐ。額にじっとりと汗がうかんでいる。

ボートは中洲を通過した。水流がややゆるやかになる。男は櫂を水から引きあげ、舟べりに肘をついて身を折る。肩で荒い息をする。

女は夫へ目をやらない。

青い半コートの衿を立て、寒そうに身をすくめて夫の肩ごしに河口の方を眺めている。

「かわりましょうか」

若い男が声をかけた。疲れを気づかう者の目で、さっきから男を見まもっていたのだ。苦しそうに喘いでいた男は身を起した。再び櫂を水に入れた。かすかに銃声が聞えた。河口の方角である。

川幅が広くなった。

葦は左右にしりぞいて霧に沈み、茶褐色がうす墨色に、やがて灰色に変って霧に溶けこんだ。規則的にうねりが来て、ボートをゆすった。河口に近づいたしるしである。水の上でこんなに冷えるとは思わなかった、来るのではなかったと、女はいった。若い男は、へさきの所に横たえてあるケース入りの猟銃を見つめた。初めに猟へ同行したいといい出したのは、おまえではないかと、ボートを漕いでいる男はいった。

「あら、誘ったのはあなただわよ。あたしは気が進まなかったのに」

「いつもの癖だ。気にそまなくなればみんな人のせいにする」

へさきにすわっている男はともの男を見ながら、ものうげにつぶやいた。妻はコートの衿をしっかりと合わせて、帰宅する頃には風邪をひいているだろうと、いった。

「そんなに厭なら鳥を射つのはやめて、ここから引返そうか」

男は櫂の動きを止めた。

「せっかく、ここまで来たんですから奥さんもつきあって下さいよ」

若い男がいった。

女は表情をやわらげた。「髪が……」といって、指を櫛がわりにして梳いた。霧がまつわりついて濡れている。髪は水に濡れると傷むものだと、女はいった。シャンプーで洗うのはいいけれども、雨にかかるのは良くない……

「帽子をかぶってくるのだったな」

といった夫に、せきたてられて家を出たので帽子を思いつかなかったのだと、妻はいった。若い男はジャケツのポケットから赤いハンカチを出して女に渡した。女はそれで頭を包んだ。髪に手をあてがって水面をのぞきこみ、自分の顔を映してみようとした。濁った緑色の水は、わずかに翳っただけで、女の顔を映さなかった。

「夜はもう明けたのかな。霧が深いから、さっぱりわからない」

若い男は河口の方へ視線を向けた。晴れていたら昇る朝日がその方角に見える。腕時計と河口の上空とを見くらべて、日の出の時刻はとうに過ぎていると、つけ加えた。きれぎれに銃声が響いた。男は櫂を深く水に入れて大きく漕いだ。額の汗は消えていた。潮の流れはとまっているらしかった。一漕ぎするごとにボートはなめらかに水を切った。

いったん消えた両岸が、また現われた。

遠くの方で叫び声がする。つづけざまに銃声が聞えた。

女は不安そうに身じろぎして、葦原をすかし見た。

「だいじょうぶですよ。赤いハンカチで髪をくるんでいたら、鳥と見まちがえられることあない」

若い男は陽気にいった。同意を求めるかのように、櫂を握っている男に目を移した。男は軽くうなずいた。

「でも、毎年、けがをする人がいるっていうじゃない。派手な身なりをしていても、猟の初心者は鴨と思いこんで射つらしいわ」

「じゃあ、おまえ安全な所にじっとしていたらいい」

「安全な所って」

一人でいるのは心細いと女はいった。安全な場所などあるわけがない、猟が解禁されて間もない今のことだから、河口一帯にはハンターが群れている、鳥の数より狩猟者の数が多いのではないかと、しゃべりつづけた。誘いに応じた自分がわるかったともいった。

潮の匂いが鼻をついた。

海草と泥のいりまじった臭いも風には含まれていた。霧がうすれ始めた。濃淡の縞をなして、霧は上流の方へ移動した。沖から風は吹いてくるらしかった。さかのぼる流れと、入江へそそぐ水がぶつかりあい、そこここに渦が生じた。ボートは渦をのりきるとき、不安定に揺れた。男は櫂にからみついた漁網のきれはしを手でとり除いた。漕ぐのをやめている間、ボートはゆっくりと一回転した。

「ぼくたちはどこへ行くんでしたっけ」

若い男は、漕ぎ手が漁網を櫂からはずし終るのを待ってたずねた。返事をするかわりに男は首をねじって河口の正面を眺めた。うすれた霧の中から貝を伏せたような小さな島が現われた。河口を両腕で抱きかかえる形にのびた長い砂嘴の尖端にそれはあった。

「あそこ、ですか」

といった若い男に漕ぎ手はうなずいてみせた。みち潮どきには砂嘴からかなりへだたった位置に見えるけれども、潮がひけば歩いて砂嘴へ渡れる島である。中央はこぶ形にもりあがっていて、葦が密生している。河口周辺の銃声におびえた鳥たちが、その島の上空に点々と舞っていた。ハンターたちはほとんど歩いて河口の湿地帯へやって来る。島に上陸するのはわずかだ。

「つまり、いい猟場なんですね。だったらなぜボートを借りるなり漁船を雇うなりして島へあがらないんですか」

潮流のせいだと、漕ぎ手は説明した。鳥射ちはあけがたの二、三時間に限られている。日が高くなれば鳥たちは沖へ去る。あるいは川の上流、人家のたてこんだあたりに飛び去る。しかし、あけがた頃、島のまわりは潮流が複雑で、近づこうとする舟を暗礁にのりあげさせたり、渦に巻きこんだりすると、男はいった。それをハンターたちは知っているから、あえて上陸しようとしないのだ。

「しかし、げんにぼくたちは島へ向っているじゃありませんか」

若い男は抗議する口調でいった。

「そうだとも。島にあがるのさ」

「ボートが転覆したらどうするんです。ぼくが泳げないのは知ってるでしょう。たとえ泳げたとしても、こんな冷たい水につかってたら凍え死んでしまう」

「転覆すると思ってるのかね。わたしだって朝から泳ぐのはご免だよ」

「暗礁はどうなるんですか。今じぶん救けに来るのはいませんよ。陸からは霧で見えにくいし」

男は相手のいうことに耳をかさなかった。腕に力をこめて櫂をあやつった。ボートは一つの海流を突き切ろうとしていた。入江の内側に沿って流れている水である。青銅色の水がふくれあがり、ボートの舟べりにぶつかって鈍い音をたてた。舟べりで砕けた水しぶきが三人の頭上まであがることもあった。

まぢかに銃声がとどろいた。

「おや、先客がいるらしいぞ」

若い男は舟べりに手をついて立ちあがりかけた。その瞬間ぐらりとボートが傾いた。彼は上体の安定を失い、水に落ちそうになった。すかさず、女が彼を支えた。ちょうど、ボートが海流をのりきったときである。男は櫂を引きあげた。せわしなく息を吐きながら、顔をゆがめた。ボートは惰性で島に近づきつつあった。

「もう少しで落ちるところだったわよ」

女は非難がましく夫にいった。あんなとき不意に立ちあがる方がいけないのだと、男はいった。舟底と砂がこすれる音がした。ボートは止まった。砂浜にはおだやかなうねりが寄せているだけだ。若い男は、しりもちをついたとき、舟べりをつかみそこねて、手首にすり傷を負うていた。袖ぐちをめくって血の滲んだ皮膚を調べている。女は頭のハンカチを取ろうとした。ほうたいを巻くほどのけがではないと、若い男はいった。

「そうかしら」

女はハンカチの結びめに手をやったまま、心配そうに傷をのぞきこんでいる。

男はボートのへさきから渚にとび降りた。若い男がそのあとに続いた。

銃声と、鳥が羽搏いて舞いあがるのは同時だった。砂礫をつかんで空へばらまいたように、十数羽の鳥がななめに上空へかけあがり、めまぐるしく旋回した。鳥の飛翔をボートの上から目で追っていた女は、生きものを殺すのは野蛮だとつぶやいた。

二人の男はケースの猟銃をとり出して組立てた。

「三人はいるな」

接合した銃身を折って弾丸をこめながら男がいった。

「どうして三人とわかるんですか。ボートの上で連中の姿は見えなかったけれど」

と若い男がいった。

「発砲音で察しがつくよ。三種類の銃声が聞えた。正確にいえば、少なくとも三人ということになる。われわれのように手ぶらが一人というメンバーも考えられるからね」

「このせまい島に六人か。免許とりたての奴がいないことを祈りますよ。あいつら指がむずむずしているから、動くものさえ見れば鳥と人間の区別なしに引金を引いちまうんだ。散弾をくらったら、たまったもんじゃない」

三人は波打ぎわを離れた。

ひとまず、島でいちばんの高みにあがろうと若い男が提案したのだ。新来のハンターが上陸したことを、どこかにひそんでいる先客に告げておく必要がある。

高みといってもそこは海面から三メートルほどせりあがった砂丘でしかなかった。川が押し流した土砂が堆積してできた三角洲である。いちめんに葦で覆われている。

砂丘のいただきまで、道はなかった。すべりやすい砂を踏みしめて登った。先頭は男で、そのあとから若い男が、左右に目を配りながら続いた。ややおくれて若い女が来た。いただきは風が強かった。

三人はぐるりと島を見わたした。風にざわめいている茶褐色の枯れ葦のほかは、何も見えなかった。

男は島の東、入江の外側を眺めた。

水平線は灰色の空とまざりあい、境を見わけるのはむずかしかった。ほんの少しばかりうす明るくなっている空の一点で、太陽のありかが知れた。海に出ている漁船は認められなかった。

若い男は葦原が尽きて水と接するあたりを仔細に眺めまわした。

「おかしいな」

ぼんやりと水平線を見ている男の背中に彼は声をかけた。波打ちぎわにボートが一隻も見えない、先客はまさか泳いで来たわけではあるまいと、疑問をのべた。

「そうでしょう。ひき潮どきだって、あの岬までたどりつくには、腰まで水につかるというじゃないですか。さっき、ここで発砲した連中はどうやって渡って来たんだろう」

男は依然として黙りこくっている。

かさねて若い男が問いかけたとき、けげんそうに振りかえって、「何かいったかい」とききかえした。

「ボートのことよ」

若い男の言葉を女がくりかえした。

「なんだ。そういうことか。すぐに潮がひくだろう。水ぎわにうっちゃっておけば流されてしまうから、どこかにもやってあるのさ。葦に隠れてここからは見えないだけだ」

「われわれのボートは」

「心配しなさんな。わたしはなんべんもここへ来ている。ボートのともづなは海岸の岩にゆわえてるよ。流される気づかいはない」

「ぼくらが来たことは連中にわかったでしょうね」

若い男は葦原に注意深く目をこらした。

鴨は目が利く。ハンターたちはしげみに姿を隠しているのだと、男はいった。

「もう充分だ。われわれが到着したのは島のどこにいても見えたはずだよ。ここから降りよう」

「潮がひいちまったら、帰りはどうするんですか。波打ちぎわが遠くなるでしょう」

「帰りのことかね」

「ええ」

男たちは肩を並べて丘を下った。五、六メートルあとから女が両手をひろげ体のつりあいを保ちながら降りた。背後で銃声がした。砂丘の向う側である。ふりかえった三人の目に落ちてくる鳥の姿が映った。力を失ったそれは紡錘形になって、島の東に面した海岸へまっすぐに落ちた。しげみの一角から黒い犬がとび出し、海へかけこんだ。波に漂っている鳥めざして泳ぎつき、それを口にくわえてひきかえした。

「いた」

若い男が叫んだ。三人は砂丘の頂上にもどっていた。

砂丘のふもとに拡がる葦原に肩幅の広い男が上半身を現わし、犬の方へ歩みよって行く。

「いたろう。何も驚くことはないじゃないか。われわれはあの辺に腰をすえるとしよう」

男は島の南を指さした。ここよりは低い小さな砂丘が見えた。三人は頂上へたどった道を途中で直角に折れた。葦の葉身はかたかった。若い男が歩幅を拡げた。葦を踏みしだきながら先頭に立った。しばらくして男が追いついた。二人は申しあわせたように後ろを見た。女は砂丘の中腹にたたずんで、彼らが乗って来たボートの方へ視線を向けている。

若い男は立ちどまった。

数歩、行きすぎたところで男も立ちどまって振りかえった。

「――さん」

若い男は男の名前を口にした。顔が蒼ざめている。舌でひびわれた唇をなめた。男は黙って相手の表情を見つめた。あのことを自分に説明させてくれないかと、若い男はいった。声が咽喉にからまっている。もしかすると誤解されているかもしれない。この際、思い切って。あれはなんでもなかったのだ。自分としては誤解を招くようなそぶりを示したことに責任があると思っている。しかし、あくまで自分は潔白であって、それは誓ってもいい……

若い男はかすれた声で一気にしゃべった。目は男が折って腕にかけた猟銃と河口の方にかわるがわる向けられ、一度も男の顔を見なかった。

「あのことって何だね」

男はさりげなくきいた。みるみる若い男の顔色が変った。蒼白な頰に血がさした。

「しらばっくれないで下さい。あのことを根に持ってるくせに。奥さんから聞きましたよ」

「家内が……」

「ええ、誤解されているらしいと。あれ以来、変な目で見られて困っているって、そういわれましたよ」

「そうかね。わたしはあれに何もいった覚えはないがね」

男は向き直ってゆっくりと歩き始めた。男の足で踏みにじられた草が乾いた音をたてた。若い男は遠ざかる相手の背中をにらんだ。やがてふっと息を吐き、銃を持ち変えて歩きだした。低い声が若い男の耳にとどいた。

「あなた、彼と何をしゃべってたの」

すぐ後ろに若い女がいた。

「いや、何も」

「何もってことはないでしょう。何かいい争ってたわ」

「聞えたのか」

若い男は鋭く女を見つめた。

「いいえ、草がざわざわ鳴るので、話の中身まではわからなかった。ねえ、何を話してらしたのよ」

「気にすることはないさ」

「だって」

女は若い男によりそって歩いた。

「ぼくは早く島から出たいといった。潮がひいたら水辺まで五十メートルもボートを押しださなくちゃいけない。昨晩はあまり眠っていないんだよ。明日は早番だから睡眠をとっておかなくてはね。まあ、そんなことを話してたわけだ」

鳥が小さな砂丘の上で輪を描いていた。

男は砂丘を登りにかかった。猟銃をいつでも射てるように両手で支えている。若い男はその姿から目をそらさずにしゃべりつづけた。

「あの人は何ていったの」

女は若い男の腕に自分の手をすべりこませた。歩きながら彼はその手をすばやくはずした。

「ご主人は……」

彼の表情がゆがんだ。舌先で唇をなめた。

「ご主人はボートを押すくらい何でもないといった。ぼくにできなければ自分一人で海に浮かべられるって。せっかく来たのだから鴨の二、三羽は射って帰りたいんだそうだ。どうしてもぼくが厭だというのなら、むりに島へ残れとはいわないが、鴨射ちを愉しみにしてるといってたのはぼくじゃないかって」

「そういったの」

「ああ」

「こうしましょうか。あたしがボートにあなたを乗せて向うの海岸まで漕いで行きましょうか。あそこまでたいした距離じゃないわ」

女は砂嘴の尖端に目をやった。

「すると、島にはきみとご主人の二人だけになる。他にハンターが二、三人いるらしいが」

若い男は折った銃身を水平にした。

「二人だけになってもどうということはないわ。まさか、あの人が」

「そうだね。ぼくらの考えすぎということもある」

「帰る、帰らない。どっち」

「帰らない」

砂丘の頂上に男はたたずんで四方を眺めていた。登って来た二人に海岸を指さした。水はしりぞきつつあった。濡れた砂の上に点々と群らがった鴨が見えた。風が女の頭をくるんだハンカチをはためかせた。若い男はその場にすわりこんで靴をぬいだ。砂が入って足が痛いのだと、誰にともなくつぶやいた。

「風下はあっちだ」

男は三人が乗りすてたボートの方に顎をしゃくった。

「先に行ってて下さい。ぼくは靴の砂を出してしまってから行きます」

「なるべく姿勢を低くしてな。鴨たちは敏感になってるから」

男は妻をうながして砂丘を降りた。

女は中腹で一度、若い男の方をふりかえった。男は靴に足を入れ、かたく紐を結んだ。砂に接した尻に冷たいしめりけが伝わって来た。日は昇っても、気温はいっこうに高くならない。朝は風が一時的にやむものだが、けさはやむどころかますます吹きつのるばかりだ。若い男は葦をかきわけて進む一組の男女を見つめた。女がまたふりかえった。彼は猟銃を左右に動かしてみせた。自分のことなんか気にするなというように。足早に砂丘を下って二人のあとを追った。体を二つに折り、しなやかな身ごなしで駆けた。

三人はしげみの中にしゃがんだ。

水辺に近いこのあたりは、砂が黒っぽく湿っており、腐った貝の肉と死魚の臭いがした。

「ねえ、一羽か二羽でいいでしょう」

女が男の背中に声をかけた。

「あたし、鴨の羽根をむしるのが苦手だわ。去年やってこりごりしたんですもの。食べるのは好きだけれど」

「うるさいな」

男はふりかえらなかった。

「射つのはいいけれど、お料理はあなたがして下さるわね」

男は鴨の群から目をはなさなかった。「ああ」と生返事をしただけだ。

「熱湯をあびせかけたら羽根はしぜんに抜けるといったでしょ。でもじっさいは全部ぬけるものではないわよ。一本一本、手でむしらなければ。考えただけでもうんざりだわ」

鳥の始末は自分がすると、男はいった。

「そう。ありがたいわ」

「ありがたいと思うなら、しばらく黙っていてくれ」

「あたし、気分が悪くなったの」

寒気がすると、女は訴えた。

「焚火をしてもいい?」

「ここではだめだ。ボートをあげている所、あそこに窪地がある」

「水が溜っていやしないかしら」

「行ってみればわかるさ」

男は四、五本の流木を砂に突き刺した。漁船の破片である。海草が巻きついた竹もあった。流木と竹を組合せて柵のようなものをこしらえた。若い男は葦を折ってたばね、柵にたてかけた。鴨の目から姿を隠すためである。

「じゃあ、あたし、行くわね」

男は柵作りに余念がないふうだ。返事をしなかった。葦をたばねるのは近くに打ちあげられていた漁網をナイフで切って使った。

「ライターをちょうだい」

男はライターを渡した。

「なんなら、ぼくが奥さんをボートに乗せて向うの海岸へ送りましょうか。たちの悪い風邪が流行っているということだし」

「おまえ、そうしてもらいたいか」

「いいわ、あたし我慢する。焚火にあたってたら、寒さもしのげるもの」

女は去った。

姿勢を低くするように男が命じた。いったんは上体をかがめたものの、女はすぐにそれを起して歩いた。男はしばらく妻の後ろ姿を見つめ、それから砂上の鴨に視線をもどした。砂の上に現われた貝をついばんでいる鳥たちと、その上空で舞っている鳥の群は、ほぼ同数のようだ。

男は狙いを定めて引金をしぼった。

銃声が起った。

水辺の鳥たちがいっせいに舞いあがった。砂上の黒い点はみな消えた。一つだけ黒っぽいかたまりが残った。若い男は女の方を見た。女は立ちどまって二人の方に目をやった。男は空へかけのぼる鳥の群の中心へ散弾を送りこんだ。埃のようなものが降って来た。鴨を射ちとめることはできなかった。数本の羽毛が宙に漂い、風にのって二人の頭上へ流されて来た。

「やはり、犬をつれてこないとねえ」

若い男がいった。

「犬は女房が嫌いなんだ」

男は猟銃を柵にもたせかけて、鴨を拾いに行った。

若い男は自分の猟銃を調べた。引金をさっき引いたとき、弾丸が出なかったのだ。安全装置をはずすのを忘れていた。こういう失敗を仕出かしたのは初めてだ。自分はまったくどうかしている、彼は舌打ちした。男はブーツのふくらはぎまで水につかって、鴨を持ちあげようとしているところだ。鳥の脚をつかんで片手で目方を量りでもするように上下にゆさぶった。

若い男はボートの方を見た。女は見えなかった。一条の白い煙が葦原を低く這い、風に散らされている。

「場所を変えようじゃないか」

鴨を持ち帰った男がいった。風向きがさっきは東だったのに今度は南寄りに吹き始めたといった。

「そうかなあ」

若い男は空を見上げた。

「でも、ここは鴨の餌場でしょう。だからわざわざ柵をこしらえたんじゃありませんか。気ながに待ってたら獲物はもどって来ますよ」

「もどって来てもここが風上になったらどうしようもない」

男はしずかに鴨をおろした。ライターをと、若い男にたのんだ。

「きみは今、射たなかったね。どうして」

安全装置のことを彼は告げた。男は煙草をくゆらしながら目を細めて海を見ていた。鳥が去った砂浜は変に空虚な感じである。砂丘の向うから断続的に銃声が聞えた。

「きょうのように風が強いと、鴨は高く舞いあがらない。あっちからも」

と男は砂嘴のつけねを目で差して、鴨がハンターに追われて島へにげてくると、いった。

「どうかしたのかい。顔色が良くないが」

「別に何とも。よく眠っていないからでしょう」

「わたしも年だよ。二発めをはずしちまったからね。厭な気分だ」

「手もとが狂っただけでしょう」

「たぶんな。いろいろ考えごとをしてると、たかが五十ヤードの近さでも射ちそこなってしまう」

男は首をひねってボートのあたりからななめに立ちのぼる煙を見た。

「きみんとこの会社、年末に異動の内示があるんだろ」

「ええ、しかしぼくはまだ何も聞いていません」

「配転について希望を出したの」

「支社へ移るのは願い下げですよ。ようやくぼくは本社勤務になって二年もたたないんだし」

「じゃあ、移るつもりはないんだね」

男は煙草を砂に押しつけた。かすかな音をたてて火が消えた。指でぐいぐいと煙草をねじるようにした。吸ったのは三分の一ほどだ。若い男は砂にめりこんだ煙草に当てた目を男の顔に移した。男はきっぱりといった。

「だめだよ」

「だめというと?」

若い男は相手が銃に弾丸をこめるのを見まもった。場所が悪い。風向が完全に南風に変ったと、男は指摘した。

「なんだ、そういう意味だったんですか」

「ここは風上になる」

「場所を移動するって奥さんへいっとかなくてもいいかな」

「どうせちっぽけな島だよ」

「まあ、そうですね」

二人は波打ちぎわに沿って歩きだした。靴の下で貝殻が割れて砕けた。男は猟銃を小わきにかかえ両手をポケットに突っこんで歩いた。行く手に朽ちかけた漁船が砂に埋れていた。あそこのかげで獲物を待とうと男はいい、つづけてきいた。

「わたしは場所がだめだといったんだが、きみは何がだめだと解釈したのかね」

「いや、ついぼんやりしていたので何がいけないのかぴんと来なかったんです」

と若い男はいった。

雲は厚くなった。ほのかに明るかった東の空も墨色の雲塊で覆われてしまった。

ドライヴインにて

男はテーブルに頬杖をついて、窓ごしに外を眺めた。

夜が明けかかったところだ。

刃金色の光が窓に射している。水滴のこびりついた窓ガラスを、男は手のひらで拭った。三叉路をはさんで、自動車修理工場の建物が見え、その前にとめた白いクーペが目に入った。男がいるのは終夜営業のドライヴインである。客は広い食堂に長距離トラックの運転手らしい男が一組、若い男女が一組いるきりだ。その二人は男の斜めまえに位置したテーブルについており、トーストとハムエッグを食べている。白い毛糸の帽子をかぶった女はときどき皿から目を上げてつれの男を見つめる。男はほとんど顔を伏せたまま食事に没頭している。よほど腹がすいているらしい。

向いあった男にそそがれている女の視線はやわらかだ。トーストを頬ばった女の顔に微笑が漂う。女の目に気づいてかふと顔を上げた男の前で、毛糸帽子の女はあわてて目をそらし、再びナイフとフォークを動かし始める。二人とも二十歳をいくらも出ていないようだ。

頬杖をついた男はさめたコーヒーをすすった。テーブルにはもう一つのコーヒーカップがある。男の妻が飲み残したコーヒーが半分ほどたたえられている。体の節々が凝って痛いから、ドライヴインのまわりを散歩してくるといって出て行ってから半時間はたったようだ。もしかしたら一時間。男は腕時計に目をやって舌打ちした。

午前五時を二分あまり過ぎた時刻で針はとまっている。

妻がテーブルを離れたときは、向うに見える修理工場の青いネオンがまだ鋭い輝きを放っていたと思う。戸外はまっくらだった。男は妻をひきとめた。明るくなってから散歩したらどうだといった。国道はひっきりなしに大型トラックがゆききしている。あけがたの今ごろは、運転手がいちばん疲れるときだ、人通りはまったくないのが普通だからスピードを上げて走っている、注意力も弱い、トラックに轢かれたらどうするなどと男は早口でいった。

妻は両手を尻の上にあてがって体を反らした。焦茶色のセーターで包まれた胸のふくらみが盛り上がったように見えた。

「国道に出なければいいでしょう」

「野原を歩くのかい」

「昨晩からずっと走りづめだわ。新鮮な空気を吸ってみたいの。頭の芯が痛んで仕様がない」

「町までは遠いぞ。朝にならなければ病院は入れてくれやしないだろう」

体を左右にひねって柔軟体操めいた運動をしていた妻が動きを止めた。

「あたしが一人で病院へ行くと思うの」

「そうしたければ」

「厭みをいうのはよして下さいな。あたしはもともと今度のドライヴには反対したでしょう。出かけようといいだしたのはあなただわ」

「彼が交通事故で怪我をしたと教えたのはきみだった」

電話を受けた妻がしらせを耳にした瞬間、大きく目を見開いて空間の一点を凝視した表情を男は見ている。妻はみるみる蒼白になり、唇が慄えた。何があったのだ、誰がかけてきたのだと男がたずねても、妻は呆然として口を半ばあいたままその場に突っ立っていた。男は妻が手にした送受話器が切れているのを確かめて電話機に戻した。

しばらくしてわかった。

彼の運転していた乗用車が踏切りで電車にぶつかり、彼は重傷を負って病院にかつぎこまれたということが、妻の断片的な言葉をつなぎあわせてわかった。しらせたのは彼の友人である。男は見舞いに行かなければといった。妻は男のその提案で初めて我に帰ったようだった。

「どうやって。最終便はもう出てるわ。バスだって明日の始発までないのに」

「車があるじゃないか。オイルは入れてある」

「車ですって。あの町まで何キロあると思ってるの」

「たいしたことはない。百五十キロか六十キロぐらいなものだよ」

「あたし、行きません」

妻はかん高い声で拒んだ。悲鳴のように鋭く男の耳をうった。男をじっと見すえて後ずさりした。壁に背中がぶつかるまで。

「彼のことが気にならないのかね。せっかくしらせてくれたんじゃないか。重態だといったのはきみだろう」

「ええ、でも……」

妻は視線を床に落した。こわばった体から力が抜けたようだ。両手をからみあわせたり、ほどいたりしている。何か心配事があるときにする妻の癖である。つと目をあげて男をまともに見つめた。彼が怪我したからといって、なぜあなたは見舞いに行こうと自分をせきたてるのか。男は妻のよく光る目から視線をそらした。だってわれわれの友人だったじゃないか。

語気がよわよわしくなっているのを男は意識した。（われわれの友人）とつぶやいたとき、妻の表情が微妙に変化したのを、男は見のがさなかった。依然として男を見つめたままでいる妻の顔に嘲るような薄笑いが宿ったようだ。妻はけっしてうろたえたのではなかった。二人は無言のうちに身支度をすませ、あちこちに電話をかけて二時間後には白いクーペを走らせていた。


男は手で頰と顎を撫でた。

かたい髯がまばらにのびて、手のひらにざらついた感触を残した。

「きみ、ちょっと」

男は通りすがりの小柄なウェイトレスを呼びとめた。剃刀と歯ブラシが欲しい。この店に置いてあるだろうか、とたずねた。痩せたウェイトレスは朝の光でまぢかに顔を仰ぐと、荒れた皮膚が目立った。洗面具は店で売っていないけれども、誰かが忘れたものならある、それで良ければと、ウェイトレスはいった。男はテーブルから離れて、食堂の奥にある洗面所に這入った。

ウェイトレスが黒いビニールケースを手渡して立ち去った。

白いタイルを張った床、壁も天井も白く塗られた小部屋である。男は皮膚が酸に浸されたような感覚を味わった。鏡の上にとりつけられた螢光灯の強い力も目にまぶしすぎた。ケースのジッパーをあけた。分解された西洋剃刀の部品をとりだして新しい刃をはめた。シェイヴィングクリームを顔に塗りつけて剃刀をつかった。蒸しタオルなしで顔を剃るのは、男にしてみれば初めてのことだ。ふいに旅をしているという実感がわいた。剃刀をすべらせるつど、肌がひりひりした。鏡に映っている男のこめかみに白いものが光った。さいきん、めっきりふえ始めた白髪である。男は念入りに髯を剃った。指で下顎の皮膚をひっぱったり、つまんだりして剃刀を動かした。

時間をかけて髯を剃り終ると、剃刀をよく洗い、分解して元通りケースにおさめた。

ぬるい湯で顔を洗い、うがいをした。他人の歯ブラシを使う気にはなれない。うがいを数回くりかえしても、煙草を吸いすぎた口のねばりけはとれなかった。昨夜からのべつ吸い続けているのだ。冷たい水に指を浸して歯をこすった。気のせいか、いくらか煙草の臭いがとれたようだ。

男は鏡に映った自分の顔をのぞきこんだ。

目の縁が不眠と疲労でたるんでいる。額にきざまれた深い皺、彼が二人の生活に登場するまでは見られなかったものだ。男は充血した目でつぶさに自分の顔をあらためた。やつれた頬、ひびわれた唇、顔は全体に艶がない。上衣の衿についていている白いフケを、男は乱暴にはたき落した。

ウェイトレスに洗面具を返して自分のテーブルに戻った。妻はまだ姿を現わさない。

若い男女は額を寄せあって、何やら小声で話している。ウェイトレスが黄色い果汁を運んできて、二人のテーブルに置いた。男はもう一杯コーヒーを注文した。髯を剃ったために、やや気分が良くなった。修理工場があくまで、あと一時間半は待たなければならない。高速で走り続けたので白いクーペのエンジンが過熱したのだった。町まで二キロというこの三叉路で車をとめることになった。

いわないことじゃないと、妻は男をなじった。あのようにエンジンをふかしっぱなしでは、おそかれ早かれオーバーヒートすると自分が指摘したではないかと、勝ち誇ったように男を非難した。

「それに、大体、今夜のあなたはどうかしてるわよ。出かけたくもないのにあたしをむりにつれ出して、車の中では妙にはしゃいだりして」

「はしゃいでいたかね」

二人がこのドライヴインに腰をおちつけたときのことだ。走行ちゅうは黙りこくっていた妻が、にわかに饒舌になった。

「彼が事故にあってあなたうれしがってるみたい」

「まさか。ぼくはきみが退屈してるように見えたからなるべく話をするようにつとめたのさ。きみが眠りこんだら、ぼくだってつまんないしね」

「あたしは憂鬱だっただけだわ」

「彼が大怪我をしたんだものな」

「そうじゃないの。あなたがむやみに陽気におしゃべりをするから」

「じゃあ、きみは何かい。彼が入院した病院にかけつける気持は、まったくなかったのかい」

男は一語ずつ区切ってゆっくりと妻にいった。妻は口ごもった。何も百六十キロもの道のりを真夜中に急ぐ必要はなかっただろうと、とぎれとぎれにいい返した。

「彼が事故を起して重態でもか」

「あなたの考えてること、あたしにはわかる気がする」

「どういうふうに」

「よしましょう。こんな話」

妻はウェイトレスが近づいたとき、そういって言葉を切った。

国道を走るトラックは、日が昇っても前照燈をともしたままだ。その明りがかなり弱まったように見える。米のとぎ汁に似た霧が地を這うように流れている。三叉路はなだらかな丘の頂上にあって、国道の周囲は耕されていない畑地だ。この付近は昨夜、雨が降ったらしく、地面は黒くぬれ、ところどころに水たまりが光った。茶褐色の枯草で覆われた畑地は、霧のせいで視界に限りがあり、男が見わたすことのできるのは三叉路の向う百メートルそこそこである。ぼんやりとした乳白色の光が霧の向うに見てとれる。太陽の方角である。男は荒れた畑地をさまよっている妻の姿を想像した。本当に畑地を散歩しているのだろうか。
男は顔をゆがめた。
妻の足なら町まで二キロの距離は、半時間とかかるまい。受話器を耳にあてがって体を硬直させていた妻を男は見ている。息をのみ、唇をひきつらせて、(あの人が、……意識を失って……骨折……酸素吸入を)
妻は喘ぎ喘ぎ応答した。送受話器をかたく握りしめている指の関節が、白っぽく見えた。室内をあてどなく泳いでいた妻の目が男に向けられた。すがりつくような目の色だった。そのとき男ははっきりと思い知った。部屋にたまたま居あわせた男が自分だったから、妻は支えを求めてすがりつくような気持になったのだ。妻にたよられるのは自分でなくてもよかったのである。妻の無力そのものを感じさせる目に見入って、男は彼を病院に見舞うことを決心した。

なぜか心が浮きたつのを抑えようがなかった。

男は車の中でとめどなくしゃべりちらした。

彼の怪我は命に別条がないというから、何日間か入院して手当をうければ、元気になるだろう、とか。医術は進歩しているから、たいていの傷は完治する、それに彼はまだ充分に若い、学生時代はラグビーのフォーワードだったというではないか、若さと頑健な体力が傷を癒やすだろう、とか。

妻は男の話を聞いているのかいないのか、不機嫌にだまりこくっていた。男にしばらく口をきかないでくれと頼むこともあった。路傍の照明灯が蒼い光を妻の顔に投げた。男は車を走らせながら、窓から規則的に射しこむ光線で、妻の緊張した面持ちをうかがった。対向車とすれちがうとき、前照燈の光にうかびあがった妻の顔は別人のように見えた。不安といらだちと怯えで蒼ざめた女が男のわきにすわっていた。自分はこの女をどれだけ知っているのだろうかと、男は考えた。しかし、今となってはどうでもいいことだった。

妻はときどき速度計に目を走らせた。

男がアクセルをやたらに踏みこむといってたしなめはしたが、内心では車の速さをたのしんでいるはずだった。むしろ男よりも熱心に車が早く彼の町に着くのを望んでいるように見えた。カーヴにさしかかったり、信号機に停止させられる折り、妻はきまって深いためいきをついた。

オーバーホールをしておけば良かった、エンジンオイルを交換しておくのだった。いかれたプラグをとりかえておくのだった、こうとわかっていたら……男は妻がためいきをつくごとに、いいわけがましくつぶやいた。陰気な快感を覚えた。

白い繃帯で全身を包まれてベッドに横たわっている彼の姿がちらついた。自分たちが病院へ着くまでに、彼は意識をとり戻しているだろうか。妻を認めることができるだろうか。苦痛に呻いている彼を前にして妻はどのようにふるまうかが見ものだと、男は思った。身動きできなくなっているフォーワード。

彼がまだ男の町に住んでいた頃、あるパーティーの夜に、妻が彼と踊っているのを見たことがある。軽快な足どりで。彼は自信たっぷりといった表情で、妻をひきまわした。バンドの演奏が終ると、とりすました顔になり、満足と倦怠をいっしょくたにした面持ちを装って拍手した。友人の妻とのダンスがその場かぎりの儀礼的な楽しみ以上のものではないと露わに示したがっているようだった。それをどのように解釈されようと勝手だが、自分はただのパートナーだからと誇示しているのだった。男はダンスが終るまで、二人から目を離さなかった。

妻がすべるように床を動くのが意外だった。

家ではいつもだるそうに、関節炎を病んだ猫を思わせるほどの物憂い動作なのに、彼に抱かれた今は生き生きとして、顔までほんのりと上気していた。妻の足がめまぐるしくステップを踏み、上体をしなやかにたわませてすばしこく床を移動するのを、男はこれまで見たことがなかった。

妻はくびすじに真珠のネックレスをつけていた。男が三年前、結婚一周年の記念に贈ったものだ。妻が持っているアクセサリーの中では、もっとも高価な品で、いちばん気に入っているものでもあった。めったにつけないネックレスである。出版社が男に支払った一冊分の印税をまるまるあてて手に入れたのだった。妻が真珠を好きなのを、男は知っていた。

帰宅してから男はさりげなく彼のダンスの技倆をほめた。あの分では、学生時代にダンスのコンクールに入賞したのではないか。

(彼がそういったの)

(いや、なんとなくそう思っただけだ)

(あのくらい踊れる人はざらにいるわよ)

妻はなげやりな口調で答えた。彼の相手をいやいやながらつとめてうんざりしたとでもいいたげな顔付に男は傷つけられた。

(ぼくはとてもあんな具合に踊れないと思うよ)

(そうかしら。変りはないと思うけれど)

(おい、よせよ。お世辞をいってるのか)

(あなたにお世辞をいまさらいう必要があって?)

妻はうわずった声で笑った。けたたましい声が男をうろたえさせた。隣り近辺がねしずまった夜の家で、笑い声は高くひびいた。妻を打ちたいという突然の衝動を、男はけんめいに抑えた。

妻は真珠のネックレスをはずし、片手で目よりも高く持ち上げてほれぼれと見つめた。

やや紫がかった銀色のにぶい光沢をおびた真珠の輪を、妻は指でつまんでそろそろと小箱に沈めた。蓋を閉じてから大きく肩で息をした。パーティーの愉快な記憶を、小箱にとじこめてしまったようだった。いつもの空虚な表情に戻り、(疲れた、あんな会はもうこりごりだわ。ねむたくて仕様がないの)といい残し、足をひきずって寝室に消えた。男はむやみに煙草をふかしていた。疲れているのは妻以上だった。

男は長椅子の横にある小さな電気スタンドを残して、他の明りはみな消した。

ウィスキーをグラスについで、長椅子にふかぶかと身を沈めた。水を加えていないウィスキーを少しずつ口に含みながら、とりとめのない考えにふけった。自分が格段に老いこんだように感じた。結婚してからわずか四年しかたっていないというのに、十倍も齢をとったようだ。妻も若やいだ雰囲気を失っている。しかし、今夜は見ちがえるほどに初い初いしかった。

妻が自分のもとから去る日を想像してみた。

闇に沈んでいる箪笥や戸棚類を、男は一つずつ眺めた。スタンドの黄色い光は壁までとどいていない。明りの近くにいるせいで、戸棚も箪笥もぼんやりとした輪郭しか見さだめられなかった。それらが家具のかたちをした異様な獣であるような幻覚におそわれた。たてつづけに飲んだウィスキーのせいにちがいなかった。妻がいない家で生活する淋しさを男は味わうことができた。家具を眺めていると、孤独感がつのった。

ドライヴインに乗りつける客は少なかった。

食堂はあいかわらずがらんとしたままだ。

二人づれのトラック運転手は両肘をテーブルについて上体を支え、下唇に煙草をのせた恰好で話しつづけている。煙が目にしみるのか、目を細めてときどき軽い咳をした。霧がすっかりはれるのを待っているのかもしれない。

オレンジジュースを飲みほした若い男女はテーブルにロードマップを拡げてのぞきこんでいる。女は細長い人さし指で地図上の線をたどり、腕時計と見くらべて口を動かす。手首の内側にはめた時計の文字盤を見るとき、女は肘を折って顔の前にそれを近づけた。眼鏡をかけていないけれども、近視なのだろう。

そのしぐさを目にしたせつな、男は刺すような欲望を覚えた。一晩じゅう車を運転して疲れがたまっているにもかかわらず、あるいはそのために一層、たかぶった情欲が男の下腹を硬ばらせた。

男は窓の外に目を向けた。

ゆるゆると息を吐きだして、また吸った。

ふいに訪れた欲望に、男はかえってうろたえたほどだ。自分がまだこのように激しい性欲を持ちあわせていようとは思わなかった。

霧ははれるどころか、日が高くなるにつれてますます濃くなってゆく。

さきほどまではくっきりと見えていた畑地の森が、白っぽい紗のようなものに包まれ、だんだんに影をうすくしつつある。三叉路に男は目をこらした。妻があぶなっかしい足どりで歩いてくる。窓ガラスの曇りを手で拭った。妻ではなかった。同じ茶色のセーターを着た女で、妻よりもずっと齢をとっていた。ドライヴインへまっすぐ歩いてきて、やがて視界から消えた。しばらくたって、食堂の奥から水色のエプロンをつけたその女が現われた。

男はさいごの煙草に火をつけた。

舌を麻痺してしまい、煙草の味は感じなくなっている。家を出てからこれで一箱あけたことになる。空の箱を男は力をこめてねじった。

「いずれにしても、明日の朝までには着けるわけだ」

若い男が澄んだ声でいった。

男はふり向かずに外へ目をやったまま考えこんだ。(明日の朝)が必ずくるのはまちがいない。それは確かなことだ。と思ってみたところで、男には(明日の朝)が手のとどかない未来に属するもののように思われた。明日の朝は何をしているだろう。とんと見当がつかないのだ。

まもなく妻が散歩から戻る。

自動車修理工場はシャッターをあげるだろう。エンジンがオーバーヒートした程度だから、車は半時間もあれば動かせる、町までは二キロしかない。朝の渋滞を計算に入れても、十五分あれば病院へ着く。彼は意識を回復しているだろうか。長居はできない。妻は医師に面会時間を制限されて、素直にしたがうだろうか。わがままは通るまい。

せいぜい半時間。それも、意識が返っていたとしてだ。

男はとつおいつ思案をめぐらした。

せいぜい半時間。

すると、午前十時おそくとも十一時には町から離れる。夜までには家に帰っているだろう。彼につきそって病院にとどまりたいと、妻はいうだろうか。彼に身寄りがないことは、男も知っていた。しぶしぶ出かけるふりをして、妻は内心、男の提案を歓んでいたはずだ。うれしさを外にあらわすまいとして、わざと不機嫌を装っていたことを男は見ぬいていた。

唇が熱くなるほどに煙草が短くなっていた。

男はあわてて吸いがらを灰皿でもみ消した。舌がゴムになったような感じだ。胃がコーヒーを飲みすぎたために鈍く痛んだ。昨夜から何も食べていないのに、食欲はなかった。むやみに咽喉が渇いた。

男はカウンターの方へ歩いて煙草を一箱買った。ついでに水を頼んだ。

男が椅子に腰をおろすより先に、青エプロンのウェイトレスが活潑な歩調で近づいてきてグラスに水をついだ。男は爪で煙草の封を切り、包み紙を剝いだ。一本つまみだそうとしたとき、ブレーキが鋭くきしった。男はぎくりとして窓の外を見た。三叉路に停止した十トン積載の大型トラックが見える。運転台のドアをあけて、男が身がるに地面へとびおりた。食堂にいた運転手たちが窓にかけよってきた。ウェイトレスも外へ出ていった。

男は二人の女をおしのけて三叉路の方へ駆けた。

運転手が道路にかがみこんで、倒れた女を見つめている。遠くからサイレンを鳴らして救急車がやってくる。男は妻の名を呼ぼうとしたが、咽喉に何かがつかえたようで声が出ない。長い髪がぬれたコンクリートの路面に乱れている。頭の下に赤いものが流れだし、じわじわと拡がり始める。あおむけになった妻の顔に苦悶のあとは見られない。

男はようやく妻の名前を呼ぶ。

動かしなさんな、さわらないがいいよと、運転手が注意する。

しだいに弱まってゆく手首の脈をとりながら、男はこれですべて終ったと思う。安心感がぬるま湯のようにわいてきて男をくつろがせる。妻はもうどこにも行かない。

男は煙草をくわえた。

窓の外を見た。

いったん停止した大型トラックはまた動きだした。霧が深くなってから、国道をすぎる車は速度を落している。霧でぬれた路面はスリップしやすい。大型トラックは前を走る乗用車のバンパーにぶつかったらしい。三叉路から帰ってきたウェイトレスが、乗用車の損傷を話しあった。トラックの運転手は居眠り運転していたのではないか。あけがたにはよくある事故だ、それにしてもけさの霧には困る。

男はマッチをすった。ブレーキのきしりだけはたいしたものだった。ゆるい勾配を帯びた三叉路は、見通しがきくようで、登りつめるまではよほど注意を集中しなければ、前方に何が待ちかまえているかわからない厄介な場所である。男はついに椅子から立ちあがらなかった。煙草の煙を肺の奥まで吸いこんだ。吐き気とめまいを同時に覚えた。

たったいま剃ったばかりの顔が、三日も剃刀をあてていないようにむさくるしく感じられた。剃り残した髯が気になった。頬に四、五本、下顎に二、三本。男はしきりにそのあたりを手でなでまわした。他人の剃刀を使いたいとは思わなかった。旅行する場合、何はさておき、まず自分の使い慣れた剃刀を用意する習慣なのだが、昨夜はどうしたことか、剃刀のことなぞ頭にうかばなかった。妻をせきたてて車を出すことだけしか考えないでいた。

汗を吸った肌着が、皮膚にまつわりついた。

上衣はこの食堂に這入ったときから脱いでいるのだが、暖房が過度にきいているので、セーターの下に着こんだシャツがじっとりと汗ばんでいる。

食堂はしだいに混み始めた。

あいている席はほとんど埋まったようだ。

男は立ちあがった。

レジスターの後ろにいる女に、コーヒーの代金を払い、自分のつれがここに戻ってきたら修理工場にいると伝えてくれるよう頼んだ。

「——ガレージの方にですって」

ウェイトレスは片手でレジスターの抽出をおしこみ、上体を前に傾けて首をねじった。そうすると、窓ごしに修理工場が見える。

「ガレージはまだあいていないじゃありませんか」

「だから困るんだよ。急いでいるんだけれど」

「朝方はお客が少ないんです。工場とすまいが別なもんですから」

「車の中で待つつもりだ」

ドアの外へ一歩踏みだしたとき、湿っぽい大気の肌ざわりを心地良く感じた。ヨーグルト状の霧がたれこめて、修理工場の一度はうすれかけた青紫色のネオンが輝きを増した。国道を動く車は影絵に似ていた。煙草の煙と油の煮える匂いを嗅ぎなれた鼻孔には、冷たい霧を含んだ空気がさわやかだ。胸のむかつきが一時に消えてゆくように感じられた。

男はぶらぶらと両手をふって大股に歩いた。

胸一杯に空気を吸いこんだ。

信号が変るのを待って国道を横切り、修理工場の駐車場へたどりついた。古びた軽トラックがすべりこむのと同時だった。荷台には工場の名前が書かれている。油じみた上下つなぎの作業着を着た青年がトラックから降りた。

「どうかしましたか」

「ああ、エンジンがオーバーヒートしちまってね」

青年は白いクーペに向き直って、ナンバープレートを見た。

「すぐにやってもらえるかね」

「ええ、やりますけれどね、ぼくはここの従業員なんです。おやじさんが来ないとね。キイを持ってるのは彼なんだから」

「おやじさんはいつ来るの」

「まもなく見えると思いますよ。いつもは彼が先に来てシャッターをあげてるんだけれど、けさは霧がやけに濃いんでねえ、あっちの方は渋滞してるんじゃないかな」

「ずいぶん待ったんだ」

「これで事故が起らなかったら不思議なくらいですよ。げんにぼくがここへ来るまでに大曲りの所で」

「大曲りの所で、きみ、何があったんだい」

「とび出しですよ。運転手には災難ってもんだ」

「女じゃなかったかい」

「どうかしたんですか。思いあたることでも」

「で、どんな事故だった」

「男の子です。高校生の。横断歩道まで回り道するのが厭さに突っ切ろうとしたんでしょうね。脚を折って大声で泣いてました。泣く気力があればひどい怪我じゃないんです」

「そうだね」

「あ、おやじさんが来たみたいだ」

青年は三叉路を越えて駐車場に這入って来た軽乗用車を指さした。白髪の小柄な男がドアから現われ、まっすぐシャッターの方へ歩いて行った。着ているものは青年と同じだが、汚れ具合はくらべものにならない。ポケットから出したキイでシャッターをあけ、青年を手招きして上へ押し上げるように命じた。

男は自分の白いクーペに歩みよった。

ドアをあけたとき、妻がいるのに気づいた。ヒーターの切れた車内で、シートを後ろに倒し、赤い毛布をしっかりと体に巻きつけて眠りこんでいる。目尻に涙の流れた痕があり窓から流れこむ朝の弱い光に頬骨の皮膚が白く光った。

赤毛

男はレインコートの襟を立てた。

足踏みしながら駅の待合室を見まわした。

午後九時を過ぎたところだ。木製のベンチに大きな風呂敷包みをのせ、それを抱きかかえるようにして老婆が居眠りしている。痩せた色黒の五十男が、その後ろのベンチにかけ、待合室のすみをみつめている。彼が見ているのは黄色いセーターを着た女の子である。列車を待っているのは男を入れてこの四人きりのようだ。

黄色いセーターに濃い緑色のスラックスをつけた女は、唇に紅を塗っている。肩の下までのばしたやわらかそうな髪は赤みがかっていて、男の目にはそれが自然の色なのか、染めたものなのか区別がつかない。年の頃は十七、八に見える。

口紅をつけてはいても、頰のあたりにあどけなさがうかがわれる。女は手荷物を携えていなかった。ベンチの上に旅行者が置き去りにした週刊誌をつみ重ね、一冊ずつ読みふけっている。しきりに口を動かしているのは、チューインガムを嚙んでいるらしい。

男は再び改札口の上に目をやった。

列車の発着時刻表が仄白い光を放っている。午後八時四十七分着の特急に妻は乗っていなかった。次の特急は二時間後に着く。急行なら一時間十分後に着く便があるけれども、妻は特急しか利用しないことを男は知っている。

男はレインコートのポケットに両手をつっこみ、首をうなだれて待合室を歩きまわった。二時間。郊外の自宅へ戻るのに一時間はかかる。駅の近くで待つしかないのだが、十時四十七分の特急で妻が帰るとはきまっていないのだ。

男はきのうも駅に来た。おとといも来た。きょうで三日めになる。

妻が家を出てから五日たつ。

その日、男が釣りから戻ると、台所のテーブルに紙片がのっていた。

——H市へ行って来ます。二、三日で帰る予定。私を探さないで。

男は紙片を握りつぶしてズボンのポケットに入れた。夕方であった。台所の窓ごしにぼんやり外を眺めた。枯れた葦の葉末が夕日に光った。葦原のところどころに黒っぽい水が溜っており、一定の間をおいて吹く風にさざ波立った。男はグラスにウイスキーをついで飲んだ。おもむろに妻の書きおきを取りだし、しわを拡げて読み返した。H市。退院した彼が住んでいる街である。男は二度三度、紙片の文字を読んだ。やがて、帰宅して以来、立ちづくめであったことに気づき、椅子に腰をおろした。最初の一行が妻の自分に対する挑戦のように思われた。行く先を告げる必要なんかありはしないのだ。実家に急用とか、あるいは思い立って急に旅行をしたくなったからとか、書きのこしてくれた方が良かったのに……。

男は明りをつけるのを忘れ、しだいに濃くなってくる闇の中で物思いに沈んだ。

探さないで、だと。探してくれと頼まれても探すものか。男は心の中で妻に毒づいた。二、三日は自由になれる。好き勝手なことができる。ぬるま湯に浸ったような快い解放感を男は味わった。妻がH市で何をしているか考えないことにした。チーズとコールドビーフを皿に盛り、夜半までウイスキーを飲み続けた。

服のすきまから寒気がしのびこみ、肌を刺した。上衣の下にセーターを着こんでいるのだが、体は冷えきっている。頭の芯が疼いた。この五日間、朝から飲み通しだ。みぞおちに軽い嘔き気を覚えた。空腹なのに食欲はまったくない。

男は煙草を口にくわえた。

ライターを手にしてためらった。アルコールと煙草で荒れた舌はざらついて、煙草をくわえただけで胸がむかついた。男はライターをポケットに戻し、煙草を吸殻入れにほうりこんだ。手のひらで頬をさすった。今朝、剃った髯がもうのびて、むさくるしい気分だ。さっき、駅の洗面所で、何気なく鏡をのぞきこんだら、十歳も老けこんだような気がした。たるんだ目もと、鼻のわきに刻まれた深いしわ、たえずぶるぶると慄える手で剃るために顔のあちこちにつけた剃刀の切り傷、充血した目、こめかみにふえた白髪、艶を失った皮膚。

駅に来るべきではなかったと、男は思った。砂まじりの風にさらされて、何時間も待ったところで、今夜かならず妻が帰って来るとは限らないのだ。それに、男に迎えられて、妻が笑顔を見せるとは考えられない。

男は待合室の壁に貼られた観光ポスターを順に見て行った。気がついてみると、再び煙草を口にくわえていた。

「火を……」

後ろから声をかけられた。男はライターを手にしてふり返った。赤毛の女が煙草を指にはさんで男を見上げている。

「ありがと」

女は深々と煙を吸いこみ、目を細めて吐き出した。男は無遠慮な視線を女にそそいだ。おしろいはつけていない。口紅も塗り慣れていないらしく唇からはみ出た痕がある。ゆがんだ赤い色を見てにわかに欲望を感じた。男は待合室の外に出た。

後ろから女の靴音がついて来た。

男は詰問するまなざしを女に向けた。女は片手をさし出した。

「煙草、ちょうだい」

「きみ、いくつだ」

「おじさん、刑事なの。それとも教師」

「いくつだときいてるんだ」

「八十歳」

男は煙草を箱ごと女の手のひらにのせた。

「ライターもちょうだい。いいでしょ、それ安物のようだから」

「安物のライターを買えよ。あそこの煙草屋に売ってある」

「お金があれば買ってるわよ」

女は短くなった煙草の火を次の一本につけた。唇をとがらしてむさぼるように吸った。駅前の広場に人影はない。タクシーは一台も駐車していなかった。風がレインコートの裾をはためかせた。女はライターをスラックスのポケットにおしこんだ。

「煙草を吸ってるとおなかがすかないからたすかるの」

「腹がへってるのか」

「ええ、今朝から何も食べてない。ガムを嚙んだきり」

「腹がへってるようには見えないがね」

「そう、うれしいわ」

女は両手を頬にあてがった。白いズックの靴が泥にまみれている。男は、女の汚れた靴を見たとき、自分のいったことをくやんだ。千円札を一枚、女の手に握らせ、何か食べるようにといった。嘔き気がまたこみあげた。飢えた若い女に金を与えている自分が途方もなくばかげたことを仕出かしたように思われた。女は紙幣と男を等分に見つめて、「ひとりで?」とたずねた。

「ああ、食堂ならこの近くにいくらでもあるだろう」

「おじさんもつきあってよ」

「いやだね」

「じゃあ、要らない」

女は千円札を男のレインコートのポケットにおしこんだ。

「ひとりじゃ厭かい」

「あたりまえでしょう。自分が惨めだわよ。まるで乞食みたい」

「おかしなことをいう」

「ご馳走してくれるのなら食べてもいい」

「仕方がない」

男は女がえらんだ食堂に入った。バス・ターミナルの裏手にある店で、客はほとんどタクシーやトラックの運転手たちであるという。女がそう告げたのだ。湯気と煙草の煙が屋内にこもっていた。ようやく二人分の席をカウンターに見つけた。醬油とだしと油のしみでまだら模様がついたカウンターに、女は肘をのせた。前に一度、来たことがあると、女はいった。男はビールをたのんだ。

「トリのカラアゲ、ギョウザ、モツ焼き、それから、ええと、チャーハン。チャーハンにはスープがつくの？ つかない、じゃあ赤出しをひとつ。とりあえずそれだけ」

女は運ばれて来た料理の上に顔を伏せ、わきめもふらず食べた。

男はもくもくとビールを飲んだ。

「おじさんは食べないの」

「そうだな」

「つきあってよ。そんなつまらない顔しないで。これ、あげる」

女はカラアゲの皿にギョウザの残りをそえて男の方へおしやった。

「きみ、家出をしたのか」

「あ・き・れ・た」

女は鋭い語気で男を見すえてなじった。

「下らないことをきくのねえ。家出をしてたらどうだっていうの。食事をさせてやるかわりに身の上話をする義務があるのかしら」

「わかったわかった。そう怒るなよ」

「わかったって何がわかったの」

「うるさいな」

「男の人ってすぐ、うるさいな、だから。女をばかにして」

女は鶏の腿を両手で持ってかじった。小さな骨をはずし、人さし指と親指で端をつまんで口に入れた。男はギョウザを食べ、ビールを飲んだ。女のよく動く口もとを見ていた。女は骨を口の中から出した。唇が濡れてなめらかに光った。どう見ても十八歳より上ではない。

「おもしろい?」

「何が……」

「あたしががつがつ食べてるのをおもしろそうな顔して見てるじゃない。野良ネコに餌をやったみたい」

女は手の甲で乱暴に口もとをぬぐった。旺盛な食欲に感心しただけだと、男はいった。それから最後の料理を食べつくすまで、女はひたすら食事に専心して口をきかなかった。男も自分にとりわけられたカラアゲとギョウザの皿をからにした。

「ご馳走さま」

「それだけでいいのかい。何だったら」

「もうたくさん」

女はふうっと息をついた。煙草の箱を軽くゆすって一本をせり出し、口でひきぬいた。男は自分の前にさし出された箱から指でつまみとった。声を出さずに笑って、「家出をしたのか、だって。あたしを中学生だとでも思ったの」といった。

男は答えなかった。レインコートをつかんで立ちあがった。女は煙草を灰皿でもみ消した。慣れた手付であった。細長い白い指がむぞうさに煙草の先端を灰皿の底にひねっておしつぶすのを見たとき、男はさきほどゆがんだ口紅を見て感じた激しい欲望を思い出した。

女は男の後ろについて食堂を出た。

「だれかを待ってるのね」

「ああ」

「奥さん、でしょう」

女は男の腕に自分の手をすべりこませ、肩をこすりつけるようにして歩いた。ついて来られては困ると、男はいった。女は顔を横に傾けて男の顔をのぞきこんだ。なぜ、自分がついていては困るのかと、きいた。

「なぜって」

男は口ごもった。

「奥さんは次の急行で帰ってくるの」

「たぶんな」

「うそ」

男はポケットの手を出し、女の腕をはずした。急行列車が着くまでに十五分はあった。どうしてうそだというのかと、男はいった。口調がよわよわしかった。

「だって、奥さんは帰りが何時になるのか連絡していないのでしょう。だから、おじさんはさっきからいらいらして待ってたんだ。あたし、ずっと見てたんだからわかる」

連絡があろうとあるまいと、おまえの知ったことか、もう食事はすんだのだから自分に用はないだろう、ひとりにしてくれと、男はいった。さっさと背中を向けて駅の方へ歩き出した。

「賭けましょうか」

明るい声が男の耳にとどいた。男は立ちどまった。今度の急行に、男の妻がのっているかいないかを賭けようと、女は提案した。

「あたしはすっぽかされる方に賭ける。おじさんの負けにきまってるわよ」

男は返事をしなかった。自分の靴に目をおとして歩き始めた。H市から電話ひとつよこさない妻に対して憎しみを感じた。女はついて来なかった。背後の沈黙を男は自分の背中で確かめて歩いた。あのとき不意に湧いた情欲は男をうろたえさせるのに充分だった。思いがけない衝動だった。二十歳以上も年下の女に、しかもまったく未知の女に、あのような欲望を覚えるとは我ながら意外であった。

男は顔をあげた。

駅の入り口に時計がかかげてある。照明された白い文字盤の上で、長針がふるえてかすかに動いたところだ。まもなく急行列車が到着する。しかし、その列車に妻がのっていると男は信じていなかった。緑色の風呂敷包みによりかかって眠る老婆と、黒い木彫りの人形めいた男のいる待合室へ戻るのが、男には億劫だった。かといって、近くの酒場で酒を飲む気にもなれなかった。

男はレインコートの襟をしっかりとかき合わせて駅をめざした。万が一ということもある、自分にそういい聞かせた。風にさからって前のめりに歩く男を追いこしてタクシーがとまった。ドアが開いた。女が半身をのりだすようにして手をさしのべた。

「――へ行って」

男はしらずしらず女の手をつかんでいた。

女はホテルらしい行く先を早口で運転手に告げた。

男はそろそろと身を起した。

女は胸の上まで毛布をひきあげて目を閉じている。半ば開いた唇の間に白い歯がのぞいた。男は上半身を肘で支えて、しばらく女の顔を見つめた。見られていると気づいてか、女はうす目をあけ、またもの憂げに閉じてゆっくりと背中を向けた。男は裸のままバスルームに這入った。

五体の関節から力が抜けたようだった。鏡の前にのせておいた腕時計を見た。十時五十分。男はバスタブに勢いよく湯をほとばしらせた。後頭部をバスタブの縁にもたせかけて目をつぶった。プラットフォームにすべりこんで来る列車を思い描いた。湯が脚を浸し、腰から下腹へあがって来た。砂まじりのつむじ風が渦を巻いているプラットフォームに降りた妻が改札口を後にしてタクシーの列へ歩みよる。男は両手で湯をすくって顔を洗った。バスタブにながながと体をのばして深い息をついた。

唐草模様の風呂敷包みによりかかった老婆が見え、観光ポスターが、トーテムポールに似た五十男が見えた。すべてが見えた。

何も考えることはできなかった。

男は石けんを体に塗りつけた。


（あいまいなことが嫌いなんだ）

妻は編み物から顔をあげて、光る目で男を見つめた。

男は長椅子に寝そべってしゃべった。片手に水割りのグラスを握っていた。妻は編み物を続けた。聞いているのかと、男はいった。

（あいまいなことは嫌いだとおっしゃったでしょう）

（本当のことは相手を傷つけるものだ。しかし、殺しはしない。ぼくが何をいいたいかわかってくれるはずだ）

（あたし、あいまいなことをいってるつもりはないわ）

（そうかい）

男は水割りを飲むときだけ首をもたげた。

（少し飲みすぎじゃない。朝からのべつ酒びたりのようよ）

飲まずにいられないからだと、男はいった。

（彼のことをいってるんだ。この際、はっきりさせておくのがおたがいのためにいいと思う）

（彼のことがどうしたというの）

（きみを非難しようとは思わないんだ。それは前もっていっておく）

男はグラスの中身をからにした。音をたててグラスをテーブルに置いた。いいわけを聞こうというのではない、自分の気持をいっておけば気がすむのだと、男はいった。

（で、彼はどうなんだい。なんなら、ぼくの口から彼にいってやってもいいんだぜ。三人が三人とも苦しむのはどうかと思うよ。解決法がないわけでもあるまいし。事態をそろそろすっきりさせてもいいと思うがね）

（あなたはあたしに別れてくれとおっしゃるの）

（ぼくが上機嫌でこんなことをいってると思うのか）

（酔ってらっしゃるのよ）

妻は編み物の手を休めずにいった。たしかに酔っている、酔っていないとはいわないが、自分が何をいっているかくらいはわきまえていると、男はいった。

（お酒を飲んでいないときにお話をうかがいますわ）

（ぼくとしても思いつきでこんなことをいってるのじゃない。いろいろ考えたあげくのことなんだ。しらふではい

えない。きみにはぼくの気持がわからないんだな)

(じゃあ、もう一度うかがいたいわ。離婚してくれとおっしゃるのね)

(きみが望んでるのじゃないかね)

(あたしが、いつ、そんなことを)

(別れたいと思ってるのだろう)

男は大儀そうに起きあがってグラスをつかみ、洋酒棚をあけてウイスキーの壜を取り出した。この日は二本めをあけることになった。別れたいと思っているのは、お前の方ではないかと、妻はいった。男は体をこわばらせた。慄える手でウイスキーの壜を傾けた。こめかみが脈打つのがわかった。視界に赤黒い輪のようなものが拡がった。自分は別れたいと一度も考えたことなどないと、男は一語ずつ区切っていった。ウイスキーを水で割らずに咽喉の奥へほうりこんだ。胃が熱くなった。徒労感が男を打ちのめした。

男は編み物をひったくって壁に投げつけた。口先でごまかすのはよしてもらいたい、別れたいと思っているのなら別れてやる、いつまでも彼のために苦しむのはまっぴらだと、男は口走った。

妻は仮面のように無表情になった。

壁ぎわにころがった毛糸の玉をひろいあげて元の椅子に戻った。

(ひとつだけおききしたいわ)

男は長椅子に身を横たえ、両手で顔を覆った。

(あなたはあたしを愛していらっしゃらないわ)

男はヒステリックに笑い出した。変な質問だと大声でいった。ほとんど叫び声に近かった。

(何をきかれるかと思ったら、それは断定じゃないか。一方的な断定じゃないか。え? ききたいのはぼくの方だよ)

(ごまかさないで答えてよ)

（ごまかしてるのはきみの方だ）

二人は目を合わせた。男は喰い入るように妻の目を見つめた。夫婦は同時に視線をそらした。

（わかったよ。きみと話したところでらちがあかないことがわかった。きょうこそ物事が明確になると思いこんだがな。この上は、彼と話すしかないわけだ）

（彼と何を）

（きまってるじゃないか。われわれのことだよ。誤解しないでくれ。ぼくは一度だってきみと別れたいと思ったことはない。彼と知り合ったことを後悔してるよ。さっきのおかしな質問の答になっているだろうか。きみだってわかってるはずだ。彼さえ現われなかったら、ぼくたちはうまくいってたはずだからね。機会があったら、彼にぼくがこういってたと伝えてくれ）

妻は憐れむようなうす笑いを頬に浮かべた。


男はバスタオルで体を拭いた。

女はまださっきの姿勢を変えていなかった。男がベッドの端に腰をおろしたとき、あお向けになり、目を閉じたまま「今、何時」といった。男は時刻を教えた。

「煙草、とってちょうだい」

男は火をつけて渡した。女は枕を二つ重ね、上半身を起してその上にもたれた。毛布がずり落ちて乳房が現われた。女はすばやく毛布で胸を包んだ。

「あいにくきょうは持ちあわせが少ないんでね。これだけしかない」

男は数枚の紙幣を女に示して、スラックスのポケットにおしこんだ。女は煙草を吸いこんだとき、めまいでもしたのか右手の親指をこめかみにあてがった。体を二つに折ってしばらくじっとしていた。男は同じ言葉をくり返した。

女は煙草をはさんだ手をのばして、スラックスをひきよせた。ポケットの紙幣をベッドの上にばらまいた。

「なんだあ。これぽっちかあ」

女は咽喉の奥で低く笑った。スラックスと紙幣をいっしょくたにまるめて、ベッドのわきにほうり投げた。両手を開いて男を抱きすくめた。男は叫び声をあげて身をはなした。煙草の火をおしつけられたのだった。男は笑った。男はずいぶん長い間、笑ったことがなかった。

髪は染めているのか、もともと赤いのかと男はたずねた。

「どちらだと思う？　賭ける？」

「染めてるんだろう」

「あたし、こんなに赤いのは嫌い」

生まれつきだから仕方がないと、女はいった。男は女のやわらかな髪をまさぐった。

「ときどき、黒く染めるの。でも、すぐ赤くなってしまう」

「そんなに厭か」

「ええ」

男は赤い髪を指にからませた。壁に投げつけた毛糸の玉がくるくるとほどけたのを思い出した。音もなくとびはねた毛糸玉。それを見まもっていた妻の血の気の失せた顔。

男は女の乳房をもてあそんだ。二人はベッドの上に身を倒した。

列車が去ってがらんとなったプラットフォームを男は想像していた。

タクシーは客をのせて一台ずつ広場から消えた。待合室にはシャッターがおろされた。女のせわしない息づかいが、しだいに正常に復した。首をねじって男を見た。目を閉じて五分あまり身じろぎをしなかった。荒い呼吸がおさまってからようやく身をもたげた。ベッドのわきに両足をおろし、立ちあがろうとしかけて、やにわによろめいた。女はベッドの上に強い勢いで片手をついた。倒れる寸前だった。

ベッドがきしんだとき、男は目を開いていた。ふらついた体を手で支えた瞬間、女は羞恥とも当惑ともつかない微笑を浮かべていた。その微笑はすぐに消えた。女は男が脱ぎすてたタオルを体にまきつけて、バスルームに這入った。奇妙な笑いを浮かべた女の顔は急に五、六歳は齢をとったように見えた。

水の音が聞えた。

男は時計を見た。特急が着いて一時間半あまりたっている。ベッドの上で寝返りを打って電話機に手をのばした。自宅のダイアルをまわした。ベルが鳴りひびくのを十回まで数えてから送受話器を置いた。

よろけて倒れそうになった女の顔をかすめた微笑は妻のそれと酷似していた。二年ほど前にちょうど妻もベッドから降りるはずみに倒れかかり、同じうす笑いを浮かべたことがあった。男は衝動的にスタンドの明りを消した。彼のベッドのわきにたたずんでいる妻の白い裸身が見えた。明りを消したところで、その姿が消えるわけはなかった。男は毛布を頭までかぶり、呻き声をあげた。

神様の家

「十一番のかた、どうぞ」

受付の若い男が大声をはりあげた。十一番は髪を赤く染めた中年の女である。臙脂色をした紗の着物に白い帯をしめている。十畳間をぎっしりと埋めつくしている客の間を縫って神様の前へ進み出た。額が畳につくほどに丁寧なお辞儀をした。

神様は床柱を背にして座っている。

白い絽の着物に鉄色の袴をつけた七十すぎの男である。右肘で脇息にもたれ、左手で長い顎ひげをしごきながら十一番の女へ横になるようにといった。

望月将夫は妻の孝子が手のひらに握りしめたプラスティック製の番号札をあらためるのを見た。十七番である。番号は奇数だけになっている。ただし九という数はない。十三もない。次の次が孝子の番である。望月はひそかにためいきをついた。神様の治療は一人にたっぷり半時間はほどこされる。一人がすむと神様は十分から十五分お休みになる。孝子の治療がすむまで、ゆうに二時間近く待たなければならない。

神様が別室に引きとられている間、患者のだれかれが「懺悔」と称して自分のかかった難病が神様のあらたかな霊験でいかにして平癒したかを物語る。

(……というわけで私は今や血圧も下がり尿の蛋白も消え完全な健康をとり戻したのであります。その私がなぜこちらへうかがうと申しますならば、医者から見放された私を救って下さった日本神霊術協会支部の神様に感謝するべく同時にこれからの健康を祈念するべくおまいりしている次第であります)

と語ったのは乗用車の内装品を製造しているという町工場の主人であった。

似たような話を望月はこれまで何度きかされたかわからない。孝子とつれ立ってここへ訪れるのは、きょうで十回めである。週に一度だから、最初の日から数えて二カ月以上たっている。望月は妻にたずねた。

（どうだい具合は。ききめはありそうか）

（ええ、なんだか体が軽くなったような。当分続けてみることにするわ。全快した人がいるんですもの）

孝子はそう答えたのだが表情はすっきりしていなかった。望月には妻の気持がわかった。藁をもつかみたい心境なのだろう。腸の粘膜にアレルギー性の潰瘍が生じ、大学病院で切除手術を受けたものの、退院してから予後がはかばかしくない。抗生物質、副腎皮質ホルモン、サルファ剤、漢方薬、ハリ灸、すすめられた薬はみなためした。どれも効果がなかった。

マンションに神様がいる。

孝子はある日、学生時代の友人から噂を聞いて来た。

スナックを経営しているその女は、子供のときからひどい偏頭痛に悩まされていた。あらゆる治療を受けてみたが、いっこうに治らなかった。スナックの客に持病をこぼすと、マンションの八階に住んでいる神様を教えられた。医者から見放された患者を、数回の治療で完治させるという。半信半疑でマンションを訪ねあて治療を乞うた。

神様は国鉄の元職員だそうである。定年で退職して二、三の事業に手を出し、ことごとく失敗した。退職金で建てた家まで人手に渡すハメになった。ところが、ある日とつぜん自分の超能力に気づいた。患部に手をかざすだけで病《やまい》の気を絶つことができるのである。人間にはだれしも神霊が宿っている。そこが犬畜生とことなるところだ。気を統一すれば神霊は五体の末端に集まる。とりわけ左右の手に多く流れこむ。それは見えない光となって患者の病んだ骨肉にそそがれる、という意味の話を神様はしゃべった。

神様は月に三回、五の日に「自分はいかにして超能力に目ざめたか」という趣旨の話を物語った。胆石の発作で苦しんでいた神様の細君をこころみに手当てしたら、たちどころに痛みが消えた。蓄膿症の息子も平癒した。慢性胃カタルに悩んでいた孫も元気になった。初めは家族や友人知己だけに治療を限っていたが、どこからともなく噂を伝え聞いて患者がつめかけるようになった。

神様の御声を私は聞きました。可哀想な人々を救うのが私の使命であると。すなわち天の啓示というべきでしょうか。神様が私を身がわりにつかわされて病人を救えとお命じになった。事業にしくじったのも、天の配剤であると考えました。

偏頭痛を癒やされた友人につれられて孝子は神様の所へ行き、同じ話を聞いた。治療を受ける折りは夫を同伴しなければならない定めだと告げられて、望月は色をなした。自分には仕事がある。気休めに治療を受ける分にはさしつかえはないが、夫が同道しなければという法はないといきまいた。

(夫婦の場合は片方だけ治療するわけにはゆかないんですって。夫も入信する必要があるというの。でなければ効果がない)

(独身だったら。有田さんはどうした)

有田さんというのはスナックの経営者である。両親が付添って行ったと孝子は説明した。望月はしぶしぶ承諾した。神様は早起きらしくて、治療は午前八時に始まった。昼まで寝ているのが習慣の望月には、八時前に起きるのがつらかった。しかし孝子の病気を思えば文句をいうわけにはゆかない。肝硬変で死にかけた不動産業者が、日本神霊術協会の神様に入信したおかげで回復したという話を、望月は最初の日に聞いた。見るからに血色のいい初老の男である。嘘をついているとは思えなかった。

孝子の病気には手をやいている。考えられる限りの治療をこころみて治らない。かくなる上は……というのが望月の気持だった。不治と思われた病人がかわるがわる立って、平癒したいきさつを上気した顔で報告するのに耳を傾けていると、(もしかしたら)という気になるのだった。

治療の前に神様の御講話があった。

(国鉄をやめた年でありますからもうかれこれ二十年ちかくになります。その年、私は急性の腎盂炎にかかりまして生死の境をさまよいました。思うに私はあの時を機に生まれ変ったのであります。一度は死んだ身と思うております。今の私は仮りの姿、神様のみこころによって活かされている体です。病気がよくなったからといって信仰を失うのは神様をないがしろにすることです。日々これ感謝という気持を忘れてはなりません。実を申しますと、皆様の治療をして三年ほどたった頃、私の所へ一人の御老人が訪ねて来られた。ひとめで私はそのかたが何者であるか直感いたしました。そのかたこそだれあろう日本神霊術協会の会長先生でいらっしゃいます。神様は私のことをよく御存じでありました。私に超能力をさずけて下さった神様が協会の会長先生に私を引合せて下すったわけです。したがいまして当協会はこの地の支部と称することを許され、本部からいろいろと御指導をいただいております)

親子、夫婦は一心同体である。子供だけ、あるいは妻だけが病気を神霊によって癒やすことはできない。親や夫も入信しなければならない。入信とは協会に加入し会員となることである。会員は規定の会費を納める。

（人はみな神の御子であります。信じる者のみが救われる。会員はこのたび造営なりました本部の拝殿に参詣することが許されます。ありがたいことです）

神様が後ろにした床の間には、掛け軸のかわりにステンレスの額縁におさめられた拝殿の写真がかかげられている。欄間には小柄な老人を描いた油絵が飾ってあった。羽織袴に扇子を手にした禿頭の人物である。への字に結んだ唇と角張った顎がいかにも精悍な感じであった。協会の会長先生だそうだ。望月は退屈したとき欄間の油絵に目をやって胸の裡でつぶやいた。

（このイカサマ野郎、人をたぶらかしやがって）

マンションの神様は日露戦争が始まった年に生まれたそうだから七十二、三のはずである。どう見ても六十歳前後にしか見えない。皮膚には艶があり、しわもそれほど寄っていない。白い眉毛の下にある目はきれいに澄んでいた。声にも若々しい張りがあった。顔にも手にも老人特有のしみはなかった。声が大きい男に悪人はいない、といった友人の言葉を望月は思い出した。

（私は人間の姿をした神であります。皆様も会員となった以上は神であります。不治の病もそう信じることによって救われる。入会したその日そのときから自分は生まれ変ったと思わなければなりません）

神様は朗々といい渡した。

五千円の神様かと、望月はその日の夕食時にぼやいた。会員には維持会員、特別会員、賛助会員という格がある。会費は格できまる。賛助会員がいちばん安くて五千円、次が一万円、維持会員は五万円を毎月払う。その他に治療を受けるつど謝礼を払う。額はきまっていない。百円でも千円でもいいという。もちろん一万円でも迷惑ではない。

（私には恩給がありますから、いただいた謝礼は使い途がないのです。のし袋に入れたまま神棚に上げております。ごらんなさい）

神様は頭上の神棚を示した。

確かにのし袋がつみ重ねてあった。中身が抜いてあるかどうかはわからない。病人たちはうやうやしく神様の話に聞きいった。謝礼をいただくつもりは毛頭ないのであるがと、神様はいった。もしも拒絶すれば患者は御礼の気持を表明するすべがない。治療を受けに来る足もにぶるであろう。人だすけと思って自分は謝礼をもらうことにした。まとまった額になったらいずれ熱海にある協会本部に寄付しようと思っている。

本部は近くロサンゼルスに支部を開設する計画である。寄付はその資金にあてられるだろう。

（ロサンゼルスに……）

病人たちは嬉しそうに口走った。ロサンゼルスの次はニューヨークにも開設される。マサチューセッツ工科大学の物理化学技術研究所の主任がはるばると熱海の協会本部を訪れ、会長先生の手から放射される電磁波を機械で測定したところ、常人の百二十五倍もの強さを機械の目盛りが証明したという。驚嘆したアメリカ人教授はさっそく帰国して長文の報告書を書き、学会に発表した。彼は持病のロイマチスが会長先生の治療で完治したそうである。

（あのう、先生の電磁波は何倍くらいで）

喘息持ちの患者がへつらうような口調でたずねた。

（私ですか。私はせいぜい三十倍くらいですかな。まだ精進が足りません）

といって神様はすましていた。

望月は目の前が暗くなる思いだった。

マンションにやって来る病人たちの顔ぶれはそのつどちがった。遠方の町からも来た。同じ町の住人も来た。ふだん散歩の途中行き逢って笑いながら挨拶をかわす洋品店の主人が来た。床屋の職人が来た。彼らはいちように思いつめた表情で神様の話を聞き、神様の前に横たわって手の御光《おひかり》を受けた。

路上では望月と屈託のない世間話をする連中が、神様のマンションではよそよそしかった。望月と目が合っても他人のようなふりを装った。孝子の番がくるまではいつも二時間ていど待たなければならない。やたらに煙草をふかしながら望月は妻の治療がすむのを待つしかなかった。

いかがわしいと内心では疑っていても、万が一という希望はすてきれなかった。

アレルギー性の疾患は心の持ち方にも左右されるという。不安な状態におちいると、病気もひどくなる。精神的に安定すると快癒することがある。望月はこのことを篠原先生から聞いた。孝子を大学病院に紹介してくれたかかりつけの内科医である。かかりつけというだけでなく、望月は子供の頃から篠原先生と親しかった。同級生に先生の息子がいた。医院は隣り町である。

（あなた、もののいいかたが篠原先生とそっくりなのねえ）

結婚して間もない頃、孝子が感心した。篠原家へ妻を伴って遊びに行った帰りのことである。いわれるまで気がつかなかった。指摘されればなるほどと思う。

望月は篠原先生からラテン語の初歩を習った。楽譜を見ながらモーツアルトの室内楽を聴くのも先生から教わった。病跡学というのが昨今のように流行る以前から、篠原先生はベートウヴェンの書簡集や楽譜の分析をして病める天才の人となりを望月に語ったことがある。一日に患者は二十人しか診ない。余暇はすべて学術誌にのった文献を調べるのに費されている。もの静かな目をした町医者の話を聴くのが望月は好きだった。何かにつけて生活のことを相談もしている。

こういう場合、篠原先生はどうするだろう。仕事にゆきづまったとき望月は考えることがあった。しかし、先生と向かいあえば日頃の憂さが晴れた。天気の話をするだけで胸の屈託が消えた。

篠原先生の目は伏し目がちである。

大勢の人間が生き死にするのを見て来た目だと、望月は思った。

孝子と共に神霊学協会へ通うようになったとき、望月は篠原先生の意見を求めたかった。自分としては妻の望む通りにさせたい。信じるふりをすることもできる。会費と称してまきあげられる金も惜しくはない。

ただ、こうする他に途はないのだろうかというのが望月の疑問だった。

大学病院では現代の医術で可能なすべての治療をほどこしてもらった。妻は半ば絶望している。医師が見すてたという患者が、神霊術のおかげで良くなった話を聞けば、通いたいと思うのが当然だ。

(それにしても……)

と望月は思う。

治療を受ける回数がたびかさなるにつれて疑惑は濃くなる一方である。妻はどうやら信じているらしい。痛みもへったという。夜も眠れるようになった。食欲も出て来た。

(なんだかききめがあるみたい)

孝子はそういう。

しかし体重はふえないし血色もいいとはいえない。神様は治療を受けさせるのに条件を出した。今まで服用していた薬品をいっさい絶つことというのである。薬というものは人間の発明である。もともと異物である。神霊にさしさわりが生じ、薬をのんでいる者は治る病気も治らない。

薬を絶つのは自分のすべてを神様にゆだねることになる。そうして初めて神霊はほんらいの力を発揮し、病を駆逐するであろう……。

孝子はあっさりと抗生物質を屑籠にすてた。望月の懸念を無視した。

（あたし、賭けてみるの）

（けれど、命あっての物だねというぞ）

（だからよ。全快した実例があるじゃない。それが何よりの証拠だわ）

篠原先生はなんというだろうと、望月は考えた。きのう訪問してみた。大学病院の研究室へ出かけていて不在だった。その前は京都で催された学会に出席していて会えなかった。電話をかけるのははばかられた。インドのヨガを先生はこの頃、研究していると聞いた。瞑想を破りたくなかった。先生の就寝は早い。

日本神霊術とかいうインチキ療法がインチキであるゆえんを、望月は篠原先生の口から孝子に説いてもらいたかった。

人間の心と体に詳しい医師の話なら孝子は素直に聴くはずだ。

こんな人物が……と意外に思う顔がマンションの一室にたびたび現れた。大学時代の同級生が、まだ三十代の半ばというのに白髪まじりの頭になって治療を待つ列の中にいた。Tというその男はラグビー部の主将で、卒業してからある証券会社につとめた。噂では有能な社員だそうだ。やつれ果てた昔の知人がどんな病気をわずらっているのか知らないが、目の下の隈が卒業後の歳月を思わせた。

中学時代に国語を担当したSという教師も来た。彼は万葉集を全部、暗記しているというのが自慢だった。同じ町で釣具店を経営する男が来た。いつも笑いを絶やさず、この世の悩みとはまったく縁のなさそうな表情で客と魚の話をする男が、深刻な顔つきで背を丸めて治療の順番を待っているのを見ると、自分が知っている町の住人の隠された人生をのぞきこんでいるような気持にとらわれた。

ふだん見知っている町の人たちの顔はいわば見せかけのニセの顔で、今ここで見ている顔こそが本ものなのかもしれない。望月はそう思いさえした。

臙脂色の着物を着た女の治療がすんだ。

「十五番のおかた、どうぞ」

劇画雑誌から顔をあげた男がいった。十五番はセーラー服姿の女高生である。神様は一服するために別室へ去った。治療には精神の集中力が肝要なので、続けてするわけにはゆかないと聞いた。女高生には母親らしい女が付添い、床の間に正座した本人にその女が何かこまごまといい含めている。女高生はスカートの裾をしきりに引っぱりながら母親の言葉にうなずいた。母親の横顔はどこかで見たような感じだ。すぐに思い出した。望月が結婚するまで日参していた酒場の女主人である。髪形と身なりを地味にしているので即座にわからなかった。客に冗談をいって笑わせるのが旨い女である。二年とたたないうち別人のように老けている。

壁ぎわにかしこまっているのは市の助役である。酒場で会えばこの男は必ず同じ猥談をした。望月に坐禅をすすめたことがある。剣道五段の資格を持ち、地区の対抗試合で優勝したというのが助役の自慢だった。（へいぜいの心がけ）というせりふを助役はよく口にした。剣道をやれば平常心を養うことになる。事が起ってから考えても間に合わない。（へいぜいの心がけ）について、孝子と口論したのはつい昨夜のことだ。孝子は望月よりひとまわり若い。

神を信じるか信じないかで二人はいいあった。信じると孝子はいった。自分は何も信じないと望月はいった。白い顎ひげをたくわえた神様を目に浮べた。あんな手合を信じられるかと望月はののしった。

（何も信じなくて、あなたはその年になるまで何も信じなくてどうして生きて来られたの。怖しい人）

孝子は目に涙を溜めた。

望月は返す言葉がなかった。


休憩を終えた神様が現れた。唇の端に褐色の粉がついている。茶菓子でも食べたのだろう。穏かなまなざしを女高生に向け、どこが悪いのかとたずねた。

望月はドアに目をやった。篠原先生が受付の男から番号札をもらっている。望月には気づかないようだ。助役の方へ小腰をかがめて歩いて行き、親しそうに挨拶して隣に座った。

望月は鼻をひくひくさせた。

台所の方から牛肉とバレイショを煮る匂いがうっすらと漂って来た。

黒板

鳥飼幸子は勝手口からわが家にはいった。

スーパーマーケットで買ったキャベツと牛肉を冷蔵庫にしまい、洗剤の紙箱を台所の棚に置いた。医院で診察をうけたついでに買い物をしてきたのだ。歩きまわったのは一時間と少しである。

幸子はポケットのレシートを家計簿にクリップでとめた。買い物をしたあとはいつもそうしている。夕食後にその日の支出をきちんと家計簿に記入するのが、幸子の習慣であった。椅子に腰をおろし、ぼんやりと台所を眺めた。体に疲れがたまっている。このごろ、よく眠れないのである。医院へ出かけたのは睡眠薬をもらうためであった。

夫の種夫は商社につとめている。

近く営業企画第二課が新設されるとかで、第一課の平社員であった種夫は、第二課の係長というポストを約束された。毎日、帰りが遅い。午前二時すぎ、正体もなく酔っぱらって玄関からころがりこみ、幸子は彼の衣服をぬがせてベッドへ寝かせる。盛大に高いびきをかいたり歯ぎしりをしたり、わけのわからないうわごとをつぶやく種夫の横で、幸子はまんじりともしない。

いったいいつまでこんな生活が続くのだろうと考えながら。

結婚して五年になるのだが二人の間に子供はなかった。幸子はしかし種夫と結婚したことをくやんではいなかった。家庭を大事と思えばこそ仕事にうちこみ、若い同僚のいやがる残業もすすんでやって、上役の覚えが目出たくなったのだと、自慢したことがある。浮気をするひまなんてありはしないともいった。連日、酒を飲むのは得意先を接待するからである。同じ商社の営業部で職場結婚をした幸子には、種夫の仕事が理解できる。

なんとかというプロジェクトチームのメンバーである種夫は、ホテルに泊りこんで会議をすることも珍しくなかった。外泊と深夜の帰宅がすべて会社の業務であることは納得しているつもりである。酒を飲むのも仕事のうちと思わなければならない。

幸子はのろのろと立ちあがって、湯をわかし、紅茶をいれた。

たった一時間かそこいらの外出で、これほど疲れるとは意外だった。紅茶にはウイスキーをそそいだ。種夫のすすめで、幸子もアルコールをたしなむようになった。もともと嫌いな方ではない。ウイスキー入りの紅茶を一杯飲むと、やや疲れがとれたように思われた。そろそろ夕食の支度にかからなければと思った。

幸子はふと黒板に目をとめた。

勝手口の三和土《たたき》におりる壁ぎわにかけた小さな黒板である。

——卵、ネギ、食塩、ちり紙

買い物の心覚えをあらかじめそれにチョークで書いておくのだった。幸子は眉をひそめて、卵、ネギという文字に見入った。自分の筆蹟ではないのである。それに、卵やネギはまだ買いおきが残っている。食塩もちり紙もある。

誰が書いたのだろう？

幸子は黒板に近づいて、まじまじと白いチョークの文字を見つめた。種夫が？　まさかそんなことはない。種夫はいっさい家事に無頓着であった。買い物のさしずをしたことはない。男の筆蹟でないことは確かだった。まったく見なれない女文字である。

勝手口からはいってきた近所の主婦がいたずら書きをしたということも考えられなかった。幸子は両隣りの主婦と庭先で視線が合ったとき目礼するていどのつきあいしかしていない。

「卵、ネギ、食塩、ちり紙」

幸子は黒板消しをつかんでぶつぶついいながらその文字を拭きとった。夫の妹八重子が昨夜つとめ帰りに寄って一緒に夕食を食べた。八重子が書いたのだろう。幸子はチョークの痕がすっかり消えるまで、ごしごしと黒板消しを動かし続けた。夕食のあと片づけをしたのは八重子であった。自分がしなければならない買い物の品目をここでメモしたにちがいないと、幸子は思った。


「今度の金曜日、札幌に出張することになった」

翌朝、種夫は味噌汁をすすりながらいった。帰りは日曜日の午後になる。急にきまったことだ。旅行鞄の用意をしておいてくれ……

「次の日曜日はあたしの買い物につきあってくれる予定だったじゃないの。それから新宿のホテルで食事をして」

「仕事だよ仕事」

種夫はそそくさと立ちあがった。

「おれだって札幌くんだりへ行きたかないさ。しかし北海道支社の第二課の係長と至急打合わせする必要が生じたんだよ。おまえ、土曜日は映画でも見に行ったらどうだ」

「一人で見たって仕様がないわよ」

「じゃあな」

種夫は寝不足の赤い目をしたまま家を出て行った。幸子の目も充血していた。医師がくれた睡眠薬はあまりききめがないようだった。朝、目ざめたとき頭の芯が疼いた。あしもとがふらふらする。安全剃刀の替刃、新しい歯ブラシを買っておかなければと、幸子は思った。忘れないうちにメモしておこう。

幸子は台所の黒板に近よった。買い物に出かけるのは午後になってからでいい。チョークを取って黒板に手をあげた。幸子は目を見はった。

――醬油、小麦粉、ベーコン
きのうとそっくりの筆蹟で、黒板の中央に書かれてある。幸子は目をぱちぱちさせ二、三歩あとずさりした。右あがりのきちんとした楷書である。自分で書いた覚えはなかった。きのうあとかたもなく消したはずである。幸子の筆蹟とは似ても似つかなかった。醬油は三分の一ほど残っている。小麦粉は半分、ベーコンは昨日、買い忘れたものだ。

　幸子は顔の筋肉がけいれんするのを意識した。

　黒板消しをわしづかみにして誰かが書いた文字を拭きとった。力をこめてなんべんもこすった。勝手口のドアにかけた錠を念のため調べた。ちゃんとかかっていた。種夫がわざと女の筆蹟をまねてこのようないたずらをするとは思えなかった。

　誰が？　いったい何者が……

　幸子はうろうろと台所を歩きまわった。家の中に姿の見えない女がひそんでいるような気がした。六畳と四畳半に台所と風呂場がついたきりのちっぽけな家に、誰かが隠れられるゆとりなぞありはしなかった。

ちっぽけな家とはいえ、これを手に入れるまでの苦労はなみたいていでなかった。幸子と種夫の貯金をあわせても分譲住宅の頭金に足りなかったので、会社から借金しなければならなかった。二十年のローンである。

「八重子さん、おとといのことだけれど」

　幸子は義妹のつとめ先に電話をかけた。

「黒板に買い物のメモをあたしが？　お姉さんがお書きになったのじゃなくって」

「そうね、そうかもしれないわね。妙なことをきいてご免なさい」

「お姉さん、このごろどうかなさってるんじゃない。ど忘れってこともありますわ。とにかくあたしでないことは本当よ」

　八重子は忙しいらしかった。早口で答えて電話を切った。幸子は自分のこめかみを叩いた。昨日、消したつもりで、醬油、小麦粉、ベーコンの文字は目に入らなかったのだろうかと検討してみた。このごろ、どうかしている、と八重子はいった。まさしくその通りだ。自分でも何をしているかわからないときがある。気がついてみると、百科事典のページをしきりにめくっている。何という項目を引こうとして事典を拡げたか、さっぱり思い出せないのだ。かと思えば、一度、払ったつもりの新聞代を集金人に催促され、面くらったこともあった。領収証が見あたらなかったので、結局、払うハメになった。

出がけに幸子は黒板をたしかめた。替刃、歯ブラシ、インスタントラーメン、タマネギ。これは自分で書いたものだ。十二月六日（木）という日付も確認した。他には何も書かれていない。裏口のドアに鍵がかかっているかを見とどけたうえで、幸子は買い物に出かけた。

「いただいたお薬があまりきかないんです。もう少し強いお薬をもらえませんかしら」

「眠れないんですか」

医師はだるそうな声できき返した。睡眠薬には習慣性がある。薬に依存するのは良くないと幸子にいった。

「変なことをうかがいますが、自分のしたことをまるっきり覚えていないことがあるものでしょうか」

「そりゃあありますとも。わたしなんか物覚えの悪い方でしてね。友達の電話番号を覚えきれずに困っていますよ」

「そういうことではなくて、たとえば」

「たとえば何です?」

幸子は黒板の見知らぬ文字のことをいおうかいうまいかとためらった。しかしバセドウ病患者のようにとび出した医師のうるんだ目に見すえられて思いとどまった。医師の目は黄色くにごっていた。この人は肝臓が悪いのではないかしらと、幸子は思った。台所の怪事件をうちあけたところで、正気を疑われるのがおちであるような気がした。

「夢遊病という病気がありますわね。かりにあたしが夢遊病だとして、つまり真夜中に起きて手紙を書いたとします。その筆蹟はあたしのものでしょうか」

「ははあ、なるほど。しかし妙なおたずねですな。筆蹟が自分のものであるかどうかは奥さんがご覧になればおわかりでしょう。同一人物の筆蹟は、夢遊状態でも大きく変りはしませんよ」

「そうでしょうね」

幸子はあたふたと医院を出た。看護婦は別の薬を渡した。

スーパーマーケットから帰った幸子は、台所の黒板へ目をやらなかった。買い物籠の中身を取り出し、置くべき所に置いて、ぐったりと椅子にもたれた。黒板には背中を向けた。万一、文字が変っていたらと想像すると、たまらなかったのだ。熱い紅茶をいれ、ウイスキーをたっぷりそそいで、すすった。

おそるおそる首をねじまげて黒板を仰いだ。替刃、歯ブラシ、インスタントラーメン、タマネギ。見なれた自分の文字が目に映った。幸子はほっとした。きのうはどうかしていたのだ。にわかに気が軽くなり、ウイスキーの仄かな酔いも加わって幸子は鼻唄を歌いたくなった。とぼしい家計のやりくりでイライラしている。めっきり無口になって仕事のことばかり考えているらしい種夫に対する淋しさがある。つまりは一種の幻覚にすぎなかったのだと幸子は断定した。

黒板におかしな文字が書いてあった、ただそれだけのことではないかと、自分にいいきかせた。のびのびにしていた掃除をすませた。出張を明日にひかえているから、きょうは早めに帰るといって種夫は出勤した。

幸子は鏡台に向っていつもより念入りに化粧をした。目の下に隈ができている。二人で夕食をとるのは何日いや何週間ぶりのことだろうと思い、気持がはずんだ。頬がこけている。目の下に隈ができている。種夫の帰りを待ちくたびれてこうなったのだ。仕事をして上司に認められ昇進すればサラリーもふえる、帰りが遅いからといって文句をいうな、というのが種夫の口癖であった。(おれが働かなければ、ローンは払えないじゃないか) というとどめの一句がつけ加えられる。

種夫のいいぶんは幸子にしてもわかりすぎるほどわかる。しかし、週に一晩くらいは水入らずですごせないものかと、うらみがましい気持が生じるのはどう仕様もない。日曜日はゴルフである。いい契約を取るのに欠かせない仕事の一つだと説明されれば、幸子は黙りこむしかなかった。

夕食は久々にビーフシチューをこしらえた。種夫の好物である。とっておきのモーゼルワインを冷蔵庫で冷やしている。ポタージュスープは暖めればすぐに食べられるよう鍋に用意した。ポテトサラダもできあがった。種夫はサラダの味にかけてはうるさい。ときどき時計を見ながら幸子は夕食の準備を終った。午後八時であった。七時半までには帰れるだろうと種夫はいい残していたのである。

幸子はテレビをつけ、すぐに消した。

雑誌を開いて料理のメモをとった。

台所へ戻ってスープとシチューとサラダの味をみた。われながら申し分のないできばえと思われた。柱時計が午後九時を打った。幸子は会社へ電話をかけた。ベルが鳴り、留守番電話のテープにふきこまれた声が耳に入った。幸子はサンダルをつっかけて外へ出た。家から歩いて五分の所にバス停がある。もしかすると、バスで帰ってくる途中かもしれない。新婚当時のことを幸子は思い出した。あのころは毎日のようにバス停まで出迎えに行ったものだ。帰る時刻は、ほぼきまっていた。

幸子はバス停で半時間、待った。

二台のバスが客を乗降させて走り去った。

幸子は足をひきずるようにして一人で帰宅した。九時をすぎても帰らない場合は食事は先にすませることになっている。台所の椅子にもたれて幸子はすすり泣いた。化粧がだめになった。食欲はとうに失せていた。汚れた顔を風呂場で洗い、台所に突っ立ってウイスキーの水割りをこしらえた。種夫はどこをうろついているのだろう。いいわけは聞かなくてもわかっていた。退勤まぎわにどうしても会わなくてはいけない顧客が社に来てね、その人と飲むことになったんだ、部長と課長も一緒だったし、おれだけ抜けるわけにはゆかなかったんだよ……

幸子はひとくち水割りをすすった。

目の前に黒板があった。文字が並んでいる。さっき消したはずである。ぼやけた視界の中で黒板の文字に目の焦点が合った。

――不眠症、夢遊病、アル中
幸子はもうひとくち水割りを口へ流しこんだ。「ふん、アル中だって」よたよたと黒板に歩み寄ってつばを吐きかけた。グラスの中身をあおり、激しくむせた。不気味さも恐怖も感じなかった。黒板消しで三つのいまわしい文字を消した。その間、幸子はヒステリックに笑い続けた。何がおかしいのか、自分でもわからなかった。

ポタージュスープを飲み、サラダを少し食べてから居間兼寝室にとじこもった。幸子はウイスキーの水割りをたてつづけに飲んだ。その晩、種夫が帰宅したのは、午前一時ごろであった。朝になって種夫から聞いたのである。幸子は酔いつぶれて、種夫がいつ帰ったのか知らなかった。


幸子は美容院に出かけた。

気分がすぐれないときは、髪のセットをすることでいくらか気が晴れる。日曜の午後まで、つくねんと種夫の帰りを待たなければならないかと思うと、気がめいるのだった。

美容院の帰りに花屋へ寄り、赤いバラを四、五本買った。本屋では連続テレビドラマの原作である小説を買った。乳液がきれたのを思い出して、化粧品店にも寄った。ささやかなぜいたくは心を明るくする。幸子は悪夢のような昨夜の事件を忘れることができた。帰宅するまでは。

バラを花瓶にいけるため、台所に立った幸子の目に黒板の文字がとびこんだ。出かけるときは一字一句も書いた覚えはないのである。幸子は体をこわばらせた。もはや見なれない文字とはいえない。見なれた他人の筆蹟で黒板に文字と数字を書きつけている。

○一一―二六一―三三××
札幌ニューセントラルホテル
三枝みつ子

幸子は棒立ちになったまま目の前の奇怪な文字に見入った。ホテルは種夫が今夜泊っているはずの所である。数字は電話番号であろう。三枝みつ子とは、幸子の同僚で今も種夫の商社で働いている。ただ、営業から総務の方へ変ったと去年の夏、聞いたようだ。独身であった。幸子はいったんつかんだ黒板消しを元の場所に置いて、電話に向った。会社のダイアルをまわし、三枝みつ子を呼び出してくれるように頼んだ。

「三枝は風邪できのうから休んでいます」

幸子は無言で送受話器を戻した。指が自分の意志とは関係なくダイアルをまわした。○一一―二六一―三三××。種夫はいなかった。三枝みつ子という泊まり客は存在しなかった。本名で宿泊するはずはあるまいから、みつ子という客の不在を告げられても意外ではなかった。幸子は宙に目をすえて思案した。唇がかすかにふるえた。自分たちが結婚する前つまり幸子とみつ子が同じ営業部で机を並べていたころ、みつ子も種夫に好意を持っていたことを幸子は知っていた。（浮気なんかするひまがあるもんか）という種夫の言葉を幸子は信じてきたつもりであった。黒板に誰がいつおぞましい文字を書いたかという疑問はけしとんでしまった。

幸子は改めて会社へ三枝みつ子の住所と電話番号を問合わせた。世田谷奥沢のマンションである。そこへ電話をかけてみた。ベルの音を十七回めまで数えて送受話器を置いた。十分後にまたかけた。みつ子の応答はなかった。

幸子は気がついたとき、バラの花びらを一枚残らずむしり取っていた。黒板をはずして床に叩きつけた。庖丁で表面を縦横むじんに切り裂いた。最初からこうすべきだったのだと思った。文字を書けなくなった黒板をゴミ袋に入れて、袋をかたく紐で縛った。全身から力という力が脱け出したようであった。幸子は髪をふり乱して床にすわりこみ、ウイスキーの水割りを飲んだ。一時間おきに札幌ニューセントラルホテルへ電話をかけた。種夫が出たのは夜の十時半である。

「あなた、あなたなの」

「どうしたんだ、いったい」

「そばに誰かいるんじゃない」

「ばか、ここはシングルだぜ。何かあったのかい」

幸子はすすり泣いた。早く帰って来てくれと頼んだ。種夫はそっけなく電話を切った。この晩、幸子は医師が処方した新しい睡眠薬を全部ウイスキーでのんでベッドに横たわった。翌日、目をさましたのは午後一時である。頭が割れるように痛み、はきけがした。のどがしきりに渇いた。もつれそうになる足を踏みしめて台所へ行った。黒板がないのを確かめて安堵のためいきをついた。

あれを始末することをもっと早く思いつけば度を失うことにはならなかったのだと考えた。グラス一杯の水を一気に飲みほした幸子は、テーブルに白い紙片を認めた。ふだん幸子が使っているメモ帳の一ページである。ゆきつけの銀行がくれたものだ。

紙片の中央には例の筆蹟で「ウイスキー」と書かれてあった。

公園の少女

鳴海栄治はいつもの時刻に公園へ着いた。

午後四時。公園は人影がまばらだ。

藤棚の下にあるベンチのきわで立ちどまって、あたりを見まわした。

公衆便所のかげに中年の女が二人、買い物籠を手に何やら話しこんでいる。

遊動円木のある砂場にうずくまって砂を掘りかえしている浮浪者めいた男は、子供のポケットから落ちたコインを探しているのだろう。幼児を遊ばせている老婆がブランコの所に一人。

見なれた光景である。

四日前とまったく変らない。

プラタナスの立木に周囲をふちどられた広さが五百坪あまりの、こぢんまりとした公園である。街の中央からそれほど離れていないのにひっそりとしているのは、自動車の騒音を生い繁った立木の枝葉が吸収してしまうためかと思われた。

雨で洗われた樹木はいい香りを放った。

六月のまぶしい日射しに、木の葉が鋭い艶をおびた。

鳴海栄治はベンチに腰をおろした。

四日前に来たときとくらべて変ったのは頭上にたれ下った藤の花房がいくらか減ったことくらいだろうか。黒い土の上に淡紫色の小さな花びらが散りしいている。藤棚の下では、つゆ晴れの強い光をじかに浴びなくてもよかった。

ハンカチで顔と首筋にふき出した汗をぬぐった。そうしながら目は休みなく公園にある二つの出入り口を見張っている。

トランペットを持った男の子が這入って来て、滑り台の横で練習を始めた。年の頃は十二、三歳に見える。中一だろうかと、鳴海は想像して、自分が待っている女の子の年齢を考えた。

その女の子と初めて会ったのは二週間前のことだ。雨あがりの午後、彼が藤棚の下でぼんやりとデパートの屋上を眺めていたとき、すぐ傍に誰かがすわった。かるい舌打ちを聞いたように思った。黄色いワンピースを着た少女が片方の靴を脱いで、とれかけたかかとをいじっていた。

「ママが買ってくれるのは、すぐこわれるんだから」

少女は小声でつぶやいた。靴の爪先を持ってかかとをベンチで叩いた。釘が曲がっていたらしく、かかとは元通りにならない。

「どれ、よこしてごらん」

少女は鳴海がそこに居たことに初めて気がつきでもしたように、すばやく顔をあげた。まじまじと鳴海をみつめて、「おじさん、直してくれる」と甘い声でささやいた。「やってみなければわからないがね」

ポケットナイフで曲がった釘を起し、かかとの部分をいったん取りはずして慎重につけ直した。どうやらうまくいった。少女は彼が靴の修理に熱中しているとき、ぴたりとわきに寄りそって彼の手もとをのぞきこんだ。肩の下までのびた柔らかな髪が、鳴海の頰にふれた。少女の吐く息が、彼のうなじにかかることもあった。

少女はいつのまにか彼の肩に手をのせていた。そうやって体を支え、鳴海の手許に目をそそいでいるのだった。首尾よくかかとをつけ終ったとき、女の子は彼の背中におおいかぶさるような姿勢になっていた。「さあ、出来たよ」といってふり向くと、まぢかに少女の顔が迫っており、鳴海は息をのんだものだ。

少女は自分の靴を見なかった。

鳴海の顔をみつめた。

肩からゆっくりと手をはなし、「どうもありがとう」といって、鳴海と目をあわせたまま、渡された靴をはいた。その靴の尾錠を留め、にっこり笑いながら、「今度はいいみたい」と低い声でつぶやいた。それからベンチに置いてあった茶色の鞄を持って、いや、鞄を持っていたのは二回めに出会ったときで、最初の日は手ぶらだったと思う。

鳴海栄治はズボンのベルトをゆるめた。赤いシャツのボタンも上から二つめをはずした。ながながとため息をついた。

警官が公園に這入って来てぐるりと見まわし、砂場にしゃがんだ浮浪者の方へ近づいてゆく。

修理した靴の爪先で女の子は二、三度地面を叩いた。

「じゃあ、またね」

少女は明るい声でいった。身をひるがえして公園の外へ足ばやに立ち去った。

鞄をたずさえていたのは二回めだ。白いブラウスに紺のスカートという身なりだった。ズックの運動靴をはいていたと思う。初めて会った日の印象より二歳は上に見えた。服装のせいだろう。トランペットが鳴った。鳴海は顔をあげた。金色の楽器を日に輝かせて、男の子はしきりに同じフレーズをくりかえしている。十二、三歳？　しかし、この頃の子供は育ちが早いから、あれでもしかすると小学生かもしれない……鳴海は遊動円木の方へ目をやった。警官と浮浪者は消えていた。女の子はいくつだろう、十二、三歳、いや、もっと齢がいってるはずだ、すると、高校生だろうか……

鳴海は眼頭をおさえた。

昨夜はたっぷり眠ったはずなのに目が痛む。

日射しが妙にまぶしすぎる。頭の芯がかすかに疼く。たっぷり眠ったと思いこみたい所だが、蒲団に横になっていた時間は長くても、じっさいに眠ったのはほんの三時間足らずだ。三日間、雨が続いた。鳴海はいらいらしながら天気が変るのを待った。雨の日は少女と公園で会えないのだ。新聞の予報欄をこれほど熱心に熟読したことはかつてなかった。関東地方の天気図なら、そらで書けるだろう。

新聞だけではたよりなくてテレビの予報も喰い入るようにみつめた。（明日は雨）というご託宣を聞くと、チャンネルをガチャガチャまわして別の局を探した。放送局がことなれば予報も変るように思えた。すべての局が雨と報じた後、鳴海はがっかりして食欲を失った。

もしやという期待を胸に、どしゃ降りの日、傘をさして公園へ出かけたこともあった。午後四時ごろから日がくれるまで、降りしきる雨に全身ぐっしょりと濡れて、藤棚のわきに立ちつくした。少女と出会うのは公園の中に限られていた。

どこに住んでいるのか、学校はと、たずねた鳴海に、

「そんなこと、どうでもいいじゃないの」

と少女はいった。三回めに会った日のことだ。あの日はクリーム色のセーターを着ていた。胸のふくらみが目立った。最初の日よりずいぶん大人びて見えた。

「あたしのおうちを教えてあげたら、会いに来てくれるとでもいうの」

「それはちょっと」

鳴海は口ごもった。

「でしょう。ママがうるさいんだから。家庭教師の大学生が来た日だって、部屋のドアをあけさせておく人ですもの」

「女の先生にすればいいだろう」

「あたし、女の人って大嫌い。女子大生に勉強を見てもらうのだったら、習わない方がましだといったので、ママは折れたのよ」

女は嫌いだといったとき、少女の唇がゆがんだ。顔にありありと浮んだ嫌悪の表情を鳴海は見てとった。

「あたしにばかりしゃべらせといてずるいわ。おじさんの話をしましょう」

少女はうきうきと声をはずませた。手で鳴海の太腿をさすった。おじさんの話なんかつまらないと、彼はいった。

「うそいってる。うんと面白い話、知ってるでしょう。聞かせてちょうだい」

「面白い話なんかあるもんか」

「別れた奥さんの話は……」

鳴海は少女の茶色がかった眸の奥をみつめた。相手はまたたきもせずに彼を見かえしている。妻と別れたことをどうして知っているのか。

「じゃあ、別れていないの」

「別れているけれど、どうして」

「ああ、いやんなっちゃう。おじさんの口癖は必ずどうして、なぜ、いつ。きまってるんだから。どうしてを連発するんだったらもう会ってあげない」

「ごめんよ、悪かった」

鳴海はおろおろとあやまった。少女はすぐに機嫌を直した。手を鳴海の腹にあてがい、ふとった男の人は好きだといった。

「ふわふわしてる。とってもいい気持」

鳴海はくすぐったいからやめてくれとたのんだ。どぎまぎしながら四方に目を配った。少女に突き出した腹をなでまわされながら、逆に自分が少女の体をもてあそんでもいるのを人に見られたような間の悪さを感じた。閑散としてはいても、街の公園であり、しかも夜になるまでまだ充分、時間があった。少女は咽喉の奥で笑った。

「おじさん、あたしにさわられるのいや?」

「だって、きみ、こんな所で」

「きみ、ですって。それ、あたしのこと」

少女はかん高い声をあげて笑いころげた。きみと呼ばれたのは初めてだといった。鳴海は少女に名前を教えてくれとたのんだ。笑いが消えた。自分には何もきかないと、たった今、約束したばかりではないか。約束を破るつもりなら……鳴海はあわてて名前なんかどうでもいいといった。

「でもね、おじさんはあたしのたずねることに正直に答えるのよ。よくって」

不公平だと鳴海はいい返した。あまりにも一方的だ。自分にも口にしたくない若干のプライヴァシーというものはある……

「わかりますわかります。答えたくない事柄には、黙秘権を行使することを認めます」

むずかしい言葉をどこで覚えたのかと、彼はたずねた。みるみる少女の表情がけわしくなった。彼は平あやまりにあやまるほかはなかった。

「例外として今回は許してあげる。どこで覚えたかも教えてあげる。テレビよ。大人の知ってることはこの頃の子供みんな知ってるの。ただ、知ってて知らないふりをしてるだけのこと。その方が賢いやり方だわよ。で、ええと、何の話をしてたんだっけ」

少女は舌の先を歯の間にのぞかせて噛んだ。人さし指で眉間をおさえるのは、考えこむときの癖だ。鳴海は少女のすきとおるように白い肌をみつめた。耳たぶのうぶ毛が夕日に輝くのに見とれた。

「さあて、何の話だったかな」

「おじさんもとぼけるのがお上手だわねえ」

別れた奥さんの話ではなかったかと少女はいった。体を二つに折って下から鳴海の顔を見上げ、いたずらっぽく笑いかけた。「話したくないのならいいわよ。むりに聞こうというのじゃないから」

鳴海はハンカチでせわしなく首筋を拭った。汗がとめどなくふき出す。まったく、この女の子ときたら。彼はつくり笑いを浮べた。そんなことを聞いてどうするのだと、ぶっきらぼうにいった。少女は顔をこわばらせた。「また、どうする、だって。あたし帰っちゃおうと」

ベンチから立ちあがりかけた少女を、鳴海はあわてておしとどめた。自分がうっかりしていた。気を悪くしないでくれと、哀願した。

「じゃあ、アイスクリーム買って下さる」

「いいとも」

鳴海は公園の近くにある洋菓子店へとんで行ってアイスクリームを二つ買った。戻って来たとき、ベンチに少女の姿はなかった。

頭痛はいっこうにおさまらない。

目じりから涙のようなものがしたたり落ちる。

昨晩、枕許の電気スタンドを消したのは何時だったろう。夕刊の天気予報を十ぺんは読みかえしたものだ。テレビの予報も確かめた。明日は晴れという言葉を彼は呪文のようにくりかえして眠ろうとつとめた。午前二時か三時ごろ。なかなか寝つかれず、牛乳配達の車がアパートの前を通りかかる時分にようやく眠りが訪れた。まどろみは浅く、階下の住人たちが朝食を始めるのも、テレビのモーニングショーも、うつらうつらとしながら耳に入れていた。

目がさめたのは午すぎであった。

窓ごしに外を見た。

昨夜まで降り続けていた雨がやんで、青い磁器の肌に似た空が拡がっている。いそいそと蒲団を畳んだ。台所で念入りに歯をみがき、髯をあたった。勤め人が出払ったアパートは静まりかえっている。階下から伝わってくる赤ん坊の声も耳にさわりはしない。あの子に出会ってから、自分は早起きになったと、彼は思った。それまでは午後三時、どうかすると四時すぎまで眠りこけていたのだ。

鳴海栄治は五ヶ月前に勤め先の弱電機メーカーをクビになっていた。合理化による人員整理である。従業員のほぼ二割にあたる三十数人が整理の対象になった。彼らはこれを不当労働解雇として、会社と団体交渉を始めたが、鳴海はさっさとやめた。社員バッジをはずし、工場の裏を流れるドブ川にほうりこんだとき、その日がちょうど自分の四十一歳の誕生日であることに気づいた。

わずかながら退職金が支払われた。八ヶ月間は失業保険を受けられる。もっけの幸いというほどのことはないにしても、鳴海はクビをわが身の不幸と思いはしなかった。離婚して半年、会社へ出るのが苦痛になっていた。妻と別れたからには、貴重な代償を払って手に入れた自由を心ゆくまで満喫したかったのだ。風邪だとか歯痛だとか、もっともらしい理由をこしらえて欠勤するようになったが、しまいにそれも面倒になり、無断で休んだのも一度や二度のことではない。

会社が経営難におちいらなくても、早晩クビになるのは目に見えていた。退職金をもらえたのは拾い物というべきだった。とぼしい家計をやりくりして、ようやくローンを払い終えたマンションと、ありったけの貯金を妻に与えて別れることができたのだから、遊んでくらせる身分ではなかった。

とはいうものの、思いがけない自由を手に入れた以上、あわてふためいて次の仕事を探す気にはなれなかった。寝たいときに眠り、食べたいときに食べたい料理を口に入れた。おそかれ早かれ、貯えが尽きるまでに以前の生活へ戻らなければならないとは鳴海にしても心得ていた。しかし、それまでは不意に生じた休暇を愉しむつもりだった。

起きてすぐ、剃刀をぬるま湯ですすぎながら、鳴海栄治はしげしげと鏡をのぞきこんだ。

目のふちがたるみ、頬がふくれている。

下顎は二つにくびれ、首が短くなったようだ。アパートで終日《ひねもす》ぼんやりとすごす日常が続いたため、会社をやめさせられた頃からすれば、ずいぶんふとってしまった。通勤していたときはいていたズボンは窮屈になった。量ったことはないが、体重はかなりふえただろう。口許にしまりがない。

どうして離婚したのかと、少女はいった。その「どうして」は、鳴海がバニラとチョコレートのアイスクリームを買って来て、少女がチョコレートの方を選び、鳴海がバニラをとったときに、どうしてバニラアイスクリームの方が好きなのかとたずねた口調とそっくりだった。一応、訊きはするものの、相手が返事するのをさほど期待するふうでもない物憂げなたずね方であった。だからかえって訊かれた当人としてはまともに答えなければならない気持になる。

鳴海の妻は食事の栄養価に気を配った。ベルトの孔が一つふえれば、寿命が一年ちぢまるとかいう定説を何かにつけて持ち出し、脂肪と糖分のとりすぎが健康の大敵だと指摘した。インフレと不景気の時代には、健康だけがたよりだ、老後に何の保障もない今の生活で、万一、大病をすることになれば身の破滅ではないか、年金はタカが知れているし、マンションのローンを払った現在、貯えといえばちっぽけなものだし……

鳴海はえんえんとしゃべり続ける妻の前に黙って二杯めの茶碗をさし出した。妻は飯をよそうかわりに、ゆがいたキャベツをすすめた。きょう、改めて鳴海の食事に含まれるカロリーを計算し直してみたら、必要量より五百カロリー上まわっていることがわかった。満腹感ならばキャベツで充分だ。

塩味の加わっていないキャベツに食卓塩をふりかけようとすると、妻は血圧が高くなるといってその小壜《こびん》をひったくった。ただでさえおまえはコレステロールの数値が高いではないか。だいたい、肉や魚などの酸性食物を好むおまえがいけないのだ。これからは、ホウレンソウ、ニンジン、納豆を食べるようにしなければ中年男性の健康は維持できない。

「きみはそういうけれどね。今までおれ、病気で寝こみはしなかったぜ」

「あら、当然じゃないの。あたしがあなたの健康管理をしてたんだもの。あたしがついていなかったら、あなたとっくに寝こんでたわよ」

鳴海はウサギになったような気分で、ばりばりとキャベツを食べた。妻は目を細めて鳴海の口許をみつめた。

「おいしいでしょう。キャベツからはスープのいいだしがとれるの」

この頃、新聞を読むと、気が気ではないと、妻はいった。イランの国内事情で石油が値あがりする。石油が足りなくなれば、トイレットペーパーが買えなくなる。ガスと電気の料金もあがるだろう。国鉄や私鉄料金の引きあげは物価にはねかえる。給料はインフレに追いつかない。不安はそれだけではなくて、近く東海大地震とやらが起るといわれている。せっかく自分たちのものになったマンションがいたみでもしたらどうしよう。仙台の地震では新しいマンションさえ相当にガタが来たそうだ……

「そんなことを心配したってきみ、おれはどう仕様もないよ」

鳴海は口のまわりをナプキンでふきながら哀れっぽくつぶやいた。家庭電気製品をこしらえる小会社の、しがない倉庫係に世界的不況をどうこうする力があるようなもののいい方を妻はする。

「だからあたしがいいたいのは」

妻は目を吊りあげた。たよりになるのは自分の体だけということになるではないか……

「ホウレンソウとニンジンか」

鳴海はため息をついた。

「それに納豆。標準体重をあなたは五キロもオーバーしているのですからね」

鳴海栄治は豚の脂身が好物である。

脂身をころもでくるんでさっと揚げ、ウスターソースをかける。かたく炊いた飯によく合う。舌が焼けるほどに辛いタラコがあれば申し分ない。妻にそれをいおうものなら、正気を疑われるのがオチだったから、ある日曜日、妻がデパートのバーゲンセールへ出かけた折りをねらって、近所の肉屋へ駆けつけた。タラコも買った。毎日、キャベツやらホウレンソウでうんざりしていたのだ。

油を煮たたせ、なれない手付でころもをまぶして脂身のフライをこしらえた。キャベツのゆでたものを毎晩、食べさせられるまではこのフライを自分で作って食べようとは思わなかったのだが、妻の不在を利用してにわかに食欲が起ったのだ。

まだ油がじゅうじゅうと音をたてている揚げたてのフライを箸で持ちあげ、彼があんぐり口をあけてかぶりつこうとしたまさにそのとき、妻が帰って来た。呆然としている鳴海をしりめに、妻は脂身のフライをさも汚らわしいものであるかのようにゴミ袋へ叩きこみ、タラコもほうりこんだ。ヒステリックに泣き喚きながら、あなたのことを思っている自分の気も知らないでと、お定まりの長広舌をふるった。

動脈硬化、脳卒中、植物人間、健保が適用されない薬品、マンションを手ばなすハメになったら、養老院だってタダで入れるものではない……愚痴は果てしなく続いた。

鳴海は夕方まで膝をかかえて妻の小言を聞かなければならなかった。しきりに煙草がのみたかった。菜食に切りかえられてから、煙草もやめさせられていた。彼は小銭がポケットにあるのを確かめてマンションを出た。近所の煙草店で罐入りピースを一箇買って戻り、目を丸くしている妻の前でおもむろにピースをくゆらした。五日後、彼は少しばかりの日用品をトラックに積んで、豊島区の西にある木造二階建のアパートへ引っ越した。六畳一間に台所付の部屋が二階にあった。

「わかってるんでしょうね。あたしが居なかったら、あなた生きてゆけないのだから」

東中野のマンションで荷造りをしている彼の背中に妻がいった。彼は返事をしなかった。妻があっさりと離婚に応じたのが意外でもあり嬉しくもあった。この際、余計なことをいって妻を怒らせたら、どんな難題をふきかけるかわからない。鳴海にしても脂身事件までは離婚を考えていなかった。愚痴にへきえきしながらも、なんとなく一緒に暮し続けることになるだろうと思っていたのだ。子供のいなかったことが幸いした。裏切られたといって、妻が激昂したのも別れをたやすくした。何を裏切ったのか、彼にはさっぱりぴんと来なかったけれども。

移転した翌日、鳴海はさっそく豚の脂身をフライにしてたいらげた。タラコを買うのも忘れなかった。どうしたことか、あれほど食べたがったフライは、思ったより旨くなかった。鳴海はそれを自分の腕が下手なせいにした。

鏡に映っている自分の顔を眺めて、会社勤めをしていた頃から何キロふとったかを考えた。手のひらで両頬をはさんでみた。赤いものが鼻のわきに滲んでいる。剃刀で皮膚を切ったらしい。軟膏を傷にぬりつけているとき、こめかみに光るものを認めた。

鳴海は鏡にちかぢかと顔をよせて、この頃目立ってふえ始めた白髪を指で抜いた。髪をととのえた櫛にからみついた毛髪を、やるせないため息をつきながら見おろした。養毛液の壜を明りにすかした。つい先日、化粧品店で買ったのだが、三分の一くらいしか残っていない。日に三度、これを薄くなった頭髪にふりかけて地肌をマッサージしている。抜けおちる髪の数は減らないようだ。

「きょうこそ、あの子に会える」

白髪や抜け毛のことを思いわずらうのを中止し、公園で会うはずの少女について考えることにした。ほど良く暖めたミルクを大カップ一杯のみほしたときのような幸福感が、体のすみずみまでゆき渡った。

鳴海は、池袋駅前の洋品店で買った赤いシャツと、体に合ったグレイのズボンを着こんで、もう一度、鏡をのぞきこみ、下へ降りた。

鳴海は中腰になった。

ジャングルジムの向うに公園の出入り口が見える。あの少女が藤棚を目ざしてまっすぐに歩みよって来る。手をふった。鳴海も手をふった。後ろで声がした。どうしたの、遅かったじゃない。声の主は十五、六歳の女の子で、鳴海を追い越して少女の方へ駆けて行った。

二人は腕をくみあわせ、笑いさざめきながら別の出入り口から立ち去った。鳴海は力なくベンチに腰をおろした。中学生や高校生が群れをなして公園の外を歩いている。もしかするとあの中に。鳴海はプラタナスの列に見え隠れする子供たちへ注意深い視線を向けた。女学生はだれもあの女の子に似ているようであり、似ていないようでもあった。鳴海の鋭い目に気づいたのか、ふりかえって怪しむように見かえす女の子が、群れの中に一人か二人はいた。

「いいお天気ですな」

底力のある声にわきを見ると、浅黒く日灼けした骨太の男がベンチにかけたところだ。男は鳴海の靴先からズボンへそれからシャツを値踏みするような目でみつめて、この辺りで最近よく見かけるようだが、近くに住んでいるのかと、たずねた。

「ええ、まあ」

鳴海はベルトを締め直した。見知らぬ男とムダ話をしているさいちゅうに、あの子が現われたらどうしよう。警戒してベンチによりつかないのではあるまいか。鳴海は男から顔をそむけて煙草をとり出した。両切りピースを一日に三十本吸っている。目の前にライターがさし出され、焔がゆらめいた。

「どうぞ」

男は光る目で鳴海の顔をみつめた。

「むしむししますな。明日はまた雨になるでしょう」

黙りこんでいる鳴海に話しかける。探るような目はかたときも鳴海の顔から離れない。

「おたくはだれ、ぼくに何か、そのう、用事というか何か訊きたいことがあるのかね」

ピースをいらいらとふかしたあげく、鳴海は思い切ってたずねた。相手は大げさに手をふった。とんでもない、自分はただ天気を話題にしただけだ。気を悪くしないでもらいたい……

公園に警官が這入って来た。二人づれである。金網製の屑入れをかきまわし、二人して仔細にゴミを点検している。公園のあちこちを一人が指さして口を動かした。年長らしい警官がしかつめらしくうなずいている。二人は遊動円木のある砂場にしゃがみこみ、さっき浮浪者がしていたように砂をまさぐった。

日射しに暖められた地面から立ちのぼる水蒸気の熱さが鳴海にはこたえた。正面に見えるビルの輪郭が、陽炎にとけこんで不確かに崩れて見える。彼の横にすわった男は、脚を膝の上で組んだ。片方の靴底をみつめ、外まわりをすると靴の傷み方が早いとつぶやいた。鳴海はけさおろしたばかりの自分の靴に目をやった。イタリア製の高価なしろものである。となりにいる男の靴が埃にまみれ形も半ばひしゃげているのに、鳴海のそれは塵ひとつこびりついていない。

「外まわりというと、セールス関係か何か」

男は鳴海の問いに愛想よく微笑した。

「そう、その通り。よくおわかりですね。朝から晩まで、脚を棒にして歩きまわるのがわれわれの仕事です」

「何をセールスしてるんです」

すかさず鳴海は訊いた。漠然とした不安感が頭をもたげた。男は鳴海から目をそらした。公衆便所の方へぶらぶらと歩いて行く二人づれの警官を目で追った。男の耳は平たくつぶれている。尖った頬骨から耳にかけて一箇所、皮膚の色が濃かった。

警官の一人が便所の裏で地面を指さした。

もう一人は両手を後ろでくみ、うつむいて同僚の言葉に耳を傾けているふうだ。プラタナスの列はそこで終って、キョウチクトウの木にかわっている。くろずんだ緑色の葉が重い影を宿し、白昼でも薄闇がたちこめている感じだ。いつも湿ってねばねばした便所裏の地面を鳴海は知っていた。

警官たちは鳴海に背中を見せてブランコの方へ歩いて行く。二人は靴底に付着した泥をブランコの支柱石にこすりつけておとした。

「歩き疲れると」

男の声を聞いて鳴海は我に返った。

「どうかしましたか」

男はけげんそうに鳴海を見た。

「いや、別に」

鳴海はハンカチで乱暴に首筋の汗をぬぐった。大気はじっとりとした熱をはらみ、息づまるような湿気で彼を包みこんだ。歩き疲れると公園で休憩する習慣なのだと、男は説明した。喫茶店でジュースやコーヒーをのむのは性に合わない。第一、金をとられる。その上、やかましい音楽を聞かされてはかなわない。野良犬が吠えているような歌のどこがいいのか自分のような中年男にはわかりかねる。若い者はいい気持だろうが、ロックミュージックとやらのどこがいいのだろう……

「公園はタダだし、静かでしょう。ベンチにすわって、ぼんやりと子供を眺めるのもいいもんですよ」

男は同意を求めるように笑いかけた。鳴海はあいまいにうなずいた。二人の警官が申しあわせたように藤棚の方へ顔を向けた。若い方がこちらへ二、三歩近づこうとしたのを、つれが腕をつかんで引き戻した。鳴海がすばやく男を見ると、男は警官に鋭い目配せを送ったようだった。

あの子はきょう、姿を現わさないのだろうか。夢の中では毎晩のように、いや、毎晩でもないか……

鳴海は額に手をあてがってうつむいた。

頭痛がひどくなった。日射しが耐えがたいほどにまぶしく感じられる。あれは夢だったのだろうか、女の子が自分のアパートを訪れたのは。一昨夜、そうではなくて三日前の晩だったと思う。真夜中のことだった。明りを消して寝入った時刻だから午前三時ごろかもしれない。夢にきまっている。女の子が彼のアパートを知っているわけがないし。しかし、そうすると、蒲団の上に横たわっていた自分が、わき腹に感じた柔らかなものは、いったい何だったのだろう。すべすべとして、触れた瞬間は冷たく、次にたちまち暖かくなった肌。

半ば眠り、半ば醒めながら鳴海は手をのばして自分のわきにすべりこんだ少女の裸体をまさぐった。どうしてここがわかったのかとはたずねなかった。どうしては少女に対して禁句だった。鳴海は少女の細い腕が自分の腹をなでまわすのを知った。

——ふわふわしてる。あたし、ふとった男の人って大好きよ。

かすかなリンスの匂いが漂った。少女は鳴海の上におおいかぶさり、彼の閉じた目蓋に接吻した。たれ下ったしなやかな髪が彼の頬をくすぐった。あたしのふわふわちゃんと、少女は彼の耳にささやいた。彼は精一杯、腹をふくらませた。

——あたしが今夜、来たわけわかる?

——いつかは来ると思ってたさ。

——どうして。

——どうしてでも。

——お別れに来たのよ。

——なぜ。

——ほら、いけない。また、なぜが始まった。

——遠くへ行ってしまうのかい。

——そうじゃないわ。でも、お別れしなくちゃなんないの。ごめんなさい。そんなにがっかりしないで。あたしまでつらくなるじゃない。

鳴海の手首を少女は優しくつかみ、自分の体にみちびいた。

傾きかけた日射しがまともに鳴海の顔へ照りつけた。高層ビルのガラスが毒々しい五色の光彩を放った。建物の一つに鳴海は目をとめた。屋上でゆるやかにまわっている回転木馬が見える。公園のベンチに来たとき、見あげるときまってそれが目に映った。少女と初めて出会った日も鳴海は口をあけて回転木馬を眺めていたのだ。

この前も……

鳴海は目をぱちぱちさせた。四日前も同じ風景と向いあっていた。少女がやって来るまで、ぽかんと口をあけてデパート屋上の回転木馬に見とれていたと思う。鳴海は男にたずねた。

「きょうは何曜日でしたかね」

「えっ」

男は奇怪な獣でも見るような目つきで、鳴海を注視した。木曜日だと、しばらくしてから教えた。鳴海は頭を左右にふった。こぶしで自分の頭を叩いた。

「きょうが木曜日だとすると、四日前は日曜日ということになりますな」

「もちろん」

男は呆れたといわんばかりに投げやりな返事をした。鳴海は回転木馬の円錐形の屋根がまわっているのを見た。地上から木馬を見ることはできないが、色とりどりにぬり分けられた童話風の丸屋根が陽光に映えるのはいつ見ても見飽きないのだ。

「何か心配事でもあるんですか」

男は妙に優しげな口調に変った。

「よけいなお世話だよ。ほっといてくれ」

「まあまあ、そんなに興奮しないで」

男は落着きはらって鳴海を手で制した。ポケットからチューインガムをとり出してすすめた。見ているとたて続けにピースを吸っているが、体に良くない。チューインガムでも嚙んでみないか、と男は言った。

体に良くないと指摘され、鳴海はますますいきりたった。男が手にしたガムを叩きおとし、自分の健康についてとやかくいわれる覚えはないと断言した。

「困ったなあ」

男は地面からガムを拾いあげ、それほど困ったふうでもなく微笑をたたえながら包装紙を剝ぎ、口へほうりこんだ。

「おたく、セールスマンなら何を売ってるのかね。ええ、私が何も気づいていないと思ってバカにしてるんだろう」

「不動産関係ですよ」

「ホラを吹くのもいい加減にしろよ。セールスマンなら必ず鞄を下げてるよ。手ぶらで歩きまわるセールスマンなんて見たことがない」

「はは、鞄ですか。鞄はね、いつも肌身離さず持ち歩いてるけれどね。きょうはこの近くの業者に連絡に来ただけなんで。いやあ、お見それしました。あなた、目のつけ所がちがうねえ」

微笑はもう消えていた。鳴海は男のいうことを信じていなかったし、それを男が見抜いていることも知っていた。みぞおちから酸っぱいものがこみあげて来た。こういう男が現われてはいけないのだ。こういう男が鳴海の楽しんでいる世界をぶちこわしてしまうことになる。

どうしたのだ、なぜ、あの子は姿を見せてくれないのだ。きょう、ここで会う約束を二人はしたではないか。いつもの時刻、いつもの場所で。二人は決して別れることにはならないと、指切りさえしたのだ。からみつかせたのは指だけではなかった。

雨降りの日でも会いたいと、鳴海は少女の耳にささやいた。唇で耳にふれ、舌で耳たぶをなぞった。貝の肉のような弾力のある耳を口でしゃぶった。少女はくすぐったがり、やめてくれと、いっただろうか。

いったようでもある。顔を左右に動かし、鳴海の胸を小さなこぶしで叩いて、やめてくれといった。鳴海はやめなかった。

少女の体をしっかりとおさえつけ、鳴海は自分のしたいことをした。雨にそなえて傘というものがある。何本でも買ってあげよう。つゆは、まだ当分、あけそうにない。晴れた日だけしか会えないのは不都合だ。淋しい思いをしなければならない。鳴海は唾液で濡れて闇の中で真珠色にうっすらと光っている少女の耳にめんめんと訴えた。

――お願いだから、きみのうちを教えてくれ。

――あたし、おうちを出ちゃったの。

――家出したのかい。

――ママがうるさいから。

――でも、ママは心配してるだろう。警察に捜索願いを出しているかもしれない。

――ママは厄介ばらいをしたつもりでほっとしてるわよ。本当のママじゃないもの。

――パパは。

――パパは会社のお仕事でロスに出張してるの。パパは大好き。おじさんと同じくらい。

鳴海は枕許の電気スタンドに手をのばした。少女の顔を明るい光で照らしてみたかった。街燈の淡い光線がカーテンごしに流れこんでいて、少女の姿態をぼんやりと浮びあがらせている。目鼻立ち、乳房の形は見わけられるけれども、影にとけこんだ裸体の輪郭があまりにも不鮮明だ。

電気スタンドは点《つ》かなかった。スイッチをおしても点くわけがないと、少女がいった通りだった。螢光燈が古くなっている。スタンドそのものもいたんでいるはずだと指摘した。引っ越しを一回すれば家具は三年分いたむ。電気製品は二年の寿命が半分になる、といったあと、少女は「可哀相な人」とつぶやいて鳴海のうなじをなでた。夫婦というものは別れるべきではないのだとつけ加えた。

それは少女らしい澄んだ声ではなく、キャバレーの入り口で呼びこみをやる男の声のようなサビのあるしわがれ声だった。まったくその通りだが、仕方がなかったのだと鳴海はよわよわしく言葉を返した。少女から身を離した。うつぶせになり、枕を抱いてすすり泣いた。豚の脂身を食べたばかりに、糟糠の妻と別れるハメになった。元はといえばおれが悪いのだ。彼はむせび泣く自分自身の声を聞いた。おむつを汚した赤ん坊が泣くときの声とそっくりだった。

——男と女はいずれ別れることになってるのよ。

少女は女の声に戻った。家庭裁判所で話をした調停委員の女性に声が似ていた。その女は鳴海とほぼ同年配に思われた。空襲、B29、学童疎開、食糧不足などという話をかわした記憶がある。どんなことから二人がそんな愚にもつかない昔話をすることになったのだろう。妻の料理に対して鳴海が不満をのべた折りのことだったようだ。でっぷりとふとった調停委員は回転椅子のすわり心地が悪そうだった。

艶の失せた青ぶくれの体が大きすぎて椅子が窮屈のようだった。とび出し気味のうるんだ目で鳴海をみつめながら苦しそうに喘ぎ喘ぎものをいった。離婚に際し経済的条件について両者の合意があれば家裁が立ち入る余地はない。届を区役所に出せばすむことだ。鳴海は離婚する場合、必ず家庭裁判所に申し立てなければならないと思いこんでいたのだった。鳴海は当惑した。

——わたしのいい分を聞いてもらえないのですか。

——あなたは離婚に同意なさったのでしょう。しかるべき慰謝料も提示された。それを取り下げたいのですか。

——マンションと貯金をあれにやった以上は、わたしのいいたいことを聞いていただいてもいいと思うんですが。

——どうもおっしゃる意味がわかりかねます。当事者の間で話しあいをなさっていただきませんと。

——わたしは一所懸命、働いて来たんです。妻のために。辛い思いを耐えしのんで十六年間がんばりました。この際、思い切ってわたしのいうにいえない胸の思いをです、聞いてもらいたいと、こうお願いしているわけでありまして。

――せっかくですが次の方が控えていらっしゃいますから。

立ちあがってドアの方へよろめいて行く鳴海の肩にふとった女の手がさわった。(可哀相な人)とあの女もいったようだ。あたしだってそりゃあいろいろと辛い思いを致しましたわ。いっそ死んでしまいたいと思うほど。だれだってそうなんですのよ。調停委員は涙をこぼしていた。ビー玉くらいもある大粒の涙が床に落ちた。二人は握手をした。女の手は冷たく、びっしょりと汗をかいていた。鳴海はひやしたおしぼりを握ったような気がした。男と女はいずれ別れることになっているのよ。そういって女は鳴海にしがみつき、大声で泣いた。誰もあたしを好きになってくれない……

鳴海は調停委員を抱きしめ、ゼリーのようにふるえる体を愛撫してやった。相手の慟哭に誘われて、鳴海ももらい泣きをした。われわれは不幸な星の下に生まれついたのだと優しくささやき、背中をさすって慰めた。

階下では赤ん坊がむずがっていた。眠れないから乳をやって寝かしつけるようにと命じる父親の声。ややあって赤ん坊の声は聞えなくなった。汗を含んで体の下でよじれているシーツ。鳴海はしばらくまどろんだ。

あけがたは気温がさがる。爪先で足許のタオルケットを引きよせようとした。少女ともつれあったとき、おしやってしまったのだ。ひんやりとした畳の感触があるだけだ。鳴海は目を閉じたまま、足だけ左右に動かして、タオルケットを探した。爪先にふれるのは、彼がぬぎすてたシャツとズボンだけである。

寝がえりをうって、今度は手で探した。

蒲団のどちらがわにも見あたらない。足でけとばしたにしては? 鳴海は目をあける。暗闇をすかしてタオルケットのありかをつきとめようとする。そうしたつもりだった。にかわ状の何かが目を塞ぎでもしたように、執拗な眠りにとらえられ、手足を大きく動かしたつもりでいて実は蒲団の周辺をおざなりにあらためたにすぎなかった。

鳴海は体をくの字に曲げ、膝を抱きかかえて眠った。二日ぶりに来た安らかな眠りに身をゆだねた。今夜こそ、ぐっすりと眠れるという心が浮き浮きするような予感がした。あの少女がわきにより添っている。鳴海の薄くなった頭髪をなで、中年の男の人の髪はすてきだといってくれた。あまつさえ、閉じた彼の目蓋にくちづけまでしたほどだ。乞い願っていた眠りに身をまかせられる。彼は満足し、長いため息を吐いた。

乾いたタオル地がふくらはぎの上にのせられ、そろそろと引きあげられて腰へ、次に背中から胸へとかけられた。誰がかけてくれているのか、目を開かないでもわかる。少女が探して来て眠っている自分の体を覆ってくれるのだ。

——きみは豚の脂身が好きかい。

——好きよ、パパと同じくらい。

——おじさんのことをパパと呼んでくれ。

——あら、初めっからそうじゃないの。あたしはパパのものだわ。

——ロサンゼルスに出張してるのじゃなかったのかね。

——おやすみなさい、パパ。

——おやすみ、ダーリン。

妻の痩せこけた蒼白い肉体が目に浮んだ。カエルの腹を思わせる調停委員のぶよぶよとした五体が風船のように闇に漂っているのが見えた。彼は腕をのばして少女の体を抱きすくめた。いつまでもここにいてくれ。おまえのためなら何でもする。もっとましなアパートに移ろう。きれいな服も買ってあげよう。靴も、ハンドバッグも、帽子も。行きたい所はどこへでもつれて行ってあげる。

——大人の人には悩みがあるのねえ。

——そうだとも。でも、おまえが傍にいてくれさえしたら耐えてゆける。夜が明けるまで、少し眠らなければ。

——もっとお話をしてちょうだい。それとも明日、早起きしなければならないわけがあるの。

——パパは眠りたいのだ。お話は明日。

——おやすみ、パパ。

戸外で自転車のブレーキがきしった。アパートの階段を登る足音。郵便受箱に朝刊がおしこまれる気配。うす目をあけて窓を見ると、乳白色の光がすけて見える。街燈の光が弱くなった。鳴海はタオルケットでしっかりと体をくるんだ。あけがたの涼気がよろこばしかった。夜が明けるときに冷えるのは、その日が晴れるしるしであったからだ。


ベンチに腰をおろしているのは、鳴海栄治だけだった。

彼は血走った目で公園を見まわした。

石けりをしている小学生、犬を散歩させている老人。さっきより公園は人がふえたようだ。彼は大儀そうに身を起して公衆便所の中へ水を飲みに行った。むさぼるように飲んだ。ハンカチを水に浸し、顔をぬぐったついでにシャツをくつろげて胸をふいた。熱くなったハンカチを水で洗い、かたく絞って首筋をごしごしこすった。

からっぽのベンチに戻り、そのとき初めてセールスマンの姿が見えないのに気づいた。夕日は彼の正面にあった。プラタナスの影が長く地面にのびた。ベンチの下に鳴海が吸った煙草の吸いがらが散らばっている。男の坐っていた所に目をやると、茶色のフィルターのついた煙草が数本散らばっていた。

鳴海には、しきりにまつわりつくイメージがある。消そうとしても消えない白いものである。

朝刊？　いや、そうではない。タオルケットとつながりがあるような気がする。タオルケットがどうしたのだろう。あけがたは涼しくなる。その日は雨がやむ。すると、少女がやって来た翌日は晴れたわけだ。鳴海は高層ビルの屋上に沈みかけた夕日をみつめた。濁った大気が夕日の輝きを奪い、獣の充血した目に似せていた。三日間、自分はあの子に会っていない。きょうが木曜日だとすれば、少女と最後に公園で会ったのは、日曜日のはずだ。

たしかに日曜日だった。ベンチはみな子供づれの親たちで占領されていて、藤棚の下にあるベンチがあくのを、自分は辛抱づよく待たなければならなかった。三日間、雨が降りつづいた。あの子は真夜中やって来た。翌日、目がさめたときは立ち去っていた。これは本当だ。何の痕跡も残さずに。また来ると約束して。けっして別れはしないと誓ったのだった。

夕日はふくれあがったり縮んだりした。

鳴海はハンカチで目をぬぐった。額に滲む汗が目に流れこんだ。鋭い痛みを目蓋の内側に感じた。睡眠不足のせいだろう。ぐっすり眠らなければならない。自分はこれでまる三日間、眠っていないのだ。昼間は絶えずねむく、うつらうつらしている。夜になると、奇妙に目が冴えてしまう。何軒もの医院で、拝み倒すようにして精神安定剤を処方してもらい、寝る前にのむのだがききめがない。少女が訪れたのはいつのことなのか。ごく最近のことのようだ。ずっと昔のことのようだ。四日前いや一週間前ではなくてもっと以前のことだ。来たのは本当だ。自分はあの子の体を抱いて暖めてやった。少女は全身雨で濡れており、白いワンピースがぴたりと体にはりついていた。

鳴海は少女に着ているものをみなぬぐようにと命じた。何もかもぬがせて洗濯機で洗い、部屋に張り渡した細紐にかけて乾かした。少女は唇が紫色になっており、歯を鳴らしていた。会いたくなったからやって来たのだと、少女はいった。とても寒い。抱いてちょうだい。しっかりと抱いて……

鳴海は少女を抱いた。

冷えきった体は鳴海が抱きかかえていてもぬくもりをとり戻さなかった。冷たく重く骨張っていて、鳴海自身がだんだん寒くなって来た。押入れから冬に着る毛布を出そうとした。少女は毛布よりも抱かれている方がいいといった。

そうかもしれないが寒くてやりきれない。おまえときたらまるで氷のようにおれを凍えさせる。鳴海は自分にしがみついている少女から体をもぎ離そうとした。

――あたしのこと厭になったの。

――このままでは風邪をひいてしまう。

――タオルケットをかけなさいな。あけがたは涼しくなりますから。

そうだった。タオルケットを探したのだった。あの晩は疲れていた。仕事にありつくため午後はずっと街を歩きまわっていたのだ。伝票整理しか能のない四十男を雇ってくれる企業はどこにもなかった。貯金も残高はわずかだった。無愛想な職安の係員と口論した。胃潰瘍の持病があってはとても再就職はむりだといったからだ。ゆきつけの酒場で飲んだくれて、アパートへ帰ったのは午前一時ごろだったろう。部屋に明りがついていた。自分はちゃんと知っていた。合鍵は渡していたし、住所も教えていたのだから。もしものときは相談にのってあげるから、いつでも訪ねてくるようにといっておいた。おじさんをパパのかわりと思って気がるにやっておいで。鳴海は雨でずぶ濡れになっていた。少女はシャツをぬがせた。ズボンと一緒に洗濯機へほうりこんで、部屋に細紐を張り渡し、濡れた服をかけた。ロサンゼルスからパパが帰って来る。あたしは家に戻るつもりだ。お別れをいいに来たと告げた。女と男はいずれ別れることになってるのよ。彼はけっして別れないといった。

……………………

鳴海はベンチから腰を浮かせた。

麦藁帽子をかぶったあの少女が公園の入り口にたたずみ、藤棚のかげにいる鳴海を認めてほほえんだ。手をふって笑いかけた。少女はいつもの癖で、数歩ずつ片足跳びをしながら鳴海の方へ駆けてくる。

水の町の女

斉木司郎は立ちどまった。

前方を右から左へ、黄色い影が横ぎった。

左右は土蔵の高い壁ではさまれている。七月の真昼、日ざかりの道からこの路地にはいると、大気が涼しくよどんで肌の汗がたちまち消えるように感じられた。

つきあたりに白い築地塀が見える。

土蔵の暗い影に沈んだ路地からは、七月の明るい陽光に照らされた正面の壁が目に痛い。

司郎が橋を渡って路地へ入り、なにげなく顔をあげたとき、麦藁帽子をかぶり、黄色いワンピースを着た若い女が、築地塀にそって移動したのだ。

いずれも見覚えがあった。

ワンピースは仁木良子とさいごに会ったとき、着ていたものである。麦藁帽子は二人で鎌倉へ行った年の夏、司郎が買ってやったものだ。

良子が……

つかのま、自分の目が信じられなかった。

司郎は走った。

土蔵の角で女の行方を探した。

通りに人影はなく、白々とした築地塀が濃い影を地面におとしているだけだ。塀の内側には鋭い艶をおびたミカンの木が、あるかないかの風にひっそりと枝をゆすっている。やはり、自分がどうかしていたのだと、司郎は思った。きのうの午後、東京を発って夜行列車を乗りつぎ、柳川へ降りたのはきょうの正午ちかくである。友人から、仁木良子が九州の郷里で結婚すると伝え聞き、じっとしていることができずに東京駅へかけつけたのだ。

司郎は大学を出て一年あまり良子とアパートの一室でくらした。

知りあったのは学生時代である。おたがいの部屋へゆききするうち、間代を節約しないかと彼が半ば冗談のようにいった翌日、良子は小型トラックに身のまわりの品物を積んで彼のアパートへ引っ越して来た。彼にしても異論があるわけではなかった。良子は彼より一級下で、同じ大学の英文科を受講していた。昼間は大学、夜は新宿のスナックで働いた。郷里は九州の佐賀である。家のことをあまり語りたがらなかったが、何代か続いた呉服商店の次女であることくらいは聞いた覚えがある。家業が思わしくなくなって、長女を大学にやるのが精一杯だったので、自活するという条件のもとに東京へ出て来たのだと、良子は言葉すくなに語った。二度と郷里へ帰るつもりはないともいったようだ。

司郎は就職を希望した二つの出版社に採用されなかった。

良子と同棲していた期間は、だから彼女から生活の面倒をみてもらったことになる。まるきり遊んでいたわけではなく、週刊誌の社外記者をつとめたり、翻訳原稿の下請けをしたりしたが、小づかいをまかなう程度の収入しかなかった。えり好みさえしなければ、三流の出版社につとめられないでもなかったのだが、念願の会社へ入るのに失敗した彼はヤケになっていた。不定期にもたらされる仕事の収入はほとんど酒代にかわった。

そういう生活を彼が断念して、ある予備校の教師に採用されてまもなく、外から帰ってみると良子の家財道具が消えていた。机の上に置き手紙があった。

「私は出てゆきます。探さないでください。司郎さんがちゃんとした仕事についたので喜んでいます。いずれおちついたら連絡しますので、そっとしておいて。幸福になることを祈ります。良子」

二カ月後に連絡があった。

司郎は良子と新宿の東口にあるさわがしい喫茶店で会った。良子は黄色いワンピースを着ていた。ふだん、化粧をしない良子が濃い口紅をひいているのが意外だった。二カ月会わないうちに頰骨が目立つほど痩せ、目の下の隈を白粉は隠せなかった。司郎はふいに部屋を出た良子を責め、結婚しようといった。定職についた今、生活の心配はもうしないですむ。ぜいたくはできないが、二人でくらせる程度の給料は保障されている。

良子はだまってうつろな視線を外へ向けていた。ガラスごしに賑やかな街路を見ていた。今までのことは悪かったと思う、しかし、もう二度とあんなくらしには戻らないといった。お願いだから自分のもとへ帰ってくれ。司郎は語気を強めていった。

良子の口もとがゆがんだ。むりにほほえもうとしているらしかったが、微笑にはならなかった。良子は低い声でいった。今も司郎を愛していることに変りはない。誰か別の男と結婚しようと考えているわけではない。ただ、自分はさしあたり一人になる必要があると思っただけだ。

「もう遅すぎるわ」

良子は外をすぎるざわざわとした人波に目をやったままつぶやいた。二カ月間、どこで何をしていたのだと、司郎はきいた。アパートを出て行った次の日、彼は良子が働いているスナックを訪ねた。良子はその一週間前にやめたということだった。

「そっとしておいてとたのんだでしょう。今までと同じように働いているわ」

二人で生活を新しくやり直そう、生きている限り、遅すぎるということはない……

司郎は思いついた言葉のありったけを並べて、良子を説得しようとした。人目をはばからず良子の腕をつかみ、はては肩をゆさぶって別れる決心を変えさせようとしたが、むだだった。良子は体をゆすられても抵抗しなかった。無表情に司郎の目を見かえして体をぐらぐらさせるだけだった。ガラスのような良子の目をのぞきこんだとき、司郎は自分の言葉に何の力もないことを悟らなければならなかった。

「今までずっと我慢してたの」

良子はそういって椅子から立ちあがった。

「さようなら。もうあたしたち会うことはないと思うわ」

司郎は唇をかたく結んでそっぽを向いていた。靴音が遠ざかり、自動ドアが開くかすかな唸りが聞こえ、それが閉じた。小一時間、彼はその場から動かなかった。今も愛しているのなら、なぜ別れなければならないのか、納得しかねた。はっきりしているのは、良子が二度と会うつもりがないといい渡したことである。その日からおよそ一年たつ。

司郎は良子を諦めようとした。何人かの女友達とつきあうことで、良子を忘れられると思った。予備校の教師として試験問題の採点にうちこみ、ねっしんに講義をした。女友達と仕事と酒は司郎の心に生じた空白を埋めるように思われた。しかし、夜ふけアパートに帰りついて、酔いのさめた目で天井板をぼんやり見あげたとき、昼間は忘れていた良子への思いがつのるのは、どうしようもなかった。

月日が早くたつようにと、司郎は祈った。

良子を失ったやりきれなさをいやすのは、時間だけしかないと思った。司郎は部屋に残っている品物で、少しでも良子とつながりのあるもの、たとえば良子が買ったグラスとか灰皿のようにこまごまとした日用品を屑籠にすてた。アルバムからは良子の写真だけでなく、良子が撮ってくれた自分の写真まで剝がして燃やした。良子が彼の机にナイフでほりこんだイニシアルも削りとった。

柳川へ来たのは、一緒にくらしていた当時、良子がこの町の話を何度かしたことがあったからだ。佐賀から柳川へは近い。少女のころ姉とつれだってしばしば川下りを楽しんだそうだ。良子は柳川の町を話すとき、夢見るような表情になった。九州と縁を切ったからには、柳川という町を訪れる機会もないだろうと、さびしそうにいった。縁を切る必要はあるまい、懐かしい町なら行きたいときに行けばいいという司郎に、良子は女が実家とのつながりを断って独立するということは並たいていのことではないのだと告げた。良子と家族の間には入りくんだ事情があるように思えた。司郎はそれ以上、問いただすことができなかった。

別れて約一年後に、心の痛みは薄れたようだった。司郎は自分の中に残っている良子を冷静に点検できると思った。良子がどのような生活をしているか、依然として気にかかってはいたが、新宿で別れた日に味わった辛さからは解き放たれたと信じた。友人から良子の結婚を教えられるまでは。


司郎は川ぞいに歩いた。

どこからか干潟の匂いが漂って来る。濡れた泥と魚の匂いである。

観光客をのせた小舟が司郎を追いぬき、黒っぽい水を波立たせてすべるように下ってゆく。川下りをする舟は、木立ちの深い森の一箇所が起点であることを、司郎はたしかめていた。十人乗りほどの小舟がもやわれて、客を待っていた。舟に乗る愉しみは後にとっておいて、見知らぬ町を探検することを先にえらんだ。司郎は森の公園を頭の中の地図にとめて、ゆきあたりばったりに歩きだしたのだった。

未知の町はいつも彼の胸をときめかせる。

東京の騒音になれた司郎には、眠ったようにすべての物音が絶えた城下町がめずらしかった。小舟がすぎた後の水面は、ゆるやかな波紋を生じ、岸辺の石垣にぶつかってかすかな水の音をたてた。

小舟のともにはハッピを着た年寄りの船頭が立ち、長い竿をあやつって水底を突いた。くずれた水面から泥と水草の青くさい臭いが立ちのぼった。川にそって歩くと、なぜか心がやわらいだ。

良子の結婚を聞いたのは、お茶の水にある聖橋を歩いていたときだ。学生時代の友人から昼食を誘われて神保町へ向かう途中、友人がさりげなく切りだした。(仁木さんが結婚するんだってな)。司郎は前から知っていたふりを装い、友人の話に耳を傾けた。聖橋の上で、夏の日が翳ったように見えた。雑踏も自動車の音もそのとき聞こえなくなり、胃のあたりに熱いしこりを感じた。われながら意外な反応であった。

良子のことはすっかり忘れたと思いこんでいたのだが、そうではなかった。くやしさと哀しみの入りまじった気持で、司郎は自分の内部に今なお生きている良子を認めなければならなかった。

九州の郷里と縁を切るといっていた良子が、帰郷して結婚するからには、よほどの事情があるのだろうと、司郎は考えた。友人とどこで食事をしていつ別れたか覚えていない。彼の目に浮かんだのは、カメラ雑誌で見た柳川の風景であった。古い土蔵、詩人の生家、掘割、川下りをする小舟、河口の干潟。そこへ行って自分の目で良子の語った風物を見とどけたいという思いにかられた。結婚しようと決心した良子に会う手段はなかったし、決心をくつがえそうとも考えなかった。自分の失ったものをたしかめたかったのだ。それも、すぐに訪れなければ、あこがれていた水の町から永久にしめだされるように思われた。良子を失うのは成りゆき上やむをえないとはいえ、夢にまで見た水郷を失いたくなかった。

しかし、柳川駅に降りて目の前に拡がる家並を見わたしたとき、司郎はがっかりした。ありふれた田舎町である。

カメラ雑誌で見た陰影の深いたたずまいは感じられなかった。うっすらと埃が家々の軒につもっているようだ。駅前で通りすがりの少女に川下りの舟が出る場所をきき、樹木の多い公園へたどりついたとき、司郎は最初の印象がまちがっていたことを知った。写真で見た風景は、駅からかなり離れた一廓に存在していた。司郎はかねて求めていたものを得たと思った。旅の歓びが、ひたひたと胸を浸すのを感じた。

川ぞいに柳の並木が立ち並んでいる。

司郎は柳の木かげにたたずんで強い日射しをさけた。

なにげなく向う岸を見た。

五、六人の観光客らしい通行人がひとかたまりになって歩いている。黄色いワンピース姿の女が、その一団にまざって水に目をおとしながら川下の方へ足を運んでいる。麦藁帽子のつばにさえぎられて顔は見えない。司郎は一瞬、体がこわばった。膝を曲げずにすいすいと歩く歩き方は、良子の癖であった。司郎は走りだした。手近の橋をとぶように駆けて対岸へわたった。

数人の人影はウナギ屋の店先に立ちどまり、入ろうか入るまいか相談しているようである。息せき切ってウナギ屋へたどりついた。黄色いワンピースは消えていた。細い小路がそこから三方にのびている。

「女の人を、麦藁帽子をかぶった若い女の人を見ませんでしたか」

司郎は喘ぎ喘ぎたずねた。一行はみな年配の男女である。血相を変えた司郎の顔にいぶかしげな視線をそそぎ、観光客はたがいに顔を見あわせて、だれのことをいっているのかと、きき返した。

「たった今、みなさんと一緒に歩いていた人で、黄色いワンピースの女性です」

「そういう人がいましたかなあ」

六十代の男がふしぎそうにつぶやいた。

「麦藁帽子をかぶった女の人ならいたわよ。でも、黄色いワンピースだったかしらね。白いロングドレスのように覚えてるけれど」

ふとった中年女がかん高い声でいった。残りの連中は気がつかなかったと答えた。司郎は麦藁帽子をかぶった女がどこへ行ったかをたずねた。中年女は「さあ」と考えこみ、倉庫にはさまれたうす暗い小路を指さした。

「あっちの方へ行った気がするけれど、自信はないの。わたしたち話しに夢中になっていたので」

司郎は礼もいわずにあたふたと倉庫のかげへ走りこんだ。靴音がしんかんとした小路に反響した。道はやがて尽きた。軒の低い木造の住宅が続いている。なまぐさい臭いをはらんだ潮風が司郎を包んだ。左右を見まわした。日灼けした小学生が黒い犬と遊んでいるだけである。

「坊や、女の人を見なかったかい」

少年は犬の首筋を手でさすりながら司郎を見あげ、ぼんやりと首をふった。

「ここから誰も出てこなかったかね。帽子をかぶった女の人だよ」

「知らんとよ」

少年の答はぶっきらぼうだった。

どっと汗がふきだした。濡れたシャツが背中と腹にこびりつくのを感じた。司郎は指でシャツをつまんだ。肌からひき剝がして風を入れた。額に滲んだ汗が目じりに流れこみ、視界を銀色に輝かせた。格子戸をはめた家がふくれあがり、輪郭を不たしかにゆらめかせた。司郎はハンカチで顔をぬぐった。

「坊やはさっきからここにいたの」

黒い犬は低い唸り声をあげて司郎の足を嗅いだ。少年は「知らんとよ」をくり返した。司郎はよしずをたてかけた八百屋を近くに認め、軒下にたたずんで家の中へ目をこらした。咽喉がむやみに渇いた。「ラムネあります」と書いた紙片がよしずに貼ってあったのだ。しなびたトマトの横に変色したピーマンがころがっていた。蠅帳にとまっていたゴキブリがとびあがった。
二、三度、声をかけてようやく店の奥から這うようにして老婆が現われた。
ラムネはよく冷えていた。壜の口に溢れた白い泡ごと中身を一口に飲みほした。さわやかな甘さが司郎の咽喉をうるおした。生き返ったような思いを味わった。うるさくまつわりつく蠅も気にならなかった。司郎は川辺へ戻った。太陽はほとんど頭上にあり、足もとにわずかな影をつくるだけだ。小舟が列をなして目の前を動いてゆく。波のきらめきがまぶしかった。司郎は心の中に空洞が生じでもしたように目に映るものをただ眺めた。舟が通過した後、上下する水面で平たい水草が揺れた。腹の白い鳥がひらりと水面へ舞いおり、身をひるがえして上空へかけあがった。重たげに垂れ下がった柳のしなやかそうな枝の尖端が、水にとどくかとどかない所で微風にふるえている。

司郎は川縁の欄干に腰をおろし、柳の枝に目をそそいだ。

舟も水草もカササギも柳の枝も、すべてが目に映っていながら何一つ見えてはいなかった。築地塀のきわで見、今また対岸に目撃した麦藁帽子の女だけがしきりにちらついた。

ラムネを飲んだために、汗の出がひどくなった。風は熱気を肌に感じさせるだけで、いっこうに涼しくない。川面から立ちのぼる泥の臭いが、日射しと共に耐えがたかった。司郎は光線からのがれるために前もって見当をつけておいた北原白秋の生家を目ざして歩きだした。彼が休んでいた場所からほど遠くない所に詩人の記念館はあった。

さすがに屋内は涼しかった。

土間の湿った土の匂いが良かった。

うす闇になれるまでしばらくかかった。司郎はガラス張りの陳列ケースをのぞきこんだ。白秋の手紙、肖像写真、詩集の初版本が並べてあった。彼は陳列ケースの中身よりも、手を置いたガラスのひややかな感触を愉しんだ。

「こうしてみると、博物館の昆虫標本みたい」

司郎は顔をあげた。

向かいあった場所に身をかがめて、青いTシャツを着た少女がひとりごとをいっている。司郎に話しかけたのではないようだった。Tシャツの下は白いジーンズである。顔をあげた少女と目が合った。高校生と思ったのだが、顔は声よりも大人びていて、二十歳はすぎているように見えた。どうして昆虫標本のように感じられるのかと、司郎はたずねた。若い女は気まり悪そうに微笑した。

「だってそうでしょう。ガラスケースの中に並べられていては、手でさわることもできませんわね。本というものは人間に読まれなければ意味がない。これでは古切手と同じですわ」

「そんなものかなあ」

「これでは作者に気の毒だわ。ひからびたお菓子のような気がする。あたし、白秋が好きなの。初版本と白秋の生家をなんとかひと目みたいと思って東京から来たわけ」

「きみ、学生さん?」

「ただの会社員。やっと休暇がとれたので。九州は初めてなの」

自分もそうだと、司郎はいった。

「古いおうちって感じいいわね」

若い女は黒光りのする天井の梁を見あげた。掃き清められた畳が、裏庭から射しこむ夏の光につやつやと光っているのを、二人はしばらくだまりこんでみつめた。

「こういう家に住むのがあたしの念願なの。でも今この家を新築するとすれば高くつくでしょうね」

会社員といって、OLといわないのが良かった。やや浅黒い女の皮膚は、熟れた椎の実を思わせた。上りがまちに狭い急な階段がある。二階へのぼってみようと、若い女が誘った。司郎は歳月でなめらかになった階段を踏みしめて二階へあがった。表通りに面した部屋は、白秋が子供のころ勉強した場所だという。壁に小さな窓がうがたれ、その下に机がすえてあった。

「ああ、気持がいい」

若い女は畳の上にあおむけに寝そべった。

「この感じ、今の家にはないものだわ」

司郎はその女からやや離れた所にすわりこんだ。廊下で話しあう見物人の声が聞こえた。階段から頭をのぞかせた老人が、二人を認めてすぐに首をひっこめた。目の前に横たわった女の体にびっくりしたもののようだ。起きた方がいいと、司郎はうながした。女は上体を起し、今度は四つん這いになって顔を畳に近づけた。

「とてもいい匂い。ガラスケースに閉じこめられた詩集よりも、こちらの方がいいわ。やっぱり東京から来た甲斐があった」

家全体が懐しい雰囲気だと、若い女はいった。

「子供のころ一度このおうちに住んだことがあるみたい」

家というものにどうして女はこだわるのだろうかと、司郎は思った。彼にしても黒光りのする頑丈な木組みで支えられた古い家に住みたいという気がありはしたけれども、住居は雨露をしのげれば充分だという思いが心の隅にあった。二人は階段を降りた。

「可哀想な詩集」

と若い女は陳列ケースを指さしていった。

「あれは化石になった詩の残骸のようなものだわ。そう思わない?」

「ま、ないよりましだろう。詩人の家にその作品が欠けていたら意味がないものね」

「あなたも東京から」

ときかれて司郎はうなずいた。ただなんとなく柳川を見物したくてやって来たのだと、たずねられる前に説明した。良子の顔が目にちらついた。東京を発った時刻、博多に着いた時刻、帰りに利用する列車の便を口にした。なぜ、柳川へ来たのかと問われるのを防ぎたかった。若い女は土間にある井戸をのぞきこみながら、もしかするとあたしたち同じ列車で柳川に来たのかもね、といった。

石で畳まれた井戸の上には古びた滑車が下がっていた。

「帰りにその列車に乗るというのは、あくまで予定であってね。いつ気が変わるかわからないんだ」

司郎は一人で東京へ帰るつもりだった。万一、話し好きのこの女性と同じ座席に乗りあわせることになった場合を考えると、気が重かった。他人を相手に屈託のない会話をするゆとりなぞ今のところありはしなかった。

司郎は裏庭の縁側に腰をおろし、それから半時間ばかり、とりとめのない話をかわした。

川下りをまだしていないと司郎が告げると、自分もまだだから一緒に乗らないかと提案した。ほかに見物したい所があるからといって彼はその提案をことわった。

「じゃあ、あたしこれから舟着場へ行くことにするわ」

二人は出口へ向かった。

司郎は目を見はった。矩形に切りとられた明るい外景に黄色いものが拡がり、一瞬のうちに消えた。後ろで女が何か叫んだようだった。司郎は土間に立っている見物人をつきとばすような勢いで、外へとびだした。黄色い影が動いた方へ視線を走らせた。暗い屋内から陽光のみなぎる戸外へ出たので、目がくらんだ。十数メートル離れた路上を麦藁帽子の女がこちらに背中を向けて遠ざかってゆく。黄色いワンピースの裾を蹴あげるようにして急ぎ足に歩いている。

司郎は五、六歩かけだして立ちどまった。

胸苦しくなった。

良子に似ているが、断定はできない。追いついて、もし良子でないとわかったらどうしよう。しかし、歩き方は良子のものだ。司郎はためらった。足早に離れつつある女が、良子でないと知ったときの自分の失望を予想することができた。

路面の照りかえしが目に痛かった。司郎の背筋から脇の下から、汗がしたたり落ちた。心臓が不規則に鼓動を打った。

「どうかなさったの」

ふりむくと、記念館の出口にたたずんだ先刻の女が、けげんそうに司郎を眺めている。返事をせずに、黄色い人影を追って駆けだした。良子であるかどうか、たしかめなければならなかった。人ちがいだったら、あやまればすむ。司郎の前を黒いものがかすめた。つづいて金属が鋭くきしった。わきの曲り角から現われた自転車の少年が司郎をよけそこなって倒れた。

通行人が立ちどまり、司郎をとがめるまなざしで見た。司郎は少年をたすけ起こし、服についた埃を払ってわびた。怪我をしたのではないかときいた。少年は非難がましい表情でもくもくと自転車を立て直した。司郎は道路の向うに目をやった。黄色い人影は地面にゆらめく陽炎《かげろう》のような熱気の膜にへだてられて伸びちぢみしている。

「自転車の修理代だ」

司郎は百円硬貨をひとつかみ少年のポケットにおしこんで、走りだした。汗がまた目じりに流れこみ、視界をふくれあがらせた。彼は前方の黄色い人影から視線をそらさなかった。走りながら手で顔をぬぐった。路面に汗が落ちて、黒い丸い点をしるすのがわかった。向うから一群の観光客が来た。旗を持った先導者にしたがっておそろいの紙帽子を頭にかぶり、列を作って歩いてくる。

黄色い影はその列にのみこまれた。

ほどなく観光客は司郎をも包みこんだ。彼は何人かの男女にぶつかり、よろけてころびそうになった。紙帽子の連中は口々に彼の不作法をなじった。人の列が後ろへすぎ去ったとき、黄色いワンピースの女は見えなくなっていた。あとには白々と光る道路がうつろにのびているだけだ。

司郎は曲り角をいちいちのぞきこみながら百メートルほど歩いた。にわかに疲れを覚えた。黄色い人影がどこへ消えたかをいぶかる気持はなかった。柳川の町に良子がいるという確信は、さっきより強くなっていた。

左右に目をくばり、ときには後ろもふりむきながら道を歩いた。さして広くない町である。こうして歩いていたら必ず黄色い人影と再び会えると思った。これまで二度、いや三度も見かけたのだからと、自分にいいきかせた。会えるだろう、会わなければならない。なんとしても良子をつかまえよう。良子が結婚すれば、これから一度も会えなくなる。せめて一言、さようならをいいたい……

司郎は川辺の道に出た。

欄干に力なく腰をおろした。

良子は自分に気づいて逃げだしたのだろうかと一応は考えてみた。そのはずはなかった。最初は土蔵の間にいて女の方からは見えなかった。二度めは川の向う岸だったから、見ようとすれば見えたかもしれないが、女とまともに向かいあったことはなかった。三度めは彼が白秋の生家にいたときだ。女が彼を認めたとは思えなかった。

一年かかって良子を忘れたつもりだったのにと、司郎はにがにがしい気持でふり返った。

努力は結局むなしかった。別れたのはついきのうのことであるように思われた。自分は一年間、何をしたのだろう、司郎は真夜中、アルバムから一枚ずつ良子の写真を剝がしていた情景を目に描いた。手紙を引きさいて燃やしたときの赤い焰を思い出した。自分の身のまわりに残った良子のものを洗いざらい処分したにもかかわらず、心の奥底には良子が生きていたのだ。

「どうかなさったの」

ふいに声をかけられて、司郎はぎくりとした。わきに立っている柳のかげから、さっき白秋の生家で話をした若い女が顔だけのぞかせた。いつ、そこへ来て欄干に腰をかけたのか、司郎は気づかなかった。

「いや、別に」

「どなたかお知りあいでもお見かけになったの」

「きみは川下りの舟に乗っていると思ってたよ」

「舟はしょっちゅう出てるんですもの。急ぐことはないわ」

「電車に遅れたらどうするんだい。白秋の家を見てしまったんだから、他はとくに見物するものはないと思うがね」

「川下りの舟は土地の人にたずねてみたら、途中までしか行かないんですって。あたし、川下りというから有明海へそそぐ河口まで行くものと思ってた」

河口を眺めたいものだと、若い女はいった。

灰褐色の潟土が、濡れた海獣の肌のように光る河口の風景を、司郎は想像した。良子は柳川の話をするつど、河口のたたずまいを語って飽かなかったものだ。人っ子一人いない広々とした空間。ノリヒビの竹が巨人のすてた櫛のように泥海に刺さっている光景。泥まみれの漁船。貝殻が小さなピラミッドのように積みあげられた海岸。タクシーでもひろって河口へ行ってみたら、と司郎は女にすすめた。

「あなたは?」

若い女は司郎の顔をまじまじとみつめた。

「ぼくは疲れているし、ちょっと億劫でもあるんで、きみだけ行くがいいよ。河口はそんなに遠くないだろう」

「一人で行ってもつまんない」

若い女はすねたような声を出した。じゃあ、やめろよと、司郎はいいたかった。疲労と空腹でいら立っていた。胃はからっぽになっていたが、食欲は感じなかった。下着も汗を吸って皮膚に貼りついているのを意識した。司郎は柳川へ来たことをくやんでいた。良子の結婚を聞いて、旅行を決意したのが、そもそものまちがいだったのだ。彼は心の中で自分に悪態をついた。これでは苦しむために旅行したようなものではないか。旅費と時間をついやして手に入れたのは、疲労ともどかしさと自分自身に対する肚《はら》だたしさだけだ。そして、どうしようもない苛立ち。

「ねえ、きいていいかしら」

若い女は司郎の目をのぞきこんでいった。

彼はシャツのボタンをはずして、ハンカチで両脇の下と胸の汗をふいた。ついでに背中と腹に滲んだ汗もぬぐった。風がほんの少しさわやかに感じられた。だまりこんでいる司郎を十秒あまりじっとみつめた女は再び口を開いた。

「干潟の上って歩けるものなの」

「干潟の上……」

「そう、あれは泥でしょう。細かな土の粒が何万年もの間、川から流しだされて潟になったそうよ。テレビで見たことがあるの。ムツゴロウとかいう魚をとる人が、泥の上をすべるように歩いてるのを。とても楽しそうだわ」

歩ける所もあり、歩けない所もあるのではないかと、司郎は答えた。干潟の模様に通じている漁師ならそれをわきまえているはずだが、よそものにはむりだろうと答えた。

「そうなの。きっと、そうだわね」

若い女はがっかりしたようだった。

「あたしのお友達が有明海にあこがれたの。週刊誌のグラビアで見て。で、誰もいない干潟の上を歩いて、ずっと沖の方へ出て、そのまま海に体を沈めたらって考えたわけ。あたし、彼女のことをよく知ってるんだけれど、つまりひとくちでいえば失恋したってこと。よくあるでしょう、そんなの」

若い女は司郎を横目で見てかるく肩をすくめた。司郎は道の向う側にある自動販売機の方へ歩いて行き、缶入りジュースを二本とり出して引き返した。今までは柳の木をはさんで女としゃべっていた。今度は女と肩を並べてすわった。冷たいジュースが咽喉の奥へ流れおちてゆくのが快かった。お友達が誰をさすのか、司郎には見当がついた。若い女は自分のことをいっているのだ。

「死ぬなんてつまらない」

とつぶやいた彼に、

「女って一度や二度は自殺を考えるものだわ。ああ、おいしい。ごちそうさま」

と若い女はいった。

有明海にあこがれた友達というのはきみのことだろうと、彼は不愛想に指摘した。女はあっさり認めた。

「ばれたか。おそれいりました」

そういって歯の間から桃色の舌先を小さく突きだした。あこがれたのはしかしずっと昔のことだ、今は生まれ変わったつもりでくらしている。会社のキーパンチャーという仕事も張りあいがある。新しい友達もできた。死のうと思った昔のことがまるで夢のようだと語った。

「でも変だわ。見ず知らずの人にこんなことを話すなんて。ご免なさい」

「あやまることはないさ」

司郎は欄干に両手をついて川を見おろした。

強い日射しをたっぷり吸いこんだ水は、ふくれあがったように見える。緑がかった黒っぽい水の上に司郎の上半身が映った。

「そろそろ舟着場に行かないと、最終の舟に乗りおくれるかもしれないわ」

「ああ、行くとするか」

五分ほど歩いて公園へ着いた。旅館の玄関わきにある売り場で乗船券を買った。森の木立ちに射しこむ陽が黄金色の筋となって川面にも落ちた。舟にはすでに六、七人の先客が乗りこみ、二人を待っていた。腰の曲がりかけた船頭が吸いかけの煙草を水にすてて舟のともに立った。舟は岸を離れた。船頭は長い竿をたくみにあやつって舟を川の中流に押しだした。

日はようやく傾きつつあった。

舟の上から眺める両岸は目の位置より高く、道路を歩きながら見た柳川の町とは別のものであるように思えた。

舟が速度を増すにつれて風が起こった。

若い女は舟べりに寄りそい、片手を水に垂らした。手で水をすくいあげて、いい気持だとつぶやいた。司郎も反対側の舟べりから手を水に浸した。なまぬるい水が指の間をくぐって流れる快感を味わった。水はなめらかでやわらかだった。司郎は両岸の家並へかわるがわる目を配った。舟の客たちは申しあわせたように沈黙し、まれに口を開くときも小声でしか話さなかった。

両岸の家並が水面に投影した。

舟がかき立てた波で、さかさまになった家がゆれた。土蔵の白い壁に日が映えた。広い川は直角に折れ、石橋の下をくぐり抜けると、川幅がせばまった。左側は何かの工場と思われる大きな建物がそびえ、右側は民家の裏庭である。川に面して石段があり、水にくるぶしを浸して洗濯している老婆がいた。

司郎は手を水につけたりあげたりしていた。

水はすべての影を映した。

水は優しかった。

彼は水に映るさかさまの景色だけを眺めた。午後の光をあびて鮮明になった建物や樹木の輪郭も水の中では鋭い線をくずし、司郎の目をなごませた。廃園に似た裏庭の岸辺から弓なりにのびた木の枝が、尖端を水に沈めていた。枝には小粒の黄色い花がおびただしくついており、舟が動かした水にゆすられるとき、重たげな花びらを散らした。狭い水路は陽かげになっていて、水は濃い藍色をおびた。暗い水面に落ちた山吹色の花弁が司郎の目にしみた。ひるすぎ、築地塀のきわで閃いた黄色い影が司郎の目の裏によみがえった。花弁はゆるい流れに乗って舟べりぞいに漂った。

左側の建物は醬油工場のあとだと船頭が教えた。この建物で日光をさえぎられた川の上は涼しかった。司郎は空を見あげた。川の向うに麦藁帽子の女を認めて追いかけたり、白秋の生家で同じ影を目撃して後を追い、汗みずくになって探しまわったことが、遠い昔のことのように思われた。

前を行く舟の波が司郎の舟にぶつかるときだけ、ゆれを感じた。

水藻が流れて来た。

下駄の片方も漂って来て司郎の見ている前でくるりと一回転した。

「何を考えてるの」

若い女からたずねられた司郎は、何も考えていないと答えた。舟は暗い水路から陽光のふりそそぐ川へ出た。川はそこで折れ曲っている。舟はやや傾きながらへさきの向きを変えた。

司郎は顔をあげた。橋にさしかかったところだ。顔をあげたときには、舟のへさきが橋の下にすべりこんでいた。黒い人影が真上に立って舟を見おろしている。麦藁帽子をかぶった女である。太陽を背にした黄色いワンピースの縁が焔のように燃え立った。

逆光線をあびた顔は麦藁帽子のかげになって目鼻立ちはうかがわれない。

司郎は舟べりをかたくつかんだ。

舟はすぐに橋の下からすべりでた。

かるい靴音が聞こえたように思った。司郎はその気配を背中で受けとめた。今、ふりかえれば、女が誰であるかをたしかめることができる。まだ、間に合う……司郎は舟べりをつかんだままうつむいていた。

舟は進んだ。

水草と泥の臭いが強くなった。

司郎はふりかえらなかった。

この川をどのくらい下れば有明海の河口へ出るのかと、傍の女が船頭にたずねていた。

司郎は誰もいない河口を見たいと思った。

幼な友達

「おい、あけろ」

玄関をがたつかせる音が二階に聞えてきた。「宇佐美さんだわ」妻の明子が顔色を変えた。

加賀則男は再放送の「刑事コロンボ・愛情の計算」を見ていた。五年前に見のがしていた番組である。ドラマは大詰にかかり、コロンボが殺人犯であるホセ・ファーラーに策略をしかけて自白させようとしているところであった。

「起きてるんだろう、ちゃんとわかってるんだぞ」

宇佐美英介の声はますます高くなった。ドアをこぶしで叩いたり、足で蹴ったりしている。ホセ・ファーラーは、息子を逮捕されてうろたえる。証人が現われてファーラーの息子が犯人だというのである。結局、ファーラーはコロンボの罠にはまり、息子可愛さに犯行を自白させられるハメになる。

「ねえ、どうするの」

明子は声を上ずらせた。ブラウン管にエンドマークが映った。則男はかるく舌打ちして立ちあがった。テレビを見終ったら寝るつもりだったのだ。置時計の針は午後十一時四十五分を指している。

ドアをあけるなり宇佐美英介がころがりこんできた。ウイスキーの角壜を抱きしめてずかずかと階段を昇った。

「いつまで外に立たせておくつもりだったんだ。そんなにテレビが面白いのかね。よっ、奥さん」

宇佐美英介は則男がすわっていた座布団の上であぐらをかいた。明子はテレビのスイッチを切った。

「奥さん、つまみはそうだな、ハムかコールドビーフ、チーズをそえてね」

明子は則男にちらりと目くばせして階下へ降りた。(あなた、さっさと宇佐美さんを追っ払ってね。この前のように、あけがたまで飲んではダメよ)という意味である。宇佐美英介はかなり酔っていた。ここへくるまでどこかで飲んだらしい。充血した目で室内を見まわした。

「古いランプ、版画、百科事典、バラをいけた花瓶、おや、チェスのセットがあるな。お前さん、夫婦でチェスをやるのかね。涙ぐましい光景だよ」

宇佐美は初めて見るような表情で部屋の調度を点検し、にがにがしげにつぶやいた。

「プチブル根性もきわまれりといった眺めだな」

明子がハムとチーズを並べた皿を宇佐美の前に置いた。

「あいにくコールドビーフをきらしているものですから、すみません」

「こないだお宅でご馳走になったコールドビーフの味が忘れられなくてね。まあ仕方がない。奥さんは先にやすんでもらうとするか。うん、今夜はご主人と折入って話をするつもりなんだ。どうかぼくのことはおかまいなく。男同士の話なんだから」

「そうですか、それじゃあ、お言葉に甘えてあたしはお先にやすませていただきます」

明子はわざとらしい切り口上の口調で答えた。

「あっ奥さん、氷、氷がない。それに水もね。困るじゃないの、少しは気をきかせてもらわなくちゃ」

明子は則男に鋭い視線を走らせ、あらあらしく階段を降りて行った。

「おれの絵が飾ってない。あれはどうしたんだ。売ったのか」

則男は苦笑した。宇佐美英介の作品を買う者は誰もいないのだ。

「四十号もの油絵をかけるスペースがないから物置きにしまってあるよ。おまえさんがくれた他の絵と一緒にね」

「そうか、大事にしまっとけ。きっと、いい値がつくからな。今はバカな批評家どもが認めないから埋もれてるけどよ、そのうち必ず日の目を見るときがくる。そのとき手放していいんだぜ、大いに儲けてくれ」

「あのなあ宇佐美、おれ……」

「わかってる、わかってる、おまえさんの顔を見れば何をいいたいか察しがつくとも。明日は原稿の締切り日だから、早めに切り上げたいと、こういいたいのだろう」

「実はそうなんだ」

宇佐美は二つのグラスに氷をほうりこみ、持参のウイスキーをそそいだ。中身は半分あまり残っていた。

「とにかく乾杯」

「乾杯」

則男は仕方なくグラスを口へ運んだ。宇佐美英介は体をのりだした。

「おれが今夜おそくここへきたわけをだな、おまえさん、まだ悟っていない。二言めには締切り締切り、だ。おまえさんの頭の中にはそれしかないのかよ。おれがなぜやってきたかというと、堕落した小説家の根性を叩き直すためだ。じっくりと意見をして、おまえさんを悔い改めさせてやろうと思ってね」

「なるほど」

「これから寝ようとしている家庭におしかけて喜ばれると思うほどこちらだって阿呆ではないよ。おまえさんのためを思えばこそ、あえて忠告をしてやろうと、わざわざやってきたんだぞ」

「しいっ、声が高い。近所迷惑じゃないか、もう少し低い声で話してくれ」

加賀の家は町はずれの住宅街にある。午後八時をすぎると、ひっそりとなる。宇佐美英介は腹の底から絞りだすような大声をあげていた。

「朝の十時から夕方五時まで原稿を書いて、犬に散歩をさせてから晩飯を喰って、夜はテレビを見るかレコード音楽を聴くか、そうだった、夫婦してチェスをやったり、それからええと」

「声が高いったら」

「おまえさんの日課をおれはいってるんだよ。締切りをきちんと守るためには規則的な生活をする必要があるというのが、おまえさんのおまえさんの口癖だ」

「ああ、その通りだ」

「だからおまえの小説はくだらないのだ。それが芸術家の生活かよ」

則男はまずそうにウイスキーの水割りを飲んだ。

「気を悪くしたようだな、おい」

宇佐美は頬をゆがめて笑いかけた。くだらないといわれるのには慣れていると則男は答えた。それとなく宇佐美を観察した。顔に傷痕はないし、服も裂けていない。今夜はどこかの酒場でひとあばれしてはいないようだ。あと始末にかけずりまわるのは宇佐美の父親である。いっけんプロレスラーまがいの体格をした息子とちがって、痩せた小柄な老人が酒場から酒場へ訪ね歩く姿を則男は見かけたことがある。宇佐美は酔えば必ずホステスや客にからんだ。いいかげんにあしらわれると、グラスを床に投げつけ、スツールを倒した。

「面と向って忠告をしているのだ、おまえさんの小市民的生活を根本的に改めない限り作品は良くならないよ。おれが忠告しなければ誰がする」

「ありがとう」

「ゴーギャンは妻子を棄て、株の仲買いという仕事をうっちゃってタヒチ島で絵をかいた。本当の芸術家はかくあるべきだ。ゴッホの絵は一生に一点も売れなかった」

宇佐美は唇の両端に泡をためてまくしたてた。いつものきまり文句である。則男は何度ゴーギャンとゴッホの話を聞かされたかわからない。だしぬけに宇佐美は泣いた。先月、三十五歳の誕生日を記念して初めて個展を催した。そのとき出品した八十点の絵のうち七点も売れてしまったのがくやしいとぼやくのである。売れないより売れる方がましではないかと、則男が指摘すると、宇佐美は目をむいた。

「おまえ、まだわからないんだな。全部売れるか一点も売れないかだ。中途半端はおれ嫌いなのだ。七点買った奴が果しておれの才能を評価した上で買ったかどうか怪しいものだよ。だから泣きたくもなるだろう」

こいつは知らないと、則男は思った。七点の油絵のうち一点を買ったのは則男である。あとの六点は宇佐美英介の父親が自分の知友に金を渡して買わせたのだ。息子に自信をつけさせるために、さも気に入ったふりをして買ってくれと頼みこんだのだった。則男はそうして買わされることになったQ市の社会教育課長や文化協会会長が、作品の置き場所に困ると愚痴をこぼしているのを聞いたものだ。身銭を切って買ったのは則男だけである。父親は感激して白磁の花瓶を謝礼にくれた。宇佐美はQ市では名家の部類にぞくする。英介の父親は、定年で退職したときは、Q市の収入役であった。

祖父の代は市長をつとめたこともあるという。街の中央地区に七、八軒の家を持っており、これらの商店から入る家賃で宇佐美家は生活している。いわば遊んで暮せる身分なのだが、五体満足な一人息子が、終日ぶらぶらしているのは世間ていが良くないと気がねしてか、英介の父親は息子を画家として認めてもらいたがった。個展を開くようすすめたのも父親である。

孤高の天才をもって自任している英介にしてみれば、三十五歳という若さで個展などやるのは、おこがましいとためらったそうだが、父親の強い願望にはさからいがたく、しぶしぶ応じたということであった。

宇佐美英介はこぶしで涙をぬぐった。水割りを一気に咽喉の奥へ流しこんで口を開いた。上体を前後にゆすりながらいった。

「おれはパリへ留学しようかと思ってるんだ」

「一昨年からおまえさんはパリ行きを吹聴してたよ。金はおやじさんが出してくれるだろう。さっさと行ったら」

英介がパリへ留学したらたすかるのである。深夜、訪問されることはなくなる。仕事の邪魔をされることもない。

「それがだなあ、おやじはおれがパリへ行ってもどうせ飲んだくれるに決ってるといって、金を出したがらねえんだ。だからこの際、おまえに頼むしかないと」

「おいおい、何の話だ」

則男はあわてた。パリ留学の費用を工面できるようなゆとりなぞありはしない。英介はけげんそうに「おまえが出版社から借金すればいい」といった。

「長篇小説を書下すからといって前金を請求するのさ。それをおれに貸す。おれはパリで絵の勉強をして、帰ったら渡欧記念展を開催する。必ず絵は売れるよ。二倍にして戻してやる。簡単じゃないか」

「簡単じゃないよ」

則男はにがりきって返事をした。流行作家なら出版社から前借りできるかもしれないが、自分のような新人、つまりかけだしの小説家に金を貸してくれる出版社なんかないということを、英介に納得させるのに骨が折れた。

「ふうん？　わかったようなわからないような話だな」

英介は則男の説明を信じていないようだった。赤黒い顔にうかんだ脂をハンカチでぬぐいながら「おまえはおれの才能を疑ってるんだ。だから何のかのいって金を出ししぶるのさ。図星だろう」といった。

「おまえは天才だよ」

すくなくとも自信の点では、とつけ加えるのは思いとどまった。まともな人間なら、こういわれて肚をたてるのが当然なのだが、英介は気を良くした。

「反省しろ」

「え？」

則男は目をぱちぱちさした。小市民的生活態度を反省しろと、英介はいった。分譲住宅のローンを支払いながら傑作が書けるはずはないと断言して炬燵板を叩いた。

「わかった、わかったよ。反省するとも」

「女房をすてて、こんなちっぽけな掘立小屋には火をかけ、放浪の旅に出なきゃあならん」

「まったくだ」

宇佐美英介が加賀の家を後にしたのは午前二時すぎであった。

「他人の迷惑を考えないでひとりよがりな気焰を上げて」

翌朝、明子は愚痴をこぼした。隣室で英介のわめき声を聞かされ、寝つかれなかったという。

「あなたもあなたよ。宇佐美さんの大言壮語をいいかげんにあしらって早く帰せばいいのに、相手になってやるから宇佐美さんも勝手なホラを吹き続けるんじゃない。黙ってればいいのに」

「そうもゆかないさ」

「なぜ」

「なぜって」

則男は返事に窮した。幼な友達だからといいかけてやめにした。宇佐美の訪問に閉口しながら、すげなく追い返せないものが則男にはある。明子の理屈が正しいとわかってはいても心の一隅には宇佐美に抗し難い弱みがひそんでいる。こぢんまりとした分譲住宅の内部を居心地よくととのえ、締切り日に遅れないように原稿を書き、そのひまに花壇のバラの手入れをしている自分をうとましいと思わないでもないのだ。

宇佐美の非難にあうと、自分の生活がややいかがわしいと感じているふだんの後ろめたさをまっこうから指摘されることになるわけで、するとどうしたわけか気持が楽になるのである。女には男のこういう心理を説明したところで通じそうにない。

「あいつはいつから変っちまったのかな。若いときはまともだったんだ」

則男は小学校の時代から英介と親しかった。高校までは同じ教室で学んだ仲である。英介は上野の芸大を三回受けて落ち、私立の美術学校に入学したものの半年と続かなかった。郷里からは確実な仕送りがあったので、東京でぶらぶらするのにこと欠かなかった。アルバイトしながら学資を工面していた則男は下宿代を払えずに追い出されたとき、しばしば英介のアパートにころがりこんだ。

英介は一度もイヤな顔をしなかった。

ごく当然のこととして則男を迎え入れ、適当な宿が見つかるまで面倒をみてくれたものだ。もっとも、英介が自分のアパートにいるのは月のうち半分しかなかった。たいてい新宿界隈で酔いつぶれ、絵描きや詩人と称する友人宅を泊り歩いていた。

大学を卒業した則男は六年後に書いた小説がある文芸誌の新人賞に入選し、予備校の教師をつとめるかたわら小説を書き続けた。筆一本の生活をするためQ市へ帰って来たのは一昨年である。英介は三十歳を期に仕送りをうち切られ、Q市へ帰省していた。

「あたしはしらふでいる宇佐美さんを見たことがないわ」

英介の妹が可哀そうだと明子はいった。兄の素行がもとで縁談がない、今年は二十九歳である。その下にもう一人、二十歳になった妹がいる。共に病身である。英介の父親は神経痛で苦しんでおり、母親は脳卒中で寝たきりだそうだ、宇佐美家でいちばん元気なのは英介ただ一人のようだ……

明子のおしゃべりがやむのを待って則男はいった。

「学生時代に東京で世話になったし、そうつれなくすることはできないよ。ま、せいぜい早く帰すようにするがね。毎晩やってくるわけでもあるまいし、きみも何かの縁だと思って諦めてくれ」

「宇佐美さんの大声を聞くと、頭の芯が痛くなるの」

「おれだって痛いよ」

昨晩、眠り足りなかったので、原稿ははかどらなかった。則男は夜も仕事を続けた。ようやく書きあげたのは一番どりが啼く時刻である。則男は徹夜が苦手だった。夜ふかしをすると小便が赤くなる。頭痛もひどい。めまいがする。以前の体調をとり戻すまで三日はかかるのだ。

書きあげた原稿を封筒に入れ速達便にして投函したあと、則男は布団にもぐりこんだ。煙草をやたら吸いすぎたせいで舌が荒れ、胸もむかつき、すぐには眠れない。カーテンのすきまが仄白くなった。牛乳配達の小型トラックが通り、新聞配達が小走りに駆けて行く気配が伝わってきた。

則男は寝返りをうった。

明子はぐっすり眠っている。

車が加賀家の前でとまった。ドアがしまる音に続いて、乱れた足音が聞えた。則男はうつらうつらしながらその足音がわが家の門ぐちに近づくのを聞いていた。

チャイムが鳴った。

ドアがあらあらしく叩かれた。

「おい、おれだ。あけてくれ」

宇佐美英介の声である。

則男はがばと身を起した。明子も目を大きく見開いた。

「だめよ、聞えないふりをしてなきゃ」

「やつだけではないみたいだ」

「女の人みたいだわね」

玄関の前でかなきり声をあげているのは女だった。酒場で飲みあかしたあげく加賀家へ寄ろうと思いついたのだろうか。

「おい、起きろったら」

宇佐美はドアを激しく叩いた。

「ああ、いやだいやだ」

明子は布団を頭からかぶってヒステリックに叫んだ。則男はパジャマのまま階下へ降りた。ドアをあけると、赤いドレスの女ともつれあって英介が押し入ってきた。酒の臭いが鼻をついた。

「いつまで待たせる気だ。おい、朱美に水をやってくれ」

朱美とよばれたのは二十五、六の大柄な女で、頭をぐらぐらさせて英介にしがみついている。

「ぼやっとしてないで、さ、早く水を」

英介にどなりつけられて則男はあたふたと台所へとんで行った。グラスに水を入れて玄関へ戻ると、二人の姿が見えない。二階で声がした。則男は階段をあがった。明子は顔をこわばらせて、自分の布団をたたんでいた。英介が朱美に水を飲ませた。

「お・い・し・い」

朱美は水を飲み干してぺたりと則男の布団に尻を落ちつけた。

「英介さん、ジッパーをおろして」

「はいよ」

英介はかいがいしく朱美のドレスを脱がせにかかった。則男はあわてた。明子は口をぽかんとあけてスリップ一枚の朱美を見ている。目の前の出来事が現実のものとは信じられないような表情である。

「ここで寝るつもりなのかい。どうして自分のうちへ帰らないんだ」

「わけがあるんだよ。朱美の旦那が探しまわってるのさ。うちへ帰れば半殺しにされちまう。おれとのことを勘づいてるからな」

「じゃあ、ホテルに泊ればいいだろう」

「ホテルは朱美の旦那がしらみつぶしにあたってるよ。他に行く所がないから来たまでだ。水臭いことをいうなって」

「しかし」

「腹がへったな。お茶漬けでいい。ついでに酒もかんをつけて」

英介は朱美のドレスをハンガーにかけた。

「お茶漬けだとよ。それに酒」

明子は台所に突っ立って泣いていた。

「あなたがこしらえてあげて。あなたの大事なお友達でしょ」

「仕様のないやつだ」

則男は酒のかんをつけ、お茶漬けの支度をした。あけがたの台所は体が冷えた。則男は暖めた酒を茶碗についであおった。

「宇佐美さんと絶交してちょうだい。あたしたちの生活がめちゃくちゃになってしまうわよ」

「大げさなことをいう」

「何が大げさなもんですか。朝の六時というのに、見たこともない女の人をつれこんで泊るなんて。大人のすることじゃないわ。もう、あたしたまらない、気が狂いそうよ」

「おれだって歓迎してるわけじゃない」

「じゃあ、絶交しなさい」

「それはゆきすぎだよ」

「あたしと宇佐美さんとどちらが大事なの。絶交しなければ、あたしがこのうちを出て行きます」

則男は二階へ酒と茶漬けを運んだ。朱美のわきに横たわって、女の褐色に染めた頭髪をまさぐっていた英介は、むっくりと身をもたげた。

「おそいぞ、奥さんがぶつぶついってたんだろ。迷惑をかけているとは承知してるよ。しかし、行く所がないんでね。すまんな」

　英介はまたたくまに酒をあけ、茶漬けに箸をつけた。

「おまえ、そんな所に突っ立ってないですわったらどうだ」

　則男が腰をおろすと同時に朱美が上体を起した。

「うるさいわねえ、枕もとでガタガタするなんて。英介さん、それ、お茶漬け？　あたしも食べたいな」

「腹がへったのか、そうか、こいつも食べたいんだと。飯はあるだろう、おまえんちの茶漬けは旨いよ。こいつにも一杯たのむ。あ、それから酒のお代りも欲しいな」

「おまえと二人きりで話がしたいんだけどな、下に降りてくれないか」

「話だって？　話はあと」

　則男はむっつりとした顔で台所に降りた。明子が寄ってきて、二人はいつ家を出て行くのかと、たずねた。

「女の人がひと寝入りしたら出て行くだろう」

「ずうずうしいわ、朱美って人」

　ドアが乱暴に叩かれた。夫婦はとびあがった。銚子がひっくりかえった。

「おい、朱美、出てこい、おれだ」

　玄関の外でしわがれた声が女の名前を呼んだ。則男は怯えて唇をひくひくさせている。

「おまえがここに逃げこんだのはわかってるんだ。タクシーの運ちゃんが教えてくれたよ。出てこないとドアを蹴やぶるぞ」

　二階はしんとしている。戸外の男はドアをゆさぶった。次に体ごとぶつかったらしくドアが振動した。明子は則男にしがみついた。

　則男は二階へ駆けあがった。朱美がドレスを着終って、ストッキングをはこうとしているところだった。英介はまっ蒼になり、朱美のハンドバッグを抱きしめ、立ったりすわったりしている。則男は「どうする」といった。

「ちか頃の運ちゃんはおしゃべりだわねえ。おたく、裏口があるでしょう」

朱美は平然としている。台所から出られると、則男は教えた。ドアはめりめりときしんでいる。三人は足音をしのばせて階段を降り、台所を通りぬけて裏口のドアをあけた。

「靴、靴を持ってきてくれ」

英介が則男の背中をどやしつけた。則男は朱美と英介の靴を三和土《たたき》から拾いあげて、裏口へとって返した。

「じゃあな、おれたちが出てってからあいつを入れて、初めからここには寄らなかったと説明してくれ。いいな」

英介は朱美の腰に腕をまわして逃げだした。明子は呆然と二人を見送った。玄関の方で物のこわれる音がした。錠がついに男の体重を支えきれなくなってしまったらしい。則男はわざとゆっくり玄関へ歩いて行った。目を血走らせた若い男が立っている。調理用の白い上衣を着ていた。蒼白い肌をした長身の男である。階段を土足で駆けあがろうとする男に則男は後ろから組みついた。

「はなせっ」

則男は男の肘で顔を突かれて三和土にのけぞった。後頭部をイヤというほどぶっつけ、しばらく気が遠くなった。男の足音がした。則男は手をついて起きあがった。

「宇佐美はどこへ行った。やい、おれの女房をつれてどこへ行った」

男は上衣の裾をまくりあげ、ズボンのベルトにさしこんだ庖丁を引きぬいた。則男は頭を左右に振った。男に突きとばされてひっくり返ったとき、打った部分が痛むのだ。それを無言の拒否と受けとった男は、いきなり則男の襟をつかみ、庖丁をわき腹にあてがってぴたぴたと叩いた。

「おまえはやつらをかくまったな。揃っておれの顔に泥をぬりやがった」

「ま、待ってくれ。かくまいはしない、奥さんはここにいないよ。たのむから庖丁をどけてくれ。暴力は困る」

「暴力はどっちだよ。他人の女房に手を出したのはおまえの友達じゃねえのか。こうなったらおれは宇佐美の野郎を……」

男はぎくりとして戸外へ視線を走らせた。パトカーのサイレンが近づいてくる。則男が侵入者ともみあっている間に明子が一一〇番したらしい。

警官にひったてられて男が去ったとき、則男は錠前の破片と木屑のとびちった玄関にへたへたとすわりこんだ。家宅不法侵入、器物損壊、脅迫、傷害未遂……すわりこんだまま則男は男の罪名を数えあげた。宇佐美英介はどうなる、布団にもぐりこみながら則男は考えた。英介の訪問も家宅不法侵入のようなものではないか。

則男が目をさましたのは、その日の午後四時であった。明子は則男が眠っている間に出入りの大工を呼び、玄関のドアをより頑丈なものに代えさせ、新しい錠をつけさせていた。浅い眠りの中で、則男は三十年ちかい昔の夢を見た。

小学校に入った当時のことである。

どこへ行くにも則男と英介は一緒だった。イチジクを食べたいといい出したのは則男の方であった。まかせとけと、英介はいって、町の山手にある武家屋敷へ誘った。築地塀をめぐらした古い家があり、塀の内側にイチジクの木が生えていた。夕方であった。二人はこっそり塀をのりこえ、庭に降りた。ウメ、ビワ、モモ、ザクロ、カキ、英介は小声で木の名前を則男に教えた。

「おれが登ってイチジクをもぐからよ、おまえは下から押しあげてくれや」

「よしきた」

則男は木登りが得意ではなかった。屋敷はひっそりと静まりかえっていたが、人の気配は感じられた。木かげから木かげを伝ってイチジクの木にたどりつき、英介は身軽に枝へとりついた。蚊が手足にまつわりついた。イチジク特有の生臭く甘ったるい匂いがそこには立ちこめていた。

「油断するな、家の方を見張ってろ」

木の上から英介がささやいた。片脚を下枝にかけ鉄棒の要領で上の枝へよじ登ろうとしている。その下枝がたわんだ。英介はすべり落ちようとした。則男は反射的に両手をあげて英介の尻を支えた。手に柔らかいものが触れた。

「いてっ、何をしやがる」

「ひっひっ」

則男は声を殺して笑った。英介の半ズボンは股間がほころびていて、そこから七歳の少年の性器がはみ出ていたのだ。英介はパンツをはいていなかった。則男の記憶はそこで途切れる。首尾よくイチジクを手に入れて賞味したかどうか覚えていない。ただ、はっきりと印象に残っているのは英介のやわらかな陰のうに包まれた梅干の核のような硬いキンタマの手ざわりである。落ちてくる英介を支えようとした則男の手が、英介の股間にちょうどあたったわけだ。

そのときの情景を反芻すると則男は、やるせないようなせつないような気分におちいる。イチジクの甘い樹液を嗅いでいた秋の夕暮れを思い出す。ふわっとした暖い陰のうに包まれていた英介の小さな睾丸の感触はどうしたことか妙に忘れられないのだ。あの頃、既に則男は同級の女生徒にひそかな関心を持っていた。男女の機微というものを心得るには至らなかったけれども、英介の睾丸をつかんだせつな感じたのは、コッケイ感ではなくて鋭い悲哀であった。てれ隠しに笑ったのである。

七歳の少年が男女の性について何も知らないと信じるのはまちがっている。少年は大人よりも性の本質を動物的な直観で見ぬくことがある。則男はその晩、妻を愛撫しながら、夢に見た二十八年前の出来事を小説家の職業意識で検討していた。

この夢を妻に語ってはいけない……

夢の解釈はさておき、はっきりしていることはそれだけだと、則男は思った。疑い深い明子のことだから、則男をホモと見なすおそれがある。

翌日のひるさがり、則男が庭に出て、バラの葉についたアブラムシを除去していると、英介が姿を現わした。めずらしく酒の臭いをさせていない。無精髯の生えた顎を指で掻きながらいった。

「奥さん、いるかね」

「買い物に出てる」

「何か食べさせてくれ」

ありあわせのものでいいかとたずねると、英介はうなずいて隣家の角へ目をやった。則男はそこに小柄な女がたたずんでいたのに気づかなかった。色白でふとった三十代の女である。厚化粧をしている。女はあいまいに則男へ笑いかけた。

「ユカリってんだ。よろしくたのむよ」

「あの女はどうした」

二人を台所へ通し、ハムエッグとトーストを用意すると、ユカリはむさぼるように食べ始めた。則男は英介を隅へ呼び小声できいた。

「さあ、どうしてるかな。やばい旦那のついてる女はこりごりだ。ユカリは悪い虫がいないから」

英介はにんまりと笑った。

「昼飯代も持合せてないのかい」

「おやじがこの頃、金をくれないんだ。ユカリがホテルとタクシーの料金を払ったらわれわれは無一文なのさ。よわったよ」

英介は言葉とはうらはらにまったくよわっているように見えなかった。

食事が終ると、ユカリはねむいといった。昨夜は一睡もしていないとあくびまじりにつぶやき、則男へ意味ありげな目配せをくれた。「おれもやすませてもらうとするか」英介はユカリを伴って二階へあがり、勝手に布団をしいた。明子の夜具である。

「おい、それはちがう」

則男は客用の布団を出してやった。

二人は布団に入るとたちまちいびきをかいて眠った。明子が帰って来た。

「また、来たの」

「今度は別の女だ」

「別の女？　なぜことわらないのよ。きのうのように男があばれこんだらドアがいくつあっても足りないわ」

「ヒモはついていないらしい」

「ヒモがいてもいなくても、ご免こうむりたいわ。あなたって人は本当にどう仕様もないのね。自分の家が自分の家ではないみたい。女の人の家で寝たらいいじゃないの。ヒモがいなかったら。まさか宿無しじゃないでしょう」

「それもそうだな」

「呆れた」

台所には卵の黄身のこびりついた皿が散らばっていた。明子はパン屑をふきとり、汚れた皿を洗った。則男は机に向って原稿を書こうとした。二階からは男と女の高いびきが聞えてくる。台所では明子がぼやいている。仕事のできる気分ではなかった。一枚書いては破り、二枚書いては丸めすてた。

電話が鳴った。かん高い中年女の声である。ユカリがいるだろう、電話口に出せと相手は要求した。明子がとんできた。

「なぜ、うちにいると思うんですか」

「あの子が昨晩、宇佐美さんと一緒だったのを見た者がいるんですのよ。宇佐美さんちへかけたら、まだ帰っていないんですって。加賀さんのお宅ではないかといわれましたの」

「ところで、あなたはどなた」

バー「紫苑」のマダムだと初めて相手は名のった。ユカリは一昨夜から無断欠勤をしている。受話器に耳をあてがって二人のやりとりを聞いていた明子は、身をひるがえして二階へあがって行った。

「あの子はねえ加賀さん、宇佐美さんとつきあうまでは無断で欠勤するようなことはしなかったんですよ。他の子にしめしがつかなくなるじゃありませんか。宇佐美さんのツケもだいぶ溜ってますしねえ」

ねぼけ眼をしたユカリが降りてきた。明子のパジャマを着こんでいる。則男は受話器を手渡して台所へひっこんだ。ユカリのねむそうな声だけが聞えた。

「ええ、ママ、すみませんママ、いいえママ……今夜は出ます……すぐ返せといわれても……そうなんです、ええ、まじめなおつきあいですわ。結婚？　もちろん、彼は約束しました。だから……あたしだってそのつもりで」

ユカリはくしゃみをした。明子は俎板の上にのせたキャベツを庖丁でまっぷたつに割った。再び頭上に庖丁をふりあげてキャベツを切った。「おい、よせったら」則男は明子の手から庖丁をもぎとった。ユカリの声が聞えないのだ。電話は終り、ユカリはのろのろと二階へ戻ってゆく。

「ねえ英ちゃん、起きてよう、あたし、ママにいっちゃったわよ。あたしたち結婚するんだって、そうでしょう？　英ちゃんゆうべあたしにいったわねえ、アパートを見つけて二人で所帯を持とうって、ねえ英ちゃんたら、ねむったふりしないで起きてよう」

ユカリの声である。

明子は目を丸くした。

「あなた個展をするんだわねえ、一枚十万円の絵がとぶように売れるといったわねえ。そうするとアパートの敷金も払えるし、結婚式の費用も出るし、グアム島に新婚旅行できるのよね。あなた一流画家なんだもん。その気になれば何枚も描けるのに今の所、気が向かないから描かないでいるっていったわねえ。英ちゃん、ママがあたしにね店をやめるんなら前借金を清算しろっていうの。あなたが払ってくれるっていったわよ」

「うるさいな」

「ママにいっちゃったのよ英ちゃん。前借金を近いうちに清算するって。あなたはお安い御用だとうけあったじゃないの」

「おれはねむいんだよ。あっちへ行け」

数秒間、沈黙が続いた。

「わっ」と英介が叫び、何かがけたたましく砕けた。目を吊りあげたユカリが階段を降りてきた。夫婦の前でパジャマをかなぐりすて、緑と橙の花模様が入ったドレスに着換えた。則男は二階へのぼった。英介は頭を両手でかかえて呻いている。枕もとに白磁の花瓶が割れて散らばっていた。結婚の祝いに叔父が贈ってくれた伊万里焼である。

「いてえなあ、おお、いてえ」

英介の額には花瓶の破片が突き刺さっていた。則男は割れた伊万里焼を寄せ集めた。力まかせにユカリは叩きつけたらしく、花瓶はほとんど原形をとどめていなかった。修復するのは不可能と思われた。英介の額から血がしたたった。

玄関のドアがばたりと音をたててしまった。靴音が遠ざかった。ユカリは叩きつけるようにしてドアを閉じた。そのとき家がかすかに振動した。傷にひびいたらしく、英介は呻いた。割れた花瓶にまざって、ユカリのヘアピンが一本落ちていた。

（結局、こうなるしかなかったのだ）

半月後、則男は英介の屍体をのせた担架をかついで、Q岳のけわしい山腹をくだっていた。雪の積った細い山道は歩きにくかった。

ユカリをつれてきた翌日、英介は失踪した。Q岳に登ってくると妹に告げて家を出たのである。Q岳の中腹には県立の「青少年自然の家」と称する山小屋があり、食料を持参すれば自分で煮炊きできる設備がととのっている。雪に覆われたQ岳の写生をすると英介はいい残し、十日分の罐詰をルックザックにおさめて山に登った。写生というのは口実だろうと則男は考えた。

加賀家には入れかわり立ちかわり女たちがやってきた。朱美がきた。ユカリもきた。みな英介と結婚の約束をしているといいはった。二週間のうちに八人の女が訪れた。十日たっても帰らない英介のことを、家族はさして心配しなかった。行方をくらますのはこれまで何度もあったことだ。しかし二週間めに父親は不吉な夢を見た。英介が雪の上に横たわっている夢である。山小屋へ問合わせると、英介は十日間滞在して下山したという返事である。その日に、登山者が英介のスケッチブックを山道で拾って届けた。

捜索隊が組織された。

地もとの消防署員に則男も加わった。探すのは山小屋を起点にして下山路の周辺から始められた。Q岳の中腹は尾根が錯綜し、雪で道が消えると迷う登山者がすくなくなかった。海抜千メートルそこそこのQ岳も、山腹の傾斜は急であった。

英介は下山路からかなり離れた谷間の、凍った滝の下で発見された。

「よかった、よかった」

と消防署員はくちぐちにいった。捜索初日に屍体と出くわすことはまずないのだそうだ。英介が山小屋を後にしてから、雪が降らなかったのも発見を早めたといった。冬山の遭難者は雪どけまで見つからないことが普通なのである。英介の恰好は奇妙だった。ズボンは脱ぎすてており、上半身はシャツ一枚きりである。則男の疑問に署員は答えた。錯乱状態におちいった遭難者は、常人の思い及ばない行動をとることが多いと。

「死ぬかもしれないと思ったら、人間おかしなことをやらかすもんでしてね。半狂人みたいになるのよ」

五十がらみの捜索隊長はそういって「重そうな仏だな」とつけ加えた。半狂人どころか生きているときから狂人に近かったと則男は心の中でつぶやいた。登山者が拾ったスケッチブックは、どのページも白紙のままであった。住所と氏名だけが裏表紙に記入されていた。英介が山小屋で十日間、何をしていたのか、管理人は心当りがないと証言した。終日、自分の部屋にとじこもっていたそうである。窓ごしに雪の積った山腹を眺めていただけであろうか。英介を訪ねてきた女性はいなかったというから、一人ですごしたことは確かだ。

酒なしではいられない英介が、山小屋のわびしい部屋でどんなふうに十日間をすごすことができたか、則男にはわかりかねた。永久に解決されない疑問であった。

(自殺ではないか)則男は考えた。空白のスケッチブックは彼の遺書ではあるまいか。英介は自分に画家としての才能がないのを知っていたのかもしれない……担架の棒が則男の肩に喰いこんだ。人間は死ねば重たくなる。生前でさえ七十キロぐらいはあった英介は屍体と化した今、百キロを越えたように感じられた。

(死がこの男に何をつけ加えたのだろう)

則男は歯を喰いしばって担架の重みに耐えた。背骨がひんまがるような重量であった。

「もっと強く、うん、指先に体重をこめて」

その夜、則男はうつ伏せになって明子に指圧をさせた。首の付根がこわばり、肩と背が痛むのだ。山裾まで四キロの道のりを交代しながらかついだのだが、力仕事に慣れない則男にはこたえた。

「でも、ほっとしたわ。もう、真夜中にあの人から叩き起されることはないんですものね」

「右肩の下を強く押してくれ」

「得体の知れない女の人たちがのりこんでくることもないわね」

「まあ、そうだ」

則男は英介の灰色がかった死に顔を思い出した。苦悶の表情はなかった。あどけない少年の容貌を思わせるほどに安らかだった。とうとつにイチジクを盗みに行った秋の夕方のことがよみがえった。これから毎晩、安眠できると則男にしても喜ぶ気持はあった。しかしどうしたことか英介の重い屍体をかついだ今となっても、宇佐美英介がこの世から消えたという実感がわかないのである。

ある晩、ひょっこり現われて玄関のドアを叩きそうな気がする。Q岳の谷間に倒れていた屍体は別人のもので、英介は遠い地方都市に生きているように思えてくる。酒場の女にいい加減なことをいいながら、そして女をつれていつものように深夜、則男の家へころがりこんでくるのではないか。

（そんなことはありえない）

則男は自分の感傷を嗤った。すべては終ったことだとみずからいい聞かせた。英介のむき出しになった下腹部で硬直していたペニスが目の裏をよぎった。紫がかった性器には雪がこびりついていた。あれは英介のものだ。則男は幼な友達の死を確認した。同時に七歳のとき、古い武家屋敷の庭で、イチジクの木からずり落ちそうになった英介の尻を支えてつかんだ小さい睾丸の感触を再び思い出した。

明子がはっと息をのんだ。

「誰かきてるわ」

玄関のドアがしのびやかに叩かれている。

ホクロのある女

「また始まった」

犬丸岩男は寝床の上で、がばと身を起こした。

枕元の電気スタンドをつけて目覚し時計を見る。午前二時である。

犬が吠えている。

高く低くながながと吠える。どこの犬か犬丸は知っていた。彼のアパートから二軒おいた黒板塀に囲まれた家の飼い犬である。近所で犬を飼っているのはその家だけしかない。

飼い主は七十代の痩せた男で、犬をつれて散歩しているのを犬丸は会社の帰りに見たことがある。ひからびた猿のような顔に、鋭い小さな目が光り、かたく結んだ唇が見るからに偏屈そうな気性をあらわしていた。

犬丸はかけ布団をひっかぶってまた横になった。

両耳をしっかりとおさえた。いっこうに効果がない。たけり狂った犬の吠え声はようしゃなく彼の耳に侵入してくる。

彼は犬が嫌いだった。生まれつき嫌いだった。犬の姿を見ると嘔き気を催し、吠える声を聞くと全身に鳥肌が立った。会社で昼休みに食事をとるために外へ出て、ゆきつけの食堂に入るまぎわ、野良犬を目撃したとたん食欲を失ったことさえある。嫌いというより、憎んでいたのである。

なぜ、犬が憎いのか本人にはわからない。

蛇やムカデ、クモなどを嫌う人物はすくなくないが、犬丸の場合はそれと比較にならなかった。

もともと杉並区の荻窪から、ここ豊島区南長崎へひっこして来たのは、妻が若い男と駆けおちしたのがきっかけといえるけれども、近所で犬を飼い始めたからというのが本当の理由であった。荻窪の犬は生後半年あまりのスピッツである。犬丸の耳は三軒先の医師宅で、飼い主に甘えてクンクンとなく声すら敏感に聞きつけた。

妻に去られて、彼がしょげ返っていたというのはあたらない。内心はせいせいしていたのである。しかし、この物語では、犬丸夫妻の機微を詳述する必要はない。犬丸が心機一転して四十歳からの独身生活をたのしむつもりでいた矢先、目と鼻の先で犬を飼う家があらわれ、しようことなしに転居を決心したと説明しておくにとどめよう。

もちろん彼は次の住居を物色するに際して、近所に犬がいないかどうかを注意深く調べた。犬さえいなければ、塵芥焼却場のわきだろうと、パチンコ屋の裏だろうとがまんするつもりであった。

南長崎のアパートに決めたのは、不動産業者の証言を信じたからである。

「犬ですって?」思いつめた顔をしている犬丸の前で、国電大塚駅近くの不動産屋は、ぽかんと口をあけた。

「犬が近所にいないかということですか。さあてね。わたしはちょくちょくあの近所を歩くけれど、見かけたことはありませんな」

念のため犬丸はアパート周辺を下検分した。

朝、昼、夜の三回にわけて近辺を調べ、犬の吠える声を聞かなかったので満足し、不動産屋と契約することにした。野良犬らしい犬は一、二匹見かけたけれども、これは仕方がない。犬丸の経験では、野良犬は吠えないのである。吠えたてるのは、野良犬に縄張りをおかされたと思いこむ飼い犬のほうであった。

それほど生来の犬嫌いであるにもかかわらず、犬丸という姓を持っていることに彼はこだわらざるを得なかった。犬という文字を我が手で文書や手紙類に記入しなければならないのが不愉快だった。

たまりかねて彼はある日、家庭裁判所へ出頭し、姓を変えたいと願い出た。

ところが、係の話では、実生活においてその姓あるがために多大の支障が生じていない限り、変更は認められないというのである。ただ単に犬が嫌いだからというので、姓を変えることは許されない。犬丸岩男はすごすごと退散するしかなかった。

転居をすませて一週間、どうやら近所の地理にも通じ、アパートの住人とも顔なじみになった頃、犬丸は真夜中ふいに犬の声を聞いて愕然とした。

どういうわけか、それまで例の犬は鳴りをひそめていたのである。アパートの周辺はこれといった商店はなく、夜の八時をすぎると、人通りもとだえ、これが盛り場までバスで五分の距離と思えないほどの静かさになった。アパートはせまい路地の入りくんだ奥にあるので、車の往来もなく、人よりも静けさを愛する犬丸にしてみれば、ありがたい新居であった。

荻窪に住んでいた頃とくらべて、台東区にある勤め先まで、通勤時間が半時間はのびたことも、喜んでがまんするつもりであった。

犬が居た。それも見るからにたくましい土佐犬である。

初めて犬の吠える声を聞いた翌朝、彼は血走った目で歩きまわり近所の門口をのぞきこんだ。三軒めの家の庭から低いうなり声が聞えた。毛並のつやつやとした、いかにも栄養のゆきわたった感じの白い土佐犬が、犬小舎につながれていた。

門前に立ちすくんでいる彼を認め、そいつは地面から顎をあげて牙をむきだした。彼と土佐犬までは三メートルくらいしかへだたっていなかった。鎖でつながれていなかったら、と彼は思った。土佐犬はやにわにとびかかって来ただろう。

牙をむいてあらあらしいうなり声をあげた土佐犬の目に、彼は自分に対する憎しみの色を見たように思った。獣の本能で、土佐犬は自分を憎む人間を即座に認めたはずである。

土佐犬は全身がまっ白な毛でおおわれていたが、右目の下あたりに小さな黒い斑点があった。むきだした牙は鋭くとがっており、嚙みつかれたら犬丸のような細腕は、たやすく喰いちぎられそうだった。まして、のどもとを狙われたらと、想像するだけで身の毛がよだった。

その晩から、彼と犬との戦いが始まった。


近所の住人は土佐犬のことを何とも思っていないらしい。どころか、犬好きの連中がほとんどで、峯村というその飼い主のもとへ、犬の餌にやってくれと、残飯を提供しに行くしまつである。だから、真夜中の吠え声などちり紙交換の声ほども気にとめていないようだった。

寝床で身もだえしているのは犬丸岩男だけなのである。

もちろん彼は再びひっこしすることを考えた。しかし、アパートの敷金や不動産屋への謝礼、運送屋へ払ったひっこし料金などで、彼のとぼしいたくわえは底をついていた。蒸発した妻は、彼が爪に火をともす思いでためこんだ銀行預金を引き出していた。マンション購入の頭金にするつもりだった金である。マンションならば犬にわずらわされることはない。妻が犬丸に愛想をつかしたのは、彼の度をすごしたケチぶりであった。彼は犬と同じていどに、自分を理解しなかった妻を憎み、ついでに女一般を憎んだ。

犬丸はまず峯村老人に電話で苦情を申し入れた。

「お宅の犬は困りものですな。毎晩、吠えられて私は眠られんのです。なんとかしてくれませんか」

「あんたはどなた」

ぶっきらぼうなしわがれ声が犬丸の耳にとびこんだ。名前を名のらずに文句をいうのは卑怯ではないかと、峯村老人はなじった。

「私が何者だろうと問題じゃないでしょう。要はお宅の犬のせいで不眠症にかかって苦しんでいるところにあるのでね。口輪をはめるなりして我々の安眠を妨害しないでもらいたい」

「我々といわれるが、文句をいうのはあなただけだよ。ご近所のどなたからも苦情を持ちこまれとらん」

「私が持ちこんどるでしょうが。一体、何の権利があって他人の生活をおびやかすのですか」

犬丸は峯村老人の無愛想な返事にいきり立った。

「うちの犬があんたの生活をおびやかすですと?」

「そのとおり。ロクに眠れないから会社でも仕事がうまくできない。胃も悪くなるし、持病の偏頭痛もひどくなる一方です」

「あんたノイローゼにかかってるんじゃないのかね。医者に見てもらうんですな」

電話はそこで切れた。犬丸は唇まで血の気を失った。血液が逆流した。人を小馬鹿にした峯村老人の口調が、犬丸のアタマに来た。彼はふるえる指で区役所の公害対策課の電話番号をまわした。

峯村老人の声よりも無愛想な声をした若い男が出た。

「犬、ですって。こちらの管轄じゃありませんからな。保健所に連絡して下さい」

犬丸が何かいおうとする前に、先方は電話を切った。彼はあわただしく電話帳をめくって保健所の番号を探した。役所にかけあえばなんとかなりはしないかと、会社を一日休んだのである。犬丸にとっては死活にかかわる大問題であった。

「犬がやかましい?　野良犬ですか」

区役所の男よりもっとつっけんどんな声で保健所の係員がたずねた。

「いや、飼い犬なんです。峯村という家のね。住所は豊島区南長崎一の……」

「飼い犬ならばどうしようもないですな。うちは野良犬に関しては捕獲につとめてるけれどね」

「うるさくって眠れやしないんですよ」

「飼い主と話しあってみるんですな」

「もしもし……」

電話は切れた。犬丸は真冬というのに汗びっしょりになっていた。個人の生活が今や危機に瀕しているというのに、公共の人間は冷淡きわまりない。奴ら、都民の税金で食べているくせに。犬丸は歯がみして目を宙にすえた。今度は警察に電話してみた。あちこち電話をたらいまわしされたあげく、防犯課の者と称する警官が、犬丸の訴えを聞いた。その警官の口調にくらべたら、保健所の係員の声は女神のように優しいといってもよかった。

「犬が吠えるだって？　ははあ、不審な人物がお宅の近所をうろつくということですかな」

「そうじゃない。犬が吠えたてるので眠れないんです。警察はそのう個人の私生活の、安全と平和を守るためにあると、私は解釈しておる者ですが、ですからつまりですな、警察から電話でもって飼い主に一言、警告というか注意を喚起するというか、なんといっても私の生活はあの犬のためにおびやかされておるわけでして」

犬丸は額にあぶら汗をにじませ、ここを先途と自分の苦痛を訴えた。

〃犬がうるさいだとよ、どうして俺にはいつもキ印の電話ばかりかかってくるのかな〃

電話の向うで高笑いが聞えた。

犬丸は絶望した。

かくなるうえは……役所が相手にしてくれないなら自分にも覚悟がある。犬丸はぐったりと畳にねそべって天井の一点を見つめた。あの土佐犬と独力で戦う道しか残っていないのだ。

「見てろ、貴様を地獄に送りこんでやる」

犬丸はきっぱりと断言した。

「ネコイラズですか。そういうものは扱っておりませんが」

薬局の主人は妙な顔をして犬丸を見た。ネズミ退治用の薬なら、各種とりそろえてあるという。犬丸がネコイラズを手に入れようと考えたのは、子供の頃、ネコイラズを多量に飲んで自殺をはかった女の話を新聞で読んだ記憶があったからだ。

陳列ケースに並べられた殺鼠剤はどれもたいしたききめがあるように思えなかった。土佐犬に対してである。体重五十キロは優にありそうなあの犬を殺すには、殺鼠剤を百箱以上使わなければならないだろう。

「もっと強力なだね、たとえば一グラムていどの量で馬一頭ころりと参っちまうような毒物がないものかね。うちは古い家なもんだから鼠の奴がうるさくってねえ。いちいち買いに来るのが面倒なんだ」

薬局の主人はありありと警戒の色を浮かべていた。そういう毒物は初めから店頭に置いていない。第一、劇薬や毒物を扱うのは法的に正式の書類が要るといった。相手の目付は犬丸の正気を疑っていた。犬丸はうろたえながらとりあえず殺鼠剤を一ダースあまり買いこんだ。農薬は人体に危険だということを彼は知っていた。田舎ではあれを飲んで自殺する人間がいるらしい。しかし、東京の街頭で農薬を手に入れるのはできない相談だった。かりに千葉か埼玉へ出かけるとしても、農薬を見ず知らずの人間に簡単に売ってくれるはずはない。農協の組合員証と印鑑が要ると聞いている。最近、週刊誌で読んだ殺人事件の記事にはそう書かれてあった。山梨県のどこかで起きた事件である。

犬丸は駅前商店街の肉屋で、ひき肉を三百グラム買った。黒っぽい丸薬のような殺鼠剤をすりつぶし、ひき肉にまぜて、ピンポン玉大の肉団子をこしらえにかかった。肉だけでは崩れるので、つなぎに卵と牛乳を用いた。ききめはおぼつかないが、やってみるだけの価値はあるように思われた。

彼は夜の九時ごろ、肉団子を持って峯村家の塀にしのびより、犬小舎めがけてほうりこんだ。鎖は土佐犬が庭をうろつけるていどにゆとりがある。肉団子はぽとりと庭に落ちた。合計六個の団子を投げこんで彼はアパートへ舞い戻った。その夜も午前二時ごろ、土佐犬はけたたましく吠えた。「今に見ろ」彼は布団の中でつぶやいた。毒が体内にしだいに蓄積し、衰弱が加わってゆき、ある朝、冷たい死骸となるさまを想像した。

この想像はたのしかった。たとえ少量でも毒は毒である。人間もそうではないか。ＰＣＢ、有機水銀、カドミウム。犬丸は新聞で読んだうろ覚えの知識を反芻した。肝臓に少しずつたまってゆく毒物が限界点に達し、ある日、発病する。彼は土佐犬がくたばるまで肉団子作りに励もうと決心した。

翌朝まだ暗いうちに彼はアパートをぬけ出し、散歩を装って峯村家の庭をうかがった。

肉団子は影も形もなかった。屋内はカーテンがひかれたままだったから、食べたのは土佐犬でなければならない。土佐犬は犬小舎から頭をつき出し、うす目をあけて彼を見つめ低くうなった。犬丸はほくそ笑んだ。殺鼠剤の臭いに気づいて食べないのではないかと怖れたのだが、案ずるより何とやらというものだった。犬丸は毎晩、肉団子を投げこんだ。殺鼠剤を一ダース新しく買いこんだ。肉代もバカにならなかった。彼は自分の食費を切りつめなければならなかった。煙草もやめた。酒は初めから飲まなかった。

犬丸岩男は日に日に痩せた。

もともと小柄で貧相な男である。せまい眉間の下に太い鼻があり、口もとはとがっている。見ようによっては雑種の犬に似ていないでもなかった。

毒団子は確実に食べているにもかかわらず土佐犬は毎晩、吠えた。声は弱まるどころか以前より張りが出てきたように感じられた。

峯村老人につれられて散歩しているのを見ると、土佐犬は肉づきがよくなり体はひとまわりふとったようである。一カ月めに犬丸は肉団子攻勢をあきらめた。鼠殺し用の薬品ではききめがなかったことを残念ながら認めないわけにはゆかなかった。彼が毒入り肉団子をあきらめた晩、土佐犬は勝ち誇ったように高く吠え続けた。犬丸は次の手段を朝までまんじりともせずに考えた。この広い都会で、たかが犬一匹殺すに足る毒物が手に入らないのがいまいましかった。

犬の吠え声は彼の耳に錐を突き刺すほどの痛みをもたらした。猟銃を持っていたら彼は一発で射殺していただろう。この可能性を犬丸は検討したが、銃火器の所持許可証を手に入れるには公安委員会の審査や医師の健康診断書が必要と知って断念した。彼は二十代の初めに強度のノイローゼを病んだことがある。精神病に類する病気の前歴がある者には許可証は発行されないのだった。

依然としてアパートの住人は土佐犬の声を気にしていないようだった。自分と同じ悩みを持つ者が一人でもいれば、彼としても心強かったのだが、それとなく峯村家のうるさい土佐犬のことをぼやいて、相手の反応を見ると、「雌犬だから発情してるんですな」という答えが返って来た。飼い主が犬に運動をさせないのもよくないのだと、アパートの管理人は指摘したが、夜も眠れないほどに苦しんでいる様子はなかった。

犬丸はまたひき肉を買って来た。

コップを叩きつぶし、ガラスのかけらを肉でくるんだ。鋭いガラスのかけらが、胃や腸に突き刺さり、土佐犬がのたうちまわって死ぬところを想像すると、ぞくぞくして来た。

しかし、一カ月後にのたうちまわったのは犬丸岩男であった。一日も欠かさず、ガラス入りの肉団子を塀ごしに投げこんだのだが、土佐犬が苦しんでいる気配はなかった。峯村老人をひきずるようにして戸外をのし歩いている土佐犬は、体重が五キロはふえたようである。そして、毎晩、雨の日も風の日も、吠えて吠えまくった。犬丸は耳に綿の栓をつめ、布団をかぶっていまわしい吠え声を聞くまいとしたがむだであった。

彼は頬の肉がげっそりとこけ、目のまわりに隈ができた。

不眠が続くせいで、会社の仕事はヘマばかりやらかした。上司は彼に文句をいった。まさか犬が悪いと説明するわけにもゆかず、健康状態が思わしくないからだと、しどろもどろ弁解するしかなかった。紙器の小さなメーカーである犬丸の会社は、このごろ業績がふるわず、合理化すなわち人員整理が噂されていた。そうなればまっ先にクビを切られるのは自分だと犬丸は思った。

ある日、会社から帰る途中、池袋の裏通りにふと見つけた酒場へ入ったのは、日ごろのうさをはらすためであった。飲めもしない酒を飲んでたのしいはずはなかったが、飲めば前後不覚になるし、それこそ犬丸が望んだことである。その酒場の前に女がたたずんでいた。二十代の初めらしい。豊かな乳房を持った色白の女である。目があったとたん犬丸はふらふらと女に近づいた。女は酒場のドアをあけて犬丸を請じ入れた。一目惚れというのが世にあることを犬丸は知らないではなかったが、自分がそれを経験しようとは思ってもみなかった。四、五人も客が入れば身動きできなくなるほどのちっぽけな酒場で、その晩は彼が最初の客であった。女は一人で店を切りまわしているらしかった。

「ぼくはあまり飲めないから」

犬丸は弁解がましくいって、薄い水割りを作らせた。二杯も飲めば足がふらついてしまう。女は口数が少なかった。どうしたわけか、その晩にかぎって水割りが犬丸の体内に快くしみ渡った。酒とはかくも旨いものかと、犬丸は驚きかつ喜んだ。飲めば飲むほど愉快になり、たのしくなるのである。二杯が三杯に、三杯が四杯になり、ついに看板まで犬丸は飲み続けた。客はとうとう彼一人であった。女は終始、微笑を絶やさず、彼のためにもくもくとつまみを用意し、水割りをこしらえた。生まれて初めて彼は気持よく酔っぱらった。気がついたとき、彼はアパートの自室に横たわっていた。天にも届かんばかりに吠える犬の声で酔いが醒めたのだった。

ガラスの粉末に効果がないと知った犬丸はエスキモーの知恵をかりることにした。

いつかTVで見たドキュメンタリー番組を思い出したのである。オットセイかトナカイかはっきりと覚えてはいないけれども、エスキモーが殺したいと思う獣のために肉団子をこしらえる。クジラの軟骨を細長く削ってその両端を針のようにとがらせ、丸い輪にする。とがった部分をクジラの肉に含まれる筋で結びあわせ、肉団子に埋めこむ。団子をのみこんだ獣の胃の中で、輪になった軟骨を結合した筋がとけ、一直線にはじけて鋭い尖端が胃壁にぐさりと突き刺さることになる。

犬丸は軟骨の代りに模型飛行機に使うプラスチックの細いひごを使うことにした。その両端を小刀でとがらせ、直径三センチあまりの輪にした。両端を結合させるのは腸詰の外側を用いた。高い出費であるけれども仕方がない。犬ががつがつと丸のみするようにひき肉でなく牛肉のかたまりに仕込むことにした。土佐犬の胃袋がどのくらい大きいか見当はつかないけれども、長さ九センチあまりの鋭くとがったプラスチックの棒をのみこんで、あの犬がぶじにすむとは思えなかった。

問題は土佐犬が尖器を胃の中へそのまま送りこむかどうかである。のみこむ前に輪が嚙み砕かれ、あるいは一本の棒になったら元も子もない。犬丸はうす暗い電燈の下で、数種類の輪をこしらえた。あるものは絹糸で両端をしばった。絹糸は蛋白質だから胃液で消化されるだろう。あるものは牛肉の中にある筋でしばった。それらが犬の牙にぶつからないよう祈った。一度や二度はしくじるだろう。しかし、いつかは……。

彼は胃袋を破られた犬が七転八倒している状態を思い描き、にんまりと笑った。牛肉のかたまりに苦心の兇器を埋めこむと、彼は通りに人影がないのを見すまして、峯村家の庭へ投げこんだ。犬はすぐに気づいたらしい。どさりと肉の落ちる音がした。低いうなり声が聞えた。

翌朝、彼は出勤する途中、そしらぬ顔で峯村家の庭をのぞきこんだ。肉は消えていた。土佐犬は犬小舎にねそべっていたが、いつもなら目をかっと見開いて彼に牙をむきだすのに、この朝は目を閉じたままぐったりとしていた。

「ここはいつ来てもぼく一人だね」

犬丸は先夜訪れた小さな酒場で女に話しかけた。女はだまってほほえんだ。めったに口をきかないのである。

「きまり文句をいうとバカにしないでくれよ。ぼくは初めてきみを見たとき、どこかで一度会ったような気がしたんだがね」

女はグラスに角氷をおとしてウイスキーをそそいだ。

「いや本当にまじめな話なんだ。なんとなく懐かしいような。まるで十年も二十年も帰っていない田舎の風景を見たような、ね。ぼくは福島だけど、きみは？　え、四国。四国かあ。四国のどこかね」

女は何かいったようだったが、ちょうど酒場のドアに誰かが外からぶつかって、声が聞きとれなかった。

「四国だとすると我々が以前どこかで会った可能性はすくないな。で、いつ東京に出て来たの。え、つい最近だって？　しかしおかしいなあ。ぼくは前にどこかできみを見かけたような気がするんだよ。まるで他人ではないような。そんなに笑わないでくれよ。まだしらふなんだから。ま、とりあえずきみも一杯どうかね」

いただきますと、女はいった。

犬丸は水割りのグラスをさしあげていった。

「二人の健康のために、乾杯」

「乾杯」

女の声はややかん高かった。

「その声もだきみ。声もどこかで聞いたことがあるような気がする。ふしぎだなあ」

「お上手ね。奥さんの声でしょ」

「女房はいない」

「じゃあ、恋人の方」

「それもいないんだよ」

「まあ、うそばっかり」

「本当にきみは福島へ行ったことはないんだね」

「お代りはいかが」

「うん、もらうよ」

三杯めの水割りを犬丸はごくごくと飲みほした。

「きみもやってくれ」

「あたしは……」

女は胃のあたりを平手でかるくおさえた。

「どうかしたのかい」

「いや別に」

「愉快にやろう」

女は一杯の水割りでほんのりと顔が上気した。犬丸はまじまじと相手の顔をのぞきこんだ。

「きみ、そんなところホクロがあったかね」

女はややうろたえたようだった。右目の下に手をあてがって、酒を飲むと見えてくるのだと説明した。色が白くてキメの細かい肌にうっすらと現われ出た小さなホクロは、犬丸の気をそそるほどに充分なまめかしかった。

「きみは大体、無口だね。心配事があるんじゃないのか。ぼくにできることがあれば相談にのろうじゃないか」

女は聞えたのか聞えないのか、犬丸のために新しい水割りをこしらえるのに余念がない。犬丸は酔ったせいで気が大きくなっていた。心配事があれば及ばずながら力になろうとまでいった。

女は「うれしいわ」といって、深いため息をついた。ちらりと腕時計を見て、今夜はもう看板にし、二人だけで飲もうといった。まだ八時をまわった時分である。犬丸は有頂天になった。女はドアを内から閉じ、カウンターの外に出て、犬丸のわきに腰をおろした。

四国の田舎から上京して、犬丸のような優しい男に会ったのは、今夜が初めてだといった。その晩、犬丸はボトルを一本あけ、気がついたときはアパートの部屋で大の字にのびていた。

峯村家の犬がしきりに吠えていた。

のろのろと身を起こした彼は、流し台で顔を洗った。女とのべつしゃべったようであったが、何をしゃべったかまったく覚えていない。女は心配事をついに明かさなかった。犬丸は寝る前にあらかじめ作っていた細工入りの牛肉を峯村家の庭へほうりこんで来た。土佐犬は牛肉が降ってきたとたん、ぴたりとなきやんだ。

「そうか。権利金の残りを払わなければ、この店をとりあげられるというわけなんだね」

犬丸岩男は膝にのせた鞄がにわかにずしりと重たくなったように感じた。得意先で集金したかなりまとまった金が鞄には納められていた。先方の都合で集金が終ったときは既に犬丸の会社は終業していた。いつものように池袋の酒場へ立ちよって水割りを飲んでいると、女が彼のしつこい質問にとうとう心配事を打ちあけたのだ。

権利金の残額を支払うメドが立たないから、この酒場は畳むしかないというのである。開店した当座は、これほど客の入りが悪いとは思っていなかった。毎日、客は一人あるかないかである。犬丸はその残額が鞄の中身と一致するのを確かめた。

「だから今夜は店仕舞い。うんと飲みましょうよ」

「待てよ、ぼくはきみの力になると約束したことがある」

「その言葉だけでうれしいわ。乾杯」

「言葉だけじゃないったら」

犬丸はそそくさと鞄の留め金をはずした。女の目が光った。

「あなた、優しいのねえ」

犬丸は女からやわらかい声で「あなた」といわれ、体がとろけるような恍惚感を味わった。万一の場合にそなえて、けっして手をつけるまいと覚悟したたくわえが彼にはあった。妻には内緒でへそくっていた金である。明日、銀行が開くなり駆けつけて、会社に何喰わぬ顔をして納めればいい。

「わかってくれよ。ぼくは本気なんだ」

犬丸はろれつのまわらない舌でめんめんと自分の気持を女に訴えた。初めて会ったときから、どんなに惹かれたか。このくらいの金をお前のために役立てられる自分は仕合せだ。それに自分は正真正銘のひとり者なのだ……

女は犬丸が口から泡をふかんばかりにまくしたてているとき、なれた手付で札束の紙幣を勘定していた。


その晩、犬丸岩男がアパートの部屋で我に返ったのは午前二時かっきりであった。

彼は目をぱちぱちさせ、こぶしで頭を叩いた。なんとなく様子がおかしい。しばらくしてわかった。うるさく吠えたてる峯村家の犬がだまりこんでいるのである。いつもの声が聞えないので、犬丸は我に返ったのだった。

彼はネクタイをはずし、上衣とズボンをぬぎ、顔を洗って布団にもぐりこんだ。

枕元には空っぽになった鞄がころがっていた。一時間ばかりぼんやり天井を見上げて考えこんだあげく、冷蔵庫にしまっていた牛肉のかたまりをとり出し、ガウンをひっかけて外へ出た。

峯村家の塀ごしに最後の牛肉をほうりこんで耳をすました。かさという音もしない。うなり声も聞えなかった。ふだんは肉が落ちると同時に鎖の音がひびくのである。

翌朝、彼は通りすがりに峯村家の庭をのぞきこんだ。犬小舎はからであった。その前に赤い肉のかたまりが一つころがっていた。犬丸はひそかに勝ちどきをあげた。ついに土佐犬との戦いは勝利に終ったのだ。

犬丸はきょう、会社がひけてから池袋の裏通りにある例の酒場へ寄って、ことのてんまつを報告し、祝杯をあげようと思い、足どりも軽く駅へ向った。

水の中の絵馬

羽田空港を午前八時四十分に離陸した全日空六六一便トライスターは、午前十時三十分、大村湾上空で着陸旋回を始めた。

綿貫竜一郎は窓に顔をおしあてて喰い入るように眼下の風景を眺めた。

傾いた翼の下に多良岳がそびえている。長崎県と佐賀県の境に位置する標高千メートルほどのほぼ円錐状の山である。幾重にも畳まれた山襞が濃い紫色の影を含み、そこから分岐した無数の尾根が南側の長崎県へせり出している。空港は大村湾内の小島にある。綿貫は二十万分の一の長崎県地図を膝の上に拡げ、窓外の地形と見くらべていた。

大村市の東南に諫早市がある。

島原半島と長崎半島と西彼杵《そのぎ》半島の付根が諫早である。トライスターは旋回を終え着陸態勢に入った。水平線が上昇した。多良岳は窓の正面に見えた。車輪が接地するかすかなショックを綿貫は感じた。彼は地図をショルダーバッグにおさめた。荷物はそれきりである。長崎市に一泊し、事と次第によっては諫早市に一泊するかもしれない。綿貫竜一郎は東京の国立P大学を退職し、今年からある私立大学に奉職している。専門は金融論であった。忙しい日程をやりくりしてようやく三日間の休暇をひねり出したのだ。

空港ターミナルで綿貫はタクシーをひろい長崎へと命じた。一時間二十分はかかるという。

「お客さん、こちらは初めてですか」

沿道の風景に落着かない視線を走らせていたからだろう、運転手が訛りの強い九州弁で話しかけた。

「初めてじゃないですが、すっかり変ったな」

「いつ頃、見えたんです」

「二十歳の頃、長崎にいた。三十六年ぶりということになるか」

「三十六年前、戦争ちゅうのことですね。ぼくが生まれる以前のことだ。そんなに変ったかなあ」

「大村から長崎まで、国道の両側は田圃と畑ばかりだったよ。今はずっと家やら工場が続いてるじゃないか」

運転手は話好きらしく次から次へと語りかけた。綿貫は目を閉じて眠ったふりをした。一人で考えなければならないことが多すぎたのだ。運転手としゃべる気にはなれなかった。ときどき薄目をあけて窓外を流れる景色を見た。国道はしばらく大村湾沿いに走り、やがてなだらかな丘の裾を巻いて諫早へ入り、西南へ向きを変えた。

綿貫が長崎へ来ることを思い立ったのは一週間前である。来島素子《くるしまもとこ》が訪れた日のことだ。素子は教え子の一人であった。七年前に大学を卒業し、婦人雑誌の編集部に就職した。同じ会社の写真部に勤める男と結婚し、二年で離婚している。男と別れたのを機に会社をやめてフリーのライターになった。もともと文章が達者だったのである。女性向きの雑誌が金沢や京都の特集記事を組むとき、必ずといっていいほど素子が起用された。

英語フランス語も堪能だったので、欧米の女流作家が来日した折りはインタヴュアーをつとめた。来島素子はジャーナリズムの世界では便利な書き手となったわけである。

その日、綿貫が朝のコーヒーを淹れ新聞を読んでいると、電話が鳴った。素子の声である。今から訪ねていいかという。綿貫はためらった。月に一度か二度のわりで素子はやってくる。半月前に京都の千枚漬を土産にマンションへ来たばかりだ。来れば台所の流し台をみがいたり、風呂場の掃除をしたりする。綿貫が妻と離婚してから五年たっていた。もっか気楽な一人暮しである。週に一回、家政婦が来て掃除と洗濯をする。食事はマンションの二階にあるレストランを利用できるからさしあたり不自由はなかった。教え子とはいいながら、素子がなぜしばしば綿貫の部屋を訪問するのかわからない。家政婦の手が及ばなかった仕事はいくらでもあったので、身辺のこまごまとした家事を素子が女らしいこまやかな気づかいを示して片づけてくれるのは大いにありがたかったけれども、素子の期待にそえないものが自分にはあると綿貫は思っていた。

「長崎へ行って来ましたの。雑誌の仕事で。きれいな街でしたわ。先生は長崎の大学を出られたのでしたね」

「大学じゃない。当時は高等経済専門学校といった。今、昇格して大学になったわけだ」

「長崎から熊本にまわりましたの。平家の落人が住みついたという伝説のある村を取材しに行ったんです。先生にぜひ見ていただきたい写真があるんですけれど」

「あいにくだがね、講義ノートを準備しなくちゃならないんだ」

「先生、きっと興味を持つはずだがな」

口調がにわかに甘えたものに変った。講義ノートというのは口実にすぎなかった。なんとなく会うのが億劫だったのだ。室内を片づけてからもすぐには立ち去らず、書棚の本を抜いてひろい読みしたり、紅茶を淹れたり、冷蔵庫の中身を点検して要り用な食料品を買い出しに行ったりする。それはそれなりに重宝で、ありていにいえば素子と居ると若やいだ気分になるのだったが、自分の気持が若い女に傾くことを今の所は避けたかった。綿貫は晩婚である。読書と著述に明けくれて、女性と交際するひまがなかった。友人にすすめられて結婚したのは四十五歳になってからだ。妻は十五歳年下であった。

離婚に至る原因は自分にあると綿貫は考えている。彼の研究室に出入りする非常勤の若い講師は、自宅にもたびたび訪れ泊ってゆくことがあった。綿貫が講演旅行で家をあける機会はめずらしくなかった。妻がその講師と親しくなったのは自然の成りゆきといっていい。綿貫は教え子である講師に目をかけていた。大学にとりたてたのは綿貫の口ききだったのである。充分な家庭生活を妻のために与えてやれなかったとはいえ、綿貫が妻を愛していなかったといえば嘘になる。事実が妻の口から明らかになったとき、綿貫は哀しんだ。非が自分にあることを認めるのにやぶさかではなかったから、下高井戸の自宅を売り払った金を妻に与え、退職金で目白のマンション二DKを買って移り住んだのだった。妻は講師と結婚するような口ぶりだったが、噂では別れたらしかった。子供のいなかったのがせめてもの幸いだと綿貫は思った。研究活動にうちこめる今の境遇をしあわせだと感じ、それが他人の介入で乱されるのは警戒したかった。来島素子の声を電話で聞くとき、我知らず胸がときめくのを綿貫はいまいましく思った。

素子が自分にそれとなく好意を示しているのはわかる。しかし、深入りするとまた昔のくりかえしになると、綿貫は考えた。一人暮しの覚悟は覚悟として決まっていたが、夜ふけ、台所に立ってインスタントラーメンをこしらえているとき、むしょうに淋しくなる場合があり、素子の顔が目先にちらついた。金融経済論では数冊の著書があり、学界では一応名が通っている綿貫にしても、女を愛するということがどういうことなのか、さっぱりわかりかねるのだ。今でこそ素子は自分に媚態を示し、まめまめしく世話をやいてくれるけれども、いったん結婚すれば、別れた妻と同じようにのべつ小言をいいヒステリックに泣き叫ぶのではないかという気がする。綿貫にしてみれば女の気持をあれこれ推しはかるよりマルクスの剰余価値説を解説する方が楽であった。

「半時間ぐらいなら会えるけれど」

「そうですか、うれしい」

素子は長崎土産だといってからすみを持って来た。ボラの腹子を塩漬けにして乾燥させたものである。酒の肴にいい。

「まあ、ずいぶん散らかって」

素子は眉をひそめて室内を見まわした。

「きみ、掃除はいいよ。明日、家政婦が来るから。見せたい写真というのは何だい」

素子はソファに腰をおろす前に、堆く積みあげられた数十冊の書物を床に移した。ハンドバッグから一束のカラー写真をとり出して綿貫に手渡した。長崎市のグラバー邸、石畳のオランダ坂、原爆の資料館、爆心地に建てられた平和記念像などである。ありふれた写真で、日ごろ見なれたものだ。綿貫は不機嫌な口調で、これがどうかしたのかとたずねた。

「まだ全部ご覧になっていないでしょう。その中に面白い写真がありますわ」

綿貫は一枚ずつ見ていった。長崎の市街を撮った写真が終り、山奥の細い道や杉林、藁ぶき家などが写っている写真が現われた。綿貫はゆっくりと写真をめくった。そのうちの一枚に目が吸いよせられた。苔むした石の鳥居があり、鳥居の向う側にふるびた小さな神社が見える。軒は傾き、壁板もところどころ剝がれており、境内には雑草が生い茂っていた。

次の一枚は拝殿の内部を撮ったものである。おびただしい絵馬が隙間なく壁を埋めつくしている。

「ああ」と綿貫はつぶやいた。素子が見せたいといったものが何であるかわかったのだ。綿貫は絵馬が好きである。地方へ旅行するつど、一、二枚の絵馬を手に入れて持ち帰ることにしている。囲碁も麻雀も釣りもやらない綿貫にとっては、絵馬のコレクションが唯一の道楽であった。小さな板片に描かれた稚拙で素朴な馬の絵が好きだったのである。絵は馬に限らない。拝む男女、ネコやキツネ、十二支をあらわすけもの、人間の目、タコ、大根、帆船、錠前などさまざまである。

「これはどこの神社かね」

綿貫は写真をかざしてたずねた。

「多良岳の中腹に片木《へぎ》という村があるのご存じですか。確証はないんですけれど、平家の落人が作ったという伝説のある村なんです。村民の姓が全部、碇といって、言葉も諫早弁じゃないんですね。行政区画では諫早の一部になってるけれど、風俗習慣みな違ってるという話です。その片木村のはずれにある神社で、今は参拝する人はほとんど無いと聞きましたわ。珍しい絵馬があったから撮影したんです」

「片木ね。諫早の一部なら多良岳の南側だな」

「村の人たちは顔立ちが似てるのねえ。男は彫りが深くて筋骨たくましくていかにも平家の子孫といったりりしい感じでしたわ。物腰も上品で。女の人はそろって丸顔で色が抜けるように白くて、少し受け口なの。近親結婚だから似てくるのかな。そうそう一重目蓋の人ばかり。だからみんな同じように見えたわ。山道ですれちがうとき、わたしにいちいち挨拶するの。今どきあんな村が日本にあるなんて、心がほのぼのとするみたい。……先生、どうかなさったの」

綿貫は次の写真をまじまじと見つめていた。ある絵馬の写真をひきのばしたものである。歳月で色褪せた絵馬は文字も絵も見にくかった。雨もりのしみがあり、埃とクモの巣で覆われて判然としない。綿貫の目をひきつけたのは天井に打ちつけられた一枚の絵馬である。右側に「心願成就」と書いてある。その左に「武運長久」とあり、中心に紡錘形の黒っぽい物体が描かれてある。左端に「四月一日りゅう」と並んで小さく明子と記されていた。綿貫は拡大鏡をとり出して紡錘形の黒っぽい物体をのぞきこんだ。こういうしろものは見たことがない。

「先生、何を見てらっしゃるの」

素子が綿貫の肩ごしに首をさしのべた。

「この絵馬なんだが、何が描かれているんだろう」

「ああそれ、わたしもおかしいなと思ったんです。写真でははっきりしないけれど、サツマイモなの。大根の絵はありふれてってもサツマイモは初めてなので撮ったんです。それにしても変った絵馬ですわねえ。四月一日りゅう、なんて。日付は名前の後に書くものでしょう、まるで人の姓のように」

「姓かもしれないよ」

綿貫はつとめてさりげなくいった。四月一日が綿貫家の旧姓であるとは口に出さなかった。読みにくい姓なので、昭和の初めに改姓の手続きをとったのである。四月一日に綿入れを脱ぐという所からこのような表記の姓を名のったということを彼は曾祖父から聞いていた。綿貫はごく親しい友人にさえもこの奇妙な姓を話したことがなかった。妻にも語らなかった。

ただ一回だけ例外がある。

戦時ちゅう、長崎の丸山にある下宿屋で、隣りの置屋に居た半玉の少女に告げたことがあった。夏の夕方、西日の直射する二階の部屋から物干し台に出て涼んでいると、置屋の物干し台に少女が現われて「お兄ちゃん」と声をかけた。半玉が五、六人、その鶴丸とかいう置屋にいたようだ。綿貫に声をかけるのは小梅という少女だけであった。色白で丸顔の小梅が物干し台にたたずむのは一分間そこそこで、「お兄ちゃん」とはずんだ声をかけるなりじっと綿貫の顔に見入り、それから身をひるがえして降りてゆくのである。年の頃は十五、六であったろう。

他の半玉たちは綿貫と物干し台ごしに顔を合わせても声をかけなかった。若い男の目を意識してか、妙に気取ってよそよそしく、その上どことなくみだらな視線を向けてよこした。小梅だけがちがった。十五、六という歳に似合わずあどけない所があった。

昭和十八年の秋、綿貫がいつものように物干し台に突っ立って、ゴミゴミした街並をぼんやり眺めていると、小梅の明るい声が聞えた。

「お兄ちゃん、グベを食べたことある?」

「グベ?　なんだいグベって」

小梅は暗紫色の鞘のような果実を綿貫に投げた。よく熟れたアケビである。中央で縦に割れたさけ目から白い寒天のような半透明の果肉がのぞいた。アケビではないかと綿貫がいうと、自分の村ではグベというのだと小梅は教えた。きのう、山の村に帰ってお土産に持って来たのだそうだ。

「栗もあったけれど、お母さんにあげたの。残ったのはそれだけ」

「ありがとう、じゃあ」

綿貫はその場でアケビを割って白い果肉を種子ごと口に含んだ。小梅はよく光る目で、アケビをほほばる綿貫を見守った。果肉にはほのかな甘みがあり、山の匂いがした。

「おいしい?」

小梅は物干し台の手すりから身をのり出すようにしてたずねた。旨かったと綿貫は答えた。甘い物を口にするのはその年になって初めてだったのだ。また来年、秋になったらとって来てあげると、小梅はうれしそうにいった。

「来年はむりだな。もう、ここには居ないよ」

「あら、どうして」

「戦地にゆくんだ」

大学生に適用されていた徴兵猶予令が解除された年である。綿貫は海軍を志願していた。物干し台から丸山の遊郭街を眺めていたのは、これが浮き世の見おさめかと柄にもなく感傷的になっていたのである。軍隊にとられることはすなわち死ぬことを意味していた。ガダルカナルが奪われ、アッツ島が玉砕し、マキン、タラワ島の玉砕も報じられていた。どう見ても戦争の形勢は日本に不利であった。綿貫の担当教授は、彼が海軍に入るということを知ると、教室の片すみに彼を呼んで「ジュネーヴ協定をきみ知ってるね」といった。万国捕虜条約のことである。

「わが国はあれを批准していないけれども、米国は条約を無視するような野蛮国ではないと思うよ。どんなことがあっても帰って来たまえ」

教授の厚意は多とする他なかったが、自分だけが生き残れるとは思えなかった。

「戦地って、どこなの」

「それはわからない」

「慰問袋、送ってあげるわね。名前を教えてちょうだい」

戦地で慰問袋を受けとるまで生きながらえるとは思っていなかった。入営し、教育訓練を受けて速成の予備士官に仕立てあげられたら、さっさと戦地へとばされることになるだろう。生れてから今までヘマばかり仕出かしている自分のことだから、きっと戦場でも似たような失敗をしてあえなく一巻の終りとなるに決まってると、綿貫は考えた。飛行機のパイロットになれば帰投針路をまちがえて海上に不時着するだろう。艦船乗組みになれば波にさらわれるだろう。いずれにしろ生還できるとは思えなかった。

夕日が長崎港の港口に落ちようとしていた。小梅の顔が赤く染まった。ふと、思いがけないせりふが自分の口をついて出るのを知った。「四月一日と書いてワタヌキと読む。変った姓だろう」

「ワタヌキ、ワタヌキ」

小梅は眉間に縦じわをよせて数回、彼の姓をくりかえした。

「小梅」階下からおかみの声がとどいた。小梅はあたふたと物干し台を降りていった。翌日、綿貫は友人が分けてくれた焼きイモを持って物干し台にあがった。小梅が姿を現わした。

「四月一日《しがついちにち》さん」

「よせよ、名前のこと人にしゃべるんじゃないぞ。ほら、サツマイモをやる」

「まだあったかいのね」

「ここで食べなよ」

小梅はサツマイモの皮をむいて食べかけた。一口か二口食べたとき階下から小梅を呼ぶ声がした。小梅はサツマイモを新聞紙にくるみ、懐におしこんで「じゃあ、また」といって背中を向けた。それが小梅を見た最後になった。

四月一日りゅう
明子

綿貫は拡大鏡を机に置いた。

下宿で彼はおかみから「りゅうさん」と呼ばれていた。同宿の学生たちも彼を「りゅう」と呼んだ。小梅がいった山の村というのは片木のことだろうか。可能性はある。小梅は半玉としての名前で、本名は明子かもしれない。

「それ、写真ではよく写っていないけれどサツマイモみたいに見えましたわ」

「いつ頃、奉納したものなんだろう」

「そういえば変ですわね。月日だけあって年がないというのは。たいてい何年何月と記してあるのに。とにかくずいぶん古い物であることは確かです。神主さんが昭和二十年代の半ばに亡くなってからは村の人たちが管理してたらしいの。でも年々、さびれる一方で、絵馬を奉納する人も最近は絶えたとかいってたわ」

「この写真、もらえるかね」

「どうぞ、そのために撮って来たんですから」

「近いうちに片木へ行ってみよう」

「まあ、どうして」

「絵馬を見るためさ。サツマイモの絵馬なんて、この齢になるまで初めてだよ」

「来週、わたし秋田に取材旅行するんです。また珍しい絵馬の写真を撮って来てあげますわ。しかし、いくら興味があるといってもわざわざ九州の山奥までお出かけになるなんて」

素子は呆れたといわんばかりに大げさなため息をついた。


タクシーは正午に長崎市の中心にあるグランドホテルに着いた。県庁の斜め向かいである。丘の上に建っているホテルの窓から、茶と灰色を基調にした市街地が見えた。長崎は家屋の大半が傾斜の急な丘に密集している。三十六年ぶりに見る街は、高層建築がふえたということ以外にさほど変っていないように思われた。

綿貫は熱いシャワーを浴びて旅の疲れをいやし、ベッドに横たわった。八時四十分の便に乗るため、起床したのは今朝の五時である。すわりずくめであったせいか肩と腰が痛んだ。自分がとんでもない思いちがいをしているかもしれないと反省する機会はあった。四月一日はただの日付で、りゅうは他人の名前である公算は大きい。かりに明子が小梅の本名だとしても、それがどうしたというのだ。あの頃十五、六歳だから生きておれば五十一、二歳になる。孫が何人かいておかしくない年配である。白髪頭をふり立てて再会の歓びを味わうということになるとは限るまい。

小梅を忘れてしまったわけではなかった。離婚してから昔のことが脈絡もなく脳裡をよぎることがあった。シンガポールの警備隊司令部で、主計将校として被服や食糧の員数合わせにうき身をやつしていた頃のこと、長崎で下宿生活をしていた頃、空腹に耐えかねて友人たちと深夜、木刀を片手に野犬を追いまわし、殺して食べたことなどを思い出すのだった。そして、記憶の中には必ず小梅が現われ「お兄ちゃん」と叫ぶのだ。

小梅は綿貫の夢にも登場した。

思い出の世界に姿を見せる小梅はつねに頬の赤い十五、六歳の少女のままであった。ひたむきで初々しくて可憐であった。夢からさめた綿貫は、枕が泪で湿っているのに気づいた。近年とみに衰えた足腰を肚立たしく思いながら彼は真夜中、手洗いに立った。洗面所の鏡に映っているのは、白髪に覆われた五十六歳の男の顔である。


ベッドから起きあがった綿貫は、身仕舞いをしてロビーに降りた。

長崎市の五十音別電話帳をめくって鶴丸という置屋を探したが見あたらなかった。期待していなかったから別に失望しなかった。原子爆弾は市の北郊に投下されていて、丸山一帯は戦災をまぬがれている。そこへ行けば何か手がかりがつかめるかもしれない。綿貫は外へ出てタクシーをひろった。丸山と行先を告げると、運転手がイヤな顔をした。ホテルから歩いて十五分ほどの距離なのである。思案橋でタクシーは右折し、せまい街路に入った。昔の思案橋を知っている綿貫の目には、街並がけばけばしい原色で彩られ、香港の下町を連想させた。戦時ちゅうは思案橋かいわいも丸山もしっとりとした情趣の漂う街であった。

「ここでいい」

坂の中途で綿貫はタクシーを降りた。

ホテルの窓からは変っていないように見えても、その場所へ来てみればさすがに年月の経過を思わないわけにはゆかない。記憶と合致するのは坂道の勾配だけで、道路に面した家はことごとく見覚えがなかった。綿貫は呆然と周囲を見まわした。ここが三年間、自分のすごした街であるとは思えなかった。

「なんせ、丸山ちゅう所は火事が多かとですよ」

タクシー運転手がもらした言葉を綿貫は反芻した。四十代の運転手は、鶴丸という置屋を知らなかった。綿貫は坂道の途中で細い路地に折れ、かつて下宿していた家を探した。路地は前から来る通行人とすれちがうとき体を横にしなければならなかった。ようやく見覚えのある一廓にたどりついた。磨滅した石畳道がそこでくの字形に折れているあたりである。家はしかし新建材を用いた造りで昔の面影はまるでない。綿貫が下宿していた家のあるじは岡野という姓であった。岡野家のあった所に建てられている家の表札には西村と記してある。

玄関のガラス戸があいて、買い物籠を下げた三十代の女が出て来た。綿貫は岡野家の消息をたずねた。

「岡野さんはご主人が十年ほど前に亡くなりました。お婆さんが十人町のアパートで子供さんと暮らしていらっしゃいます。住所ですか、さあ、確かアパートは松ヶ枝荘とか聞いてますけれど」

綿貫は礼をいって別れた。通りへ出て煙草屋の赤電話を利用することにした。電話帳に松ヶ枝荘はのっていた。管理人に電話して道順をきいた。十人町は丸山の旧遊廓街がたち並ぶ丘の同斜面に拡がっている。狭いまがりくねった路地を港の方へ歩いて行くと十人町に出る。通りすがりの女学生に松ヶ枝荘をきくとすぐにわかった。石段の坂道に面した古い二階建てである。入り口に居住者の名札が下がっていた。どこからか便所の臭いが漂って来た。岡野秀之という名札が目に入った。一階の五号室である。綿貫はドアをノックした。

「あいてますよ、どなた」

「綿貫です、昔お宅に下宿してた」

ドアをあけると、螢光灯をともした小暗い六畳間が目に入った。両手を床についた老婆が口と目を大きくあけて綿貫を見守った。

「りゅうさん、りゅうさんが来《き》なった。まあ、何年ぶりやろう」

「ごぶさたしました」

老婆は足が不自由らしく畳の上を両手で這って上り框にいざりよった。まあ、まあとつぶやくだけである。

「りゅうさん、おうちは生きてたの。戦地に行ってそれっきりだから、まあ」

綿貫はすすめられるままに靴をぬいだ。老婆は彼が下宿していた当時、三十歳になったばかりだった。食料事情が悪くなってからも何かと闇の米や肉を工面して彼に食べさせてくれた。元は芸者だったと聞いたことがある。二十歳の綿貫はなんとなくまぶしい思いで飯をよそうおかみの白い手を見つめたものだ。言葉や動作のはしばしが色っぽかった。夫は三菱造船所の下級技師で、浅黒い顔にヒトラーまがいのチョビ髭をたくわえ、めったに下宿人と口をきかなかった。学生を嫌っていたわけではない。根は善良な人物だったと思う。入営するため下宿を引き払う前夜、彼はチョビ髭をつまみながらいったものだ。

「綿貫さん、海軍は景気のいい戦果を報道しとるばってん、うちのドックで修理する駆逐艦はふえる一方ですばい。戦局の前途は多難です。どうか武運長久を祈ります」

これだけのことをいい終るのに岡野技師は何度もどもり汗を流し、まっ赤な顔になった。綿貫は仏壇の前にすわって、律儀な故人のために焼香した。飾られた遺影の顔にチョビ髭は見あたらなかった。死因は急性心不全だったという。しばらく世間話をしてから綿貫は鶴丸の話を持ちだした。

「鶴丸さんねえ、朝鮮戦争の頃まで景気が良かったばってん、火事で焼けてから左前になって」

「あそこに小梅という半玉がいたでしょう。ぼくがお宅に下宿してた頃です」

「小梅という子は何人もいましたよ。どの小梅かしらね。小桜という子もいたし、小松とか小菊とか」

「諫早の山奥から来たはずです。色が白くて丸顔で少し受け口の」

「あの梅ちゃん、ええ覚えてますよ。そう、言葉が変ってってね、山から鶴丸の子になった当時は言葉のせいでだいぶ苦労してた。可愛い子でしたね」

「小梅の本当の名前をご存じじゃありませんか」

「さてね、あたしらは梅ちゃんと呼んでたから。鶴丸のおかみさんは火事の後で気落ちして亡くなってるし。でも梅ちゃんのことをきいてどうするの」

「いや、ただなんとなく」

「梅ちゃんは半玉から一本立ちになるまぎわに鶴丸を出て行ってそれっきり行方不明ですよ。おかみさんはかんかんに怒ってねえ、梅ちゃんの消息を知ってたらしいけれど何をきいても黙ってるの。おひろめをする直前のことですものねえ、そりゃあ頭に来たでしょうよ。いい旦那がついたというのに鶴丸を飛び出されては」

「旦那というのは」

「三菱の下請工場の社長で、ちょいとした軍需成り金とかいう話だったわ。戦時ちゅう札びらをきったのはああいう連中でねえ」

「鶴丸に居た半玉たちで、今、会えるのは誰か知りませんか。四、五人は居たように思うけれど」

「そうだねえ」

岡野の奥さんは心細げにため息をついた。昭和二十年代の終りまでは風の便りに噂を聞いていたが、それ以降はまったく消息が知れないという。綿貫はいった。

「小梅の里は多良岳の山奥にある片木という村でしたね」

「そうそう、変った名前だから覚えてますよ。片木でした？　あたしは瓶子《へいし》と覚えてた。そう聞えたんだもの」

半時間あまり四方山話をしてから綿貫はホテルへ歩いて戻った。片木、瓶子、平氏とつぶやきながら。十一月の陽が斜めに射し、路上に綿貫の長い影をしるした。小梅が失踪したのは昭和十八年の十二月であったという。鶴丸のおかみは多良岳の片木村へ出かけて、帰宅したときは蒼白になり、数日口をきかなかったという。昭和十八年十二月といえば、綿貫が武山の海兵団でさんざん鍛えられていたときのことだ。片木村で何があったのだろう。綿貫は二度目のシャワーを浴びてベッドにもぐりこんだ。眠りがすぐに来た。

どのくらい眠ったか、綿貫は電話のベルで目を醒ました。手探りで枕もとの送受器をつかんだ。素子の声である。

「いかが、ホテルの感じは」

グランドホテルをすすめたのは素子であった。悪くないと綿貫は答えて腕時計に目をやった。八時すぎである。たっぷり二時間眠ったことになる。

「やはり先生、片木村までお出かけになるの」

「そのつもりだ。明日、諫早から登ることにする。せっかくここまで来たことだし」

「うっかりして忘れてたことがあるんです。片木村に一軒だけ雑貨屋があります。そこのご主人が頼まれて絵馬額に絵を描いてるんです。七十歳くらいのお爺さん。あのおかしな絵馬を描いたのは碇というそのお爺さんかもしれないわ。片木村へいらっしゃるのなら訪ねてご覧なさい。何か教えてくれるかもしれませんわ」

「ありがとう」

「先生、本気でしたのね。長崎へ行くとおっしゃったときは、まさかと思ってたんです。呆れた」

「お土産をあてにしていいよ」

「おあいにくさま。先生から何度その言葉を聞かされたことか」

明るい笑い声がとどいた。

「そうかね、ぼくは今、初めていったような気がするけどな」

「いつお帰りになるの」

「明日の最終便には間に合いそうにない。明後日の始発ということになるだろう」

「お土産をたのしみにしてます」

「あてにしないといったくせに」

「今度は本気です。じゃあ、お気をつけて」

　綿貫は地図を持って食堂へ降りた。注文した料理が運ばれてくるまで、テーブルに地図を拡げて長崎からの道筋を検討した。諫早まで二十四キロ、バスで一時間かかる。諫早から尾根伝いに多良岳の中腹まで道路が続いている。タクシーを使えば山道でも二時間とかからないだろう。縮尺をたよりに距離を計算した。およそ十六、七キロの行程である。綿貫は学生時代に雲仙岳へ登ったことがあった。多良岳に登ったという友人の話なら聞いたことがある。千メートルほどのちっぽけな山となめてかかり、軽装備で挑んでひどい目にあったと友人はぼやいた。中腹まではなだらかな尾根に沿って楽に登れるけれども、それから先は渓谷が複雑に入りくみ、森も深くて見通しがきかず、ほうほうのていで下山したということだった。綿貫は老眼鏡をかけてつぶさに等高線をしらべた。片木村は等高線の密度が大きくなる箇所にあった。深い谷に面した村落である。平家の落人がひそむのに恰好の場所と思われた。片木村から山頂へ至る細い道がのび、五家原《ごかはら》岳という地名が記してある。多良岳とは五家原岳とその西北の経ヶ岳を総称しているのではないかと綿貫は思った。経ヶ岳の北には平谷という地名があった。島根に五箇《ごか》村がある。茨城の五霞《ごか》村とつながりがあるのかもしれない。滋賀の五個荘《ごかしょう》町は熊本の山奥にある五家荘《ごかのしょう》とおそらく無縁ではあるまい。綿貫はマカロニグラタンがいつテーブルに運ばれて来たのか気づかないほど地図を読むのに熱中していた。

　翌日、綿貫は朝食をホテルですませると、長崎駅前で島原行きの特急バスに乗った。諫早に着いたのは午前十時である。すぐにタクシーをひろえると思っていたのだが、秋祭りの最中ということでなかなか空車が通らない。諫早駅の観光案内所できいてみると、片木行きのバスが出ているということだったが、先日の大雨で道路沿いの山腹が崩れ落ち、今は運行を停止しているという。道路が遮断されているのは片木村の手前二キロの付近だそうである。

「そうですか、東京から来なさったとですか。よろしい、何とかしてみましょう」

案内所にいた五十がらみの男がタクシー会社に電話をかけてくれた。予定をやりくりして来るのだから、いくらかチップをはずんでくれと、男はいった。

「片木までバスが運行するようになったのはいつからですか」

「不便な所ですよ片木は。道路が拡張されてからですからね、そうですな、十年ほどになるかな。わしらが子供のときは麓からてくてく歩いて行ったものでした」

「片木村ではグベがたくさんとれるそうですね」

「グベ?」

男はけげんそうにきき返した。アケビのことをこの辺ではグベというのではないかと、綿貫はいった。「さあ、グベねえ。わしらはアケビというとりますよ。片木ならまた変った呼び方をするでしょうな。ええ、谷間の村ですからアケビはとれます。わしらが子供の頃、片木の人がかついで売りに来たもんでした」

一時間ほどたってオレンジ色に塗られたタクシーが来た。運転しているのは二十代の青年である。

「片木ですか。途中までしか行けませんよ。崖崩れで道が埋まってね」

「行ける所まで行ってくれないか」

「本当にいいんですかお客さん。山道をかなり歩くことになりますよ」

かまわないと、綿貫はいった。目の前に多良岳がそそり立っていた。諫早の市街地ならどこにいても多良岳は見えるだろう。空には一点の雲もなかった。秋のおだやかな陽ざしが山を明るくした。綿貫は多良岳が声のない声で自分に呼びかけ誘っているように感じられた。諫早駅前から走り出したタクシーは川を渡るとただちに上り坂にさしかかった。多良岳の尾根である。綿貫は車の快い動揺に身をまかせた。道路は舗装されている。フロントグラスの正面に多良岳が拡がった。

「お客さん、帰りはどうなさるんです。片木村にタクシーはありやしませんよ」

帰りをどうするか綿貫は考えていなかった。片木村に行くことだけで頭が一杯だったのだ。

「白木峰《しらきね》の方角に迂回すればバスが運行してるはずですよ。ちと遠まわりになりますがね。諫早の北東に下ることになります」

「そうかね、ありがとう。片木村にはときどき行くのかい」

「まあ年に一回、お客があるかないかですね」

「平家の落人が作った村だそうだね」

「へえ、そうですか平家の落人ね。待てよ、それで思い出した。このあいだうちの車が東京から来た女の人を乗せて片木へ行ったことがあったっけ。その女の人も平家の落人がどうしたとかいってたそうです」

来島素子のことだろうと、綿貫は思った。


片木村に着いたのは午後三時すぎであった。綿貫は疲れきっていた。

崖崩れは村の手前二キロのあたりで、一箇所だけではなくほぼ百メートルごとに大岩が道路をふさいだり、道路が陥没したりしていた。綿貫は休み休み歩いた。尾根の上を走る道路は、最初の崖崩れの所で谷間へ降りる。車一台がやっと通れるほどの狭い道である。坂道を下るにつれて静寂が身を包んだ。右手は勾配の急な斜面で、はるか下の方からかすかなせせらぎの音が聞えてくる。人家は見えなかった。谷間には濃い影が澱んでいた。水のようにひえびえとした空気が綿貫の体を冷やした。道の左手は杉林になり、やがて右手も杉林に変った。渓流の水音が高まった。杉林の道を縫いながら頭上を仰ぐと、淡青色の空が帯のように続いているのが見られた。腐葉土と草や木の湿った匂いが林の道にたまっていた。山鳥の鋭い声がときおり静寂をやぶった。杉林がとだえ、視界がひらけた。大小無数の黒い岩が、渓流で洗われている。水の勢いは激しく、岩にぶつかって白く泡立った。渓流の向う側、急な山腹にへばりつくようにして藁ぶき家が点在していた。

綿貫は小さな橋を渡った。

村はひっそりとしずまりかえっている。

竹籠を背負った老人が綿貫を認めて頬かぶりしていた手拭いをとり、小声で何かつぶやきながら頭をさげた。綿貫も挨拶を返した。雑貨屋のありかをきいた。バス停の標識がある所だという。この道をまっすぐにゆけばわかると老人はいった。口調は平板で、語尾がやや重かった。九州弁であることに変りはなかったが、綿貫の知っている長崎、佐賀、熊本それに鹿児島の訛りと共通している抑揚は聞きとれなかった。

雑貨屋は村の中央にあった。土間に罐詰や袋入りの駄菓子を並べているだけのちっぽけな店である。煙草や切手類も売っているらしかった。綿貫はサイダーを買い栓をあけてもらって飲んだ。よく冷えた甘い液体が咽喉の奥へすべり落ちるのを感じ、生き返ったような気分になった。栓を抜いてくれたのは七十前後に見える男である。積み重ねられた即席ラーメンの段ボール箱の間に窮屈そうに坐って店の主人は算盤をはじいていた。綿貫が二杯めのサイダーに口をつけたとき、主人は顔をあげた。

「お客さんは県の土木課の方ですかな」

「いいえ、ぼくは東京から来ました教師です」

「ほう、東京から」

綿貫は素子が撮った神社の写真を出した。

「この神社を見物したいと思いましてね」

主人は口をあけて綿貫の顔を見つめた。物好きにもほどがあるとでもいいたげな表情である。綿貫は神社への道をたずねた。

「村から半里あまり川上の方へ歩かにゃならん。しかしお客さん、片木神社はもう見られんですよ」

「というと」

「ダムができましてね、今は水の底です。お客さんの来なさるのがもう三日はやかったら間に合ったのに、先だって大雨が降ったもんで水がたまってしもうたとです。御神体なら白木峰神社の方へ移しとります」

店のガラス戸に映っていた陽ざしが急に翳ったように思われた。「水の底、ですか」綿貫はよわよわしくつぶやいて肩を落した。絵馬の写真をとり出して主人に示した。これに見覚えがあるかとたずねた。主人は写真をつまんでゆっくりと立ちあがり、螢光灯に近づけて目をこらした。

「その絵はご主人が描かれたものじゃありませんか。昭和十八年の暮れのことです。碇明子という女の子にたのまれて」

「昭和十八年……」

主人は写真に目をそそいだまま坐った。左脚が不自由そうであった。

「そうです。これはわたしが描いたものです。サツマイモを描いてくれとたのまれて妙なものに願掛けするもんだと不思議に思いました」

「碇明子さんは片木村にいられれますか」

主人は綿貫を見つめ、しばらくして目をそらした。

「お客さんは何もご存じではなかとですな。碇明子はわたしが描いた絵馬を片木神社に奉納した日に身投げしました。神社の上手にある沼です。その沼も今はダムの内側に水没しとります。明子は長崎に働きに出てましてね。小学生のとき母親に死なれ、父親が兵隊にとられるやらで奉公に出されたわけです。身投げしたのはたぶん……」

主人はぎこちなく咳払いした。

「たぶん、つとめがしんどかったのでしょうな。まだ子供でしたからねえ」

「長崎のどこで働いてたんですか」

主人は写真を綿貫に返した。キセルに刻み煙草をつめておもむろに一服した。

「三菱造船所で事務員をしとりました。お茶くみとか走り使い。ええ、ちゃんとした仕事です」

店主はキセルの雁首を強い勢いで煙草盆に叩きつけた。

「ウサギの罠を見まわりにいった爺さんが沼のまん中に赤いものを見つけましてね。明子は一張羅の晴れ着を着て浮んどりました。沼にはいちめんに氷が張りつめておって、その氷の下にぴたりとはりつくようにして。むごいというよりまず、そのうなんというか、まっ白い氷の下に花が咲いたごたる感じがしたと爺さんはいうたし、わたしも可哀そうと思う前にきれいだなあと感心したもんです。絵馬を描いてくれちゅうてうちに寄ったときはみじんも死ぬ気ぶりは見せなかった。あの子はもともと朗らかな子でした。神社の絵馬は年に一回、焼くとですが、あの子の絵馬だけは何かいわれがあるとだろうと手をつけんかった。なぜサツマイモなど描いてくれとたのんだか今もってわたしにゃ得心がゆかん」

綿貫は礼をのべて立ちあがった。

教えられた道をたどって村はずれを目ざした。広い道が谷川沿いについていた。水の落下する音が杉林の向うから聞えて来た。綿貫は急勾配の坂道を喘ぎながら登った。杉の葉の刺戟的な芳香が鼻を刺した。日は山の稜線に隠れ、大気はさっきより冷えこんだようだ。崖下の道を折れたとき、目の前が一時に広くなった。まんまんと水をたたえたダムを綿貫は見出した。

貯水池の中央には日があたっていた。

綿貫はその場にしゃがんだ。

風が起り、水面にさざ波を立てた。

貯水池をとりまく山々はみな鋸状の稜線を持っており、西側の山腹は夕闇をはらんで暗く、東側は沈む日に映えて明るかった。綿貫は水の底に隠れた沼を思い、片木神社を思った。拝殿の天井板に打ちつけられたまま水に浸っている絵馬の文字や絵が、溶けて消え去るのはいつのことだろうかと考えた。

野呂邦暢はなぜ生き急いだのか

私はリアルタイムでは小説家野呂邦暢に間に合わなかった。

読書好きではあったものの文学少年でも文学青年でもなかった。

つまり高校に入学するまでいわゆる文芸誌（純文学雑誌）のことを知らなかった。

高校に入学して私はジャンケンで負けて図書委員になったから週二回、放課後、図書館の受付担当をした。

仕事は暇だったから、図書館にある本を読んだ。

雑誌のコーナー（ラック）もあって文芸誌が並んでいたから時々手に取った。

しかし私には難しかった。

だから私が文芸誌と付き合うようになったのは一九七八年、私が大学に入学してからだ。

ところで小説家と傍点を振ったことに注目してもらいたい。

実はその年すなわち一九七八年私は野呂邦暢という文章家を発見しファンになっていたのだ。

まず一月三十日から二月十日にかけて朝日新聞夕刊に「日記から」というコラムが連載された。

同じ年の五月から私の愛読していた書評紙『週刊読書人』で「小さな町にて」の連載が始まった。

『小さな町にて』（文藝春秋、一九八二年）は野呂邦暢の著書の中で一番大好きな作品で、私は何度繰り返し読んだかわからない。

その冒頭は「H書店のこと」だ。野呂邦暢が中学生だった頃、町には「H書店とB書店」の二軒しかなく、野呂少年は夕食後、本好きでマルクスボーイだった叔父と共にその二つの店を覗いた。特に「叔父はH書店の主人とは顔なじみで、立ち寄った折りは必ずあれこれと本の話をした」。しかし、「私は一人で町へ出るとき、H書店にはあまり寄らなかった。店の奥に座っている主人の顔が、なんとなくうとましかったからである」。

なぜ「うとましかった」のかは「小林秀雄集」という回で明らかになる。

高校の二年であったか三年であったか忘れたけれども、その頃、新潮社から小林秀雄の全集が刊行された。叔父と町へ散歩に行ったついでにH書店へ立ち寄った私は、たまたま店主の机に全集の広告がのっているのを認め、即座に予約した。当時としてもかなり高価な値段であったと思う。コーヒーが一杯五十円の時代である。千円前後ではなかったかしらん。第一巻の本代だけは懐中にあった。マルクスに凝っていた叔父は「へえ」といっただけで、予約者名簿にサインする高校生に何もいわなかった。

全集というものが毎月刊行されることを青年は忘れていた。だから第二巻以降は「やりくりがつかなかった」。そしてH書店への足が遠のいた。

優れた文筆家としての野呂邦暢に出会った頃、私は文芸誌も読むようになり、ちょうど野呂邦暢も『文學界』に長篇小説「丘の火」を連載していたが、私が一番よく購入した文芸誌は『海』、続いて『文芸』と『群像』だったからその小説に目を通していない。

しかし小説家野呂邦暢のことは気になり、『壁の絵』（角川文庫）や『草のつるぎ』（文春文庫）などを読んだ。だから野呂邦暢の突然の死（一九八〇年五月七日――それは私の二十二歳の誕生日の前日だ）に驚いた。私は現役小説家としての野呂邦暢に間に合わなかったのだ。

『文學界』や『新潮』はあまり買わなかった私の書棚に両誌の一九八〇年七月号が並んでいる。『文學界』で野呂邦暢の追悼を書いているのは小林信彦だ。

野呂邦暢さんの死については、すぐに週刊誌の記事があり、コメントやら、追悼文やらが発表されている。私にはそれらの活字がなにか鬱陶しく感じられ、心をしずめるために、文庫版「草のつるぎ」巻末の丸山健二氏の解説を幾度も読みかえした。以前に読んだ時もそう思ったのだが、野呂さんの文学を論じて、これ以上、読みの深い文章は他にないし、今後も出ないだろうと私は思う。

その丸山健二が『新潮』で野呂邦暢の追悼を書いている。その書き出しを引く。

野呂邦暢氏の直接の死因は心筋梗塞によるものだそうだが、私にはどうもそれが信じられない。これはもちろんろくでもない想像なのだが、もし彼が自ら命を断ったのだと考えると、なぜかそのほうが割り切れるのだ。

ところで小林信彦は、その前年（すなわち一九七九年）の暮に上京して来た野呂邦暢と新宿のホテルのレストランで会った時、野呂から、「一日に四十枚書くこともある」と言われて驚いたと述べているが、今回、この原稿を書くに当って、「単行本未収録」の作品群（もちろん私は初読だ）の発表誌とその掲載時を目にして行って、それがウソでないことがわかった。

『別冊文藝春秋』や『別冊小説新潮』や『別冊小説宝石』はともかく『問題小説』や『SFアドベンチャー』、さらにシブいところでは『太陽』や『カイエ』（『ユリイカ』と並ぶカルチャー誌）などに執筆しているのだ（『問題小説』に作品を発表する芥川賞作家など——宇野鴻一郎のような確信犯はともかく——いただろうか）。

生産的というよりこれは自殺行為だ（丸山健二の疑いに同意できる部分がある）。

金銭的なものだったのだろうか。

講談社文芸文庫の『草のつるぎ　一滴の夏』巻末の年譜（中野章子編）を眺めて行くと気になることがある。

一九七七年七月、野呂邦暢は六年間暮らした妻淑子と別居し、翌年四月に離婚する。

彼の超多作期はその頃から始まるのだ。

さらに今回収録された二本の柱。「文彦のたたかい」が集英社文庫コバルトシリーズに収められたのも、「水瓶座の少女」が『高二時代』で連載が始まるのも、同じ頃だ。

ただし多作であっても作品の質に乱れは感じない。

共通するのは夫婦を中心とした男女の心のスレ違いだ。

その中から一つ引用したい。

交通事故で怪我をしたという共通の友人（男性）を夜明けのドライブで見舞いに行く夫婦を描いた「ドライヴインにて」だ。彼は昔のことを思い出している。ある町に住んでいた時、妻と男（今回事故に会った人物）がパーティでダンスを踊った。妻は上手にステップを踏んだ。「家ではいつもだるそう」だったのに。

その晩。


　ウィスキーをグラスについで、長椅子にふかぶかと身を沈めた。水を加えていないウィスキーを少しずつ口に含みながら、とりとめのない考えにふけった。自分が格段に老いこんだように感じた。結婚してからわずか四年しかたっていないというのに、十倍も齢をとったようだ。妻も若やいだ雰囲気を失っている。しかし、今夜は見ちがえるほどに初い初いしかった。

　妻が自分のもとから去る日を想像してみた。


発表は『カイエ』一九七九年八月号だから離婚して一年後に書かれたものだ。

同じ頃『別冊小説新潮』に発表した「公園の少女」の主人公鳴海栄治は公園で出会った十二、三歳の少女から突然、このような質問をされる。


「別れた奥さんの話は……」

鳴海は少女の茶色がかった眸の奥をみつめた。相手はまたたきもせずに彼を見かえしている。妻と別れたことをどうして知っているのか。

「じゃあ、別れていないの」

「別れているけれど、どうして」


野呂邦暢は何を思ってこれらのシーンを描いたのだろうか。

しかし一番の問題作は妻と離婚した同じ時期に連載が始まった長篇小説「水瓶座の少女」だ。

私はジュニア小説を読んだ経験がないのでかなり驚いた。

つまり、内容がエロティックなのだ。

そしてその内思い出した。

私が中学時代、女子生徒の何人もがジュニア小説に夢中になっていた。

しかも、成績優秀な女子たちが。

最初私は不思議だった。

さほど成績優秀でない私だって、読む文庫は普通の文庫本だった（中学二年の時体育の授業で体をひねりすぎて早退し、部屋で横になりながら新潮文庫の『坊っちゃん』を読んでいたら面白過ぎて体の痛みが増した）。

しかし、わかった。

彼女たちはそれらのジュニア小説を一種のエロとして読みふけっていたのだ。

当時のジュニア小説の売れっ子に純文学出身の富島健夫がいた。

富島健夫はジュニア小説で売れっ子になりすぎて純文学に戻れなかった。

だが野呂邦暢は「出身」ではなく純文学そのものだった。

その野呂邦暢が何故ジュニア小説を?

お金のためだったのだろうか。

妻との離婚もあってそれも関係していただろうけれど、それだけではなかったと思う。

私はその、「それだけではなかった」部分を知りたいと思った。

そして、「水瓶座」を通読した。

かなりエロだった。

もちろん初出誌が高校の学年誌だから例えば性交を描いた場面はない。接吻がせいぜいだ。

筆致は即物的であったりするのだがその即物性がかえってエロなのだ。

主人公である宮本孝志は医者の息子である親友の鳴海和太留の家に訪れると和太留は上半身裸になって顕微鏡をのぞいていた。彼が観察していたのは「スペルマに含まれるスペマトゾア」だった。「精子と卵子の結合によって人間が誕生する。小学生の常識だよ。その常識とやらを目で確かめたかった」からだ。そして孝志にも「観察」を勧める。

孝志はふらふらと立ちあがって顕微鏡にかがみこんだ。まず見えたのは銀灰色の暗い沼のようなものだった。何かがその沼の中でうごめいている。視野は仄暗く、じっと目をこらしているだけで涙が出そうだった。

「見えるだろう」

と和太留がいった。

「ああ……」

孝志はあいまいにうなずいた。

その数日後の深夜、ランニングをしている時、孝志はこの日のやり取りを思い出す。

（なあ宮本、科学的に定義すれば、Sexual intercourseというのは、蛋白質の放出にすぎないということになる。で、蛋白質とは窒素だから窒素の排出といってもいいわけだ）

先だって顕微鏡で精子を観察していた和太留のいった言葉をふいに思い出した。

（植物は窒素をとり入れる。動物はそのとき排出する。とくにどうということはない生理現象をなぜ人生の一大事のように騒ぎたてるのかなあ）といって和太留はタオルで裸の上半身をぬぐった。

――どうということはない生理現象……

という表現が孝志には納得できなかった。即座に青柳布由子の顔が甦った。

青柳布由子というのは孝志の同級生で、孝志は彼女に激しく恋している。

布由子、彼女の亡き父、和太留、彼の父、布由子の義母など様々な人物が登場するが、彼らは皆、複雑関係を持っていて、うしろめたい気持ちをかくしている。

その中でストレートなのが孝志の布由子への思いだ。

幾つかのドラマがあって、物語は一見ハッピーエンドのように終わる。つまり孝志と布由子はカップルになる。

しかしこの小説はこう結ばれる。

和太留はなおもS子の名を口にした。涙はきりもなく溢れた。和太留の頬に光るものを見ながら、いつか孝志は布由子が自分から遠い所に去ってしまったように感じていた。

小林信彦は野呂邦暢が亡くなる十日前、すなわち一九七九年四月二十七日、新宿で野呂と会った。野呂邦暢も小林信彦同様大の映画好きだった。

「他の映画は観ないでもいいから、『クレイマー、クレイマー』だけごらんなさい」

私が勧めると、

「今度（の上京）は、時間がないんですねえ。一本観る時間もないなあ」

野呂さんは呟《つぶや》いた。

（どうして、あんなに時間がないのだろう、と私はあとで妻に言った。いかにハード・スケジュールとはいえ、夜の最終回の上映も観られないほど忙しいのだろうか？）

一九七六年前後上京して野呂が撮った神保町や早稲田の古本屋街の写真集が限定五百部で昨年（二〇一五年）四月、盛林堂書房から刊行された。

つまりその頃の野呂にはそれらの古本屋街を「流す」時間的余裕があったのだ（そう言えば野呂は角川文庫の小林信彦初期小説の解説で、早稲田の文英堂書店でそれまで未入手だった『ヒッチコックマガジン』のある号に出会えた喜びを語っていた）。

それから僅か数年で野呂はなぜ忙しくなってしまったのだろう。それはまさに生き急ぎと言って良い忙しさだった。

それを解くカギがこの巻の小説群にある。


（坪内祐三）

解説

水のある町で

野呂邦暢は四十二年の生涯のほとんどを諫早で過ごした。七歳まで住んだ生地長崎への愛着を示すことはあったが、諫早こそ自分の文学の原点だと言い続けた。

諫早は三つの半島のつけ根にあたり、三つの海に接している。それぞれ性格を異にする三つの海に囲まれた小さな地峡部の城下町である。わたしはこれまで刊行した三冊の本におさめた作品のかずかずを全部この町で書いた。諫早に住まなかったなら、これらの小説が書けたかどうか疑わしい。物語というものはそれを産み出す風土を作者が憎んでいては成立しないものだ。わたしは諫早という土地を、こういう言葉を使って良ければ、愛している。美しい町であると思っている。町を歩けば海の匂いがするからだ。いつも町には三つの海から、微かな潮の匂いを含んだ風が流れこんで来る。外洋の水に洗われる千々石《ちぢわ》湾の風、その底質土に泥を含まない清浄な大村湾の風、干潟をわたたって吹く有明海の風。

とりわけわたしは有明海の風を好む。わたしの借家は本明川下流にあり、川沿いに堤防を下れば有明海の一部である諫早湾に出る。この河口を舞台にわたしはかつて、「鳥たちの河口」という小説を書いた。瀕死の渡り鳥と死滅寸前の海に捧げる挽歌のつもりであった、といえばいささかキザないい方になるだろう。河口の雰囲気はわたしに小説を書かせる力の源泉である。（「筑紫よ、かく呼ばへば」一九七四年『王国そして地図』所収）

諫早の町を紹介するのにこれほど適切な文章はないだろう。町に大小の川があり、どこにいても身近に水の気配が感じられる諫早の町を野呂は自分の文学の拠点とした。野呂が育った諫早市城見町の家は本明川のほとりにあった。すぐ隣は慶厳寺という浄土宗寺院で、川をはさんだ向かい側に緑の樹木に覆われた城址公園が見える。かつての伊佐早領主西郷氏の城があった場所で、のちに書かれる『落城記』の舞台となった高城址である。野呂は少年時代この川に遊び、高校時代は城山の森で時を過ごした。諫早の清冽な水と緑、透明な光は少年の感性を豊かに育んだにちがいない。

そのころ諫早市立図書館は市役所に隣接する市民センターの四階にあった。野呂が「草のつるぎ」で芥川賞を受賞したころのことである。一九七三年の夏に諫早へ移り住んだ私は、その図書館で何度か野呂を見かけた。当時三十代半ばだった作家からは物静かな書生という印象を受けた。いつもきちんと上着を身に着けて、実直そうな官吏か教師というふうにも見えた。芥川賞を受賞したあともしばらくは家庭教師を続けていたから、教師という印象はあながち的外れではないだろう。あるとき野呂が図書館の職員に、「伊東静雄に関する本はこれだけですか」と尋ねていたことがあった。少し前の『文學界』に野呂は「詩人の故郷　伊東静雄と諫早」を書いていた。伊東静雄の詩との出会いに自分と文学との出会いを重ねて書いたもので、続篇を準備しているのかと期待したのだが、野呂が同郷の詩人について深く書くのは数年後であった。季刊『文芸展望』に三回に渡って「伊東静雄の諫早」「伊東静雄の周辺」「伊東静雄の故郷」と題する評論が載ったのは一九七八年〜七九年のことである。画家の描く人物像はモデルが誰であれ画家自身だとよくいわれるが、この評論はまさにそれで、野呂の文学観がよく伝わるものとなっている。端正で平明な文章は、「作家の成熟度は文章の平明さに比例する」という野呂の言葉を裏切ることがない。

私は市立図書館で小説の勉強をした。十年ほど前のことである。今は五階建の現代ふうな商工会議所がたっている所はかつて木造二階建のペンキも剝げかけた古い建物があった。そこが諫早の市立図書館にあてられていた。

その前は警察署で、私が高校生であった当時は郵便局だったような気がする。（中略）わが家では書く気になれず、辞書や参考書をひくのにも便利であったから私はほぼ毎日図書館にかよった。建物の由緒が由緒だから、一階にも二階にも小部屋が沢山あり、こっそりと一人でものを書くのに良かった。小説を書く勉強などしていると人に告げる気にはどうしてもなれなかった。（「諫早市立図書館」一九七六年五月二十八日『古い革張椅子』所収）

野呂が孤独な魂を抱いて文章修業に励んだ古い図書館も、私がしばしば野呂を見かけた市民センター四階の図書館のいずれもが、いまはもうない。市役所周辺は近年再開発が進み、小学校、市役所、図書館は場所を近くに移して新しくなった。町の中心地であるこの一画に野呂が通った長崎県立諫早高校がある。学校の敷地は諫早の初代藩主龍造寺家晴公の舘跡で、校内には美しい日本庭園が遺されている。一九五三年の春この高校へ入学した野呂は、師友に恵まれた高校時代をのちにこのように記している。

灰色の三年間、というつもりはない。あれはあれで結構たのしいこともあった。一年のときは美術部で絵を描いた。当時三年生であった部長山口威一郎は、十七年後に私が初めて出版した創作集の装丁をしてくれた。ある文学賞をうけた「草のつるぎ」の装丁も彼である。

絵のみに限らず文学やさらには芸術一般、人生の処し方にまで私が彼に負うている所は大きい。

彼とめぐり会ったことが高校生活における私の最大の幸運であった。山口威一郎は東京教育大を出ていま埼玉の県立高校に美術の教師としてつとめている。

友人についていえば、私はもっとも信頼できる三人の友人を高校時代に得た。もしも諫高に入学しなかったなら、私は山口威一郎とも三人の友人とも相知ることはなかったわけである。母校は頭のわるい夢想家の学生に学問を与えはしなかったが終生の知友はめぐんでくれたわけである。その意味で大いに感謝しなければなるまい。

（「わが三年間」一九七四年十二月『長崎県立諫早高校新聞』）

エッセイ集『小さな町にて』（文藝春秋）には、少年時代からの読書遍歴や高校時代の思い出、孤独な青春時代をへて作家への一歩を踏み出すまでが書かれている。『週刊読書人』に連載されたもので、どこを読んでも楽しいが、中でも興味深いのは高校時代の交友を描いた部分だろう。生涯の友となった同年のM（村岡暹）、W（和田信二）、T（滝川義人）の名を野呂は「諫早菖蒲日記」に出てくる鉄砲組の武士たちの名に使っている。年長のY（山口威一郎）は芸術一般への造詣の深さで野呂を圧倒したが、よき導き手でもあった。ある冬の日、友人と共にYの家に泊まった野呂は、その夜Yから紙と鉛筆を渡された。「何か書くことがあるだろう」というYの言葉で野呂は初めて書くということを意識したという。何事も文章にしなければ経験したとはいえない、というのがYの持論だったというが、それはそのまま野呂の信条ともなった。野呂が高校二年になる春にYは東京の大学へ進んで諫早を離れたが、野呂は都会に住むYに手紙を書くことで文章修業の第一歩を踏み出したといえる。

師友にめぐまれた高校時代に野呂は忘れ難い体験もしている。高校二年のときの初恋である。その思い出を書いたエッセイがあるので要所をかいつまんで紹介してみたい。

あの人は今どうしているだろうと、思うときがある。（中略）高校時代に好きだった女生徒のA子である。（中略）高二から三にかけて私たちは毎日、手紙のやりとりをした。一日に二通も出すことがあった。（中略）A子は目立つ女生徒だった。肢体と同じほどにその声も美しかった。テキストを読む声に私はうっとりとなった。しかしただそれだけなら好きになりはしない。

A子はよく本を読んだ。

小学生の頃から岩波文庫を愛読したという。（中略）私たちは二日か三日おきに外で会った。会ってもとりと

めのないおしゃべりをするくらいがおちである。時間はまたたくまに過ぎた。（中略）
高校時代の二年間に私が経験したことはたいていA子に結びつく。懐かしくなければどうかしているのである。私はダメ男だったので卒業するとあっさりA子は去って行った。失恋の苦い味を十八歳で私はたっぷりとかみしめた。次に女の人を好きになるまで十年かかった。（「木にしるした文字」『小説ジュニア』一九七九年二月号）

失恋の痛手から立ち直るのに十年もかかったと幾度も書いているが、相手は本好きの聡明な女生徒だったようだ。この初恋の苦い思い出を野呂は「一滴の夏」に書き、「彼」（『わたしは女』一九七七年十月）というエッセイにも書いた。また、「少女から交際を断られたとき、死ぬほど辛い思いをしたが、そのことを書くことによって客観的になりまた冷静にもなれた。小説家になったきっかけはこのころのことではないか」と講演で語ってもいる。野呂の初恋は実らなかったが、そのおかげで書くことの意味を体得したと言えるだろう。野呂は中高校生向けの小説をいくつか書いているが、そこには自分の若き日の体験が反映されているようだ。

収録作品について

この巻には野呂のジュニア向け小説と、晩年に書かれた単行本未収録の作品が収められている。発表当時掲載誌を目にしていない読者には、ほとんどが初めて出会う作品といえるのではないか。幻想小説、ホラー小説、怪奇小説、心理小説などと名付けたくなるような作品もあるが、多彩な野呂の仕事ぶりを窺うことができるだろう。

「文彦のたたかい」（『高二時代』一九七七年四月〜九月号）は片思いに悩む高校生の姿を描いたもの。架空の伊佐市にある伊佐高校が舞台となっているが、実際の地名や町名が用いられており、モデルが諫早だとわかる。美術部員の高校生たちの友情と学園生活がのびやかな筆致で描かれている。思い詰めた親友が山で自殺しようとするのを主人公が止めにいく迫真のラストシーンは物語のクライマックスともいえる。彼らが読むトルストイ「少年時代」、カミュ「異邦人」、マン「トニオ・クレーゲル」、ブラッドベリ「華氏四五一度」などという本の名に、『小さな町にて』に書かれた作者の高校時代が重なる。

「公園から帰る」（『小説ジュニア』一九七四年十二月号）は演劇部の少女に思いを寄せる少年の姿を描いたもの。顔の痣を気にする少年には陰ながら彼を気遣う女生徒がいる。彼の心を癒してくれるのは果たしてどちらなのか、ほのぼのとした読後感のある作品。

「弘之のトランペット」（『小説ジュニア』一九七五年九月号）は落魄した名トランペッターとその息子の話。人気者となったかつての弟子に軽くあしらわれる父親、その姿に胸を痛めるものの、少年は矜持を失わない。父親を見る冷静な少年の眼は大人のものだろう。

「真夜中の声」（『小説ジュニア』一九七七年二月号）は、深夜のラジオ放送で憧れの女性の声を聴いた少年の話。だがどんなに探しても該当するラジオ番組はない。ひたむきな思いがおこした幻聴なのか、不思議な味わいのある作品。

「うらぎり」（『小説ジュニア』一九七七年十月号）は恋に悩み自分を失ってしまう女生徒の姿を、超能力を持つ少女の目を通して描いたもの。スプーン曲げや念力でユリ・ゲラーによる超能力ブームが起きたのは一九七四年ごろのことで、それがまだ読者の記憶に新しいころに書かれた作品。

これらの作品は『文彦のたたかい』の表題でコバルト文庫（集英社）となった。

「水瓶座の少女」（『高二時代』一九七八年四月〜一九七九年三月）は「文彦のたたかい」よりも更に大人びた世界へ踏み入った高校生たちの姿をミステリーふうに描いたもの。自殺未遂をおこした女生徒に思いを寄せる主人公が、彼女にまつわる謎を追究する中で思いもよらぬ真実に辿り着く。ブラームスが好きな主人公にはフランクを好きな親友がいて、この二人の交友と高校生活が交互に描かれる。シルヴィア・ハルトマンの詩がキイワードとして出てくるように、細部のエピソードや本、音楽などいかにも野呂らしい好みが窺われて興味深いが、最後の部分が駆足になったのではないかと惜しまれる。『水瓶座の少女』もコバルト文庫になった。

野呂のジュニア小説には、いずれも大人の入り口に立つ十代の少年少女が抱く異性への憧れや性への好奇心などが描かれているが、印象に残る大人たちも登場する。「水瓶座の少女」で主人公に英語版「ハムレット」の個人指導をする英語教師の酒井先生。詩人のシェリーが好きという教師の仇名は「ルンペン」だが、伊東静雄の住吉中学での仇名は「乞食」だった。また野呂は高校時代、ドイツ語とフランス語を放課後特別に教師から学んでいる。「文彦のたたかい」にはガダルカナル島からの生還者で傷痍軍人の中華食堂の主人が出てくる。寡黙な主人は南島で死んだ戦友たちのことを思うと自分だけ幸せになるわけにはいかないと頑なに思っている。長崎原爆で幼馴染を亡くした野呂の心情が垣間見られるような人物である。

『小説ジュニア』(集英社)は一九六五年に創刊され一九八三年六月に終刊となった。作品の多くがのちにコバルトシリーズとして文庫化されている。コバルト文庫の創刊は一九七六年、野呂と同時期に文庫として発売されたものに富島健夫、平岩弓枝、津村節子、佐藤愛子などの名前が見える。また、『高二時代』は旺文社から一九六四年に創刊、一九九一年に終刊となった。

「島にて」(『月刊あるとき』一九七八年十一月)は野呂が旅行雑誌『旅』の取材で奄美から与論へ船旅をしたときの体験をもとに生まれた作品。船旅の成果は「南島行」という紀行文になっており、その時の見聞をヒントに書かれたもの。自殺について語った船の相客が姿を消すが、彼の行方は書かれず、謎が謎のまま残される。二人の女の間で立ちすくむ男のとりとめもない心持が伝わる作品。

「顔」(『別冊文藝春秋』一九七八年十二月)、「飛ぶ男」(『問題小説』一九七七年六月)、「公園の少女」(『別冊小説新潮』一九七九年七月)、「黒板」(『SFアドベンチャー』一九八〇年二月)、「ホクロのある女」(『別冊小説宝石』一九七九年十二月)などは、幻想、幻覚、妄想、ホラー小説といってもいいのではないか。いずれも着想のユニークさと底しれぬ不気味さを持ち、野呂が書いたエンターテイメント作品の一画を占める作品。中にあって、「飛ぶ男」のラストは痛快、「大人のメルヘン」という歌い文句に偽りはない。

「水のほとり」(『カイエ』一九七九年五月号)、「ドライヴインにて」(『カイエ』一九七九年九月号)、「赤毛」(『カイエ』一九七九年十一月号)はすれちがう男女の不安定な状況を描いた心理劇のような作品で、ひとつながりのものとして読める。「水のほとり」の舞台は「十一月」や「鳥たちの河口」に出てくる河口付近で、鴨猟に来た一組の夫婦と若い男の会話劇といえる。彼らの台詞だけで夫婦の危うい状況が伝わる。主題を書かず、情景描写だけで暗示するという野呂の手法が冴える作品。水辺の冷え冷えとした空気が夫婦の仲を象徴するかのようで、抑制の効いた文章は「詩は散文の中にある」という野呂の言葉をよく表している。

「神様の家」(『文藝春秋』一九七九年二月号)は「八月」と同じ素材を扱ったもの。病に苦しむ妻が近代医学を諦めて、神霊術で病気を治すという神様の家に行く。夫はいかがわしさを感じ苛立ちを隠せないが、やがてその家に大学時代の同級生や、市の助役、中学教師、あろうことか夫が尊敬する町医者までが患者としてやってくるという、なんとも皮肉なパラドックスで終わる作品。

「幼な友達」(『問題小説』一九八〇年二月号)に出てくる迷惑な友人にはモデルがある。「一滴の夏」やエッセイ「空しい宿題」に出てくる画家志望でアルコール中毒の友人である。諫早高校の一年先輩で、若くして痛ましい死に方をしたが、野呂には志を果たせずに逝った友人を悼む気持ちが強かったようだ。ここでは友人の傍若無人ぶりが滑稽に描かれているがどこか悲壮感も漂う。妻に何といわれようと拒めないものがある主人公のやるせなさがおかしくも切ない。

「水の町の女」（『太陽』一九七九年八月号）は福岡県柳川市を舞台とする一種の紀行小説。野呂は水郷として知られる柳川を何度か訪れており、エッセイや歴史小説に書いている。水がある町が好きだと公言していた野呂には親しい町だったようだ。自分のもとを去った女性の姿を探し求めて都会からやってきた青年が、あてもなく柳川をさまよう。彼の目に写る柳川の佇まいが主人公のような小説で、水の匂いが行間から漂ってくるようだ。

「水の中の絵馬」（『別冊文藝春秋』一九八〇年三月号）は東京の大学に勤める五十六歳の男性による戦時中の回想記である。知人の女性から珍しい絵馬の写真を見せられた主人公が、その絵馬に自分の名前を見つけて実物を見に行くという話。それは長崎県諫早市にある片木神社のもので、絵馬にはさつま芋と「武運長久　四月一日りゅう」という文字が書かれていた。三十六年前、当時学生だった彼は長崎の花街丸山に下宿しており、隣の置屋の小梅という半玉と親しく言葉を交わしていた。綿貫という彼の姓がもとは「四月一日」と書いたということを少女にだけ話したことがあり、また出征前には少女にさつま芋を渡して別れを告げていた。絵馬が少女の実家がある諫早の片木にあったことから彼はその奉納主を彼女だと確信する。だが少女は三十六年前の冬、旦那がついて一本立ちするという直前に沼に身を投げていた。少女が着ていた晴れ着が氷の下に広がって花が咲いたようだったというシーンは残酷なほど美しく、哀切きわまりない幕切れがしみじみとした余韻を残す。この作品は日本文芸家協会編『ザ・エンターテインメント１９８１』（角川書店）に収録された。自分がよく知る長崎・諫早を舞台にして、野呂はここでも存分に地形、地誌への関心を示している。

この巻には偶然タイトルに「水」のつく作品が集まった。水のイメージは初期の作品からずっと野呂文学に欠かせないものである。それに加えてこの巻に収められた作品の多くに強弱の差はあるものの、しのびやかな死の影が感じられる。早すぎる死が予感されたのではないかというのは思い過ごしだろうか。野呂は自分の体験を作品のモチーフとすることはあったが、いわゆる私小説は書かなかった。事実そのままではなく、虚構化することによって浮かび上がる人生の哀歓を書いた。「水の中の絵馬」のような作品をもっと読みたかったと思う。

（中野章子）

初出一覧

水瓶座の少女	「高二時代」	一九七八年四月号〜一九七九年三月号
文彦のたたかい	「高二時代」	一九七七年四月号〜九月号
うらぎり	「小説ジュニア」	一九七七年十月号
真夜中の声	「小説ジュニア」	一九七七年二月号
弘之のトランペット	「小説ジュニア」	一九七五年九月号
公園から帰る	「小説ジュニア」	一九七四年十二月号
島にて	「月刊あるとき」	一九七八年十一月号
顔	「別冊文藝春秋」	一九七八年新春特大号
飛ぶ男	「問題小説」	一九七七年六月号
水のほとり	「カイエ」	一九七九年五月号

ドライヴインにて	「カイエ」	一九七九年八月号
赤毛	「カイエ」	一九七九年十一月号
神様の家	「文藝春秋」	一九七九年二月号
黒板	「ＳＦアドベンチャー」	一九八〇年二月号
公園の少女	「別冊小説新潮」	一九七九年七月号
水の町の女	「太陽」	一九七九年八月号
幼な友達	「問題小説」	一九八〇年二月号
ホクロのある女	「別冊小説宝石」	一九七九年初冬特別号
水の中の絵馬	「別冊文藝春秋」	一九八〇年春季号

執筆者・監修者紹介

坪内祐三

一九五八年、東京都生まれ。早稲田大学第一文学部卒業。同大学院修了。雑誌『東京人』編集部を経て、評論活動を始める。二〇〇一年、『慶応三年生まれ七人の旋毛曲り』（マガジンハウス）で第十七回講談社エッセイ賞受賞。『ストリートワイズ』（講談社文庫）、『一九七二―「はじまりのおわり」と「おわりのはじまり」』（文春文庫）など著作多数。

中野章子

一九四六年、長崎市生まれ。エッセイスト。著書に『彷徨と回帰　野呂邦暢の文学世界』（西日本新聞社）、共著に『男たちの天地』『女たちの日月』（樹花舎）、共編に『野呂邦暢・長谷川修　往復書簡集』（葦書房）など。

豊田健次

一九三六年、東京生まれ。一九五九年早稲田大学文学部卒業、文藝春秋入社。「文學界・別冊文藝春秋」編集長、「オール讀物」編集長、「文春文庫」部長、出版局長、取締役・出版総局長を歴任。デビュー作から編集者として野呂邦暢を支え続けた。著書に『それぞれの芥川賞　直木賞』（文藝春秋）『文士のたたずまい』（ランダムハウス講談社）。

＊今日の人権意識に照らして不適切と思われる語句や表現については、
時代的背景と作品の価値をかんがみ、そのままとしました。

水瓶座の少女　野呂邦暢小説集成 7

2016 年 6 月 1 日初版第一刷発行

著者 : 野呂邦暢
発行者 : 山田健一
発行所 : 株式会社文遊社
東京都文京区本郷 4-9-1-402　〒113-0033
TEL: 03-3815-7740　FAX: 03-3815-8716
郵便振替 : 00170-6-173020

書容設計 : 羽良多平吉 heiQuiti HARATA@EDiX+hQh, Pix-El Dorado
本文基本使用書体 : 本明朝小がな Pr5N-BOOK
印刷 : シナノ印刷
製本 : ナショナル製本

乱丁本、落丁本は、お取り替えいたします。
定価は、カバーに表示してあります。

　ISBN 978-4-89257-097-1